Philippa Gregory · Die weise Frau

Philippa Gregory

Die weise Frau

Roman

Aus dem Englischen
von Dinka Mrkowatschki

Blanvalet

Die englische Originalausgabe erschien unter dem Titel
»The Wise Woman« bei Viking, London.

Umwelthinweis:
Dieses Buch und der Schutzumschlag wurden
auf chlorfrei gebleichtem Papier gedruckt.
Die Einschrumpffolie (zum Schutz der Verschmutzung) ist aus
umweltfreundlicher und recyclingfähiger PE-Folie.

Der Blanvalet Verlag
ist ein Unternehmen der Verlagsgruppe Bertelsmann

1. Auflage

Satz: Uhl + Massopust, Aalen
Druck: Wiener Verlag, Himberg
Printed in Austria
ISBN 3-7645-1113-3

I

In meinem Traum roch ich den dunklen Schwefelodem einer vorbeiziehenden Hexe, zog mir die rauhe Decke über den Kopf und flüsterte: »Heilige Maria, Mutter Gottes, bitte für uns«, zum Schutz vor meinem Albtraum. Dann hörte ich Schreie und das beängstigende Knistern hungriger Flammen und erwachte in Panik. Ich setzte mich auf meinem Strohsack auf und sah mich verängstigt in der weißgekalkten Zelle um.

Die Wände flackerten orange und scharlachrot im unsteten Licht tanzender Flammen, die sich auf ihnen spiegelten, und ich hörte die Schreie kämpfender Männer. Ich wußte sofort, daß das Schlimmste passiert war. Lord Hugo war gekommen, uns zu vernichten. Lord Hugo war hier, um sich die Abtei zu unterwerfen, wie wir befürchtet hatten, seit die Schergen König Heinrichs unseren Reichtum gesehen und uns der Korruption bezichtigt hatten. Ich warf mein Gewand über, griff mir meinen Rosenkranz und meinen Umhang, zwängte meine Füße in die Stiefel, riß die Tür zur Zelle auf und lugte hinaus in den verrauchten Korridor des Novizinnenschlaftrakts.

Die Abtei war aus Stein, aber die Dachsparren würden brennen, die Balken und die Holzböden. Vielleicht fraßen sich die Flammen schon unter meinen Füßen nach oben. Ich hörte ein leises, ängstliches Wimmern: Es war meine eigene feige Stimme. Zu meiner Linken klafften offene Fenster, und rote Rauchschwaden wirbelten herein wie hungrige Schlangen, die nach meinem Gesicht züngelten. Ich spähte mit tränenden Augen hinaus und sah, schwarz im Gegenlicht des Feuers, Männergestalten, die mit Schätzen beladen über den Rasen des Kreuzgangs liefen; es waren unsere Schätze, heilige Schätze aus der Kirche. Vor ihnen loderte ein Feuer, und ich mußte fassungslos mitansehen, wie diese Sol-

daten des Satans die juwelenbesetzten Bucheinbände abrissen und die flatternden Seiten in die Flammen warfen. Dahinter saß ein Mann auf einem großen Rotschimmel, er hatte den Kopf zurückgeworfen und lachte wie der Leibhaftige: Lord Hugo.

Schluchzend vor Angst wandte ich mich ab. Der Rauch ließ mich nervös husten. Hinter mir waren die Zellen, in denen die jungen Novizinnen, meine Schwestern in Christi, immer noch schliefen. Ich machte zwei Schritte den Korridor hinunter, um gegen ihre Türen zu hämmern und ihnen zuzuschreien, doch aufzuwachen, sich vor dem Teufel in unseren Mauern und dem Feuertod zu retten. Ich streckte meine Hand nach der ersten Tür aus, aber der Rauch füllte meine Kehle, und ich brachte keinen Ton heraus. Mein Schrei blieb mir im Hals stecken, ich schluckte und versuchte noch einmal zu schreien. Aber ich war in diesem Traum gefangen, stimmlos und machtlos, meine Füße wateten durch Schwefel, meine Augen waren von Rauch geblendet, meine Ohren verstopft von den Schreien der Ketzer, die sich mit roher Gewalt ihren Weg in die Verdammnis erkämpften. Ich klopfte mit schwereloser Hand gegen eine Tür, so daß kein Laut zu vernehmen war. Kein einziger Ton.

Ein leises Stöhnen der Verzweiflung, dann raffte ich meine Röcke und floh, weg von meinen Schwestern, meiner Pflicht und dem Leben, das ich erwählt hatte. Ich eilte die halsbrecherische Wendeltreppe hinunter wie eine Ratte aus einem brennenden Heuschober.

Die Tür am Fuß der Treppe war versperrt, daneben lag die Zelle, in der meine Mutter in Christi, die Äbtissin Hildebrande, schlief. Ich blieb stehen. Denn für sie, vor allen anderen, hätte ich mein Leben riskieren sollen. Alle meine jüngeren Schwestern hätte ich warnend rufen sollen, aber um Mutter Hildebrande zu retten, hätte ich mich bei lebendigem Leib verbrennen lassen sollen und dennoch nicht mehr getan, als ihr gebührte. Ich hätte die Tür aus den Angeln schlagen sollen. Ich hätte niemals, niemals ohne sie gehen dürfen. Sie war meine Beschützerin, sie war meine Mutter, sie war meine Retterin. Ohne sie war ich nichts. Ich hielt kurz inne – kaum eine halbe Sekunde –, dann roch ich den

Rauch, der sich unter der Refektoriumstür hindurchschlängelte, und stürzte mich auf die Riegel der Hintertür, zerrte sie auf und war draußen, im Westgarten, inmitten der Kräuterbeete im kühlen und bleichen Mondlicht. Ich hörte das Geschrei aus dem Inneren der Abtei, aber hier draußen im Garten war niemand. Ich rannte die streng ausgerichteten Gartenwege entlang und flüchtete mich in den schmalen Schatten des Tors in der Außenmauer, wo ich kurz verweilte. Trotz des heftigen Hämmerns meines Herzens hörte ich das Splittern der farbigen Fenster in der Hitze und das laute Klirren, wenn sie von einem durch die Luft fliegenden Kerzenleuchter oder einem Silberteller zertrümmert wurden. Auf der anderen Seite der Tür hörte ich den Fluß über die Steine plätschern. Er wies mir den Weg zurück in die Welt, wie der ausgestreckte Finger meines ganz persönlichen Teufels.

Es war noch nicht zu spät, ich war noch auf dieser Seite des Tors. Eine Sekunde lang, einen halben Atemzug lang, hielt ich inne, prüfte meinen Mut umzukehren – stellte mir vor, wie ich gegen die Türen hämmerte, Fenster zerbrach, nach meiner Mutter, Mutter Hildebrande, rief und nach meinen Schwestern und wie ich mich allem, was da kommen würde, stellen würde, an ihrer Seite, Hand in Hand mit ihr, umgeben von meinen Schwestern.

Es dauerte kaum einen Herzschlag lang.

Ich floh durch die kleine Gartentür und schlug sie hinter mir zu.

Keiner sah mich gehen.

Nur die Augen Gottes und Seiner Gesegneten Mutter sahen mich. Ich fühlte, wie ihre Blicke sich in meinen Rücken bohrten, als ich meine Röcke hochband und losrannte. Ich rannte weg von der zerstörten Kapelle und der brennenden Abtei, rannte so schnell wie ein Verräter oder ein Feigling. Und im Laufen hörte ich hinter mir einen einzelnen spitzen Schrei, der sofort wieder verstummte. Der Hilfeschrei von jemandem, der zu spät erwacht war.

Ich blieb nicht stehen – nicht einmal einen kurzen Augenblick. Ich rannte, als ob die Pforten der Hölle sich hinter mir auftaten, und während ich rannte, dachte ich an Kain, den Brudermörder.

Und ich glaubte, bis ich das Dorf Bowes erreichen würde, hätten mich die Äste der Bäume und die Ranken des Efeus so gepeitscht, daß ich für immer als Kain gebrandmarkt war, verflucht von unserem Herrn.

Morach wollte gerade zu Bett gehen, da hörte sie ein Geräusch an der Tür ihrer Hütte. Ein armseliges Kratzen, ein leises Winseln, wie von einem gepeitschten Hund. Sie wartete eine ganze Weile. Morach war eine weise Frau, eine Seherin. Viele klopften an ihre Tür auf der Suche nach dunklen Geschenken, und keiner ging enttäuscht von ihr. Die Enttäuschung kam später.

Morach wartete auf einen Hinweis, wer dieser Besucher sein könnte. Ein Kind? Der Ruf war schwächlich gewesen, wie der eines kränkelnden Kindes. Aber kein krankes Kind, nicht einmal der Balg eines Zigeuners, hätte den Mut, in der Dunkelheit an Morachs Tür zu klopfen. Ein Mädchen mit wachsendem Bauch, das sich fortgeschlichen hatte, während ihr Vater mit den gewalttätigen Händen schlief? Ein Besucher aus einer dunkleren Welt, als Katze verkleidet? Ein Wolf? Ein mißgebildetes, feuchtes Monster?

»Wer ist da?« fragte Morach, und ihre alte Stimme war scharf wie ein Messer.

Schweigen. Kein leeres Schweigen, sondern das Schweigen eines Namenlosen.

»Wie nennt man dich?« fragte Morach. Angst hatte ihren Verstand geschärft.

»Schwester Ann«, kam die Antwort, leise wie vom Totenbett.

Morach ging auf die Tür zu, öffnete sie, und Schwester Ann taumelte. Ihr geschorener Kopf glänzte im Kerzenschein, ihre Augen waren schwarz vor Entsetzen und ihr Gesicht rußverschmiert.

»Bei allen Heiligen!« sagte Morach gelassen. »Was haben sie dir denn jetzt angetan?«

Das Mädchen schwankte gegen den Türrahmen und stützte

sich mit einer Hand ab. »Sie sind vernichtet«, sagte sie. »Mutter Hildebrande, die Schwestern, die Abtei, die Kirche. Alles weg. Niedergebrannt vom jungen Lord.«

Morach nickte bedächtig und musterte das bleiche, verschmierte Gesicht.

»Und du?« fragte sie. »Nicht wegen Verrats oder Ketzerei verhaftet? Nicht von den Soldaten, vom jungen Lord Hugo aufgegriffen?«

»Nein«, sagte sie leise, ihr Atem glich einem Seufzer.

»Du bist weggerannt«, sagte Morach unverblümt, ohne jedes Mitleid.

»Ja.«

»Hat dich jemand gesehen? Ist dir jemand hierher gefolgt? Ist dir einer auf den Fersen, der *mich* vernichten will, ebenso wie dich und deine heiligen Schwestern?«

Morach lachte schadenfroh, als wäre ihr diese Nachricht eine besonders boshafte Freude. »Warst zu schnell für sie, was? Zu flink für die fetten Soldaten? Schneller als deine Schwestern, da möchte ich wetten. Du hast sie verbrennen lassen, nicht wahr? Und du hast einfach die Röcke hochgerafft und bist geflohen? Damit kommst du nicht in den heiligen Kalender, meine kleine Märtyrerin! Die Gelegenheit hast du ein für allemal verpaßt!«

Der Hohn ließ das Mädchen den Kopf beugen. »Darf ich hineinkommen?« fragte Ann demütig.

Morach wich ein Stück zurück und schaute sie mit glänzenden Augen an. »Für länger?« fragte sie freundlich, als wäre die Welt da draußen nicht pechschwarz und als würde kein Wind vom Regen durchs Tal gepeitscht, stetig heftiger in der Dunkelheit.

Schwester Ann nickte, betäubt vor Erschöpfung.

»Für immer?« fragte Morach spöttisch.

Sie nickte wieder. Mit den Rußflecken auf dem kahlen Kopf und im Gesicht sah sie aus wie ein alter Pflugochse.

»Du willst zurückkommen und hier leben?« fragte Morach noch einmal, es war zu schön, die alte Leier noch einmal durchzukauen.

Ann hob den Kopf. »Wirst du mich wieder aufnehmen?« fragte

sie. »Meine Gelübde sind gebrochen – ich war nicht gehorsam. Ich bin weggelaufen, als die Soldaten kamen – ich bin ein Verräter und ein Feigling. Mein Haus ist zerstört, und meine Schwestern sind tot oder noch schlimmer. Ich bin nichts. Ich bin nichts.«

Sie verstummte einen Augenblick. »Meine Mutter ist tot«, sagte sie sehr leise. »Mutter Hildebrande, die Äbtissin. Sie wird heute nacht im Paradies sein, im Paradies, mit all ihren Töchtern, mit all ihren wahren Schwestern.« Schwester Ann schüttelte benommen den Kopf. »Hier ist das einzige Zuhause, das ich kenne, außer dem Nonnenkloster. Wirst du mich wieder aufnehmen, Morach?«

Morach überlegte kurz. Das Mädchen kehrte zurück. Sie hatte es in dem Augenblick, als sie ihr erlaubte, die Schwelle zu überqueren, gewußt. Aber Morach war ein Weib, dessen Kräfte sie dazu verführten, jeden Augenblick voll auszukosten.

»Vielleicht«, sagte sie nachdenklich. »Du bist jung und stark, und du hast das zweite Gesicht. Du warst mein Wechselbalg, den man mir als Lehrling gegeben hat, und ich hätte dich zur weisen Frau, meiner Nachfolgerin, gemacht, aber du hast dich fürs Kloster entschieden. Ich habe mir keinen Ersatz für dich geholt. Du könntest zurückkommen.« Sie studierte das bleiche, verstockte Gesicht, die klaren Linien der Knochen. »Du bist schön genug, einen Mann zum Wahnsinn zu treiben«, sagte sie. »Du könntest heiraten, oder wir könnten dich an einen Geliebten verkaufen.«

Schwester Ann hatte den Blick starr zu Boden gerichtet, auf ihre schlammigen Stiefel und die schmutzige Streu. Dann hob sie den Kopf und sah Morach an. Ihre Augen waren nicht schwarz, sondern blau, ein tiefes Blau. »Ich bin die Braut Christi«, sagte sie ohne Umschweife. »Ich kann keinen Mann heiraten. Ich kann keine schwarzen Künste ausüben. Ich weiß nicht wohin. Ich habe mein Gelübde gebrochen, aber ich bin fürs Leben zur Braut Christi geworden. Ich werde ihm gehören, bis zu meinem Tode. Ich werde nie heiraten. Ich werde nie die Künste des Teufels gebrauchen. Ich bin nicht mehr dein Lehrling.«

Sie wandte ihr Gesicht ab und machte einen Schritt in Richtung

Tür. Eine Regenbö peitschte durch die Öffnung und schlug ihr ins Gesicht. Sie blinzelte nicht einmal.

»Komm rein!« sagte Morach gereizt. »Los, rein hier! Wir werden später darüber reden. Heute nacht kannst du nicht weiter.«

Ann ließ sich von Morach zu dem kleinen Feuer in der Mitte des Raums führen, wo die eingedämmte Glut unter dem Torf glühte.

»Schlaf hier«, sagte Morach. »Hast du Hunger? Im Topf ist Haferbrei.«

Sie schüttelte den Kopf, sank wortlos vor dem Feuer auf die Knie und tastete in ihrem Gewand nach dem Rosenkranz.

»Schlaf jetzt«, sagte Morach noch einmal und stieg die wacklige Leiter hinauf in den Heuboden, der sich fast über den halben Raum ausdehnte.

Von dort aus konnte sie das Mädchen beobachten. Eine gute Stunde lang blieb Schwester Ann noch wach, kniete vor dem sterbenden Feuer und betete inbrünstig; ihre Lippen bewegten sich, und sie ließ den Rosenkranz durch die Finger gleiten. Oben, im Schutz eines schmutzigen Knäuels zerrissener Decken, zog Morach einen Beutel geschnitzter weißer Knochen heraus, schüttelte im Licht der rußenden Talgkerze drei auf den Boden und beschwor die Kräfte, die sie besaß, um zu sehen, was aus Schwester Ann, der Nonne, werden würde, jetzt da sie nicht mehr Schwester Ann war.

Sie legte die Knochen in eine Reihe und starrte sie an, und ihre dunklen Augen wurden schmal vor Vergnügen.

»Verheiratet mit Lord Hugo!« sagte sie leise. »Oder zumindest so gut wie! Fettes Essen, leichtes Leben.« Sie beugte sich ein wenig weiter herab. »Am Ende Tod«, sagte sie nachdenklich. »Aber der Tod liegt am Ende jeder Straße – und überhaupt hätte sie ja schon heute nacht sterben sollen.«

Morach sammelte die Knochen ein und steckte sie in den kleinen zerlumpten Beutel zurück, den sie unter ihrem Strohsack verbarg. Dann legte sie einen von Ungeziefer wimmelnden zerfetzten Wollschal um ihre Schultern, stieß ihre rauhen Holzschuhe von den Füßen und schlief lächelnd ein.

Schwester Ann erwachte am Morgen als erste, das Ohr bereit für das Klopfen der Nonne, die sie zum Morgengebet rief. Sie öffnete die Augen, wollte *Deo gratia* auf das vertraute *Benedicte* erwidern, doch es blieb totenstill. Mit verschrecktem Blinzeln sah sie die dunklen Dachsparren und das Flechtwerk eines Reetdaches über ihrem Kopf statt des schlichten, gottgefälligen weißen Putzes ihrer Zelle. Dann durchfuhr sie das Bewußtsein ihres Verlustes, und ihre Augen verdüsterten sich noch mehr. Sie drehte ihr Gesicht und ihren kahlen Kopf in die Lumpen, die als Kissen dienten, und weinte.

Leise flüsterte sie ihre Gebete, immer und immer wieder, ohne große Hoffnung, gehört zu werden. Kein beruhigender Gebetssingsang umgab sie, und auch nicht der süße, kräftige Geruch von Weihrauch. Keine klaren hohen Stimmen, die den Herrn und die Muttergottes priesen. Sie hatte ihre Schwestern verlassen, ihre Mutter der Grausamkeit und der Wut der Zerstörer überlassen, und dem Mann, der wie der Teufel lachte. Sie hatte sie in ihren Betten verbrennen lassen und war wie ein leichtfüßiges Reh den ganzen Weg zu ihrem ehemaligen Zuhause gelaufen, als wäre sie in den vergangenen Jahren nicht ein Kind der Abtei und Mutter Hildebrandes Liebling gewesen.

»Bist du wach?« fragte plötzlich Morach.

»Ja«, erwiderte das Mädchen ohne Namen.

»Hol frisches Wasser und bring das Feuer in Gang. Kalt wie eine Heiligenkrücke ist es heute früh.«

Das Mädchen erhob sich bereitwillig und zog ihren Umhang fester um die Schultern. Sie kratzte die weiche, weiße Haut ihres Halses, der bis hinter die Ohren von einer Kette von Flohbissen gesäumt war. Mit grimmigem Gesicht rieb sie die Bisse und kniete sich vor die Feuerstelle. Das Feuer in dem kleinen Steinkreis im Lehmboden war nur noch graue Asche um einen letzten Rest Glut. Sie legte ein paar Kienspäne darauf, beugte ihren kahlen Kopf und blies. Der Span fing Feuer. Sie blies ein wenig fester. Die Glut wurde heller, und eine rote Feuerspur fraß sich den Span entlang. Auch als die Flamme wieder erlosch, schwelte die Glut weiter. Ein Zweig fing Feuer, flackerte leise und brannte mit gelber Flamme. Schwester Ann hockte sich auf ihre Fersen und fuhr sich mit rußiger Hand übers Gesicht. Der Geruch brennenden Holzes klebte an ihren Fingern. Sie wich davor zurück wie vor Blutgeruch.

»Hol das Wasser!« rief Morach von ihrem Bett aus.

Schwester Ann steckte ihre kalten Füße in die feuchten Stiefel und ging nach draußen.

Die Hütte stand allein, ein paar Meilen westlich des Dorfes Bowes. Davor glitt in stumpfem Silber der Fluß Greta dahin, ohne ein einziges Kräuseln. Auf diesem Stück arbeitete sich der Fluß zwischen gewaltigen Kalksteinblöcken hindurch. Im Winter tief und gefährlich, in Dürrezeiten nur noch aus Pfützen bestehend. Die Hütte war neben einem der tieferen Wasserlöcher erbaut worden, das selbst im heißesten Sommer nicht austrocknete. Früher, als Schwester Ann noch ein kleines Mädchen gewesen war und jeder sie bei ihrem Taufnamen Alys nannte, Morach noch die Witwe Morach war und geachtet wurde, waren die Kinder aus dem Dorf immer hierhergekommen, um im Wasser zu planschen und zu schwimmen. Alys hatte mit ihnen gespielt, mit Tom und mit einem halben Dutzend anderer. Dann hatte Morach ihr Land an den Farmer verloren, der behauptete, es gehöre ihm. Morach – die keinem Mann gehörte und launisch und selbständig war – hatte vor der Gemeinde und dem Kirchengericht gegen ihn geklagt. Nachdem sie verloren hatte (was keinen verwundert hatte, da der Farmer ein frommer Mann und reich war), hatte sie ihn im Beisein des ganzen Dorfes verflucht. Er war noch in derselben Nacht erkrankt und kurz darauf gestorben. Jeder wußte, daß Morach ihn mit ihrem Schlangenblick getötet hatte.

Zu Morachs Glück war der Farmer im Dorf sehr verhaßt gewesen. Sonst hätte es böse für sie ausgehen können. Aber seine Frau war ein lieber Mensch, froh, ihn los zu sein, und erhob keine Anklage. Sie rief Morach zu sich ins Haus und bat sie um einen Breiumschlag gegen ihre Rückenschmerzen, für den sie ein Vielfaches des wahren Preises bezahlte, um sicherzugehen, daß Morach keinen gefährlichen Groll gegen sie hegte. Der Tod des alten Farmers war leicht mit der erblichen Herzschwäche in seiner Familie zu erklären. Morach hütete sich davor zu prahlen.

Ihr Land bekam sie nie zurück. Und seit jenem Tag kamen die Dorfkinder nicht mehr zum Spielen an das Wasser vor ihrer Hütte. Diejenigen Besucher, die sich auf die einsame Straße und in die Dunkelheit wagten, kamen eingemummt im Schutze der Nacht. Sie gingen mit kleinen Kräutersträußlein oder Sprüchen auf kleinen Papierfetzen, auf der Haut zu tragen, und manchmal mit Köpfen voller Träume und unwahrscheinlichen Versprechungen wieder weg. Und das Dorf erinnerte sich der Erzählungen, nach denen es in der Hütte am Fluß immer eine listenreiche Frau gegeben hatte. Eine listenreiche Frau, eine weise Frau, ein unentbehrlicher Freund, ein gefährlicher Feind. Morach – ohne Land, von dem sie leben konnte, und ohne Mann, der sie schützen konnte – schürte den gefährlichen Aberglauben, nahm Lob und hohe Bezahlung für Heilungen und gab die Schuld für Tote den anderen hiesigen Zauberern.

Nur Tom benutzte damals noch ungeniert die Straße von Bowes zur Hütte, und alle wußten, daß er Morachs kleinem Findelkind Alys den Hof machte und daß sie heiraten würden, sobald seine Eltern die Zustimmung gaben.

Einen langen Sommer lang trafen sie sich, saßen am Fluß, der still und geheimnisvoll zwischen den tiefen Einbuchtungen des Flußbettes dahinfloß. Einen Sommer lang trafen sie sich jeden Morgen, bevor Tom zur Arbeit auf die Felder seines Vaters ging und Morach Alys rief, damit sie hinaus ins Moor ging und irgendein Blatt oder Kraut suchte, das Morach brauchte, oder um den steinigen Garten umzugraben. Sie waren sehr zärtlich miteinander, voller Achtung. Sie begrüßten und verabschiedeten sich mit einem sanften Kuß auf den Mund. Beim Spazierengehen hielten sie sich an der Hand, und manchmal legte er den Arm um ihre Taille, und sie lehnte ihren braungoldenen Kopf an seine Schulter. Nie zwickte er sie oder zerrte sie herum, noch steckte er seine Hände unter ihren braunen Schal oder ihren grauen Rock. Am liebsten saß er neben ihr am Flußufer und lauschte ihren Erzählungen oder erfundenen Geschichten.

Ihr gefiel es am besten, wenn seine Eltern auf Lord Hughs Feldern arbeiteten und er sie zur Farm bringen konnte, um ihr die Kuh und das Kalb, die Wäschetruhe, das Zinn und das große Holzbett mit den dicken, alten Vorhängen zu zeigen. Dann lächelte Alys immer, und ihre dunklen Augen funkelten genüßlich wie die einer Katze, die gestreichelt wurde.

»Bald werden wir zusammen sein«, murmelte Tom dann immer.

»Hier«, sagte Alys.

»Ich werde dich jeden Tag meines Lebens lieben«, versprach Tom.

»Und wir werden hier leben«, sagte sie.

Nachdem Morach ihre Felder verloren hatte, suchten Toms Eltern nach einem besseren Mädchen als diesem, das nur eine zusammengefallene Hütte und den kleinen Flecken Erde darum herum mitbrachte. Alys wußte vielleicht mehr über Blumen und Kräuter als jeder andere im Dorf, aber Toms Eltern brauchten keine Schwiegertochter, die zwanzig verschiedene Gifte und vierzig verschiedene Gegengifte kannte. Sie wollten ein fröhliches, rundgesichtiges Mädchen mit einer fetten Mitgift. Sie wollten ein Mädchen mit breiten Hüften und starken Schultern, das den ganzen Tag auf dem Feld arbeiten konnte und ihnen dann abends ein gutes Essen auf den Tisch brachte. Eine, die mühelos Kinder zur Welt bringen würde, möglichst einen Sohn, der dann nach ihrem Tod die Farm erben würde.

Alys mit ihren wehenden, goldbraunen Locken, ihrem Korb mit Blättern und ihrem blassen, verschlossenen Gesicht wollten sie nicht. Sie sagten Tom ohne Umschweife, daß er sie sich aus dem Kopf schlagen solle. Doch er erwiderte, daß er heiraten würde, wie es es ihm beliebe, und wenn sie ihn dazu zwingen würden, würde er Alys wegbringen – vielleicht sogar bis nach Darneton selbst –, das würde er tun, und falls es nötig wäre, Soldat werden.

Das durfte nicht geschehen. Lord Hugh würde nicht dulden, daß zwei junge Leute seine Ländereien ohne seine Zustimmung verließen. Und es war nicht ratsam, Lord Hugh häusliche Zwistigkeiten schlichten zu lassen. Er würde zwar kommen und ein faires

Urteil sprechen, aber beim Verlassen des Hauses würde ein Zinnkrug seinen Gefallen finden, oder er würde ein Pferd sehen, das er haben mußte, koste es, was es wolle. Und obwohl er immer wieder betonte, wie großzügig er doch sei, er zahlte doch immer weniger als den Preis des Castleton-Buttermarktes. Lord Hugh war ein gescheiter Mann mit gnadenlosem Auge. Das beste war, Probleme außerhalb seiner Reichweite zu lösen.

Die Eltern ignorierten Tom. Sie gingen heimlich zur Äbtissin des Klosters und boten ihr Alys an. Sie behaupteten, das Kind sei mit der heiligen Gabe des Heilens gesegnet, sie wisse alles über die geheimen Wirkungen der Kräuter, aber sie sei sehr gefährdet durch das Leben bei ihrem Vormund, der alten Morach. Sie versprachen dem Kloster eine reiche Mitgift als Geschenk, wenn sie sie aufnehmen und in ihren Mauern halten würden.

Mutter Hildebrande, die selbst bei Fremden Lügen sofort heraushörte – und sie vergeben konnte –, fragte, warum sie denn das Mädchen so dringend loshaben wollten. Da fing Toms Mutter an zu weinen und erzählte ihr, daß Tom verrückt nach dem Mädchen sei, aber daß sie ihnen nicht taugen würde. Sie war zu seltsam und fremdartig. Sie hatte Tom den Kopf verdreht, vielleicht mit einem Tränklein – wieso sollte ein Junge sonst aus Liebe heiraten wollen? Er würde sich schon erholen, aber solange er noch von diesem Wahn besessen war, mußte man sie trennen.

»Ich werde sie mir ansehen«, hatte Mutter Hildebrande gesagt.

Sie schickten Alys mit einer falschen Botschaft in die Abtei, und man führte sie durch die Küche und das angrenzende Refektorium zu Mutter Hildebrande. Diese saß im Medizingarten auf der lichten Westseite der Abtei, mit Blick auf den Fluß, der hier tief und fischreich war. Alys war im Schein der Abendsonne durch den Garten auf die Äbtissin zugegangen; wie ein Heiligenschein schimmert ihr goldbraunes Haar, hatte Mutter Hildebrande gedacht. Sie hörte sich Alys' Botschaft an, lächelte dem Mädchen zu und spazierte dann mit ihr zwischen den Blumen- und Kräuterbeeten hindurch. Sie fragte das Mädchen, ob sie die Blumen kenne und wofür sie sie verwenden würde. Alys sah sich in dem ummauerten Garten um, als wäre sie von einer langen Reise nach Hause zurückgekehrt, und berührte alles, was sie sah; ihre kleinen braunen Hände huschten wie Feldmäuse von einem Blatt zum anderen. Mutter Hildebrande lauschte der kindlich hohen Stimme und der sehr unkindlichen Bestimmtheit. »Das hier ist Mehlkraut«, sagte Alys. »Gut für Bauchleiden mit viel Ausfluß. Das sieht aus wie Raute, das Kraut der Reue.« Ein ernstes Kopfnicken. »Ein sehr wirksames Kraut gegen Schweißfieber, wenn man es mit Ringelblume, Fieberkraut, Pimpinelle, Sauerampfer und Drachenwurz dämpft.« Sie schaute auf zu Mutter Hildebrande. »Als Essig kann es Krankheit verhindern, habt Ihr das gewußt? Aber das hier kenne ich nicht.« Sie berührte es, beugte ihren kleinen Kopf und roch daran. »Es riecht wie ein gutes Kraut für Spreu«, sagte sie. »Ein sauberer, klarer Geruch. Ich habe es noch nie gesehen.«

Mutter Hildebrande nickte. Sie ließ das kleine Gesicht keine Sekunde aus den Augen und zeigte Alys Blumen, die diese nie zuvor gesehen hatte, Kräuter aus fernen Ländern, deren Namen Alys noch nie gehört hatte.

»In meinem Arbeitszimmer wirst du sie auf einer Karte sehen«, versprach Mutter Hildebrande. Alys' herzförmiges Gesicht wandte sich zu ihr auf. »Und vielleicht könntest du hierbleiben. Ich könnte dir lesen und schreiben beibringen«, sagte die alte Äbtissin. »Ich brauche eine kleine Schreiberin, eine kluge, kleine Schreiberin.«

Alys' Lächeln erinnerte an ein verwirrtes Kind, das selten freundliche Worte hörte. »Ich würde für Euch arbeiten«, sagte sie zögernd. »Ich kann umgraben, Wasser aus dem Brunnen ziehen und Kräuter suchen. Wenn ich für Euch arbeiten würde, könnte ich dann bleiben?«

Mutter Hildebrande streckte ihre Hand nach Alys' blasser geschwungener Wange aus. »Möchtest du das denn?« fragte sie. »Würdest du den heiligen Regeln folgen und die Welt, die du kennst, weit hinter dir lassen? Es ist ein großer Schritt, vor allem für ein kleines Mädchen. Und du hast doch sicher Verwandte, die dich lieben? Du hast doch sicher Freunde und eine Familie, die du liebst?«

»Ich habe keine Verwandten«, gestand Alys. »Ich lebe bei der alten Morach. Sie hat mich vor zwölf Jahren aufgenommen, als ich noch ein Baby war. Sie braucht mich nicht, sie ist nicht mit mir verwandt. Ich bin alleine auf der Welt.«

Die alte Frau zog die Augenbrauen hoch. »Und keiner, den du liebst?«

Alys' tiefblaue Augen öffneten sich weit. »Keiner«, sagte sie bestimmt.

Die Äbtissin nickte. »Du willst bleiben.«

»Ja«, sagte Alys. Von dem Augenblick an, in dem sie die großen ruhigen Räume mit den dunklen Holzböden sah, war sie entschlossen zu bleiben. Eine große Sehnsucht nach der Sauberkeit der kahlen, weißen Zellen hatte sie erfaßt, nach der Stille und Ordnung der Bibliothek, dem kühlen Licht des Refektoriums, in dem die Nonnen schweigend aßen und einer klaren Stimme lauschten, die aus der Heiligen Schrift vorlas. Sie wollte eine Frau wie Mutter Hildebrande werden, alt und geachtet. Sie wollte auf einem Stuhl sitzen und von einem silbernen Teller essen. Sie wollte einen Becher aus Glas, nicht aus Blech oder Bein. Und sie sehnte sich, mit einer Leidenschaft, wie sie nur die Hungrigen und die Schmutzigen kennen, nach sauberer Wäsche und gutem Essen. »Ich will bleiben«, sagte sie.

Mutter Hildebrande legte ihre Hand auf den warmen, schmutzigen Kopf des Kindes. »Und was ist mit deinem kleinen Herzensfreund?« fragte sie. »Du wirst ihm entsagen müssen. Du darfst ihn nie mehr wiedersehen, Alys. Das ist ein hoher Preis.«

»Ich habe nicht gewußt, daß es Plätze wie diesen hier gibt«, sagte Alys schlicht. »Ich habe nicht gewußt, daß man so sauber sein kann, daß man so leben kann, auch wenn man nicht Lord Hugh ist. Das habe ich nicht geahnt. Toms Farmhaus war das beste, was ich je gesehen habe, also wollte ich das. Ich habe nichts Besseres gekannt.«

»Und du willst nur das Beste«, half Mutter Hildebrande sanft nach. Die Sehnsucht des Kindes nach Erlesenem war wirklich rührend bei einem so jungen Ding. Sie konnte es nicht Eitelkeit nennen und verdammen. Das kleine Mädchen liebte den Kräutergarten genauso wie das Silber im Refektorium.

Alys zögerte und schaute dann der alten Dame direkt in die Augen. »Ja, das will ich. Ich will nicht zurück zu Morach. Ich will nicht zurück zu Tom. Ich will hier leben. Ich will hier für immer und ewig leben.«

Mutter Hildebrande lächelte. »Gut«, sagte sie mit sanfter Stimme. »Für immer und ewig. Ich werde dich lesen und schreiben lehren und zeichnen und die Arbeit im Destillationsraum, bevor du dich entscheiden mußt, ob du das Gelübde ablegst. Ein Mädchen sollte nicht zu jung dem Orden beitreten. Ich möchte, daß du dir sicher bist.«

»Ich bin mir sicher«, sagte Alys leise. »Ich bin mir jetzt sicher. Ich will für immer hier leben.«

Dann hatte Mutter Hildebrande Alys der Obhut einer der jungen Novizinnen unterstellt, die über ihre grobe Sprache lachte und ihr eine kleine Tracht zurechtschnitt. Sie waren zusammen zum Abendessen und Beten gegangen.

Während Tom auf sie wartete, bis die Sonne unterging und ein heller Mond am Himmel erschien und mit ihm wachte, genoß Alys heiße Milch und Brot aus einer Porzellanschale und schlief dann friedlich auf dem ersten sauberen Strohsack in ihrem Leben ein.

Die ganze Nacht betete die Äbtissin für das kleine Mädchen. Sie kniete in der ärmlichsten Bank der Kapelle. »Beschütze sie, Heilige Mutter«, endete sie, als die Schwestern in schläfrigen, stummen Reihen zur ersten der acht täglichen Andachten die Kapelle betraten. »Beschütze sie, denn ich glaube, daß wir in der kleinen Alys ein ganz besonderes Kind gefunden haben.«

Mutter Hildebrande ließ Alys im Kräutergarten und im Destillationsraum arbeiten und bereitete sie auf ihr Gelübde vor. Sie brachte Alys schnell lesen und schreiben bei. Das Mädchen lernte die getragenen Meßgesänge auswendig, ohne die Worte zu verstehen. Doch allmählich begann sie Latein zu verstehen, und schließlich konnte sie lesen und schreiben. Tadellos, makellos verführte sie Mutter Hildebrande dazu, sie zu lieben, als wäre sie ihre eigene Tochter. Sie war der Liebling des Hauses, das Herzblatt aller Nonnen, ihre kleine Schwester, ihr Wunderkind, ihr Segen. Den

Frauen, denen eigene Kinder versagt blieben, war es eine besondere Freude, Alys zu unterrichten und mit ihr zu spielen, und die jungen Frauen, denen ihre kleinen Brüder und Schwestern zu Hause fehlten, konnten Alys streicheln, mit ihr lachen und beobachten, wie sie heranwuchs.

Tom – der sich wochenlang vor dem Tor herumgetrieben und einige Male Prügel vom Pförtner bezogen hatte – schlich zurück zu seiner Farm und seinen Eltern und wartete in schmerzlichem Schweigen auf Alys' Heimkehr, wie sie es ihm versprochen hatte.

Sie kehrte nie zurück. Das ruhige, geregelte Leben war Balsam für sie nach Morachs Wutausbrüchen und Flüchen. Der Duft des Destillationsraumes und der Geruch der Kräuter setzten sich an ihren Händen, ihrem Gewand fest. Sie lernte die saubere Kühle frischer Wäsche auf ihrer Haut zu schätzen, ließ sich ohne einen Funken Reue ihr schmutziges, verlaustes Haar abrasieren und strich sich die gestärkten Falten ihrer Haube ums Gesicht zurecht. Mutter Hildebrande ließ sie Briefe in Latein und Englisch für die Abtei schreiben und träumte davon, sie die Heilige Schrift kopieren und illustrieren zu lassen, eine große neue Bibel für die Abtei. Alys lernte im Gebet zu knien, bis der Schmerz in den Beinen aus ihrem Bewußtsein schwand und sie durch ihre halbgeschlossenen Lider nur noch die schwindelerregenden Farben der Glasfenster mit den Heiligenbildern wahrnahm. Im Alter von vierzehn, nachdem sie den ganzen Tag gefastet und die ganze Nacht gebetet hatte, sah sie, wie die Statue der Heiligen Mutter den gnadenreichen Kopf drehte und sie, Alys, direkt anlächelte. Da wußte sie, wie sie vorher nur zu hoffen gewagt hatte, daß Unsere Liebe Frau sie für eine besondere Aufgabe, eine besondere Lektion auserwählt hatte, und widmete sich ganz einem Leben in Heiligkeit.

»Laß mich lernen, so wie Mutter Hildebrande zu sein«, flüsterte sie.

Tom sah sie nur noch einmal. Sie sprach mit ihm durch das kleine Gitter in dem mächtigen Tor, am Tag nachdem sie ihr Gelübde abgelegt hatte. Mit ihrer zarten, klaren Stimme erzählte sie ihm, daß sie jetzt eine Braut Christi sei und nie einem Mann gehören würde. Sie riet ihm, sich eine Frau zu suchen und mit ihrem Segen glücklich zu werden. Und sie schloß die kleine Luke vor seiner überraschten Nase, bevor er ihr etwas zurufen oder ihr den Messingring geben konnte, den er schon seit dem Tag, an dem sie sich als Neunjährige verlobt hatten, in seiner Tasche trug.

Schwester Ann erschauderte in der kalten Morgenluft und zog ihren Umhang fester zusammen. Sie tauchte den Eimer in den Fluß und schleppte ihn zur Hütte. Morach hatte beobachtet, wie sie am Flußufer vor sich hingeträumt hatte, sagte aber nichts. Sie stolperte die Leiter herunter, setzte sich ans Feuer und bedeutete Schwester Ann, den Topf zu füllen und Wasser heiß zu machen.

Sie sagte auch nichts, während sie sich ein kleines Stück Brot und den Haferbrei von gestern abend, mit heißem Wasser verlängert, teilten. Dazu gab es einen Becher des sauren, kräftigen Wassers. Es war braun und torfig vom Moor. Schwester Ann achtete darauf, daß ihre Lippen nicht den Rand an der Stelle berührten, wo Morach getrunken hatte. Morachs Augen unter den dichten schwarzen Brauen beobachteten sie, aber sie sagte nichts.

»Als denn«, sagte sie, nachdem Ann den Becher, den Teller und den Blechlöffel gewaschen und neben den Herd gelegt hatte. »Was wirst du tun?«

Schwester Ann sah sie an. »Ich muß ein anderes Kloster finden«, sagte sie entschlossen. »Ich habe mein Leben Christus und seiner Geheiligten Mutter gewidmet.«

Morach versteckte ein Lächeln und nickte. »Ja, kleine Schwester«, sagte sie. »Aber all das diente nicht nur dazu, deinen Glauben auf die Probe zu stellen, andere leiden auch. Alle werden heimgesucht, alle werden verhört. Ihr in Bowes wart dumm genug, euch Lord Hugh und seinen Sohn zum Feind zu machen. Kein Kloster ist mehr sicher. Der König hat ein Auge auf den Reichtum der Klöster geworfen, und euer Gott führt kein offenes Haus mehr. Ich möchte behaupten, daß es im Umkreis von fünfzig Meilen keine Abtei gibt, die es wagen würde, dir ihre Pforten zu öffnen.«

»Dann muß ich weiter als fünfzig Meilen nach Norden, nach Durham, wenn es sein muß, oder nach York, in den Süden.

Ich habe mein Gelübde abgelegt. Ich kann nicht in der Welt leben.«

Morach stocherte mit einem Holzstift aus dem Korb mit Kienspänen in ihren Zähnen herum und spuckte zielsicher in die Flammen. »Hast du dir schon eine Geschichte ausgedacht?« fragte sie mit unschuldiger Miene.

Schwester Ann schaute ratlos drein. Schon glänzte die Haut auf ihrem Kopf nicht mehr so stark, ein Flaum hellbrauner Haare zeigte sich bereits wie ein juckender Schatten. Sie rieb sich den Schädel mit einer schmutzigen Hand und hinterließ einen weiteren dunklen Fleck. Vor Müdigkeit lagen ihre dunkelblauen Augen tief in ihren Höhlen. Sie sah so alt aus wie Morach selbst.

»Wofür sollte ich eine Geschichte brauchen?« fragte sie. Dann erinnerte sie sich an ihre Feigheit. »Oh, Heilige Maria, Mutter Gottes...«

»Wenn dich einer auf der Flucht gesehen hat, könnte es schwierig werden«, sagte Morach fröhlich. »Ich kann mir nicht vorstellen, daß eine Äbtissin dich mit offenen Armen aufnimmt, wenn sie hört, daß du Rauch gerochen hast und davongerannt bist wie jeder Sünder.«

»Ich könnte Buße tun...«

Morach lachte ungläubig. »Die werden dich wohl eher im Hemd auf die Straße jagen, damit Fremde sich nach Herzenslust an dir bedienen können«, sagte sie. »Du bist ruiniert, Schwester Ann! Dein Gelübde ist gebrochen, deine Abtei ist eine rauchende Ruine, deine Schwestern sind tot, vergewaltigt oder geflohen. Was willst du also tun?«

Schwester Ann vergrub ihr Gesicht in den Händen. Morach beobachtete sie ungerührt, bis ihre Schultern aufhörten zu beben und die geschluchzten Gebete verstummten. Es dauerte einige Zeit. Morach zündete sich eine kleine schwarze Pfeife an, inhalierte den betörenden Kräuterrauch und seufzte genüßlich.

»Das beste wird wohl sein, du bleibst hier«, bot sie ihr an. »Besser kannst du's nicht treffen. Hier erfahren wir, wie's deinen Schwestern ergangen ist. Wenn die Äbtissin überlebt hat, wird sie dich hier suchen. Gehst du fort, weiß sie nicht, wo sie dich suchen soll. Vielleicht sind alle Mädchen weggerannt, so wie du – zurück zu ihren Familien –, vielleicht wird man euch allen verzeihen.«

Schwester Ann schüttelte den Kopf. Der Rauch war heiß gewesen, das Feuer nahe am Kreuzgang. Die meisten Nonnen waren sicher im Schlaf in ihren Zellen verbrannt. »Ich glaube nicht, daß sie es geschafft haben«, sagte sie.

Morach nickte und verkniff sich ein Grinsen. »Du bist als erste raus, was?« fragte sie. »Am schnellsten?« Sie betonte das mit einer kurzen Atempause. »Dann gibt es keinen Platz, an den du gehn kannst. Du kannst nirgends hingehen.«

Dieser Schlag ließ Schwester Ann schwanken. Morach bemerkte ihre aschfahle Haut.

»Ich nehme dich wieder auf«, sagte Morach. »Und die Leute werden den Mund halten. Es wird sein, als wärst du nie weggewesen. Du warst vier Jahre weg, und jetzt bist du wieder da. Sechzehn bist du, nicht wahr?«

Ann nickte, hörte kaum, was Morach sagte.

»Reif fürs Heiraten«, sagte Morach befriedigt. »Oder fürs Bett«, fügte sie hinzu, eingedenk der Prophezeiung der Knochen und des jungen Lords Hugo.

»Das nicht«, sagte Ann mit sehr leiser Stimme. »Ich werde bei dir bleiben, Morach, und ich werde für dich arbeiten, wie vorher. Ich weiß jetzt auch mehr über Kräuter und Blumen – auch über Gartenblumen, und ich kann lesen und schreiben. Aber ich werde nur Gottes Werke tun, nur heilen und Hebammendienste leisten. Keine Amulette, keine Zauberformeln. Ich gehöre Christus. Ich werde hier mein Gelübde einhalten, so gut es geht, bis ich einen Ort gefunden habe, an den ich gehen kann, oder eine Äbtissin, die mich aufnimmt. Ich werde nach Gottes Willen Menschen Genesung verschaffen, ich werde auch hier die Braut Christi sein ...« Sie sah sich um. »An diesem armseligen Ort«, sagte sie mit erstickter Stimme, »werde ich versuchen, mein Bestes zu tun.«

»Gut, genug«, sagte Morach ungerührt. »Du wirst für mich arbeiten. Und wenn der junge Lord nach Norden gezogen ist, um den Schotten das Leben schwerzumachen, kannst du nach Castleton gehen und fragen, was es Neues gibt.«

Sie hievte sich hoch und schüttelte ihr verdrecktes Gewand aus.

»Jetzt, wo du wieder da bist, kannst du das Beet umgraben«, sagte sie. »Ich habe es einfach wuchern lassen, seit du fort bist. Ich wollte jetzt Rüben für die Wintermonate anbauen.«

Das Mädchen nickte, erhob sich und ging zur Tür. Eine neue Harke stand daneben – Bezahlung für einen Zauberspruch für das wanderlustige Vieh eines Nachbarn.

»Schwester Ann!« rief Morach leise.

Sie drehte sich sofort um.

Morach fixierte sie mit grimmiger Miene. »Du wirst nie wieder auf diesen Namen hören«, sagte sie. »Hast du mich verstanden? Nie wieder. Du bist jetzt wieder Alys, und wenn dich jemand fragt, erklärst du, daß du bei deinen Verwandten in Penrith warst. Du bist Alys. Das ist dein Name. Ich habe ihn dir einmal gegeben, und jetzt gebe ich ihn dir wieder. Vergiß, daß du Schwester Ann warst. Das war ein anderes Leben, und es hat ein schlechtes Ende gefunden. Jetzt bist du Alys – vergiß das nicht.«

2

In der Folge der Brandschatzung des Klosters kamen Soldaten und Tagediebe, die den angeblichen Verstecken von Schätzen und goldenen Kelchen auf der Spur waren. In Bowes hatten sie nur wenig Freude, das halbe Dutzend von Familien, das dort lebte, mochte keine Fremden, und vier von fünf Menschen vom Ort waren seit der Zerstörung der Abtei ohne Arbeit. Morach ließ verbreiten, daß sie einen neuen Lehrling hatte, und wenn einer sich an das Mädchen erinnerte, das vor vier Jahren fortgegangen war, sagte er nichts. Es war keine Zeit für Spekulationen und Klatsch. Zahlreiche Vagabunden lungerten noch um die Ruinen – Flüchtlinge, die von den Almosen der Nonnen gelebt hatten und nicht wußten wohin. Die Dorfbewohner von Bowes verriegelten ihre Türen, wiesen jeden ab, der auf Wohnrecht pochte, und vermieden es, über die Abtei, die Nonnen und die Feuersnacht oder die kleinen Diebstähle und Plündereien, die in den Tagen danach passierten, ein Wort zu verlieren.

Es wurde erzählt, die Brandschatzung der Abtei wäre ein Versehen gewesen. Die Soldaten unter der Führung des jungen Lords Hugo waren auf dem Heimweg von einem Überfall auf die Moorbanden gewesen, und sie hatten an der Abtei nur Halt gemacht, um den Nonnen Angst einzujagen und sie dem Wunsch des Königs gefügig zu machen, ihre Schätze und ihre üblen papistischen Bräuche aufzugeben. Es hatte mit ein paar wilden Spielchen und einem Feuer aus zerbrochenem Holz und etwas Teer begonnen. Sobald die Flammen sich ausgebreitet hatten, war Lord Hugo machtlos gewesen. Alle die Nonnen waren in den ersten Minuten ums Leben gekommen. Der junge Lord war ohnehin betrunken gewesen und konnte sich an fast nichts erinnern. Er beichtete und tat Buße bei seinem persönlichen Priester, Pater Stephen – einer vom neuen Glauben, der das Ausradieren eines Nestes verräterischer Papisten nicht unbedingt als Sünde sah –, und die Dorfbewohner nahmen sich alles, was die halbverbrannten Gebäude noch zu bieten hatten, und begannen dann, die Ruine zu plündern. Schon wenige Wochen nach ihrer Rückkehr in Morachs armselige Hütte konnte Alys sich überall zeigen. Keiner erkannte in ihr das halbverhungerte Kind, das vor vier Jahren weggegangen war. Und selbst wenn man sie erkannt hätte, so hätte doch keiner gewagt, sie anzuzeigen, denn das hätte Lord Hugh ins Dorf gerufen oder – noch schlimmer – seinen Sohn, den verrückten jungen Lord.

Alys konnte ungehindert ins Dorf gehen, wann immer sie wollte. Meist aber ging sie hinauf ins Moor. Jeden Tag, nachdem sie die trockene Erde des Gemüsebeetes umgegraben und von Unkraut befreit hatte, ging sie zum Fluß, wusch sich die Hände und bespritzte ihr Gesicht mit Wasser. In den ersten Tagen hatte sie sich ausgezogen und war mit klappernden Zähnen ins Wasser gewatet, um sich den Geruch von Schweiß, Rauch und Misthaufen abzuwaschen. Es hatte keinen Sinn. Die Erde unter ihren Nägeln und der Dreck in ihrer Haut ließen sich mit dem kalten, sumpfigen Wasser nicht entfernen, und außerdem hatte Alys, wenn sie zitternd und mit Gänsehaut zum Ufer zurückwatete, nur dieselben schmutzigen Kleider. Nach wenigen Wochen verlor sie den Ekel vor ihrem eigenen Körpergeruch, und bald roch sie auch Morachs Gestank kaum noch. Sie spritzte sich immer noch Wasser ins Gesicht, aber die Hoffnung, sich sauber zu halten, hatte sie aufgegeben.

Sie rieb sich das Gesicht mit der dicken Wolle ihres schmutzigen Kleides trocken und ging stromaufwärts am Flußufer entlang, bis sie zur Brücke kam, einem natürlichen Steg aus Sandsteinfelsen – breit genug, um mit einem Wagen darüberzufahren, stark genug, einen Ochsen zu tragen. Dort blieb sie stehen und schaute hinunter in das braune, moorige Wasser. Der Fluß strömte hier so träge dahin, daß es schien, als bewege er sich überhaupt nicht, als hätte er sein Leben in stillen, dunklen Teichen ausgehaucht.

Der Schein trügte, das wußte Alys. Als Tom und sie noch klein gewesen waren, hatten sie eine der Höhlen erkundet, die das Flußufer durchzogen. Wie Fuchswelpen hatten sie sich nach unten geschlängelt, immer weiter, bis der Gang schmäler wurde und sie nicht mehr weiterkonnten – aber unter sich hatten sie den lauten, hallenden Donner fließenden Wassers gehört und wußten, daß sie dem echten Fluß nahe waren, dem geheimen Fluß, der Tag und Nacht in ewiger Dunkelheit dahinströmte, tief versteckt unter dem falschen Flußbett.

Tom hatte sich vor dem hallenden, gluckernden Rauschen in der Tiefe gefürchtet. »Was, wenn er steigt?« hatte er gefragt. »Dann würde er hier rauskommen!«

»Er kommt hier heraus«, hatte Alys erwidert. Die Jahreszeiten ihres jungen Lebens waren bestimmt vom Wasserstand des Flusses, ein langweiliges Rinnsal im Sommer, eine gewaltige Flut während der Herbststürme. Die gurgelnden Löcher, in denen das Wasser im Sommer versickerte, verwandelten sich im Winter in Quellen und Brunnen, brodelnde Strudel, in denen das braune Wasser durch die explosive Kraft der unterirdischen Ströme und aus den steinernen Kellern an die Oberfläche gedrängt wurde.

»Old Hob ist da unten«, hatte Tom ängstlich mit düsterem Blick gesagt.

Alys hatte verächtlich schnaubend in die Dunkelheit vor ihnen gespuckt. »Ich habe keine Angst vor ihm!« hatte sie gesagt. »Morach wird schon mit ihm fertig werden!«

Tom hatte seine Finger mit dem Daumen gekreuzt, das alte Zeichen gegen Hexerei, und war rückwärts aus dem Loch in den Sonnenschein gekrochen. Alys wäre gerne länger geblieben. Sie hatte Tom gegenüber nicht geprahlt, es stimmte. Morach hatte sie aufgezogen, und deshalb fürchtete sie nichts.

»Bis zum heutigen Tag«, murmelte sie vor sich hin. Sie schaute hinauf in den klaren Himmel und die Sonne, die teilnahmslos auf die Erde niederbrannte. »Oh, Heilige Mutter Gottes ...«, begann sie, dann verstummte sie. »Vater unser ...« begann sie erneut und verstummte wieder. Dann öffnete sich ihr Mund zu einem stummen Schrei, und sie warf sich auf das kurze, stoppelige Gras des

Moores. »Gott steh mir bei!« flüsterte sie mit tränenerstickter Stimme. »Ich habe solche Angst, daß ich nicht beten kann.«

Ihr kam es vor, als wäre sie in ihrer Verzweiflung sehr lange so dagelegen. Als sie sich aufsetzte und umschaute, war die Sonne weitergezogen – es war schon spätnachmittags, Zeit für das Mittagsoffizium. Alys erhob sich langsam wie eine alte Frau, der alle Knochen weh taten. Sie machte sich mit kleinen, langsamen Schritten auf den Weg den Hügel hinauf, wo die Knospen des ersten Heidekrautes, einem zartlila Dunst gleich, auf den Hängen schimmerten. Ein Kiebitz schrie über ihr und flatterte unweit von ihr zu Boden. Noch höher in der blauen Luft kreiste eine Lerche, rief immer wieder, jede höhere Note begleitet von einem Flügelschlag. Bienen rollten sich trunken unter den ersten Heideblumen, das Moor schwitzte Honig. Alles um das Mädchen herum lebte und gedieh und freute sich an der Wärme des Spätsommers – alles außer Alys, die nur noch Eis in den Adern fühlte.

Sie stolperte unterm Gehen, die Augen auf den Schafspfad gerichtet. Ab und zu stöhnte sie leise wie ein Tier, das für eine lange, lange Nacht der Finsternis in die Falle gegangen ist. »Wie komme ich je wieder zurück?« fragte sie sich. »Wie soll ich je lernen, es hier auszuhalten?«

Am Ende des Horizonts, wo das Land in einer weiten Kurve in den endlosen Himmel überging, hielt Alys inne. Da war ein kleiner Steinhaufen, den die Schafhirten errichtet hatten, um den Weg zu markieren. Alys hockte sich auf einen trockenen Stein und wendete ihr Gesicht, eine Maske der Pein, der Sonne zu.

Nach einigen Augenblicken kniff sie die Augen zusammen und blickte nach Süden. Das Moor war sehr flach, es zog sich bis zum Horizont in zahllosen Grünschattierungen hin, von dunklem üppigen Moos um ein Sumpfloch bis zu blaßgelben, schwachen Gräsern, die auf Stein wuchsen. Die Heidekrautwurzeln und alten Blüten zeigten sich blaßgrau und grün, eine karge Landschaft von besonderer Schönheit, halb Weide, halb Wüste. Die neuen Heidekrauttriebe waren dunkelgrün, die Blüten blaß wie Dunst. Alys kniff die Augen zusammen. Ein Mann ging übers Moor, mit entschlossenem Schritt, ein Plaid über der Schulter. Alys erhob sich leise, bereit die Flucht zu ergreifen. Er sah die Bewegung und rief ihr etwas zu, seine Stimme wurde weggepeitscht vom steten Wind, der selbst an den stillsten Tagen über das Moor blies. Obwohl fluchtbereit, zögerte Alys, da rief er erneut, schwach hörbar:

»Alys! Warte! Ich bin's!«

Ihre Hand stahl sich in die Tasche, zu den warmen Perlen ihres Rosenkranzes. »Oh, nein«, sagte sie. Sie setzte sich wieder auf die Steine und wartete auf ihn, beobachtete, wie er über das Moor marschierte.

Er war kräftiger geworden in den vier Jahren ihrer Abwesenheit. Als sie ins Kloster ging, war er ein Junge gewesen, schlaksig und ungelenk, mit der Schönheit eines Fohlens. Jetzt war er stämmig, untersetzt. Jetzt, da er näher kam, sah sie, daß sein Gesicht rot gegerbt war von Wind und Sonne, entstellt von einem Netz roter Äderchen. Seine Augen, immer noch durchdringend blau, waren starr auf sie gerichtet.

»Alys«, sagte er. »Ich habe gerade erst gehört, daß du wieder da bist. Ich bin sofort gekommen.«

»Deine Farm liegt in der anderen Richtung«, sagte sie trocken.

Sein Gesicht wurde noch röter. »Ich mußte den Trowheads ein Lamm bringen«, sagte er. »Ich bin auf dem Rückweg.«

Alys' dunkle Augen musterte ihn. »Du konntest mich noch nie anlügen.«

Er ließ den Kopf hängen und schlurfte mit seinen dicken Stiefeln im Staub. »Es ist Liza«, sagte er. »Sie beobachtet mich.«

»Liza?« fragte Alys überrascht. »Liza wer?«

Tom ließ sich neben sie ins Heidekraut fallen, mit abgewandtem Gesicht. Er schaute in die Richtung, aus der er gekommen war. »Liza ist meine Frau«, sagte er schlicht. »Sie haben mich verheiratet, nachdem du dein Gelübde abgelegt hattest.«

Alys zuckte zusammen, als hätte sie jemand gezwickt. »Das habe ich nicht gewußt«, sagte sie. »Das hat mir keiner gesagt.«

Tom zuckte die Achseln. »Ich hätte dir eine Nachricht geschickt...« Er verstummte und ließ das Schweigen auf ihnen lasten. »Doch was hätte das schon für einen Sinn gehabt?«

Alys wandte sich ab und griff die Perlen in ihrer Tasche so fest, daß ihre Finger schmerzten. »Ich habe dich mir nie verheiratet vorgestellt«, sagte sie. »Ich hätte wohl wissen müssen, daß du das tust.«

Tom zuckte die Achseln. »Du hast dich verändert«, sagte er. »Du bist größer, und runder. Aber deine Augen sind dieselben geblieben. Haben sie dir die Haare abgeschnitten?«

Alys nickte und zog den Schal um ihren geschorenen Kopf ein wenig fester.

»Deine wunderschönen goldenen Haare!« sagte Tom, und es klang wie ein Abschied.

Schweigen. Alys ließ ihn nicht aus den Augen. »Du hast sofort, nachdem ich weg war, geheiratet?« fragte sie.

Tom nickte.

»Leben deine Eltern noch?«

Er nickte wieder.

Alys' Gesicht wurde weich, suchte Mitleid. »An dem Tag haben sie mir etwas Grausames angetan«, sagte sie. »Ich war zu jung, um unter Fremde geschickt zu werden.«

Tom zuckte die Achseln. »Sie haben getan, was sie für das Beste hielten«, sagte er. »Niemand konnte ahnen, daß die Abtei niedergebrannt wurde und du am Ende obdachlos und ohne Mann wärst.«

»Und in Todesgefahr«, sagte Alys. »Wenn die Soldaten zurückkommen, könnten sie mich mitnehmen. Du wirst doch keinem erzählen, daß ich in der Abtei war?«

Sein Blick war Antwort genug. »Lieber würde ich sterben, als zulassen, daß dir was passiert«, sagte er mit unterdrücktem Zorn. »Das weißt du! Es hat nie eine andere Frau für mich gegeben, und es wird auch nie eine andere geben.«

Alys wandte ihr Gesicht ab. »Ich will das nicht hören«, sagte sie.

Er seufzte, akzeptierte den Tadel. »Dein Geheimnis ist bei mir sicher«, sagte er. »Im Dorf glauben sie nur, daß Morach einen neuen Lehrling hat. Sie hat schon vorher gesagt, daß sie ein Mädchen sucht, das die schwere Arbeit macht. Keiner hat an dich gedacht. Du bist vergessen. Die Leute glauben, alle Nonnen seien tot.«

»Warum bist du dann diesen Weg gekommen?« fragte Alys.

Er zuckte die Achseln, und seine grobe Haut wurde dunkelrot. »Wenn du gestorben wärst, hätte ich es gewußt.« Er klopfte sich auf die Brust. »Hier drin«, sagte er, »wo ich meinen Schmerz um dich trage. Wenn du gestorben wärst, wäre er weg... oder anders.«

Alys nickte, fügte sich Toms Ergebenheit. »Und was ist mit deiner Ehe?« fragte sie. »Fühlst du dich wohl? Hast du Kinder?«

»Ein Junge und ein Mädchen haben überlebt«, sagte er teilnahmslos. »Und zwei tote.« Er hielt inne. Vier Jahre Sehnsucht schwangen in seiner Stimme. »Das Mädchen sieht manchmal ein bißchen aus wie du«, sagte er.

Alys drehte ihm ihr klares herzförmiges Gesicht zu. »Ich habe so darauf gewartet, dich zu sehen«, sagte sie. Tom erzitterte hilflos. Ihre Stimme war eindringlich und süß wie ein Choral. »Du mußt mir helfen zu fliehen.«

»Ich habe mir den Kopf zermartert, wie ich dir beistehen könnte, wie ich dich von dieser furchtbaren alten Frau und dieser Hütte wegbringen könnte!« rief Tom. »Aber ich weiß nicht wie! Liza paßt auf die Farm auf, sie weiß auf den letzten Kreuzer, was wir verdient haben. Meine Mutter und sie stecken unter einer Decke. Es war schon riskant, bloß hierherzukommen.«

»Du hast schon immer alles riskiert, um bei mir zu sein«, ermunterte ihn Alys.

Tom starrte auf seine schwielige Handfläche. Er zupfte mißmutig mit einem stumpfen Fingernagel an der harten Haut. »Ich weiß«, sagte er verbissen. »Wie ein junger Hund bin ich zu dir gelaufen, als ich noch ein Kind war, und dann habe ich vor der Abtei auf dich gewartet wie ein geprügelter Hund.«

Sein Blick richtete sich auf Alys' aufmerksames Gesicht. »Und jetzt, wo du aus der Abtei raus bist, hat sich alles wieder geändert«, sagte er zögernd. »Die Schergen des Königs haben behauptet, ihr wärt gar keine echten Nonnen gewesen, und der Kaplan des Lords meint, daß Hugo gut daran getan hätte, euch zu vertreiben. Die Abtei ist zerstört, du bist wieder eine freie Frau, Alys.« Er wagte nicht, sie anzusehen, sondern starrte auf den Boden unter seinen Füßen. »Ich habe nie aufgehört, dich zu lieben«, sagte er. »Wirst du jetzt meine Geliebte?«

Alys schüttelte instinktiv angewidert den Kopf. »Nein!« sagte sie. »Mein Gelübde steht noch. So darfst du nicht von mir denken, Tom. Ich gehöre Gott.«

Sie hielt inne, sah ihn von der Seite an. Es war ein schwieriger Weg, den sie da finden mußte. Sie mußte ihn in Versuchung führen, ihr zu helfen, aber ohne mit der Sünde zu locken. »Ich wünschte, du würdest mir helfen«, sagte sie vorsichtig. »Wenn du Geld hast oder ein Pferd, das ich mir leihen könnte, könnte ich eine Abtei suchen, die mich vielleicht aufnimmt. Ich habe gehofft, du weißt vielleicht wo oder kannst mir einen Ort suchen, an den ich gehen kann?«

Tom stand auf. »Das kann ich nicht«, sagte er schlicht. »Die Farm wirft nichts ab, wir haben nur ein Arbeitspferd und kein Geld. Gott ist mein Zeuge, daß ich alles für dich tun würde, Alys, aber ich habe weder Geld noch ein Pferd für dich.«

Alys' blasses Gesicht war heiter, obwohl sie innerlich schrie. »Vielleicht fällt dir etwas ein«, sagte sie. »Ich zähle auf dich, Tom. Ohne deine Hilfe weiß ich nicht, was aus mir werden wird.«

»Du warst schon immer diejenige, die das Denken übernommen hat«, erinnerte er sie. »Ich bin bloß zu dir gekommen, wie ein Hund, der die Pfeife seines Herrn hört. In dem Moment, als ich gehört habe, daß die Abtei brennt, habe ich an dich gedacht. Dann habe ich gehört, daß Morach ein neues Mädchen hat, und vermutet, daß das du bist. Ich bin einfach zu dir gelaufen.«

Alys erhob sich ebenfalls und stellte sich dicht neben ihn. Sie roch den Schweiß von Tagen, den Gestank getrockneten Blutes vom Schlachten und saure Milch. Er roch wie ein armer Mann, wie ein alter Mann. Sie wich zurück.

Tom legte eine Hand auf ihren Arm, und Alys erstarrte, zwang sich, ihn nicht abzuschütteln. Er starrte ihr Gesicht an. Alys' dunkelblaue Augen, offen wie die eines Kindes, erwiderten seinen Blick.

»Du willst mich nicht als Mann«, sagte er in plötzlicher Einsicht. »Du wolltest mich sehen, und deine Worte sind süß, aber du willst nur, daß ich dich davor rette, mit Morach zu leben, so wie dich deine Äbtissin vor ihr gerettet hat.«

»Warum nicht?« fragte Alys. »Ich kann nicht hier leben. Morach steckt bis zum Hals in Sünde und Schmutz. Ich kann nicht hier bleiben! Ich will dich nicht als Mann, mein Gelübde und meine Neigungen lassen es nicht zu. Aber ich brauche dich unbedingt als Freund, Tom. Ohne deine Hilfe weiß ich nicht mehr, was ich tun soll. Wir haben versprochen, einander treu zu sein und immer für den anderen dazusein.« Sie drehte die Daumenschrauben fester. »Ich hätte dir geholfen, wenn du in Not wärst, Tom. Wenn ich ein Pferd hätte, müßtest du keinen Schritt zu Fuß gehn.«

Tom schüttelte langsam den Kopf. »Ich kann nicht mehr klar denken!« sagte er. »Alys, sag mir einfach, was du von mir willst! Du weißt, daß ich es tun werde. Du weißt, daß ich immer getan habe, was du wolltest.«

»Finde einen Ort, an den ich gehen kann«, sagte sie hastig. »Morach erfährt nichts, und ich traue mich nicht, weiter zu gehen als nach Castleton. Aber du kannst reisen und Leute fragen. Finde für mich ein Nonnenkloster, das sicher ist, und dann bringe mich dort hin. Lord Hugo kann seinen Zorn nicht am ganzen Norden auslassen. Es muß noch andere Abteien geben, die vor seiner Bosheit sicher sind: Hartlepool, Durham oder Whitby.«

»Du hoffst nicht mehr darauf, deine alte Äbtissin wiederzufinden?« fragte Tom.

Alys schüttelte den Kopf. Sie erinnerte sich an die Hitze im Rauch, die sie gewarnt hatte, wie nah die Flammen waren. Sie erinnerte sich an den durchdringenden Schrei, den sie gehört hatte, als sie durch die Gartentür stürzte. »Ich werde einen neuen Orden finden und einen neuen Namen annehmen und noch einmal mein Gelübde ablegen«, sagte sie.

Tom blinzelte. »Darfst du das denn?« fragte er. »Wird man sich nicht fragen, wer du bist und woher du kommst?«

Alys musterte ihn abschätzig von der Seite. »Du würdest doch sicher für mich bürgen, Tom. Du könntest ihnen erzählen, ich bin deine Schwester, oder etwa nicht?«

Tom schüttelte wieder den Kopf. »Nein! Ich weiß es nicht! Ich denke schon, Alys, aber ich weiß nicht, was ich tun kann und was nicht! Mir dreht sich alles!«

Alys streckte ihre weiche, weiße Hand nach ihm aus und berührte sanft seine Stirn zwischen den Augen, mit all ihrer Kraft in den Fingerspitzen. Sie spürte, wie ihre Finger sich von der Macht, die sie durchströmte, erwärmten. Einen schwindelnden Augenblick lang dachte sie, Tom zu allem bewegen zu können, ihn alles glauben machen, ihn alles tun lassen zu können. Er schloß die Augen bei ihrer Berührung, und sein Körper schwankte auf sie zu wie eine Eberesche im Wind.

»Alys«, sagte er, und seine Stimme zitterte vor Verlangen.

Sie zog ihre Hand zurück, und er öffnete langsam die Augen.

»Ich muß gehen«, sagte sie. »Versprichst du, einen Platz für mich zu finden?«

Er nickte. »Aye«, sagte er und zog das Plaid über seine Schulter.

»Und mich dorthinzubringen?«

»Ich werde tun, was ich kann«, sagte er. »Ich werde herumfragen, welche Abteien sicher sind. Ich werde dich hinbringen, koste es, was es wolle.«

Alys hob die Hand zum Abschied und sah ihm nach. Als er außer Hörweite war, hauchte sie ihm ihren Willen nach. »Mach es, Tom«, sagte sie. »Mach es sofort. Finde einen Ort für mich. Bring mich zurück in ein Kloster. Hier kann ich nicht bleiben.«

Es wurde kälter. Im September wuchs sich der Wind für eine Woche zu einem unerbittlichen Sturm aus, und als er wieder einschlief, waren die Moore, die Hügel und sogar die Täler in dicke Dunstschleier gehüllt, die sich tagelang nicht hoben. Morach blieb jeden Morgen länger im Bett.

»Ich stehe auf, wenn das Feuer brennt und der Haferbrei heiß ist«, meinte sie zu Alys von ihrer Schlafplattform aus. »Es hat wenig Sinn, wenn wir uns beide tödlich erkälten.«

Alys hielt den Kopf gebeugt und sagte wenig. Jeden Abend drehte sie die Hände zum Licht des Feuers und untersuchte ihre Handflächen nach rauhen Stellen. Die Haut war wund und rot geworden, dann hatte sie Blasen bekommen, die aufgegangen und wieder verheilt waren. Der feiste Ansatz ihres Daumens war schon hart geworden, und die Haut an ihren Fingerspitzen wurde trocken und hart. Sie rieb sich das Fett von Schafvliesen in die Schwielen, mit angewidertem Gesicht wegen des ranzigen Geruchs, aber nichts konnte verhindern, daß ihre Hände härter und rot und rauh wurden.

»Ich bin immer noch gut als Nonne«, flüsterte sie vor sich hin. Sie betete ihren Rosenkranz, bevor sie zu Bett ging, und sprach ihre Abendgebete, ohne die Zeit zu wissen, so fern vom disziplinierenden Rhythmus der Kapellenglocke. Eines Abends verhaspelte sie sich und merkte, daß sie allmählich die Worte vergaß. Sie vergaß ihre Gebete. »Ich bin immer noch gut als Nonne«, sagte sie grimmig, bevor sie einschlief. »Gut genug als Nonne, wenn ich nur bald in ein Kloster komme.«

Sie wartete auf Nachricht von Tom, aber es kam keine. In Bowes hörte sie nur verworrene Geschichten von Inspektionen und Veränderungen. Die Schergen des Königs waren überall. Verlangten Rede und Antwort in stillen Kreuzgängen, inspizierten die Reichtümer der Orden, die Armut gelobt hatten. Keiner wußte, wie weit der König gehen würde. Er hatte seinen Bischof Thomas More hingerichtet, den meistgeachteten Mann Englands, er hatte Mönche auf dem Scheiterhaufen verbrannt. Er hatte das ganze Klerikum für sich beansprucht, Pfarrer, Vikare, Bischöfe. Und jetzt hatte er ein Auge auf die Abteien und Klöster geworfen. Er wollte ihre Macht, er wollte ihr Land, er konnte ohne ihren Reichtum nicht überleben. Es war nicht der richtige Moment, um unter falschem Namen und mit verbranntem Gewand in einen Orden einzutreten.

»Ich bin verflucht«, sagte Alys mißmutig, als sie Wasser für Morach holte und Rüben aus dem kalten feuchten Boden zog.

Alys setzte die Kälte sehr zu. Vier Jahre lang hatte sie in einem befestigten Gebäude geschlafen, in dem nachts ganze Baumstämme im Kamin brannten. So war der Lehmboden von Morachs Hütte für sie unerträglich. Sie begann nachts zu husten, und ihr Husten wurde zu herzzerreißendem Schluchzen vor Heimweh. Das Schlimmste aber waren die Träume: wenn sie träumte, daß sie in der Abtei wäre, an Mutter Hildebrandes Knie lehnte und im hellen Kerzenlicht laut vorläse. Eines Nachts träumte sie, Mutter Hildebrande wäre in die Hütte gekommen und hätte Alys gerufen, die auf Knien durch den Schlamm des Gemüsebeetes rutschte. »Natürlich bin ich nicht tot!« hatte Mutter Hildebrande strahlend gesagt. Alys spürte, wie ihre Mutter sie in die Arme nahm und sie an sich drückte, roch den sauberen, süßen Duft ihrer gestärkten Wäsche. »Natürlich bin ich nicht tot!« sagte sie. »Komm nach Haus mit mir!«

Alys klammerte sich an die Lumpen ihres Kissens, schloß die Augen fester und versuchte weiterzuschlafen, in diesem Traum zu bleiben. Aber jedesmal weckte sie die Kälte des Bodens oder Morachs zänkisches Geschrei, und dann schlug sie wieder die Augen auf, spürte wieder den Schmerz des Verlustes und mußte sich wieder damit abfinden, daß sie weit weg von zu Hause war, weit weg von der Frau, die sie liebte, ohne Hoffnung, die Mutter oder irgendeine Schwester je wiederzusehen.

Es regnete wochenlang in dichten, sturzbachartigen Güssen. Der Himmel weinte. Jeden Morgen, wenn Alys erwachte, war ihr Strohsack naß vom Boden der Hütte und ihr Gewand und ihr Umhang feucht vom Morgendunst. Morach machte ihr nörgelnd Platz auf ihrer Schlafplattform und weckte sie ein-, zweimal die Nacht, damit sie die wackelige Leiter hinunterkletterte und das Feuer in Gang hielt. Jeden Tag ging Alys flußabwärts in Richtung Bowes, wo die Eichen, Ulmen und Buchen wuchsen, und suchte nach Feuerholz. Jeden Tag zog sie schwere, tote Äste nach Hause und hackte sie mit Morachs alter Axt in Scheite. Die Holzsuche nahm oft einen Großteil der Stunden mit Tageslicht in Anspruch, doch zusätzlich mußte sie noch den Nachttopf auf den stinkenden Misthaufen ausleeren, Wasser aus dem Fluß hochschleppen und Rüben und Karotten aus dem Gemüsebeet ziehen. Einmal wöchentlich ging sie zum Markt nach Bowes – ein erschöpfender

Fünfmeilenmarsch hin und zurück, über den glitschigen Pfad am Flußufer oder die windgepeitschte Straße. Alys fehlte das gute Essen des Nonnenklosters, und sie wurde blasser und dünner. Ihr Gesicht wurde hager und verhärmt. Eines Tages, als sie nach Bowes ging, warf ein Kind ihr einen Stein nach, und als sie sich umdrehte und es verfluchte, jaulte das Kind aus Angst vor der kalten, nackten Wut in Alys' Augen.

Mit dem kalten Wetter hielten auch die Krankheiten Einzug. Jeden Tag klopfte ein anderer an Morachs Tür und bat sie oder Alys um einen Zauberspruch, ein Tränklein oder einen Talisman gegen Durchfall, Erkältung oder Fieber. In Bowes gab es in der Zeit drei oder vier Geburten, und Alys begleitete Morach und holte blutige, unterentwickelte Kinder in die Welt.

»Du hast die Hände dafür«, sagte Morach mit einem Blick auf Alys' lange, schlanke Finger. »Und du hast mit einem halben Dutzend Armenhäuslerbabys in deinem Nonnenkloster geübt. Du kannst alle Geburten machen. Du hast das Geschick, und ich bin zu alt, um noch um Mitternacht aus dem Haus zu gehen.«

Alys starrte sie in stummem Haß an. Geburten waren die gefährlichste Aufgabe für eine weise Frau. Es konnte viel schiefgehen, zwei Leben standen auf dem Spiel, die Leute hofften, daß Mutter und Kind überlebten, und gaben der Hebamme Schuld an Krankheit und Tod. Es war sicherer für Morach, wenn sie Alys allein schickte.

Das Dorf war beunruhigt, mißtrauisch. In Boldron, kaum vier Meilen entfernt, hatte man eine weise Frau gefangengenommen und sie bezichtigt, das Vieh ihres Nachbarn verhext zu haben. Die Beweise waren erdrückend. Nachbarn schworen, sie hätten sie trockenen Fußes auf dem Fluß laufen sehen. Jemand hatte sie beobachtet, wie sie einem Pferd ins Ohr flüsterte und das Pferd anschließend gelahmt hatte. Eine Frau sagte, es hätte wegen einer Speckseite am Markt von Castleton ein Gerangel gegeben, und ihr Arm würde seither weh tun; sie hätte Angst, er würde verfaulen und abfallen. Ein Mann schwor, er hätte die weise Frau im Nebel auf der Straße nach Boldron niedergeritten, und sie hätte ihn verflucht; darauf hätte sein Pferd sofort gescheut, und er wäre gestürzt. Ein kleiner Junge aus dem Dorf bezeugte, er hätte sie fliegen und mit den Tauben im Taubenschlag des Herrenhauses reden sehen. Das ganze Land hatte Beweise gegen sie, so daß der Prozeß Tage dauerte.

»Das ist doch alles Unsinn«, sagte Alys, als sie mit der Nachricht aus Bowes zurückkam. »Zufälle sind das, die jedem passieren können, Albträume kleiner Kinder. Es ist, als ob sie alle verrückt geworden sind. Jeder kann alles behaupten.«

Morach schaute grimmig drein. »Eine böse Mode ist das«, sagte sie barsch. Alys hatte einen Sack Lebensmittel auf den Boden neben das Feuer gestellt und warf drei Speckscheiben in die Brühe, die in dem Dreifuß brodelte. »Ich habe das schon erlebt. Wie die Pest zieht es übers Land. Manchmal um diese Jahreszeit, manchmal im Mittsommer. Immer wenn die Leute unzufrieden und arbeitslos sind, werden sie gehässig.«

Alys warf ihr einen ängstlichen Blick zu. »Warum machen sie das?« fragte sie.

»Zum Zeitvertreib«, sagte Morach. »Der Herbst ist eine langweilige Zeit. Die Leute sitzen am Feuer und erzählen sich Geschichten, mit denen sie sich gegenseitig Angst einjagen. Es gibt Erkältungen und Zipperlein, die keiner kurieren kann. Winter und Hunger lauern vor der Tür. Sie brauchen jemanden, dem sie die Schuld geben können. Und sie rotten sich gerne lärmend zusammen. Dann sind sie ein Tier, ein Tier mit hundert Mäulern und hundert klopfenden Herzen und keinem einzigen Gedanken. Nur Appetit haben sie.«

»Was werden sie mit ihr machen?« fragte Alys.

Morach spuckte genau ins Feuer. »Sie haben schon angefangen«, sagte sie. »Sie haben sie schon untersucht, ob sie Male hat, weil sie den Teufel gesäugt hat, und sie haben die Male mit einem Feuereisen ausgebrannt. Wenn die Wunden eitern, beweist das die Hexerei. Sie werden sie an Händen und Füßen fesseln und sie in den Fluß Greta werfen. Wenn sie lebend hochkommt – ist das Zauberei. Vielleicht muß sie die Hand in das Feuer des Schmiedes stecken und schwören, daß sie unschuldig ist. Vielleicht binden sie sie die ganze Nacht draußen im Moor fest, um zu sehen, ob der

Teufel sie rettet. Sie werden mit ihr spielen, bis ihre Wollust gestillt ist.«

Alys reichte Morach die Schüssel mit Brühe und einen Kanten Brot. »Und dann?«

»Dann bauen sie einen Scheiterhaufen auf dem Dorfanger, der Priester wird Gebete für sie sprechen, und dann wird jemand – wahrscheinlich der Schmied – sie erwürgen. Sie werden sie an einer Wegkreuzung begraben«, sagte Morach. »Und dann suchen sie sich die nächste und danach wieder eine andere. Bis etwas anderes passiert, ein Fest oder ein Feiertag, und sie neue Ablenkung haben. Es ist wie ein Wahn, der vom ganzen Dorf Besitz ergreift. Eine schlechte Zeit für uns. Ich werde nicht nach Bowes gehen, bis die weise Frau aus Boldron tot und vergessen ist.«

»Wie kriegen wir dann Mehl?« fragte Alys. »Und Käse?«

»Du kannst ja gehen«, sagte Morach eiskalt. »Oder wir kommen ein oder zwei Wochen ohne aus.«

Alys warf Morach einen frostigen Blick zu. »Wir kommen ohne aus«, sagte sie, obwohl ihr der Magen knurrte.

Ende Oktober wurde es plötzlich bitterkalt, und jeden Morgen war alles mit Rauhreif überzogen. Alys gab für den Winter das Waschen auf. Das Flußwasser war reißend und braun. Jeden Tag schleppte sie einen vollen Wassereimer fürs Kochen hinauf zur Hütte; sie hatte weder die Zeit noch die Energie, Wasser zum Waschen zu holen. Ihre nachwachsenden Haare waren verlaust, ihr schwarzes Nonnenkleid klebte vor Dreck. Sie fing Flöhe und knackte ihre kleinen Körper schamlos zwischen Zeigefinger und zerfetztem Daumennagel. Sie war gegen den Gestank und den Dreck immun geworden. Wenn sie den Nachttopf auf den Misthaufen leerte, mußte sie sich nicht mehr abwenden und gegen den Brechreiz ankämpfen. Morachs Kot und ihr eigener, der Mist der Hennen und der Abfall türmten sich auf dem Misthaufen, und Alys breitete ihn aus und hub ihn unter die Erde des Gemüsebeetes, ohne den Gestank wahrzunehmen.

Die saubere weiße Wäsche, der süße Geruch der Kräuter im Destillationsraum und der Duft der Blumen auf dem Altar der Abtei waren wie ein Traum. Manchmal dachte Alys, Morachs

Lüge sei Wahrheit, und sie sei tatsächlich nie in der Abtei gewesen, hätte die Nonnen nie gekannt. Aber dann wachte sie nachts wieder auf, und ihr Gesicht war angespannt und salzig vor Tränen. Da wußte sie, daß sie wieder von ihrer Mutter geträumt hatte und von dem Leben, das für immer verloren war.

Den Genuß, sauber zu sein, konnte sie vergessen, aber ihr hungriger, heranwachsender Körper rief ihr täglich das Essen in der Abtei in Erinnerung. Den ganzen Herbst aßen Alys und Morach wäßrige Gemüsebrühe, manchmal mit einer Speckscheibe, deren Fett in goldenen Augen auf der Oberfläche schwamm. Manchmal hatten sie ein Stück Käse. Nur Brot gab es immer, schwarzes Roggenbrot mit schlecht gemahlenen Körnern, die im Teig steckten. Manchmal bekamen sie die Innereien eines frischgeschlachteten Schweines von einer dankbaren Farmersfrau. Manchmal hatten sie einen Hasen. Morach hatte eine Fallenschlinge, und Alys spannte ein Netz für Fische. Wenn Morachs Hühnerpaar, das im Haus lebte und sich armselig von Brotkrumen ernährte, ein paar Tage lang gut legte, aßen Morach und Alys nur Eier. Meistens gab es zum Frühstück wäßrige Hafergrütze, dann erst mit Einbruch der Nacht Brühe und Brot und ab und zu eine Scheibe Käse oder Fleisch.

Alys konnte sich gut an den Geschmack der Karpfen aus den Weihern der Abtei erinnern. An die Fastentage, an denen sie Lachs oder Forelle oder Seefisch aßen, der extra von der Küste gebracht wurde. Der Geruch gebratenen Rinderfleisches mit dickem, flockigen Kartoffelbrei, der warme, nahrhafte Haferbrei nach dem Morgengebet, mit einem Löffel Honig und Sahne, gelb wie Butter, übergossen, heißes Bier vor dem Schlafengehen, die Festtagsleckereien wie Marzipan, geröstete Mandeln, gezuckerte Früchte. Sie gierte nach der schweren, warmen Süße des Hippocras-Weines nach einem Fest, Wild in Portweinsauce, eingemachtem Karnickel, Gemüse in Butter gedünstet, der sauren Süße frischer Kirschen. Manchmal weckte Morach sie nachts mit einem Fußtritt und sagte verschlafen kichernd: »Du stöhnst, Alys, du träumst schon wieder vom Essen. Lerne deinen Körper zu kasteien, mein kleiner Engel!« Und Alys merkte, wie ihr dann das

Wasser im Mund zusammenlief von den Träumen über die Mahlzeiten in der Stille des Refektoriums, während denen eine Nonne vorlas; und am Kopf des Tisches war immer Mutter Hildebrande, segnete mit ausgestreckten Armen die Mahlzeit und dankte dem Herrn für das reiche, sorglose Leben, das er ihnen beschert hatte; und manchmal schaute sie den Tisch hinab zu Alys, um sicherzugehen, daß das kleine Mädchen reichlich zu essen hatte. »Reichlich«, sagte Alys sehnsüchtig.

Ende Oktober brach in Bowes eine Epidemie aus. Ein halbes Dutzend Kinder und einige Erwachsene wurden von ständigem Brechreiz geplagt und erstickten fast an ihrem eigenen Erbrochenen. Mütter gingen täglich den weiten Weg zu Morachs Hütte mit einem Geschenk, einem runden gelben Käse, manchmal sogar mit einem Penny. Morach verbrannte Fenchelwurzeln über dem kleinen Feuer, ließ sie trocknen, zerstampfte sie zu Pulver und gab Alys ein Stück Papier, eine Feder und Tinte.

»Schreib ein Gebet«, sagte sie. »Irgendeins der guten Gebete in Latein.«

Alys Hand beglückte das Gefühl, wieder eine Feder zu halten; sie hielt sie ungeschickt in ihren geschwollenen, schwieligen Händen, wie den Schlüssel zu einem Königreich, das sie verloren hatte.

»Schreib! Schreib!« drängte Morach ungeduldig. »Ein gutes Gebet gegen Krankheit.«

Alys tauchte behutsam die Feder ein und schrieb die schlichten Worte des Vaterunsers, und ihre Lippen bewegten sich im Rhythmus der lateinischen Kadenzen. Es war das erste Gebet, das Mutter Hildebrande ihr beigebracht hatte.

Morach schaute ihr neugierig über die Schulter. »Ist es fertig?« fragte sie, und nachdem Alys nur stumm nickte, nahm Morach das Papier, zerriß es in ein halbes Dutzend kleiner Vierecke, gab den staubigen Puder darauf und drehte die Papierschnipsel zu, damit das Pulver nicht verlorenging.

»Was machst du da?« fragte Alys.

»Zauberei«, erwiderte Morach ironisch. »Das wird uns den Winter über fett halten.«

Sie behielt recht. Die Leute aus Bowes und die Farmer der

Umgebung kauften das schwarze, in Spezialpapier gewickelte Pulver für einen Penny pro Päckchen. Morach kaufte mehr Papier und ließ Alys weiterschreiben. Alys wußte, daß es keine Sünde war, das Vaterunser zu schreiben, aber ihr war nicht wohl in ihrer Haut, wenn Morach das glatte Pergament in Stücke riß.

»Warum machst du das?« fragte Alys eines Tages neugierig, während sie Morach, die auf einem Hocker neben dem Feuer saß, zusah, wie sie die Wurzel in einem Mörser auf ihrem Schoß zerstampfte.

Morach lächelte sie an. »Das Pulver ist gut gegen Krankheiten im Bauch«, sagte sie. »Aber der Zauberspruch, den du schreibst, verleiht ihm die Kraft.«

»Es ist ein Gebet«, sagte Alys verächtlich. »Ich kenne keine Zaubersprüche, und ich würde nie verbrannten Fenchel und eine Zeile Gebet für einen Penny pro Päckchen verkaufen.«

»Es macht die Leute gesund«, sagte Morach. »Sie nehmen es und sagen den Zauberspruch, wenn der Brechreiz sie überkommt. Dann vergeht der Anfall.«

»Wie soll das funktionieren?« fragte Alys ungeduldig. »Warum sollte ein zerrissenes Stück Papier sie kurieren?«

Morach lachte. »Da hör sich doch einer die weggelaufene Nonne an!« rief sie dem Feuer zu. »Hör dir das Mädchen an, das im Kräutergarten, im Destillationsraum und im Hospital der Nonnen gearbeitet hat und die Kraft der Pflanzen leugnet! Die Macht des Gebetes verleugnet! Es kuriert sie, mein Mädchen, weil es Kraft hat. Und um das Gebet zu sprechen, müssen sie Luft holen. Es beruhigt sie. Ich habe angeordnet, daß das Gebet gen Himmel gesprochen werden muß, also müssen sie ein Fenster öffnen und atmen frische Luft. All diejenigen, die gestorben sind, waren schwach und kränklich und waren angsterfüllt in dreckigen Zimmern gesessen. Der Zauberspruch wirkt, weil er mächtig ist. Und es hilft, wenn sie daran glauben.«

Alys bekreuzigte sich mit einer flüchtigen Geste. Morach hätte sie verspottet, wenn sie es gesehen hätte.

»Und wenn sie für einen Zauberspruch zahlen können, können sie auch für gutes Essen und sauberes Wasser bezahlen«, sagte

Morach ergänzend. »So besteht die Chance, daß sie kräftiger sind, wenn die Krankheit sie packt. Die Reichen sind immer gesegnet.«

»Was, wenn es nicht funktioniert?« fragte Alys.

Morachs Gesicht verhärtete sich. »Du solltest besser zu unserer Lieben Frau beten, damit es nie versagt«, sagte sie. »Wenn es versagt, werde ich sagen, daß sie von einer anderen Macht verhext worden sind oder daß der Zauberspruch nicht gewirkt hat, weil sie etwas falsch gemacht haben. Wenn es versagt, gehe ich sofort zu den Erben und versuche, mir ihre Freundschaft zu erkaufen. Aber wenn sie auf Rache aus sind und ihr Vieh auch stirbt, dann halten wir beide uns von Bowes fern, halten die Köpfe gebeugt und bleiben außer Sicht, bis die Leiche begraben ist und die Leute vergessen haben.«

»Es ist unrecht«, sagte Alys im Brustton der Überzeugung. »In der Abtei haben wir uns an die alten Bücher gehalten, wir kannten die Kräuter, die wir gezogen haben, wir haben daraus Tinkturen gemacht und sie aus Meßgläsern getrunken. Das hier ist keine Kunst, das ist Unsinn. Das sind Lügen in Küchenlatein verkleidet, um Kinder zu schrecken!«

»So, Unsinn ist das also?« fragte Morach gereizt. »Es gibt Leute in diesem Dorf, die beschwören, daß ich Fehlgeburten auslösen kann, wenn ich eine Frau nur anblinzle! Es gibt Leute in diesem Dorf, die glauben, ich könnte ein gesundes Tier töten, indem ich über seinem Wassereimer die Finger schnippe. Es gibt Leute in diesem Dorf, die glauben, der Teufel spräche in meinen Träumen zu mir und all seine Kräfte wären mir untertan!«

»Hast du denn keine Angst?« fragte Alys.

Morach lachte, ein wildes, barsches Lachen. »Angst?« sagte sie. »Wer hat denn keine Angst? Aber ich habe mehr Angst davor, diesen Winter zu verhungern oder vor Kälte zu sterben, weil wir kein Feuerholz haben. Seit man mir mein Land gestohlen hat, habe ich keine andere Wahl. Seit man mir mein Land gestohlen hat, habe ich Angst. Ich bin eine weise Frau – natürlich habe ich Angst!«

Sie stellte den Mörser und den Stößel beiseite und verteilte dann mit ruhiger Hand das Pulver auf die Papierfetzen.

»Außerdem«, sagte sie mit einem boshaften Seitenblick, »habe ich jetzt weniger Angst als vorher. Viel weniger Angst.«

»Wirklich?« fragte Alys. Sie kannte diesen Ton, er bedeutete immer Qualen für sie.

»O ja«, sagte Morach schadenfroh. »Wenn sie jetzt in Bowes eine Hexe suchen, wen glaubst du, packen sie dann zuerst? Eine kleine alte Frau mit ein paar Kräutern im Beutel, die schon seit Jahren hier ist und nie großen Schaden angerichtet hat – oder ein Mädchen, schön wie die Sünde, das mit niemandem spricht und sich von keinem Mann den Hof machen läßt? Ein Mädchen, das weder Jungfrau noch Frau ist, weder Heilige noch Sünderin. Ein Mädchen, das sich nur selten in Bowes zeigt, immer mit einem Umhang und einem Schal über dem Kopf. *Du* solltest Angst haben. *Dich* sehen sie als seltsame Frau an, als jemanden, der fremdartig ist. Also halten sie *dich* für diejenige, die die Fähigkeit besitzt, den Brechreiz zu kurieren. *Du* wirst es sein, den sie preisen oder dem sie die Schuld geben. *Du* solltest Angst haben!«

»Sie können doch nicht glauben, daß das Zaubersprüche sind!« rief Alys. »Ich habe dir von Anfang an gesagt, daß es Gebete sind! Sie können doch nicht glauben, daß ich zaubere!«

»Mach weiter!« Morach gestikulierte ungeduldig. »Schreib noch ein paar. Ich muß dieses Pulver verpacken. Es ist deine Schrift, Alys, die das Pulver wirksam macht. Seit du zurückgekommen bist, kuriert der Fenchel den Brechreiz. Sie glauben, daß *du* die schlaue Frau bist und ich deine Dienerin. Sie behaupten, du seist vom Teufel geschickt. Sie glauben, daß die Feuer der Hölle den Saum deines Gewandes versengt haben und du die Braut des Teufels bist.«

»Wer sagt das?« fragte Alys tapfer, aber ihre Stimme zitterte etwas.

»Liza – Toms Frau«, sagte Morach mit triumphierender Stimme. »Sie erzählt, daß du Toms Schlaf verhext hast. Er ruft deinen Namen im Schlaf – ein sicheres Zeichen für Zauberei.«

Alys lachte verbittert. »Oh, ja«, sagte sie giftig. »Er ruft mich, damit ich ihn vor ihrer scharfen Zunge rette.«

»Warum verfluchst du sie nicht?« Morachs Gesicht strahlte in der zwielichtigen Hütte. »Versuch's! Verfluche sie, damit sie stirbt und Tom zum Witwer mit großer Mitgift macht. Dann kann er zu dir zurückkehren, und du kannst mit deinen rauhgewordenen Händen sein Land bestellen. Sie ist eine gehässige Frau, die keinen einzigen Freund hat. Keiner würde sie vermissen.«

»Nicht«, sagte Alys hastig. »Sag so etwas nicht. Du weißt, daß ich es nicht tun würde, und auch, daß ich keine solchen Kräfte habe.«

»Du hast die Macht!« sagte Morach unbeirrt. »Du weißt es, und ich weiß es! Du bist vor deiner Macht davongelaufen und hast gehofft, Gott würde dich schützen, wenn du deine Künste vergißt. Aber jetzt bist du wieder hier bei mir, und es ist, als wärst du nie fortgewesen. Es gibt keine sicheren Nonnenklöster mehr! Du wirst für immer hier bleiben, außer du gehst zu einem Mann. Warum nicht zu Tom? Er hat dir doch recht gut gefallen, als du jung warst, und er hat keine andere Frau je geliebt. Du solltest Liza töten. Ich kann dir sagen wie. Ich weiß Hunderte von Möglichkeiten. Und dann hättest du ein bequemes Leben in Toms Farmhaus, könntest dich jeden Tag waschen, solange du willst, und sogar deine Gebete sprechen, und stell dir bloß vor, wie wir da essen würden! Nur ein kleiner Zauberspruch und ein so großer Unterschied. Mach es, Alys!«

»Ich kann nicht«, sagte Alys verzweifelt. »Ich kann es nicht. Und selbst wenn ich es könnte, würde ich es nicht tun. Ich habe keine Macht außer durch das, was ich in der Abtei gelernt habe. Ich werde nicht mit deinen Zaubersprüchen herummurksen. Ich werde mich nie deiner falschen Künste bedienen.«

Morach beschäftigte sich nach kurzem Achselzucken weiter mit den Papiertüten. »Und du wirst doch«, sagte sie leise. »Ich weiß, daß du die Macht in deinen Fingerspitzen fühlst. Du hast ihren Geschmack auf der Zunge. Nicht wahr, Alys? Wenn du allein im Moor bist und der Wind sanft bläst, weißt du dann nicht, daß du ihn rufen kannst? Ihn dahin schicken, wo dein Wille ihn haben will? Gesundheit oder Krankheit bringen lassen? Reichtum oder Armut? Als du auf deinen Knien in der Abtei lagst, hast du da nicht die Macht um dich herum und in dir gefühlt? Ich fühle die

Macht in mir – ja, und auch in dir. Die alte Äbtissin hat das genau erkannt. Sie wollte diese Macht für ihren Gott! Und jetzt ist deine Macht wieder befreit, und du kannst sie einsetzen, wo du willst.«

Alys schüttelte den Kopf. »Nein«, sagte sie entschieden. »Ich fühle nichts. Ich habe keine Macht.«

»Schau das Feuer an«, sagte Morach. »Schau in das Feuer.«

Alys schaute in die glimmenden, schlecht geschnittenen Torfstücke und den brennenden Scheit, der in der Glut lag.

»Mach es blau«, flüsterte Morach.

Alys spürte den Gedanken an blaue Flammen in ihrem Verstand, verweilte kurz bei dem Bild der blauen Flammen vor ihrem inneren Auge. Die Flammen nickten, flackerten und brannten dann klar, vergißmeinnichtblau. Die Glut strahlte wie ein Sommerhimmel, die Asche war dunkelviolett.

Morach lachte begeistert. Alys riß ihren Blick von dem Feuer los, und die Flammen zuckten und brannten dann ruhig weiter.

Alys bekreuzigte sich hastig. »Hör auf, Morach«, sagte sie irritiert. »Dumme Tricks, mit denen man Kinder erschreckt. Als ob mich das täuschen könnte, nach einer Kindheit mit dir und deinen verlogenen Künsten.«

Morach schüttelte den Kopf. »Ich habe nichts angefaßt«, sagte sie ruhig. »Es waren dein Blick und dein Verstand und deine Macht. Und du kannst genauso davor weglaufen, wie du vor deinem heiligen Leben davongelaufen bist. Aber die beiden werden bis in alle Ewigkeit mit dir Schritt halten, Alys. Am Ende wirst du wählen müssen.«

»Ich bin eine Nonne«, sagte Alys mit zusammengebissenen Zähnen. »Für mich wird es keine Magie und keine dunklen Künste geben. Ich will sie nicht. Ich will dich nicht. Und ich will Tom nicht. Hör gut zu, Morach. Sobald ich hier weg kann, bin ich fort. Ich schwöre dir, wenn ich heute nacht gehen könnte, wäre ich fort. Ich will nichts davon wissen. Gar nichts.«

»Still«, sagte Morach plötzlich. Alys verstummte, und die beiden Frauen horchten angestrengt.

»Jemand ist an der Tür«, zischte Morach. »Kannst du etwas hören?«

»Ein Pferd«, flüsterte Alys. »Nein, zwei Pferde.«

Morach kippte mit einer schnellen Bewegung den Wassertopf über das Feuer. Die Glut verlosch sofort, und der Raum füllte sich mit dickem Rauch. Alys hielt sich die Hand vor den Mund, um nicht zu ersticken.

Das Klopfen an der kleinen Holztür rumpelte wie Donner. Die beiden Frauen kauerten nebeneinander, den Blick starr auf die Tür gerichtet, als könnte sie jeden Moment auseinanderfallen. Jemand hämmerte mit einem Schwertknauf dagegen.

»Ich werde aufmachen«, sagte Morach. In der Dunkelheit war ihr Gesicht kreidebleich. »Du machst, daß du nach oben kommst, und versteckst dich unter meinem Strohsack. Wenn es der Hexenscherge ist, wird er wahrscheinlich wegen mir kommen, du kannst vielleicht fliehen. Auf Toms Frau wird keiner hören, wenn sonst keiner etwas gegen dich hat. Los, Mädchen, das ist die einzige Chance, die ich dir geben kann.«

Alys zögerte keinen Augenblick, wie ein Schatten floh sie nach oben.

»Ich komme«, sagte Morach mit barscher, dröhnender Stimme. »Laßt gefälligst die Tür einer alten Frau in den Angeln!«

Sie prüfte, ob Alys versteckt war, dann schob sie den hölzernen Riegel beiseite. Zwei große Männer zu Pferd standen wie Riesen vor der Hütte.

»Wir wollen die junge weise Frau«, sagte der Mann. Sein Gesicht war gegen die Kälte vermummt, und er war nur mit einer Keule und einem kurzen Dolch bewaffnet. »Die neue, die junge weise Frau. Hol sie.«

»Ich weiß nicht so recht...«, begann Morach. »Sie ist nicht...«

Der Mann griff nach unten, packte Morach am Schal und hob sie hoch, bis ihr Gesicht dicht vor seinem war. Das Pferd tänzelte unruhig, und Morach würgte und gurgelte mit strampelnden Beinen.

»Lord Hugh befiehlt es«, sagte er. »Er ist krank. Er will die junge weise Frau und den Zauberspruch gegen den Brechreiz. Hol sie, und dir passiert nichts. Er wird dich bezahlen. Wenn du sie versteckst, brenn ich dich mit deiner stinkenden Hütte nieder.«

Er ließ Morach fallen, sie taumelte gegen die Tür und in die Hütte, wo sie die Tür halb hinter sich schloß.

Alys schaute mit schreckgeweiteten Augen von der Schlafplattform herunter. »Ich kann nicht...«, sagte sie.

Morach riß sich ihren Schal von der Schulter, breitete ihn auf dem Herd aus und packte Hände voll Kräuter, ein schwarzgebundenes Gebetbuch, vier Päckchen mit dem Pulver, ein glänzendes Stück Quarz, um das ein langes Band geschlungen war, und den Mörser mit dem Stößel hinein.

»Du mußt es versuchen, sonst bringen sie uns beide um«, sagte sie resigniert. »Es ist eine Chance, und eine gute obendrein. Es sind schon andere geheilt worden. Du mußt es riskieren.«

»Ich könnte wegrennen«, meinte Alys. »Ich könnte mich heute nacht im Moor verstecken.«

»Und mich hierlassen? Ich wäre bis zum Morgengrauen tot«, sagte Morach. »Du hast ihn gehört. Er verbrennt mich bei lebendigem Leib.«

»Dich wollen sie ja nicht«, entgegnete Alys. »Das würden sie nicht tun. Du könntest ihnen sagen, ich sei die Nacht über in Bowes. Ich könnte mich am Fluß verstecken, in einer der Höhlen, während sie losreiten, um mich zu suchen.«

Morach schaute sie eindringlich an. »Du schmeckst gallebitter, Alys«, sagte sie mit grimmigem Gesicht. »Trotz deines schönen Gesichts schmeckst du gallebitter. Du würdest mich lieber sterben lassen, als etwas zu riskieren.«

Alys öffnete den Mund, aber Morach drückte ihr den Schal in die Hand, ehe sie etwas sagen konnte.

»Du würdest meinen Tod riskieren, aber ich nicht«, sagte Morach barsch und schob sie zur Tür. »Raus mit dir, mein Mädchen. Ich komme ins Schloß, wenn ich kann, um zu hören, wie es dir geht. Schau, was du tun kannst. Sie züchten dort Kräuter und Blumen. Vielleicht kannst du deine Nonnenkünste und meine anwenden.«

Alys hob das Bündel über ihre Schulter. Ihr ganzes Gesicht zitterte. »Ich kann es nicht!« sagte sie. »Ich bin ungeschickt. Ich weiß nichts! Ich habe ein paar Kräuter gezogen, ich habe in der

Abtei getan, was man mir aufgetragen hat. Und deine Künste sind Lügen und Unsinn.«

Morach lachte scharf. Der Mann draußen hämmerte wieder gegen die Tür. »Komm, Mädel!« rief er. »Sonst räuchere ich dich aus!«

»Nimm meine Lügen und meinen Unsinn und deine Unwissenheit und versuche, damit deine Haut zu retten«, meinte Morach. Sie mußte Alys zwingen. »Verhexe ihn!« zischte sie, als sie das Mädchen über die Türschwelle schob. »Du hast die Macht. Ich spüre sie in dir. Du hast die Flammen blau gemacht. Nimm deine Kräfte und nutze sie jetzt, um deiner Haut willen! Mach den alten Lord gesund, Alys, sonst sind wir beide tot.«

Alys stand jammernd vor Angst da. Doch der Reiter beugte sich vom Pferd, packte sie unter beiden Armen und setzte sie vor sich.

»Komm«, gab er seinem Gefährten zum Zeichen, und sie wendeten ihre Pferde, die dabei das Gemüsebeet verwüsteten. Dann waren sie in scharfem Galopp in der Dunkelheit verschwunden.

Morach blieb eine Weile in der Tür stehen. Sie ignorierte einfach die Kälte und den Rauch des nassen Feuers, der in dicken Schwaden hinter ihr hing, und lauschte dem Schweigen, das Alys hinterlassen hatte.

»Sie hat die Macht«, sagte sie in den Nachthimmel und beobachtete, wie die Wolken sich hinter dem Halbmond teilten. »Sie hat geschworen, sie würde gehen, und in dem Augenblick sind die Pferde gekommen, sie zu holen, und sie war fort. Was wird sie sich als nächstes wünschen?«

3

Alys war nie zuvor auf einem Pferd gesessen, und sie klammerte sich verunsichert an das Sattelhorn. Der Wind stand ihr ins Gesicht, und der harte Griff des Mannes hinter ihr war der eines Kerkermeisters. Wenn sie hinunterschaute, sah sie die bebenden Schultern des Pferdes, wenn sie nach vorne schaute, sah sie die windgepeitschte Mähne. Der Weg führte über die kleine Steinbrücke nach Castleton. Kein Licht war hinter den verschlossenen Läden zu sehen. Die kleineren Häuser des Ortes, die im Schatten der Hauptstraße an lehmigen Wegen lagen, und die kleinen Hütten dahinter auf dem Brachland waren dunkel und still.

Alys wurde so durchgerüttelt, daß ihr der Atem fehlte zu schreien, selbst dann, als das Pferd nach links abdrehte und über die Zugbrücke donnerte, auf den großen schwarzen Schlund des Schloßtores zu. Ein kurzer Zuruf von zwei Soldaten, die in der Finsternis der Schwelle unsichtbar waren, eine barsche Antwort des Reiters, und sie waren im mondbeschienenen Burgfrieden. Alys fand sich gerade zwischen dem Gewirr von Stallungen und Wirtschaftsgebäuden zu ihrer Rechten, dem runden Turm des Wachraums zur Linken und dem Gestank zurecht, da hatten sie bereits über eine zweite Zugbrücke einen tiefen Graben mit stehendem Wasser überquert. Der Lärm der Hufe auf der Holzbrücke hallte wie Donner, und dann ging es durch ein weiteres, finsteres Tor.

Die Pferde hielten an, zwei Soldaten traten vor und musterten Alys und die Reiter, dann winkten sie sie in einen Garten. Alys entdeckte Kräuter- und Gemüsebeete und die kahlen Kronen von Apfelbäumen. Direkt vor ihnen, kantig und mächtig vor dem nächtlichen Himmel, lag ein einstöckiges Gebäude mit einer riesigen Doppeltür genau in der Mitte. Von drinnen hörte Alys Geschrei und Gelächter. Die Tür ging auf, ein Mann kam heraus und urinierte achtlos gegen die Wand. Der ganze Hof war von Fackeln hell erleuchtet, und Alys roch heißes gebratenes Fleisch. Alys sah ein hell glühendes Backhausfeuer in einem kleinen runden Gebäude, das in einiger Entfernung zu ihrer Rechten stand. Dann hielten sie vor zwei dräuenden Türmen aus riesigen Felsquadern ohne erkennbares Licht.

»Wo sind wir?« keuchte Alys erschrocken und klammerte sich an die Hände des Mannes, als er sie aus dem Sattel stieß.

Er deutete mit dem Kopf auf den Turm, der an das lange Gebäude anschloß. »Lord Hughs Turm«, sagte er knapp. Laut rief er über ihren Kopf hinweg. Kaum war die Antwort aus dem Turm gekommen, hörte Alys, wie ein Riegel mühelos zurückgeschoben wurde.

»Und was ist das für ein Turm?« fragte sie ängstlich und deutete auf den gegenüberliegenden Turm. Dieser war kleiner und gedrungener, ein Teil der hohen Außenmauer. Im unteren Teil hatte er überhaupt keine Fenster, und eine Steintreppe führte in den ersten Stock hinauf.

»Bete, daß du ihn nie kennenlernst«, sagte der Mann mit grimmiger Miene. »Das ist der Gefängnisturm. Im ersten Stock ist der Wachraum, und darunter sind die Zellen. Dort haben sie eine Streckbank und Daumenschrauben, eine Kopfpresse und andere Folterinstrumente. Bete, daß du sie nie siehst, Mädel! Hinterher bist du viel gesprächiger – aber größer! Viel größer! Dünner! Und manchmal zahnlos! Auf jeden Fall billiger als der Bader!« Er lachte barsch. »Hier!« Er rief einen Soldaten, der aus den Schatten trat. »Hier ist die weise Frau aus Bowes. Bring sie und das Bündel sofort zu Lord Hugh. Keiner darf sie belästigen! Befehl des Lords!«

Er stieß Alys vorwärts. Der Soldat packte sie und führte sie die Steintreppe zu einer halbrunden Tür hinauf. Die Tür, dick wie ein Baumstamm, stand offen. Innen flackerte eine Fackel, die einen schwarzen Rußstreifen auf der Wand hinterließ. Das Schloß atmete Kälte, schwitzte Feuchtigkeit. Alys zog schaudernd ihren Schal fester. Hier war es sogar kälter als in Morachs zugiger

Hütte. Hier hielten die Schloßmauern den Wind ab, aber kein Sonnenstrahl drang je hinein. Alys bekreuzigte sich unter ihrem Schal. Sie hatte die dunkle Ahnung, daß sie tödliche Gefahr erwartete. Der finstere Korridor vor ihr, mit rauchenden Fackeln an jeder Ecke, war wie ihre schlimmsten Albträume aus dem Nonnenkloster: der Geruch von Rauch, das Knistern von Flammen und ein langer, langer Gang ohne Ausweg.

»Komm«, befahl der Mann barsch und packte Alys mit festem Griff. Sie ließ sich von ihm eine enge Wendeltreppe hochzerren, bis er sagte: »Hier«, und klopfte, dreimal kurz und zweimal lang, an eine massive Holztür. Sie schwang auf. Alys blinzelte. Drinnen war es hell, ein halbes Dutzend Männer lümmelten auf Bänken um einen langen Tisch mit Resten ihres Abendessens. Zwei große Jagdhunde machten sich in der Ecke knurrend über Knochen her. Die Luft dampfte von fettigem Rauch und dem Geruch von Schweiß.

»Ein Mädel!« sagte einer. »Das ist aber nett!«

Alys drückte sich hinter den Soldaten, der sie immer noch festhielt. Er schüttelte den Kopf. »Nein«, sagte er. »Das ist die weise Frau aus Bowes, die den Lord besuchen will. Geht es ihm gut?«

Ein junger Mann am hinteren Ende des Raumes winkte sie durch. »Keine Besserung«, sagte er leise. »Er will sie sofort sehen.«

Er zog einen Gobelin hinter sich beiseite und öffnete eine schmale, halbrunde Tür. Der Soldat ließ Alys los und drückte ihr ihr Bündel in die Hand. Sie zögerte.

»Geh schon«, sagte der junge Mann.

Sie blieb stehen. Der Soldat hinter ihr gab ihr einen kräftigen Schubs. Alys verlor das Gleichgewicht und stolperte durch den Raum, vorbei an den Augen der Männer. Vor ihr, hinter der Tür, war eine kurze, flache Steintreppe, die von einer einzelnen Fackel erleuchtet war. Die Treppe endete vor einer weiteren Tür.

Alys trat in ein dunkles Zimmer, nur vom Schein des Feuers und einer blassen Wachskerze erleuchtet, die auf einer Truhe neben einem kleinen, hohen Bett stand. Am Kopf des Bettes stand ein winziger Mann, kaum größer als ein Kind. Seine dunklen Augen waren auf Alys gerichtet, und seine Hand glättete das Kissen.

Auf dem Kissen lag ein hageres Gesicht, gezeichnet von Krankheit und Leid, die Haut gelb wie herbstliche Birkenblätter. Aber die Augen, deren Lider sich jetzt öffneten und Alys anstarrten, waren strahlend und schwarz wie die eines alten Wanderfalken. »Bist du die weise Frau?« fragte er.

»Meine Künste sind sehr gering«, sagte Alys. »Und mein Wissen auch. Ihr solltet nach jemand Gelehrtem schicken, einem Apotheker oder vielleicht sogar einem Bader. Ihr solltet einen Arzt rufen.«

»Die würden mich zur Ader lassen, bis ich sterbe«, entgegnete der kranke Mann langsam. »Sie haben mich schon zur Ader gelassen, bis ich fast gestorben bin. Bevor ich sie hinausgeworfen habe, haben sie gemeint, daß sie nichts mehr tun könnten. Sie glaubten, ich wäre schon tot, Mädchen! Aber ich werde nicht sterben. Ich kann noch nicht sterben. Meine Pläne sind noch nicht verwirklicht. Du kannst mich doch retten, oder?«

»Ich werd's versuchen«, sagte Alys und verkniff sich die verneinende Antwort. Sie drehte sich zum Kamin und legte Morachs Schal auf den Boden. Im Licht des Feuers löste sie den Knoten und breitete den Inhalt aus. Der kleine Mann trat zu ihr und hockte sich neben sie. Sein Kopf reichte ihr gerade bis zur Schulter.

»Bedient Ihr Euch der Schwarzen Künste, Mistress?« fragte er leise.

»Nein«, erwiderte Alys sofort. »Ich hab ein bißchen Erfahrung im Umgang mit Kräutern durch das, was meine Herrin mir beigebracht hat. Sie hättet Ihr holen sollen.«

Der Zwerg schüttelte den Kopf. «In ganz Bowes sprechen sie von der neuen jungen weisen Frau, die aus dem Nichts gekommen ist und bei der alten Witwe Morach am Fluß wohnt. Er will nichts mit den schwarzen Künsten zu tun haben«, sagte er und deutete auf die reglose Gestalt im Bett.

Alys nickte. Sie schob das schwarzgebundene Gebetbuch zurecht, legte Kräuter und Mörser und Stößel rechts neben sich.

»Was ist das?« fragte der Zwerg und deutete auf den Stein mit dem Band.

»Ein Kristall«, erwiderte Alys.

Sofort bekreuzigte sich der kleine Mann und biß sich in die Daumenspitze. »Um in die Zukunft zu sehen?« fragte er. »Das ist schwarze Kunst!«

»Nein!« sagte Alys. »Um die Quelle der Krankheit zu finden. Wie Wasser mit der Wünschelrute suchen. Wasser suchen ist auch keine Schwarze Kunst, das kann jedes Kind.«

»Ja.« Der Mann nickte, gab ihr in diesem Punkt recht. »Ja, das stimmt.«

»Hört mit dem Geplapper auf!« ertönte es plötzlich im Befehlston vom Bett. »Komm her, und kuriere mich, weise Frau.«

Alys erhob sich und nahm das zerfledderte Band des Kristalls zwischen Daumen und Zeigefinger, so daß es wie ein Pendel baumelte. Bei dieser Bewegung glitt ihr Schal ein Stück vom Kopf. Der Zwerg stieß einen leisen Schrei aus, als er ihre nachwachsenden Haare sah.

»Was hast du denn mit deinem Kopf gemacht?« fragte er. Dann wurde sein Gesicht mit einem Mal verschlagen. »Hat man ihn dir geschoren, mein hübsches Mädel? Bist du eine Nonne, die aus einer Abtei geflohen ist, wo alte Frauen reich werden und verräterische Reden schwingen?«

»Nein«, sagte Alys hastig. Im Hof unter dem Fenster krähte ein Hahn kurz in die Dunkelheit. »Mich hatte in Penrith das Fieber ergriffen, und da haben sie mir den Kopf geschoren«, sagte sie. »Ich bin keine Nonne. Ich weiß nicht, was du mit verräterisch meinst. Ich bin bloß ein einfaches Mädchen.«

Der Zwerg nickte ungläubig grinsend, dann hüpfte er zu seinem Platz am Kopfende des Bettes und streichelte wieder das Kissen.

Alys näherte sich. *»In nomine Patris et Filii et Spiritus Sancti«*, murmelte sie. Der Stein an dem Band beschrieb einen gemächlichen Bogen im Uhrzeigersinn. »Das ist Gottes Werk«, sagte Alys. Der Stein schwang etwas weiter aus, etwas schneller. Alys' Atem wurde ein wenig ruhiger. In der Abtei hatte sie nie ein Pendel benutzt, die Nonnen mißbilligten es als übernatürliche Macht.

Der Stein gehörte Morach. Alys hoffte, daß sie, indem sie den Stein segnete, innerhalb der verschwommenen Grenzen blieb, die Gottes Werk von dem des Teufels trennten. Aber angesichts des grimmigen Blickes des Lords und des boshaften Grinsens des Zwerges war wohl die Gefahr, wegen Ketzerei verbrannt zu werden, genauso groß, wie als Hexe erwürgt zu werden.

Sie legte ihre Hand, die kaum merklich zitterte, auf die Stirn des alten Lords.

»Die Krankheit ist hier«, sagte sie, wie sie es bei Morach gesehen hatte.

Der Zwerg zischte, als das Kristall das Muster des Kreises durchbrach und sich statt dessen hin- und herbewegte.

»Was bedeutet das?« fragte er.

»Die Krankheit ist nicht in seinem Kopf.«

»Ich hab nicht gesehen, wie deine Finger den Kristall bewegt haben?«

»Hör mit dem Geplapper auf«, fuhr der alte Lord den Zwerg an. »Laß das Mädel ihre Arbeit verrichten.«

Alys zog die prächtigen Decken zurück, mit denen der alte Mann zugedeckt war. Sie sah sofort, wie seine Haut unter dem Luftzug erzitterte, trotz der Wärme im Zimmer. Sie legte vorsichtig ihren Handrücken an seine verwitterte Wange. Er brannte innerlich.

Sie ließ ihre Hand behutsam auf seinem flachen Bauch nieder und flüsterte: »Seine Krankheit ist hier?« und spürte sofort die Änderung in der Bewegung des Steins. Er kreiste jetzt heftiger, und Alys nickte dem Lord mit gewachsenem Selbstvertrauen zu.

»Ihr habt Fieber im Bauch«, sagte sie. »Habt Ihr gegessen oder gefastet?«

»Gegessen«, sagte der alte Mann. »Sie zwingen mir das Essen auf, und dann lassen sie mir alles Gute wieder aus den Adern.«

Alys nickte. »Ihr könnt essen, was Euch schmeckt. Kleine Sachen, die Euch verlocken. Aber Ihr müßt Quellwasser trinken. Soviel wie möglich. Einen halben Liter alle halbe Stunde heute und morgen. Und es muß Quellwasser aus dem Moor sein, nicht das aus dem Brunnen im Hof. Und nicht aus dem Brunnen in der Stadt.«

Der alte Mann nickte. »Wenn Ihr friert, deckt Euch gut zu und laßt mehr Decken kommen«, sagte Alys. »Und wenn Euch heiß ist, laßt sie wegnehmen. Ihr müßt das machen, wonach Euch zumute ist, dann wird das Fieber fallen.«

Sie wandte sich vom Bett ab zu ihrem Schal, der neben dem Feuer ausgebreitet lag. Sie zögerte kurz angesichts der Päckchen mit verbranntem Fenchel und zuckte dann die Achseln. Sie würden wahrscheinlich nicht helfen, aber schaden konnten sie auch nicht.

»Nehmt eins von diesen, jeden Abend vor dem Einschlafen«, sagte sie. »Habt Ihr viel gebrochen?«

Er nickte.

»Wenn Ihr spürt, daß Ihr brechen müßt, dann müßt Ihr das Fenster öffnen lassen.« Der kleine Mann am Kopfende des Bettes keuchte vor Entsetzen. »Und die Schrift laut lesen.«

»Die Nachtluft ist gefährlich«, sagte der Zwerg streng. »Und was ist das für eine Schrift? Ist das ein Zauberspruch?«

»Die Luft wird verhindern, daß er sich erbricht«, sagte Alys gelassen, als wüßte sie genau, was sie da machte. »Und das ist kein Zauberspruch, sondern ein Gebet.«

Ein schwaches Kichern kam von dem Mann im Bett. »Du bist ein Philosoph, Mädel!« sagte er. »Kein Zauberspruch, sondern ein Gebet! Heutzutage kann man dich für beides hängen.«

»Es ist das Vaterunser«, sagte Alys hastig. Der Scherz war zu gefährlich in diesem finsteren Raum, wo man auf Hexerei lauerte und gleichzeitig auf ein Wunder hoffte, das den alten Mann heilte.

»Und gegen das Fieber werde ich Euch ein Pulver mahlen, das Ihr in Euer Getränk mischen könnt«, sagte sie. Sie gab die kleinen getrockneten giftigen Tollkirschen, die Morach in das Bündel gepackt hatte, in den Mörser.

»Hier«, sagte sie und gab ihm eine Prise davon. »Und später werdet Ihr mehr brauchen. Ich werde für heute abend etwas hierlassen, und morgen früh komme ich wieder.«

»Du bleibst«, sagte der alte Mann leise.

Alys zögerte.

»Du bleibst. David, hol einen Strohsack für sie. Sie soll hier schlafen, hier essen. Sie darf mit keinem reden. Ich dulde keinen Tratsch.«

Der Zwerg nickte und verschwand. Der Vorhang an der Tür bewegte sich kaum.

»Ich muß nach Hause gehen, Mylord«, sagte Alys atemlos. »Meine Verwandte erwartet mich. Ich könnte morgen früh wiederkommen, so früh Ihr wollt.«

»Du bleibst«, wiederholte er. Seine schwarzen Augen musterten sie von Kopf bis Fuß. »Ich sag dir eines, Mädchen, es gibt einige unter diesem Dach, die würden dich kaufen heute nacht, um mich zu vergiften. Es gibt auch einige, die dich als Betrügerin verurteilen würden, wenn es dir nicht gelingt, mich zu heilen. Da draußen sind Männer, die sich deiner bedienen und dich in den Graben werfen würden, wenn sie genug von deinem jungen Körper hätten. Du bist hier bei mir am sichersten, aber nur, wenn ich überlebe. Du bleibst.«

Alys beugte den Kopf und wickelte Morachs Schal wieder um ihre Habseligkeiten.

Die nächsten fünf Tage lebte Alys in einer kleinen Kammer neben dem Zimmer des alten Lords. Sie sah niemanden außer Hugh und dem Zwerg. Der Zwerg brachte ihr Speisen und Getränke. Eines Tages erwischte sie ihn dabei, wie er sowohl ihre Mahlzeit sowie die für Lord Hugh vorkostete. Sie sah ihn mit fragendem Blick an, so daß er verächtlich schnaubte.

»Glaubst du etwa, du wärst der einzige Kräuterkundige hier im Lande, Mädel? Es gibt viele Gifte zu kaufen. Und es gibt viele, die vom Tod des Lords profitieren würden.«

»Diesmal wird er nicht sterben«, sagte Alys, und das voller Zuversicht. »Er ist auf dem Wege der Besserung.«

Jeden Tag aß er etwas mehr. Er setzte sich im Bett auf und unterhielt sich mit Alys und dem Zwerg, und seine Stimme war kräftig und klar wie eine Glocke. Am sechsten Tag verkündete er, daß er sein Mittagsmahl in der Halle mit seinen Leuten einnehmen würde.

»Dann werde ich mich von Euch verabschieden«, sagte Alys,

nachdem er seinen schwarzen Hut auf das lange weiße Haar gedrückt hatte, eine pelzgefütterte Robe über sein dickes, gestepptes Wams angelegt hatte und in gestickte Pantoffel geschlüpft war. »Lebt wohl, Mylord, ich freue mich, daß ich Euch zu Diensten sein konnte.«

Er grinste. »Deine Dienste sind noch nicht beendet«, sagte er. »Ich bin noch nicht mit dir fertig, Mädel. Du wirst erst, wenn ich es sage, nach Hause zurückkehren, und keinen Tag eher.«

Alys beugte ihren Kopf und sagte nichts. Sie schaute wieder auf, und ihre Augen waren feucht.

»Was ist denn los mit dir?« fragte er.

»Es ist meine Verwandte«, sagte Alys. »Morach vom Bowes Moor. Ich hab die Nachricht bekommen, daß sie krank ist mit Fieber im Bauch. Sie ist meine einzige Angehörige auf dieser Welt...«

Sie warf ihm einen verstohlenen Blick zu und sah, daß er mitleidig nickte.

»Wenn ich nach Hause dürfte...«, flüsterte sie.

Lord Hugh schnippte mit seinen dünnen weißen Fingern. Der Zwerg stellte sich neben ihn und beugte sich zu ihm hinunter. Sie unterhielten sich kurz in einer Sprache, die Alys nicht verstand. Dann sah Lord Hugh sie amüsiert an.

»Wann ist deine Verwandte krank geworden?« fragte er.

»Gestern...« erwiderte Alys.

»Du lügst«, sagte Lord Hugh mit gutmütigem Grinsen. »Sie war heute morgen hier, hat an der Pforte nach dir gefragt und hat bei David die Nachricht hinterlassen, daß es ihr gut ginge und daß sie nächste Woche mit mehr Kräutern für dich käme.«

Alys errötete bis unter die Haarspitzen und schwieg.

»Komm jetzt«, sagte Lord Hugh. »Wir gehen essen.«

Auf halbem Weg zur Tür blieb er noch einmal stehen. »Sie schaut ja aus wie eine Lumpensammlerin!« rief er David zu. Alys' alte Nonnentracht, vom Feuer versengt und vom Lehm verdreckt, war um die Taille mit einem Schal zusammengehalten. Und sie hatte sich noch einen grauen Schal um den Kopf gewickelt.

»Hol ihr ein Kleid, eines von Megs alten Kleidern«, sagte Lord Hugh über die Schulter. »Sie kann es als Geschenk haben. Und nimm ihr den verdammten Schal vom Kopf.«

Der Zwerg machte Alys ein Zeichen zu warten und öffnete eine Truhe in einer Ecke des Zimmers. »Meg war seine letzte Hure«, sagte er. »Sie hatte ein hübsches rotes Kleid. Sie ist vor zwei Jahren an der Syphilis gestorben. Wir haben ihre Kleider hier reingetan.«

»Ich kann ihre Kleider nicht tragen!« rief Alys angewidert. »Ich kann kein rotes Kleid tragen.«

Der Zwerg zog ein kirschrotes Gewand aus der Truhe, suchte die Schultern und hielt es Alys unter die Nase.

Alys verschlang die Farbe mit den Augen, wie ein Durstiger einen Becher Wasser. »Oh«, sagte sie sehnsüchtig und machte einen Schritt darauf zu. Der Stoff war aus feiner, weicher Wolle gewebt, warm und seidig anzufassen. Am Hals, an den Puffärmeln und am Saum war es mit dunkelrotem Seidenband verbrämt. Meg war eine stolze Frau gewesen und hatte sich nicht um die Gesetze geschert, die dem gemeinen Volk das Tragen von Farben verbot. Es hatte sogar eine Silberschnur, um es um die Taille zu binden.

»Ich habe noch nie so feinen Stoff gesehn!« gestand Alys voller Ehrfurcht. »Und die Farbe! Und wie es sich anfühlt!«

»Da gehört noch ein gesticktes Schnürleibchen dazu«, sagte der Zwerg, warf Alys das Kleid zu und tauchte noch einmal in die Truhe. »Und ein passender Überrock.« Er kramte in der Truhe und zerrte das Leibchen mit langen, fließenden Ärmeln, einer feinen Silberverschnürung am Rücken heraus und einen reich geschnittenen Rock, mit Silber bestickt.

»Zieh's schon an«, sagte er ungeduldig. »Wir müssen in der Halle sein, bevor der Lord reinkommt.«

Alys zog die Hand zurück, die sie nach dem Leibchen und dem Rock ausgestreckt hatte. »Ich kann nicht das Kleid einer Hure tragen«, sagte sie. »Außerdem krieg ich davon vielleicht die Syphilis.«

Der Zwerg keuchte und wäre fast an seinem boshaften Gelächter erstickt. »So weise ist die Frau wohl auch wieder nicht!«

Tränen liefen ihm übers Gesicht. »Sich an einem Kleid anstecken! Das ist wohl die beste Ausrede, die ich je gehört habe.« Er warf ihr das Leibchen und den Rock zu, und Alys fing sie auf. »Zieh das an«, befahl er in plötzlich sehr unverschämtem Ton.

Alys zögerte noch immer. In ihrem Kopf hörte sie eine Stimme schreien, ihre eigene Stimme, die nach Mutter Hildebrande rief und flehte, sie von hier wegzuholen. Sie vor dieser Schande zu retten, so wie die Mutter Alys vor all den Jahren vor Morach gerettet hatte. Sie schüttelte den Kopf. Der Verlust der Abtei und der Verlust ihrer Mutter waren wie ein Nachtmahr, der seinen Schatten über jeden Augenblick des Tages legte. Lange Schatten der Einsamkeit und der Gefahr. Es gab keine Mutter, die sie liebte und beschützte, jetzt nicht mehr.

»Ich kann nicht das Kleid einer Hure tragen«, flüsterte sie.

»Zieh es an!« knurrte der Zwerg. »Entweder das oder ein Leichentuch, mein Fräulein. Ich scherze nicht. Der alte Lord bekommt seinen Willen, ohne Einwände. Ich erdolche dich, so wahr ich hier stehe, wenn das dein Wunsch ist, und gehe dann zum Essen. Du hast die Wahl.«

Alys löste ihren Gürtel und ließ ihr Gewand zu Boden gleiten. Der Zwerg musterte sie wie eine Zuchtstute. Sein Blick glitt über die Rundung ihrer Brüste unter dem groben, gewebten Hemd, prüfte ihre schmale Taille und ihre glatten, jungen, muskulösen Seiten. Sein Mund verzog sich zu einem lautlosen Pfiff.

»Der alte Lord hat schon immer ein gutes Auge für Weiber gehabt«, murmelte er vor sich hin. »Wie's aussieht, hat er sich die Beste von allen fürs Totenbett aufgehoben!«

Alys warf das Gewand über ihren Kopf und zog es herunter, steckte ihre Arme durch die weichen, gewebten Ärmel. Sie waren mit weißer Seide gefüttert und geschlitzt, damit der feine weiße Stoff durchschimmerte. Am Handgelenk hatten sie kleine Manschetten und einen Hornknopf. Sie drehte David ihren Rücken zu, und er schnürte die scharlachroten Bänder an ihrem Gewand schweigend zusammen. Dann warf sie einen Blick auf den Stomacher und den Überrock.

»Ich weiß damit nicht umzugehen«, gestand sie.

Davids Blick war neugierig. »Ich dachte, Jungfern träumen von nichts anderem«, sagte er. »Als nächstes kommt der Überrock, und der wird hinten gebunden.« Er hielt ihn für sie, und Alys stieg hinein und ließ sich den Rock von ihm um die Taille binden. Er reichte von ihrer Taille bis zum Boden, vorne blieb ein offener Schlitz, durch den das schlichte Rot zu sehen war. Alys ließ ihre Hände über den Rock gleiten. Die Silberstickerei war kalt und kratzig unter ihren Handflächen. Der Rock war zu lang – Meg, die Hure des alten Lords, war eine große Frau gewesen.

»Jetzt das«, sagte David. »Beeile dich, Mädchen!« Er hielt ihr das Leibchen hin, und Alys steckte die Arme durch die weitgeschnittenen, hängenden Ärmel und drehte sich wieder um, damit David sie hinten zuschnüren konnte.

»Verdammte Zofenarbeit«, schimpfte er, als er die Silberschnüre festzog und durch die Löcher fädelte. Er band eine feste Schleife am Ende des Leibchens und steckte sie unter die mit Fischbein verstärkte Taille. Alys wandte sich ihm zu.

»Zieh's vorne runter«, befahl er. »Und ziehe die Ärmel runter.« Alys tat, wie ihr gewiesen. Das Leibchen war zu lang für sie, endete an der Rundung ihrer Hüfte, und das spitze V ragte zu weit nach unten. Er zwang sie in aufrechte Haltung und drückte ihre Brüste so, daß ihr Körper vom reichen Saum ihrer Röcke bis zum eckigen Ausschnitt des Gewandes eine glatte Linie bildete. Sie zog an den beiden Überärmeln. Sie fielen lang und schwungvoll fast bis zum Boden, und die Unterärmel bauschten sich wie üppige, geschlitzte Beutel darunter. David nickte.

»Und der Gürtel wird lose darum geschlungen«, sagte er. Alys knotete den Silbergürtel so, daß das lange Ende vorne hinabfiel, ihre schmale Taille betonte und die spitze Linie des Oberteils eine raffinierte Andeutung auf das begehrenswerte Dreieck am Ansatz ihrer Schenkel gab. Sie strich mit der Hand über ihre kurzen Haare.

David nickte. »Ein süßerer Honigtopf als Meg«, murmelte er. »Wer wird seine Zunge in diesen Topf stecken?«

Alys ignorierte die Bemerkung. »Gibt es nichts, womit ich meinen Kopf bedecken kann?«

Der Zwerg kramte in der Truhe. »Nichts, was man tragen kann, ohne es an den Haaren festzustecken«, sagte er. »Du gehst am besten ohne Kopfputz.«

Alys schnitt eine Grimasse. »Wahrscheinlich wird mich sowieso keiner anschauen«, sagte sie.

»Sie werden nichts anderes anschauen«, sagte er mit boshafter Genugtuung. »Die Hälfte hält dich für eine heilige Heilkundige und die andere Hälfte für seine Hure. Und der junge Lord ...«, er verstummte.

»Was?« fragte Alys. »Was ist mit dem jungen Lord?«

»Er hat ein gutes Auge, wenn's um hübsche Weiber geht«, sagte der Zwerg schlicht. »Und außerdem hat er ein Hühnchen mit dir zu rupfen. Wenn der alte Lord gestorben wäre, hätte er zum Hofe des Königs gehen können, sein zänkisches Eheweib zum Teufel jagen und sich einen Platz unter den Großen verschaffen können. Er wird dir nicht dafür danken.«

»Sein zänkisches Eheweib? Er ist verheiratet?« erkundigte sie sich.

Der Zwerg machte ihr ein Zeichen, ihm zu folgen, und führte sie eine gewundene Steintreppe hinunter. Als sie an einer Schießscharte vorbeikamen, atmete Alys den kalten Wind ein, der vom Moor Tees kam. Er roch nach ihrem Zuhause, ihrer Kindheit. Einen kurzen Augenblick lang sehnte sie sich sogar nach der kleinen Kate am Fluß, mitten in der Stille und dem Frieden des Moores.

Der Zwerg grinste. »Sie beschwert sich dauernd beim alten Lord über ihn«, sagte er. »Ich war dabei, ich hab's gehört. Lord Hugo will die Nacht nicht mit ihr verbringen, und er behandelt sie auch nicht nett. Einmal hat sie ihn so gereizt, daß er ihre Lieblingshofdame vor ihr verprügelt hat. Zu stolz, um seine Lady anzufassen, aber einen Jähzorn hat er, da würde selbst der Teufel Angst bekommen! Der alte Lord hat Hugo immer sehr kurz gehalten, aber beide trauen dem zänkischen Weib nicht über den Weg. Er hat früher immer aufgepaßt, daß der junge Lord sie nicht zu schlecht behandelte, und sie mit Tand und Parfüm versorgt, kleine Süßmacher für ihren Essig. Aber sie hat beiden zu oft die Hölle heiß gemacht, sie sehnen sich danach, sie loszuwerden.«

»Das können sie doch nicht, oder?« fragte Alys mit gerunzelter Stirn.

David hob ratlos die Schultern. »Wer weiß, was man jetzt alles machen kann?« fragte er. »Die Kirche wird jetzt vom König regiert, nicht von Rom. Der König macht mit seinen Frauen, was er will. Warum nicht auch der junge Lord? Die rechtmäßige Frau bleibt unfruchtbar, aber wenn sie sie verstoßen, verlieren sie ihre vererbten Ländereien und ihre Mitgift. Und Hugo hat trotz all seiner Hurereien noch nie ein Weib geschwängert. Also bleibt das zänkische Weib hier, bis er einen Weg gefunden hat, sie loszuwerden und trotzdem ihren Reichtum zu behalten.«

»Wie?« fragte Alys.

»Man müßte sie des Ehebruchs bezichtigen können«, flüsterte ihr David zu. »Oder sie müßte sterben.«

In eisigem Schweigen passierten sie das leere Wachzimmer und gingen die Treppe hinunter zum Eingang der großen Halle.

»Und sie?« fragte Alys.

David räusperte sich und spuckte verächtlich. »Sie würde alles tun, um dem jungen Lord zu gefallen«, sagte er. »Alles würde sie tun, um in sein Bett zu kriechen. Sie ist ein leidenschaftliches Weib, das wie die Milch sauer geworden ist, ein wollüstiges Weib am kurzen Zügel. Sie würde alles für den jungen Lord tun. Ich habe ihre Frauen reden hören. Sie betet Tag und Nacht um einen Erben, der ihre Stellung sichert. Sie betet Tag und Nacht, daß der junge Lord sich ihr zuwenden und ihr einen Sohn schenken möge. Sie betet Tag und Nacht, daß der alte Lord ihr gewogen bleibt und sich nicht der neuen Mode anschließt, nach der man junge Frauen genauso leicht verstößt, wie man das Jagdpferd wechselt. Und sie ist heiß auf Hugo«, er hielt inne. »Das sind alle Weiber«, sagte er.

»Und er«, begann Alys. »Macht er...«

»Psst«, sagte der Zwerg plötzlich. Er warf einen Blick über die Schulter, um zu sehen, ob Alys bereit war. Er nickte und stieß eine der schweren Türen zur Halle auf.

4

Die große Halle trug ein riesiges Gewölbe, dunkel, ohne Fenster, nur mit Schießscharten hoch oben an der Wand. Ein prächtiges Feuer aus wahllos aufgeschichteten Baumstämmen brannte vor der Ostwand. Rauch erfüllte den Raum, und Ruß und federleichte weiße Asche tanzten in der Luft. Neben Alys stand auf einer erhöhten Plattform ein langer, eckiger Tisch mit drei hohen geschnitzten Stühlen, die in den Raum schauten. Entlang der Wände zogen sich vier lange Tische und Bänke. Die Soldaten und Wachmänner saßen auf den besten Plätzen am Plattformende der Halle, die Diener, die Küchenjungen und die Frauen kämpften um Plätze neben der Südtür.

Der Raum war ein einziges Chaos: Drei oder vier Hunde rauften an der Ostwand, die Soldaten schlugen auf die Tische und brüllten nach Brot und Bier, die Diener schrien, um sich in dem Durcheinander Gehör zu verschaffen. In den Wandhalterungen steckten brennende Fackeln, und Alys sah, wie ein gutgekleideter junger Mann an den Tisch des Lords trat und einen prächtigen Lüster an einer Schnur herunterzog und darin blaßgoldene Wachskerzen entzündete.

David, der Zwerg, gab Alys einen Stoß in die Rippen. »Du wirst in der Mitte der Halle sitzen«, sagte er. »Komm, ich suche dir einen Platz.« Er führte sie hinkend zwischen den Tischen hindurch. Aber noch ehe er Alys an einen freien Platz setzen konnte, ging ein aufgeregtes Raunen durch die Halle. David drehte sich um und stupste Alys am Arm, lenkte ihre Aufmerksamkeit auf die erhöhte Tafel. »Jetzt schau dir das an«, sagte er triumphierend. »Schau dir an, wie sie Lord Hugh begrüßen! Schau's dir gut an!«

Der Gobelin hinter dem Tisch auf der Plattform wurde beiseite gezogen, und Lord Hugh trat heraus und nahm seinen Platz in dem großen geschnitzten Stuhl genau an der Mitte des Tisches ein. Einen kurzen Augenblick lang herrschte überraschtes Schweigen, dann brüllte die ganze Halle vor Freude, Soldaten und Diener jubelten, hämmerten mit ihren Messern auf die Tische und trommelten mit ihren Stiefeln gegen die Bänke.

Alys lächelte über diese herzliche Begrüßung und sah, wie der alte Lord seinen knochigen Schädel erst in die eine, dann in die andere Richtung beugte. »Er sieht gesund aus!« dachte sie. Nach einer Woche, in der sie ihn nur als Kranken in dem beengten Turmzimmer erlebt hatte, war es jetzt wirklich überraschend, ihn als Lord an seiner eigenen Tafel zu sehen. Sein Gesicht war leicht gerötet von der Hitze und der Freude über die stürmische Begrüßung. »Ich habe ihn geheilt!« dachte Alys überrascht und zufrieden. »Ich habe ihn geheilt! Sie haben ihn totgesagt, aber ich habe ihn geheilt.« Im Schutz ihrer langen Ärmel streckte sie ihre Hände aus und spürte, wie Macht sie durchströmte.

Alys hatte schon öfter Menschen geheilt, Landstreicher und kranke Armenhäusler in der Ambulanz, einfache Farmer und Tagelöhner. Aber der alte Lord war der erste Mann, den sie beobachtete, wie er sich erhob und seine Macht, seine ganze Macht wieder ergriff. »Und ich habe es getan!« sagte sich Alys. »Ich habe ihn durch meine Künste kuriert.«

Sie sah ihn an, lächelnd ob dieses Gedanken, und dann bewegte sich der Vorhang hinter ihm erneut, und der junge Lord Hugo betrat die Halle.

Er war hochgewachsen wie sein Vater, mit demselben scharfen, knochigen Gesicht. Er hatte auch die durchdringenden schwarzen Augen seines Vaters und dessen Adlernase. Sein Mund war von tiefen Furchen umrahmt, und zwei Falten an den Wurzeln seiner Augenbrauen zeugten scheinbar von ständig grimmiger Miene. Doch dann rief jemand »Hallo, Hugo!«, und sein Gesicht leuchtete plötzlich, als hätte jemand einen Heuhaufen in Brand gesteckt, und er lächelte, atemberaubend strahlend, glücklich. Alys sagte: »Heilige Mutter Gottes!«

»Was ist denn?« fragte David mit einem scheelen Seitenblick auf sie. »Hast du das zweite Gesicht? Hast du etwas gesehen?«

»Nein«, wehrte Alys sofort ab. »Ich sehe nichts. Ich sehe nichts. Ich habe nur ...«, sie verstummte kurz. »Ich habe ihn nur lächeln sehen«, sagte sie hilflos. Sie versuchte, David anzuschauen, aber sie konnte den Blick nicht von dem jungen Lord lösen. Er stand da, eine Hand lässig auf seine Stuhllehne gestützt, das Gesicht dem Vater zugewandt. Ein Juwel an einem seiner langen, schlanken Finger funkelte im Fackellicht, ein Smaragd, grün wie sein Wams und seine Samtkappe, die schief auf seinen schwarzen Locken thronte.

»Da ist das zänkische Weib«, sagte David. »Sie wird ihren Platz zur Linken des Lords einnehmen.«

Alys hörte ihn kaum. Sie starrte immer noch unverwandt den jungen Lord an. Er war bei der Brandschatzung der Abtei dabeigewesen. Er war es gewesen, der gelacht hatte, als die Dachziegel in der Hitze wie Feuerwerk zersprungen waren und das Blei wie ein glühender Wasserfall heruntergestürzt kam. Es war seine Schuld, daß die Abtei niedergebrannt war, daß Mutter Hildebrande tot und Alys wieder hilflos und allein in der Welt war. Er war ein Verbrecher, der tiefsten und dunkelsten Sünden schuldig. Er war ein Mörder. Alys schaute sein strenges Gesicht an und wußte, daß sie ihn hassen sollte. Aber Hugos Charme war mächtig wie ein Zauber. Sein Vater sagte etwas, was ihn amüsierte, und er warf lachend den Kopf zurück, und Alys mußte feststellen, daß sie mitlachte, wie Menschen mit einem Kind mitlachen oder mit der überschäumenden Lebensfreude eines anderen. Alys blickte quer durch die Halle zu Hugo und wußte, daß auch ihr Gesicht, ungesehen und unbemerkt, vor Freude, ihn zu sehen, strahlte.

»Schau dir den Stolz dieses Weibes an«, sagte der Zwerg verächtlich.

Die Frau des jungen Lords war groß und sah älter aus als er. Sie trug ihre Macht wie einen Umhang. Sie musterte mit teilnahmsloser Miene die Anwesenden, begrüßte kühl, makellos ihren Schwiegervater. Sie zögerte kurz, höflich, bevor sie sich setzte, um den Lords Zeit zu geben, sich zuerst zu setzen. Dann schaute sie die Halle hinunter und sah Alys.

»Verbeuge dich«, sagte der Zwerg. »Beuge um Himmels willen deinen Kopf! Sie schaut dich an.«

Alys begegnete furchtlos dem kalten grauen Blick der Frau. »Das werde ich nicht«, sagte sie.

Lady Catherine drehte sich fragend zu einer der Hofdamen, die hinter ihr saßen. Die Frau starrte Alys an und winkte dann einen Diener zu sich. Alys war sich der Befehlskette bewußt und merkte, daß es einer der niedrigsten Diener war, der auf sie zukam, aber ihr Blick war unverwandt auf Lady Catherines Gesicht gerichtet.

»Zwei Katzen auf einem Scheunendach«, murmelte David.

Alys' Handflächen schmerzten von den Fingernägeln, die sich hineinbohrten. Sie hatte die Hände zu Fäusten geballt, versteckt unter den langen Ärmeln.

»Lady Catherine befiehlt Euch, vorzukommen!« sagte der Diener, als er auf der dreckigen Spreu atemlos zum Stehen kam. »Geht hinauf zur hohen Tafel. Sie möchte Euch sprechen.«

Alys warf David einen Blick zu. »Geh du deinen Weg«, sagte er. »Ich halte mich ans Essen. Du geh, deine Katzenschlacht kämpfen. Komm nach dem Essen unverzüglich ins Zimmer des Lords.«

Alys nickte, ohne den Blick von Lady Catherines eckigem, fahlem Gesicht zu wenden. Dann ging sie langsam die Halle hinauf.

Die plappernden Männer und Frauen verstummten einer nach dem anderen und schauten ihr nach. Ein großer Wolfshund knurrte und folgte Alys dann durch die Mitte der Halle, den breiten Gang entlang, bis sie, zweihundert Augenpaare im Rükken, direkt vor Lady Catherines eisigem Blick stand.

»Wir müssen dir für deine Künste danken«, sagte Lady Catherine. Ihre Stimme war flach, die Vokale hatten den häßlichen Klang des Südländers. »Wie es scheint, hast du Mylord vollkommen gesunden lassen.«

Die Worte waren freundlich, aber der Blick, der sie begleitete, war pures Eis.

»Ich habe nur meine Pflicht getan«, sagte Alys, ohne den Blick von Lady Catherine abzuwenden.

»Du könntest mich glatt dazu reizen, morgen krank zu werden«, sagte der junge Lord lachend. Die Offiziere auf den nächstgelegenen Bänken lachten mit ihm. Jemand pfiff, lange und leise.

Alys sah ihn nur an. Seine schwarzen Augen waren halb geschlossen, träge, sein Lächeln so warm, als teilten sie ein Geheimnis. Es war die Aufforderung, mit ihm zu schlafen, klar wie die Morgenglocke zum Gebet. Alys fühlte, wie ihr das Blut zu Kopf stieg und sie langsam errötete.

»Wünscht es Euch nicht, Mylord«, sagte Lady Catherine ruhig. Dann wandte sie sich wieder an Alys. »Woher kommst du?« fragte sie barsch.

»Von Bowes Moor«, erwiderte Alys.

Lady Catherine runzelte die Stirn. »Du redest aber nicht wie eine von hier«, sagte sie mißtrauisch.

Alys nagte an der Innenseite ihrer Lippe. »Ich habe ein paar Jahre in Penrith gelebt«, sagte sie. »Ich habe dort Verwandte. Ihre Sprache ist weicher, und sie haben mir Lesen beigebracht.«

»Du kannst lesen?« fragte der alte Lord.

Alys nickte. »Ja, Mylord.«

»Kannst du schreiben?« fragte er erstaunt. »Englisch und Latein?«

»Ja, Mylord«, erwiderte Alys.

Der junge Lord schlug seinem Vater auf die Schulter. »Da habt Ihr Euren Sekretär!« sagte er. »Ein Weib als Sekretär! Die bekommt keinen höheren Posten in der Kirche und verläßt Euch!«

Lachen ertönte vom Kopf des langen Tisches neben der Plattform, und ein Mann in einer dunklen Priesterkutte hob seine Hand wie ein Schwertkämpfer, der Hugos Treffer anerkennt.

»Besser als gar keiner«, sagte der alte Lord. Er nickte Alys zu. »Du darfst noch nicht nach Hause gehen«, sagte er barsch. »Ich habe ein paar Schreibarbeiten, die erledigt werden müssen. Besorge dir einen Platz.«

Alys nickte und wollte sich in den hinteren Teil der Halle zurückziehen.

»Nein.« Der junge Lord wandte sich seinem Vater zu. »Wenn sie Euer Sekretär wird, sollte sie besser hier oben sitzen«, sagte er. »Ihr gestattet, Lady Catherine?«

Lady Catherine öffnete ihren Mund zu einem mühsamen Lächeln. »Natürlich, Mylord, was immer Ihr wünscht.«

»Sie kann bei Euren Frauen sitzen«, sagte der junge Lord. »He da, Margery, rutsch zur Seite und mach Platz für die junge weise Frau. Sie wird mit dir essen.«

Alys kam mit gesenktem Blick die drei flachen Stufen an der Seite der Plattform hinauf. Dort stand ein kleiner Tisch, um den vier Frauen auf Hockern saßen. Alys zog einen fünften heran und setzte sich zu ihnen. Sie beäugten sie mißtrauisch, während die Bediensteten Alys einen Zinnteller, ein Messer und einen dicken Zinnbecher mit dem Castleton-Wappen brachten.

»Bist du die Gehilfin der alten Morach?« sagte schließlich eine von ihnen. Alys erkannte die Frau, die verwitwet und von einer mächtigen Schwiegertochter aus dem Haus vertrieben worden war.

»Ja«, sagte sie. »Ich habe in Penrith gelebt. Ich bin zu Morach gekommen, um für sie zu arbeiten.«

Die Frau starrte sie an. »Du bist ihr Findelkind!« sagte sie. »Das kleine Mädel. Du hast bei ihr gelebt, als ich von meiner Familie fortgegangen bin.«

»Ja. Mistress Allingham«, sagte Alys, während sie fieberhaft überlegte. »Ich habe Euch nicht gleich erkannt. Ich bin nach Penrith gegangen, kurz nachdem Euer Sohn geheiratet hat. Dann bin ich wieder zurückgekommen.«

»Ich habe gehört, du wärst in ein Kloster gegangen«, sagte die Frau in scharfem Ton.

Eine der anderen Frauen unterdrückte mit Mühe einen Schrei. »Doch nicht etwa eine Nonnendienerin!« rief sie. »Ich sitze nicht an einem Tisch mit einer Nonnendienerin! Das ist ein gottesfürchtiger Haushalt. Mylord kann doch nicht wollen, daß ich neben einer Ketzerin sitze!«

»Ich war nur drei Tage dort, auf dem Weg nach Penrith, ich habe dort auf den Kutscher gewartet«, sagte Alys ruhig, doch ihre Hände krallten sich in den Schoß ihres Kleides. »Ich habe nicht dort gelebt.«

Mistress Allingham nickte. »Wäre auch schlecht für dich gewesen«, bemerkte sie. »Man erzählt sich, der junge Lord Hugo selbst habe die Männer befohlen, die die Abtei geplündert haben; er selbst habe die papistischen Schätze vom Altar geraubt und über das Sakrileg gelacht. Sie waren betrunken – er und seine Freunde –, und er hat von seinen Männern die Gebäude anzünden lassen. Aber sie sind zu weit gegangen. Die Nonnen sind in ihren Betten verbrannt.«

Alys fühlte, wie ihre Hände zitterten. Sie konnte immer noch den Holzrauch riechen. Sie hörte immer noch diesen kurzen Schrei. »Ich wünschte, ich wäre dort gestorben«, sagte sie sich. »Ich wünschte, ich wäre im selben Feuer umgekommen wie meine Mutter, dann müßte ich nicht hier sitzen und mir den Weiberklatsch über ihren Tod anhören.«

»Ich möchte wetten, er hat mehr als das getan!« flüsterte Margery. »Eine Abtei voller Nonnen! Die hat er doch sicher nicht einfach im Bett verbrennen lassen!«

Alys starrte sie voller Entsetzen an, aber die anderen Frauen beobachteten Lady Catherines Rücken.

»Psst«, sagte eine von ihnen. »Sie hat überall Ohren.«

»Aber ich wette, er hat«, sagte Margery. »Ich kann mir nicht vorstellen, daß der junge Lord nur zugesehen hat, wenn der Wollust gefrönt wurde. Er ist scharf wie ein Metzgerhund.«

Eine andere Frau kicherte. »Er hätte sicher ein rundes Dutzend aus dem Bett geholt, bevor das Feuer sie erwischt hat!« rief sie. »Er hätte ihnen beigebracht, was sie verpaßt haben!«

»Psst«, sagte die Frau ängstlich, während die anderen sich vor Kichern kaum halten konnten. Alys wandte ihr Gesicht ab und kämpfte gegen die Galle, die unweigerlich ihren Mund füllte.

»Still«, sagte Mistress Allingham gespielt besorgt. »Das muß doch schrecklich für das Mädchen sein. Du hast doch drei Tage bei ihnen gewohnt. Sie waren doch deine Freunde, nicht wahr?«

Ein Hahn, der unter den Tischen herumpickte, krächzte erbost, als ihn ein laufender Diener beiseite stieß. »Nein«, sagte Alys und schluckte bitter. »Die alte Morach schuldete ihnen Arbeit im Austausch für ihre Kräuter. Man hat mich geschickt, um ihre Schuld abzuarbeiten. Ich bin geblieben, bis die Arbeit getan war. Ich habe keine von ihnen gut gekannt. Ich habe bei ihren Dienern gewohnt.«

In der Dunkelheit der Halle sah sie mit einem Mal das Gesicht der Äbtissin, die weiche, faltige Haut und das sanfte Lächeln. Einen Augenblick lang spürte sie fast ihre Hand, mit der sie sich auf Alys' Schulter stützte, um durch den Garten zu spazieren. Die kühle, trockene Süße des Kräutergartens war jetzt unendlich weit weg.

»Ich habe nicht einmal die Hälfte von ihnen gesehen«, sagte Alys. »Es war mitten in der Fastenzeit, und ich mußte im Pförtnerhaus bleiben. Es waren langweilige Tage. Ich war froh, als der Kutscher kam und mich nach Penrith mitnahm.«

Ein Bediensteter stieg auf die Plattform und präsentierte dem alten Lord, dann dem jungen Lord und erst dann Lady Catherine eine silberne Platte. Sie nahmen sich Scheiben dunkles Fleisch.

»Wildbret«, sagte Mistress Allingham zufrieden. »David gibt gutes Essen in Auftrag.«

»David?« fragte Alys unwillkürlich. »David kümmert sich um die Mahlzeiten?«

»Oh ja«, sagte Margery. »Er ist der Majordomus des alten Lord. Er hat die Aufsicht über alles, was im Schloß passiert, und verwaltet die Pächter, überwacht die Ländereien, beaufsichtigt die Rittergüter, sagt ihnen, welche Feldfrüchte sie anbauen sollen, und sucht den besten Teil für das Schloß aus. Der junge Lord Hugo dient außerhalb des Schlosses teilweise als Majordomus, er regiert die Dörfer und sitzt mit seinem Vater zu Gericht.«

»Ich dachte, David wäre ein Diener«, sagte Alys.

Mistress Allingham kicherte, und Alys wurde rot. »Laß ihn das bloß nicht hören«, sagte sie grinsend. »Er ist nach Mylord und dem jungen Lord Hugo der wichtigste Mann im Schloß.«

»Und der gefährlichste«, sagte eine der Frauen leise. »Giftig wie eine Schlange.«

Sie mußten lange auf ihr Essen warten. Es wurde auf dünnen Zinnplatten serviert, und Lady Catherine aß von Silber. Sie aßen das Fleisch mit den Fingern und einem Messer. Danach gab es eine Schale Brühe mit einem dickstieligen Löffel und Brot. Das Brot war aus gutgemahlenem Roggenmehl. Am oberen Tisch hatten sie Weizenbrot, Alys sah die blasse, appetitliche Farbe. Bis auf die

Brühe, die kalt war, wurde das gesamte Essen lauwarm aufgetragen.

Alys legte ihren Löffel beiseite.

»Schmeckt's dir nicht?« fragte eine der älteren Frauen. »Ich bin Eliza Herring.«

Alys schüttelte den Kopf. »Sie ist kalt«, sagte Alys. »Und zu salzig.«

»Die wird aus Pökelfleisch gemacht«, sagte Mistress Allingham. »Und zwar mit dem Bodensatz aus jedem Faß, da könnt' ich wetten. Aber sie ist immer kalt. Alles muß von der Küche hierher getragen werden. Ich habe kein heißes Fleisch mehr gegessen, seit ich mein Haus verlassen habe.«

»Aber du bleibst doch hier, auch wenn das Fleisch kalt ist«, sagte Eliza Herring giftig. »Nach allem, was ich so höre, würde dir die junge Frau deines Sohnes kein Wildbret servieren, ob heiß, kalt oder roh.«

Mistress Allingham nickte. »Ich wünschte, die Pest würde sie holen!« rief sie, dann verstummte sie plötzlich und sah Alys an. »Kannst du eine Frau verhexen, die du nicht kennst?« fragte sie. »Könntest du ihr Herz mir gegenüber erweichen? Oder sie sogar aus dem Weg räumen? Soviel Krankheit überall – kein Grund warum sie nicht ein Wechselfieber kriegen sollte.«

Alys schüttelte den Kopf. »Ich kenne die Wirkkraft der Kräuter, mehr nicht«, sagte sie. »Ich kann keine Zaubersprüche, und ich würde es auch nicht tun, wenn ich es könnte.« Sie hielt inne, um sicherzugehen, daß die Frauen auch zuhörten. »Ich kann keinen verzaubern. Ich habe nur ein bißchen Erfahrung in Kräuterkunde. So konnte ich den Lord heilen. Ich kann und würde keinen krank machen.«

»Könntest du jemanden dazu bringen, sich zu verlieben?« fragte die junge Margery. Ihr Blick wanderte unbewußt zu Lord Hugo. »Du hast doch Liebestränke und Kräuter, die die Leidenschaft wecken, nicht wahr?«

Alys war mit einem Mal auf der Hut. »Es gibt Kräuter, die die Leidenschaft wecken, aber nichts kann ändern, wie ein Mann denkt. Ich kann einen Mann so heiß machen, daß er eine Frau begehrt – aber ich kann ihn nicht dazu zwingen, sie zu achten, wenn er sein Vergnügen gehabt hat.«

Eliza Herring brüllte vor Lachen. »Das bringt dich auch nicht weiter, als du schon bist, Margery!« sagte sie begeistert. »Denn er hat dich schon zwei dutzendmal genommen und dann fallenlassen, bis es ihn wieder juckte.«

»Still, still!« sagte die vierte Frau verängstigt. »Sie wird es hören. Du weißt doch, wie sie lauscht!«

Ein Diener kam und schenkte jeder von ihnen Bier ein. Alys konzentrierte ihren Blick auf den Tisch des Lords. Im klaren Licht der Wachskerze sah sie den Glanz der Silberplatten. Die Tischwäsche war aus makellosem, weißem Leinen. Sie tranken Wein aus Gläsern. Alys merkte, daß sie den Duft von sauber brennendem Wachs, sauberer Wäsche und gutem Essen bewußt einatmete. Es erinnerte sie an die Abtei und die überwältigende Sehnsucht, die sie verspürt hatte, als sie die Sauberkeit und die Ordnung das erste Mal gesehen hatte. Sie hatte sich in den Kopf gesetzt, das Beste zu bekommen, das Allerbeste, was die Abtei zu bieten hatte. Und sie war auf dem besten Weg gewesen, die beste Zelle, den weichsten Strohsack, den bestgewebten Mantel und das anschmiegsamste Gewand zu bekommen. Sie war der Liebling der Äbtissin gewesen. Und dann hatte die Statue Unserer Lieben Frau sie angelächelt und ihre Sehnsucht, dort zu sein, bestätigt, an einem heiligen Ort, in Gnaden.

Sie beugte den Kopf, um ihr vor Enttäuschung verzerrtes Gesicht zu verbergen. In einer Nacht hatte sie alles verloren: ihren Glauben, ihre Freunde, ihre Chance auf Wohlstand und Geborgenheit und auf ein zurückgezogenes Leben. Alys hätte bis ins höchste Amt der Abtei aufsteigen, selbst eines Tages Äbtissin werden können. Aber dann wurde ihr alles in einer Nacht entrissen. Jetzt stand sie wieder draußen und schaute durchs Fenster. Sie hatte ihre Zukunft verloren – und ihre Mutter auch. Alys zwang sich, nicht an Mutter Hildebrande zu denken, um sich nicht mit Tränen der Einsamkeit und des Verlustes bei Tisch vor allen bloßzustellen.

Am Tisch der Lords wurde Lachsfilet gereicht und ein Salat aus Petersilie, Salbei, Lauch und Knoblauch. Alys beobachtete, wie das

Gericht serviert wurde. Das Grünzeug war frisch, aus dem Küchengarten wahrscheinlich. Der Lachs war sicher erst heute früh im Greta gefangen worden. Alys fühlte, wie ihr das Wasser im Mund zusammenlief angesichts des blassen, leckeren Fleisches, das von Butter glänzte. Ein junger Lakai schob ihr ein dickes Stück Brot hin, dick mit Fleischpaste bestrichen, die mit Honig und Mandeln gesüßt war, und ein zweiter goß noch einmal Bier in Alys' Becher.

Alys schüttelte den Kopf. »Ich habe keinen Hunger«, meinte sie. »Ich möchte mich ausruhen.«

Eliza Herring schüttelte den Kopf. »Du darfst den Tisch nicht verlassen, bevor Pater Stephen das Dankgebet gesprochen hat«, sagte sie. »Und nicht, bevor die Lords und Mylady gegangen sind. Und dann mußt du deine Reste in die Schüssel des Almosensammlers für die Armen geben.«

»Sie essen Reste vom Tisch?« fragte Alys.

»Sie sind froh darum«, sagte Eliza in scharfem Ton. »Habt ihr denn in Penrith den Armen nichts gegeben?«

Alys dachte an die sorgsam eingeteilten Portionen der Nonnen. »Wir haben ganze Brotlaibe gegeben«, sagte sie. »Und manchmal ein Faß Fleisch. Wir haben jedem zu essen gegeben, der an der Küchentür geklopft hat. Wir haben ihnen nicht unsere Reste gegeben.«

Eliza hob erstaunt ihre gezupften Brauen. »Nicht sehr mildtätig!« sagte sie. »Der Almosensammler Lord Hughs geht jeden Morgen seine Runde in den Armenhäusern mit einer Schüssel mit den Resten vom Mittag und vom Abend.«

Der Priester, der am Kopf des Tisches unterhalb der Plattform saß, erhob sich und sprach mit klarer, durchdringender Stimme ein lateinisches Gebet. Dann wiederholte er es in Englisch. Alys lauschte aufmerksam: Sie hatte noch nie gehört, wie Gott in Englisch angeredet wurde, es schien ihr Blasphemie – eine furchtbare Beleidigung, Gott so anzusprechen, wie einen Bauern aus der Nachbarschaft, mit ganz gewöhnlichen Worten. Aber sie ließ sich nichts anmerken, bekreuzigte sich nur, wenn die anderen es taten, und erhob sich gleichzeitig mit ihnen.

Lady Catherine, der alte Lord und der junge Lord wandten sich jetzt der Tür neben dem Tisch der Hofdamen zu.

»Was für ein schönes Kleid du hast«, sagte Lady Catherine zu Alys, als hätte sie es gerade erst bemerkt. Ihre Stimme war freundlich, der Blick aber eisig.

»Lord Hugh hat es mir gegeben«, sagte Alys mit ruhiger Stimme. Sie begegnete Lady Catherines Blick ohne Blinzeln. »Ich könnte dich hassen«, dachte sie.

»Ihr seid wirklich zu großzügig, Mylord«, sagte Lady Catherine lächelnd.

Lord Hugh grunzte. »Sie wird hübsch sein, wenn die Haare nachgewachsen sind«, sagte er. »Ihr werdet sie in Eure Gemächer aufnehmen müssen, Catherine. Solange ich krank war, konnte sie gut bei mir schlafen. Wenn sie bleiben soll, schläft sie am besten bei Euren Frauen.«

Lady Catherine nickte. »Natürlich, Mylord«, sagte sie freundlich. »Was immer Ihr befehlt. Aber wenn ich gewußt hätte, daß Ihr einen Sekretär braucht, hätte ich Eure Briefe schreiben können. Ich vermute, daß mein Latein ein bißchen besser ist als das dieses ... dieses Mädchens.« Sie lachte leise.

Lord Hugh warf ihr einen finsteren Blick zu. »Das mag wohl sein«, sagte er, »aber nicht alle meine Briefe sind für die Augen einer Dame geeignet. Und das alles geht nur mich etwas an.«

Zwei hektische Flecken erschienen auf Lady Catherines Wangen. »Natürlich, Mylord«, sagte sie. »Ich hoffe nur, das Mädchen wird Euch von Nutzen sein.«

»Komm jetzt mit in mein Gemach«, sagte der alte Lord zu Alys. »Komm, ich werde mich auf dich stützen.«

Er winkte Alys zu sich. Sie spürte die Abneigung von Lady Catherine wie einen kalten Lufthauch. Doch sie bezwang das Schaudern, das ihr den Rücken bis in ihren kahlen Nacken hinaufstieg. Dann packte Lord Hughs schwere Hand beruhigend ihre Schulter, er stützte sich auf sie, und sie führte ihn aus der großen Halle, durch den Vorraum hinauf in sein Zimmer im runden Turm.

Er ließ sie erst los, als die Tür hinter ihnen ins Schloß fiel.

»Als denn«, sagte er. »Du hast die Hündin gesehen, meine Schwiegertochter, und du hast meinen Sohn gesehen. Verstehst du jetzt, warum ich nicht zulasse, daß du jemanden kennenlernst, und warum mein Essen vorgekostet wird?«

»Ihr traut ihr nicht«, sagte Alys.

»Da hast du verdammt recht«, sagte der alte Lord grunzend und ließ sich in einen schweren geschnitzten Stuhl vor dem Kamin fallen. »Ich traue ihnen beiden nicht. Ich traue keinem. Mich friert«, nörgelte er. »Hol mir eine Decke, Alys.«

Alys holte eine der pelzgefütterten Decken vom Bett und legte sie ihm um die Schultern.

»Du mußt bei ihren Frauen schlafen«, sagte er plötzlich. »Ich kann dich nicht hierbehalten, du wärst noch schlimmer dran, wenn sie glaubten, du wärst meine Hure. Aber du wirst über mich und meine Geschäfte Stillschweigen bewahren.«

Alys fixierte ihn mit ihren dunklen Augen und nickte.

»Und du wirst nicht vergessen, daß *ich* dich habe holen lassen, daß ich hier die Befehle gebe und daß du bis zu meinem Tod mein Sekretär sein und mir dienen wirst, sonst keinem. Und mein Spion bist du auch«, sagte er unvermittelt. »Du kannst belauschen, was die Lady sagt, und mir berichten, was sie über mich redet, was sie plant. Und Hugo.«

»Und wenn ich mich weigere?« fragte Alys mit so sanfter Stimme, daß er nicht beleidigt sein konnte.

»Du kannst dich nicht weigern«, sagte er. »Entweder du stimmst zu und wirst mein Sekretär, mein Spion, meine Verbündete und meine Heilerin – oder ich laß dich erwürgen und in den Graben werfen. Du hast die Wahl.« Er grinste boshaft. »Die freie Wahl, Alys, ich werde dich nicht zwingen.«

Alys' blasses, schönes Gesicht war ruhig wie ein Fluß an einem sonnigen Junitag. »Ich bin einverstanden«, sagte sie freundlich. »Ich werde Euch mit allem dienen, was ich beherrsche – Zaubersprüche kann ich nicht. Und ich werde keinem von Euren Geschäften erzählen.«

Der alte Lord sah sie eindringlich an. »Gut«, sagte er.

5

Alys' Lateinkenntnisse wurden durch die Briefe, die der alte Lord in ganz England herumschickte, bis an ihre Grenzen auf die Probe gestellt. Er versuchte herauszufinden, wie seine Familie und ihre entfernte Verwandtschaft auf eine Annullierung der Ehe von Hugo und Catherine reagieren würden. Sein Vorwand war, daß Catherine und Hugo – als Cousins zweiten Grades – zu nahe verwandt waren, ihre Ehe deshalb unfruchtbar wäre und daher annulliert werden sollte. Seine Briefe waren wahre Meisterwerke der vagen Andeutung. Alys übersetzte und übersetzte dann noch einmal, um den richtigen Ton behutsamer Nachfrage zu treffen. Er wägte den Widerstand ab, mit dem er von anderen Adligen und Rivalen und vor dem Gesetz zu rechnen hatte.

Außerdem bereitete er seine Verbündeten und Freunde auf seinen eigenen Tod vor und ebnete den Weg für seinen Sohn. Er schickte zwei streng geheime Briefe per Spezialkurier an seine »geliebten Cousins« in Richmond Castle und York, in denen er ihnen befahl zu handeln, falls sein Tod plötzlich eintreten würde, wie ein Unfall aussah oder von einer Krankheit verursacht, die man auf Vergiftung zurückführen könnte. Er befahl ihnen, Beweise gegen die Frau seines Sohnes zu sichern, und flehte sie an, sie vor Gericht zu stellen und hinzurichten, falls irgendwelche Beweise gegen sie gefunden oder konstruiert werden könnten. Ihre Pläne und ihre Gefühle ihm gegenüber stellte er ins denkbar schlechteste, verräterischste Licht.

Für den Fall (er erwähnte das nur als Möglichkeit), daß das Verbrechen die Handschrift seines Sohnes trug, sollten sie es ignorieren. Hugos Erbe war wichtiger als Rache, und außerdem wäre er dann ohnehin tot. Alys, die den Blick stur auf die Seiten vor sich gerichtet hielt, erkannte, daß es genauso einfach und sogar wesentlich billiger war, Catherine hinrichten zu lassen, als sie wegen Unfruchtbarkeit zu verstoßen. Der Tod des alten Lords wäre nicht umsonst gewesen, wenn man ihn seiner Schwiegertochter anlasten könnte. Sein Sohn wäre frei, um wieder zu heiraten, und ein neuer Hugh könnte der Familie geboren werden.

Alys beugte sich über das Geschriebene, während der Lord diktierte, und versuchte, zu übersetzen, ohne den Sinn dessen, was er sagte, zu begreifen. Sie witterte die Gefahr, die ihm von allen Seiten drohte – und ihr mit ihm –, wie ein Hase die Hunde. Jetzt erfuhr sie zum ersten Mal, daß das Land von einem Netz von hinterlistigen, intriganten Gutsherren regiert wurde, die sich nur gegenseitig und dem Königreich verantwortlich waren. Jeder von ihnen kannte nur ein Ziel: den Reichtum und die Macht seiner Familie zu erhalten und zu vergrößern. Und das konnte nur geschehen, indem sie die Grenzen ihrer Güter erweiterten – und das Land ungeteilt von Generation zu Generation vererbt wurde.

Während ihr Federkiel über das erstklassige Pergament kratzte, erkannte Alys, daß die Zeugung von Hugos Sohn, dem Enkel des alten Lords keine persönliche Angelegenheit zwischen Hugo und seinem zänkischen Weib war, ja nicht einmal eine Familienangelegenheit zwischen dem alten Lord und seinem Sohn. Es war eine finanzielle Angelegenheit, eine politische. Falls Hugo erbte und dann kinderlos starb, würde der Sitz des Lords von Castleton frei, die Güter unter Käufern aufgeteilt, die Familiengeschichte und das Wappen zurück an den König fallen, der es dann meistbietend verkaufen würde. Damit wäre die große Familie aus dem Norden ausgelöscht, der Name vergessen. Jemand anderes würde Schloß, Wappen und sogar Familiengeschichte für sich beanspruchen. Das war Lord Hughs größte Angst: Man würde abstreiten, daß er je existiert hatte. Alys hörte seine Angst aus jeder Zeile, die er diktierte.

Hugh korrespondierte auch mit dem Hof. Er besaß Wertgegenstände aus der zerstörten Abtei, die er nach Süden schicken wollte, als Geschenk für den König. Die Auflistung, die er Alys diktierte, war ein Meisterwerk des Unterschleifs: Aus goldenen Kerzenleuchtern wurden silberne oder sogar welche aus Messing, schwere Goldplatten verschwanden ganz von der Liste. »Wir haben ja schließlich die Arbeit gemacht«, erklärte er Alys eines Tages. »Mein Hugo war es, der die Abtei zerstört hat, die Arbeit des Königs mit patriotischem Eifer erledigt hat. Wir haben uns unseren Anteil verdient.«

Alys listete das Silber und Gold auf, das sie poliert und benutzt hatte, erinnerte sich an die Form des silbernen Kelches und den süßen, heiligen Geschmack des Meßweines.

»Wenn ich hier nicht wegkomme, verlier ich den Verstand«, dachte sie.

»Bei dem Nonnenkloster sind Fehler passiert«, sagte Lord Hugh. Seine Stimme klang nicht sonderlich reumütig. »Die Schergen des Königs haben uns erzählt, die Nonnen wären korrupt, und Pater Stephen und Hugo sind zu der alten Äbtissin gegangen und haben versucht, sie zu überreden, die Strafe zu zahlen und sich zu bessern. In allen anderen Klöstern, die sie besucht haben, haben die Nonnen oder Mönche ihre Schätze ausgehändigt, ihre Fehler gebeichtet, und Hugo hat Milde walten lassen. Aber die alte Äbtissin war ein eingeschworener Papist. Ich glaube, sie hat nie das Recht des Königs anerkannt, die verwitwete Prinzessin Catherina von Aragon abzusetzen.« Lord Hugh sprach den Titel sehr bedacht aus. Er hatte sie achtzehn Jahre lang Königin Catherina genannt und wagte, selbst wenn nur Alys zuhörte, keinen Versprecher. »Die Äbtissin hatte zwar den Eid auf die Anerkennung Königin Annes geschworen, aber ich bin mir nicht sicher, wie ernst ihr das war.«

Er hielt inne. »Sie wollte mit Pater Stephen nicht über ihren Glauben diskutieren, nicht einmal, als er sie der Laxheit und des Mißbrauchs bezichtigte. Sie hat ihn einen jungen Ehrgeizling genannt.« Lord Hugh mußte lachen. »Sie hat ihn beleidigt und abgekanzelt und sie dann beide hinausgeworfen – meinen Hugo und Pater Stephen. Wie gescholtene Buben sind sie nach Hause geschlichen. Eine beeindruckende Person.« Er kicherte. »Ich hätte sie gern kennengelernt. Eine Schande, daß sie sterben mußte.«

»Was waren das denn für Fehler?« fragte Alys, bedacht, ganz beiläufig zu klingen.

»Hugo war betrunken«, sagte der alte Lord. »Er war mit den Soldaten auf dem Heimweg. Sie hatten sieben Tage lang eine Bande von Moorräubern gejagt. Er war betrunken und zu Scherzen aufgelegt, und die Männer waren schon zu lange im Kampf- und Bierrausch gewesen. Sie machten ein Feuer, um sich zu wärmen und um im Licht ihre Schätze aufzuteilen. Sie wurden bestraft, alles rechtmäßig – oder zumindest fast rechtmäßig. Pater Stephen wollte sich nicht mit ihnen treffen und vernünftig mit den Nonnen verhandeln, er war immer noch verärgert über die alte Frau. Er schickte Hugo eine Botschaft, in der er ihn aufforderte, sie auszuräuchern – ohne jede Rücksichtnahme. Die Soldaten wollten nur ihren Spaß haben, und ein paar dachten, sie würden Pater Stephen einen Gefallen tun. Sie machten ihr Feuer zu nahe am Heuschober, und dann ist das Feuer übergesprungen, und alle Frauen sind gestorben. Schlimme Sache.«

Alys holte tief Luft, um nicht die Haltung zu verlieren.

»Keine von ihnen ist entkommen«, sagte Lord Hugh. »Eine schlimme Sache. Hugo hat mir erzählt, daß man sie schreien hörte, und dann hat es fürchterlich nach verbranntem Fleisch gestunken. Wie in einer Küche mit einem wütenden Koch, hat er gesagt.«

»Sollen diese Briefe heute abgeschickt werden, Mylord?« fragte Alys. Ihre Hand, die die Kerze unter das Siegelwachs hielt, zitterte erbärmlich, und sie verkleckerte das Siegel.

Nachmittags, wenn der alte Lord ruhte, sollte sie in der Damengalerie der großen Halle sitzen und nähen. Es war ein schöner Raum, der beste im Schloß. Ein breites Erkerfenster mit bunten Scheiben aus normannischem Glas gab den Blick auf den Schloßhof frei. Die Deckenbalken waren bunt bemalt. An den Wänden hingen farbenfrohe Gobelins, und die noch sichtbare Täfelung war mit Weizengarben, fetten Lämmern, Fruchtbündeln und sonstigen Waren bestickt, eine Erinnerung an den Reichtum der Lords von Castleton. Der Türstock war in schwerem Faltwerk geschnitzt, das sich durch das ganze Zimmer wiederholte, bis zu der Fensterbank im Erker, wo Catherine mit einer auserwählten Vertrauten sitzen konnte, ohne von den anderen gehört zu werden. Der Kamin arbeitete so gut wie der im Nonnenkloster, mit einem eckigen, aus Stein gemeißelten Abzug, so daß die Luft rauchfrei und die Wände sauber blieben. Der Boden hatte den dunklen Schimmer gealterten, polierten Holzes und war mit frischen Kräutern bestreut, die, zusammengefegt von den Gewändern der Frauen, kleine Haufen bildeten. Es war ein langgezogener Raum, Dreiviertel der Länge der großen Halle darunter. Catherines Gemach war am hinteren Ende links, mit Blick auf den Hof. Die Frauen schliefen gegenüber, mit Aussicht auf den Fluß durch Schießscharten, durch die es oft zog und manchmal, wenn der Wind ungünstig stand, sogar hereinschneite. Daneben gab es noch ein kleines Zimmer für Feuerholz, in dem ein gebrochener Webstuhl stand.

Den Winter und viele kalte Herbsttage verbrachten die Frauen alle Stunden vom Frühstück bis zum Einbruch der Dunkelheit in diesen vier Wänden. Ihre einzige körperliche Betätigung war der Weg über die breite, flache Treppe von der Galerie in die Halle, wo die gemeinsamen Mahlzeiten stattfanden. Ihre einzige Beschäftigung war dann, in der Galerie herumzusitzen und zu nähen, zu lesen, Briefe zu schreiben, zu weben, zu singen oder zu streiten.

Alys gab vor, sie hätte zusätzliche Arbeit für Lord Hugh zu erledigen, und blieb fern, so oft sie konnte. Sie haßte das geheimnisvolle, obszöne Getratsche der Frauen, und sie fürchtete Lady Catherine, die Alys zwar nie bedrohte oder auch nur ansprach, aber alle Frauen ständig beobachtete. Der Raum knisterte vor unausgesprochenen, endlosen Rivalitäten. In den langen Stunden zwischen dem Mittagsmahl und dem Abendessen, das bei Einbruch der Dämmerung gereicht wurde, wenn Hugo auf der Jagd war oder mit seinem Vater zu Gericht saß oder unterwegs war, um seine Mieten einzutreiben oder die Ländereien zu inspizieren, war die Unterhaltung der Frauen zumeist freundlich. Aber sobald Hugos schnelle Schritte auf den Steintreppen ertönten, rückten die Frauen ihre Hauben zurecht, glätteten ihre Gewänder und musterten sich gegenseitig, verglichen ihr Aussehen.

Alys hielt den Blick stets gesenkt. Es gab immer etwas zu nähen in der Damengalerie. Einen endlosen Teppich mit zwölf Paneelen, den Lady Catherines längst verstorbene Mutter begonnen und ihrer Tochter vererbt hatte. Alys richtete stur den Blick auf ihre Hände und stickte wie besessen, sobald Hugo in die Galerie trat. Seit ihrer ersten Begegnung hatte Alys ihm nie wieder direkt in die Augen gesehen. Wenn er eintrat, verließ Alys den Raum, und wenn sie ihm auf der Treppe begegnete, drückte sie sich gegen die kalten Steine, hielt die Augen niedergeschlagen und betete, er möge sie nicht bemerken. Wenn er in der Nähe war, spürte Alys seine Gegenwart wie einen Luftzug auf ihrer Haut. Wenn sich hinter ihr eine Tür schloß, wußte sie, selbst wenn sie nicht in ihrem Blickwinkel lag, ob er es war, der gerade gegangen war. Sie war versucht, ihn anzusehen, ihr Blick war magisch von ihm angezogen. Es faszinierte sie zu bemerken, ob sein Gesicht finster und verschlossen war oder ob es freudig strahlte. Aber sie wußte, daß Lady Catherines Blick über ihnen allen kreiste wie der eines Wächters auf einem Wachturm, sobald Hugo den Raum betrat. Wenn er auch nur das geringste Interesse an irgendeiner Frau zeigte, bemerkte es Catherine, und diejenige hatte das später teuer zu bezahlen. Alys fürchtete Lady Catherines unerbittliche Eifersucht, sie fürchtete die Intrigen im Schloß und die geheime, unausgesprochene Rivalität in der Damengalerie.

Und sie fürchtete um ihre Gelübde. Mehr als alles andere fürchtete sie um ihre Gelübde.

Einmal blieb er stehen, als er leichtfüßig die Treppe hinaufkam, die Alys gerade herunterging, legte einen Finger unter ihr Kinn und drehte ihr Gesicht dem Licht zu, das durch die Schießscharte fiel.

»Du bist schön«, sagte er. Sein Blick war prüfend, wie der eines Roßhändlers, der die Ware nach Makeln untersucht. »Dein Haar wächst golden nach.«

Alys hatte jetzt kurze goldbraune Locken, noch nicht lang genug, um sie hochzustecken, also trug sie ihr Haar offen wie ein Kind.

»Wie alt bist du?« fragte er.

Sie spürte sein plötzliches Interesse, fast konnte sie es riechen.

»Vierzehn«, sagte sie.

»Du lügst«, erwiderte er gelassen. »Also?«

»Sechzehn«, sagte sie eintönig. Ihr wachsamer Blick war starr auf sein Gesicht gerichtet.

Er nickte. »Alt genug«, sagte er. »Komm heute nacht in mein Gemach«, sagte er plötzlich. »Um Mitternacht.«

Alys' blasses Gesicht und ihre blauen Augen zeigten keinerlei Regung.

»Hast du mich gehört?« fragte er, etwas überrascht.

»Ja, Mylord«, sagte Alys bedächtig. »Ich habe Euch gehört.«

»Und du weißt, wo mein Gemach ist?« fragte er, als könnte das das einzige Hindernis sein. »Im runden Turm, im Stockwerk über meinem Vater. Wenn du heute abend seine Gemächer verläßt, geh die Treppe hinauf anstatt nach unten in die Halle. Ich werde ein bißchen Wein für dich haben, kleine Alys, und ein paar Leckereien und sanfte Spiele.«

Alys sagte nichts, stand mit niedergeschlagenen Augen da. Sie spürte ihre heißen Wangen und das Pochen ihres Herzens.

»Weißt du, woran du mich erinnerst?« fragte Hugo.

»Woran?« fragte Alys, die Neugier ließ ihr doch keine Ruhe.

»An frischen Rahm«, sagte er ganz ernst.

Alys' Augen waren plötzlich weit geöffnet. »Warum?« fragte sie.

»Jedesmal, wenn ich dich sehe, kann ich nur noch an frischen Rahm denken. Mein einziger Gedanke ist, Rahm über deinen ganzen Körper zu gießen und ihn abzulecken«, sagte er.

Alys wich erschrocken zurück, als könnte seine Berührung sie verbrennen. Er lachte über ihren Blick.

»Das wäre also geregelt«, sagte er zuversichtlich. Er lächelte sie an, mit einem herzerweichenden, fröhlichen Lächeln, drehte sich um und lief vergnügt die Treppe hinauf, immer zwei Stufen auf einmal nehmend. Sie hörte, wie er ein Lied pfiff, fröhlich wie ein Rotkehlchen im Winter.

Alys lehnte sich gegen die kalten Steine, ohne ihre Kälte zu spüren. Sie fühlte Sehnsucht, heiß, gefährlich und erregend, in jeder Faser ihres Körpers. Sie biß sich in die Unterlippe, konnte sich aber ein Lächeln nicht verkneifen. »Nein«, sagte sie streng. Aber ihre Wangen glühten.

Alys wußte, daß sie Morach unbedingt sehen mußte, und an diesem Nachmittag ergab sich die Chance dazu. Lord Hugh wollte eine Botschaft nach Bowes Castle schicken. Alys bot sich an, sie zu überbringen.

»Wenn ich aufgehalten werde, bleibe ich die Nacht bei meiner Verwandten«, sagte sie. »Ich möchte gern ein wenig bei ihr bleiben, und ich brauche ein paar Kräuter.«

Der alte Lord sah sie an und lächelte bedächtig. »Aber du wirst zurückkommen«, sagte er.

Alys nickte. »Ihr wißt doch, daß ich zurückkomme«, sagte sie. »Ich habe das Leben im Moor hinter mir gelassen. Das Leben scheint mir wie eine Reise durch Kammern, deren Türen sich hinter mir schließen. Sobald ich etwas Sicherheit gefunden habe, muß ich weiterziehen, und das alte Leben wird mir weggenommen.«

Er nickte. »Am besten, du suchst dir einen Mann und schließt die Türen endgültig, die vor dir und auch die hinter dir«, sagte er.

Alys schüttelte den Kopf. »Ich werde nicht heiraten«, sagte sie.

»Wegen deines Gelübdes?« fragte er.

»Ja ...«, begann Alys und schluckte dann die Worte hinunter. »Ich habe kein Gelübde abgelegt, Mylord«, sagte sie schnell. »Ich bin nur eine von den Frauen, die es nicht erträgt, das Bett mit einem Mann zu teilen. Das gehört zur Kräuterkunde. Die Morach lebt auch allein.«

Lord Hugh hustete und spuckte in die Richtung des Feuers, das in einer Ecke des Zimmers brannte und dessen Rauch durch die Schießscharte nach draußen zog. »Ich habe schon vor einiger Zeit erkannt, daß du eine flüchtige Nonne bist«, sagte er freundlich. »Dein Latein ist in weltlichen Dingen sehr schwach, sehr stark aber, wenn es um heilige Texte geht. Dein Kopf war geschoren, und du hast Appetit – wie alle Nonnen – auf die besten Dinge.« Sein Lachen war barsch. »Hast du wirklich geglaubt, Schwester Blauauge, ich sehe nicht, wie du die feine Wäsche streichelst, wie sehr du das Licht der Wachskerzen liebst, wie stolz du auf dein rotes Kleid bist und wie du das Funkeln des Lichtes in den Silberfäden beobachtest?«

Alys sagte nichts. Ihr Puls raste, aber ihr Gesicht blieb ruhig.

»Bei mir bist du sicher«, sagte Lord Hugh. »Pater Stephen ist ein fanatischer Reformer, ein heiliger Mann. Hugo liebt die neue Kirche, weil er den Profit sieht, der dadurch zu machen ist: die Reduzierung der Fürstbischöfe, Strafgelder von den Klosterländereien, die Macht, die wir jetzt unser nennen können – wir Adeligen, die wir mit der Krone arbeiten –, und die Verstoßung der geistigen Fürsten.«

Er unterbrach sich und warf ihr ein kurzes Lächeln zu. »Aber ich bin vorsichtig«, sagte er langsam. »Diese Umschwünge können öfter im Leben passieren. Es ist mir egal, ob in einer Kirche ein oder zwei Bilder hängen, ob ich Fisch oder Fleisch esse, ob ich auf lateinisch zu Gott bete oder auf englisch. Das einzige, was zählt, ist die Lordschaft von Castleton und wie wir sie heil durch diese wechselvollen Jahre bringen. Ich werde dich nicht verraten. Ich werde nicht darauf bestehen, den Treueeid auf den König aus deinem Mund zu hören. Ich werde dir nicht die Kleider vom Leib reißen und dich auspeitschen lassen und dich, wenn du versagst, den Soldaten für ihre Spielchen überlassen.«

Alys hörte kaum, wie er sie begnadigte.

»Oder zumindest noch nicht«, verbesserte sich der alte Lord. »Nicht, solange du nicht vergißt, daß du mir gehörst. Mein Diener. Mein Vasall.«

Alys beugte den Kopf, um zu zeigen, daß sie zuhörte. Sie sagte aber nichts.

»Und wenn du mir gut dienst, werde ich dich beschützen, vielleicht schmuggle ich dich sogar aus dem Land, in ein Kloster nach Frankreich. Wie wäre das?«

Alys legte eine Hand an ihren Halsansatz. Sie spürte, wie ihr Puls unter der Hand raste. »Wie Ihr wünscht, Mylord«, sagte sie ruhig. »Ich bin Eure Dienerin.«

»Wäre ein Kloster in Frankreich nach deinem Geschmack?« fragte der alte Lord freundlich.

Alys nickte hoffnungsfroh.

»Ich könnte dich nach Frankreich schicken, ich könnte dir sicheres Geleit für deine Reise garantieren, dir ein Empfehlungsschreiben für eine Äbtissin geben, ihr die Gefahr schildern, in der du dich befindest, und ihr sagen, daß du eine wahre Tochter der Kirche bist«, sagte der alte Lord. »Ich könnte dir eine Mitgift geben, die du mit ins Kloster nehmen könntest. Wäre deine Loyalität damit zu kaufen?«

»Ich bin Eure treue Dienerin«, sagte Alys atemlos. »Aber ich wäre Euch dankbar, wenn Ihr mich in ein neues Zuhause im Ausland schickt.«

Der alte Lord nickte, ließ sie aber nicht aus den Augen. »Und du wirst mir bis dahin treu und redlich dienen, als Bezahlung für deine Überfahrt«, sagte er.

Alys nickte. »Was immer Ihr befehlt.«

»Du solltest wahrscheinlich unberührt bleiben. Sonst nehmen dich die Nonnen nicht. Hat Hugo denn schon an deinen Röcken gezupft?«

»Ja«, sagte Alys ohne Umschweife.

»Was hast du ihm gesagt?«

»Nichts habe ich gesagt.«

Der alte Lord lachte. »So machst du das also, meine kleine, schlaue Füchsin. Er soll ruhig glauben, daß er dich kriegen kann, und ich soll denken, daß du dich meinen Interessen verschworen hast, während du still vergnügt deinem ketzerischen Glauben folgst oder deinen geheimnisvollen Künsten oder dem, was dir paßt, was keines von beiden ist, nicht wahr?«

Alys schüttelte den Kopf. »Nein, Mylord«, sagte sie leise. »Ich möchte in ein Nonnenkloster. Ich möchte mein Gelübde erneuern. Ich mache alles, was Ihr verlangt, wenn Ihr dafür sorgt, daß ich in die Obhut eines Ordens komme.«

»Brauchst du Schutz gegen meinen Sohn?«

Alys schüttelte langsam den Kopf. »Ich möchte meine Verwandte besuchen. Ich könnte heute nacht bei ihr bleiben. Sie wird mir raten.«

Er nickte und ließ den Kopf gegen die Stuhllehne fallen, als wäre er plötzlich ermattet. Alys ging lautlos zur Tür. Sie legte die Hand auf die Klinke und schaute sich noch einmal um. Er beobachtete sie durch halbgeschlossene Lider.

»Vergifte ihn nicht«, sagte er barsch. »Keinen von deinen verfluchten Gebräuen, um seine Lust zu dämmen. Er muß einen Sohn zeugen, er braucht all seine Manneskraft. Ich werde ihm sagen, er soll sich an seine Frau halten, wenn ihn die Lust überkommt. Unter meinem Schutz bist du sicher. Und ich werde mein Versprechen halten und dafür sorgen, daß du hinter sichere Mauern kommst, wenn deine Arbeit hier erledigt ist.«

Alys nickte. »Und wann wäre das, Mylord?« fragte sie leise, bemüht, ihre Angst nicht zu zeigen.

Lord Hugh gähnte. »Wenn diese verfluchte Ehegeschichte geregelt ist, denke ich«, sagte er achtlos. »Wenn ich dieses zänkische Weib los bin und Hugo eine neue fruchtbare Schwiegertochter ins Bett gelegt habe. Bis ich klar sehe, mußt du insgeheim für mich arbeiten, aber danach brauche ich dich nicht mehr. Wenn du mir in dieser einen Sache gut dienst, bringe ich dich wieder hinter Klostermauern.«

Alys holte tief Luft. »Ich danke Euch«, sagte sie gelassen und verließ das Zimmer. Draußen vor der Tür blieb sie stehen, lehnte sich gegen die Wand und schaute aus der Schießscharte. Der Wind, der hereinblies, trug die Kälte des Moores mit sich. Das erste Mal seit Monaten erwachte in Alys' Herz wieder Hoffnung. Der erste Schritt auf dem Weg nach Hause war getan.

Sie lieh sich von Eliza Herring ein fettes Pony, um nach Bowes zu reiten. Sie war sich sicher, mit dem überfressenen alten Tier fertig zu werden, als sie dahinritt, das rote Kleid über die Beine heruntergezogen, begleitet von einem Stalljungen aus dem Schloß, der neben ihr herlief. Das Pony tastete sich vorsichtig durch die drekkige, nasse Straße, und ein paar Türen öffneten sich einen Spalt, um sie zu beäugen, und gelegentlich prasselte eine Handvoll Steine gegen die Wand hinter ihr. Sie nickte. Im Dorf hatte sie keine Freunde. Man hatte sie als weise Frau gefürchtet, und jetzt würde man sie als neue Hure des Lords verachten, ein Dorfmädchen, das den höchsten Rang in ihrer kleinen Welt erreicht hatte.

Den Brief ließ sie beim Steward des Schlosses, wohl wissend, daß er die lateinischen Worte nicht lesen konnte, selbst wenn er ihn öffnete. Sie befahl dem Burschen, in Lord Hughs Schloß zurückzukehren, da sie jetzt bedenkenlos allein weiterreiten konnte. Die Straße von Castleton nach Bowes und weiter nach Penrith führte über trockenen Boden entlang der Ausläufer des Moores. Alys blickte über den Hügel, der sich aus dem Tal von Bowes erhob, wo das blasse Band der Straße das Land von Osten nach Westen wie ein mit dem Lineal gezogener Strich durchschnitt. Es war kein Verkehr in diesem ungastlichen Landstrich. Reisende, die ihn passieren mußten, warteten zu beiden Seiten des Moores, bei Castleton oder in Penrith, damit sie in Gruppen reisen und sich gegenseitig beschützen konnten. Es gab viele wilde Tiere – Eber und Wölfe und angeblich auch Bären. Im Winter brauten sich oft plötzlich Schneestürme zusammen, denen man schutzlos ausgeliefert war. Das Schlimmste aber waren Räuber und Moorbanden, herumstreifende Schotten, kräftige Bettler und Vagabunden.

Alys ließ die Straße links liegen und lenkte das Pony auf den schmalen Schafspfad, der sich von Bowes den Greta entlangzog, durch dichte Laubwälder, in denen still die Rehe ästen. Hier war der Fluß breit und glitt gemächlich in seinem weitläufigen, steinigen Bett dahin. Unter den Steinen strömte ein tieferer, geheimer Fluß, ein riesiger unterirdischer See, bevölkert von Fischen, die die dunklen Tiefen bevorzugten. Selbst zu Pferd spürte Alys die Kraft des unterirdischen Wassers in den geheimen Grotten.

Das Pony trat aus dem Schutz der Bäume, leicht schnaufend, und begann den Aufstieg über karges Weideland, auf dem nur Schafe Nahrung fanden und vielleicht ein paar ausgemergelte Kühe, Richtung Moor. Bevor die Pest nach Bowes gekommen war und es noch mehr Arbeiter gab, hatte jemand die Weiden mit Steinmauern voneinander abgegrenzt. Die Mauern waren jetzt eingestürzt, und die Schafe konnten gehen, wohin sie wollten. Beim Scheren im Sommer und beim Schlachten im Winter wurden sie nach den Zeichen auf ihren Fellen aussortiert. Jedes Dorf hatte sein eigenes Brandzeichen – aber alle gehörten Lord Hugh.

Der Fluß führte Hochwasser, war ein reißender Strom, der über die Ufer trat und die Wiesen in riesige Wasserflächen verwandelte. Alys ritt am Ufer entlang, lauschte dem Gurgeln und Rauschen des Wassers und lachte, als das Pony vor einer Pfütze scheute. Holzstückchen und Unkraut schwammen in dem torfigen Wasser, und am Ufer sprudelten und gurgelten die Quellen wie Kochtöpfe und spuckten noch mehr Wasser aus, das stromabwärts abfloß. Die Efeuranken auf den bröckelnden Mauern trugen dicke, schwarze Beeren, die Früchte der Eschen funkelten scharlachrot, und das Grau und Grün des schwachen Wintergrases war mit kleinen braunen Pilzen übersät. Alys gab dem alten Pony die Fersen, worauf dieses zu ihrer Überraschung losgaloppierte. Sie saß entspannt im Sattel und genoß den Wind auf ihrem Gesicht, der ihr die Kapuze vom Kopf streifte.

Die grauen Steinquader der Brücke kamen in Sicht, dahinter staute sich das Waser jetzt zu einem riesigen Teich, glänzend wie frisch poliertes Zinn. Morachs Hütte stand wie eine winzige Arche auf einem kleinen Hügel über dem Hochwasser. Alys stellte sich in die Steigbügel und schrie: »Heija! Morach!« So stand Morach auf der Schwelle, die Hand zum Schutz vor der flachen Wintersonne über die Augen gelegt, als Alys herantrabte.

»Was ist denn das?« fragte sie ohne ein Wort des Grußes.

»Nur eine Leihgabe«, sagte Alys achtlos. »Ich komme nicht zurück, ich darf dich nur heute abend besuchen. Und ich muß mit dir reden.«

Morachs scharfe dunkle Augen musterten Alys' Gesicht. »Der junge Lord Hugo«, sagte sie.

Alys nickte, fragte aber nicht, wie Morach das erraten hatte. »Ja«, sagte sie. »Und der alte Lord hat mir verboten, ihm etwas zu geben, was seine Lust tötet.«

Morach hob ihre schwarzen Augenbrauen und nickte. »Sie brauchen einen Erben«, sagte sie. »Du kannst das Tier vor dem Tor anbinden, ich will es nicht in der Nähe meiner Kräuter haben. Komm herein.«

Alys band das Pony an einen verkrüppelten Weißdornbusch, der neben Morachs Eingang wuchs, hob ihr rotes Gewand hoch, um es vor Schmutz und Schlamm zu schützen, und trat in die Hütte.

Sie hatte den Gestank vergessen. Morachs Misthaufen lag zwar im Gegenwind hinter der Hütte, aber der süßlich faulige Geruch von Kot und Urin schwebte überall. Der Misthaufen war so alt wie die Hütte und hatte schon immer erbärmlich gestunken. Das kleine Feuer aus nassem Holz flackerte lustlos, und die kleine Hütte war von schwarzem Rauch erfüllt. Ein paar Hennen stoben auseinander, als Alys eintrat, ihr Kot lag auf dem Rand der Feuerstelle. Der Boden unter Alys neuen Lederschuhen war glitschig. Das nur wenige Meter entfernte Hochwasser machte sogar die Luft naß und kalt. Bei Einbruch der Dämmerung würde dann der Dunst durch das Flußtal aufsteigen und unter der Tür durch das kleine Fenster dringen. Alys raffte ihren neuen Umhang enger um sich und setzte sich ungefragt neben das Feuer auf Morachs Stuhl.

»Ich habe dir etwas Geld gebracht«, sagte sie ohne Umschweife. »Und einen Sack voll Lebensmittel.«

Morach nickte. »Gestohlen?« fragte sie gleichgültig.

Alys schüttelte den Kopf. »Er hat es mir gegeben«, sagte sie. »Der alte Lord. Und die Kleider auch.«

Morach nickte. »Ein sehr vornehmes Kleid«, sagte sie. »Vornehm genug für Lady Catherine. Vornehm genug für Lord Hughs Hure.«

»Dafür halten sie mich auch«, sagte Alys. »Aber er ist alt, Morach, und er war sehr krank. Er berührt mich nicht. Er ist ...« Sie verstummte, als es ihr plötzlich klar wurde. »Er ist gut zu mir, Morach.«

Morach zog ihre dunklen Augenbrauen nach oben. »Das ist aber dann das erste Mal in seinem Leben«, sagte sie nachdenklich. »Gut? Bist du sicher? Vielleicht führt er etwas mit dir im Schilde.«

Alys überlegte. »Könnte sein«, sagte sie. »Ich habe noch keinen Mann erlebt, der so weit im voraus plant. Er hat an alles gedacht, angefangen von seinem Totenbett bis zum Tod des Sohnes des jungen Lords, der noch nicht einmal gezeugt ist. Er hat mir eine Rolle in seinen Plänen zugedacht – ich muß jetzt für ihn arbeiten, er braucht einen Sekretär, der ein Geheimnis bewahren kann, und er sorgt für mein sicheres Geleit in ein Kloster, wenn meine Arbeit beendet ist.« Sie verstummte und stellte sich Morachs skeptischen schwarzen Augen. »Es ist meine einzige Chance. Er hat versprochen, daß er mich nach Frankreich in ein Nonnenkloster bringen wird. Er ist meine einzige Chance.«

Morach murmelte etwas vor sich hin und drehte sich zur Leiter zu ihrer Schlafplattform. »Stell das Wasser auf«, befahl sie. »Ich muß Kamille stampfen. Ich brauche sie, um meinen Kopf zu klären.«

Alys beugte den Kopf und blies in das Feuer, dann stellte sie den kleinen dreibeinigen Wassertopf in die rote Glut. Als das Wasser anfing zu sprudeln, warf Alys ein paar Kamillenblüten hinein. Nachdem der Tee gezogen hatte, teilten sich die beiden ein angeschlagenes Trinkhorn.

Morach hatte inzwischen ihre magischen Knochen herbeigeholt. Sie nahm einen kräftigen Schluck und schüttelte dann den Beutel mit den Knochen.

»Wähle«, sagte sie und hielt Alys den Beutel hin.

Alys zögerte.

»Ist das Hexerei?« fragte Alys. Sie hatte keine Angst, ihre blauen Augen waren herausfordernd auf Morach gerichtet. »Ist das Schwarze Kunst, Morach?«

Morach zuckte die Achseln. »Wer weiß?« meinte sie gleichgültig. »Für den einen ist es Schwarze Magie, für den anderen das Geschäft weiser Frauen und für wieder andere die Narretei einer alten Frau, die dummes Zeug murmelt. Oft ist es wahr – mehr weiß ich auch nicht.«

Alys hob die Schultern, und auf Morachs ungeduldige Geste griff sie einen der flachen, geschnitzten Knochen, dann noch einen und einen dritten aus dem kleinen Beutel.

Morachs Augen wurden groß angesichts der Wahl. »Das Tor«, sagte sie zum ersten. »Das ist deine Wahl, da stehst du jetzt. Die drei Wege, die vor dir liegen: das Leben im Schloß mit seinen Freuden und Gefahren und seinem Profit, das Leben der Nonne, für dessen Wiedererlangung du wie eine Heilige wirst kämpfen müssen, oder die Hütte hier, mit Armut, Dreck, Hunger. Aber...« Sie lachte leise. »Unsichtbarkeit. Das Wichtigste für eine Frau, besonders wenn sie arm ist, besonders wenn sie eines Tages alt wird.«

Morach studierte den zweiten Knochen mit seiner Rune, die in rostig brauner Tinte eingeritzt war. »Eintracht«, sagte sie überrascht. »Wenn du deine Wahl richtig triffst, hast du die Chance auf Eintracht – mit deinem Herzen und deinem Verstand in Einklang zu sein. Setze dir etwas in den Kopf und bleibe dem treu. Ein Ziel, ein Gedanke, eine Liebe. Was immer es ist, was du begehrst: Zauber, deinen Gott oder Liebe.«

Alys Gesicht war schneeweiß geworden, ihre Augen fast schwarz vor Wut. »Ich will ihn nicht«, sagte sie mit zusammengebissenen Zähnen. »Ich will keine Liebe, ich will keine Wollust, ich will keine Begierde, ich will ihn nicht. Ich will dahin zurück, wo ich hingehöre, ins Kloster, wo mein Leben seine Ordnung hat, Frieden, ein wenig Sicherheit und Wohlstand. Mehr nicht.«

Morach lachte. »Also nicht sehr viel«, sagte sie. »Nicht viel für ein armes Frauenzimmer aus dem Bowes Moor, einem flüchtigen Weib, einer flüchtigen Nonne. Keine großen Wünsche – Frieden, Sicherheit und Wohlstand. Eine ganz kleine Forderung!«

Alys schüttelte verärgert den Kopf. »Du verstehst das nicht!« rief sie. »Es ist wirklich eine große Forderung. Es ist mein Leben, an das ich gewöhnt bin. Es ist mein Platz auf dieser Welt, den ich verdient habe. Ich brauche es jetzt. Heiligkeit – und ein Leben in Frieden. Heiligkeit und Labsal.«

Morach schüttelte den Kopf, innerlich lächelnd. »Das ist eine seltene Kombination«, sagte sie leise. »Heiligkeit und Labsal. Ich dachte immer, daß die meisten heiligen Straßen steinig sind.«

Alys zuckte irritiert die Achseln. »Woher willst du das wissen?« fragte sie. »Welchem Weg bist du denn je gefolgt, außer dem, den du wolltest?«

Morach nickte. »Aber ich folge *einem* Weg«, erinnerte sie Alys. »Und mich nennen sie zu Recht eine weise Frau. Das sagt dir die Einheitsrune: Wähle einen Weg und folge ihm getreu.«

Alys nickte. »Und der letzte?«

Morach drehte den Knochen um und studierte kurz die beiden leeren Seiten. »Odin. Tod«, sagte sie beiläufig und warf alle drei zurück in den Beutel.

»Tod?« rief Alys. »Für wen?«

»Für mich«, sagte Morach ruhig. »Für den alten Lord Hugh, den jungen Lord Hugh, für dich. Hast du geglaubt, du wirst ewig leben?«

»Nein ...«, stammelte Alys. »Aber ... willst du damit sagen, bald?«

»Es ist immer zu früh«, erwiderte Morach, plötzlich verärgert. »Du wirst ein paar Tage der Leidenschaft erleben und deine Wahl treffen müssen, bevor du am Ziel bist. Es ist immer zu früh.«

Alys wartete ungeduldig auf mehr, aber Morach nahm einen kräftigen Schluck Tee und vermied ihren Blick. Alys holte die kleine Börse mit Kupfermünzen aus ihrer Tasche und legte sie in Morachs Schoß. Morach stieß sie zu Boden. »Da ist nicht mehr«, sagte sie abweisend.

»Dann rede mit mir«, sagte Alys. Einen Augenblick lang zitterte ihr blasses Gesicht, und sie sah wieder aus wie ein Kind. »Rede mit mir, Morach. Ich bin dort wie eine Gefangene. Jeder außer dem alten Lord ist mein Feind.«

Morach nickte. »Wirst du fliehen?« fragte sie, nun doch etwas interessiert. »Wieder weglaufen?«

»Jetzt habe ich ein Pferd«, sagte Alys, und die Idee beflügelte ihre Stimme. »Ich habe ein Pferd, und wenn ich Geld hätte ...« Morachs nackter, schmutziger Fuß sicherte sofort die Börse, die sie zu Boden gestoßen hatte. »Es muß doch einen Orden geben, der mich aufnimmt«, sagte Alys. »Du mußt doch irgend etwas gehört haben, Morach!«

Morach schüttelte den Kopf. »Ich habe gar nichts gehört, außer von den Schergen des Königs und Strafen und Beschwerden über Orden und Klöster, die bis zum König vorgedrungen sind«, sagte sie. »Deine alte Abtei ist nur noch eine leere Ruine – die Kirchenbänke sind weg, die Schindeln vom Dach, sogar Steine sind schon abgetragen und weggekarrt worden. Zuerst bedienten sich Lord Hugos Männer, und jetzt hat er die Dorfbewohner aufgefordert, sich zu bedienen. Nach allem, was ich höre, ist es im ganzen Land dasselbe. In Schottland sind sie wahrscheinlich der Prüfung durch den König entgangen, da könntest du es versuchen. Aber du wärst tot, bevor du die Grenze erreicht hast.«

Alys nickte.

»Die Stimmung der Zeit ist gegen dich«, erklärte Morach. »Die Leute waren wütend auf den Reichtum der Abteien, der Priester, der Mönche und Nonnen. Sie waren ihrer Habgier überdrüssig. Sie wollten neue Landeigner oder gar keine Landeigner. Du hast dir die falsche Zeit ausgesucht, um Nonne zu werden.«

»Ich habe mir die falsche Zeit ausgesucht, um geboren zu werden«, sagte Alys verbittert. »Ich bin eine Frau, die schlecht in ihre Zeit paßt.«

Morach lächelte düster. »Ich auch«, sagte sie. »Und viele andere ebenfalls. Mein Fehler war, daß ich zuviel erreicht habe. Meine Sünde war es, zu gewinnen. Also haben sie das Gesetz der Männer und die Macht der Männer gegen mich eingesetzt. Ich habe mich hinter der alten Macht versteckt, den alten Künsten, der Macht der Frauen.«

Der Blick, mit dem sie Alys ansah, war teilnahmslos. »Dein Fehler war es, daß du dich nie still verhalten konntest«, sagte sie. »Du hättest bei mir leben können, wo deine einzige Angst der Hexenfänger gewesen wäre, aber du wolltest Tom, seine Farm und seine Felder. Und als du dann etwas Besseres gesehen hast, bist du dahin geflohen. Man fürchtete, daß Tom aus Kummer um dich sterben würde. Er hat mich angefleht, dich nach Hause zurückzubefehlen. Ich habe ihm ins Gesicht gelacht. Du hattest etwas Besseres gesehen. Ich habe gewußt, daß du nie freiwillig zurückkehren würdest. Du wärst für immer dort geblieben, nicht wahr?«

Alys nickte. »Ich habe Mutter Hildebrande, die Äbtissin, geliebt«, sagte sie. »Und ich stand hoch in ihrer Gunst. Und sie hat mich geliebt wie ihre Tochter. Ich weiß es. Sie hat mir Lesen und Schreiben beigebracht und auch Latein. Sie hat sich besondere Mühe mit mir gegeben, und sie hatte große Pläne mit mir. Ich habe im Destillierraum gearbeitet und in der Ambulanz, und ich habe in der Bibliothek studiert. Ich mußte nie schwere oder schmutzige Arbeit machen. Ich war der Liebling von allen.« Sie warf Morach einen kurzen Blick zu. »Dort hatte ich alles«, sagte sie. »Die Liebe meiner Mutter, die echte, reine Liebe, die es gibt, Labsal und Heiligkeit.«

»Das wirst du in England nicht noch einmal finden«, entgegnete Morach. »Oh, der König kann nicht ewig leben. Er schachert irgend etwas mit dem Papst aus. Möglich, daß seine Erben die Kirche wieder einsetzen. Aber englische Schwestern werden dich nie wieder aufnehmen.«

»Sie wissen vielleicht nicht, daß ich weggerannt...«, begann Alys.

Morach schüttelte den Kopf mit Nachdruck. »Sie werden es erraten«, sagte sie. »Du warst die einzige, die in dieser Nacht mit dem Leben davongekommen ist. Die übrigen sind im Schlaf verbrannt.«

Alys schloß für einen Moment die Augen und roch den Rauch und sah das Flackern der hellen Flammen an der Wand ihrer Zelle. Wieder hörte sie den spitzen Schrei, als sie ihr Gewand hochraffte und weglief, ohne einen Gedanken an die anderen, ohne einen Gedanken an die Äbtissin, die Alys wie eine Tochter geliebt hatte und die still weiterschlief, während der Rauch immer dichter wurde, bis die Flammen an ihrer Matratze züngelten, ihr Leinenhemd und dann ihr müder, alter Körper Feuer fingen.

»Die einzige von dreißig«, sagte Morach mit makabrem Stolz. »Die einzige – der größte Feigling, der schnellste Fuß, der flinkeste Wendehals.«

Alys beugte den Kopf. »Nicht, Morach«, sagte sie leise.

Morach trank schlürfend einen Schluck Kamillentee. »Was wirst du also tun?« fragte sie.

Alys hob herausfordernd den Kopf. »Ich lasse mich nicht unterkriegen!« sagte sie. »Ich laß mich nicht dazu zwingen, auch eine dreckige alte Hexe im Moor zu werden. Ich will keine Hofdame werden und auch nicht Sekretär. Ich will gut essen und gut schlafen, gutes Tuch tragen und trockenen Fußes reiten, und ich lasse mich nicht dazu zwingen, das Leben einer gewöhnlichen Frau zu führen. Ich lasse mich nicht an irgendeinen Tölpel verheiraten, bei dem mein tägliches Leben nur aus Arbeit besteht und ich jedes Jahr mein Leben für ein Kind riskieren muß. Ich gehe wieder in ein Kloster, wo ich hingehöre. Ich werde es schaffen. Der alte Lord wird sein Versprechen nicht brechen. Wenn ich mich den Aufmerksamkeiten Lord Hugos und der Bosheit seiner Frau entziehen kann, und wenn ich es schaffe, Jungfrau zu bleiben, an einem Ort, an dem man nur an Wollust denkt, dann kann ich wieder zurück ins Kloster.«

Morach nickte. »Um das zu erreichen, wirst du viel Glück und Macht brauchen«, sagte sie nachdenklich. »Da gibt's nur eine Möglichkeit.« Sie verstummte.

Alys beugte sich vor. »Sprich«, sagte sie.

»Einen Pakt«, erwiderte Morach. »Einen Pakt mit dem Teufel selbst. Bitte ihn, dich vor dem jungen Lord zu schützen, er soll seine Augen auf ein anderes Ziel richten. Ich weiß genug von Schwarzer Magie, um dich auf den rechten Weg zu bringen. Wir könnten den Herrn der Finsternis heraufbeschwören, er würde kommen, um dich zu holen, kein Zweifel bei einer so gläubigen kleinen Seele. Du könntest dir auf ewig deine Bequemlichkeit sichern. Das wäre dein Weg zu Frieden, Ordnung und Sicherheit. Wenn du dich dem Teufel verschreibst, wirst du nie wieder eine gewöhnliche Frau sein.«

Einen Augenblick lang zögerte Alys, als wäre sie versucht, sich kopfüber in die Hölle zu stürzen, doch dann begrub sie ihr Gesicht in den Händen, und ein gequältes Stöhnen entwich ihrer Brust. »Ich will nicht!« schrie sie, als wäre sie plötzlich wieder ein kleines Mädchen. »Ich will aber nicht, Morach! Ich will einen Mittelweg. Ich will nur ein bißchen Wohlstand und ein bißchen Freiheit! Ich will wieder zurück ins Kloster zu Mutter Hildebrande. Ich fürchte mich vor dem Teufel! Ich fürchte mich vor dem Hexenfänger! Ich fürchte den jungen Lord und seine eiskalte Frau! Ich will irgendwohin, wo es sicher ist! Ich bin zu jung, um mich selbst zu beschützen! Ich will Mutter Hildebrande! Ich will meine Mutter!«

Das Gesicht in den Armen verborgen, löste sich ihre Anspannung in Tränen. Morach verschränkte die Arme, richtete den

Blick starr ins Feuer und wartete darauf, daß Alys sich wieder beruhigte. Ihr Kummer ließ sie völlig ungerührt.

»Es gibt keine Sicherheit für dich oder mich«, sagte sie gleichmütig, als Alys etwas ruhiger geworden war. »Wir sind Frauen, die sich dem, was Männer wollen, nicht anpassen. Für uns gibt es keine Sicherheit. Jetzt nicht und niemals.«

Morach ließ sich von dem Schluchzen nicht erweichen. So verstummte Alys und rieb ihr Gesicht mit ihrem feinen, wollenen Unterärmel.

»Dann gehe ich zurück ins Schloß und versuche mein Glück«, sagte Alys resigniert.

Morach nickte.

»Unsere Liebe Frau hat mich einmal auserwählt«, sagte Alys mit sehr leiser Stimme, da es ein heiliges Geheimnis war. »Sie hat mir ein Zeichen geschickt. Obwohl ich schwer gesündigt habe, hoffe und vertraue ich darauf, daß sie mich zu sich zurückführen wird. Sie wird mir eine Buße auferlegen und mir Absolution erteilen. Sie hat mich doch nicht auserwählt, nur um zu sehen, wie ich versage.«

Morach hob interessiert die Braue. »Kommt darauf an, was für eine Art Göttin sie ist«, sagte sie kritisch. »Es gibt welche, die dich nur erwählen würden, um zu sehen, wie du versagst. Daran haben sie ihre Freude.«

»Oh«, Alys zuckte ungeduldig die Achseln. »Du bist eine Heidin und eine Ketzerin, Morach. Mit dir zu reden ist reine Zeitverschwendung.«

Morach grinste ohne eine Spur von Reue. »Dann rede doch nicht mit mir«, sagte sie gelassen. »Unsere Liebe Frau hat dich auserwählt. Sie wird dich beschützen, damit du ihr Spiel spielst, was immer es sein mag. Verlaß dich nur auf sie, mein kleines, heiliges Lämmchen! Wie kommst du dazu, hier Runen zu zeichnen und für die Zukunft zu beten?«

Alys drückte den Kopf in die Schultern und faltete ihre Hände. »Der junge Lord ist meine Gefahr«, sagte sie. »Er könnte mich Unserer Lieben Frau entreißen. Und dann wäre ich verloren.«

»Sie wird ihn nicht blenden, um dich zu retten?« fragte Morach sarkastisch. »Sie wird nicht ihre heilige Hand ausstrecken und ihn daran hindern, dir unter die Röcke zu fassen?«

Alys warf Morach einen vernichtenden Blick zu. »Ich muß eine Möglichkeit finden, mich selbst zu schützen. Er will seinen Spaß mit mir haben«, sagte sie. »Er hat mir befohlen, heute nacht in sein Zimmer zu kommen. Wenn er mich vergewaltigt, kann ich nie mehr zu den Nonnen zurück. Er würde mich nehmen und dann achtlos wegwerfen, und seine Frau würde mich verstoßen. Ich würde wahrscheinlich nicht mal mehr an den Wachen vorbeikommen, wenn sie wüßten, daß der junge Lord mich berührt hat.«

Morach lachte. »Dann paß auf, daß deine Beine geschlossen und dein Latein frisch bleiben«, sagte sie. »Bete zu Unserer Lieben Frau, und halte dich an den alten Lord.« Sie hielt inne. »Es gäbe schon einige Kräuter, meine kleine Heilige, die seine Geilheit auf dich dämpfen würden, wenn du dich entschließen könntest, sie zu nehmen.«

Alys hob den Kopf. »Ich darf seine Geilheit nicht abtöten«, warnte sie. »Der alte Lord hat es verboten, und er wird mich beobachten. Ich kann Hugo nichts geben, was seine Manneskraft ermatten läßt.«

Morach erhob sich und ging zu den Kräuterbündeln, die an Schnüren von den Balken der Schlafplattform baumelten. »Du wirst das hier einnehmen«, sagte sie. »Mach jeden Morgen einen Aufguß daraus, und trinke ihn, während er abkühlt. Er tötet die Lust eines Mannes auf die Frau, die es trinkt.«

Alys nickte. »Und was würdest du nehmen, um die Lust einer Frau zu dämpfen?« fragte sie beiläufig.

Morach drehte sich zu ihr, und ihr dunkles Gesicht unter der grauen Mähne funkelte vor Bosheit. »Die Lust einer Frau?« fragte sie. »Aber mein kleines Nönnchen, meine kostbare Jungfrau, wer ist denn dieses lüsterne Weib? Wir haben von dem jungen Lord gesprochen und wie ihn nach deiner geheiligten Jungfernschaft gelüstet.«

»Hör schon auf«, schmollte Alys. »Ich frage doch nur für eine der Frauen in der Galerie.«

Morach kicherte. »Ich müßte sie sehen«, sagte sie listig. »Diese Frau, ist sie jung oder alt? Hat sie schon einen Mann gehabt, oder ist sie Jungfrau? Sehnt sie sich nach seiner Liebe, seiner Treue – oder ist sie nur heiß auf seinen Körper, der sie unter sich und seine Feuchte in ihr begräbt?«

Alys errötete. »Ich weiß es nicht«, sagte sie grimmig. »Wenn sie mich noch einmal fragt, bringe ich sie zu dir.«

Morach nickte, und ihre Augen funkelten amüsiert. »Mach das, hübsche Alys«, sagte sie. »Bringe sie zu mir.«

Alys steckte das Büschel Kräuter in ihre Tasche. »Noch etwas?« fragte sie. »Was Hugos Begierde tötet? Muß ich noch irgend etwas machen?«

Morach schüttelte den Kopf. »Ich habe keine anderen Kräuter, aber du könntest mir das nächste Mal, wenn du kommst, etwas Kerzenwachs mitbringen, dann mache ich Abbilder von ihnen«, bot sie an. »Wir machen sie alle zu Puppen, die nach deiner Pfeife tanzen müssen.«

Alys' Augen weiteten sich vor Angst. »Das gibt's doch nicht!« rief sie.

Morach lächelte düster und nickte. »Ich habe es noch nie gemacht«, sagte sie. »Es ist ein schwerer Zauber, ein abgrundtiefer Zauber. Aber die alte Frau, die vor mir hier war, hat mir die Worte beigebracht. Es funktioniert immer, außer ...«

»Außer was?« fragte Alys und zitterte, als wäre ihr mit einem Mal kalt. »Außer was?«

»Manchmal verstehen sie falsch.«

Alys rückte ein bißchen näher. »Was?« fragte sie. »Wer?«

Morach lächelte. »Du nimmst die kleinen Figuren und bindest sie in schwere Magie. Verstehst du das?«

Alys nickte mit bleichem Gesicht.

»Du befiehlst ihnen, dir gehorsam zu sein. Du befiehlst ihnen, deinen Befehlen zu gehorchen.«

Alys nickte wieder.

»Manchmal verstehen sie dich falsch«, sagte Morach leise. »Ich habe von einer Frau gehört, die ihrem Liebhaber befohlen hatte, aufzuerstehen. Er war an der Pest gestorben, und sie konnte es nicht ertragen, ihn zu verlieren. Sie hat die Wachspuppe gemacht, während er kalt und vergiftet im Zimmer daneben lag. Als sie die Puppe zum Gehen brachte, fing er auch an zu gehen, genau wie sie befohlen hatte.«

Alys schluckte, obwohl ihre Kehle fast zugeschnürt war. »Es ging ihm besser?«

Morach kicherte eisig. »Nein«, sagte sie. »Er war tot und kalt, von Schwären übersät, mit leeren Augen und blauen Lippen. Aber er folgte ihr, wohin sie auch ging, genau wie sie befohlen hatte.«

»Ein Geist?« fragte Alys.

Morach zuckte die Achseln. »Wer weiß?«

Alys schüttelte den Kopf. »Das ist widerwärtig!« rief sie. »Das ist Schwarze Magie, Morach! Genauso widerwärtig wie dein Pakt mit dem Teufel. Ich will nichts mit Magie zu tun haben, das habe ich dir schon gesagt. Du führst mich in Versuchung.«

»Warte, bis du nicht mehr aus und ein weißt«, sagte Morach in vernichtendem Ton. »Warte, bis du hungrig bist. Warte, bis du verzweifelt bist. Und dann bringe mir das Kerzenwachs. Wenn du verzweifelt bist – und das wirst du sein, mein kleiner Engel –, wirst du noch sehr froh sein um meine Macht.«

Alys sagte nichts.

»Ich habe Hunger«, sagte Morach plötzlich. »Hole die Speisen und laß uns etwas essen. Ich habe nur noch Holz für eine Stunde, du kannst morgen früh noch mehr sammeln.«

Alys sah sie haßerfüllt an. »Meine Hände werden weich«, sagte sie. »Und meine Nägel sind sauber und wachsen wieder. Du kannst dir selber Holz holen, Morach. Ich habe dir Essen und Geld gebracht. Das sollte reichen.«

Morach lachte. »So, die kleine Jungfrau hat also auch Krallen, nicht wahr?« krächzte sie. »Dann werde ich's dir sagen: hinterm Haus habe ich einen guten Holzhaufen. Jetzt hole das Essen.«

6

Die Novembertage wurden dunkler und kälter, und Alys' Arbeiten als Sekretär des alten Lords vermehrten sich täglich. Er wurde immer gebrechlicher und ermüdete schnell. Wenn ein Bote mit englischen oder lateinischen Briefen kam, ließ er Alys holen, die sie ihm vorlas, denn er war zu erschöpft, selbst über ihren Sinn und Zweck nachzudenken. Wenn der junge Lord Hugo ihm von Urteilen des Bezirks berichtete, von Grenzstreitigkeiten oder Nachrichten aus der weiteren Welt, vom Rat des Nordens oder aus London selbst brachte, hatte er immer Alys an seiner Seite, die gelegentlich Notizen darüber, was der junge Lord sagte, anfertigte oder manchmal nur hinter seinem Stuhl stand und zuhörte. Wenn Hugo dann gegangen war, mit schwingendem, dunkelrotem Umhang und einem frechen Augenzwinkern für Alys, mußte sie dem alten Lord noch einmal berichten, was Hugo gesagt hatte.

»Er nuschelt so!« meinte er.

Die Spannung zwischen Vater und Sohn war für Alys deutlich spürbar. Der junge Lord war der kommende Mann: Die Soldaten hörten auf ihn und auch die Bediensteten des Schlosses. Er wollte der Familie nach außen hin mehr Achtung verschaffen. Er wollte nach London gehen und versuchen, einen Platz am Hof des Königs zu bekommen. Der König war ein Angeber und ein Narr – er hatte immer ein offenes Ohr für denjenigen, der ihm guten Rat geben oder ihn amüsieren konnte. Der junge Lord wollte einen Platz an der Tafel der Großen. Er hatte die neue Religion angenommen. Pater Stephen, auch einer der ehrgeizigen jungen Männer, war sein Freund. Hugo sprach davon, ein neues Anwesen zu bauen. Er wollte das alte Schloß verlassen, das Zuhause seiner Familie, seit der erste Hugo mit den normannischen Eroberern den Kanal überquert, das Lordtum als Lohn erhalten hatte und dieses Schloß erbaute. Hugo wollte Handel betreiben, er wollte Geld gegen Zinsen verleihen. Er wollte Löhne auf die Hand bezahlen, Bauern von ihren armseligen Pachtgründen vertreiben und die Schafherden vergrößern, auf großen Schafweiden ohne Zäune. Er wollte Kohle fördern, Eisen schmieden. Er wollte im strahlenden Licht der Sonne stehen. Er wollte etwas riskieren.

Der alte Lord Hugh stellte sich dem entgegen. Das Schloß war seit Generationen in Besitz der Familie. Sie hatten den Rundturm mit einer Mauer und einem Graben darum erbaut. Nach und nach wurde das Schloß vergrößert, ein zweiter Rundturm für die Soldaten gebaut, die Außenmauer und der Außengraben errichtet, um die Landwirtschaft, einen zweiten Brunnen, Stallungen und das große Pförtnerhaus für die Soldaten zu sichern. Ohne großes Aufsehen zu erregen, hatten sie durch Heiraten ihren Einfluß vergrößert und hatten sogar Land mit Waffen genommen, um das Lordtum zu vergrößern, bis sich die Grenzen ihrer Ländereien vom Pennin im Osten und bis fast zum Meer im Westen erstreckten. Sie erhielten sich ihre Macht und ihren Reichtum, indem sie sich still verhielten und sich von den Intrigen um den Thron fernhielten.

Lord Hugh war erst ein halbes dutzendmal in seinem Leben in London gewesen, denn er war ein Meister treuherziger Ausreden. Er war zur Krönung von Königin Anne dorthin gereist, da die Anwesenheit geboten schien. Unauffällig hatte er in einer der hinteren Reihen gestanden, der Inbegriff eines treuen Lords aus der Provinz. Seine Stimme ließ er mittels Vertreter abgeben, er bestach und verhandelte mittels Briefen. Wenn man ihm befahl, bei Hof zu erscheinen, entschuldigte er sich wegen schlechter Gesundheit, gefährlicher Unruhen in seinen Ländereien oder in letzter Zeit wegen seines Alters und schickte dem König sofort ein angemessenes Geschenk, um sich die unstete königliche Gunst zu sichern. Er wußte von seinen Verwandten bei Hof, wer die kommenden Männer waren und wer absteigen würde. Er hatte Spione in den königlichen Amtsstuben, die ihm die notwendigen Neuigkeiten zukommen ließen. Im ganzen Land hatte er Schuldner. Tausend Männer nannten ihn Cousin und suchten bei ihm Gunst oder Schutz und bezahlten mit Informationen. Er saß wie eine listige Spinne in einem Netz von Vorsicht und Angst. Er repräsentierte die Macht des Königs im unsicheren Norden und hatte seinen Platz im Großen Rat des Nordens, den er nie öfter als einmal jährlich einnahm. Er vermied es, Reichtum und Macht seiner Familie allzu deutlich zu zeigen, aus Angst vor den neidischen Südländern. Er folgte den Traditionen seines Vaters und Großvaters. Sie hatten den Vorsitz über ihre eigenen Gerichte. Sie sprachen Recht zu ihren Gunsten. Sie verkündeten die Gesetze des Königs und setzten die durch, die ihnen Vorteile brachten. Sie lebten recht gut als heimliche Tyrannen.

Ihre größten Rivalen waren die Fürstbischöfe und die Klöster, und jetzt kämpften die Bischöfe um ihren Reichtum und würden vielleicht schon bald um ihr Leben kämpfen. Der alte Lord sah, welch gute Zeiten sein Sohn zu erwarten hatte. Und Hugos Enkel würde so reich sein wie jeder andere Lord Englands und mehr Männer befehligen als die meisten. Er würde die Möglichkeit haben, sich mit den Schotten zusammenzutun, mit England. Er würde sein eigenes kleines Königreich besitzen. Wer konnte wissen, zu welch erlauchten Höhen die Familie aufsteigen würde, wenn sie abwartete und ihre Umsicht und ihre Weisheit nutzte, wie sie es schon immer getan hatte?

Aber der junge Lord Hugo wollte nicht darauf warten, daß die riesigen Ländereien der Klöster ihm vielleicht in fünf oder zehn Jahren in die Hände fielen. Er wollte nicht darauf warten, daß die Schafe geschoren, daß die Lehenszinsen langsam anstiegen und die jährlichen Pachtbeträge eingetrieben waren. Er wollte sofort Reichtum und Macht. Er hatte Freunde, die Fuhrwagen besaßen, einen, der eine Flotte Barken besaß, einen, der Kohle und Eisenerz förderte, einen weiteren, der von hochseetüchtigen Schiffen erzählte und von der Beute, die in Ländern außerhalb Europas zu machen war, außerhalb der bekannten Welt. Er sprach von Handel und Geldgeschäften mit profitablen Zinsen. Er zeigte nie seine Ungeduld mit seinem Vater, und Alys jagte diese für ihn untypische Diskretion noch mehr Angst ein.

»Er will nach London«, warnte sie den alten Lord.

»Ich weiß«, sagte er. »Ich halte ihn davon ab, und das wird er nicht ewig dulden.«

Alys nickte.

»Hast du mehr gehört?« fragte der alte Lord. »Irgendwelche Ränke oder Pläne? Glaubst du, seine Ungeduld könnte so heftig werden, daß er mich vergiften oder wegsperren läßt?«

Alys' Nasenflügel bebten, als röche sie die Gefahr in dieser Frage. »Ich habe nichts gehört«, sagte sie. »Ich habe nur gesagt, daß der junge Lord darauf brennt, seinen Weg auf dieser Welt zu machen. Ich will ihm nichts anhängen.«

»Aber Alys«, sagte der alte Lord ungeduldig. »Du mußt bereit sein, ihn zu verraten, für mich. Du hältst dich in den Gemächern meiner Schwiegertochter auf, du hörst, was dort geklatscht wird. Catherine weiß sehr wohl, daß ich eine Möglichkeit finden werde, sie loszuwerden, wenn sie nicht innerhalb des nächsten Jahres schwanger wird. Das Beste für sie wäre, wenn sie mich beiseite schafft, ehe ich etwas gegen sie unternehme. Hugo drängt es an den Hof, und ich versperre ihm den Weg nach Süden. Sei mein Ohr, Alys. Sei mein Auge. Du gehst überall hin, du hörst und siehst alles. Du brauchst weder Hugo noch Catherine etwas anzuhängen. Du mußt mir nur deine Vermutungen erzählen – auch die unbedeutendsten Vermutungen.«

»Ich habe keine«, sagte Alys überzeugt. »Lady Catherine spricht von Eurem Tod als einem noch fernen Ereignis, mehr nicht. Ich habe nie gehört, daß sie Angst vor einer Scheidung oder einer Annullierung ihrer Ehe hat. Lord Hugo kommt nur selten in ihre Gemächer, und ich sehe ihn nie, außer in Eurem Gemach.«

Er schwieg einen Augenblick. »Du siehst Hugo nur bei mir?«

Alys nickte.

»Er lauert dir nicht auf?«

»Nein«, erwiderte Alys.

Es war die Wahrheit. Entweder hatte Morachs Tisane gewirkt, oder der alte Lord hatte seine Wünsche klar und deutlich geäußert. Nachdem Alys von Morach ins Schloß zurückkehrte, hatte Hugo ihr einmal unmißverständlich zugezwinkert, aber er hatte ihr nie wieder befohlen, in sein Gemach zu kommen. Seitdem war sie dem jungen Lord aus dem Weg gegangen, so gut sie konnte, und wenn sie an ihm vorbeiging, hielt sie den Blick immer auf den Boden gerichtet. Aber eines Morgens im Wachzimmer unter dem Privatgemach des alten Lords passierte es. Sie kam gerade die kleine Treppe hinunter, und Hugo wollte nach oben.

»Immer in Eile, Alys«, sagte Hugo freundlich. Er packte ihren Ärmel mit zwei Fingern. »Wie geht es meinem Vater heute?«

»Er ist wohlauf, Mylord«, sagte Alys, den Blick starr auf die Steinplatten zwischen seinen Reitstiefeln gerichtet. »Er hat gut geschlafen, und sein Husten ist etwas besser.«

»Das ist dieses feuchte Wetter, Alys«, sagte Hugo. »Man spürt direkt, wie der Nebel vom Fluß aufsteigt, du nicht auch, Alys? Geht die Kälte dir nicht durch Mark und Bein?«

Alys schaute kurz zu ihm auf. Sein dunkles Gesicht war ganz nahe über sie gebeugt.

»Ich kann nicht klagen, Mylord«, sagte sie. »Und der Frühling ist nicht mehr weit.«

»Oh, das wird noch Monate dauern«, sagte Hugo. »Die langen dunklen Nächte und Kälte liegen noch vor uns.« Er flüsterte die Worte »dunkel« und »Kälte« wie eine Einladung an das warme Feuer seines Gemachs.

»Ich spüre die Kälte nicht«, sagte sie ruhig.

»Magst du mich nicht?« fragte Hugo plötzlich. Er ließ ihren Arm fallen, nahm ihr Gesicht zwischen die Hände und drehte es zu sich. »Du hast meinem Vater erzählt, ich hätte dich eingeladen und du wärst nicht willig. Magst du mich nicht, Alys?«

Alys blieb reglos stehen und starrte auf das silbrige Weiß seines Kragenbandes, als könnte es sie beruhigen.

»Doch, Mylord«, sagte sie höflich. »Natürlich mag ich Euch.«

»Aber du bist nie in mein Gemach gekommen«, bemerkte er. »Und du hast meinem Vater Geschichten erzählt. Daraufhin hat er mir gesagt, ich solle meine Finger von dir lassen. Hast du das gewußt?«

Seine Hände hielten zärtlich ihr Gesicht. Sie warf einen verstohlenen Blick auf seine Augen: Er lachte sie aus.

»Das hab ich nicht gewußt.«

»Du magst mich also doch?« fragte er. Er hatte allergrößte Mühe, nicht laut loszulachen über diesen absurden Wortwechsel. Alys spürte, daß auch sie jeden Augenblick loslachen würde.

»Es steht mir nicht zu, Mylord, Euch zu mögen oder nicht zu mögen«, sagte Alys steif. Ihre Wangen kribbelten unter seinen Händen.

Hugo hörte auf zu lachen, hielt ihr Gesicht mit einer Hand und strich mit einer Fingerspitze sanft von ihrem Augenwinkel über ihren Backenknochen zu ihrem Mundwinkel. Alys erstarrte, duldete reglos diese Zärtlichkeit. Er beugte sich etwas näher. Alys schloß die Augen, um Hugos lächelndes, eindringliches Gesicht nicht beobachten zu müssen, wie es sich ihrem näherte. Er zögerte einen halben Zentimeter vor Alys Mund.

»Aber ich mag dich, Alys«, sagte er leise. »Und mein Vater wird nicht ewig leben. Und ich glaube, du würdest die Kälte spüren, wenn du wieder zurück nach Bowes Moor müßtest.«

Alys blieb stumm. Sie spürte die Wärme seines Atems auf ihrem Gesicht. Seine Lippen waren den ihren sehr nahe. Sie konnte sich seinem Kuß nicht entziehen, konnte nur ohnmächtig warten, ihr Gesicht zu seinem gehoben, mit Augen, die sich langsam benommen schlossen. Dann ließen seine Hände ihr Gesicht los, und er richtete sich auf. Alys riß die Augen auf und starrte ihn überrascht an.

»Irgendwann wirst du soweit sein«, sagte er freundlich, drehte sich um und lief die geschwungene Turmtreppe zum Gemach seines Vaters hinauf.

Keiner hatte sie gesehen. Keiner hatte sie gehört. Aber Lady Catherine wußte es.

Als Alys zum Nähen in die Kemenate gerufen wurde, winkte Lady Catherine sie zu sich auf einen Hocker in der Nähe ihres eigenen Stuhles, damit sie Alys' Gesicht beobachten konnte, während sich die anderen unterhielten.

»Du bist sehr still«, sagte sie zu Alys.

Alys sah sie mit höflichem, ergebenem Lächeln an. »Ich habe zugehört, Mylady«, erwiderte sie.

»Du erzählst nie von deinen eigenen Verwandten«, sagte Lady

Catherine. »Hast du denn noch Familie, außer der verrückten Alten auf dem Moor?«

»Nein. Außer denen in Penrith«, verbesserte sie sich hastig.

Lady Catherine nickte. »Und keinen Herzallerliebsten? Keinen Verlobten?« fragte sie ganz beiläufig. Die anderen schwiegen und lauschten dem Verhör.

Alys lächelte mit einem winzigen Achselzucken, um ihr Bedauern zu zeigen. »Nein«, sagte sie. »Jetzt nicht mehr. Einst hatte ich einen Herzallerliebsten.« Sie warf Mistress Allingham einen kurzen Blick zu. »Ihr habt sicher schon von ihm gehört, Mistress Allingham. Tom, der Schafzüchter. Aber ich hatte keine Mitgift. Dann bin ich weggegangen nach Penrith, und er hat ein anderes Mädchen geheiratet.«

»Vielleicht sollten wir dich mit einer Mitgift ausstatten und dich verheiraten«, meinte Lady Catherine. »Hier ist das Leben für dich langweilig, und hier sieht dich kein Mann. Für uns ist das das richtige – wir sind alle verheiratet oder verwitwet oder verlobt –, aber ein Mädchen wie du sollte heiraten und Kinder bekommen.«

Alys spürte die Falle, die sich vor ihr auftat. »Ihr seid zu gütig, Mylady«, sagte sie zögernd.

»Das wäre also geregelt!« sagte Lady Catherine fröhlich. Ihre Stimme hatte die Sanftheit eines Diamanten, der über Glas kratzt. »Ich werde Lord Hugo bitten, sich unter den Soldaten nach einem guten Mann für dich umzuschauen, und ich selbst werde dir eine Mitgift geben.«

»Ich kann nicht heiraten. Ich kann nicht heiraten, wenn ich mir meine Künste erhalten will.«

»Wie das?« fragte Lady Catherine und machte ihre grauen Augen ganz groß. »Eine Heilerin braucht doch wohl keine Jungfrau zu sein, außer sie übt sich in Magie.«

»Ich habe nichts mit Magie zu tun«, sagte Alys hastig. »Ich bin nur kräuterkundig. Aber ich könnte meine Arbeit nicht machen, wenn ich einem Mann gehörte. Es ist zeitaufwendig und erschöpfend. Meine Verwandte lebt auch allein.«

»Aber sie ist eine Witwe«, unterbrach sie Mistress Allingham und wurde mit einem kleinen Lächeln von Lady Catherine belohnt.

»Man kann also doch heiraten und seine Künste behalten«, sagte Lady Catherine triumphierend. »Du bist nur schüchtern, Alys, mehr nicht. Aber ich verspreche dir, wir werden einen kräftigen jungen Ehemann finden, der für dich sorgt und sanft mit dir umgeht.«

Eliza Herring und Margery kicherten hinter vorgehaltener Hand. Ruth, die Lady Catherine mehr fürchtete als die beiden, verhielt sich ganz ruhig und beugte sich tiefer über ihre Stickerei.

»Du dankst mir nicht?« fragte Lady Catherine. Ihre Stimme klang klar, aber der Unterton ließ aufhorchen. »Du dankst mir nicht für mein Angebot, dir eine Mitgift zu geben? Und dich mit einem guten Mann zu verheiraten?«

»O doch, das tue ich in der Tat«, sagte Alys mit ihrem klaren, ehrlichen Lächeln. »Ich danke Euch wirklich ganz herzlich, Mylady.«

Lady Catherine wechselte das Thema. Sie hatte einen Brief eines entfernten Verwandten aus dem Süden erhalten, in dem dieser vom König erzählte und von dessen wachsender Kälte gegenüber seiner jungen Königin Anne Boleyn, obwohl sie schon wieder ein Kind von ihm erwartete. Alys, für die der König und seine Hure, seine angemaßte Königin, selbst schuld an all ihrem Unglück hatten, lächelte mechanisch und hörte zu. Sie hoffte, Lady Catherine hatte sie mit den Versprechungen, sie zu verheiraten, nur amüsieren wollen.

»Und die neue Königin war nur Kammerzofe im Schlafgemach der alten Königin, als der König sie entdeckte«, sagte Eliza Herring taktlos. »Man stelle sich vor! Gestern dient man noch der Königin, und heute ist man selber eine!«

»Und die, auf die er jetzt ein Auge geworfen hat, Lady Jane Seymour, hat ihnen beiden gedient«, fuhr Margery fort. »Sie hat der alten Königin gedient – der falschen, meine ich – und jetzt Königin Anne.«

»Hofdame scheint eine vorteilhafte Position zu sein«, meinte Eliza. »Man stelle sich vor, wie hoch man aufsteigen kann!«

Lady Catherine nickte, aber ihr Gesicht zeigte keinerlei Gemütsregung. Sie sah Alys an, und ihr Blick war eine Warnung. Alys beugte rasch den Kopf und nähte weiter. »Das sind Londoner Sitten«, erklärte Lady Catherine mit leiser, bedrohlicher Stimme. »Doch was für den König recht und billig ist, ist nicht immer der richtige Weg für seine Untertanen.«

»Natürlich nicht!« sagte Margery verstört. »Außerdem, wenn Königin Anne einen Sohn gebiert, wird er sich ihr schnell wieder zuwenden! Kein König verstößt eine Frau, die ihm einen Sohn geschenkt hat! Nur unfruchtbare Frauen werden so behandelt!«

Catherine wurde blaß vor Zorn.

»Ich meine...«, stammelte Margery.

»Die Ehe des Königs wurde annulliert, weil Katharina von Aragon die Frau seines Bruders war«, sagte Catherine in eisigem Ton. »Das war der einzige Grund für die Annullierung der Ehe, und ihr habt alle einen Treueeid geschworen, in dem ihr den rechtmäßigen Erben des Königs und die Rechtmäßigkeit seiner Ehe mit Königin Anne anerkennt.«

Die Damen nickten mit gesenktem Blick.

»Jedes Gerede über Scheidung aus einer Laune heraus ist Verrat«, sagte Catherine streng. »Die erste Ehe des Königs war ungültig und gegen Gottes Gesetz. Diese Sache ist unvergleichlich.«

»Seid Ihr da sicher?« Diese gefährliche Frage wagte Elizabeth zu stellen.

Catherines graue Augen fixierten sie unerbittlich. »Eure Stellung ist nicht vergleichbar mit der der Hofdamen der Königin«, zischte sie. »Keine von euch hat einen so hohen Rang, daß sie Scharlachrot tragen dürfte, gleichgültig, welche geborgten Kleider Alys trägt. Ich hoffe doch, keine von euch will die natürliche Ordnung, die gottgegebene Ordnung, stören. Oder hofft Alys etwa, Purpur zu tragen? Mit einem Lord verheiratet zu sein?«

Die Damen lachten, ein nervöser, gehorsamer Chor.

»Wem hat das Kleid gehört, Alys?« fragte Catherine boshaft.

Alys räusperte sich und sagte leise: »Man hat mir gesagt, es hätte einer Frau namens Meg gehört.«

»Und weißt du, wer sie war, Alys?« fragte Catherine.

Alys hob den Kopf von ihrer Näharbeit. »Lord Hughs Hure«, sagte sie leise.

Catherine nickte. »Ich glaube, ich würde lieber Braun tragen als mich mit geborgten Kleidern brüsten«, sagte sie. »Ich würde lieber ehrliches Braun tragen als das Gewand einer Hure, die an Syphilis gestorben ist.«

Alys biß die Zähne zusammen. »Lord Hugh hat mir befohlen, das Kleid zu tragen. Ich habe kein anderes.« Sie sah Catherine kurz in die Augen. »Ich hoffe, es mißfällt Euch nicht, Mylady, ich wage nicht, mich Lord Hughs Befehl zu widersetzen.«

Catherine nickte. »Also gut. Aber du tätest gut daran, mit dem Kleid nicht auch die Sitten der letzten Eigentümerin anzunehmen.«

Alys begegnete Catherines mißtrauischem, hartem Blick. »Ich bin eine Jungfer«, sagte sie. »Keine Hure. Und so wird es auch bleiben.«

Von da an gab sie sich noch mehr Mühe, sich von Orten fernzuhalten, an denen sie dem jungen Lord begegnen könnte. Wenn er in das Gemach seines Vaters kam, setzte sie sich in eine Ecke in den Schatten. Sie legte das kirschrote Kleid ab, das der alte Lord ihr gegeben hatte, und fragte ihn, ob sie sich ein neues aus der Truhe holen dürfte. Sie suchte sich ein dunkelblaues, fast schwarzes aus und trug es mit einem schwarzen Mieder, das sie flach wie ein Brett festzurrte. Es war ihr zu groß und reichte ihr bis unters Kinn, so daß es ihre zusammengepreßten Brüste verbarg. Sie kramte in der Truhe und fand eine altmodische Giebelhaube, die mit der ehemaligen Königin, der falschen Königin Katharina, aus der Mode gekommen war. Alys stopfte ihr wachsendes Haar unter die Haube und steckte es fest, so daß keine Strähne mehr entwich. Die Haube war schwerer und heißer als ihre Nonnentracht, da sie jetzt wieder Haare hatte, aber es erinnerte Alys für einen Augenblick an den steten Druck der Nonnenhaube und die Bandage ums Gesicht, die sie so lange getragen hatte.

»Du siehst aus wie eine Nonne«, meinte der alte Lord. Und als er ihren verängstigten Blick sah, korrigierte er sich: »Nein, Mädel, du brauchst keine Angst zu haben. Du siehst aus wie eine Frau, die versucht, sich unsichtbar zu machen. Vor wem versteckst du dich, Alys? Vor Lady Catherine? Vor Hugo?«

»Das andere Gewand war schmutzig«, sagte Alys ruhig. »Ich habe es zum Waschen gegeben. Und es ist an der Zeit, daß ich eine Haube trage.«

Lord Hugh hob seine weißen Augenbrauen. »Du kannst dir aus der Truhe aussuchen, was du willst«, sagte er. »Und sag David, er soll dir die andere Truhe zeigen. Solange du hier bist, kannst du dich daraus bedienen. Wenn du gehst, mußt du die Kleider hierlassen.«

»Danke«, sagte Alys leise. »Ist es denn kein Vergehen, wenn ich Scharlachrot trage, Mylord? Ich dachte, nur die Frau eines Landbesitzers dürfte Rot tragen?«

Lord Hugh kicherte. »Ich bin es, der hier die Gesetze bestimmt. Gesetz ist, was ich sage. Und Frauen spielen sowieso keine Rolle.«

Das Schloß bereitete sich auf das Weihnachtsfest vor. Die ahnungslosen Truthähne und Gänse wurden mit zusätzlichem Futter gemästet. Der alte Lord bekam einen Husten, der ihn nachts nicht schlafen ließ und am Tag müde und reizbar machte. Alys machte sich im frostigen Morgengrauen auf, um frische Kräuter in dem kleinen Garten vor der Küche zu pflücken, und stieß dabei mit einem dickvermummten Mann zusammen, der gerade ins Haus kam.

Er fing sie auf und packte ihren Arm. Kaum hatte er sie berührt, wußte sie, daß es Hugo war.

»Ich hab dich erschreckt.« Sein Lächeln strahlte aus dem Schatten seiner Kapuze. Er zog sie in die warme Küche. Auf dem Boden vor dem Feuer und auf den Bänken schliefen Bedienstete. Hugo versetzte dreien oder vieren ein paar Fußtritte, und sie trollten sich verschlafen. Er holte zwei Schemel und setzte Alys direkt neben die schimmernde Glut.

»Du bist halb erfroren«, sagte er. Er nahm ihre Hand. Ihre Fingernägel waren blau vor Kälte.

»Ich habe Kräuter mit Rauhreif gepflückt«, sagte Alys. »Der Husten Eures Vaters hat sich ein wenig verschlimmert.«

Hugo nahm ihre kalten Hände zwischen seine warmen Handflächen. Allmählich kam wieder Gefühl in ihre tauben Finger. Alys schnitt eine Grimasse, zog ihre Hände weg und schüttelte sie. Hugo lachte leise und beugte sich vor, um sie wieder zu greifen. »Ich war die ganze Nacht unterwegs«, sagte er. Seine Stimme war leise, keiner der Bediensteten hätte ihn hören können. »Willst du nicht wissen, was ich gemacht habe, Alys?«

Alys schüttelte kurz den Kopf und entzog sich seinem bohrenden Blick, indem sie ins Feuer schaute.

»Ich habe mich mit ein paar Freunden getroffen, die so denken wie ich«, sagte er. »Einer von ihnen ist der Sohn eines Grundbesitzers, ein reicher Mann, wenn auch nicht von Adel. Ein anderer ist der Sohn eines Kaufmanns. Wir sind alle jung, wir wollen alle unseren Anteil an der neuen Welt, die auf uns zukommt. Wir alle werden von unseren Vätern in Schach gehalten.«

Alys schickte sich an aufzustehen. Hugo zog sie an ihrem Umhang zurück auf den Schemel. »Hör mich an«, sagte er leise. »Damit du siehst, wie sehr ich dir vertraue.«

Alys wandte ihr Gesicht ab, aber Hugo ließ sie nicht los.

»Einer meiner Freunde plant, seinen Vater abzuschieben. Er will ihn für verrückt erklären lassen und seine Ländereien und seinen Reichtum übernehmen. Seine Mutter will seinen Anspruch unterstützen, seine Frau auch. Keine feine Art, mit seinem Vater umzugehen, findest du nicht auch, Alys?«

Alys sagte nichts. Hugo sah, wie rosig ihr Gesicht von der Wärme des Feuers war. Das Flackern ihrer dunkelblauen Augen verriet ihre Angst.

»Ich würde das nicht tun, Alys, außer die Versuchung wäre unwiderstehlich. Aber mein Vater nimmt mir das Licht – siehst du das, Alys? Nur sein Befehl hindert mich daran, in London zu sein. Nur seine Pläne, Catherines geerbtes Land zu behalten, hindern mich daran, meine Frau loszuwerden. Nur sein Ehrgeiz, nicht aufzufallen, seine Bemühung um Frieden, hindern mich daran, bei Hof zu sein, mein Glück und meinen Reichtum für ungeheure Schätze zu riskieren. Siehst du denn, wie ungeduldig ich bin, Alys?«

Alys kniff den Mund fest zusammen. Hugo hatte ihre beiden Hände gepackt, sonst hätte sie sich die Ohren zugehalten.

»Ihr werdet Eure Chance bekommen, wenn Gott es will«, sagte sie, als er sie erwartungsvoll ansah.

Er beugte sich vor, bis sein Gesicht dem ihren ganz nah war. »Und wenn ich keine Geduld habe?« fragte er. »Wenn ich keine Geduld habe und jemanden finde, der mich unterstützt? Wenn mein Vater krank wäre und ihn keiner heilen könnte? Wenn er sterben würde? Wenn ich dann meine Frau verstoßen und mir eine Frau suchen würde, der ich vertrauen könnte, die das Schloß in meiner Abwesenheit für mich halten könnte? Eine Frau, die lesen und schreiben kann. Eine Frau, die mir gehören würde, meinen Interessen verschworen wäre, von mir abhängig? Eine Frau, die mir Augen und Ohren wäre. Wie du Auge und Ohr für meinen Vater bist?«

Alys war unfähig, sich zu bewegen. Sein Flüstern war hypnotisierend, er lockte sie in eine Falle, die sie nicht erkennen konnte.

»Ich muß frei sein«, sagte sie mit leiser, sehnsüchtiger Stimme.

»Führe ich dich in Versuchung, Alys?« fragte er leise. »Der Reichtum und die Macht?«

Er sah, wie ihre Augen sich verdüsterten, wie vor Verlangen.

»Und Lust«, fuhr er fort. »Nächte und lange Tage voller Lust mit mir?«

Alys wich zurück wie vor einem Guß kalten Wassers. Sie entzog ihm ihre Hände.

»Ich muß gehen«, sagte sie kurz.

Er erhob sich mit ihr, schlang einen Arm um ihre Taille und zog sie an sich. Sein Mund senkte sich über ihren. Alys merkte, wie ihr Kopf sich zurücklehnte, ihr Mund sich öffnete.

Er ließ sie los und trat einen Schritt zurück.

Alys taumelte kurz, bis sie wieder das Gleichgewicht fand.

»Geh jetzt«, sagte er. Seine dunklen Augen funkelten boshaft. »Du kannst jetzt gehen, Alys. Aber du lernst bereits, wer dein Gebieter ist, nicht wahr? Du kannst dich nicht mehr lange hinter meinem Vater verstecken. Ich hab schon viele Weiber besessen, und ich kenne die Anzeichen. Du begehrst mich, obwohl du es noch gar nicht weißt. Du hast den Köder geschluckt, wie ein Salm in der Frühlingsflut. Du kannst schwimmen, soviel du willst, ich werde dich doch an Land ziehen. Du wirst von mir träumen, Alys, du wirst dich nach mir sehnen. Und am Ende wirst du zu mir kommen und mich anflehen, dich zu berühren.«

Er belächelte ihr weißes Gesicht.

»Und dann werde ich ganz sanft mit dir sein«, sagte er. »Und dich ganz zur meinen machen. Und du wirst nie wieder frei sein.«

Alys wandte sich von ihm ab und stolperte zur Küchentür.

»Du hast den Köder geschluckt«, murmelte er leise, als sie die Tür öffnete und durch den Vorraum in die große Halle floh. »Du hast den Köder geschluckt, meine Alys.«

Zwölf Nächte lang lag Alys schlaflos und wartete auf das Morgengrauen, das mit der Langsamkeit des Winters träge aufzog. Zwölf Tage lang erledigte sie wie im Traum ihre Arbeit für den alten Lord, schrieb, was er befahl, ohne den Sinn der Worte zu begreifen. Sie pflückte Kräuter für ihn, brühte sie auf oder stampfte sie. Sie saß in Lady Catherines Zimmer und nickte und lächelte, wenn sie aufgefordert wurde zu sprechen.

Zwölf Tage lang watete sie durch ein Tal der Finsternis und Verwirrung. Nie hatte sie sich mehr nach den stillen Gewißheiten von Mutter Hildebrande gesehnt. Nie war ihr der Verlust dieser geordneten, einfachen Tage schmerzlicher bewußt gewesen. Zwölf Tage wanderte Alys wie ein Geist durchs Schloß, und wenn sie eine Tür schlagen hörte und Hugos fröhliches Pfeifen, mußte sie feststellen, daß sie wie im Fieber zitterte.

Eines Tages, als Hugo, ohne Kappe – die hatte ihm der Wind auf dem Moor weggeblasen –, mit strahlendem Gesicht von der Jagd zurückkehrte, stand sie gerade neben dem Tor. Als er ihrer ansichtig wurde, sprang er aus dem Sattel und warf die Zügel einem der Männer zu.

»Ich hab dir ein fürstliches Mahl erlegt, Alys!« sagte er fröhlich. »Einen Eber. Er wird in der Küche gefüllt werden, und ich werde befehlen, daß sein Kopf dir persönlich zu Füßen gelegt wird. Du wirst saftiges Fleisch bekommen, eine dunkle Soße und eine köstliche Honigkruste! Meine Alys!«

Alys tastete nach ihrem Korb. »Ich faste«, hauchte sie atemlos. »Heute ist St. Andreas, Mylord. Ich esse heute kein Fleisch.«

Er lachte, als wäre das alles egal. »Unsinn!« rief er. »Alys, klammere dich nicht an die alten toten Bräuche, die keinem mehr etwas bedeuten! Iß Fisch, wenn dir danach ist. Iß Fleisch, wenn du hungrig bist! Das kannst du mir nicht antun! Den ganzen Tag läßt du mich reiten und auch noch einen Eber jagen, und dann wendest du dich von mir ab und sagst, du willst nicht mit mir speisen!«

Alys spürte, wie ihre Hände zitterten. Sie umklammerte den Korb noch fester. »Ihr müßt mich entschuldigen«, sagte sie. »Ich ...«

Von hinten ertönte ein Schrei, und ein Karren kam durch das schmale Tor. Hugo stemmte seine Hände links und rechts von Alys' Kopf gegen die Wand. Sie preßte sich gegen die Wand und spürte, wie er langsam seinen warmen Körper an sie lehnte. Ihr Mieder war wie eine Rüstung, ihre Haube ein Helm. Aber als Hugo sich an sie drückte, spürte sie die Hitze seines Körpers durch ihre Kleider. Sie roch den Duft seiner Wäsche und das beißende Aroma seines Schweißes. Sein Knie an ihren Beinen, der Druck seines dicken Lendenschurzes an ihrem Schenkel waren so nah, als wären sie nackt und alleine.

»Sehnst du dich denn nicht nach einer Kostprobe, Alys?« flüsterte er ihr ins Ohr. »Träumst du denn nicht davon, wie es sein könnte? All diese verbotenen guten Dinge? Kann ich dich nicht lehren, ein paar Regeln zu brechen? Ein paar Regeln zu brechen und Genüsse zu kosten, solange du jung und begehrenswert und heiß bist?«

Und im Schatten des Torbogens, umfangen von seiner Wärme und dem Flüstern seiner männlichen Versuchung im Ohr, drehte Alys ihr Gesicht ihm zu, schloß die Augen und wußte, daß sie ihn begehrte.

Leicht wie das Flackern einer Kerzenflamme strichen seine Lippen über ihren offenen Mund, dann hob er den Kopf und schaute mit dunklen lächelnden Augen in ihr entrücktes Gesicht.

»Ich schlafe im Augenblick alleine«, sagte er leise. »Du kennst mein Gemach, im runden Turm, über dem meines Vaters. Wann immer du willst, Alys, verlaß meinen Vater, steig höher hinauf im Turm, anstatt zu diesen albernen Frauen zu laufen. Steig hinauf, dann werde ich dir mehr geben als einen Kuß im Torbogen, mehr als nur einen Vorgeschmack. Mehr als du dir erträumen kannst.«

Alys öffnete ihre Augen, getrübt von Begierde.

Hugo lächelte sie an. Es war ein boshaftes, leichtsinniges Lächeln. »Wirst du heute nacht kommen?« fragte er. »Soll ich ein Feuer machen und auf dich warten?«

»Ja«, sagte sie.

Er nickte, als hätten sie endlich einen angemessenen Handel besiegelt, dann verschwand er.

An diesem Abend aß Alys, als man ihn zum Tisch der Damen brachte, von dem Eber. Hugo schaute sich um, und sie sah sein geheimes Lächeln. Jetzt wußte sie, daß sie verloren war. Daß weder die Kräuter noch die warnenden Worte des alten Lords ihn hindern würden. Und daß keine Willenskraft sie aufhalten konnte.

»Was ist denn los mit dir?« fragte die gutmütige Elizabeth. »Du bist weiß wie die Wand, hast fast zwei Wochen nichts gegessen, jeden Morgen bist du vor allen anderen wach, und heute warst du den ganzen Tag taub.«

»Ich bin krank«, sagte Alys. Ihre Stimme war scharf. Bitter.

Eliza lachte. »Dann kuriere dich doch selber«, sagte sie. »Du wärst keine gute weise Frau, wenn du dich nicht selber kurieren kannst!«

Alys nickte. »Das werde ich«, sagte sie, als wäre sie endlich zu einer Entscheidung gekommen. »Ich werde mich kurieren.«

In dieser Nacht, als Alys spürte, wie ihre Haut im Mondlicht brannte, und sie wußte, daß der Mond den Weg zu Hugos Gemach durch zwanzig silbrige Schießscharten erleuchten würde und er nackt auf seinem Bett lag, daß er sie erwartete und doch nicht erwartete, erhob sie sich und ging zur Galerie Lady Catherines, wo eine Kiste mit frischen Wachskerzen stand. Alys nahm drei, wickelte sie in ein Tuch, verschnürte das Bündel fest und versiegelte die Schnur. Am nächsten Morgen schickte sie es mit einem Burgkarren zu Morachs Hütte und sagte dem Fahrer, es wäre ein Weihnachtsgeschenk für die alte Frau. Sie schickte keine Botschaft – das war überflüssig.

Am Weihnachtsabend erklomm eine der Küchenmägde die Stufen des runden Turms, um Alys zu sagen, daß eine alte Frau am Markttor nach ihr fragte. Alys machte einen kleinen Knicks vor dem alten Lord und fragte, ob sie sich kurz mit Morach treffen dürfte.

»Aye«, brachte er nur heraus. Er atmete schwer, es war einer seiner schlechten Tage. Er saß in einen dicken Umhang gehüllt vor einem prasselnden Feuer und spürte trotzdem keine Wärme. »Komm schnell zurück.«

Alys warf ihren schwarzen Umhang über die Schultern und glitt wie ein Schatten die Treppe hinunter. Der Wachraum war leer bis auf einen vor sich hindösenden Soldaten. Alys ging durch die große Halle, vorbei an einem halben Dutzend Männer, die schnarchend auf den Bänken ihren Bierrausch vom Mittag ausschliefen, durch den Servierraum in die Küche.

Die Feuer brannten, es roch nach gebratenem Fleisch und zu lange abgehangenem Wildbret. Der Boden war nach dem Mittagsmahl gefegt worden, und in den Ecken türmten sich Haufen blutigen Sägemehls. Die Köche aßen, wenn das Mahl in der Halle serviert war, das Küchenpersonal hatte die Weinkrüge geleert und döste jetzt in den Ecken. Nur der Küchenjunge, nackt bis auf seine Unterhose, der monoton den Griff des Spießes, an dem das Fleisch fürs Abendessen briet, drehte, starrte Alys an, als sie im Vorbeigehen ihre Röcke hochraffte.

Sie trat in den Küchengarten. Die ordentlichen Salatbeete säumten die eine Seite des Weges, die Kräuter waren auf der anderen gepflanzt, alle mit Buchsbaumhecken eingefaßt. Am Turm, der den inneren Burgfrieden bewachte, ließen sie die Wachen mit einer zotigen Bemerkung passieren. Sie überquerte die Brücke, die den riesigen Graben mit dem fauligen, trüben Wasser überspannte, und lief dann durch den äußeren Befestigungsring, vorbei an einem kleinen Bauernhof. Eine Amsel sang in einem der Apfelbäume. Hier gab es Bienenstöcke und Schweinekoben, Hühner, die pickend herumwanderten, ein Dutzend Ziegen, zwei Kühe und ein Kalb. Hier gab es Schuppen, um Gemüse und Heu zu lagern, eine Scheune und daneben einige halbverfallene Wirtschaftsgebäude. Alys wußte, daß sie nie repariert werden würden. Es war zu teuer, eine vollständige Farm innerhalb der Burgmauern zu betreiben. Und außerdem war der Frieden im Lande augenblicklich nicht bedroht. Schottlands Armee kam nie so weit nach Süden, und die Moorbanden bedrohten Reisende, aber nicht sichere Farmen, nicht den großen Lord Hugh.

Alys ging auf das große Tor zu, in dem das bedrohliche Fallgatter den Weg auf die Zugbrücke über den äußeren Graben versperrte. In die massiven Balken des Tores war eine kleine Tür eingelassen. Nur zwei Soldaten hielten Wache, aber ein Offizier beobachtete sie durch die offene Tür des Wachraumes. Es herrschte zwar Frieden im Land, aber der junge Lord setzte nie die Sicherheit des Schlosses aufs Spiel, und er erwartete von den Soldaten für ihren Lohn zuverlässige Leistung. Einer der Wachsoldaten öffnete Alys die Tür, sie beugte den Kopf und trat hinaus in den plötzlichen Glanz der Wintersonne. Sie löste sich aus dem Schatten der Burg und fühlte sich mit einem Mal frei.

Morach erwartete sie. Sie war noch schmutziger und gekrümmter als zuvor. Vor den wuchtigen Burgmauern wirkte sie noch kleiner als vor ihrem eigenen Herd.

»Ich hab sie gebracht«, sagte sie ohne ein Wort des Grußes. »Wieso hast du dir's anders überlegt?«

Alys nahm Morachs Arm und entfernte sich mit ihr vom Schloß. Entlang der Hauptstraße der Stadt waren Marktbuden aufgestellt, in denen Obst, Gemüse, Fleisch, Fisch, Eier und die großen, blassen Käse aus den Cotherstone-Molkereien verkauft wurden. Ein halbes Dutzend fahrende Händler hatten ihre Stände mit allerlei Schnickschnack aufgestellt. Sogar Zinngeschirr gab es dort zu kaufen, und sie priesen ihre Waren als Weihnachtsgeschenke für die Herzallerliebste an. Alys sah David durch die Reihen von Ständen gehen und die besten Sachen aussuchen. Auf sein Zeichen bezahlte der Diener in seiner Begleitung alles in schweren Münzen. Er war zurückhaltend. Er zog es vor, die Ware direkt von den Lehnsgütern des Lords zu beziehen. Die Bauern durften nicht selbst die Preise bestimmen, und alles, was der Lord brauchte, konnte man als Teil der Lehnsabgaben bestellen.

Alys zog Morach weg, vorbei an den Ständen und den schwatzenden Frauen, den Hügel hinunter. Dort setzten sie sich auf eine Mauer, die die Grenze einer Weide markierte, und schauten hinunter ins Tal auf den Fluß, der am Fuß der Burgklippe entlangrauschte.

»Du wirst hübscher«, sagte Morach mißbilligend. Sie strich mit einer schmutzigen Hand über Alys' Gesicht. »Schwarz steht dir nicht«, sagte sie. »Aber mit der Haube schaust du aus wie eine Frau, nicht wie ein Kind.«

Alys nickte.

»Und du bist sauber«, sagte Morach. »Du siehst aus wie eine Dame. Du bist runder im Gesicht, du siehst wohl aus. Deine Brüste werden größer und dein Gesicht feiner. Neues Kleid.«

Alys nickte wieder.

»Zu hübsch«, sagte Morach listig. »Zu hübsch, um zu verschwinden, selbst in einem dunkelblauen Kleid und einer Haube, groß wie ein Haus. Hat die Wirkung der Tisane nachgelassen? Oder liegt es daran, daß er dich trotzdem anziehend findet?«

»Ich weiß es nicht«, sagte Alys. »Ich glaube, er redet nur aus schierer Teufelei mit mir. Er hat gewußt, daß ich ihn nicht will, und er weiß, daß seine Frau mich beobachtet wie eine Katze das Mauseloch. Der Teufel läßt ihn mit mir spielen. Aber seine Lust befriedigt er anderswo.«

Morach hob die Schultern. »Dagegen ist kein Kraut gewachsen«, sagte sie. »Lust kann man gelegentlich in andere Bahnen lenken, aber nicht Grausamkeit oder Spiel! Er wird seinen Spaß haben, wie und wo er will«, schloß sie. »Das wirst du erdulden müssen.«

»Es ist nicht nur er«, sagte Alys. »Sein zänkisches Weib hat vorgeschlagen, mir eine Mitgift zu geben. Sie will mich verheiraten. Ich dachte, es wäre nur eine Warnung, daß ich mich von ihrem verdammten Mann fernhalten solle, aber eine ihrer Frauen, Eliza, ist mit einem Soldaten verheiratet, und sie hat mir erzählt, daß Lady Catherine einem der Offiziere gesagt habe, sie würde einen Mann für mich suchen.«

»Das geht nicht ohne die Zustimmung des alten Lords«, bemerkte Morach.

»Nein«, stimmte Alys zu. »Aber wenn man dem Soldaten sagt, wir wären so gut wie verlobt, und Lady Catherine bezahlt die Mitgift und sorgt dann dafür, daß wir alleine zusammen sind ...«

Morach nickte.

»Es kommt noch schlimmer«, sagte Alys niedergeschlagen. »Er erzählt mir von seinen Plänen und Zielen und versucht, mich dazu zu bringen, mich seiner Sache anzuschließen. Er verführt mich, während ich ihn beobachte.«

»Aus Begierde?« fragte Morach.

»Ich weiß es nicht!« rief Alys verzweifelt. »Aus Begierde oder Teufelei oder noch schlimmer.«

»Noch schlimmer?«

Alys beugte sich vor und flüsterte Morach ins Ohr. »Was, wenn er mich in seiner Gewalt haben will, damit ich mich gegen den alten Lord stelle? Was, wenn er will, daß ich dem alten Lord nachspioniere, seine Briefe kopiere? Was, wenn er mich in seinem Spiel gegen den alten Lord einsetzt?«

Morach zuckte die Achseln. »Kannst du dich nicht weigern?« fragte sie. »Dem alten Lord erzählen, was er macht, und seinen Schutz erbitten?«

Alys' Blick bohrte sich in Morachs Augen. Morach musterte ihr blasses, angespanntes Gesicht und den neuen Ausdruck in ihren Augen.

»Ich glaub es nicht. Er hat dich gepackt, und du bist endlich bereit, es zuzugeben«, sagte sie aus unmittelbarer Intuition. Sie krächzte vor Lachen. »Du bist scharf auf ihn! Meine kleine Nonne! Du schleifst dich selbst in die Hölle vor Sehnsucht nach ihm! Dann kann dich deine Liebe Frau nicht vor dem Feuer zwischen deinen Beinen retten! Dafür hat dein Gott also doch kein Heilmittel!«

Alys nickte grimmig. »Ich begehre ihn«, sagte sie verbittert. »Das weiß ich jetzt. Ich hab es schon befürchtet, als ich wegen der Kräuter bei dir war. Aber ich dachte, wenn ich den Gedanken unterdrücken könnte, wäre ich sicher. Dann glaubte ich, ich hätte eine Krankheit, ich brannte vor Hitze, ich konnte nicht schlafen, ich konnte nicht essen. Wenn ich ihn sehe, wird mir schwindlig. Wenn ich ihn nicht sehe, bin ich krank vor Sehnsucht nach ihm. Ich bin in der Falle, Morach. Verflucht soll er sein – er hat mich gefangen.«

Morach pfiff leise, als wolle sie einen Sturm heraufbeschwören. »Dann nimm ihn dir«, sagte sie schlicht. »Das müßte deine Hitze kurieren. Nimm ihn, wie du eine Flasche Wein trinken würdest, trink, bis dir übel davon ist, und dann faß ihn nie wieder an. Ich kann dir zeigen, wie du ihn haben kannst, ohne schwanger zu werden. Nimm ihn und stille deinen Hunger. Warum nicht?«

»Weil ich die Braut Christi bin«, sagte Alys mit zusammengebissenen Zähnen. »Ich kann ihn nicht kosten und darauf setzen, daß einmal, zweimal oder sogar hundertmal genug sein wird. Ich bin eine Nonne. Ich sollte gar nicht am weltlichen Leben teilhaben, das ist der wahre Grund. Ich darf gar keinen Mann sehen. Und jetzt habe ich Männer gesehen und ihn gesehen, und ich begehre ihn mehr als mein Leben. Aber ich bin noch immer die Braut Christi, und Hugo muß mich in Ruhe lassen. Du vergißt sehr leicht, Morach. Du vergißt meine Gelübde. Aber ich nicht.«

Morach zeigte keinerlei Reue. »Was willst du denn tun?«

»Ich kann ihm einfach nicht vertrauen, und ich fürchte die Eifersucht seiner Frau«, sagte Alys. »Ich muß eine Möglichkeit finden, etwas Macht in dem Netz, das sie weben, zu erlangen. Wohin ich mich auch wende, ich bin in der Falle, und sie spielen mit mir – jeder von ihnen –, als wäre ich der Dorftrottel.«

Morach nickte.

»Sie nutzen mich aus«, fuhr Alys mit leiser, wütender Stimme fort. »Für den alten Lord bin ich der einzig wahre Freund und Verbündete. Er behauptet, daß ich ihm mit Haut und Haaren gehöre, ich bin in seiner Gewalt, voller Angst vor einer Anklage wegen Ketzerei, voller Angst, als Nonne entlarvt zu werden. Der junge Lord will mich für das Spiel gegen seinen Vater gewinnen, oder er begehrt mich, oder er will mich einfach aus Lust an der Grausamkeit zappeln lassen. Und Lady Catherine wird mich einem Schänder zum Fraß vorwerfen, um mich dafür zu bestrafen, daß ich das Vertrauen des alten Lords gewonnen und die Begierde des jungen geweckt habe. Ich muß einfach ein wenig Macht in diesem grausamen Spiel ergattern, Morach. Ich bin wie ein Säugling unter Wölfen.«

Morach nickte. »Du brauchst weibliche Macht, genau wie ich damals«, sagte sie. »Dein Christus wird dich nicht beschützen. Nicht jetzt. Nicht gegen wirkliche Gefahren und die Begierden der Männer. Du brauchst eine andere Macht. Die alte Macht. Die Macht der alten Göttin.«

Alys nickte. »Ich habe keine andere Wahl.« Die kalte Luft war mit einem Mal sehr still geworden. »Ich habe keine andere Wahl«, sagte sie noch einmal. »Sie haben mich in die Ecke gedrängt. Ich muß mich der Macht, die ich erlangen kann, bedienen. Gib mir die Dinger.«

Morach schaute sich um. Die Wiese war menschenleer, das Markttreiben hatten sie hinter sich gelassen. Keiner beobachtete sie. Sie wickelte das Stoffbündel auf, und Alys stockte angesichts des Inhalts der Atem.

Es waren drei perfekte Puppen, drei überzeugende Abbilder, genauso gut wie die Statuen in der Kapelle. Lady Catherines fließendes Gewand und ihr spitzes, kaltes Gesicht waren so präzise und weiß wie eine Kamee aus dem Wachs geschnitten. Ihr Gewand war vorne offen, die Beine gespreizt. Morach hatte das Wachs um ihr Geschlecht angekratzt, um Haare anzudeuten, und das Geschlecht war ein tiefes, überproportional großes Loch, das sie mit einer warmen Ahle gemacht hatte.

»Sie passen ineinander!« Morach kicherte böse. Sie zeigte Alys die Puppe des jungen Lords Hugo. Sie hatte ihr den harten Ausdruck seines Gesichts, den Alys und das gesamte Schloß fürchteten, gegeben. Morach hatte ihm ein Glied, groß wie ein Lendenschurz, modelliert. »Er wünscht sich bestimmt, es wär so groß!« kicherte sie.

Sie nahm die beiden Wachspuppen und zeigte Alys, wie man sie ineinandersteckte. »Das wird seine Wollust auf sie lenken«, sagte sie befriedigt. »Du bist in Sicherheit, wenn er so ist.«

Die letzte Puppe war der alte Lord. »Er ist jetzt dünner«, sagte Alys. »Dünner, und älter sieht er auch aus.«

»Ich hab ihn schon lange nicht mehr gesehn«, sagte Morach. »Du kannst ihn formen, wie du willst – nimm ein angewärmtes Messer zum Schnitzen und deine Finger. Aber sei vorsichtig.«

Alys schaute die drei kleinen Puppen angewidert an. Sie löste Lord Hugo und Lady Catherine voneinander und wickelte sie ein. »Wie meinst du das, vorsichtig?« fragte sie.

»Wenn du sie einmal zu den Deinen gemacht hast, sie als Abbild des Lebens etabliert hast, dann wird alles passieren, was du mit ihnen machst«, sagte Morach leise. »Wenn du willst, daß das Herz des alten Lords sich erweicht, schneidest du in seine Brust, holst ein kleines Stückchen Wachs heraus, schmilzt es und tropfst es in das Loch zurück. Am nächsten Tag wird er zärtlich sein, wie eine Frau mit einem neuen Säugling.«

Alys' dunkle Augen wurden ganz groß. »Gilt das für alle?« fragte sie. »Ich könnte Lady Catherine krank machen, indem ich sie in den Bauch zwicke. Oder den jungen Lord impotent, wenn ich seinen Schwanz weich mache?«

»Ja.« Morach strahlte. »Ein mächtiger Zauber, was? Aber du mußt sie zu den Deinen machen, und du mußt sie zu Abbildern derer machen, die du ändern willst. Und, wie ich dir schon gesagt habe, sie können dir zu gut gehorchen, aber sie können auch falsch verstehen.«

Schweigen legte sich über die Winterwiese. Alys stellte sich Morachs Blick. »Ich muß es tun«, sagte sie.

Morach nickte. »Das ist der Zauberspruch«, sagte sie. Sie legte ihren Mund an Alys' Ohr und murmelte ein paar unsinnige Worte, teils lateinisch, teils griechisch, teils französisch und teils falsch ausgesprochenes und falsch verstandenes Englisch. Sie wiederholte sie, bis Alys sie auswendig konnte.

»Du mußt von jedem von ihnen etwas nehmen«, sagte sie. »Etwas ganz Persönliches, ein Stück Haar, ein Stück Fingernagel, einen Fetzen Haut, und das klebst du an den Teil der Puppe, von dem es kommt. Kleinen Fingernagel auf kleinen Finger, Haare auf den Kopf, Haut dahin, wo sie abgeschnitten wurde. Dann hast du deine Puppe und deine Macht.«

Alys nickte. »Hast du es schon einmal gemacht?« fragte sie.

»Nein«, sagte Morach entschieden. »Es war keine Notwendigkeit. Frauen haben mich zwar oft gebeten, die Herzen ihrer Männer zu erweichen, aber das ist mit Kräutern einfacher als mit Wachs. Ich hab es immer zu riskant gefunden, eine von ihnen zu machen.«

»Warum hast du es dann jetzt gemacht?« fragte Alys sie direkt.

Morach schaute in ihr glattes junges Gesicht und sagte: »Du weißt es nicht, nicht wahr? All deine Bildung und deine Planung, und du hast immer noch keine Ahnung.«

Alys zog die Schultern hoch. »Ich hab keine Ahnung, was du da redest.«

Morach legte ihre schmutzige Hand über Alys' saubere. »Ich hab es für dich getan«, sagte sie barsch. »Um dir eine Chance zu geben, um dir zu helfen, das zu kriegen, was du willst, und dich vor der Schändung durch einen Soldaten oder den jungen Lord oder vor beiden zu bewahren. Dein Traum vom Nonnenkloster paßt mir nicht, aber du liegst mir am Herzen. Ich hab dich wie meine eigene Tochter aufgezogen. Ich möchte dich nicht unter einem Mann liegen sehen, dem du nichts bedeutest.«

Alys musterte die scharfen Züge des alten Gesichts. »Danke«, sagte sie schlicht. Sie schaute prüfend in Morachs dunkle Augen. »Danke«, sagte sie noch einmal.

»Und wenn es gegen dich geht«, sagte Morach herausfordernd, »wenn sie merken, daß man sie verhext hat, will ich meinen Namen da raus haben. Du sagst ihnen, du hast sie selbst geschnitzt, es war deine eigene Idee. Das ist die Bedingung. Ich habe sie gemacht, aber die Gefahr will ich nicht auf mich nehmen. Wenn man dich je erwischt, sagst du ihnen, daß sie dir gehören. Ich will in meinem Bett sterben.«

Der Augenblick von Zutraulichkeit zwischen den beiden Frauen war vorüber.

»Ich verspreche es«, sagte Alys. Morachs mißtrauischer Blick entging ihr nicht. »Ich verspreche es«, wiederholte sie. »Ich schwöre es dir. Wenn jemand sie findet, werde ich sagen, sie gehören mir. Ich habe sie gemacht, und ich benutze sie auch.«

»Schwöre es bei deiner Ehre, bei deiner alten Äbtissin und bei deinem Gott«, sagte Morach hartnäckig.

Alys zögerte.

»Schwöre, daß du sagen wirst, es sind deine«, forderte Morach. »Schwöre es, oder ich nehm sie wieder mit!«

Alys schüttelte den Kopf. »Wenn sie jemand findet, bin ich ohnehin verloren«, sagte sie. »Allein der Besitz reicht, um aufgehängt zu werden.«

Morach nickte. »Wenn du deine Meinung änderst, wirf sie auf dem Heimweg in den Burggraben«, befahl sie. »Zauber kostet seinen Preis. Alles hat seinen Preis. Der Preis hierfür ist dein Eid. Schwöre bei deinem Gott.«

Alys schaute Morach voller Verzweiflung an. »Siehst du es denn nicht?« fragte sie. »Weißt du es denn nicht? Ich kann keinen Gott haben! Unser Herr Jesus und Unsere Liebe Frau haben sich von mir abgewandt. Ich bin vor ihnen weggelaufen, als ich das Kloster verlassen habe. Als ich bei dir gelebt habe, konnte ich noch die Gebetsstunden einhalten – soweit ich die richtige Tageszeit erraten habe. Aber im Schloß sind sie schon fast Protestanten, Ketzer, da kann ich es nicht. Und deshalb hat mich Unsere Liebe Frau aufgegeben. Deshalb quält mich die Lust nach dem jungen Lord, und deshalb wende ich mich jetzt den Schwarzen Künsten zu.«

»Deinen Gott hast du verloren?« fragte Morach interessiert.

Alys nickte. »Also kann ich nicht bei ihm schwören. Ich stehe fern von seiner Gnade.« Sie lachte barsch. »Ich könnte genausogut bei deinem schwören«, sagte sie.

Morach nickte eifrig. »Tu das«, sagte sie. »Leg deine Hand auf die meine und sage: ›Ich schwöre beim Schwarzen Gebieter, bei all seinen Dienern und bei der Macht seiner Künste, daß ich sagen werde, das sind meine Puppen. Ich wollte sie, ich habe sie, ich erkenne sie an.‹«

Alys lachte wieder, ein bitteres Lachen – tränenerstickt. Sie legte ihre weiße Hand auf Morachs und wiederholte den Eid.

Danach packte Morach ihre Hand und hielt sie fest. »Jetzt gehörst du ihm«, sagte sie langsam. »Jetzt hast du ihn heraufbeschworen. Du mußt die Künste lernen, Alys, du mußt deinen Meister kennenlernen.«

Alys schauderte kurz im hellen Licht der Wintersonne. »Ich gehöre ihm, bis ich in meine Abtei zurück kann«, sagte sie. »Ich werde ihm meine Seele leihen. Ich bin sowieso verdammt, bis ich wieder in eine Abtei kann.«

Morach quittierte die Worte mit einem krächzenden Lachen. »Eine gute Weihnacht«, sagte sie. »Ich muß los, meine Weihnachtssachen von meinen Nachbarn einsammeln. Heuer sollten sie großzügig sein, die Pest hat Bowes nicht heimgesucht, und die Brechkrankheit ist weitergezogen.«

»Gute Weihnacht«, erwiderte Alys und griff in ihre Tasche. »Hier«, sagte sie und reichte ihr ein silbernes Dreipennystück. »Mylord hat mir Geld für den Jahrmarkt gegeben. Nimm das, Morach, und kauf dir eine Flasche Met.«

Morach schob die Münze weg. »Ich nehme heute nichts von dir, außer deinem Eid, dem Eid, daß du behaupten wirst, du hättest die Puppen selbst gemacht, wenn man sie findet.«

»Ich verspreche es!« sagte Alys ungeduldig. »Ich hab es schon versprochen. Ich hab es beim Teufel selbst versprochen!«

Morach nickte. »Das ist bindend«, sagte sie. Dann zog sie ihren Schal wieder über den Kopf und ging zurück in Richtung Stadt.

7

Im Schloß wurde das Weihnachtsfest mit einer Reihe großer Festmähler begangen, die am ersten Weihnachtstag anfingen und bis zum frühen Einbruch der Winterdämmerung am dritten Tag dauerten. Sänger und Tänzer traten auf sowie eine Truppe dunkelhäutiger Akrobaten, die sogar auf den Händen laufen konnten und so schnell Saltos durch die Halle schlugen, daß sie wie eine furchterregende Kreuzung zwischen Mensch und Tier aussahen. Dann gab es auch noch ein Pferd, das mit Reiter auf den Hinterbeinen tanzen konnte und weissagte, indem es mit den Hufen »Ja« oder »Nein« stampfte.

Am zweiten Tag brachte man eine Bärin in die Halle, zwang sie, Wein zu trinken, und ließ sie durch die große Halle tanzen, während die jungen Männer um sie herumsprangen, aber immer darauf achteten, nicht in Reichweite der riesigen, um sich schlagenden Pranken zu geraten. Als dieses Schauspiel langweilig wurde, nahm man der Bärin die Maske ab und hetzte die Hunde auf sie, bis sie drei getötet hatte. Schließlich machte Hugo dem grausamen Spiel ein Ende. Alys sah, daß ihn der Verlust eines Hundes, eines hellbraunen Jagdhundes, schwer getroffen hatte. Die Bärin knurrte und fauchte immer noch vor Wut, und ihr Dompteur fütterte sie mit Brot, das in Honig und starken Met getaucht war. Innerhalb von Minuten wurde sie schläfrig, begann zu taumeln, und er konnte ihr die Maske wieder anlegen und sie aus der Halle führen.

Einige hätten das Tier gerne aus Spaß getötet, als es schläfrig und schwach war. Hugo, der von der Brutalität der Situation sehr erregt war, hätte dem zugestimmt, wenn nicht der alte Lord kopfschüttelnd Einhalt geboten hätte. Alys stand hinter seinem Stuhl.

»Tut sie Euch leid? Die große Bärin?« fragte sie.

Er lachte trocken. »Wohl kaum«, sagte er. »Aber ihr Dompteur verkauft ihr Spiel sehr teuer. Sie zu töten hätte einige Goldstücke gekostet!« Er grinste Alys an. »Prüf immer zuerst die Börse eines Mannes, bevor du in sein Herz schaust, kleine Alys. Dort werden die meisten Entscheidungen gefällt!«

Am nächsten Tag gingen die jungen Männer zur Jagd, und Hugo brachte ein lebendiges Reh mit, dessen dünne Beine gefesselt waren, so daß man es in der Halle loslassen konnte. Es sprang in seiner Angst auf die großen Schragentische, rutschte auf der polierten Oberfläche aus, suchte verzweifelt nach einem Fluchtweg, und die Leute gaben ihm schreiend vor Lachen den Weg frei. Alys beobachtete seine glänzenden schwarzen Augen, die vor Angst fast aus den Höhlen traten, während es von einer Ecke in die andere getrieben wurde. Sie sah, wie weißer, schaumiger Schweiß das rostrote Fell dunkel werden ließ, bis sie es schließlich auf die Plattform hochtrieben, damit der alte Lord ihm seinen Jagddolch ins Herz stoßen konnte. Die Frauen um sie herum schrien vor Vergnügen, als das scharlachrote Blut herausspritzte. Alys beobachtete, wie das Tier zu Boden fiel und seine zarten schwarzen Hufe mit den letzten Lebenszuckungen immer noch verzweifelt nach Halt suchten.

Am Morgen des zwölften Tages wurde ein kleines Turnier abgehalten. David hatte von den Schloßzimmerleuten auf den Feldern der Schloßfarm einen provisorischen Turnierplatz mit einem hübschen Zelt, in dem der alte Lord bequem sitzen und die Reiter beobachten konnte, errichten lassen. Catherine thronte neben ihm in einer neuen gelben Robe, die in der Wintersonne strahlte. Alys saß in ihrem dunkelblauen Kleid auf einem Hocker zu seiner Linken und führte die Liste mit den Treffern der einzelnen Reiter.

Hugo sah in seiner Rüstung ungeheuer beeindruckend aus. Seine linke Schulter war durch ein riesiges Stück geschmiedetes Eisen mit Messingnieten verstärkt und endete in einem überdimensionalen Handschuh. Die rechte Schulter und der Arm waren mit beweglichen Schuppen aus einer Eisenlegierung bedeckt, so daß er sich frei bewegen und eine Lanze halten konnte. Seine Brust und sein Bauch waren mit einem glatten, polierten Brustpanzer geschützt, der so geformt war, daß er jeden Schlag abwehrte, und seine Beine steckten in beweglich verbundenen Eisenschienen. Er schritt steif und ungelenk zu seinem Pferd, einem großen rotbraunen Kriegspferd, das ebenfalls vom Kopf bis zum Schwanz gepanzert war, nur seine glänzenden, nervösen, weißgeränderten Augen waren durch den Kopfpanzer zu sehen.

»Ist es gefährlich?« fragte Alys Lord Hugh.

Er nickte lächelnd. »Es kann gefährlich werden.«

Hugos Herausforderer wartete am anderen Ende des Platzes. Lady Catherine beugte sich mit aufgeregt funkelnden Augen nach vorn und ließ ihr gelbes Taschentuch fallen. Die Pferde galoppierten sofort an und stürmten aufeinander los. Sie näherten sich einander, die Lanzen wurden gesenkt, und Alys kniff die Augen zu. Sie hörte nur das Donnern der Hufe, dann hielten die Pferde an. Lord Hugh gab ihr einen Stoß.

»Kein Treffer«, sagte er. »Zwei Kinder.«

Beim zweiten Durchgang landete Hugo einen Körpertreffer bei seinem Gegner, beim dritten bekam er einen Schlag an die Schulter, und beim vierten traf seine Lanze seinen Herausforderer direkt in seinen eisengeschützten Leib und warf ihn vom Pferd.

Die Zuschauermenge, die sich am Torende des Platzes drängte, jubelte, warf ihre Mützen in die Luft und schrie »Hugo!«

Hugo zügelte sein Pferd und trabte dann zurück zu seinem gefallenen Gegner. Einige Leute waren über den Herausforderer gebeugt und nahmen ihm gerade seinen Helm ab.

»Alles in Ordnung, Stewart?« rief Hugo. »Bloß außer Atem?«

Der Mann hob die Hand. »Ein kleiner Schubser«, sagte er. »Aber ich überlaß es einem anderen, dich aus dem Sattel zu heben!«

Hugo lachte und trabte zurück zu seinem Platz. Alys spürte sein selbstzufriedenes Grinsen unter dem Helm.

Das Turnier dauerte bis zum frühen Nachmittag, und erst als es zu dämmern begann, versammelte man sich zu einem Mahl. Hugo zog seine Rüstung unten im Turm aus und rannte dann, laut nach einem Bad verlangend, in Hemd und Hose die Wendeltreppe hinauf. Beim Essen saß er dann in einem frischen roten Wams zur Rechten seines Vaters. Während der Mahlzeit tanzten und sangen Schausteller, und als Lord Hugo nach der Schüssel gerufen und sich die Hände gewaschen hatte und man ihm den Hippocras-Wein serviert hatte, marschierten die Narrenkönige aus der Küche, angeführt vom rangniedrigsten Servierer.

Lord Hugh räumte lachend seinen Platz am hohen Tisch, setzte sich auf einen Stuhl neben den Kamin, und Lady Catherine stellte sich hinter ihn. Man machte es ihm bequem und brachte dann eine schmutzige Schürze für Hugo und befahl ihm, allen Wein zu servieren. Die Frauen im Hauptteil der Halle kreischten vor Vergnügen und jagten den jungen Lord mit einem Befehl nach dem anderen hin und her. Der Servierer saß im Stuhl des Lords, gab Befehle und fällte Urteile. Eine Reihe von Männern wurde frech des weibischen Verhaltens bezichtigt, und man band sie in einer langen, lachenden Reihe aneinander, um zu sehen, ob ihnen auch das so große Freude machte. Einige der Serviererinnen wurden der Fleischeslust bezichtigt und daß sie dabei die Rolle des Mannes übernommen hätten. Sie mußten sich vor allen bis aufs Hemd ausziehen und für den Rest des Festes Hosen tragen. Ein paar Soldaten wurden des Diebstahls während eines Feldzuges gegen Schottland mit Hugo beschuldigt, einige vom Küchenpersonal der Unsauberkeit. Einer Frau warf man Ehebruch vor, einem anderen Mädchen Keiferei, weswegen sie sich einen Schal um den Mund binden mußte.

Der Servierbursche zeigte kichernd auf einen Diener nach dem anderen, die sich lautstark gegen die Beschuldigungen wehrten und sich schuldig oder unschuldig bekannten. Die Härte des Urteils richtete sich nach der Stärke des Gebrülls der Menge.

Dann wandte er sich den Herrschaften zu. Zwei der adligen jungen Pagen wurde Faulheit vorgeworfen, und sie mußten sich zur Strafe auf einen Hocker stellen und ein Weihnachtslied singen. Einer von Lord Hugos Cousins wurde der Völlerei bezichtigt – er hatte sich nach dem Essen in die Küche geschlichen und um Marzipan gebettelt. Hugos Liebling, ein Junge, der dauernd im

Wachraum herumlungerte und sich mit den Offizieren über Kriegstechniken unterhielt, wurde zum Speichellecker, zum Höfling, ernannt, und man rieb ihm den Kopf mit Kaminruß ein.

Die Leute lachten noch lauter, und der Servierbursche wurde noch frecher. Jemand warf ihm Lord Hughs Purpurumhang über die Schultern, und er stellte sich auf den Sitz des geschnitzten Stuhles, hüpfte von einem Fuß auf den anderen und zeigte mit dem Finger auf Hugo, der im rückwärtigen Teil der Halle mit einem Tablett und einem Weinkrug herumalberte.

»Wollust«, sagte er mit ernster Stimme. Die Halle erbebte vor Gelächter. »Fleischeslust«, sagte er dann. »Ich werde die Frauen nennen, mit denen Ihr es getrieben habt.«

Das wurde mit lauten Lachsalven quittiert, aber am Frauentisch machte sich eine gewisse Unruhe breit. Der Servierbursche war der Fürst des Festes, er konnte alles sagen, ohne Strafe fürchten zu müssen. Er konnte jede von ihnen als Hugos Geliebte bezeichnen. Und Catherine würde das bestimmt nicht vergessen oder als Scherz abtun.

»Wie willst du dich denn an alle erinnern?« brüllte jemand. »Es sind doch mehr als dreihundert Tage seit letztem Jahr! Das sind mindestens tausend Frauen!«

Hugo grinste, warf sich in Pose, schlug seine Schürze zurück, um seinen gestickten Lendenschurz zu zeigen, und schob seine Hüften vor, während die Mädchen vor Lachen kreischten. »Das stimmt«, sagte er. »Wohl eher zweitausend.«

»Ich werde die Frauen nennen, mit denen er es nicht getrieben hat«, sagte der Servierbursche hastig. »Um Zeit zu sparen.«

Das wurde mit lautem Lachen quittiert. Hugo verbeugte sich. Sogar der alte Lord am Kamin kicherte vergnügt. Die Halle verstummte voller Erwartung, was der Bursche jetzt als Pointe sagen würde.

»Es gibt nur eine, die er nicht gehabt hat«, sagte der Junge grinsend. Er wirbelte herum und zeigte auf Lady Catherine, die neben dem alten Lord am Kamin stand. »Seine Frau! Lady Catherine!«

Die ganze Halle war in Aufruhr, die Leute schrien vor Lachen.

Catherines Gefolgsfrauen, die noch an ihren Plätzen auf der Plattform saßen, hielten sich die Hände vor den Mund, um das Lachen zu ersticken. Hugo verbeugte sich reumütig, sogar der alte Lord lachte. Soldaten klammerten sich aneinander. Der Servierbursche nahm Lord Hughs juwelenbesetzte violette Kappe ab und warf sie vor Freude über seinen Geistesblitz in die Luft. Nur Catherine lächelte nicht, sondern stand starr und blaß vor Wut da.

»Jetzt der alte Lord!« brüllte jemand. »Was hat er getan?«

Der Servierbursche deutete mit ernster Miene auf Lord Hugh. »Ihr seid an allem schuld, und Eure Schuld wächst mit jedem Jahr«, sagte der Bursche.

Lord Hugh wartete lachend auf das, was da kommen würde.

»Mit jedem Jahr wächst Eure Schuld, obwohl Ihr immer weniger macht«, sagte der Bursche.

»Ein Rätsel!« brüllte jemand. »Ein Rätsel! Was hat er denn verbrochen?«

»Was hab ich denn verbrochen?« fragte Hugh. »Daß ich jedes Jahr weniger mache und meine Schuld immer größer wird?«

»Ihr werdet alt!« schrie der Servierbursche triumphierend.

Lautes, schockiertes Gelächter, angeführt von Lord Hugh, erfüllte die Halle. Er schüttelte drohend seine Faust gegen den Jungen. »Komm mir morgen besser nicht unter die Augen«, brüllte er. »Sonst zeig ich dir, wie alt mein Breitschwert ist!«

Der Bursche tänzelte auf dem Stuhl und schlotterte mit den Knien, um zu zeigen, wie sehr ihn das ängstigte. »Und jetzt!« schrie er, »befehle ich Tanz!« Er streifte den Umhang ab, warf seine Kappe auf den Stuhl und führte die schmutzigste, niedrigste Schlampe aus der Küche zur Tanzfläche, um mit ihr den Reigen zu eröffnen. Die Leute reihten sich, immer noch kichernd, hinter ihnen ein. Alys beugte sich zu Eliza.

»Siehst du ihr Gesicht!« sagte sie leise.

Eliza nickte. »Er ist noch unverschämter als letztes Jahr«, sagte sie. »Und da war er schon impertinent genug. Aber es ist Tradition und schadet keinem. Der alte Lord liebt die alten Bräuche, und Hugo ist es egal. Catherine kriegt immer ihr Fett weg. Sie ist nicht sehr beliebt, aber Hugo lieben sie.«

Einer der Komödianten kam zum Tisch der Frauen und packte Ruth mit rauhen Händen. Sie wehrte sich mit leisem Kreischen, aber er zerrte sie auf den Tanzboden.

»Das ist ein Spaß!« rief Eliza fröhlich und rannte hinter Ruth her, um sich auch einen Partner zu suchen. Alys glitt in ihrem dunkelblauen Kleid wie ein Schatten durch die Halle, stellte sich hinter Lord Hugh und ging dann mit ihm zurück zu seinem Stuhl auf der Plattform.

»Du tanzt nicht, Alys?« fragte er sie durch das laute Getöse der Musik und das Dröhnen der Trommeln.

»Nein«, erwiderte sie knapp.

Er nickte. »Stell dich hinter meinen Stuhl, und keiner wird dich auffordern«, sagte er. »Es ist ein rauhes Spiel, aber ich schau es mir gern an. Und Hugo ...« Er verstummte. Ein Stück weiter die Halle hinunter kniete Hugo halb versteckt vor einer Bedienerin. Lady Catherine tanzte widerwillig im Arm eines jungen Ritters. »Hugo ist ein Schelm«, sagte der alte Lord. »Ich hätte ihm ein Mädchen mit Feuer im Bauch zur Frau geben sollen.«

Sie tanzten bis tief in die Nacht. Ein Junge sang mit honigsüßer Stimme ein Madrigal, ein Zigeunermädchen tanzte einen wilden, seltsamen Tanz mit Holzklappern an den Händen, und dann kamen, begleitet von stürmischem Applaus, die Servierer aus der Küche, trugen die Braten durch die Halle, setzten sie auf dem hohen Tisch ab und brachten dann Platten für je vier Personen zu allen anderen Tischen. Es war der letzte Gang des Festmahles und prächtiger als alles vorher Servierte: gebratener Schwan, der nach dem Braten wieder mit seinen Federn versehen worden war, so daß er weiß und vollkommen aussah wie ein lebendiger Vogel. Am anderen Ende des oberen Tisches stand ein Pfau mit wippenden Schwanzfedern. Auf den Tischen unterhalb der Plattform gab es gebratene Gänse, Truthähne, Kapaune und Wildenten. Bei diesem Festmahl bekamen auch alle das beste Brot – Manchet –, ein köstliches Weißbrot mit dicker goldener Kruste und dichter heller Krume. Die Lords aßen mit unersättlichem Appetit. Catherine wischte ihren Teller mit Brot ab und nahm noch eine Scheibe wilden Schwan, aber ihr Blick war immer noch wütend.

Weinkrüge wurden gebracht und eine Köstlichkeit nach der anderen aufgetragen. Alys, schwankend vor Müdigkeit, aß nur wenig, trank aber den herben roten Wein. Es ging auf Mitternacht zu, als endlich die Süßspeisen kamen, zwei für den oberen Tisch. Eine perfekte Marzipankopie des Schlosses, an der Lord Hughs Banner flatterte, wurde vor den alten Lord gestellt. Die Damen erhoben sich und drängten sich um die Tafel, um es zu bewundern.

»Zu hübsch, um es anzuschneiden«, sagte Eliza hingerissen.

Vor Hugo stellten sie das kleine Modell eines Landhauses, das auf einer Terrasse thronte, mit kleinen Zuckerrehen, die den Park darum bevölkerten.

»Meine Pläne für das neue Haus!« rief Hugo. »Diese verfluchten Diener! Sie wissen alles, bevor ich es selbst weiß. Hier, Sir, schaut, was sie gemacht haben!«

Lord Hugh lächelte. »Jetzt kannst du die beiden nebeneinander sehen«, sagte er. »Ich weiß, wo du lieber leben würdest!«

Hugo beugte den Kopf. Er war zu voll des guten Weines, um sich mit seinem Vater zu streiten. »Ich kenne Eure Vorlieben, Sir«, sagte er respektvoll. »Aber es ist eine hübsche Laune von mir.«

Hugh nickte. »Bringst du es fertig, es zu essen?« fragte er.

Hugo lachte und griff statt einer Antwort nach seinem Messer. »Wer will ein Stück von meinem Haus?« fragte er. »Von meinem hübschen kleinen Haus, das ich in einem müßigen Moment gezeichnet habe, und dann feststellen mußte, daß diese Küchenhunde meine Papiere gestohlen und meine Träume in Zucker kopiert haben?«

»Ich will eines!« sagte Eliza mit aufforderndem Lächeln.

Hugo warf ihr ein Lächeln zu.

»Du hättest gerne ein Stück von allem, was mir gehört, Eliza«, sagte er. »Für den kleinsten Bissen würdest du betteln, nicht wahr?«

Eliza protestierte kreischend. Hugo lächelte sie an und richtete dann seinen glühenden Blick auf Alys. »Alys!« fragte er. »Möchtest du mein hübsches Spielzeug probieren?«

Sie schüttelte den Kopf und glitt zurück zum Damentisch am

Ende der Plattform. Als die anderen mit ihren Tellern zurückkamen, stellte ihr Eliza ein Stück Marzipanhaus hin.

»Von ihm«, sagte sie und deutete mit dem Kopf auf Hugos Stuhl. »Er hat es für dich vor der Nase seiner Frau abgeschnitten. Er hat dir die Haustür gegeben. Du spielst ein gefährliches Spiel, Alys.«

Nachdem das Mahl beendet und nur noch getrocknete Früchte und Hippocras-Wein auf dem Tisch standen, stellte David sich hinter den Stuhl des Lords und rief der Reihe nach die Männer auf die Plattform, damit Lord Hugh jedem ein Geschenk oder einen Beutel Münzen überreichen konnte. Hugo saß zur Rechten seines Vaters und beugte sich gelegentlich mit ein paar Worten zu jemandem vor. Lady Catherine saß zu Lord Hughs Linken und lächelte unbeteiligt. Sie hatte ihre Geschenke mit ihren Damen am Neujahrstag getauscht und hatte nichts für die Bediensteten und die Soldaten. Die Schlange von Bediensteten und Soldaten war endlos. Insgesamt waren es rund vierhundert. Alys, die von ihrem Platz am Damentisch am Ende der Plattform nichts sehen konnte, döste, ermattet von den endlosen Weihnachtsfeiern und den schlaflosen zwei Wochen davor.

»Langweilig ist das«, flüsterte die aufrührerische Eliza ihr zu. »Alle anderen machen ihre Geschenke am Neujahrstag. Nur Lord Hugh ist zu geizig, in schlechten Zeiten zwei Festmähler zu geben!«

Alys nickte desinteressiert.

»Laßt uns noch einen Krug Wein trinken!« schlug Eliza vor. Sie winkte einer vorbeigehenden Serviererin. Margery runzelte die Stirn. »Du wirst betrunken werden«, sagte sie.

»Das ist mir egal«, sagte Eliza. »Heute ist das letzte Fest. Sie will uns heute sicher nicht um sich haben. Sie wird sich ihr bestes Nachthemd anziehen und die ganze Nacht wach liegen in der Hoffnung, daß der Wein Hugos Lust geweckt hat.«

»Still«, sagte die immer vorsichtige Ruth.

Eliza goß kichernd aus dem frischen Krug ein. »Vielleicht schenkt er ihr zu Weihnachten endlich seine wahre Manneskraft«, flüsterte sie.

Margery und Mistress Allingham brachen schockiert kichernd zusammen. Ruth warf ihrer Herrin einen ängstlichen Blick zu. Alys nippte an ihrem Glas.

Sie mochte den Geruch von Wein. Zur Feier des Tages war heute der Damentisch mit Gläsern gedeckt, und Alys gefiel die Kühle des Glases an ihren Lippen. Bei Morach hatte sie aus irdenen Bechern oder Horngefäßen getrunken und im Schloß aus Zinn. Sie hatte kein Glas mehr an den Lippen gehabt, seit sie das Nonnenkloster verlassen hatte. Der Wein schmeckte nur nach Wein, nicht nach schlechtgeputztem Metall, die Gläser waren leicht und dünn, appetitlich. Alys nippte noch einmal. Die Trunkenheit und Wildheit der Feiertage waren an ihr vorbeigezogen wie leichter Dunst. Keiner hatte versucht, sie in einer dunklen Ecke zu packen und einen Kuß zu erhaschen, sie hatte mit niemandem getanzt. Der alte Lord paßte auf sie auf, und wenn ein Soldat sie zum Tanzen auffordern wollte, machte der alte Lord ein grimmiges Gesicht, und David schickte ihn weg. Lady Catherine begrüßte das mit ihrem schalen Lächeln und beugte sich zum Frauentisch.

»Im Frühling werden wir auf deiner Hochzeit tanzen, Alys«, sagte sie mit süß-säuerlicher Stimme. Sie sah dem jungen Mann nach, der zu seinem Platz zurückgegangen war. »Das war Peter, der Bastard eines Offiziers von Lord Hugh. Den habe ich für dich ausgesucht. Findest du meine Wahl nicht trefflich?«

Alys schaute hinüber zu ihm. Er sah nicht schlecht aus. Schlank, braune Haare, braune Augen, jung. Sie hatte gesehen, wie er bei der Bärenhatz einen sterbenden Hund erdolcht hatte. Sie hatte beobachtet, wie er während des Hahnenkampfes vor Erregung geschrien hatte, und stellte sich vor, wie ihr Leben als seine Frau aussehen würde, wenn sie für immer an einen Mann gebunden sein würde, den der Anblick von Schmerz so sehr erregte.

»Sehr wohl, Mylady«, sagte sie und schenkte Lady Catherine ein falsches Lächeln. »Ein strammer Mann, wie mir scheint. Hat sein Vater es ihm erzählt?«

»Ja«, sagte Lady Catherine. »Wir müssen den alten Lord dazu bringen, sich einen anständigen Sekretär als Ersatz für dich zu besorgen, und dann kannst du heiraten. Vielleicht an Ostern.«

»Sehr wohl«, sagte Alys und senkte bescheiden den Blick auf ihren Teller, damit Lady Catherine die entschlossene Verweigerung in ihrem Blick nicht sehen konnte.

Alys nippte wieder an ihrem Wein. Während der gesamten Feierlichkeiten und den Nächten voller trunkener Spiele hatte Alys gespürt, wie der junge Lord sie beobachtete. Auch Lady Catherine beobachtete sie. Alys legte das kühle Glas an ihre Wange. Sie mußte das Netz zerreißen, das Netz, das die drei, der alte Lord, der junge Lord und sein zänkisches Weib, über sie geworfen hatten. Sie mußte ihre Macht ergreifen, die kleinen Puppen zum Leben erwecken und sie nach ihrer Pfeife tanzen lassen.

Über dem Tisch der Frauen – es war schließlich Weihnachten – steckten echte Wachskerzen im Kandelaber. Auf dem Tisch stand ein silberner Kerzenleuchter mit blassen, honigfarbenen Kerzen. Alys beobachtete die tanzende gelbe Flamme und das klare durchsichtige Wachs. Ein leiser Hauch von Süße ging davon aus, wie von allen Kerzen aus reinem Bienenwachs. Eine Erinnerung kam an die Oberfläche von Alys' Bewußtsein, und sie zuckte zusammen, als ihr klar wurde, daß diese Kerzen von den Nonnen gemacht worden waren.

Eliza füllte ihr Glas wieder mit Wein, und sie trank erneut.

In dem Beutel an ihrem Gürtel steckten die drei Puppen aus Kerzenwachs. Wenn sie sich bewegte, stießen sie sanft gegen ihr Bein. Alys war versucht gewesen, sie aus dem Fenster in den tiefen Schloßgraben zu schleudern. Es würde ihren Tod bedeuten, wenn man sie bei ihr fände, und sie wagte nicht, sie irgendwo im Schloß zu verstecken. Sie hatte noch nicht den Mut gefunden oder war noch nicht verzweifelt genug, sie zu benutzen. Sie klammerte sich an sie wie an einen Talisman, eine letzte Waffe, die bereit war, wenn je ihre Zeit kommen sollte.

Der herbe, kühle Geschmack des Weins durchflutete ihren Körper. »Ich werde wohl allmählich betrunken«, dachte sich Alys. Alle Stimmen kamen aus weiter Ferne, und die Gesichter um den Tisch flackerten wie im Nebel.

»Ich wünschte...«, sagte Alys undeutlich.

Eliza und Margery stießen sich kichernd an.

»Ich wünschte, ich wäre Lady Catherine«, stammelte Alys.

Ruth, die Stille, warf einen Blick über die Schulter und sah, daß die beiden Lords, beobachtet von Lady Catherine, immer noch Geschenke austeilten.

»Warum?« fragte sie.

»Weil...«, sagte Alys langsam. »Weil...«, sie hielt wieder inne. »Ich möchte ein eigenes Pferd«, sagte sie schlicht. »Und ein Kleid, ein neues Kleid – nicht eines, das jemand anderem gehört hat. Und einen Mann...«

Eliza und Margery kreischten vor Lachen. Sogar Ruth und Mistress Allingham kicherten hinter vorgehaltenen Händen.

»Einen Mann, der mich in Ruhe läßt«, sagte Alys bedächtig. »Einen Mann, der an mich gebunden und mit mir verheiratet ist, aber einen Mann, der mich in Ruhe läßt.«

»Eine schöne Ehefrau wirst du abgeben!« sagte Eliza lachend. »Der arme Peter wird nicht viel zu lachen haben.«

Alys hatte sie nicht gehört. »Ich möchte mehr als gewöhnliche Frauen«, sagte sie traurig. »Ich möchte so viel mehr.«

Alle lachten jetzt unverhohlen. Alys mit ihrer schweren Haube, die jetzt langsam von ihren kurzen Locken rutschte, und dem ernsten, blassen Gesicht war ungeheuer komisch. Ihre tiefblauen Augen starrten blind in die Kerzen. Der junge Lord Hugo, der für alles, was Alys betraf, einen sechsten Sinn entwickelt hatte, schaute sich um und erfaßte die Szene mit einem kurzen Blick.

»Dein junger Sekretär verträgt scheint's den Wein nicht so gut«, sagte er leise zu seinem Vater.

Der alte Lord sah sich um. David forderte seine Aufmerksamkeit für einen weiteren Soldaten, der sein Geschenk haben wollte.

»Sie sollen sie auf ihr Zimmer bringen«, sagte er kurz zu dem jungen Lord. »Bevor sie auf ihr Kleid kotzt und sich blamiert.«

Hugo nickte und schob seinen Stuhl zurück. Lady Catherine hatte den leisen Wortwechsel nicht gehört und hob überrascht den Kopf. »Mein Vater hat einen Auftrag für mich, ich bin gleich wieder da«, sagte er leise zu ihr und wandte sich dann den Frauen zu.

»Komm, Alys«, sagte er streng.

Alys hob den Kopf. Sein Gesicht war nur eine Silhouette gegen das Kerzenlicht in der Halle. Sie sah das Blitzen seines Lächelns. Die Frauen waren aufgescheucht wie Hühner im Stall, wenn der Fuchs durch die Tür kommt.

»Ich begleite dich in die Gemächer von Mylady«, sagte er streng. »Du«, er nickte Eliza zu, »kommst auch mit.«

Alys erhob sich langsam. Wie von Zauberhand begann der Boden unter ihren Füßen sich aufzulösen. Lord Hugo fing die Schwankende auf und hob sie hoch. Er nickte Eliza zu, die den Gobelin beiseite zog und die kleine Tür hinter der Plattform öffnete. Sie traten in den Vorraum hinter der Halle und gingen dann die flachen Steinstufen zu Lady Catherines Gemächern hinauf. Eliza schwang die Tür weit auf, und Hugo schritt mit Alys auf dem Arm in die Galerie.

»Du kriegst einen Schilling, wenn du hier Wache stehst und den Mund hältst«, sagte er kurz zu Eliza.

Ihre braunen Augen waren riesig groß. »Ja, Mylord«, sagte sie. »Und wenn du klatscht, werde ich dich auspeitschen lassen«, sagte er freundlich. Eliza spürte, wie sein Lächeln ihre Knie weich werden ließ.

»Ich schwöre es, Mylord«, sagte sie atemlos. »Ich tu alles für Euch.«

Er bedeutete ihr mit dem Kopf, die Tür zur Kammer der Frauen zu öffnen, und sie huschte an ihm vorbei und riß sie auf. Er trug Alys mühelos die lange Galerie entlang. Sie schlug die Augen auf und sah, wie das Mondlicht vom Fenster kurz sein Gesicht erleuchtete, dann waren sie wieder im Schatten. Er schob die Tür zum Frauengemach auf und legte Alys auf einen Strohsack.

Ohne jede Hast zog er die Nadeln aus ihrer Haube und warf sie beiseite. Alys fiel in die Kissen zurück. Ihr Gesicht war bleich, die Augen geschlossen. »Mir ist schlecht«, sagte sie.

Er rollte sie zur Seite, löste geschickt die Bänder ihres Mieders und des Gewandes darunter, rollte sie zurück auf den Rücken, hob ihre Beine und dann ihren Körper, zog ihr das Gewand über den Kopf, so daß sie nur noch im Hemd dalag. Alys fiel zurück auf den Strohsack, die Arme über dem Kopf, das wirre goldene Haar umrahmte ihr Gesicht. Lord Hugo setzte sich auf die Fersen und musterte sie, von ihren schmutzigen kleinen Füßen bis zu ihrer ausgestreckten Hand. Alys schnarchte leise.

Lord Hugo zog mit einem kleinen Seufzer seine Hosen herunter und legte sich auf sie.

Alys riß ihre dunklen Augen auf, als sie sein Gewicht auf sich spürte, und er wollte ihr schon die Hand über den Mund legen, um ihr Protestgeschrei zu ersticken, aber ihre benommenen Augen strahlten einladend, und sie lächelte.

»Hallo, mein Geliebter«, sagte sie ganz selbstverständlich, als wären sie schon zwanzig Jahre verheiratet. »Jetzt nicht. Ich bin zu müde. Liebe mich morgen früh.«

»Alys?«

Sie lachte das warme, zuversichtliche Lachen einer Frau, die weiß, daß sie sehr geliebt wird. »Jetzt nicht, hab ich gesagt«, wiederholte sie. »Ich bin erschöpft von deinen Bedürfnissen und denen deines Sohnes. Laß mich schlafen.« Ihre Lider senkten sich flatternd, und Hugo beobachtete, wie sich die Schwingen ihrer Wimpern über ihre Wangen legten.

»Weißt du, wer ich bin?« fragte er verwirrt.

Alys lächelte. »Es gibt keinen, den ich besser kenne«, sagte sie. Sie rollte zur Seite, weg von ihm, und streckte ihre Hand nach hinten, zu ihm. Mit einer Geste, die so vertraut war, daß sie nur unbewußt sein konnte, tastete sie nach seiner Hand, zog seinen Arm um sich und steckte seine Hand in die warme Nische zwischen ihren Schenkeln. Hugo folgte dem fordernden Zerren ihrer kleinen Hand und schmiegte sich von hinten an ihren Körper. Er spürte die schmerzliche Begierde, die er normalerweise sofort an einer Frau befriedigt hätte, ob willig oder nicht. Aber etwas an Alys' trunkenem Traum gebot ihm Einhalt.

»Wie alt bist du, Alys?« fragte er. »Welches Jahr schreiben wir?«

»Ich bin fast achtzehn«, erwiderte sie schläfrig. »Wir schreiben das Jahr 1538. Was hast du denn geglaubt?«

Hugo sagte nichts, ihm schwirrte der Kopf. Alys träumte von

der Zukunft in zwei Jahren. »Wie geht es meinem Vater?« fragte er.

»Er ist tot, schon fast zwölf Monde«, erwiderte Alys verschlafen. »Geh schlafen, Hugo.«

Ihr beiläufiger Gebrauch seines Namens ließ ihn stutzen. »Was ist mit Lady Catherine?« fragte er.

»Oh, schweig!« sagte Alys. »Keinen trifft Schuld daran. Sie hat endlich ihren Frieden gefunden. Und wir haben all ihre Ländereien für den kleinen Hugo. Geh jetzt schlafen.«

»Ich habe einen Sohn?« fragte Hugo.

Alys wandte sich seufzend ab. Hugo stützte sich auf einen Ellbogen, schaute auf ihr Gesicht und stellte fest, daß sie tief und fest schlief. Behutsam zog er seine Hand zwischen ihren Beinen heraus und sah einen Hauch von Bedauern über ihr Gesicht huschen. Dann kuschelte sie sich tiefer ins Kissen und schlief weiter.

Er setzte sich auf dem Strohsack auf, legte den Kopf in die Hände und versuchte, nüchtern nachzudenken. Entweder war Alys betrunken und träumte irgendeinen Mädchentraum, oder der Wein hatte etwas von ihrer Magie freigesetzt, und sie sagte die Wahrheit. In zwei Jahren würde er der Lord von Castleton sein, Catherine wäre fort, und Alys wäre sein Weib und die Mutter seines Kindes.

Er beugte sich vor und schürte das Feuer, so daß das Licht in dem kleinen Zimmer aufflackerte. Alys' klares, bildschönes Profil glänzte im schummrigen Licht.

»Was für einen Sohn wir haben würden!« sagte er leise. »Was für einen Sohn!«

Er dachte daran, wie selbstverständlich sie seine Hand zwischen ihre Beine gelegt hatte und ihre wohlig müde Aufforderung, sie am Morgen zu lieben, und wieder erwachte schmerzlich die Begierde in ihm. Einen Augenblick lang spielte er mit dem Gedanken, sie im Schlaf zu nehmen, ohne ihre Einwilligung, aber dann hielt er inne.

Zum ersten Mal in seinem Leben überlegte Hugo, bevor er sich seine Befriedigung holte. Sie hatte ihm Einblick in eine Zukunft gewährt, die Glück verhieß. Sie hatte ihm einen kurzen Blick auf die Frau gestattet, die ihm ebenbürtig war, ihn begehrte, wie er sie begehrte. Eine Frau, die an seiner Seite planen und intrigieren würde, die ihm einen Sohn und noch mehr schenken würde. Er wollte Alys' Traum. Er wollte diese Nähe, diese zärtliche Beziehung zu ihr. Mehr als alles andere wollte er aber das eine: Er wollte einen Sohn von ihr.

Er lachte leise in die Stille des Raumes hinein. Er wollte von ihr Hugo genannt werden, von ihr zur Liebe aufgefordert werden. Er wollte sie ermattet von den Bedürfnissen seines Sohnes sehen, erschöpft von seiner Lust. Ungläubig richtete er wieder den Blick auf sie. Durch nichts würde er die Aussicht auf das, was zwischen ihnen sein könnte, gefährden, dachte er. Er würde sie nicht zwingen, sie nicht verängstigen. Er wollte sie so, wie sie in der kurzen Aussicht auf die Zukunft gewesen war: selbstsicher, sinnlich, heiter. Eine mächtige Frau, die sich ihrer Macht, ihn zu beherrschen, sicher war und ihr eigenes Leben bestimmte.

Er warf ihr eine Decke über, und sie regte sich nicht. Er beugte sich über sie und drückte einen sanften Kuß auf die Beuge ihres Nackens, dicht unter dem Ohr. Der Geruch ihrer Haut erregte ihn erneut. Er lachte leise. »Mylady Alys«, sagte er leise. Dann stand er auf und ging aus dem Zimmer.

Eliza drückte sich an der Tür herum mit vor Aufregung hochrotem Kopf.

»Alles ruhig, Mylord«, sagte sie. »Wollt Ihr sie denn nicht nehmen? Wollt Ihr sie denn jetzt nicht haben?«

Lord Hugo warf einen kurzen Blick die Treppe hinunter zu dem großen Zimmer darunter.

»Heb deine Röcke«, sagte er hastig.

Elizas Mund wurde ganz rund vor Überraschung. »Mylord...«, sagte sie in halbherzigem Protest, voller Entzücken. Er packte ihr Gewand mit einer harten Hand und riß es bis zur Taille hoch, dann drückte er sie gegen die Steinwand und rammte sich in sie. Eliza schrie vor Schmerz, er klatschte ihr eine Hand auf den Mund und zischte. »Närrin! Willst du das halbe Schloß hier haben?«

Elizas Augen richteten sich flehend auf ihn. Er stieß drei-, viermal zu, dann erstarrte er mit zugekniffenen Augen und Mund in einem Krampf der Erleichterung, die einem Wutanfall glich.

Eliza rang keuchend nach Luft, als er sie losließ, taumelte beiseite, wobei sie sich ihren wunden Hals hielt und mit dem Kleid den Unterleib abwischte.

Hugo griff in die Tasche und warf ihr ein paar Silbermünzen zu. »Und darüber wirst du auch den Mund halten«, sagte er. Er drehte ihr den Rücken zu und schlenderte durch die Galerie und dann die Treppe hinunter in die Große Halle.

Sie ging zur Tür und sah ihm nach, wie er die Treppe hinunterging, im Vorraum noch einmal kurz stehenblieb und sich die Kleider zurechtrückte. Dann richtete er sich auf, setzte ein Lächeln auf, öffnete die Tür, ging hinein und nahm wieder bei seinem Vater und seiner Frau Platz.

»Gott verdamme dich, Hugo«, flüsterte sie. Sie zuckte vor Schmerz zusammen und ging dann Richtung Frauengemach. »Ein neues Gewand fast ruiniert, halb erwürgt und für einen Schilling begattet«, sagte sie traurig. Sie warf sich auf ihren Strohsack und schaute zu Alys hinüber, die immer noch schlafend dalag, wie Hugo sie verlassen hatte.

»Und alles, weil dieses Luder dich durch ihre Magie impotent gemacht hat«, murmelte sie verbittert. »Ich hab dich gesehen, du kranker Bastard. Ich hab gesehen, wie du dich neben sie gelegt und deinen Finger in sie gesteckt hast und nicht mehr gewagt hast, während sie Zaubersprüche gegen dich und deine ganze Familie gemurmelt hat. Und dann steckst du deinen Schwanz bei mir rein! Verflucht sollst du sein«, schimpfte sie, streifte ihr Kleid ab und deckte sich zu. »Kranker Bastard.«

Alys drehte sich mit ausgestreckter Hand im Schlaf um, suchte nach ihm. »Mein Herz«, sagte sie sehr leise.

Am nächsten Tag war Alys krank, sie war bleich und hatte geschwollene Augen, war vergiftet vom Wein. Sie wollte nichts essen und trank nur Wasser. Das ganze Schloß, angefangen von Hugo bis zum ärmsten Küchenjungen, hatte mehr getrunken als das ganze Jahr über und bezahlte den Preis dafür.

Erst nach dem Abendessen fühlten sich die Damen teilweise besser. Worauf Lady Catherine ihnen befahl, sich in der Galerie zu versammeln und zu nähen, während sie spann. Alys wurde befohlen, laut aus einem Buch vorzulesen.

Alys, geplagt von Übelkeit und Kopfschmerzen, las, bis ihr die schlecht lesbaren Worte vor Augen tanzten. Es waren Liebesgeschichten, Geschichten von Damen in Schlössern und Rittern, die sie verehrten. Alys ließ ihren Gedanken freien Lauf, während sie die Romanzen las – das Leben war nicht wie diese Geschichten, das wußte sie.

»Lord Hugo hat dich gestern die Treppe hinaufgetragen?« Lady Catherines messerscharfe Stimme schnitt der Vorleserin das Wort ab. Alys blinzelte. »Den ganzen Weg bis in dein Zimmer hat er dich getragen, nicht wahr?«

»Es tut mir leid, Mylady«, sagte Alys. »Ich kann mich nicht erinnern. Mir war übel, und ich wußte nicht, was ich tat.«

»Hat er sie getragen?« Lady Catherine wandte sich an Eliza.

»Ja«, gab Eliza zu. Heute morgen tat ihr alles weh, und sie gab Alys die Schuld daran, daß Hugos Lüsternheit in Gewalttätigkeit umgeschlagen war.

»In euer Zimmer?« fragte Lady Catherine.

»Ja«, sagte Eliza wieder.

»Du warst bei ihnen?« wollte Lady Catherine wissen.

Eliza zögerte. Sie hätte sich zu gerne an Hugo gerächt, indem sie erzählte, daß er ihr befohlen hatte, draußen zu warten. Aber das war zu riskant. Der Zorn des jungen Lords war unberechenbar, und sie hatte Flecken auf ihrem Gewand und zwei silberne Sixpencestücke, die eine Anklage gegen sie unterstützen würden.

»Ja«, sagte sie. »Er hat sie auf ihren Strohsack geworfen und gesagt, ich soll ein Auge auf sie haben und aufpassen, daß sie sich nicht übergibt und wie ein Hund in ihrer Kotze liegenbleibt.«

Alys' blasse Haut entflammte scharlachrot.

»Wie unangenehm für ihn«, sagte Lady Catherine sanft triumphierend. »Ich glaube, es wäre besser, wenn du in Zukunft Bier trinkst, Alys.«

»Das glaube ich auch, Mylady. Das alles tut mir sehr leid.«

Lady Catherine nickte mit eisigem Lächeln und stand auf, während Mistress Allingham das Spinnrad für sie in einen Flecken Wintersonne rückte, der auf den Holzboden fiel.

»Hat er das getan?« flüsterte Alys Eliza hektisch zu. »Hat er mich hingeworfen?«

»Er hat sich neben dich gelegt«, zischte Eliza giftig. »Ich hab dir deine Haut bei Mylady gerettet, weil ich das nicht erzählt habe. Er hat mir zwei Silberstücke gegeben, damit ich Wache halte. Ich hab an der Tür aufgepaßt, während er dich auf deinen Strohsack geworfen, dich ausgezogen und seinen Finger in dich gesteckt hat.«

Alys wurde schneeweiß und sah aus, als würde sie gleich umfallen. »Das ist nicht möglich«, sagte sie.

»Es ist passiert«, sagte Eliza barsch. »Ich hab gesehen, wie er's gemacht hat.«

»Aber ich fühle nichts«, sagte Alys.

»Was habt ihr Mädchen denn so eifrig zu flüstern?« unterbrach sie Lady Catherine.

»Ach, nur wegen der Farbe der Seide, Lady Catherine«, sagte Eliza schnell. »Ich finde sie zu grell. Alys will es so lassen, wie es ist.«

Eliza nahm den Gobelin, den Alys in der vergangenen Woche mit so viel Mühe gestickt hatte, und Lady Catherine begutachtete ihn kritisch. »Trenn es auf«, sagte sie. »Du hast recht, Eliza, es muß blasser sein, das sieht doch jeder. Alys wird mit dem Vorlesen aufhören müssen, alles auftrennen und noch einmal von vorne anfangen.«

Alys nahm eine Silberschere und begann, die Fäden aufzuschneiden, sieben Tage Arbeit umsonst. Eliza beugte sich darüber. »Es hat nicht weh getan, weil du es wolltest«, flüsterte sie. »Du hast zugelassen, daß er dir das Kleid auszieht, und du hast seine Hand genommen und sie hineingeführt, wie eine Schlampe! Und das, nachdem du dauernd schreist, du willst nie einen Mann haben.«

Alys spürte, wie ihre Welt aus den Angeln kippte und ins Schwanken geriet. »Das kann nicht sein«, sagte sie.

Eliza hob die Schultern. »Erinnerst du dich denn an gar nichts?«

Alys schloß die Augen. Vage, wie ein Traum regte sich eine Erinnerung an schläfrige Sinnlichkeit, an eine Sicherheit und Zuneigung, wie sie sie im wachen Leben nie erfahren hatte. Sie erinnerte sich an eine Geste, sie war zur Seite gerollt, hatte seinen Arm herübergezogen und zwischen ihre Schenkel gelegt. Ihr Gesicht glänzte schweißnaß und scharlachrot.

»Oh, mein Gott«, sagte sie.

»Woran erinnerst du dich?« fragte Eliza begierig. »Was hast du gesagt, damit er aufhört?«

Alys schüttelte wortlos den Kopf. »Ich habe ihn begehrt«, sagte sie. Ihre Stimme klang hohl vor lauter Unglück.

»Was?«

»Ich war betrunken und habe ihn begehrt«, sagte Alys wieder. »Wenn er mich hätte nehmen wollen, hätte er mich haben können. Du hättest ihn nicht daran gehindert, und ich hätte nicht gewollt, daß er aufhört. Er hätte mich haben können wie jede kleine Hure im Schloß, mir hätten die Worte gefehlt, ihn aufzuhalten. Ich war im Banne der Wollust. Er hätte mich haben können.« Sie rieb sich mit dem Handrücken über die Augen. »Ich bin verloren, wenn ich dieser Krankheit nicht Einhalt gebieten kann«, sagte sie. »Ich werde alles verlieren, wenn ich mich nicht schützen kann. Ich bin verloren, wenn ich mich nicht mit allen Kräften, die ich besitze, schütze.« Mit einem Mal schleuderte sie ihre Stickerei auf den Boden und ging zur Tür.

»Alys!« ertönte Lady Catherines Stimme im Befehlston. »Was fällt dir ein? Wie kannst du es wagen, ohne meine Erlaubnis den Raum zu verlassen?«

Alys schoß wie eine Natter auf sie zu, mit vor Wut und Verzweiflung bebendem Gesicht. »Ach, macht doch, was Ihr wollt, Lady Catherine«, sagte sie mit erbitterter Stimme. »Ich habe jetzt keine Angst mehr vor Euch. Das einzige, was Ihr mir hättet wegnehmen können, ist jetzt ohnehin verloren. Ich bin nicht dazu geboren, eine Frau wie Ihr zu sein, eine Frau wie diese...« Sie machte eine scharfe, verächtliche Geste auf die vier Damen, die sie mit offenem Mund anstarrten. »Diese armseligen Sklaven. Aber jetzt habe ich mein wahres Ich erkannt. Ich bin nicht besser als irgendeine von Euch. Nichts an mir ist besonders. Ich bin eine Sünderin und eine Närrin. Aber wenigstens seh ich jetzt meinen Weg klar und deutlich vor mir. Jetzt bin ich eine Frau ohne Furcht.«

Lady Catherine wich entsetzt vor ihrem Zorn zurück, fing sich aber wieder und versuchte es noch einmal im Befehlston. »Wage nicht, so mit mir zu sprechen, Mädchen...«

»Ich ergreife meine Macht«, schwor Alys. »Ihr werdet mich nicht noch einmal Mädchen heißen! Ihr werdet nicht über mich bestimmen! Und Euer Gatte wird mich nicht als Spielzeug bekommen. Ihr beide habt mich dazu getrieben, und ich werde meine Macht ergreifen!«

»Aufhören!« kreischte Catherine. Alys' Blick war wie ein Brandeisen, als sie die Tür hinter sich zuschlug. Sie hörten ihre Schritte auf den Steinstufen und das Krachen der Tür der Großen Halle.

»Verläßt sie uns?« fragte Mistress Allingham.

Nur Lady Catherine blieb sitzen, die übrigen drängten sich am breiten Erkerfenster und verrenkten sich die Hälse, um die Stufen von der Großen Halle in den Garten und den Pfad zum Pförtnerhaus am inneren Burggraben sehen zu können.

»Sie geht«, bestätigte Eliza. »Sie ist im Garten und geht in Richtung Tor. Soll ich hinterherlaufen und befehlen, daß man sie zurückbringt, Mylady?«

Lady Catherines Gesicht war aschfahl, und sie versuchte, mit zusammengekniffenem Mund ihre Ängste und Vermutungen in den Griff zu bekommen.

»Laßt sie gehen«, sagte sie. »Laßt sie gehen.«

Der alte Lord bemerkte Alys' Abwesenheit erst am Abend, kurz vor dem Abendessen, als er einen Brief geschrieben haben wollte. David kam in die Damengemächer, um sie zu holen, und Lady Catherines unschönes Gesicht war ausdruckslos, als sie ihm sagte, Alys wäre verschwunden.

»Ich werde statt ihrer kommen«, sagte sie. Sie warf sich einen dunklen Umhang um die Schultern, zog die Kapuze über ihren Kopf und folgte ihm zum Gemach des alten Lords im runden Turm. Im dunklen Winkel der Treppe passierten sie Hugo, der ganz offensichtlich auf sie wartete. Er packte sie am Arm.

»Alys«, sagte er. Nie zuvor hatte sie diesen Tonfall von ihm gehört, Sehnsucht schwang aus dem Namen des Mädchens.

Seine Frau stülpte ihre Kapuze zurück. Ihr knochiges Gesicht funkelte vor Haß auf ihn, ihre Augen blitzten triumphierend. »Das hab ich mir gedacht«, sagte sie mit gifttriefender Stimme. »Das hab ich mir gedacht.«

Hugo wich entsetzt zurück. »Madam, ich...«

David wechselte einen Blick mit Hugo und verschwand, die Treppe hinauf zum Gemach des alten Lords, außer Hörweite.

»Macht Euch nicht die Mühe, mir etwas vorzugaukeln«, sagte sie. »Ich hab mich gefragt, wodurch sie Euch und den alten Mann in ihren Bann gezogen hat. Wahrscheinlich geht sie mit Euch beiden ins Bett.« Ihr Mund zuckte vor Wut. »Mit beiden ins Bett! Er ein Tattergreis, und Ihr rennt jedem Rock hinterher! Sobald ich sie in diesem Hurenkleid gesehen habe, hab ich gewußt, was los ist. Aber ich habe gewartet und Euch beobachtet. Und ich hab gesehen, wie Ihr sie beäugt habt, und ich hab gewußt, was Ihr denkt. Gott weiß, daß ich es oft genug gesehen hab! Gott weiß, daß ich es oft genug mitansehen mußte, wie Ihr ein Weib nach dem anderen mit diesem Lächeln und diesem geilen Blick angesehn habt. Dann hab ich gesehn, wie Ihr sie vom Festmahl weggetragen habt. Zu ihrem Bett habt Ihr sie getragen, nicht wahr? Diese Närrin Eliza habt Ihr bezahlt, damit sie sich blind stellt und mich belügt und hinter meinem Rücken über mich lacht. Und sie bezahlt, Euch die Schlampe zu machen!«

Sie schoß auf ihn zu und schlug ihn mit der flachen Hand ins Gesicht. Hugo riß den Kopf zurück und blieb reglos stehen.

»Und was ist mit mir?« Ihre Stimme steigerte sich von einem leidenschaftlichen Flüstern zu einem gedämpften Wutschrei. »Was ist mit mir? Mein Zimmer betretet Ihr nie mit diesem Lächeln! Jede Hure im Schloß kann diesen geilen Blick von Euch haben! Jede Schlampe in der Stadt, jeder Trampel in jedem Dorf kann Euch zwischen den Beinen haben – aber mich, Euer angetrautes Weib, ignoriert Ihr!« Sie packte ihn an den Schultern. »Ihr ignoriert mich!« sagte sie. Tränen liefen ihr übers Gesicht. Sie schüttelte ihn heftig und sagte noch einmal: »Ihr ignoriert mich!«

Hugo erstarrte unter ihren Händen, sein ganzer Körper lehnte sie ab.

»Oh, mein Gott!« sagte sie, von plötzlicher Sehnsucht gepackt. »Hugo, macht mit mir, was Ihr mit ihr gemacht habt! Nehmt mich hier!« Sie wich in den Schatten unter der Treppe zurück und riß mit fiebernden Händen ihr Gewand hoch, packte die Schnur an seinen Hosen, zerrte an seinem Lendenschurz, preßte sich gegen die gestickte Wattierung und stöhnte, als die steife Stickerei sie berührte. »Macht es jetzt!« stöhnte sie verzweifelt.

Hugo trat einen Schritt zurück und stieß sie von sich. Sie konnte sein Gesicht sehen, reglos, wie aus Stein gemeißelt.

»Laßt das«, sagte er mit leiser, ruhiger Stimme. »Ich hab das Mädel nicht angerührt, gleichgültig, was Ihr befürchtet und was für Frauengeschwätz Ihr gehört habt. Ich hab sie nicht berührt. Ich hab sie zu ihrem Strohsack getragen, ihr das Gewand ausgezogen, sie zugedeckt, und dann bin ich gegangen.«

Lady Catherine taumelte, als hätte er ihr einen Schlag versetzt. Sie ließ den Saum ihres Kleides fallen und zog es hinunter über die Hüften. Sie keuchte immer noch, aber die Kälte von Hugos Stimme war wie Eis in ihr Bewußtsein eingedrungen. Ihr Gesicht war weiß und gequält.

»Ihr habt ihr das Gewand ausgezogen und sie nicht genommen?« fragte sie, als traue sie ihren Ohren nicht. Hugo nickte und wandte sich dann zum Gehen.

»Hugo!« Lady Catherine lief ihm die Treppe hinunter nach und krallte sich in seinen Arm. »Hugo, sagt mir, daß Ihr sie nicht begehrt habt. Sagt mir, daß Ihr sie nicht begehrt habt und sie deshalb nicht genommen habt!«

Er blieb am Fuß der Treppe stehen, und sein Lächeln war grausam. »Was jetzt, Mylady?« sagte er, und seine Stimme wollte verletzen. »Erst beschimpft Ihr mich, weil ich sie aufs Kreuz gelegt habe, und jetzt wollt Ihr nicht glauben, daß ich es nicht getan habe.«

Lady Catherine stöhnte leise und zerrte an den feingearbeiteten Schlitzen seines Wamses. »Bitte!« flehte sie. »Erzählt mir, was wirklich zwischen euch passiert ist. Ich kann den Gedanken nicht ertragen, daß...«

»Was könnt Ihr nicht ertragen?« sagte er giftig. »Ihr könnt nicht ertragen, wenn ich sie nehme, und Ihr könnt nicht ertragen, wenn ich es nicht tue. Was soll ich tun, Madam, um Euch zufriedenzustellen?«

Sie starrte ihn verständnislos an. »Mein Gott, Hugo«, sagte sie sehnsüchtig. »Ich will nicht, daß Ihr sie nehmt. Aber vor allem will ich, daß Ihr sie nicht verschont. Mir wär's lieber, Ihr vergewaltigt sie, als daß Ihr sie verschont. Ich begreife nicht, warum Ihr sanft mit ihr umgeht. Was hat das zu bedeuten?«

Hugo wandte sich ihr zu, und die Verachtung in seinem Gesicht ließ sie unwillkürlich zurückweichen. »Euch wäre lieber, ich hätte sie vergewaltigt, anstatt sie zu verschonen«, sagte er verwundert. »Ihr möchtet, daß Euer Mann einer kleinen Maid von sechzehn Jahren Gewalt antut? Guter Gott, Madam, Ihr seid ein häßliches Weib.«

Sie ließ sich keuchend gegen die steinerne Mauer fallen.

»Ich habe sie nicht angerührt, weil sie so herzlich und liebevoll war. Sie hatte einen Traum und hat mir eine Zukunft prophezeit, eine Zukunft für mich und für sie. Mein Vater wird sterben, und ich werde der Herr über Schloß und Land sein. Sie wird mir einen Sohn schenken.«

»Nein«, Lady Catherine sank stöhnend zu Boden.

»Findet Euch damit ab, Lady«, sagte Hugo schonungslos. »Das war gerade Euer letzter Schlag gegen mich. Eure Tage hier sind vorbei. Ich werde das Mädchen aus Bowes Moor in meinem Bett haben.«

»Meine Mitgift...«, sagte Lady Catherine. »Und meine Ländereien...«

»Verflucht soll Euer Geld sein«, fluchte Hugo. »Und Eure Ländereien. Und Ihr auch. Ich will das Mädchen aus Bowes

Moor, und ich werde alles riskieren – sogar das Schloß –, um sie zu bekommen.«

Er riß sich von ihr los und ging.

Lady Catherine blieb einige Minuten in der Kälte auf der Treppe sitzen. Dann erhob sie sich ungelenk wie eine alte Frau. Das kalte Licht des aufgehenden Mondes schien durch eine Schießscharte auf ihr spitzes, rachsüchtiges Gesicht.

»Hexe!« zischte sie kaum hörbar.

8

Lord Hugh saß in seinem kleinen Gemach am Kamin, als Lady Catherine, ohne anzuklopfen, hereinstürmte. Er hob seinen Blick vom Feuer und zog eine Augenbraue hoch, als er ihrer ansichtig wurde.

»Ich habe nach der Maid geschickt«, sagte er. »Ich hab nach Alys gerufen.«

»Sie kann nicht mehr länger Euer Sekretär sein«, sagte Catherine. Ihre Stimme war leise, zitterte aber vor Leidenschaft. »Ich muß mit Euch sprechen, Mylord. Ich muß Euch auffordern, sie suchen zu lassen und sie vor Gericht zu stellen.«

»Was hat sie getan?« fragte Lord Hugh mit müder Stimme. »Ist sie weggelaufen? Fehlt etwas aus Eurem Gemach?«

»Viel schlimmer!« zischte sie. »Tausendmal schlimmer als das!«

Sie wartete ab, ob der alte Lord auch wirklich beeindruckt war. Er schien ungerührt.

»Mylord, ich klage sie des schlimmsten aller Verbrechen an«, sagte sie. Sie keuchte vor Begierde, Alys zu ruinieren. »Ich bezichtige sie eines Verbrechens schlimmer als Mord.«

»Was hat sie getan?« fragte er noch einmal.

»Sie ist eine Hexe.«

Eisige Stille erfüllte den Raum.

»Ich glaube es nicht«, sagte er schlicht. Aber Catherine heftete sich wie eine züngelnde Natter an sein kurzes Zögern.

»Ihr habt sie auch in Verdacht!« sagte sie triumphierend. »Ihr steht ihr näher als alle anderen! Und Ihr verdächtigt sie auch!«

»Das ist nicht wahr«, sagte der alte Lord, doch er klang verunsichert.

»Aber ich klage sie an!« tönte Catherine. »Ich klage sie der

Hexerei an. Sie hat Lord Hugo verzaubert. Er hat mich gerade ins Gesicht beleidigt und gesagt, er wird nicht ruhen, bis er sie gehabt hat. Da ist Zauberei im Spiel, Mylord, und Euer Sohn ist das Opfer.«

Das Gesicht des alten Lords bekam wieder ein bißchen Farbe. »Guter Gott, Catherine! Ich dachte, wir sprechen von Schwarzen Künsten! Ihr habt doch schon öfter gesehen, daß Hugo auf ein Weib scharf ist. Das geht vorüber.«

Er streckte seine Hand nach ihr aus und quälte sich ein Lächeln ab. »Kommt«, sagt er freundlich. »Es giftet Euch, ich weiß, aber sie ist nur einer von Hugos Flirts. Das ist keine Hexerei, sondern nur der Zauber, den ein junges Mädchen ausstrahlt, mehr nicht.«

Catherines Gesicht war weiß vor Bosheit. »Nein, Mylord«, sagte sie giftig. »Ihr versteht mich falsch. Lord Hugo hat mir gesagt, er hätte sie haben können und hat es nicht getan. Er hat geschworen, sie nicht ohne ihre Zustimmung zu nehmen. Er hat mir erzählt, daß sie ihm durch einen Zauberspruch seine Zukunft mit ihr als seinem Weib gezeigt hat. Er wird meine Mitgift an Ländereien wegwerfen, jawohl, und auch das ganze Schloß, um sie zu bekommen und den Sohn, von dem er glaubt, daß sie ihn empfangen wird. Das ist Zauberei, Mylord, keine Tändelei.«

Der alte Lord rutschte verlegen auf seinem Stuhl hin und her. »Ich werde mit Hugo sprechen«, sagte er. Er griff auf den Tisch neben sich und läutete eine kleine Silberglocke. Ein Diener kam angelaufen und erhielt den Befehl, den jungen Lord zu suchen. Lord Hugh richtete den Blick auf Lady Catherine.

»Ihr könnt gehen«, sagte er.

»Nein«, sagte sie.

Sie begegnete seinem erstaunten Blick ohne Furcht. »Ich bleibe«, sagte sie und fletschte die gelben Zähne vor Bosheit. »Ich sage, er ist verhext, ich sage, Ihr seid auch halb verhext. Hier bedarf es einer Frau mit klarem Kopf. Hier bedarf es des Hexenfängers. Ich wage es nicht, mich auf Euer Urteil zu verlassen, Mylord, um Eurer eigenen Sicherheit willen wage ich nicht, mich darauf zu verlassen.«

Die Augen des alten Lords funkelten vor Wut. »Ihr könnt bleiben, aber Ihr müßt schweigen.«

»Laßt doch Eliza Herring rufen«, schlug Catherine vor. »Sie folgte Mylord, als er die Hexe aus der Halle trug. Sie wird wissen, was zwischen ihnen vorgefallen ist.«

Der alte Lord nickte.

»Und Euren Kaplan«, drängte sie. »Pater Stephen. Er ist ein heiliger Mann und Euer ergebener Diener. Mein einziges Anliegen ist meine Sicherheit, Eure Sicherheit und die Sicherheit Lord Hugos. Wenn sie eine Hexe ist, wie ich glaube, soll sie festgenommen werden. Festgenommen und auf die Probe gestellt und erwürgt soll sie werden.«

»Das ist doch Unsinn ...«, begann der alte Lord. »Wind und die Bosheit der Weiber ... Wenn Hugo kommt, wird er alles erklären.« Er sammelte sich. »Und Ihr werdet nichts sagen«, befahl er. »Ihr werdet den Mund halten. Ich erlaube Euch zu bleiben, aber wenn Ihr sprecht, werde ich Euch aus dem Zimmer werfen lassen. Ich kann das tun, Madam, vergeßt das nicht.«

»Ich werde schweigen«, versprach sie bereitwillig. »Aber stellt ihm eine Frage, bevor Ihr ihn entlaßt und bevor Ihr die Lügen glaubt, die er Euch auftischen wird.«

»Was?« grunzte er.

»Fragt ihn, wie Ihr sterben sollt«, sagte Catherine mit boshafter Stimme. »Die Hexe hat auch Euren Tod prophezeit, genau wie ihren Triumph über mich. Sie sagt, Ihr werdet nächstes Jahr sterben.«

Lord Hugh keuchte vor Schreck.

»Wer sollte es besser wissen«, sagte Catherine. »Sie gibt Euch Eure Medizin, sie bereitet die Kräuter für Euch. Sie ist an Eurer Seite, wenn Ihr krank seid. Wenn sie Euch nicht einfach verhext, könnte sie Euch vergiften. Und jetzt hat sie ihm Euren Tod versprochen.«

Lord Hugh schüttelte den Kopf. »Sie ist mein Vasall«, sagte er, mehr zu sich selbst. »Sie ist mein kleines Mädchen.«

»Was, wenn sie dazu verleitet wird?« sagte Lady Catherine hastig. »Welch einen Feind würde sie gegen Euch abgeben. Denkt daran, welche Stellung Ihr ihr gegeben habt, Mylord! Ihre Position ist der Davids vergleichbar, sie ist Eure Vertraute! Sie kennt all Eure Geheimnisse, sie pflegt Euch, wenn Ihr krank seid. Wenn man sie durch Ehrgeiz oder Wollust gegen Euch beeinflußt...« Die Tür öffnete sich, und Hugo trat ein. Bei seinem Anblick drehte Catherine sich abrupt um und floh hinter den Stuhl des alten Lords. Ihre Hand lag auf der hohen Lehne, der Blick war starr auf das Gesicht ihres Gatten gerichtet, so daß es aussah, als wären die beiden gegen ihn verschworen.

Der junge Lord erfaßte die Szene mit einem Blick und grinste höhnisch, als er das weiße Gesicht seiner Frau sah.

»Wir sehn uns also schon wieder, Catherine«, sagte er freundlich. Dann ging er schnell zu seinem Vater und fiel vor ihm auf die Knie. »Mein Gebieter«, sagte er. »Man sagt mir, Ihr habt nach mir geschickt. Ich hoffe, ich habe Euch nicht warten lassen?«

Der alte Lord streckte die Hand aus und legte sie kurz auf den dunklen Lockenkopf seines Sohnes. Catherines scharfem Blick entging nicht, daß sie leicht zitterte.

»Lady Catherine hat mir beunruhigende Nachricht gebracht«, sagte er leise. »Und sie hat Alys, meine Schreiberin, der Hexerei bezichtigt. Sie sagt, du bist verhext, Hugo.«

Hugo erhob sich und grinste Catherine fröhlich an. »Ich glaube, die Hexerei ist nur der Zauber eines jungen Mädchens«, sagte er. »Ihr hättet meinen Vater nicht mit einem Streit zwischen uns belästigen sollen, Catherine. Es könnte böse für Euch ausgehen, wenn ich mit jeder Beschwerde über Euch zu ihm laufen würde.«

Sie wollte etwas sagen, angesichts des warnenden Untertons in seiner Stimme, aber der alte Lord gebot ihr mit einer entschiedenen Geste Schweigen.

»Die Sache ist todernst«, fuhr er ohne Umschweife fort. »Catherine behauptet, Alys hätte versprochen, einen Sohn von dir zu empfangen, und prophezeit, daß ich sterben werde. Ist das wahr?«

Hugo zögerte. »Sie hat nicht gewußt, was sie sagt...«

»War sie in Trance?« Der alte Lord beugte sich mit ernster Miene vor.

»Nein«, Hugo zögerte. »Das Mädchen war betrunken und schlief schon fast. Der Wein hat aus ihr gesprochen.«

»Hexen können Wein benutzen, um das zweite Gesicht zu bekommen«, warnte der alte Lord. »Hat sie dich erkannt?«

Hugo zögerte, nur zu gut erinnerte er sich an Alys' zuversichtliches Kichern und die Herzlichkeit in ihrer Stimme, als sie sagte: »Keinen kenn ich besser«.

»Ich weiß es nicht«, sagte er. Sein Verstand versuchte fieberhaft, einen sicheren Ausweg für Alys zu finden. »Ich weiß es nicht, Sir. Ich hab nur ganz kurz mit ihr gesprochen.«

»Wann war das?« fragte der alte Lord. Catherine, die durch ihr Versprechen zu schweigen gebunden war, beugte sich gespannt vor.

»Gestern nach dem Festmahl«, sagte Hugo widerwillig. »Als ich sie in ihr Zimmer gebracht habe – auf Euren Befehl, Mylord, Ihr erinnert Euch. Sie war betrunken.«

Catherine nickte. Der alte Lord warf ihr einen kurzen Blick über die Schulter zu. »Stellt Euch ein wenig weiter weg, Catherine«, sagte er. »Und denkt an Euer Versprechen, den Mund zu halten!«

Hugos Augen wurden schmal. »Mylady Catherine hat vielleicht ein paar Dinge mißverstanden, die ich im Streit zu ihr gesagt habe«, sagte er zu seinem Vater. »Es steht mir nicht zu, Euch zu erzählen, was sie in der Dunkelheit der Treppe gesagt oder getan hat. Ich will nur soviel sagen, daß sie mich geschlagen, mich beschimpft und erzürnt hat und ich vielleicht zu barsch mit ihr gewesen bin. Sie hat mich angefleht, sie wie eine Hure auf der Treppe zu nehmen, und ich war entsetzt, daß Mylady – Eure Schwiegertochter – sich selbst so erniedrigt.« Hugos wohlüberlegter Verrat ließ Catherine vor Entsetzen keuchen. »Das ist noch nicht alles, Sir, es kommt noch schlimmer«, sagte Hugo. »Aber ich will Euch nicht damit ermüden. Ich bin bereit, sie um Verzeihung zu bitten und den Streit hier und jetzt zu beenden.«

Der alte Lord sah Catherine fragend an. »Wäre die Sache damit geregelt?« fragte er. »Wenn Hugo Euch um Verzeihung bittet und sich Euch gegenüber wieder als *pflichtbewußter* Ehemann zeigt« – Catherines ungestillte Sehnsucht ließ ihre fahlen Wangen erröten –, »dann ist der Streit beendet, und Alys kann weiterhin für mich arbeiten. Sie braucht Euch nicht als Hofdame zu dienen, wenn sie Euch nicht genehm ist, Catherine. Und Hugo braucht sie nicht zu sehen.«

»Nein«, erwiderte Lady Catherine mit hörbarer Überwindung. »Zuerst muß Pater Stephen das Ganze beurteilen, Mylord. Und Eliza muß angehört werden.«

Angesichts des finsteren Blicks des Lords beugte sie sich vor. »Lord Hugo sagt, es ist nur ein Streit – aber da spricht der Zauber aus ihm«, sagte sie mit eindringlicher Stimme. »Natürlich versucht er, sie zu schützen! Wir müssen der Sache auf den Grund gehen, nicht nur um ihn zu schützen, sondern um Euretwillen, Mylord. Schließlich hat sie Euren Tod vorausgesagt.«

Der alte Mann bekreuzigte sich. »Laß Eliza holen«, sagte er zu seinem Sohn. »Und den Priester.«

Hugo ging achselzuckend zur Tür, als wolle er zeigen, daß all das nicht der Mühe wert wäre, öffnete sie und schrie ins Wachzimmer hinunter: »Holla!« Einer der jungen Männer kam gelaufen. »Hol Eliza Herring und Pater Stephen.«

Die drei warteten in betretenem Schweigen, bis die Hofdame und der Priester kamen. Lord Hugh fixierte sie beide mit grimmiger Miene.

»Ich habe Euch gerufen, Pater, damit Ihr Euch einen Streit anhört«, sagte er. »Wie es scheint, bedürfen wir Eurer Weisheit.«

Pater Stephen nickte mit ernster Miene, seine dunklen Augen registrierten Catherines hochroten Kopf und Hugos unterdrückte Wut. Eliza versuchte, so nahe wie möglich an der Tür zu bleiben. Ihr Gesicht war eine aschfahle Maske von Schuldgefühlen.

»Keine Angst, Eliza«, sagte der alte Lord freundlich. »Keiner will dir etwas vorwerfen.«

Sie zitterte so heftig, daß sie kaum reden konnte. Ihre schwarzen Augen wechselten flackernd vom jungen Lord zur steinernen Miene ihrer Herrin.

»Wir wollen nur die Wahrheit von dir hören«, sagte der alte Lord mit sanfter Stimme. »Was immer du uns erzählst, Eliza – was immer es auch sei, Eliza –, du stehst unter meinem Schutz. Du kannst die Wahrheit sagen.«

»Laßt sie schwören«, sagte Lady Catherine und versuchte dabei den Mund nicht zu bewegen.

Der alte Lord nickte, und Hugo schaute verwundert seine Frau an, erstaunt über ihren Mut zu sprechen, obwohl man ihr befohlen hatte zu schweigen.

»Also gut, unter Eid«, sagte der alte Lord. Er nickte dem Priester zu, der zu dem Tisch am kleinen Fenster trat und eine Bibel herauszog.

»Versprichst du bei der Heiligen Schrift, dem geheiligten Leben von Jesus Christus, seiner heiligen Mutter und Gottvater, die Wahrheit zu sagen?« fragte er Eliza. »Bedenke, daß die Macht des Teufels in diesen unruhigen Zeiten sehr groß ist. Du mußt zu Gott stehen oder dich der Hölle ergeben. Wirst du die Wahrheit sagen, Eliza?«

»Amen«, murmelte Eliza. »Ich verspreche es. O Gott!«

»Erzähl uns, was vorgefallen ist, als Lord Hugo Alys gestern nacht aus der Halle getragen hat«, sagte der alte Lord. »Und erzähl uns alles. Und bedenke, daß du in der Hölle schmoren wirst, wenn du lügst.«

Eliza bekreuzigte sich hastig und warf Hugo einen ängstlichen Blick zu. Er beobachtete sie gelassen. Sie erschauderte vor Angst.

»Der junge Lord hat gesagt, ich soll mit ihnen beiden mitgehn«, begann sie. Dann hielt sie inne wie eine schwitzende Stute am Zügel.

»Rede weiter«, sagte der alte Lord verärgert. »Du stehst unter Eid!«

»Er hat gesagt, ich soll vor der Tür warten und Wache halten«, sagte sie. Ihr Blick war starr auf den alten Lord gerichtet.

Er nickte ungeduldig. »Und er hat sie reingetragen und dann genommen? Los, Mädel, sprich, du wirst keinen hier überraschen!«

Eliza fuhr sich nervös mit der Zunge über die Lippen. »Nein«, sagte sie. »Ich hab mich hinterhergeschlichen, um zuzuschaun. Alys hatte soviel über ihre Jungfernschaft geredet – von ihrer Abscheu vor Männern. Ich war neugierig darauf, sie mit Mylord zu sehen.«

Sie verstummte und warf einen Blick auf Lady Catherines versteinertes Gesicht.

»Rede weiter«, sagte der alte Lord grimmig.

»Er hat sie auf den Strohsack geworfen und ausgezogen bis aufs Hemd. Er hat sich die Hosen ausgezogen und sich auf sie gelegt.«

Lady Catherine zischte wie eine Schlange. Der alte Lord ließ sie mit einer kurzen Handbewegung verstummen.

»Ich trau mich nicht zu reden!« platzte sie heraus.

Der alte Lord beugte sich vor, packte sie am Arm, zerrte sie vor sich auf die Knie. »Ich bin hier der Herr«, sagte er. »Ich bin zwar schon alt und grau, aber ich gebe hier immer noch die Befehle. Und ich befehle dir zu sprechen, und ich verspreche dir meinen Schutz – gleichgültig, was du sagst. Und jetzt sag mir, Mädel – was ist passiert, als er sich auf sie gelegt hat?«

»Sie hat ihn verhext!« sagte Eliza mit leisem Stöhnen. »Ich hab sie kichern hören, und sie hat einen Zauberspruch oder so was gemurmelt – ich hab's nicht verstanden –, und dann hat sie ihm den Rücken zugedreht und ist eingeschlafen.«

»Er hat sie nicht genommen?« fragte der alte Lord ungläubig, »obwohl er sie ausgezogen und sich auf sie gelegt hat?«

Eliza schüttelte den Kopf. »Das hat sie gemacht«, sagte sie. »Sie hat nach ihm gegriffen, seinen Arm um sich gelegt, und sie hat seine Hand auf ihre ...« Sie verstummte.

»Auf ihre Scham gelegt?« fragte der alte Lord unumwunden.

Eliza nickte und schluckte.

»Was dann?« fragte er.

»Er hat gefragt, ob sie ihn erkennt und welches Jahr es wäre und wie alt sie sei«, sagte Eliza hastig, den Blick starr auf den alten Lord gerichtet. »Alles hab ich nicht gehört«, sagte sie. »Sie hat sehr leise geredet.«

»Hast du überhaupt irgend etwas gehört?« fragte der alte Lord. »Die Wahrheit jetzt, Mädel!«

Sie nickte. »Ich glaube, sie hat gesagt, sie sei achtzehn. Und daß das Jahr 1538 wäre.«

Catherine atmete langsam befriedigt aus.

Der alte Lord sah seinen Sohn an.

»Hat sie meinen Tod prophezeit?«

Hugo nickte. »Ja, Vater«, sagte er ehrlich.

»Und dieses andere Zeug – daß sie deinen Sohn empfangen wird. Das hat sie alles gesagt?«

»Ja«, sagte Hugo mit einem Achselzucken.

Der alte Lord fragte resigniert: »Hat sie gesagt, wie ich sterben werde?«

Hugo schüttelte den Kopf. »Ich habe nicht gefragt. Sie hat wie im Schlaf geredet. Ich war so überrascht, daß ich gar keine Fragen gestellt habe und ...« Er verstummte.

»Und?« fragte der alte Lord.

»Ich hatte sehr zärtliche Gefühle ihr gegenüber«, sagte Hugo verlegen. »So habe ich noch nie einer Frau gegenüber empfunden, nicht mal bei meiner Lieblingshure. Ich wollte sie schlafen lassen. Ich wollte ihren Schlaf beschützen.«

Der alte Lord lachte kurz und trocken. »Das ist keine Zauberei, das ist Liebe«, sagte er knapp. »Ich habe nicht geglaubt, daß dir das je passieren würde, Hugo. Da hast du dir was Schönes eingebrockt!«

Einen Augenblick lang grinsten sich die beiden Männer an, brüderlich vereint durch eine gemeinsame Gefühlserfahrung.

»Und das ausgerechnet bei einem Balg vom Moor«, sagte Hugo verwundert.

Sein Vater lachte. »Das kann man sich nicht aussuchen«, sagte er leise. »Und dich wird es schwer erwischen, Hugo, da wette ich drauf. Sie wird dich ganz schön an der Nase herumführen, dieses Mädchen!«

»Das spielt doch keine Rolle!« zischte Lady Catherine. »Trotzdem ist das Hexerei! Was ist damit, daß sie das Jahr 1538 genannt hat? Und gesagt hat, sie wäre achtzehn. Wie alt ist sie jetzt? Sechzehn! Und wir schreiben 1536! Und was ist mit Eurem Tod? Und was ist mit mir? Sie ist im Bund mit dem Teufel, sie prophezeit unseren Tod – und das schon in zwei Jahren, wenn man ihr jetzt nicht Einhalt gebietet!«

Der alte Lord nickte. »Was denkt Ihr?« fragte er den Priester.

Das Gesicht des Mannes war nachdenklich. »Ich weiß nicht, was ich denken soll«, sagte er. »Es sieht ziemlich böse aus. Ich möchte es mir durch den Kopf gehen lassen und um Erleuchtung beten. Gott wird uns ein Zeichen schicken und uns vor diesen Schrecken in unseren Mauern schützen.«

Lady Catherine beugte sich vor. Ihre Augen funkelten im Kerzenlicht. »Euer eigener Gebieter wird vom Tod innerhalb eines Jahres bedroht, und Ihr wißt nicht, was Ihr davon halten sollt?«

Der Priester erwiderte furchtlos ihren Blick. »Die Zeugin ist von Bosheit geleitet«, sagte er gelassen. »Vielleicht haßt sie dieses Weib, Ihr habt weiß Gott Grund genug, sie zu hassen, Mylady. Wenn sie verflucht ist, wird sich das in ihrer Sprache und ihrem Verhalten zeigen.«

»Dann wird sie Euch alle verhexen!« schrie Catherine.

»Schweigt, Madam«, grollte der alte Lord. Er nickte Hugo zu. »Laß Alys holen«, sagte er. »Sie sollte besser dabei sein.«

Der Priester sah kurz zu Catherine und setzte sich an den Tisch neben dem Fenster. »Sie wird mich nicht verhexen«, sagte er knapp. »Ich habe viele Hexen in den Tod geschickt. Ich habe viele Frauen bei Gottesurteilen gesehen, wo stärkere Männer sich angewidert abwandten. Ich bin gnadenlos in der Arbeit Gottes, Lady Catherine. Wenn sie auf der Seite des Teufels steht, sollte sie mich wahrlich fürchten.«

Hugo schlenderte zur Tür, rief nach einem Diener und befahl, Alys zu suchen. »Ich glaube nichts davon«, sagte er gelassen. »Weder an Zauber noch an Hexen, noch an Zaubersprüche. Ich glaube an die Welt, die ich sehen und berühren kann. Der Rest sind Ammenmärchen, mit denen man kleine Mädchen erschreckt.«

Er und Pater Stephen sahen sich kurz an. »Ich weiß, daß Ihr Euch das gerne einredet«, sagte er liebevoll. »Aber Ihr bewegt Euch gefährlich auf den Pfad der Ketzerei zu, wenn Ihr den gefallenen Engel und den Kampf gegen die Sünde abstreitet.«

Hugo zuckte die Achseln.

Schweigen legte sich für kurze Zeit über den Raum. Eliza rückte unauffällig näher zur Tür.

»Darf ich sprechen?« fragte Catherine.

Der alte Lord nickte.

»Vielleicht waren meine Anklagen etwas übereilt«, meinte Catherine mit ruhiger Stimme. Die Augen des alten Lords bohrten sich in die ihren. »Ich war wütend auf meinen Gatten und wütend auf das Weib.«

Alle warteten. Hugo musterte sie unverhohlen mißtrauisch.

»Wie Ihr schon sagtet, Mylord, Hugo ist möglicherweise gar nicht verhext. Er könnte im Banne der Leidenschaft und der Zärtlichkeit sein.« Mit eisernem Willen gelang es ihr, das Zittern der Eifersucht in ihrer Stimme zu verbergen. »Als seine Frau fühlte ich mich vielleicht verletzt, aber als Gebieterin des Schlosses, als Euer Mündel, trifft es mich nicht«, sagte sie.

Der alte Lord nickte. »Und weiter?« fragte er mit sarkastischem Unterton.

»Nur eine Sache macht mir bei der ganzen Geschichte Sorgen«, sagte sie.

Der alte Lord wartete.

»Eure Sicherheit, Sir«, sagte sie. »Wenn das Mädchen Euren Tod will, so hat sie die Möglichkeiten, Euch etwas anzutun. Und wenn sie eine Hexe ist, sind wir alle in Gefahr. Wir müssen wissen, ob sie die Schwarzen Künste beherrscht, bevor wir entscheiden können, ob sie weggeschickt wird oder nicht. Wenn sie über magische Kräfte verfügt, können wir sie nicht wie eine ungezogene Dienerin behandeln. Sie würde uns allen Schreckliches zufügen. Wir müssen es wissen. Zu Eurer eigenen Sicherheit.«

Der Priester nickte. Der alte Lord sah ihn kurz an. »Was schlagt Ihr vor, Lady Catherine?« fragte er.

Catherine holte Luft. Sie vermied es, ihren Gatten anzusehen. »Ein Gottesurteil«, sagte sie. »Sie soll geprüft werden. Damit wir sehen, ob sie eine Hexe ist.«

Hugo zuckte unwillkürlich zusammen. »Ich mag diese Gottesurteile nicht.« Ein Blick seines Vaters ließ ihn verstummen.

»Pater?« fragte der alte Lord.

»Mylord«, Pater Stephen nickte. »Ich glaube, wir müssen prüfen, ob ihre Heilkräfte gottgegeben sind oder nicht. Lady Catherine hat recht. Wir können sie weder wegschicken noch hierbehalten, solange wir darüber keine Gewißheit erlangt haben. Vielleicht ein sanftes Gottesurteil? Geweihtes Brot essen?«

Die Enttäuschung in Catherines Gesicht war unübersehbar, verschwand aber sofort wieder.

»Wolltest du sie schwimmen lassen, Catherine?« fragte der junge Lord boshaft. »Oder sie auf einen brennenden Heuhaufen setzen?«

»Davon will ich nichts gehört haben!« sagte der alte Lord ungeduldig. »Es kann sehr wohl sein, daß sie nichts weiter als ein braves Mädchen und eine ehrliche Dienerin ist, gegen die nichts spricht außer deine Gelüste, Hugo, und ihre besondere Begabung. Wir machen, was der Priester vorgeschlagen hat. Sie wird unter Eid geweihtes Brot essen, und wenn sie daran erstickt, werden wir wissen, was zu tun ist.«

Elizas Augen waren von Entsetzen geweitet. »Soll ich gehen?« fragte sie.

»Bleib!« sagte der alte Lord verärgert. »Wo ist das Weib?«

9

Nachdem Alys aus dem Damengemach gestürmt war, rannte sie bis zum Außentor, ehe sich ihre Schritte verlangsamten. Die Luft war eisig und trocken, es roch nach Schnee. Die Stadt war verschlossen und still. Zu Morachs Hütte würde sie zu Fuß einen halben Tag brauchen. Ansonsten gab es keinen Ort, an den sie gehen konnte, außer zurück in die Galerie, zum Haß und der Schadenfreude der Weiber.

Ihr Kopf dröhnte immer noch vom Wein und dem plötzlichen Aufbrausen ihrer Wut. Sie wanderte langsam weiter, vorbei an den Kräuterbeeten, zum Brunnen in der Mitte des kleinen Gartens. Sie zog den Eimer hoch und trank von dem eisigen, modrigen Wasser, schmeckte, wie die Fäule sich auf ihren Gaumen legte. Dann ging sie weiter, vorbei an der Großen Halle, zum Backhaus, einem kleinen Gebäude, das rund wie ein Bienenkorb zwischen der dräuenden Schwärze des Gefängnisturms und dem Medizingarten des Schlosses saß. Alys schob die kleine Tür auf und lugte neugierig hinein.

Es war warm und still. Die zwei großen runden Öfen speicherten die Hitze lange Zeit. Der Boden, die Tische, die Regale, ja sogar die Messingschüsseln an ihren Haken waren von einem dünnen, weißen Mehlfilm überzogen. Die Bäcker waren nach ihrer morgendlichen Arbeit verschwunden – das Brot für Frühstück, Mittag- und Abendessen wurde in einer langen, mühsamen Schicht gebacken. Sie waren in die Stadt gegangen, um sich eine Bierkneipe zu suchen, oder in die große Burghalle, wo sie spielten oder vor sich hindösten. Alys trat leise ein und zog die Tür hinter sich zu. Der Raum duftete nach frischgebackenem Brot. Sie sank im weißen Staub vor dem Herd auf die Knie und merkte, daß ihr die Tränen übers Gesicht liefen. Einen Augenblick lang war sie wieder in der Abteiküche und sah den Laienschwestern bei ihrer Arbeit zu. Einen Augenblick lang erinnerte sie sich an das süße weiße Brot, aus eigenem Mehl geknetet, in ihren eigenen Öfen gebacken, an den heißen, wärmenden Geschmack frischgebackener Brötchen zum Frühstück nach der ersten Morgenandacht.

Alys schüttelte den Kopf, nahm den dicken Saum ihres dunkelblauen Kleides und rieb sich die Augen. Dann setzte sie sich auf ihre Fersen und starrte lange in die warme Glut des Feuers.

»Feuer«, sagte sie nachdenklich. Dann erhob sie sich und nahm zwei kleine Schüsseln von der Wand. Eine füllte sie mit Wasser aus dem Faß neben dem Tisch. Sie stellte sie vors Feuer.

»Wasser«, sagte sie leise.

Sie nahm eine Handvoll kalter Asche, gefallenen Ruß und Ziegelstaub aus dem rückwärtigen Teil des Kamins. »Erde«, sagte sie und häufte sie vor sich auf. Dann nahm sie die leere Schüssel, um das Viereck zu vollenden. »Luft«, sagte sie.

Sie zeichnete ein Dreieck in das verschüttete Mehl und die Asche auf dem Steinboden und verband somit die drei Punkte von Feuer, Erde und Wasser. »Komm«, flüsterte sie. »Komm, mein Gebieter, ich brauche deine Macht.«

Es war still im Backhaus. Auf der anderen Seite des Hofes, in der Küche, entbrannte ein Streit, knallende Türen krachten. Alys hörte nichts.

Sie zeichnete ein weiteres Dreieck, umgedreht, die drei Punkte von Wasser, Erde und Luft verbindend.

»Komm«, sagte sie wieder. »Komm, mein Gebieter, ich brauche deine Macht.«

Sie erhob sich behutsam, zog ihr Kleid so vorsichtig hoch wie eine Frau, die die Trittsteine über einen reißenden Bach betritt. Sie trat über die Linie, brach die Grenzen, stieg in das Fünfeck. Sie drehte den Kopf nach oben, ihre Kopfbedeckung glitt herunter, und sie schloß ihre Augen. Sie lächelte, als wäre irgendeine Kraft in sie geströmt aus dem Feuer, dem Wasser, der Erde und der Luft – aus den Zeichen unter ihren Füßen, aus der Luft, die um ihr Haupt knisterte und glühte, aus der strahlenden Wärme des Backhauses, die plötzlich heiß und erregend wurde.

»Ja«, sagte sie.

Mehr war da nicht.

Alys blieb einen Augenblick lang still stehen, spürte, wie die Kraft durch ihre Fußsohlen aufstieg, sog sie mit jedem Atemzug ein, spürte, wie sie ihre Finger kribbeln ließ. Dann richtete sie ihr Haupt auf, zog ihre Haube hoch, lächelte insgeheim und trat aus der gezeichneten Figur am Boden.

Sie kippte das Wasser zurück in das Faß. Sie hängte die Schüsseln wieder an ihre Haken und verwischte mit einer achtlosen Bewegung das Fünfeck in dem Staub am Boden. Sie löste den Beutel von ihrem Gürtel. Morachs Wachspuppen lagen kühl in ihrer Hand. Alys drehte sie, lächelte über das genaue Abbild von Hugos Gesicht, aber ihr Gesicht verhärtete sich, als sie die Puppe von Catherine mit ihrem obszönen Schlitz sah. Sie ging zu dem Stapel Feuerholz, das neben dem Ofen aufgeschichtet war, und zog ein Scheit von unten heraus. Sie schob die Wachspuppen, so weit es ging, nach hinten und legte dann vorsichtig das Scheit wieder davor. Sie trat zurück und musterte kritisch den Stapel. Es sah aus, als hätte es immer da gelegen. Sie nahm eine Handvoll Staub vom Boden und blies ihn vorsichtig über das Scheit, damit es genau so blaß und staubig aussah wie die anderen. »Versteckt euch, meine hübschen Kleinen, bis ich euch hole.«

Dann setzte sie sich vors Feuer und ließ sich wärmen.

Und erst jetzt kam ein Diener außer Atem über den Hof gelaufen und warf einen nicht sehr hoffnungsvollen Blick in das verlassene Backhaus.

»Der Lord will Euch sehen«, keuchte er. »Sofort. Ich hatte Schwierigkeiten, Euch zu finden.«

Alys sagte mit desinteressiertem Achselzucken: »Sag ihm, du konntest mich nicht finden«, sagte sie. »Ich habe ohne Erlaubnis Lady Catherines Gemach verlassen. Ich hab den Kopf verloren. Ich will ihr nicht dienen oder ihm oder sonst irgend jemandem. Sie ist wahrscheinlich zu ihm gerannt, um sich über mich zu beschweren. Ich werde nicht hingehen.«

Der Diener zeigte kein Mitleid. »Ihr werdet gehen müssen«, sagte er. »Sie sind alle versammelt. Der junge Lord und das zänkische Weib, der alte Lord und der Priester. Sogar Eliza Herring ist dabei. Sie wollen Euch sehen. Ihr solltet besser gehen, und zwar schnell.«

Alys' blaue Augen bohrten sich in die seinen. »Was machen die denn alle dort?« fragte sie. »Was hat Pater Stephen dort zu schaffen? Und Lord Hugo? Was wollen sie denn von mir?«

»Da ist ein Streit im Gange«, sagte er. »Lady Catherine tobt, und der alte Lord ist, glaube ich, auf ihrer Seite. Aber Ihr müßt hingehen.«

Alys nickte. »Ich komme. Lauf los und sag ihnen, ich bin unterwegs.«

Sie wischte sich mit dem Ärmel ihres Kleides übers Gesicht, kämmte sich die langen Locken mit den Fingern hinter die Ohren und zog die Haube zurecht, daß keine Haarsträhne mehr zu sehen war. Dann richtete sie das lange Mieder des blauen Kleides gerade, schüttelte den schlichten blauen Unterrock zurecht und machte sich auf den Weg.

Lord Hughs Tür stand offen. Sie wurde erwartet. Alys trat beherrscht, hoch erhobenen Hauptes und mit trotzigem Gesicht in den hellerleuchteten Raum und hörte, wie die Tür hinter ihr zuschlug.

Sie stellte sich vor den alten Lord. Am Rande ihres Bewußtseins registrierte sie, daß Lady Catherine hinter ihm stand, die Hand besitzergreifend um die geschnitzte Lehne des Stuhls gelegt. Triumph sprach aus ihren Augen. Der Priester stand ein Stück weg vom Feuer am Fenster, vor ihm auf dem Tisch lag eine schwarze Bibel und daneben ein silbernes Tablett, mit weißem Leinen bedeckt. Neben ihm stand Eliza, mit vor Angst aufgerissenen Augen. Alys sah sie kurz an und bemerkte, daß ihre Hände zu Fäusten geballt waren, den Daumen zwischen den dritten und den vierten Finger geklemmt, das Zeichen des Kreuzes, der uralte Schutz gegen eine Hexe. Alys' blaue Augen wurden ein bißchen dunkler. Allmählich begriff sie, was ihr bevorstand.

Am weitesten abseits war der junge Lord Hugo. Er lümmelte in einem Stuhl, hatte seine Beine ausgestreckt und die Hände tief in den Taschen seiner Reithosen vergraben. Sein Gesicht unter der

Kappe war düster und verstockt. Er begegnete Alys' Augen mit einem zornigen, warnenden Blick.

Alys stellte sich wortlos der Gefahr. Sie schaute noch einmal zum alten Lord und musterte sein Gesicht. Er war bleich, und seine Hände auf den geschnitzten Lehnen des Stuhles zitterten.

»Es sind schwere Vorwürfe gegen dich vorgebracht worden, Alys«, sagte er. »Die schlimmste Anklage, der sich ein Christ stellen muß.«

Alys sah ihm direkt in die Augen.

»Und die wäre, Mylord?« fragte sie.

»Hexerei«, erwiderte er.

Lady Catherine konnte sich ein leises Stöhnen nicht verkneifen, wie eine Frau auf dem Höhepunkt der Lust. Alys sah sie nicht an, aber sie erbleichte.

»Es wird behauptet, du hättest meinen Tod prophezeit«, sagte der alte Lord. »Du hättest gesagt, daß du Herrin der Burg werden und Lord Hugo einen Sohn und Erben gebären würdest. Und es wird behauptet, du hättest prophezeit, daß all das schon in zwei Jahren passieren wird.«

Alys schüttelte den Kopf. »Das ist nicht wahr, Mylord«, sagte sie voller Zuversicht.

Hugo beugte sich vor. »War es ein Traum, Alys?« sagte er voller Hoffnung. »Erinnerst du dich an nichts?«

Alys sah kurz in seine Richtung, dann wandte sie sich wieder dem alten Lord zu. »Das hab ich nicht gesagt.«

Der alte Lord sah zu Pater Stephen. »Es besteht die Möglichkeit, daß das Mädchen in Trance war und jetzt die Wahrheit sagt, soweit sie sich daran erinnern kann«, sagte der Priester fairerweise. »Wenn sie eine echte Hellseherin ist, könnte es so sein. Ich habe schon von einigen heiligen Propheten gehört, die die Zukunft weissagten, ohne zu wissen, was sie sagten. Es gibt Berichte davon in den Evangelien, das Reden mit fremden Zungen und andere Wunder. Aber es könnte auch eine Falle des Teufels sein.«

»Hast du das zweite Gesicht, Alys?« fragte der alte Lord.

»Wohl kaum«, sagte sie giftig. Angesichts der erstaunten Blicke ergänzte sie wütend: »Wenn ich das zweite Gesicht hätte, Mylord, würde ich nicht hier stehen und mich von Lady Catherine, die mich vom ersten Augenblick an gehaßt hat, der Hexerei bezichtigen lassen. Wenn ich das zweite Gesicht hätte, wäre ich heute weit weg von dieser Burg. Und wenn ich wirklich das zweite Gesicht hätte, wäre ich in Morachs Hütte nicht hilflos gewesen, als Eure Männer kamen und mich gegen meinen Willen mitgenommen haben.«

Der alte Lord mußte lachen. »Was war dann mit diesen Worten von dir, diesen Weissagungen, Alys?« fragte er.

Alys, die unter ihrem dunkelblauen Kleid schweißüberströmt war, lachte. »Ein Traum, Mylord«, sagte sie. »Ein närrischer Traum. Ich hätte wissen müssen, daß ich den nicht träumen und schon gar nicht aussprechen darf. Aber ich war betrunken und voller Begierde.«

Hugo beugte sich vor und sah die Schweißtropfen auf ihrer Stirn glänzen. »Du hast es vorgetäuscht?« fragte er.

Sie drehte sich um und sah ihn mit den unschuldigen Augen eines Kindes an. »Natürlich, Mylord«, sagte sie. »Glaubt Ihr denn, ich weiß nicht, daß Ihr Frauen nehmt und sie, wenn Ihr sie benutzt habt, einfach verstoßt? Ich wollte, daß Ihr mich begehrt, ich wollte, daß Ihr mich nehmt, und ich wollte, daß Ihr mich für etwas Besonderes haltet. Also hab ich so getan, als hätte ich das zweite Gesicht, und habe Euch alles, was Euer Herz begehrt, versprochen. Ich wollte Euch durch diese List nur dazu bringen, mir treu zu sein.«

Hugos Augen wurden schmal. »Du hast mich schon immer begehrt?« fragte er.

Alys begegnete offen seinem Blick. »Oh, ja«, sagte sie. »Ich dachte, das wüßtet Ihr.«

Er hörte die Lüge so klar und deutlich wie die Morgenglocke, nickte aber. »Das erklärt alles«, sagte er. »Frauenlist und alberne Spielchen.« Er erhob sich und streckte sich. Sein Kopf berührte die geschnitzten und bemalten Balken. »Seid Ihr zufrieden, Sir?« fragte er seinen Vater. »Das Weib hat Schlingen ausgelegt, um mich zu fangen –« ein reumütiges Grinsen, »und mit Erfolg.«

Er wandte sich an Lady Catherine. »Ich muß mich bei Euch

entschuldigen, Madam. Ich war scharf auf eine andere – und das nicht zum ersten Mal. Wenn ich mit Euch allein bin, werde ich Euch reichlich entschädigen.« Sein Lachen war leise und verführerisch. »Ich werde alles tun, was Ihr befehlt«, sagte er.

Catherines Hand griff nach ihrem Hals, als müsse sie ihren Puls beschwichtigen. »Es ist noch nicht vorbei«, sagte sie.

Der alte Lord lehnte sich in seinem Stuhl zurück und zog sich mit dem Fuß einen Hocker heran. »Warum?« fragte er. »Das Weib hat sich der Lügnerei schuldig bekannt und erklärt, daß ihre Prophezeiung falsch war. Wir verstehen, warum sie gelogen hat. Die Burg ist, weiß Gott, groß genug, Catherine. Ich werde dafür sorgen, daß sie Euch nicht über den Weg läuft. Ihr könnt sorglos in Eurem Bett ruhen, jetzt da Ihr Hugo wieder habt. Das Weib ist eine Lügnerin und eine Schlampe.« Er grinste Alys an. »Nichts Schlimmeres.«

»Sie sollte das Gottesurteil erfahren«, bestand Lady Catherine. »Darin waren wir uns alle einig. Sie soll auf die Probe gestellt werden.«

Alys stöhnte unwillkürlich vor Angst. Lady Catherine strahlte sie an. Das Mädchen wurde immer blasser, sah aus, als würde sie jeden Moment in Ohnmacht fallen.

»Wir sind uns einig, daß du dich dem Gottesurteil wegen Hexerei stellen mußt«, sagte Lady Catherine. »Wenn du dich wirklich nur einer verpatzten Verführung schuldig gemacht hast, hast du gar nichts zu befürchten.«

Hugo streckte fordernd eine Hand nach Catherine aus, und sie verließ zögernd den Schutz des Stuhls und stellte sich neben ihren Gatten. Seine Hand glitt um ihre Taille, und er sah hinab in ihr unschönes, gespanntes Gesicht.

»Kommt, Mylady, laßt es gut sein«, sagte er. Seine Stimme war leise. Catherine schwankte auf ihn zu wie eine Esche im Wind. »Gehn wir in Euer Gemach und überlassen Alys ihren Sekretärspflichten. Meine Begierde ist kuriert, und wenn der Sohn von Alys in der Prophezeiung nur eine Lüge und ein Köder war, so werdet Ihr mir vielleicht einen Sohn schenken.«

Er wandte sich zur Tür, den Arm immer noch um ihre Taille,

und Catherine, halb betäubt von ihrer eigenen Wollust, ließ sich wegführen.

Es war vollbracht. Es war fast vollbracht.

Alys erstarrte, wagte nicht, sich zu bewegen, tat alles, um Hugos Bann nicht zu brechen, versuchte, sich kraft ihres Willens unsichtbar zu machen. Der Priester schwieg. Sein Blick wanderte von Catherine zu Hugo und zu Alys' gespannter Reglosigkeit. Sollten sie die Sache doch unter sich ausmachen. Lord Hugh war der Sache müde und mit dem Ausgang zufrieden. Es war vollbracht.

»Nein!« Lady Catherine riß sich aus Hugos Arm los und lief zurück zum alten Lord. »Wenn sie unschuldig ist, braucht sie das Gottesurteil nicht zu fürchten. Wir müssen sie prüfen, bevor wir Eure Gesundheit ihrer Obhut überlassen, Mylord. Darauf hatten wir uns geeinigt. Ich werde dieses Zimmer nicht verlassen, ehe das nicht geschehen ist!«

»Catherine!« ertönte Hugos Stimme im Befehlston. »Ihr seid meine Gattin. Ich befehle Euch, die Sache auf sich beruhen zu lassen. Sie ist zu unserer Zufriedenheit geregelt.«

»Aber nicht zu meiner!« fuhr sie ihn wütend an. »Ihr wollt mich wie ein blökendes Lamm aus dem Zimmer führen, Mylord. Und ich weiß warum! Um ihr das Gottesurteil zu ersparen! Gesteht! Ihr begehrt mich nicht! Ihr habt mich noch nie begehrt! Ihr wollt Eurer Hure nur die Pflicht ersparen, uns zu zeigen, daß sie keine Hexe ist! Und warum?« Ihre Stimme wurde schriller. »Weil sie Euch dazu verhext hat, sie zu schützen. Ihr wollt sie vor dem berechtigten Zorn Eures Vaters schützen und seid bereit, sein Leben und meines zu riskieren, damit Ihr sie haben könnt!«

Sie ließ sich vor dem alten Lord auf die Knie fallen. »Prüft sie!« forderte sie wie eine Frau, die um das Geschenk ihres Lebens fleht. »Prüft die Hexe! Zwingt sie, das Gottesurteil zu erfahren.«

Der alte Lord sah zu Hugo. »Sag die Wahrheit«, sagte er barsch. »Deckst du sie? Wenn auch nur der geringste Verdacht besteht, daß sie eine Hexe ist, solltest du sprechen, Hugo. Keiner von uns wagt es, mit den Teufelskünsten zu spielen. Nicht einmal für die Liebe zu einer Maid.«

Hugo lachte, aber es war gequält. »Ich weiß nicht, was Ihr wollt«, sagte er gleichgültig. »Aber wir werden tun, was immer Ihr wünscht, Mylord. Ich hätte gedacht, Euch langweilt die Sache bereits. Ich fürchte die kleine Schlampe nicht, ich sehe keinen Grund, die Angelegenheit noch weiter aufzubauschen.«

Der alte Lord kniff die Augen zusammen. »Nein«, sagte er mit sanfter Stimme. »Sie kann das Gottesurteil erfahren. Wenn sie unschuldig ist, wird es ihr nicht schaden. Denn deiner, Hugo, bin ich mir in dieser Sache nicht sicher.« Er drehte sich zu Alys, deren Gesicht grünlich weiß war. »Alys, du wirst einen Eid schwören«, sagte er. »Mach, was Pater Stephen dir befiehlt.«

Alys erschauderte, eine winzige Bewegung, die ihre abgrundtiefe Angst verriet. »Gut«, sagte sie mit ruhiger Stimme.

Der Priester trat vor und streckte ihr die Bibel entgegen. »Lege deine Hand auf das Heilige Buch«, sagte er. »Hebe deine rechte Hand und sprich: ›Ich, Alys von Bowes Moor, schwöre feierlich und bezeuge, daß ich keine Hexe bin‹.«

»Ich, Alys von Bowes Moor, schwöre feierlich und bezeuge, daß ich keine Hexe bin«, sprach Alys ruhig nach.

Ein Scheit fiel durch das Kamingitter und ließ einen Funken aufstieben. Es war so still im Zimmer, daß bei dem Geräusch alle ein wenig zusammenzuckten.

»Ich habe mich nie der Schwarzen Künste bedient«, sagte ihr der Priester vor.

»Ich habe mich nie der Schwarzen Künste bedient«, wiederholte Alys.

»Ich habe keinen Handel mit dem Teufel gehabt.«

»Ich habe keinen Handel mit dem Teufel gehabt.«

»Ich habe weder sein Antlitz noch das Antlitz seiner Diener geschaut.«

»Ich habe weder sein Antlitz noch das Antlitz seiner Diener geschaut«, wiederholte Alys. Der Rhythmus der Schwüre lastete wie ein schweres Gewicht auf ihr. Sie spürte, wie ihr Gewand unter den Achseln naß wurde und ihr der kalte Angstschweiß über den Rücken lief. Sie versuchte mit aller Macht, sich nichts anmerken zu lassen. Sie war krank vor Angst.

»Ich habe weder mit dem Teufel geschlafen noch mit einem seiner Diener, noch mit einem seiner Tiere.«

»Ich habe weder Verkehr mit dem Teufel gehabt noch mit einem seiner Diener noch mit einem seiner Tiere«, sagte Alys. Ihre Kehle war von Angst zugeschnürt, der Mund ausgedörrt. Sie leckte sich die Lippen, doch auch ihre Zunge war trocken.

»Ich habe weder den Teufel gesäugt noch einen seiner Diener noch eines seiner Tiere.«

»Ich habe weder Wachsidole gefertigt noch einen Bann gesprochen. Ich habe keine Geister oder Hexen oder Hexer oder irgendeinen der Schwarzen Gesellschaft heraufbeschworen.« Alys' Stimme zitterte leicht, aber sie hatte sie wieder unter Kontrolle.

Das Zimmer war absolut still, und ihr Herz klopfte so laut, daß sie dachte, alle würden es hören und ihre Angst erkennen. Sie sah die Wachspuppen so deutlich vor Augen, daß sie glaubte, jeder, der sie ansah, würde sie auch sehen. Die Fingerspitze, mit der sie das Fünfeck gezeichnet hatte, kribbelte und schmerzte. Unter dem Nagel klemmte eine winzige Mehlflocke.

»Und zum Beweis meiner Unschuld...«, begann der Priester.

»Und zum Beweis meiner Unschuld...«, wiederholte Alys.

»...nehme ich dieses geweihte Brot, den Leib unseres Herrn Jesu Christi«, sagte der Priester.

Alys starrte ihn mit blankem Entsetzen an. »Wiederhole es«, sagte er mit plötzlich sehr mißtrauischem Blick.

»...nehme ich dieses geweihte Brot, den Leib unseres Herrn Jesu Christi«, sagte Alys. Es kostete sie all ihre Kraft, sich zu beherrschen, ihre Stimme drohte ihr den Dienst zu versagen. Lady Catherines Nasenflügel bebten, als könne sie Alys' Angst wittern.

Der Priester griff nach der Silberplatte und hob das Leinen. In der Mitte der funkelnden Platte lag eine große weiße Oblate mit einem Kreuz darauf.

»Ich nehme den Leib Jesu Christi und esse.«

»Ich nehme den Leib Jesu Christi und esse«, sagte Alys atemlos. Sie beäugte die dicke Oblate und wußte, daß sie unfähig war, sie zu schlucken. Ihre Kehle war zugeschnürt, der Mund ausgedörrt. Sie würde ihr im Hals steckenbleiben.

»Und wenn ich einen Meineid geschworen habe, wenn ich tatsächlich eine Hexe bin, dann möge ich daran ersticken und dann mögen diejenigen, die Zeugen meiner Handlung hier sind, mich nach ihrem Gutdünken richten, denn dann bin ich verdammt«, diktierte der Priester hastig.

Allein schon die Worte blieben Alys in der Kehle stecken. Sie öffnete den Mund, aber es kam kein Laut heraus, sie versuchte, sich zu räuspern, aber ihr gelang nur ein krächzendes Geräusch.

»Sie erstickt!« entfuhr es Lady Catherine. »Sie erstickt an dem Eid.«

»Sprich weiter, Alys«, sagte der alte Lord und beugte sich vor.

»Und wenn ich einen Meineid geschworen habe, wenn ich tatsächlich eine Hexe bin« – Alys' Stimme war ein heiseres Krächzen –, »dann möge ich daran ersticken und dann mögen diejenigen, die Zeuge meiner Handlung hier sind, mich nach ihrem Gutdünken richten, denn dann bin ich verdammt.«

»Das ist der Leib unseres Herrn Jesu Christi«, sagte der Priester, nahm die Oblate von der Platte und hielt sie vor Alys' Gesicht. »Iß.«

Sie schwankte wie ein Baum im Wind, ihre Knie gaben nach und ihre verängstigten blauschwarzen Augen starrten ins Leere. Die Übelkeit vom gestrigen Wein stieg in ihr auf, mit einem Geschmack wie Galle. Sie schluckte es, um nicht brechen zu müssen, und merkte, daß ihr Hals nicht reagierte. Die Galle stieg hoch, immer höher. Sie legte eine Hand vors Gesicht und merkte, daß sie naß von eisigem Schweiß war. Sie wußte, daß sie brechen würde, wenn sie nur den Mund aufmachte.

»Iß, Weib«, sagte der alte Lord barsch. »Ich mag diese Verzögerung nicht.«

Alys schluckte noch einmal. Die Übelkeit war unaufhaltsam, ihr Bauch war von Angstkrämpfen geschüttelt, die Kehle vor Angst wie zugeschnürt; es stieg hoch und immer höher, es würde in einer Fontäne herausschießen, sobald sie den Mund öffnete.

»Sie kann es nicht!« zischte Lady Catherine triumphierend. »Sie wagt es nicht!«

Alys öffnete wütend den Mund. Der Priester stopfte die Oblate hinein. Die Handvoll papieriger Brei erstickte sie fast. Sie spürte, wie ihre Lunge nach Luft rang, wußte, daß sie husten müßte, wußte, wenn sie hustete, würde sie alles von sich geben, Galle, Erbrochenes und Oblate.

Alys richtete sich auf und schloß die Augen. Sie würde nicht sterben. Nicht jetzt. Nicht durch diese Hände. Sie kaute entschlossen. Sie schob einen Brocken des trockenen Breis in Richtung ihres Schlunds und zwang sich zu schlucken. Sie kaute weiter. Sie schluckte. Sie kaute wieder. Sie schluckte. Dann schluckte sie noch einmal heftig, wild entschlossen, und es war vollbracht.

»Öffne deinen Mund«, sagte der Priester.

Sie öffnete ihren Mund für ihn.

»Sie hat es geschluckt«, sagte er. »Sie hat das Gottesurteil bestanden. Sie ist keine Hexe!«

Alys taumelte und wäre gefallen, aber der junge Lord war sofort hinter ihr. Er griff nach ihrer Taille und führte sie zu einem Stuhl, dann goß er ein Glas Bier aus dem Krug ein und wandte sich an den Priester.

»Ich nehme an, sie darf jetzt trinken?« fragte er giftig.

Als der Pater nickte, reichte er ihr das Glas. Einen Augenblick lang berührten seine Finger ihre vor Kälte starren mit einer geheimen Botschaft der Beschwichtigung.

»Ich bin froh«, sagte Lady Catherine. »Ein besseres Ergebnis hätten wir nicht erhoffen können. Alys hat ihre Unschuld bewiesen.«

Der alte Lord nickte. »Sie kann bleiben«, sagte er.

»Und sie wird mir ein Versprechen geben.« Lady Catherine lächelte Alys an. »Sie wird mir versprechen, daß sie sich von meinem Gatten fernhält und keine Geschichten mehr über ein Kind von ihm erzählt.«

Der alte Lord nickte. »Das ist nur fair«, sagte er zu Alys. »Versprich es, Weib.«

»Ich schwöre es«, sagte Alys mit sehr leiser Stimme. Sie schwitzte immer noch, der Klumpen der Hostie steckte in ihrem Schlund.

»Und wenn ich ein Kind habe, und das werde ich dieses Jahr

bestimmt bekommen, dann wissen wir, daß Alys vollkommen unschuldig ist«, sagte Lady Catherine mit zuckersüßer Stimme. »Alys soll ihre Künste darauf verwenden, mich fruchtbar zu machen.«

Der alte Lord nickte erschöpft. »Aye«, sagte er. »Alys kann Euch untersuchen und überlegen, ob sie Kräuter für Euch hat.«

»Ich zähle darauf«, sagte Lady Catherine. Ihr freundlicher Ton überdeckte ungezählte Drohungen. Alys, die sich ohne Erlaubnis trotz Lady Catherines Anwesenheit gesetzt hatte, rutschte nervös auf ihrem Stuhl herum, als ihr die erneute Gefahr bewußt wurde.

»Mylord wird das Lager mit mir teilen, nicht mit dir, Alys«, sagte Catherine triumphierend. »Und ich werde seinen Sohn gebären, nicht du, Alys. Und wenn unser Sohn geboren ist, steht es dir frei zu gehen, Alys.«

»Aye«, sagte der alte Lord noch einmal. »Jetzt geht, alle. Ich möchte vor dem Abendessen etwas ruhen.«

Eliza floh zur Tür und war nach unten verschwunden, ehe sie jemand aufhalten konnte. Alys richtete sich erschöpft auf. Hugo sah sie kurz an und ging dann zu Lady Catherine, die herrisch nach seinem Arm winkte.

»Laßt uns in mein Gemach gehen«, sagte sie. Ihr Blick in sein dunkles Gesicht zeigte ungezügelte Wollust. Er hatte versprochen, mit ihr zu schlafen, und Alys' Niederlage hatte sie erregt.

Alys blieb mit dem alten Lord allein und bewegte sich langsam zur Tür, als wäre sie unendlich erschöpft.

»Sorg um Himmels willen dafür, daß sie schwanger wird«, sagte der alte Lord. Er lehnte sich mit geschlossenen Augen in seinen Stuhl zurück. »Ich werde keinen Frieden haben, bis sie einen Sohn hat oder ich sie los bin, und es dauert mindestens ein Jahr, bis ich sie loswerden kann.« Er seufzte. »Du wirst jeden Tag des Jahres in Gefahr sein, bis sie ein Kind hat oder bis Hugos Blick sich von dir abwendet. Er muß dir gegenüber blind und taub sein und gefühllos. Mach sie schwanger, wenn du kannst, Alys – oder gehe Hugos Gelüsten aus dem Weg. Dein Glück wird dich eines Tages verlassen. Heute bist du mit knapper Not entkommen.«

Alys nickte wortlos und schlich aus dem Zimmer, dann stolperte sie langsam die Treppe hinunter zum Wachzimmer. Eliza erwartete sie.

»Ich dachte, du würdest daran ersticken und sie würden dich töten«, sagte sie mit großen Augen.

»Ich auch«, gestand Alys mit grimmiger Miene.

»Komm, wir gehn zu den anderen und erzählen es ihnen! Sie werden es nie glauben!«

»Nein.«

»Ach, komm schon«, drängte sie Eliza. »Mir glauben sie es nicht, wenn du es nicht auch erzählst.«

»Nein«, wiederholte Alys.

»Ich habe gefürchtet, vor Angst zu sterben«, fuhr Eliza fort. »Und als du dann so lange brauchtest, um den Eid zu wiederholen, hab ich geglaubt, sie hätten dich! So was hab ich in meinem Leben noch nicht gesehen!« Sie packte Alys am Arm. »Komm jetzt!« drängte sie. »Komm und erzähl's den anderen!«

»Laß mich los!« sagte Alys und schüttelte Eliza ab. »Laß mich los, verdammt nochmal!«

Sie schob Eliza grob beiseite und floh die Treppe hinunter durch die Halle, wo die Diener große Krüge mit Bier auf die Tische stellten, und weiter über den Hof zum Backhaus. Und erst dort, als sie die Tür hinter sich zugeschlagen hatte, gestattete sie sich Tränen. Und dann spürte sie zu ihrem Entsetzen, wie die Übelkeit ihr wieder im Hals hochstieg.

Sie kniete sich vor die Glut des Backstubenfeuers und spürte, wie die wachsende Flut der Galle sie würgte. Dann erbrach sie sich, spuckte alles in die Asche. Sechsmal würgte und spuckte sie, bis ihr Bauch leer und der Geschmack in ihrem Mund sauer war.

Und jetzt erfuhr Alys, was wahre Furcht war. Denn in der Glut des Feuers lag – unversehrt – die weiße, geweihte Hostie. Völlig unversehrt, genauso aussehend wie zu dem Zeitpunkt, als sie den Eid geschworen und sie gekaut und geschluckt hatte. Sie war ihr im Hals steckengeblieben, genau wie sie es geahnt hatte.

10

Die Nacht senkte sich dunkel und kalt über das Land, und Alys, die immer noch in der Backstube kauerte, hörte das Geschrei und das Geklapper, die das Abendessen begleiteten, und dann die streitsüchtigen Stimmen müder Diener, die abräumten. Aus dem Hof war das Gegröle der Diener zu hören, die die Burg verließen und in die Stadt gingen. Sie konnte das Marschieren der Soldaten hören, die von ihrem Dienst an den Toren zurückkehrten, ein paar Schritte im Takt und dann das Trappeln ungeordneter Schritte zum Wachraum, ein paar gebrüllte Scherze und schließlich die lähmende Stille der Nacht. Immer noch wartete Alys, daß der Mond über dem Schloß aufstieg, wartete, bis die letzten Kerzen in den Fenstern verloschen. Wartete, auf dem langsam abkühlenden Stein vor dem Backstubenfeuer sitzend, auf Mitternacht.

Als es immer kühler wurde, holte sie sich einen zerlumpten alten Mantel, der an der Tür hing, wickelte ihn um ihre schmalen Schultern und steckte ein paar Kienspäne in die sterbende Glut. Dann blieb sie ganz still sitzen und beobachtete die Flammen, still und reglos, als warte sie auf eine Erleuchtung – ein Fünkchen Klarheit oder ein Fünkchen Hoffnung. Sie war eine Sünderin, das wußte sie, weit entfernt vom Gott ihrer Mutter, vom Gott ihrer heiligen, unschuldigen Kindheit im Nonnenkloster.

Alys warf noch ein Scheit in die Glut. Das Feuer flackerte und hüllte sie in bedrohliche Schatten. Draußen im Hof schrie jemand in gespielter Angst: »Jesus rette mich!«, aber Alys bekreuzigte sich nicht. Sie wußte, daß sie niemals gerettet werden konnte. Sie hockte vor dem steinernen Herd, selbst einem Stein gleich, und sah mit an, wie die Flammen ihre Hoffnungen verzehrten. Die ganze Nacht wachte und wartete sie vor dem sterbenden Feuer wie eine Mutter, die am Bett ihres sterbenden Kindes wacht. Die ganze Nacht beobachtete Alys, wie ihre Zukunft erkaltete und zerbröckelte, und stellte sich schließlich ihrer Verzweiflung.

»Ich bin verloren«, sagte sie leise, nur dieses eine Mal.

All ihre Pläne – Flucht aus dem Schloß, Rückkehr in ein Kloster, die Wiedereinführung der römischen Kirche in England und eine Zuflucht für sie –, all das war verflogen. Alys wußte, daß sie nie eine Äbtissin, ja nicht einmal eine Novizin sein könnte. Sie konnte sich an keinen heiligen Ort mehr wagen. Sie konnte nie mehr in einem Beichtstuhl flüstern, sie konnte nie mehr geweihtes Brot essen. Heiliger Wein würde sauer werden, wenn sie ihm zu nahe kam – und sich in Blut verwandeln. Weihwasser würde gefrieren. Geweihtes Brot würde ihr im Hals stecken bleiben, und wenn sie es auf die Kanzelstufen erbrach, würden alle die Hostie sehen, unberührt von ihrem unreinen, sündigen Mund. Keiner Äbtissin würden die Zeichen einer Frau der Sünde, einer Frau, die sich dem Teufel verschrieben hatte, entgehen. Sie konnte nicht beichten und Absolution erhalten. Zu tief war sie gesunken.

Alys stieß einen langen, tiefen Seufzer der Verzweiflung aus. Das alte Leben war tatsächlich dahin, unwiederbringlich, und Alys würde es nie mehr zurückholen können.

Sie saß da und trauerte über ihre eigene Situation, den Blick auf die Flammen und die weiße geweihte Hostie gerichtet, die blaß aus der roten Glut schimmerte. Alys beobachtete sie – unversehrt, nicht einmal angesengt – und wußte, daß sie fern von Christus war und von ihrer eigenen Mutter, der Äbtissin. Sie war so weit von ihnen entfernt, als wäre sie schon in der Hölle.

Bei diesem Gedanken stutzte sie und nickte. »Ich bin verdammt«, sagte sie verwundert. »Verdammt.« Einen Augenblick lang empfand sie Mitleid für sich selbst. In ruhigeren Zeiten, in einer einfacheren Welt, hätte sie eine gute Nonne abgegeben, eine heilige Frau, eine weise Frau. Weise und beliebt wie Mutter Hildebrande. »Ich bin verflucht«, sagte Alys noch einmal, kostete die ewige Verdammnis auf ihrer Zunge. »Verdammt, ohne Hoffnung auf Vergebung.«

Sie blieb noch ein paar Augenblicke sitzen, dann griff sie nach der Feuerzange und holte die unversehrte Hostie aus den Flammen. Sie faßte sich kühl an. Alys sah sie an, und ihr Gesicht versteinerte angesichts des Wunders. Dann nahm sie sie in die Hände, zerriß und zermalmte sie, bis sie sich in ein, zwanzig, eintausend Stücke auflöste, und fütterte die Flammen mit den Stücken, bis sie alle verbrannt waren. Alys lächelte.

»Verdammt«, sagte sie wieder, und diesmal klang es wie eine Richtungsweisung, der sie folgen sollte.

Sie wußte jetzt, daß sie im Schloß bleiben würde, bis sie sehen konnte, in welche Richtung der Wind für den alten Lord und den jungen Hugo blies. Alys würde für immer in dieser Welt bleiben, und sie würde ihre Macht ergreifen, mit ihren weiblichen Kräften und der Kraft einer Frau, die zur Hölle verdammt war. Sie mußte Hugos Augen von sich abwenden. Sie mußte ihn dazu bringen, mit seiner Frau zu schlafen. Catherine mußte ein Kind empfangen. Ihre einzige Chance auf Flucht lag darin, dafür zu sorgen, daß der Mann, den sie begehrte, sich von ihr abwandte und zu seiner Frau zurückkehrte. Ihren Triumph mitansehen zu müssen und einen Sohn in ihren Armen zu sehen.

Alys nickte, ihr Gesicht erhellte sich im Feuerschein. Wenn ihr das gelingen würde, wäre sie auf Monate sicher, vielleicht auf Jahre. Sie stand hoch in der Gunst des alten Lords, sie würde sich Catherines Dankbarkeit sichern. Mit diesen beiden konnte sie sich einen Ruf schaffen, der ihr Zugang zu den höchsten Häusern im Land verschaffte. Selbst wenn sie nur bei Lord Hugh bliebe und sein vollständiges Vertrauen gewänne, würde sie gut essen und warm schlafen, und sie hätte die Freiheit zu reisen, wann und wohin sie wollte. Aber Lady Catherine mußte ein Kind empfangen. Wenn sie nicht schwanger wurde, würde sie sich bald nach einem Sündenbock umschauen. Es würde ein weiteres Gottesurteil geben und danach noch eines. Und bei der Wasser- oder der Feuerprobe oder der Probe mit geweihtem Wein würde Alys versagen. Und dann stand ihr ein grauenhafter Tod bevor.

»Mir bleibt kein anderer Weg«, sagte sie leise.

In den frühen Morgenstunden, als es in der Backstube stockfinster war und die anerzogene Moral ihren Tiefpunkt erreicht hatte, beugte Alys sich vor und zog das Scheit heraus, das die Kerzenwachsfiguren verbarg.

Sie arrangierte die drei Figuren auf dem Schoß ihres Gewandes, breitete schützend ihren Umhang über die Schultern und begann den Zauberspruch, den Morach ihr beigebracht hatte. Die Worte hatten keine Bedeutung für sie, aber als sie sie in der Dunkelheit der Backstube flüsterte, glaubte sie, eine neue Macht zu spüren, die sie für sich beanspruchen konnte. Der Rhythmus der Worte glich dem eines Liedes. Alys wiederholte sie dreimal, leise, monoton. Dabei strich sie mit den Fingern über die Puppen, bis das Wachs warm wie Haut war und den Schein des Feuers annahm. Noch dreimal wiederholte Alys den Spruch, streichelte sie, machte sie sich zu eigen, dann steckte sie die Hand in den Beutel an ihrem Gürtel und zog ein gefaltetes Papier heraus. Drei Haare waren darin eingewickelt. Das lange braune klebte Alys auf den Kopf der Puppe, die Lady Catherine darstellte, das kurze schwarze war von Hugo, und von Lord Hugh hatte Alys ein langes silbernes aus seinem Kamm entfernt.

Die Puppen schimmerten im Feuerschein, jede mit ihrem Haar, und jede bewegte sich leicht, als Alys sie streichelte und ihnen zuflüsterte und sie zu den ihren machte. Die Glut seufzte und raschelte im Herd wie das Flüstern eines Geistes. Alys beugte sich im dämmrigen Feuerschein vor, um besser sehen zu können. Die kleinen Wachskörper bewegten sich ganz vorsichtig unter ihren sanften Fingerspitzen.

Die Puppen atmeten.

Sie lebten.

Alys stöhnte leise vor Ehrfurcht und Angst. Sie beugte sich über sie und sah sie genauer an. Dann legte sie die, die den alten Lord darstellte, vorsichtig auf den Stein vor dem Herd. »Von dir will ich nichts«, sagte sie leise. »Ich möchte, daß du gesund und stark bleibst. Und ich möchte, daß du für mich sorgst und mich beschützt, solange ich hier bleibe. Und dann möchte ich, daß du mich gehen läßt.«

Das Gesicht der kleinen Puppe war reglos im Feuerschein. Alys beobachtete sie einige Augenblicke lang. Dann nahm sie die

Puppe, die den jungen Lord darstellte. Sie betrachtete sie eine Weile, die klaren Züge und das entschiedene, arrogante Gesicht. Dann zog sie behutsam, sehr behutsam einen Fingernagel über den rechten Augapfel.

»Du sollst mich nicht sehen«, flüsterte sie. »Halte nicht Ausschau nach mir. Sieh mich nicht mit den Augen der Liebe an. Bemerke mich nicht, wenn ich ins Zimmer komme, dreh dich nicht um, um einen Blick auf mich zu erhaschen. Sei blind für mich!«

Sie strich sanft mit dem Finger über das andere Auge. »Schau mich nicht an. Bemerke mich nicht, halte nicht Ausschau nach mir!« sagte sie noch einmal.

Sie blinzelte, um ihren eigenen Blick zu klären, und stellte überrascht fest, daß sie Tränen auf den Wangen hatte. Sie rieb sie mit dem Handrücken weg. Die kleine Gestalt Hugos war augenlos, glatt verschmiert, wo die Augen gewesen waren. Alys nickte. Sie fühlte sich von ihrer eigenen Macht umfangen. Der zärtliche, sehnsüchtige Teil von ihr war stillgelegt, verborgen. Ihre Augen schimmerten in der Dunkelheit, ihr Gesicht strahlte im Bewußtsein ihres eigenen Zaubers. Sie sah wie eine Hexe aus. Sie leckte sich die Lippen wie eine Katze.

Sie hielt die kleine Figur Hugos näher ans Gesicht, dann begann sie, an seinen Fingerspitzen zu arbeiten. Mit behutsamen, kleinen Bewegungen begann sie, seine Fingerspitzen wegzukratzen.

»Sehne dich nicht danach, mich zu berühren«, sagte sie. »Sehne dich nicht danach, meine Haut zu fühlen. Strecke deine Hand nicht nach meinem Gesicht aus. Liebkose mein Haar nicht. Greife nicht nach mir, halte mich nicht fest. Ich raube dir dein Begehren, mich zu fühlen. Ich raube dir deine Macht, mich zu fühlen. Berühre mich nicht, strecke die Hand nicht nach mir aus, liebkose mich nicht.«

Die Fingerspitzen beider Hände waren jetzt flachgedrückt, die Fingernägel, die Morach so sorgsam geschnitten hatte, geschmolzen.

»Du sollst weder meinen Körper noch mein Gesicht noch meine Haare berühren«, sagte Alys. »Leg deine Hand nicht zwischen meine Schenkel oder auf meine Brüste oder halte meinen Nacken. Berühre mich nicht.«

Sie lachte, ein leises entzücktes Lachen, ausgelöst von dem Kribbeln ihrer Kräfte, die so mächtig aus ihrem Bauch in die Fingerspitzen strömten, bis hinunter zu ihren Fußsohlen. Dann hörte sie das Echo ihres Lachens in der verlassenen Backstube und sah sich ängstlich um. Sie zog den Mantel enger um sich, drehte die Puppe von Hugo zur Seite und begann, sein Ohr zu streicheln.

»Horche nicht nach mir«, flüsterte sie leise. »Höre meine Stimme nicht. Hab keine Kosenamen für mich. Erkenne meine Stimme nicht unter anderen heraus. Lausche nicht meinem Singen. Erwache nicht, wenn du meinen Atem nicht neben dir im Bett hörst. Sehne dich nicht nach mir, wenn ich fort bin. Lausche nicht auf meine Schritte, wenn ich nahe bin.«

Sie strich vorsichtig über das Ohr, bis es weggeglättet war, dann drehte sie die Puppe um und streichelte und rieb das andere Ohr, bis es ebenfalls verschwunden war.

Dann legte sie die Puppe wieder auf den Rücken in ihren Schoß und drückte ihr den Zeigefinger auf die Lippen. »Sprich nicht mit mir«, sagte sie. »Flüstere mir nicht zu, singe nicht für mich, scherze nicht mit mir, bete nicht für mich.« Mit hastigen kleinen Bewegungen kratzte sie an Hugos Mund. »Rufe mich nicht«, sagte sie. »Träume nicht von mir. Laß meinen Namen nicht über deine Lippen kommen.«

Sein Mund war ein glatter Strich, aber immer noch rieb Alys weiter.

»Küß mich nicht«, sagte sie. »Leg deinen Mund nicht auf meinen. Suche mit deiner Zunge nicht meinen Mund. Lecke mich nicht oder küsse mich oder beiße mich. Lecke nicht an meinen Warzen, bis meine Brüste vor Lust nach dir schmerzen. Beiße mich nicht in den Nacken, die Schultern oder den Bauch. Nimm mich nicht in deinen Mund, und necke mich nicht mit deiner Zunge, bis ich vor Wonne schreie und nach mehr verlange.«

Hugos Mund war jetzt eine formlose Einbuchtung. Alys hatte seine Lippen gerieben, bis nichts mehr da war. Das Wachs war geschmolzen, der Mund verschwunden. Vom perfekten kleinen

Abbild Hugos war nur noch ein häßliches kleines Monster geblieben. Ein häßliches kleines Monster ohne Augen, wie ein Höhlenfisch, fingerlos, wie ein Fötus, ohrenlos, zahnlos, gaumenlos, lippenlos, mit einer klaffenden Einbuchtung, wo sein Mund gewesen war.

Alys lachte wieder, ein wildes Lachen voller ungezügelter Panik.

»Und jetzt du, Lady Catherine«, sagte sie leise.

Sehr behutsam nahm sie die Puppe, die Catherine darstellte, und setzte sie neben die Puppe Hugos auf ihren Schoß. Sie drehte sie so, daß sie sich gegenübersaßen, und fuhr mit dem grotesken Glied über die weibliche Puppe. Sie rieb ihn gegen den Mund der Puppe, an ihrem Hals, ihrem Bauch. Dann wiegte sie die beiden in einem obszönen Tanz. Sie preßte die Puppen zusammen und nahm sie dann wieder auseinander. Sie steckte das fette Wachsglied in die weibliche Puppe und nahm es wieder heraus. Dann legte sie die weibliche Puppe auf den Rücken und preßte die männliche so auf sie, daß das Glied in den monströsen Schlund glitt und sie zusammenblieben.

Alys holte ein Stück Band aus dem Beutel an ihrem Gürtel und band die beiden Puppen zusammen. Im Feuerschein schien die kleine weibliche Puppe vor Zufriedenheit zu strahlen, das flakkernde Licht machte ihre Wangen rosa und warm. Auf ihr lag, festgebunden, das augenlose, ohrlose, fingerlose, mundlose Monster von Hugo. Alys legte die beiden zu ihren Füßen auf den Boden und starrte ins Feuer.

Nach endlos langen Minuten schüttelte sie sich aus ihren Tagträumen, bückte sich und hob die beiden auf.

»So«, sagt sie. »Hugo ist geil auf Catherine. Er kann sie nicht in Ruhe lassen. Er ist wie ein Besessener. Er ist halb verrückt vor Begierde. Er hat ständig das Bedürfnis, seinen Schwanz in ihr zu spüren. Und sie… Sie ist zufrieden. Sie ist seine Kreatur. Sie ist seine Zuchtstute, seine Hure, sein Hund zum Peitschen. Er kann mit ihr machen, was er will, sie glaubt, er könnte nichts Unrechtes tun. Sie vergißt alles andere – alles andere«, sagte Alys mit Nachdruck. »Sie vergißt Ängste und Rivalen und Feindseligkeiten, weil sie erschöpft und ausgelaugt ist und dann wieder überglücklich, wenn ihr Mann zu ihr zurückrennt wie ein durstiger Hund zu seinem Wassernapf.«

Der bittere Geschmack des Erbrochenen lag Alys noch auf der Zunge. Sie würgte und spuckte in die Flammen.

»Er schaut keine andere Frau an«, sagte sie. Sie rieb die zwei Puppen aneinander. »Er begehrt keine andere. Er stößt sich in sie, als könne er so ins Paradies gelangen.«

Sie hielt inne. »Und sie genießt es«, sagte sie angewidert.

Sie drückte die beiden Puppen noch einen Augenblick aneinander, dann löste sie das Band, das sie zusammenhielt. Sie fielen sofort auseinander, als wäre die männliche Puppe glücklich, aus den Fesseln befreit zu werden. Alys runzelte kurz die Stirn und fragte sich, was das bedeutete. Dann setzte sie die Puppe Hugo neben seinen Erzeuger auf den Stein am Kamin und begann, den Bauch der weiblichen Puppe zu streicheln.

»Sein Samen ist in dir«, sagte sie leise. »Und du empfängst einen Jungen. Du wirst dicker, das Baby wächst.« Alys' geschickte Finger kneteten das Wachs in eine neue Form. Catherine wurde unvorstellbar dick. »Du wächst und wächst«, sagte Alys. Es klang mehr wie ein Fluch als wie ein Zauberspruch der Fruchtbarkeit. »Nichts wird dich aufhalten. Keine Angst, kein Schock, kein Unfall. Du wirst dicker und dicker, und deine Gelüste werden ungeheuer. Und dann ...«, Alys hielt inne. »Dann legst du dich ins Wochenbett. Und unter Schmerzen und Mühsal wirst du einen Sohn zur Welt bringen, der das Abbild seines Vaters ist.«

Alys verstummte. Ihr bildschönes Gesicht war zu einer Fratze von Wut und Eifersucht verzerrt.

»Und dann wirst du mich belohnen«, sagte sie streng zu der grotesk angeschwollenen Puppe. »Du wirst mir einen Beutel Gold und deinen Segen geben. Du gibst mir genug Geld, damit ich weit weggehen kann. Und unsere Wege werden sich trennen, und ich muß deinen Mann nie wiedersehen.«

Alys raffte die drei Puppen in ihrem Schoß zusammen.

»Der Zauber ist vollbracht«, sagte sie zu ihnen. »Und ihr habt es euch nur selbst zuzuschreiben. Das ist das Schicksal, das ihr euch ersehnt habt, oder das Schicksal, das ihr mich gezwungen habt, für euch zu bestimmen. Der Zauber ist vollbracht, und er wird noch heute anfangen zu wirken.«

Sie steckte die drei wieder in ihren Beutel und rutschte vom Stuhl zum Stein vor dem Feuer. Sie zog den Mantel fest um sich und schloß die Augen. Sekunden später schlief sie tief und fest.

Als der Tag anbrach, die Hähne krähten und die Tiere riefen und dann die Menschen erwachten, schlief Alys weiter. Sie schlief ohne Träume, an die sie sich hätte erinnern können. Aber die ganze Nacht und den ganzen Morgen lang quollen Tränen in unaufhaltsamer Flut unter ihren geschlossenen Lidern hervor. Und ihre Hände blieben zu Fäusten geballt, mit dem Daumen zwischen dem zweiten und dem dritten Finger, das alte, wirkungsvolle Zeichen gegen Hexerei.

Als der Bäckerjunge kurz nach Morgengrauen hereinkam, um das Feuer zu schüren, fand er sie dort, das goldene Haar in die Asche gedrückt, und als er sie wachschüttelte und sie sich aufsetzte, klebte die Asche immer noch an ihr, so daß sie aussah wie Morach, eine alte Frau mit einer wilden grauen Mähne. Ihr Gesicht war schmutzig, und in der schwachen Morgenröte sahen die Flecken aus wie die harten Falten jahrelanger Sehnsucht ohne Befriedigungen. Der Bäckerjunge hatte Alys nie zuvor gesehen und wich erschrocken vor ihr zurück.

»Bitte verzeiht mir, edle Dame!« sagte er hastig, und als sie sich aufrichtete, ergriff er die Flucht und rannte in den Hof, wo die Burg im grauen Morgenlicht eisig und weiß in den Himmel ragte.

Alys folgte ihm durch die offene Tür bis zum Brunnen in der Mitte des Hofes. Sie winkte mit dem Finger. »Zieh mir Wasser herauf«, sagte sie mit heiserer Stimme.

Der Junge kam verängstigt näher, hielt sich aber außer Reichweite. »Versprecht Ihr, mich nicht zu verhexen?« sagte er.

Alys lachte bitter, räusperte sich und spuckte. Dann sah sie ihn an, und ihre blauen Augen funkelten vor Bosheit. »Diesmal auf jeden Fall nicht.«

Der Junge zitterte, kam aber näher und ließ den Eimer nach unten. Dreimal mußte er ihn fallen lassen, ehe er das Eis im Brunnen durchbrach. Dann zog er ihn, bis zum Rande gefüllt, herauf. Alys tauchte die Hände ein und trank gierig.

»Jetzt geh an die Arbeit«, sagte sie. »Aber erzähl keinem, daß du mich gesehen hast.«

»Das werd ich nicht, Lady! Ganz bestimmt nicht«, versprach der Junge eifrig.

Alys sah ihn an, bis er vor Angst immer kleiner wurde. »Ich werde es erfahren, wenn du es tust«, sagte sie mit Nachdruck. Dann wandte sie sich ab und ging erschöpft ins Damengemach, um sich zu waschen, das Kleid zu wechseln und sich zu kämmen. Der Beutel mit den drei Wachspuppen schlug bei jedem Schritt gegen ihren Schenkel.

Eliza stürzte sich auf sie, kaum daß sie durch die Tür war, dicht gefolgt von den anderen.

»Wo warst du? Du warst die ganze Nacht draußen!« rief Eliza. Dann, als Alys etwas sagen wollte, warf sie ungeduldig ein: »Aber das spielt ja keine Rolle. Das spielt alles keine Rolle! Du wirst nie erraten, was hier passiert ist. Die ganze Nacht! Die ganze Nacht!«

Die anderen Frauen, mit glänzenden Augen und halb hysterisch, brachen lachend zusammen. Alys mußte auch lächeln, ihre Fröhlichkeit war trotz ihrer Müdigkeit ansteckend.

»Was?« fragte sie.

»Lord Hugo!« sagte Eliza. »Das wirst du nie erraten. Er war hier, bei Lady Catherine, die ganze Nacht. Und wir haben gesehen, wir haben gesehen...«

»Erzähl's richtig«, tadelte sie Margery. »Erzähl von Anfang an.«

»Ich hör mir das nicht an«, sagte Ruth. »Lady Catherine wird sicher reinkommen und euch beim Klatschen erwischen, Eliza.«

»Na, dann geh doch zu ihr, und halt ihr die Hand«, sagte Eliza frech. »Und wenn sie kommt, huste, damit wir es hören können. Aber ich muß es Alys einfach erzählen, sonst erstick ich dran.«

»Albernes Mädchen«, sagte Mistress Allingham nachsichtig. »Aber wir haben vielleicht eine Nacht hinter uns! So was Unanständiges!«

Ruth verließ das Zimmer, und Eliza zerrte Alys zu einem Hokker und setzte sich vor sie auf den Boden.

»Nach dem Abendessen«, begann sie atemlos, »ist Lord Hugo hier heraufgekommen und hat gesagt, er würde gerne unterhalten werden. Ruth hat die Mandoline gespielt, und ich hab gesungen, und dann hat Margery gesungen. Er hat meine süße Stimme gelobt, und er hat mich angelächelt – du weißt ja, wie er das macht!«

»Ja«, sagte Alys erschöpft. »Ich kenne sein Lächeln.«

Eliza zwinkerte ihr zu. »Du mußt es ja kennen. Du bist mir vielleicht eine! Ich hätte nie gedacht, daß du heiß auf ihn bist. Ich hab gedacht, du bist mit deiner Jungfernschaft verheiratet. Und dabei hast du die ganze Zeit...«

»Wegen gestern nacht...«, unterbrach Margery.

»Ja«, sagte Eliza. »Also, nachdem wir gesungen hatten, hat er Met bringen lassen, und wir mußten alle ein Glas mit ihm trinken, und dann hat er ganz frech die Flasche genommen und zu Lady Catherine gesagt: ›Ich glaube, die brauchen wir, um heute nacht unseren Durst zu stillen.‹« Elizas Augen wurden vor lauter Zweideutigkeit ganz groß. »Dann hat er gesagt: ›Obwohl ich Euch sicher genug zu trinken geben werde, Mylady, das versprech ich. Euer Mund wird davon überlaufen!‹«

Alys mußte unwillkürlich schlucken. »Widerlich«, sagte sie leise.

»Es kommt noch viel schlimmer!«, sage Eliza entzückt. »Sie sind zusammen in ihr Gemach gegangen und haben uns einfach da sitzen lassen, stell dir vor, wie wir uns vorgekommen sind. Wir haben nicht gewußt, ob wir bleiben oder gehen sollten. Ruth war dafür zu gehen, aber ich hab gesagt – wir sind nicht entlassen worden, vielleicht wird er etwas brauchen –, also sind wir geblieben. Dann haben wir es gehört. Zuerst haben wir sie reden hören, ganz leise, damit wir die Worte nicht verstehen können. Dann haben wir gehört, wie Lady Catherine sagte: ›Ich flehe Euch an, Mylord, ich flehe Euch an, schenkt mir einen Sohn! Besorgt es mir!‹« Eliza kreischte vor Vergnügen und schlug sich die Hand vor den Mund.

»Dann ist Ruth gegangen, du weißt ja, wie sie ist. Aber wir sind geblieben. Und dann haben wir Lady Catherine stöhnen hören. Es hat sich angehört, als hätte sie Schmerzen, also haben wir überlegt, ob wir hineingehn sollen, aber dann haben wir gedacht, lieber doch nicht. Immer und immer wieder hat sie gesagt: ›Hugo, Hugo, bitte, o bitte.‹«

»Was hat er getan?« fragte Alys. Sie glaubte es zu wissen.

Eliza leckte sich die Lippen. »Wir haben heimlich zugeschaut«, sagte sie. »Wir haben die Tür aufgemacht, aber sie hatten den Vorhang zugezogen, also haben sie es nicht gemerkt. Ich hab durch den Vorhangschlitz gespäht. Wenn sie mich erwischt hätten, hätte ich gesagt, wir hätten uns Sorgen gemacht. Mich erwischen! Die hätten es nicht mal gemerkt, wenn wir singend hineingetanzt wären.«

»Was hat er denn gemacht?« fragte Alys. Ihr Gesicht war sehr weiß.

»Er hatte sie gezwungen, sich vor ihn hinzuknien«, flüsterte Eliza verzückt. »Er hat sein Glied draußen gehabt, und es war hart wie ein Speer – ich hab's gesehn! Und er hat es ihr übers Gesicht gerieben, die Augen, die Ohren, die Haare, überall. Und er hat sich an ihrem Hals gerieben und vorne an ihrem Nachthemd.«

Alys rührte sich nicht, sie dachte an die kleinen Puppen und den obszönen Tanz, den sie mit ihnen aufgeführt hatte, ehe sie sie mit dem Band zusammengefesselt hatte.

»Er hat ihr Gewand zerrissen«, sagte Eliza. »Und sie hat ihn machen lassen, was er wollte. Und er hat sich an ihren Brüsten gerieben. Sie war schamlos. Sie kniete da mit dem Kleid bis zum Nabel zerrissen, die Arme fest um seinen Hintern geschlungen und hat nach mehr gestöhnt.«

Alys legte eine Hand an ihre Stirn. Sie war kalt und naß. »Und dann?« fragte sie. »Ich nehme an, er hat sie genommen?«

Eliza schüttelte den Kopf. »Schlimmer«, sagte sie.

»Was?« sagte Alys.

»Er hat gesagt, sie soll sich aufs Bett legen und die Beine spreizen, so weit es geht«, flüsterte Eliza. Alys schloß kurz die Augen.

»Sie hat widerlich ausgesehen!« sagte Eliza mit wohligem Entsetzen in der Stimme. »Sie hat die Beine gespreizt und ihr Becken mit den Händen noch mehr geweitet.«

Alys schüttelte den Kopf. »Oh, genug Eliza! Ich will es nicht wissen.«

Eliza war nicht aufzuhalten. »Und er ist aufs Bett gestiegen und hat sie genommen, als ob er sie hassen würde«, flüsterte sie ehrfurchtsvoll. »Dann ist er weggegangen.«

»Was ist passiert?« fragte Alys.

»Sie hat geschrien«, sagte Eliza. »Sie hat geschrien, wenn er zustieß, und geschrien, wenn er sich zurückzog. Sie hat sich auf dem Bett gewunden wie ein Faß Aale. Sie war außer Rand und Band. Sie hat ihn immer wieder aufs neue angefleht, es ihr zu besorgen.«

»Und hat er?« fragte Alys mit zusammengebissenen Zähnen.

Eliza schüttelte den Kopf. »Nicht richtig, nicht so wie sie es wollte. Immer und immer wieder ist er zum Bett gegangen und hat sie einmal kurz genommen, und dann ist er wieder weg. Und immer und immer wieder hat sie nach mehr geschrien. Dann hat er sie gezwungen, vom Bett zu steigen.«

Alys wartete schweigend.

»Er hat sie gezwungen, sich nackt auszuziehen und ihr Hemd in Stücke zu reißen«, sagte Eliza. »Dann hat er ihr befohlen, die Stücke zu einer Schnur zu knoten.«

»Gütiger Gott«, sagte Alys ungeduldig. »Warum habt ihr ihn denn nicht daran gehindert? Warum habt ihr ihr denn nicht wenigstens zugerufen?«

Eliza sah sie an. »Weißt du's denn nicht?« fragte sie. »Bist du so kalt, daß du das nicht weißt? Sie hat es genossen. Sie wollte, daß er sie so behandelt. Sie wollte seine Zuchtstute sein, sein gepeitschter Hund. Sie war nicht sein Weib, sie war seine Hure.«

Alys saß reglos da und horchte auf das Echo ihres Zauberspruchs. Sie fragte sich, wie tiefgreifend das Böse war, das sie getan hatte.

»Er ließ sie auf dem Boden hin und her kriechen«, sagte Eliza. »Er hat ihr das Hemd vor die Augen gebunden, damit sie nichts sehen konnte, und sie herumkriechen lassen. Manchmal ist er von hinten in sie eingedrungen, manchmal ist er zu ihrem Kopf gegangen und hat sie gezwungen, ihn in den Mund zu nehmen. Und was immer er getan hat« – Elizas Stimme wurde leise vor Entsetzen –, »sie hat nach mehr geschrien.«

»Die ganze Nacht?« fragte Alys mit frostiger Stimme. Sie dachte an die beiden zusammengebundenen Puppen und wie sie abrupt auseinandergefallen waren. Sie spürte, wie die Galle aus ihrem leeren Magen hochstieg.

»Zuletzt hat sie geschrien«, sagte Eliza, »als ob er ihr wirklich weh getan hätte. Und dann sind die beiden auf den Boden gefallen, und er hat sie mit aller Gewalt auf der Spreu genommen, bis ihr Rücken blutete.«

Alys räusperte sich und spuckte in die Glut des Feuers. »Gib mir einen Schluck Bier, Margery«, sagte sie leise. »Mir ist richtig schlecht von Elizas Geschichte.«

»Sie ist fertig«, sagte Eliza still triumphierend. »Die Geschichte ist zu Ende. Du hättest hier sein sollen.«

Alys nippte am Bier. Es war warm und abgestanden, weil es die ganze Nacht im Krug gewesen war. »Hat er die Nacht in ihrem Bett verbracht?« fragte sie, obwohl sie die Antwort bereits kannte.

Eliza schüttelte den Kopf. »Als er mit ihr fertig war, ist er von ihr weggesprungen, als ob er sie hassen würde«, sagte sie. »Lady Catherine lag immer noch am Boden, und er hat sie geohrfeigt, erst die eine Wange, dann die andere, und dann hat er seine Hosen hochgezogen und hat sie einfach liegenlassen. Mit dem blutigen Rücken und seinem Handabdruck auf beiden Wangen.«

Alys nickte. »Und ist sie jetzt traurig?« fragte sie desinteressiert.

Eliza schüttelte den Kopf. »Heute morgen hat sie gesungen, als ich ihr einen Becher Bier brachte. Sie hat ihre Hände auf dem Bauch gehabt und allen gesagt, sie ist sicher, daß sie schwanger ist, daß sie ihm einen Sohn gebären wird. Sie hat sich ihren Weg ins Paradies erbettelt, und sie ist zufrieden.«

Alys nickte und nippte noch einmal an ihrem Bier.

»Gut«, sagte sie. »Hugo ist wieder bei seiner Frau, seine Frau trägt sein Kind unter dem Herzen. Sie werden mir beide keine Schwierigkeiten mehr machen. Ihre elende Eifersucht bleibt mir genauso erspart wie seine gefährliche Wollust. Ich kann tun, was ich soll – für Mylord schreiben und ihn und seinen Haushalt in Ordnung halten.«

Sie erhob sich von ihrem Hocker und schüttelte den Staub aus ihrem Kleid. »Es schmeckt bitter«, sagte sie leise vor sich hin. »Ich habe nie geahnt, daß es bitter schmeckt.«

»Was denn?« fragte Eliza. »Das Bier? Es sollte süß genug sein.«

»Nicht das Bier«, erwiderte Alys, »der Sieg.«

11

Den ganzen Februar war es bitterkalt. Der Fluß gefror zu riesigen, grauweißen Eisplatten. Wenn die Damen am Fluß entlang spazierten, sahen sie das Wasser unter dem Eis dahinströmen. Alys erschauderte und wich, soweit es die verschneiten Ufer erlaubten, vom Wasser zurück. In der zweiten Woche blies ein dichter Nebel von Südwesten über die Moore dahin, und die Frauen blieben einen langen Wintertag nach dem anderen im Haus. Es war dunkel, wenn sie erwachten, den ganzen Tag lang herrschte ein fahles Licht, und um drei Uhr nachmittags war es wieder dunkel. Der Nebel dämpfte die Geräusche, und von den Fenstern der Galerie aus konnte man den Fluß nicht sehen – im Gemach des alten Lords hoch oben im alten Turm konnte man den Burghof weder hören noch sehen.

Alys verbrachte soviel Zeit wie möglich mit dem alten Lord in seinem kleinen Turmzimmer. Dort war es warm, und der alte Lord und David waren eine stille, angenehme Gesellschaft. Sie schrieb, wie ihr befohlen, verhaltene Kondolenzbezeugungen an Prinzessin Mary zum Tod ihrer Mutter, der Prinzessinmutter Katharina von Aragon, sie las dem alten Lord aus unzüchtigen, unglaubwürdigen Romanzen vor und lauschte seinen Anekdoten und Erinnerungen an Schlachten und Turniere aus der Zeit, als er noch jung und stark gewesen war und Hugo noch nicht einmal geboren.

Die Stimmung in den Damengemächern über der Großen Halle war angespannt. Lady Catherine schwankte zwischen hysterischer Fröhlichkeit und tiefen Angstzuständen; dann wieder saß sie seufzend und tatenlos an ihrem Webstuhl. Die Damen zankten wie Tiere im Käfig. Und ein- oder zweimal die Woche erschien Hugo mit einem Krug Met im Frauengemach.

Der Abend begann dann meist recht fröhlich, die Frauen tanzten, und Lady Catherine war außer sich vor Erregung. Hugo trank dann immer reichlich, und seine Witze wurden immer unzüchtiger. Wenn Eliza in der Nähe war, packte er sie und liebkoste sie unverhohlen vor seiner Frau und den anderen Damen. Dann stellte er jedesmal den Krug auf den Kopf und schleuderte ihn in Richtung Kamin, packte Lady Catherine am Handgelenk und zerrte sie in ihr Schlafgemach. Während die Damen das Zimmer aufräumten, die Scherben aufkehrten und die Gläser auf einer Seite des Schrankes anordneten, konnten sie Catherines laute Schmerzensschreie und ihre keuchenden, unverhohlenen Schluchzer der Lust hören. Um zwei Uhr morgens, so sicher wie das Amen im Gebet, würde Hugo dann seine Frau aus der Leinenschnur befreien, mit der er sie immer an sich band, und mit trübem Blick und schlechter Laune in sein eigenes Bett stolpern.

»Widernatürlich ist das«, sagte Eliza eines Nachts zu Alys. Die Kerze war gelöscht, und sie lagen im Dunkeln. In den anderen Ecken des Raumes hörten sie das ruhige Atmen von Mistress Allingham und Ruths dröhnendes Schnarchen. Eliza hatte längst aufgehört, über die Ausschweifungen von Lord Hugo und seiner Gattin zu lachen.

»Hast du sie heute abend gehört?« fragte Eliza. »Ich denke, sie ist verhext. Das ist einfach widernatürlich, wenn eine Frau so um einen Mann bettelt wie sie. Und sie läßt sich alles von ihm gefallen.«

»Still«, sagte Alys. »So ist sie eben. Und sie wird heute nacht gut schlafen und morgen bester Laune sein. Und bald werden wir wissen, ob sie schwanger ist.«

Alys sagte nichts mehr, und bald atmete Eliza ruhig und regelmäßig und breitete sich über Alys' Bettseite aus. Eine Stunde lang lag Alys schlaflos in der Dunkelheit und beobachtete, wie der kalte Finger des Mondlichts sich über die Decke tastete, und lauschte Elizas ersticktem Schnarchen. Dann glitt sie leise aus dem Bett und ging hinaus in die Galerie und warf ein paar Scheite und eine Handvoll Kiefernzweige aufs Feuer.

Die Zweige spritzten kleine Flammen, und ein scharfer Harzgeruch erfüllte den Raum. Alys atmete ihn ein und setzte sich auf das warme Schaffell vor dem Feuer.

Die Burg war in vollkommene Winterfinsternis gehüllt. Alys kam sich vor, als wäre sie das einzige Wesen auf der ganzen Welt, das noch wachte oder gar am Leben war. Die Glut des Feuers formte sich zu kleinen Burgen und Höhlen. Alys blieb ein Weilchen lang schweigend sitzen, dann raschelte das Feuer und holte sie aus ihren Träumen zurück. Sie warf ein kleines Scheit in die Glut und beobachtete, wie es Feuer fing, schwarz wurde und dann in Flammen aufging.

Ganz leise öffnete sich hinter ihr die Tür von Lady Catherines Schlafgemach, und Hugo kam heraus. Er trug nur eine Hose, Brust und Rücken waren nackt, seine Stiefel, sein Hemd und sein Wams hielt er in den Händen. Als er Alys so still vor dem Feuer sitzen sah, blieb er überrascht stehen. Dann ging er auf sie zu.

»Alys«, sagte er.

»Hugo«, erwiderte sie. Sie hob den Kopf nicht, um ihn anzusehen, und war auch nicht vom Klang der Stimme in einem leeren Raum erschrocken.

»Hast du gewußt, daß ich da bin?« fragte er.

»Ich weiß immer, wenn du in der Nähe bist«, sagte Alys. Ihre Stimme war verträumt. Hugo spürte, wie er erschauerte, als er sich ihr näherte, als träte er in einen Kreis großer Macht.

»Ich habe dich seit Tagen nicht gesehen«, sagte er. »Ich habe mit dir nicht reden können, seit der Nacht des Gottesurteils.«

Alys dachte an den Beutel an ihrem Gürtel, in dem die Puppen immer noch sicher verwahrt waren. Sie hatte ihn unter dem Strohsack in ihrem Zimmer verborgen.

»Nein«, sagte sie.

»Du hast gelogen, nicht wahr?« fragte Hugo mit sanfter Stimme. »Als du ihnen gesagt hast, du wärst heiß auf mich und daß du die falsche Prophezeiung gemacht hättest, um mich zu fangen?«

Alys zuckte die Achseln, als wäre es nicht weiter wichtig. »Das war eine Lüge, aber ich kenne die Wahrheit nicht«, sagte sie langsam. »Ich kann mich wirklich nicht an diese Nacht erinnern.

Ich erinnere mich daran, wie Ihr mich aus der Halle getragen habt, aber an mehr nicht.«

Hugo nickte. »Du hast mich also nicht begehrt?« fragte er. »Du hast gelogen, als du es gesagt hast. Du hast mich damals nicht begehrt, und du begehrst mich auch jetzt nicht?«

Alys drehte ihren Kopf und sah ihn an. Eine Hälfte ihres Gesichts war rosig vom Feuerschein, die andere war von flackernden Schatten verhüllt. Hugo spürte, wie ihm der Atem stockte.

»O ja«, sagte sie leise. »Ich begehre dich. Ich glaube, ich begehre dich, seit ich dich zum ersten Mal gesehen habe. Ich bin in die Große Halle gekommen und habe dein Gesicht mit den tiefen, harten Falten gesehen – und dann dein Lächeln. Damals habe ich mich in dich verliebt, in diesem Augenblick, in dein lebensfrohes Lächeln. Ich hasse es, wenn du mit ihr zusammen bist, ich hasse den Gedanken, daß du sie berührst. Ich kann nicht schlafen, wenn ich weiß, daß du bei ihr bist. Und ich träume von dir, ständig. O ja, ich begehre dich.«

»Alys«, flüsterte Hugo. Er streckte die Hand aus, um ihre Wange zu berühren, nahm ihr Gesicht in seine Handfläche, als wäre es eine seltene wunderschöne Blume. »Meine Alys«, sagte er.

Alys stockte der Atem. »Kannst du mich fühlen?« fragte sie, nahm seine Hand von ihrer Wange und untersuchte sie sorgfältig.

»Willst du mir die Zukunft weissagen?« fragte Hugo amüsiert.

Alys drehte seine Hand und sah sich die kurzen, sauberen Nägel an. Sie drehte die Hand wieder und betrachtete die einmaligen Linien auf den Fingerspitzen.

»Kannst du mich fühlen?« fragte sie noch einmal. »Kannst du meine Berührung spüren?«

»Natürlich«, sagte Hugo verwirrt.

»Mit jeder Fingerspitze? Jeder einzelnen?« fragte sie.

Er lachte kurz. »Natürlich«, sagte er. Die Worte brachen aus ihm heraus, als wären sie zu lange aufgestaut gewesen. »Mein kleiner Schatz, meine Alys, natürlich kann ich deine Berührung spüren. Ich habe gewartet und gewartet, daß du deine Hand nach meiner ausstreckst. Natürlich kann ich dich fühlen!«

»Wenn ich flüstere, so wie jetzt«, hauchte Alys, »kannst du mich dann hören?«

»Ja«, sagte Hugo überrascht. »Natürlich kann ich das. Ich habe gute Ohren, Alys, das weißt du.«

Alys streckte ihre Hand nach seinem Gesicht aus und strich mit unendlicher Zärtlichkeit über seine Augenlider und die zarte, faltige Haut unter seinen dunklen Augen.

»Kannst du mich sehen?« fragte sie. »Siehst du genauso gut wie immer?«

»Ja«, sagte Hugo. »Was soll das, Alys? Hast du Angst, ich bin krank?«

Alys faltete ihre Hände im Schoß und schaute wieder ins Feuer.

»Nein«, sagte sie. »Es ist nichts. Eine Zeitlang wollte ich, daß du blind und taub mir gegenüber bist. Heute nacht weiß ich, daß das nicht stimmt. Es hat nie gestimmt. Vielleicht ist meine Sehnsucht nach dir stärker als alles andere. Vielleicht ist meine Sehnsucht nach dir stärker als die nach Geborgenheit. Vielleicht sogar noch stärker...«, sie verstummte, »als alles andere.«

Hugo runzelte die Stirn. »Was soll das heißen, ›alles andere‹? Ist das irgendeine Kräutermedizin oder ein Altweibertrick?«

Alys nickte. »Ich wollte, daß du mich nicht anschaust«, sagte sie. »Ich fürchtete Lady Catherines Eifersucht. Danach – nachdem sie mich zu dem Gottesurteil gezwungen hat – wußte ich, daß sie mich zu einer neuen Probe zwingen würde. Und früher oder später hätte ich versagt.«

Hugo nickte. »Und dann hast du irgendeinen albernen Kinderzauber gemacht, um mich von dir fernzuhalten, nicht wahr?« fragte er leicht belustigt. »Du mußt ja den Glauben an deine Kräfte verlieren, Alys. Denn hier bin ich, und ich sehe dich, berühre dich, höre dich und begehre dich.«

Alys strahlte, als ob sich plötzlich ein Licht in ihr auftat.

Hugo lachte. »Natürlich«, sagte er locker. »Wie sollte es zwischen uns beiden auch anders enden? Ich liebe dich. Ich habe dich in dem roten Kleid gesehn, das zu groß für dich war, und deinen armen, geschorenen Kopf und dein klares, kleines Gesicht, und ich wollte dich packen und dich sofort nehmen. Und ich habe gewartet und gewartet, daß die Lust darauf vergeht – statt dessen ist daraus Liebe geworden. Ich hätte dich in jener Nacht nehmen können – an Weihnachten. Ich hätte dich nehmen können, als du betrunken warst. Aber als ich dich berührte, habe ich dich lächeln sehen, und du hast meinen Namen gesagt, als wärst du seit Jahren meine Geliebte. Und als du das getan hast ... Ich wollte dich nicht wie eine Hure nehmen. Ich wollte dir keine Gewalt antun. Ich wünsche mir ein gemeinsames Leben mit dir. Ich glaube nicht, daß du das zweite Gesicht hast. Ich glaube nicht an solchen Unsinn. Ich fürchte nicht, daß du eine Hexe oder eine Zauberin bist. Aber ich glaube an ein Leben für uns beide. Nein, für uns drei. Du, ich und mein Kind: ein Sohn für mich.«

Alys schwieg einen Augenblick. Sie schaute noch einmal seine Fingerspitzen an, und dann streckte sie die Hand nach seinem Gesicht aus und berührte sanft die weiche Haut unter seinen Augen.

»Und dein Weib?« fragte sie leise.

»Das geht sie nichts an«, sagte Hugo prompt. »Was du und ich füreinander sind, geht sie nichts an. Außerdem wird sie dieser Tage gut bedient. Sie muß bald schwanger sein.«

Alys drehte ihr Gesicht zu ihm und sah ihm unverwandt in die Augen. »Und wie kommt das?« fragte sie.

Hugo zuckte die Achseln. »Weil ich zu ihr gehe«, sagte er ungeduldig.

»Und wie kommt das?« fragte Alys noch einmal.

»Ich weiß nicht ...« Hugo brach den Satz ab. »Glaubst du, du hast das bewerkstelligt, Alys?« sagte er und hätte fast gelacht.

Alys warf einen Blick hinter sich in den schattenverhangenen Raum und zu Lady Catherines Zimmer, wo die Frau schlafend lag, selbst noch im Schlaf lächelnd über seinen Mißbrauch ihres Körpers.

»Ich weiß es nicht«, sagte sie barsch. »Woher soll ich es denn wissen. Ich bin nicht in den Schwarzen Künsten geübt. Ich weiß nur das, was ich bei Morach im Moor gesehen habe: wie man armen Frauen mit Angst das Geld aus der Tasche zieht. Ich weiß nicht, wieso du mit ihr schläfst, und ich weiß auch nicht, warum du ihr weh tust und sie mißbrauchst. Es widert mich an, Hugo. Ich weiß nicht, warum es zwischen euch beiden so sein muß. Ich habe dich verzaubert, damit du sie begehrst – das geb ich zu! Aber ich hatte nicht geplant, daß du sie schlägst und anspuckst und sie zu abartigen Dingen zwingst. Ich hatte nicht geplant, daß sie dich dafür liebt!«

»Ich weiß auch nicht, warum es so ist«, gab Hugo zu. Er setzte sich näher zu Alys und legte den Arm um ihre Schulter. Sie lehnte sich an ihn. »Es widert mich an«, sagte er mit sehr leiser Stimme. »Ich habe noch nie eine Frau so behandelt – nicht einmal die ärmste Hure. Aber irgend etwas in mir treibt mich dazu, sie zu schlagen und ihr Flüche ins Ohr zu flüstern ...« Er verstummte. »Und je mehr ich es tue, je schlimmer ich bin, desto besser gefällt es ihr.«

Er schüttelte den Kopf. »Morgens macht es mich bis in die Seele krank. Und ich kann sie nur berühren, wenn ich betrunken bin. Alys, du solltest sie sehen. Sie liegt vor mir und fleht mich an, ihr weh zu tun. Ich fühle mich ... besudelt.«

Alys nickte. »Ich habe meine Kräfte darauf verwandt, daß du ihr einen Sohn schenkst«, sagte sie leise. »Es tut mir leid, daß ich dich berührt habe. Es tut mir leid, daß ich einen solchen Zauber ausgesprochen habe. Ich wußte nicht, was ich sonst tun sollte, um meinen Platz hier zu sichern. Ich wollte Macht. Aber jetzt wünschte ich, ich hätte es nicht getan, Hugo.«

»Glaubst du etwa, es wäre dein Zauber, der sie dazu treibt?« Hugos Blick wanderte vom Feuer zu Alys' klarem Profil. Er küßte ihre Schläfe, an der sich eine goldene Strähne ringelte. »Ich glaube nicht, daß es dein Zauber ist, meine bildschöne Alys. Catherine war wild darauf, mich zu heiraten, obwohl sie wußte, daß ich sie nicht liebte. Sie hat mich immer angefleht, es mit ihr zu treiben, selbst als wir noch ganz kleine Kinder waren. Sie hat mir immer gestattet, sie zu mißbrauchen. So schlimm wie jetzt war es aber noch nie. Ich habe mich noch nie so eingeengt gefühlt.«

»Eingeengt?« fragte Alys.

Hugo nickte. »Deine Sicherheit hängt von ihrer Schwangerschaft ab. Du bist zu deinem kleinen Zauber getrieben worden, ich dazu, mit ihr zu schlafen. Ich weiß, daß sie befriedigt werden muß, damit sie dich in Ruhe läßt.«

»Der Zauber hat nichts damit zu tun?« fragte Alys. Sie sah ihn unverwandt an, und er beobachtete, wie ihre Miene sich erhellte, als würde er eine Last der Schuld von ihr nehmen.

»Überhaupt nichts«, sagte er ehrlich. »Das ist alles Unsinn, und du solltest keine solche Angst vor deiner Macht haben. Ich mache, was ich will. Ich mache, was ich beschlossen habe. Ich erfülle meine Pflicht Catherine gegenüber, wie ich es schon lange hätte tun sollen. Ich mache es ohne Lust, also betrinke ich mich dafür. Und sie – dank perverser Gelüste – mag es, wenn ich betrunken und brutal mit ihr bin. Das hat nichts mit Zauber zu tun.«

Alys entwich ein leiser Seufzer. »Ich hatte Angst«, gab sie zu. »Ich hatte Angst, alles wäre meine Schuld, und die Häßlichkeit und Bitterkeit meines Zaubers hätte bewirkt, daß du grausam zu ihr bist.«

Hugo nahm sie in die Arme und setzte sie auf seinen Schoß, eng an sich geschmiegt, mit seiner Wange an ihrer.

»Habe keine Angst«, sagte er. »Ich wünsche mir eine Zukunft für uns. Aber ich glaube nicht an Magie und die alten Zaubersprüche. Die Welt, die wir bauen werden, ist neu, Alys. Eine Welt frei von Aberglauben und Angst. Eine Welt, die wir entdecken können, voller neuer Länder und Abenteuer, voller Reichtum und unbekannter Möglichkeiten. Klammre dich nicht an die alten, dunklen Bräuche, Alys. Komm mit mir hinaus ins Licht, und laß das alles hinter dir.«

Alys drehte ihr Gesicht ihm zu und legte ihre Wange an sein warmes, stoppeliges Kinn.

»Du bist so seltsam«, sagte sie mit dem Anflug eines Lächelns. Sie hob den Kopf und berührte sein Gesicht, zeichnete mit den Fingern die Fältchen um seine Augen nach, die tiefe Kerbe zwischen seinen Augenbrauen. »Du bist mir so fremd, und trotzdem habe ich das Gefühl, ich kenne dich schon mein ganzes Leben.«

»Mein Freund, Lord Stanwick, hat mir gesagt, ich wäre von

Wollust getrieben!« sagte Hugo leise lachend. »Ich hab neulich mit ihm getrunken und ihm erzählt, daß ich so in ein Mädchen verliebt bin, daß ich Gefahr laufe, mit meiner Frau, meinem Vater und meinen Pflichten zu brechen. Er hat gelacht, bis ihm die Tränen kamen, und gesagt, er müßte dich kennenlernen. Er konnte nicht fassen, daß es ein Mädchen geben sollte, das mich vom Jagen, Huren und dem Schmieden von Zukunftsplänen abhält.«

Alys lächelte. »Und?« fragte sie. »Bist du – wie nennst du das? – von Wollust getrieben?«

Er griff sie fester. »Dir gehört mein Herz, Alys. Ich bin dein bis in den Tod«, sagte er schlicht.

Alys regte sich sofort. »Sag das nicht«, sagte sie. »Rede nicht vom Tod! Ich möchte, daß wir ewig leben, ich möchte, daß wir immer jung bleiben. Ich möchte, daß diese Nacht nie zu Ende geht!«

Er lachte. »Großer Gott! Du bist vielleicht eine Schwarzseherin, Alys. Wir werden uns lieben, solange wir jung sind, und dann werden wir zusammen alt und kommen gemeinsam in den Himmel. Was gibt es denn da zu fürchten? Glaubst du, ich komme wegen meiner paar kleinen Sünden in die Hölle? Ich habe gebeichtet! Ich bin im reinen! Und du kannst doch noch nie gesündigt haben, nicht mit diesem süßen, offenen Gesicht. Nicht meine kleine Maid Alys.«

Alys zögerte. Sie wollte ihm von der Abtei erzählen. Sie wollte ihm erzählen, daß sie einmal jemanden geliebt hatte und auch widergeliebt wurde. Daß sie in Wahrheit gar keine Waise war, weil eine Mutter sie im Arm gehalten, sie unterrichtet und geliebt hatte. Und daß sie sie verlassen und dann verleugnet hatte.

»Was ist denn?« fragte er.

»Nichts«, sagte sie.

Sie wagte es nicht.

»Wirst du deine Zauberei aufgeben?« fragte er.

Alys zögerte. »Warum verlangst du das von mir? Du behältst die Dinge, die dir Macht geben – deine Waffen, deinen Reichtum. Meine magischen Kräfte sind alles, was ich an Macht habe. Sie beschützen mich hier.«

Hugo schüttelte den Kopf. »Sie ängstigen dich und geben dir das

Gefühl, daß alle Sünden der Welt vor deiner Tür stehen«, sagte er unumwunden. »Behalte deine Kräuter und deinen Kristall und deine wahren Kräfte, mit denen du meinen Vater heilst. Behalte deine Medizinen und vergiß deine Zaubersprüche, Alys. Sie sind eine echte Gefahr für dich, Alys. Nicht weil sie wahr sind – sie sind nämlich nur Unsinn, mit dem man Bauern erschreckt! –, sondern weil sie deinen Feinden eine Handhabe gegen dich geben. Wirf sie weg und behalte deine Medizin.«

»Gut«, willigte sie zögernd ein. »Ich bin einverstanden. Außer wenn ich die Macht brauche, außer wenn ich sie brauche, werde ich damit aufhören.« Sie dachte an die Wachspuppen. »Ich weiß nie, ob es funktioniert oder nicht«, sagte sie offen. »Ich war mir sicher, ich hätte dich und Catherine verhext, und jetzt sagst du mir, es wäre nach eurem Geschmack.«

Er nickte. »Wir waren immer schon so«, sagte er. »Kein Zauberspruch der Welt könnte mich dazu bringen, eine Frau so zu mißbrauchen, wenn es nicht nach ihrem Geschmack und auch nach meinem wäre.«

»Ich werde es aufgeben«, sagte Alys. »Ohne das Gottesurteil hätte ich nie damit angefangen. Ich hatte Angst und wollte Macht – um jeden Preis.«

Hugo drückte sie fester an sich. »Hab keine Angst«, sagte er mit leiser Stimme. »Ich liebe dich, ich werde dich beschützen. Jetzt bist du von meiner Macht eingehüllt.«

Er nahm ihre Hand und drehte die Handfläche nach oben. Als wolle er einen Bund besiegeln, drückte er einen Kuß darauf und faltete dann ihre Finger darüber. Sie nahm seine Hände, um dasselbe für ihn zu tun. Sie küßte jede einzelne Fingerspitze, als wolle sie sie segnen. Danach blieben sie vor dem Feuer sitzen, bis die dunklen Öffnungen der Schießscharten allmählich blaß wurden.

»Ich muß gehen«, sagte Hugo.

Alys hob ihr Gesicht, um seinen Abschiedskuß zu empfangen. Er nahm es in beide Hände und küßte ihre Lippen und dann, sehr sanft, beide Augenlider. »Schlaf«, sagte er, und in seiner Stimme schwang eine Zärtlichkeit, die sie noch nie zuvor gehört hatte.

»Schlaf und träum von der Zeit, in der ich Tag und Nacht bei dir sein werde und keiner sich zwischen uns stellen kann.«

»Bald«, flüsterte Alys.

»Ich schwöre es«, sagte Hugo.

»Ich möchte deine Frau werden, Hugo«, sagte Alys leise. »Ich will hierhergehören, genau wie du. Und ich möchte dir einen Sohn schenken, wie ich in meinem Traum sagte.«

Er lachte leise. »Die Ehe ist etwas anderes, mein Schatz. Du und ich, wir sind dazu geschaffen, Liebende zu sein, wir sollten zusammen sein. Aber die Ehe ist Geschäft: Land, Besitz, Mitgift. Nichts für Liebende wie uns. Ich möchte, daß du mich frei und unbelastet liebst, aus freien Stücken mein bist. Keine Ehe, mein Schatz, sondern lange Nächte und Tage der Liebe und einen Sohn für mich. Jetzt schlaf und träum davon.«

Er küßte sie noch einmal und ging. Alys blieb noch einen Augenblick sitzen und lauschte auf seine leisen Schritte die Treppe hinunter, dann trat sie vorsichtig ins Frauengemach.

Sie schaute sich hastig um. Keine hatte sich bewegt. Alle vier schliefen immer noch tief und fest. Lautlos ging sie zu ihrem Strohsack, tastete in das Stroh, schob ihren Arm tief unter das Bett. Endlich fand sie, was sie suchte, und zog den kleinen Beutel mit den drei Wachsfiguren hervor. Sie zog ihren Mantel fester um die Schultern und ging barfuß zur Tür.

Die Steintreppen waren eisig kalt unter ihren Füßen. Wie ein Geist ging sie durch die Tür und auf das Tor zu, das die Zugbrücke bewachte. Die Soldaten schliefen, es gab keine Gefahr, nach der sie Ausschau halten mußte. Alys schlich auf Zehenspitzen mit tauben Füßen über die Brücke und dann zum Ufer des Grabens.

Sie schob die Hand tief in den Beutel und zog die erste Puppe heraus. Es war die Figur von Lady Catherine. Alys erschauderte bei dem Anblick und warf sie in den Graben.

Sie hatte damit gerechnet, daß sie im grünen Wasser versinken würde. Keiner erneuerte je das Wasser im Graben oder fischte mit Netzen. Jeden Tag wurde aller möglicher Müll und Unrat hineingeworfen. Alys hatte gedacht, die kleinen Puppen würden auf den Grund sinken, und keiner würde sie je finden. Oder falls doch, dann wäre das Wachs unkenntlich, und keiner würde sie je für etwas anderes halten als Kerzen, die verschwenderisch von einem nachlässigen Diener weggeworfen worden waren.

Die kleine Puppe sank in das eisige Wasser, tauchte aber kurz darauf wieder auf. Lady Catherines spöttisches, häßliches Lächeln starrte Alys an. Die kleinen Wachsaugen waren direkt auf sie gerichtet.

»Nein!« rief Alys. »Geh unter.«

Eine eisige Brise kräuselte das Wasser. Die Wachspuppe schaukelte auf den Wellen. Das Gesicht von Lady Catherine schien zu grinsen, als genösse sie Alys' Angst.

»Versinke, verdammt nochmal!« Alys fiel auf die Knie am gefrorenen Ufer und beugte sich zu der treibenden Puppe. »Versinke. Geh unter!«

Der unstete Wind blies die Puppe näher ans Ufer.

»Geh unter!« hauchte Alys. »Ertrinke!«

Sie fing sich sofort wieder. »O Gott, das hab ich nicht gemeint!« sagte sie und griff in Panik nach der kleinen Puppe. »Ich wollte nur, daß die Puppe versinkt, mehr nicht«, sagte sie, als wolle sie sich die Dunkelheit um sie herum erklären. »Ich hab nicht gemeint ertrinken. Ich wollte sie nur loswerden.«

Die Brise trug die Puppe davon. Im selben Augenblick hörte Alys jemanden gegen das äußere Tor hämmern: Diener, die zur Arbeit kamen und Einlaß begehrten.

Alys raffte mit einer Hand ihr Nachthemd hoch und stieg in das Wasser. Die Kälte ließ ihr den Atem stocken. Sie griff nach der kleinen Puppe, konnte sie aber nicht erreichen.

»Ich muß sie bekommen«, sagte sie.

Sie biß die Zähne zusammen und stieg tiefer ins Wasser. Ihre Füße schmerzten bis auf die Knochen von der Kälte. Etwas Schleimiges, Eisiges glitt an ihrer Wade vorbei. »Ich muß sie kriegen«, sagte sie noch einmal.

Die Puppe trieb weiter vom Ufer weg. Ihr kleiner wächserner Kopf drehte sich wie im Trotz von Alys ab.

»Komm her«, sagte Alys. Sie biß die Zähne zusammen, damit sie nicht klapperten. Die Kälte schien an ihren Füßen und Beinen zu nagen, und als sie weiter hineinwatete, auch an ihren Schenkeln.

Die kleine Puppe trieb in der Wintermorgenbrise dahin, und das Gesicht drehte sich zu Alys zurück. Die Puppe grinste sie an.

Das Grinsen der Puppe wurde immer breiter, als ob sie jeden Augenblick in klingendes, boshaftes Gelächter ausbrechen würde. Ihre kleinen Ärmchen reckten sich aus dem Wasser, streckten sich Alys entgegen. Alys' Finger waren nur den Bruchteil eines Zentimeters von den kleinen Wachshänden entfernt. Sie machte noch einen Schritt nach vorn und stolperte dann auf dem fettigen Unrat auf dem Grund des Grabens. Sie hörte das leise Gelächter der Puppe, als der Graben plötzlich steil abfiel und unter ihren Füßen verschwand. Alys sank wie ein Stein in das schleimige, eisige Wasser, ihr Schrei erstickte in dem Schwall Wasser, den sie in den Mund bekam. Ihre Hand packte die kleine Puppe, mit der anderen umklammerte sie den Beutel. Sie strampelte hilflos im Wasser umher.

Alys hatte nie schwimmen gelernt, sie sank und tauchte nach Luft keuchend wieder auf. Als ihr Gesicht über die Oberfläche kam, versuchte sie zu atmen, schluckte aber nur Wasser und fühlte, wie sie wieder unterging.

Die Kälte war ihr Feind. Ihre Beine wurden taub und ihre strampelnden Schenkel kraftlos. Tief in ihrem Bauch hielt die Kälte Einzug. Alys sank unter die Oberfläche und kam wieder hoch, hustend und würgend. Sie öffnete den Mund, um zu schreien, und eine Welle eisigen grünen Wassers schwappte ihr ins Gesicht.

»Nein!« schrie Alys. Sie rang nach Luft, schluckte aber nur Wasser. Dann packten plötzlich zwei harte Hände ihren Arm und bekamen sie unter den Achseln zu fassen.

»Ich hab dich, Weib«, sagte eine weit entfernte Stimme.

Unter Schmerzen wurde Alys aus dem Wasser an Land gezogen, keuchend übergab sie sich auf die Brücke.

»Schon gut, Mädchen, schon gut«, sagte der Mann.

Er warf ihr seinen Umhang über und begann, sie grob zu rubbeln.

»He da!« schrie er in Richtung Wachzimmer. »Laßt uns rein!«

Er hob Alys auf und trug sie zum Wachzimmer, ein verschlafener Junge riß die Tür auf. »Das Mädel hat versucht, sich zu ertränken«, sagte er. »Hol heißen Met für sie. Und ein Laken, um sie einzuwickeln. Und noch einen Umhang.«

Der Junge rannte los. Alys, in den Mantel des Mannes gehüllt, würgend und keuchend, fummelte, bis sie die gefährliche kleine Puppe wieder bei den anderen im Beutel hatte.

Der Mann verpaßte ihr einen kräftigen Schlag auf den Rücken, und Alys kämpfte um Luft, atmete kurz ein und erbrach dann eine Schüssel voll Wasser.

»Kopf nach unten«, sagte er.

Gnadenlos hielt er ihr den Kopf nach unten, bis sie aufhörte zu würgen, dann hob er sie hoch, setzte sie in einen Stuhl und begann ihre Hände zu reiben.

Der Junge stürmte mit einem dampfenden Krug und einem Laken herein.

»Gut«, sagte der Mann. »Warte draußen.«

Er riß Alys' Nachthemd vom Saum zum Kragen auf und rubbelte ihren Körper mit dem warmen Laken ab. Ihre Haut war rauh, Hände und Füße blau. Vom Schenkel bis zum Knöchel hatte sie zahllose Schnitte und Kratzer vom Unrat im Graben. Dann wickelte der Mann sie in einen dicken Umhang, setzte sie in einen Stuhl und hielt ihr einen Becher heißen Met an die Lippen.

Alys drehte sich weg. Die Flüssigkeit war kochend heiß. Aber er hielt sie wieder fest und zwang sie zu trinken. Der Met strömte wie flüssiges Feuer durch ihren wunden Hals.

»He, kenn ich dich nicht?« fragte der Mann.

Alys blinzelte ihn an. Ihre Zähne klapperten so stark, und sie zitterte so heftig, daß sie ihn gar nicht richtig sehen konnte.

»Pater Stephen«, sagte sie. Jetzt hatte sie den Priester erkannt. »Ich bin's, Alys. Lady Catherines Hofdame. Lord Hughs Sekretär.«

»Mehr Met«, befahl der Priester. Er reichte ihr den Becher, und Alys ergriff ihn mit beiden Händen. Schüttelfrost packte immer wieder ihren ganzen Körper.

»Trink das«, sagte er. »Ich bestehe darauf. Das wird die Kälte vertreiben. Du siehst schon besser aus.«

Alys nickte. »Ich bin froh, daß Ihr da wart«, sagte sie.

Er runzelte die Stirn. »Warum hast du das getan?« fragte er vorsichtig. »Das ist ein schmerzvoller Tod, ein grausamer Tod. Und am Ende wartet die Hölle, ganz sicher.«

Alys wollte es fast abstreiten, aber dann besann sie sich.

»Ich hatte Angst«, erfand sie hastig. »Nach dem Gottesurteil... Lady Catherine mißtraut mir... Ich fürchte mich vor weiteren Prüfungen. Sie kann mir alles in die Schuhe schieben. Ich konnte nachts nicht schlafen, und dann hatte ich Alpträume. Ich wußte mir nicht mehr zu helfen.«

Ihre Zähne klapperten, als wollten sie sie Lügen strafen. Alys biß in den Becher und nippte dann die heiße Flüssigkeit.

Pater Stephen war entsetzt. »Das alles ist meine Schuld! Ich hatte keine Ahnung, daß die Rachegelüste von Mylady gegen dich so unstillbar sind. Ich hätte doch nie ein Gottesurteil zur Befriedigung irdischer Bosheit zugelassen! Es ist Sünde, das Gottesurteil für Rache zu benutzen. Ich hätte es wissen müssen! Und ich habe dich zur Verzweiflung getrieben!« Er verstummte und machte zwei hastige Schritte durch den Raum.

Alys beobachtete ihn, versuchte, seine Stimmung einzuschätzen und wie groß die Gefahr für sie war.

»Du mußt beichten«, sagte er. »Beichten und darum beten, daß dir die Sünde des Selbstmordversuchs vergeben wird. Es ist eine Sünde. Gott hat es ausdrücklich verboten. Du mußt gegen deine Verzweiflung und deine Angst ankämpfen. Und ich werde dich auch bitten, mir zu vergeben. Ich war zu streng. Ich habe zu eifrig nach Missetaten gesucht. Es ist eine Sünde.« Er überlegte kurz. »Es ist Eitelkeit«, sagte er. »Ich war stolz auf meine Erfolge bei der Jagd nach Hexen und Ketzern. Viele sind vor mir gestanden, und nur wenige sind ihrem gerechten Schicksal entronnen. Aber ich muß mich vor Stolz hüten.«

»Ich bin unschuldig«, sagte Alys schnell. »Ich hatte Angst, Catherine würde mich zu einem weiteren Gottesurteil zwingen. Und davor, daß Ihr sie unterstützen und mich verhören würdet.

Und davor, daß irgendein Fehler – ein unschuldiger Fehler – meinen Tod bedeuten würde.«

Er nickte betroffen. »Ich habe einen Fehler gemacht«, sagte er. »Ich bin glücklich, die Geißel der Bösen zu sein. Du mußt mir vergeben. Ich werde nie wieder ein Gottesurteil von dir verlangen. Du kannst mein Wort darauf haben. Ich werde dich vor Bosheit beschützen. Du hast deine Unschuld bewiesen, einmal mit dem Gottesurteil der Hostie und einmal im Graben. Denn eine Hexe wäre nicht untergegangen, und du warst ohne Zweifel am Ertrinken, als ich dich herausgezogen habe.«

Alys nickte und wickelte den Mantel etwas fester um sich. Pater Stephen sah es und reichte ihr noch einen Becher Met. »Trink«, sagte er. »Und dann mußt du auf dein Zimmer gehn und dich warm und trocken halten. Ich werde dich nie mehr auf die Probe stellen, und keiner wird dich je wieder prüfen, solange ich in der Nähe bin.«

Alys nickte wieder und versteckte ihr befriedigtes Lächeln hinter dem Becher.

»Wird Lady Catherine wach sein? Wird sie dich mit Fragen quälen, wenn du in dein Zimmer gehst?«

Alys warf einen Blick auf das schmale Fenster des Wachraums. Der Wintermorgen färbte es grau. »Vielleicht«, sagte sie. »Sie mißtraut all ihren Damen. Ich habe mehr Freiheit als die anderen, weil ich dem alten Lord diene. Aber sie beobachtet uns genau, und sie fürchtet uns alle.«

Pater Stephen nickte. »Sie hat Grund, ängstlich zu sein. Hugo ist nicht immer nett zu ihr, und der alte Lord ist ihre Klagen leid. Er hat mich gebeten, meinen Bischof zu fragen, welche Möglichkeit es gibt, die Ehe zu annullieren.«

Alys spürte, wie ihr Interesse erwachte. »Kann Euer Bischof das entscheiden?« fragte sie.

Pater Stephen versicherte sich mit einem Blick über die Schulter, daß keiner sie hören konnte. »Natürlich nicht!« sagte er. »Der König ist das Oberhaupt der Kirche. Alle Entscheidungen, die die Ehe betreffen, gehen vors Kirchengericht und werden dann dem König unterbreitet. Aber der junge Lord und Catherine sind nah verwandt, sie sind Geschwisterkinder, und ihre Großeltern waren ebenfalls Geschwisterkinder. Ich denke, man könnte aufgrund dessen die Ehe für ungültig erklären.«

Alys atmete tief ein. »Wenn Ihr es empfehlen würdet, würde dann der Bischof Euren Rat befolgen?« fragte sie.

Pater Stephen lächelte. »Ich habe etwas Einfluß bei Seiner Gnaden«, sagte er selbstzufrieden. »Aber ich habe mich noch nicht entschieden, was ich raten soll. Ich muß beten und darüber nachdenken, Alys. Ich bin Hugos Freund, aber in dieser Angelegenheit bin ich in erster Linie ein Mann Gottes.«

Alys nickte mitfühlend. »Das ist eine große Verantwortung, Pater Stephen«, sagte sie. Sie sah ihn mit unschuldigen blauen Augen direkt an. »Es wäre so wunderbar, wenn Ihr den jungen Lord von diesen Banden befreien könntet«, sagte sie. »Das Schloß wäre ein viel friedlicherer Ort. Und Lady Catherine bliebe der Schmerz erspart, unter dem sie jetzt leidet.«

»Die Ehe ist ein Sakrament«, erwiderte der Pater. »Nur Gott kann sie beenden – außer sie war von Anfang an ungültig. Die Laune eines Mannes oder einer Frau kann da nicht den Ausschlag geben.«

»Aber keiner weiß, was Mylady durchmacht«, sagte Alys. »Gräßliche Perversionen. Und sie steckt so tief in der Sünde, daß sie es genießt wie ein Tier.«

Pater Stephen war entsetzt. »Das sollte aufhören«, sagte er. »Egal mit welchen Mitteln, ich muß dem Einhalt gebieten. Das ist eine Todsünde.«

Er hielt inne. »Hier! Du zitterst ja. Geh jetzt auf dein Zimmer und zieh dir trockene Sachen an.«

Alys wandte sich zum Gehen.

»Alys«, sagte er zögernd. »Schwöre, daß du nie wieder versuchen wirst, dir das Leben zu nehmen«, sagte er. »Es ist eine schreckliche Sünde, die furchtbarste Sünde. Und sie würde dich auf alle Ewigkeit in die Hölle führen. Auf ewig, Alys! Denk daran.«

Alys beugte ihren Kopf, den Beutel mit den Zauberpuppen hielt sie sicher umklammert in ihren blauen Händen. »Ich denke daran, Pater«, sagte sie. Dann drehte sie sich um und ging.

12

In dem warmen Zimmer schliefen die Damen noch immer. Alys streifte den Umhang ab und kroch nackt ins Bett. Sie stopfte den durchnäßten Beutel mit den Puppen unter ihr Kopfkissen und schob sich die feuchten Strähnen aus dem Gesicht. Sie träumte, daß das Schloß ihr gehören würde und Hugos warmer Körper läge schlafend neben ihr. Sie drehte sich im Schlaf, sagte ganz leise seinen Namen und lächelte. Selbst Elizas grobes Wachschütteln konnte sie nicht aus dem zuversichtlichen Traum holen. Sie lächelte Eliza an. »Er liebt mich«, dachte Alys. »Er liebt mich, und er hat versprochen, eine Möglichkeit zu finden, damit wir beide zusammenbleiben können.«

»Mylady verlangt nach dir«, sagte Eliza mit säuerlicher Stimme. »Sie ruft nach dir, beschwert sich, daß du verschlafen hast. Beeil dich besser.«

Alys löste sich mit einem Ruck aus ihrer faulen Zufriedenheit, sprang aus dem Bett, streifte ihr dunkelblaues Kleid über, steckte hastig ihr Haar in eine dunkelblaue Kappe und lief durch die Galerie zu Lady Catherines Schlafzimmer.

»Mylady?« sagte sie beim Öffnen der Tür.

Catherine saß in ihrem Bett, ihr zartes Leinenhemd war vorne völlig zerrissen, das Bettzeug zerwühlt.

»Alys«, sagte sie und zeigte lächelnd ihre gelben Zähne. »Alys, ich bedarf deiner Künste.«

»Natürlich, Lady Catherine«, sagte Alys ruhig. »Was kann ich für Euch tun?«

»Ich glaube, ich bin guter Hoffnung«, sagte Catherine und strahlte Alys an.

Alys nickte wortlos.

»Mylord war in den letzten Wochen unersättlich«, sagte Catherine. Sie leckte sich die Lippen wie ein Gourmet, der eine Speise kostet. »Wie es scheint, kann er gar nicht genug von mir bekommen. Und jetzt bin ich schwanger.«

»Ich bin sehr glücklich«, sagte Alys leise.

»Wirklich?« reizte sie Catherine. »Bist du das wirklich? Das überrascht mich, Alys. Ich dachte, du hättest selbst Gelüste auf Lord Hugo! Aber er hat nur Augen für mich. Stimmt das etwa nicht?«

»Ich weiß, daß er viel mit Euch zusammen war, Mylady«, sagte Alys. Sie spürte, wie die Wut in ihr hochstieg und ihr das Blut in den Adern schwoll. »All Eure Hofdamen wissen, daß Mylord Euch oft besucht hat. Wir freuen uns alle über Euer Glück.«

Lady Catherines Lachen klirrte durch den Raum. »Das kann ich mir denken«, sagte sie bissig. »Und du, Alys? Hast du alle Hoffnung aufgegeben?«

»Ja«, log Alys ohne jede Mühe. »Ich bin hier, um Lord Hugh als Sekretär und Kräuterheiler zu dienen. Wenn er meine Dienste nicht mehr benötigt, werde ich nach Hause zurückkehren. Ich bin die Dienerin seines Sohnes und die Eure, Mylady. Mehr nicht.«

Catherine nickte. »Ja«, sagte sie, um die Sache noch zu betonen. »Du bist Hugos Dienerin. Er kann dich benutzen oder verstoßen. Es spielt keine Rolle.«

Alys machte schweigend einen Knicks.

»Er kann dich haben, wenn er es wünscht«, sagte Catherine schlicht. »Es spielt jetzt keine Rolle mehr. Ich war eifersüchtig auf dich und hatte Angst, du würdest ihn mir wegnehmen. Aber jetzt, da ich ein Kind erwarte, kann ihn mir keiner wegnehmen. Er kann mit dir schlafen, wenn er will. Ich habe gewonnen, Alys. Begreifst du das? Er gehört jetzt mir. Ich bin die Mutter seines Kindes. Und weder der alte Lord noch Lord Hugo werden etwas anderes in dir sehen als einen Zeitvertreib.«

Alys hielt den Blick auf den Boden gerichtet. Als Catherine verstummte, schaute sie kurz auf.

»Begreifst du das?« fragte Catherine.

Alys nickte. Sie brachte kein Wort heraus, wollte durch ihren Willen die Nachricht unwahr machen. Sie wollte, daß Catherine unfruchtbar war, unfruchtbar blieb. Es war nicht nötig, daß Catherine ihr sagte, daß sie gewonnen hatte, wenn Hugo einen rechtmäßigen Erben bekam und er seine leisen Versprechen von gestern nacht vergessen würde.

»Ich bedarf deiner Dienste«, sagte Lady Catherine in ganz anderem Tonfall. »Meine eigene Mutter ist tot, wie du weißt, und ich habe keine Freundinnen, die ich um Rat fragen kann. Meine alte Amme ist letztes Jahr gestorben, und es gibt niemanden im Schloß, der mir sagen kann, was ich für meine und die Gesundheit meines Kindes tun soll. Lord Hugh schwört, daß du kräuterkundig bist, die beste Heilerin, die ihm je begegnet ist. Ich erwarte, daß du für meine Gesundheit sorgst. Und ich erwarte auch, daß du mein Kind zur Welt bringst. Ich will einen Sohn, Alys. Du bist dafür verantwortlich.«

Alys kam ein Stück näher an das hohe Bett. »Mylady, Ihr braucht einen Arzt und eine Hebamme«, sagte sie. »Ich habe etwas Erfahrung mit Geburten, aber um Eurer Gesundheit und der des Erben willen solltet Ihr einen Arzt haben.«

Catherine tat das mit einem Achselzucken ab. »Wenn die Niederkunft naht, werde ich einen rufen lassen«, sagte sie hochmütig. »Aber in der Zwischenzeit werde ich deinen Rat und deine ständige Fürsorge haben. Du warst doch schon bei Geburten dabei, nehme ich an? Hast du Erfahrung?«

Alys schüttelte trotzig den Kopf. »Ich bin erst sechzehn«, sagte sie. »Lord Hugh war so freundlich, meinen Kräutern Vertrauen zu schenken. Er hatte seine medizinischen Berater fortgejagt und wollte sie nicht mehr sehen. Aber Ihr habt keinen Streit mit den weisen Frauen und den Hebammen um das Schloß, Mylady. Ihr solltet mit ihnen sprechen.« Sie sagte nicht, daß sie lieber sterben als für Catherine sorgen würde, aber der Haß zwischen den beiden Frauen war greifbar wie Catherines halbnackter Körper.

»Was ist mit der alten Frau in Bowes?« fragte Catherine. Sie genoß es, das Gespräch zu verlängern und zu sehen, wie Alys' blasses Gesicht immer entsetzter wurde, und zu hören, wie Alys krampfhaft nach Entschuldigungen suchte. »Würde sie gut für mich sorgen?«

Alys ging in die Falle. »Meine Verwandte Morach?« fragte sie. »O ja, natürlich. Sie hat viel Erfahrung. Sie war bei vielen Geburten dabei. Sie könnte kommen und Euch sofort untersuchen und Euch pflegen. Sie ist eine ausgezeichnete Hebamme.«

Catherine nickte. »Gut, dann nehm ich euch beide«, sagte sie triumphierend. »Ich werde die Soldaten schicken und Morach holen lassen. Sie kann hier bei uns leben. Sie kann über meine Gesundheit wachen, und ihr könnt mir beide dienen. Du wirst Tag und Nacht an meiner Seite sein, Alys. Und jetzt möchte ich, daß du mich anschaust und mir sagst: Bin ich schwanger? Ist es ein Junge?«

Alys machte einen Knicks, versuchte, sich ihren Zorn und ihre Angst nicht anmerken zu lassen, und ging dann ihr kleines Bündel aus dem Frauengemach holen.

»Was wollte sie denn von dir?« fragte Eliza, kaum daß sie durch die Tür war. »Ist sie heute schlechter Laune? Hugo war doch die ganze Nacht bei ihr, oder?«

»Ich weiß es nicht«, sagte Alys. »Jetzt ist er nicht bei ihr. Sie glaubt, daß sie schwanger ist. Ich soll es bestätigen.«

Die anderen Frauen schnatterten vor Aufregung, Elizas Augen wurden ganz rund. »Endlich«, sagte sie. »Hugo hat endlich seine Pflicht erfüllt.«

»Ja«, sagte Alys trocken. »Dem Himmel sei Dank. Und was für ein Liebesakt das war!«

»Ist es wahr?« fragte Eliza. »Sie hat es sich schon öfter eingebildet. Und wenn je Haß eine Befruchtung verhindert hat, dann wäre sie bestimmt die Richtige dafür.«

»Ich bezweifle, daß es stimmt«, sagte Alys. »Sie hat guten Grund zu lügen. Aber ich werde ihr ›ja‹ oder ›nein‹ sagen. Und ich werde es auch dem alten Lord sagen. Wenn sie lügt, werde ich es ihm sofort sagen.«

»Still«, unterbrach sie Ruth. »Geh zu ihr, Alys, sie wird schon auf dich warten. Soll ich mitkommen?«

»Ja«, sagte Alys. »Komm mit, Ruth, dann hütet sie ihre Zunge.«

»Was wirst du tun?« fragte Ruth neugierig, als Alys das Gebetbuch und den Kristall aus ihrem Beutel holte.

»Ich werde versuchen auszupendeln, ob es ein Baby gibt«, meinte Alys. »Schau nicht so erstaunt, Ruth, das ist keine besondere Kunst.«

Sie ging voran in Lady Catherines Zimmer. Catherine betrachtete sich gerade in einem gehämmerten Silberspiegel.

»Was ist das für ein Fleck auf meinem Hals?« fragte sie Alys.

Alys kam etwas näher. »Ein Bluterguß, Mylady«, sagte sie ruhig. Sie sah Abdrücke von Zähnen. Hugo hatte sie gebissen und an ihr gesaugt.

Catherine seufzte genüßlich. »Wie kann der dahingekommen sein, Alys?« fragte sie mit unschuldiger Miene.

»Ein Biß«, war Alys' knappe Antwort.

»Oh«, sagte Catherine. »Das hatte ich vergessen. Das war Hugo. Er packt mich und beißt mich und saugt, als ob er mich auffressen will. Wir werden einen Löwen haben, keinen Sohn, Alys! Denn er nimmt mich wie ein Löwe!«

Alys nickte kühl, aber ihre Wangen waren krebsrot. Catherine entgingen die Anzeichen der Eifersucht nicht. Ihr entging selten etwas.

»Bist du noch Jungfrau, Alys?« fragte sie. »Ich könnte die Heirat arrangieren, von der wir geredet haben. Der junge Soldat ist immer noch willens. Ich möchte nicht, daß du alt, ausgedörrt und ungeliebt dein Leben fristen mußt. Es ist wunderbar, wenn ein Mann verrückt nach einem ist, Alys. Wenn Hugo zu mir kommt, fühle ich mich wie eine Königin. Wenn er mich in die Arme nimmt und meinen ganzen Körper mit Küssen bedeckt! Ich kann dir gar nicht sagen, Alys, was für ein Gefühl das ist! Das ist eine so ungeheure Wonne, daß man fast ein schlechtes Gewissen bekommt – wie bei einer Todsünde.«

Alys' Zorn stieg wie Galle in ihrer Kehle hoch. »Ihr seid in der Liebe gesegnet, Mylady«, sagte sie. »Könnt Ihr mir jetzt sagen, wann Ihr das letzte Mal Eure Zeit hattet?«

Catherine runzelte die Stirn. »Vor fünf, nein, vor sechs Wochen«, sagte sie.

»Ist Euch manchmal übel?«

Catherine schüttelte den Kopf.

»Schmerzen Eure Brüste, oder sind sie geschwollen?« fragte Alys. Sie spürte, wie ihre Wangen glühten, während sie sich zwang, kühl mit Hugos Frau zu reden.

Catherine lachte. »Natürlich tun sie weh!« sagte sie hochbeglückt. Sie öffnete ihr Hemd, damit Alys sie sehen konnte. Ihre großen Brüste mit den braunen Spitzen waren auf beiden Seiten mit Reihen kleiner Blutblasen übersät.

Ruth fragte entsetzt: »Seid Ihr verletzt, Mylady?«

Catherine schloß die Augen und schwelgte in der Erinnerung: »Oh, er hat mir weh getan«, sagte sie mit sehr leiser Stimme. »Er hat mich gefesselt und dann von hinten genommen.«

Sie öffnete die Augen. Sie glühten vor lustvollen Erinnerungen. »Wünschst du dir nicht, daß er das auch mit dir macht, Alys?« fragte sie. »Bist du nicht begierig darauf? Von ihm genommen zu werden, wie von einem wilden Hengst?«

Alys räusperte sich. Ihr Mund war mit einem Mal wie ausgedörrt. »Nein, Mylady«, sagte sie schlicht. »Das Gottesurteil, das Ihr mir aufgezwungen habt, hat nicht nur meine Sinne, sondern auch meinen Charakter geklärt. Ich sehne mich nicht mehr nach dem jungen Lord. In jedem Fall«, sagte sie mit eisiger Stimme, »wäre das nicht nach meinem Geschmack. Schmerz bereitet mir keine Lust. Jetzt werde ich meine Hand auf Euren Bauch legen und sehen, ob ich das Baby auspendeln kann, Mylady«, sagte sie. »Ihr braucht keine Angst zu haben.«

Catherine nickte. Alys' kühle Gelassenheit irritierte sie. »Ich fürchte nichts«, sagte sie. »Keiner außer ihm kann mir weh tun.«

Alys holte das Gebetbuch heraus und murmelte ein paar unsinnige Worte auf lateinisch. Sie wagte nicht, die Arbeit zu segnen, wie sie es früher getan hatte. Die Erinnerung an die unversehrte Hostie war noch zu deutlich. Sie wagte nicht, den Namen des Herrn oder seiner Mutter anzurufen. Aber sie wedelte mit dem Gebetbuch herum und flüsterte so leise, daß niemand behaupten konnte, sie hätte die Arbeit ohne Segen gemacht.

Sie berührte Lady Catherines runden Bauch mit ihren eisigen kleinen Händen und sah mit boshafter Genugtuung, wie das schlaffe Fleisch unter ihrer Berührung erzitterte.

»Ist diese Frau schwanger?« fragte sie. Der Kristall beschrieb einen langsamen Kreis nach rechts. Alys biß sich auf die Lippe und schmeckte ihr eigenes Blut warm und salzig wie eine Träne. Catherine war schwanger.

»Was sagt es? Was sagt es?« fragte Catherine.

»Ihr erwartet möglicherweise ein Kind«, sagte Alys bedächtig. Nur zu gerne hätte sie es bestritten. Aber nichts würde es daran hindern, in Catherines Bauch zu wachsen. Man konnte es nicht wegzaubern.

»Frag, ob es ein Sohn ist!« befahl Catherine.

»Ist das Kind männlich?« fragte Alys.

Der Kristall beschrieb wieder einen Kreis.

Catherine stieß einen Entzückensschrei aus. »Heißt das ja?« fragte sie.

Alys nickte.

»Schick nach dem jungen Lord!« sagte sie zu Ruth. »Du bleibst hier«, sagte sie zu Alys. »Vielleicht braucht er dich.«

Alys sammelte ihren Kristall und ihr Gebetbuch auf und ging zum Fenster. Draußen blies ein frischer Wind und brachte Schnee. Der kleine Kräuter- und Blumengarten der Burg war weiß verweht. Wenn es lange und heftig schneite, würden die Soldaten aus dem Schloß nicht zu Morach durchkommen. Alys hatte große Sehnsucht danach, da draußen zu sein in der Kälte und Einsamkeit des Moores. Alles war besser als hier zu sein, in diesem heißen, kleinen Zimmer, mit dieser gehässigen Frau, nach deren Pfeife der Mann, den sie liebte, tanzte.

Hugo kam ohne anzuklopfen herein. Catherine bedeckte sich nicht. Ihr Hemd war offen, die gespreizten Brüste und ihr Bauch entblößt. Das feine Bettlaken bedeckte ihre Scham nur unzulänglich. Sie sah Hugo an, als erwarte sie, daß er sie gleich wieder nehmen würde, vor Alys, vor Ruth.

»Ihr habt nach mir geschickt, Mylady?« sagte er knapp. Alys würdigte er keines Blickes.

»Ich habe Neuigkeiten für Euch«, sagte sie. Sie klopfte auf das Bett. »Kommt und setzt Euch zu mir.«

Hugo blieb stehen. »Verzeiht, Madam, aber ich bin in Eile«,

sagte er. »Ich reite heute zur Jagd, und man wartet auf mich. Wenn ich mich nicht beeile, frieren die Pferde. Es geht ein kalter Wind.«

»Dann bleib zu Hause«, sagte Catherine einladend. Sie kuschelte sich tiefer ins Bett. Die Warzen ihrer Brüste waren bei seinem Anblick steif geworden. »Ich weiß einen Sport, der Euch amüsieren wird«, meinte Catherine.

Hugo nickte. »Heute abend, Madam. Ich habe meinem Vater Wildbret für sein Abendessen nächste Woche versprochen. Ich muß es heute erlegen.«

»Dann werde ich mich beeilen und Euch die Nachricht nicht länger vorenthalten. Eine gute Nachricht. Ich bin guter Hoffnung, und Alys glaubt, es ist ein Junge.«

Betretenes Schweigen. Hugo vermied es, Alys anzusehen.

»Eine bessere Nachricht könnte ich mir nicht wünschen«, sagte er, und man spürte, wieviel Beherrschung es ihn kostete, gelassen zu klingen. »Meine Glückwünsche, Madam. Ich hoffe, wir bekommen einen gesunden Sohn. Aber jetzt muß ich los.«

»Wohin reitet Ihr?« fragte Catherine.

Er blieb an der Tür stehen. »Nach Bowes Moor.«

»Oh, dann wartet!« sagte sie, als wäre ihr gerade erst der Gedanke gekommen. »Wartet, Mylord. Reitet zur Hütte von Alys' Verwandter und bittet sie, auf die Burg zu kommen. Gebt ihr einen Eurer Männer mit. Ich bedarf ihrer Künste, Alys braucht ihren Rat. Nicht wahr, Alys?«

»Morach hat mehr Erfahrung als ich«, sagte Alys. Sie hielt den Blick zu Boden gerichtet. Sie wußte, daß Hugo sie nicht ansah. »Aber Ihr braucht sie erst bei der Geburt, Mylady, im Oktober. Dann solltet Ihr sie holen lassen.«

»Mylord will sicher, daß ich alles für meine Gesundheit tue«, sagte Catherine bestimmt.

Hugo nickte. »Euer Wunsch ist mir Befehl, Madam. Ich kann sie heute holen lassen. Aber vielleicht will sie nicht kommen.«

Catherines blasse Augen weiteten sich erstaunt. »Dann holt sie einfach, Mylord. Wenn wir uns einig sind, daß wir sie brauchen, haben wir doch keine andere Wahl.«

Hugo verbeugte sich. »Sehr wohl, Mylady«, sagte er und wandte sich wieder zur Tür.

»Ihr habt Alys gar nicht begrüßt«, sagte Catherine. »Von jetzt an wird sie für mich unentbehrlich sein. Ihr müßt sie höflich behandeln, Hugo! Gleichgültig, welche Schnallentricks sie in der Vergangenheit versucht hat, jetzt ist sie meine liebste Hofdame!«

Hugo drehte sich widerwillig um und begegnete Alys' undurchschaubarem blauem Blick.

»Natürlich«, sagte er kühl. »Verzeiht.« Die Falten zwischen seinen Augenbrauen und in den Mundwinkeln waren tief. »Guten Tag, Alys.«

»Guten Tag, Lord Hugo«, erwiderte Alys und fühlte erneut Kälte in ihrem Körper aufsteigen. Jetzt gab es keine Möglichkeit mehr, Catherine zu verstoßen. Es würde keine Annullierung der Ehe geben. Catherine hatte gewonnen. Und Alys' eigener Zauber hatte ihr dabei geholfen.

Hugo warf Alys einen harten, zornigen Blick zu, dann wandte er sich ab und war aus der Tür, ehe Lady Catherine ihn noch einmal aufhalten konnte.

»Hol mir das rosaweiße Kleid, Alys«, sagte Lady Catherine zufrieden. »Er liebt mich in dieser Farbe. Und laß den Diener heißes Wasser und heiße Laken bringen. Ich werde baden. Er liebt es, wenn ich dufte.«

Alys machte einen Knicks wie eine Magd und tat, wie ihr befohlen.

Zu ihrer Überraschung mußte Alys feststellen, daß sie es kaum erwarten konnte, Morach zu sehen. Sie wartete in der Nähe des Außentores auf die Soldaten, die Morach von Bowes Moor bringen würden. Der Nachmittag war bitterkalt, das Licht stumpf und farblos. Die schneeschwangeren Wolken lagen schwer auf den grauen abweisenden Mauern des Schlosses. Die Schneeflocken, die beständig im Wind wirbelten, waren die einzige Lichtquelle in dieser düsteren Welt. Alys wickelte sich fest in ihren Umhang und steckte die kalten Hände in die Ärmel, während sie darauf wartete, daß die Soldaten Morach brachten.

Sie hörte sie, bevor sie sie sah. Das Klappern der Hufe auf dem Kopfsteinpflaster und dann das hohle Dröhnen beim Überqueren der Zugbrücke. Sie trat aus dem Bogen des Tores, als der Mann sein Pferd zügelte und die eingewickelte Morach herunterwarf, als könne er es gar nicht erwarten, sie loszuwerden.

»So, gute Lady!« sagte er. »Jetzt hört endlich auf, mich anzufauchen! Da ist Alys, um Euch zu begrüßen und Euch Euer Quartier zu zeigen. Ihre Schuld ist es, daß man Euch von Eurem rauchigen Kamin weggeholt hat, nicht meine!«

»Hallo, Morach«, sagte Alys.

Morach schüttelte sich und zog sich ihre Schals um die gebeugten Schultern.

»Alys«, sagte sie. Sie musterte das Mädchen kritisch, sah, wie verhärmt ihr weißes Gesicht war.

»Harte Zeiten«, sagte sie. Es war keine Frage.

»Tut mir leid, wenn sie dich gegen deinen Willen gebracht haben«, sagte Alys. »Es war Lady Catherines Idee und ihr Befehl. Nicht meiner.«

Morach nickte. »Sie kriegt ein Kind, was?« fragte sie.

Alys nickte.

»Die Puppen haben das gemacht?«

Alys zog Morach in den Schutz der Mauer und flüsterte ihr ins Ohr.

»Ich weiß es nicht«, sagte sie. »Wie kann man das feststellen? Hugo sagt, er ist aus freien Stücken zu ihr gegangen, aber bevor ich den Zauber beschworen habe, ist er nie so zu ihr gegangen. Und es war irgendwie...« Sie hielt inne. »Irgendwie total widernatürlich, wie sie zusammen waren.«

»Widernatürlich?« Morach lachte höhnisch. »Seit wann kann man der Natur Grenzen setzen, Kind? Was meinst du damit? Daß er sie wie ein Hund nimmt? Daß er sie schlägt? Daß er sein Jagdhorn bläst, wenn er kommt?«

Alys mußte unwillkürlich kichern. »Nein, das nicht!« sagte sie. »Aber alles andere. Und er fesselt sie an sich. Ich hab die Puppen mit einem Band zusammengebunden. Glaubst du, das habe ich verursacht?«

Morach war nicht aus der Ruhe zu bringen. »Könnte sein«, sagte sie. »Könnte aber auch seine Natur sein. Bring mich rein, Kind, mich friert.«

Alys nickte dem Wächter zu, nahm Morachs Bündel und führte sie durch den äußeren Burgfrieden, über die innere Zugbrücke und durch den triefenden Garten des inneren Burgfriedens in den Hauptteil der Burg. Sie führte Morach ohne anzuhalten durch die große Halle, aber Morach ließ sich Zeit und schaute sich überall um.

»Erzähl mir vom Haushalt«, sagte sie, als Alys sie weiterzerrte. »Das ist Lord Hughs Halle?«

Alys nickte.

»Ich war schon mal hier als Zeuge, als man Farmer Ruley wegen Diebstahls angeklagt hat«, sagte Morach. »Der alte Lord saß hinter dem Tisch auf seinem großen geschnitzten Stuhl.«

»Hier hält er vierteljährlich Gericht«, sagte Alys kurz. »Und hier ißt er mittags und abends.« Sie zog Morach die Treppe zur Plattform hoch und schlug den Gobelin am hinteren Teil der kleinen Bühne beiseite. »Hier kommen wir herein«, sagte sie. »Hier draußen im Vorraum warten wir, wenn wir früher dran sind als die Lords und Mylady. Manchmal treffen sie sich hier und unterhalten sich.« Sie deutete mit dem Kopf zu einer Tür. »Hier entlang geht's zu Lord Hughs Rundturm, seinen Soldaten und zum Schlafgemach des jungen Lords.« Sie zog Morach die Treppe zur Linken hoch. »Das ist die Treppe zur Damengalerie über der Halle – wir wohnen hier. Im Rundturm bist du nicht willkommen, außer auf Befehl des Lords.«

Morach nickte, folgte Alys die Treppe hinauf und sah sich unterwegs die Gobelins an, die zu beiden Seiten hingen.

»Ich soll ein neues Zimmer kriegen, das ich dann mit dir teile«, sagte Alys. »Aber wir sind immer noch im Frauenquartier untergebracht. Lady Catherine schläft neben der Galerie, die anderen Frauen teilen sich ein Zimmer gegenüber, und wir sollen ein kleines Zimmer daneben kriegen. Da haben sie vorher Holz gelagert. Ich habe gesagt, wir brauchen Platz, um Kräuter zu destillieren und unsere Tränklein zuzubereiten. Mir wäre es lieber gewesen, wenn wir beim alten Lord im Turm untergebracht wären. Aber Catherine läßt mich nicht aus den Augen.«

»Wegen des jungen Lords?« fragte Morach etwas kurzatmig vom Treppensteigen.

Alys nickte. »Sie war eifersüchtig«, platzte es plötzlich aus ihr heraus. »Sie hat mich zu einem Gottesurteil gezwungen. Sie hat versucht, mich loszuwerden, Morach. Hugo hatte ihr erzählt, daß er mich liebt. Und gestern nacht war ich mit ihm allein, und er hat versprochen ... hat versprochen ...« Alys verstummte mit grimmigem, traurigem Gesicht. »Das alles spielt jetzt keine Rolle mehr«, sagte sie mit zittriger Stimme. »Es ist gleichgültig, was er zu mir gesagt hat oder was für Pläne wir gemacht haben. Ich hab davon geträumt, hier seine Lady zu sein. Aber es hatte keine Bedeutung. Sie ist jetzt schwanger. Ihre Stellung ist unangreifbar.«

Morach nickte. Alys führte sie zur Damengalerie und öffnete die Tür in der rechten Ecke des Zimmers. »Lady Catherines Gemach liegt gegenüber«, sie deutete darauf. »Es geht auf den inneren Hof, deshalb ist es wärmer. Die anderen Damen schlafen neben uns, mit Blick auf den Fluß. Unser Zimmer ist wie ihres.«

Morach betrat das Zimmer und sah sich um. »Ein Bett«, stellte sie befriedigt fest. »Ich hab noch nie in einem Bett geschlafen.«

»Ein halbes Bett«, warnte sie Alys. »Wir müssen es teilen.«

»Und ein gutes Feuer und eine Truhe für unsere Sachen«, sagte Morach nach kurzer Bestandsaufnahme. »Ein kleiner Spiegel und ein Kasten. Alys, das ist viel komfortabler als die Kate für den Winter.«

»Und viel gefährlicher«, warnte Alys. »Das Gottesurteil war kein Scherz.«

Morachs Blick war ohne jedes Mitleid. »Du hast dich doch rausgelogen«, sagte sie ganz sachlich.

Alys nickte. »Ich habe teuer dafür bezahlt«, sagte sie sehr leise. Im Geiste sah sie immer noch die geweihte Hostie, die sie gekaut, geschluckt und dann völlig unversehrt in den Kamin erbrochen hatte. »Ich stehe außerhalb der Gnade Gottes«, sagte sie. »Danach habe ich die Puppen beschworen.«

»Das einzig Richtige«, sagte Morach. »Wenn ein Herr dich nicht beschützt, such dir einen anderen. Wie sollst du sonst überleben? Wenn du nicht in der Gnade Gottes stehst, mußt du dir die Magie zunutze machen. Sonst könntest du genausogut im Hemd in den Sturm hinausgehn. Ein bißchen Macht braucht der Mensch.«

Alys nickte. »Hugo hat versprochen, mich zu beschützen«, sagte sie. »Erst gestern nacht hat er mir geschworen, er liebt mich – er hat gesagt, er würde Catherine aufgeben und sogar das Schloß, um mit mir zusammenzusein. Es ist genau, wie du prophezeit hast, Morach, und ich es geträumt habe. Er hat gesagt, er würde Catherine für mich aufgeben. Und ich habe gesagt, ich würde die Magie aufgeben. Er und ich sind ohne sie sicherer.«

Morach machte eine abfällige Geste mit einer schmutzigen Hand. »All diese Versprechungen«, sagte sie voll höhnischer Ehrfurcht. »Aber jetzt weiß er, daß seine Frau ein Kind erwartet.«

Alys nickte betrübt. »Ja.«

»Hast du seither schon mit ihm geredet?« fragte Morach.

»Nein«, erwiderte Alys. »Wir waren nie allein.«

»Aber er hat dir ein Zeichen gemacht, oder? Dich auf der Treppe abgefangen und gesagt: ›Keine Angst, Schätzchen!‹«

»Er ist auf der Jagd«, verteidigte ihn Alys.

»Hat er dir eine Nachricht geschickt, daß zwar die reiche Lady Catherine seinen Sohn und Erben unter dem Herzen trägt, du aber immer noch seine einzige Liebe bist und alle Versprechen gelten? Daß er sie wegschicken wird und dich an ihren Platz setzt?«

Alys schüttelte betroffen den Kopf.

Morach lachte krächzend. »Dann solltest du besser um eine Totgeburt beten«, sagte sie freundlich. »Oder um einen Idioten, einen Schwächling oder ein kränkliches Mädchen aus einem geborstenen Leib, der nie wieder ein Kind austragen kann. Was darf's denn sein, Alys? Vielleicht etwas, das ein bißchen stärker ist als Gebete? Ein kleiner Zauberspruch, damit Catherine eine Fehlgeburt hat? Kräuter im Essen? Gift auf den Laken, damit ihre Haut anschwillt und Blasen schlägt, um das Baby zu vergiften, wenn es rauskommt?«

»Still«, sagte Alys mit einem Blick auf die massive Tür. »Sprich nicht davon, solange du hier bist, Morach. Denk es nicht einmal. Ich bin im Pentagramm gestanden. Ich habe meine Macht von den Fußsohlen bis in die Fingerspitzen gespürt.«

Morach seufzte zufrieden. »Du bist soweit«, sagte sie. »Endlich.«

»Ich will es nicht«, zischte Alys. »Ich habe die Macht und ihre Wonnen gespürt, und ich habe es genossen. Ich weiß jetzt, was du meinst, Morach, es ist wie der stärkste Wein. Aber das wird nicht mein Weg sein. Ich werde Hugo vertrauen. Ich werde mich auf das verlassen, was er versprochen hat. Und ich werde mein Versprechen halten, mich von meiner Magie zu befreien. Ich will diese Macht loswerden. Ich will eine ganz normale Frau sein. Ich will ein normales Leben und seine Wonnen. Nicht deines.«

Morach lachte stillvergnügt, als wäre das alles egal.

»Ich werde Hugo ganz bestimmt die Treue halten«, sagte Alys. »So schwer es auch in den nächsten Monaten sein mag. Wir haben uns das Versprechen gegeben. Ich habe ihm meine Liebe gegeben, ich werde ihm treu bleiben.«

Morach tat ihre Worte mit einem Schulterzucken ab. »Vielleicht«, sagte sie, nicht sonderlich beeindruckt. »Aber was ist mit den Puppen? Sind sie an einem sicheren Ort?«

»Ich will sie loswerden«, flüsterte Alys. »Gestern nacht habe ich eine in den Graben geworfen, aber sie ist nicht untergegangen. Ich mußte ins Wasser und sie rausholen. Sie hat mich fast ertränkt, Morach. Es war die Puppe von Lady Catherine, und ich hatte das Gefühl, sie hat mich hineingezerrt. Ich hab gehört, wie sie gelacht hat, als ich untergangen bin. Ich hab sie lachen hören, Morach! Ich will die Puppen loswerden. Du mußt sie zurücknehmen.«

Morach zog einen Hocker zum Feuer und schaute einen Augenblick lang in die Flammen. Als sie den Kopf wieder hob, war ihr Gesicht grau. »Sie gehören dir«, sagte sie. »Deine Kerzen, deine Befehle, deine Puppen. Ich will sie nicht um mich haben. Ich will sie nicht. Es überrascht mich nicht, daß sie versucht haben, dich zu ertränken. Ein Schatten umgibt sie, den ich deutlich sehen kann. Aber der sieht aus wie Wasser.«

»Viel Wasser?« fragte Alys. Sie schaute ins Feuer wie Morach. Aber sie sah nur die dunklen Torfflecken und rote Glut.

»Eine Lunge voll reicht«, sagte Morach verbittert. »Zuviel, wenn es deine Lunge ist. Auf jeden Fall gehören die Puppen dir.«

»Kann ich sie vergraben?« fragte Alys.

Morach zuckte die Achseln. »Das könntest du. Der Schatten, den ich sehe, ist Wasser, nicht Erde.«

»Kann ich sie ins Feuer werfen und schmelzen und verbrennen?«

Morach legte ihren Kopf zur Seite und schaute ins Feuer. »Ein riskantes Glücksspiel«, sagte sie.

»Was soll ich denn dann mit ihnen machen?« fragte Alys irritiert.

Morach lachte boshaft. »Das hättest du dir vorher überlegen sollen.«

Alys wartete.

»Also gut«, sagte Morach. »Wenn das Wetter sich bessert, gehen wir ins Moor und werfen sie in eine der Höhlen. Wenn ihr Schatten Wasser ist, kriegen sie dann reichlich davon. Vielleicht können wir ihnen durch einen Zauber ihre Macht wegnehmen. Wo bewahrst du sie auf?«

»An mir«, erwiderte Alys. »In einem Beutel an meinem Gürtel. Ich hatte kein eigenes Zimmer und fürchtete, man könnte sie finden.«

Morach schüttelte den Kopf. »Das ist nicht sicher«, sagte sie streng. »Du darfst sie nicht in deiner Nähe haben, wo sie deine Stimme hören, deinen schlimmsten Gedanken lauschen. Gibt es denn nirgendwo ein Versteck für sie?«

Alys schüttelte den Kopf und überlegte. »Ich bin nie allein!« sagte sie erbost. »Tag und Nacht ist jemand bei mir. Selbst wenn ich im Kräutergarten bin, ist ständig jemand in meiner Nähe, ein Diener, ein Gärtner oder einer der Küchenjungen.«

Morach nickte. »Versteck sie irgendwo, wo es stinkt«, riet sie. »Im Schloßmisthaufen oder in einer Latrine. Irgendwo, wo nicht einmal ein neugierges Kind nachschaut.«

»Außen an der Garderobe!« rief Alys. Sie zeigte in die Ecke des

Raums, in der ein rundes Loch in der Wand war, mit einem Holzdeckel. »Dort kann man sich erleichtern«, sagte sie. »Und der Kot fällt in den Graben. Dort würde keiner suchen. Ich kann sie an einem Stück Schnur unter den Sitz hängen.«

Morach beäugte die Vorrichtung. »Das geht«, sagte sie. »Mit der Zeit werden sie dreckig und modrig. Keiner wird sie sehen.«

»Ich bin froh, daß du da bist«, gestand Alys. »Jetzt werde ich heißes Wasser für dich bringen lassen. Du mußt baden.«

13

Morach wehrte sich heftig gegen das Baden. Sie wollte sich nicht nackt vor Alys ausziehen und war überzeugt, das Wasser würde sie krank machen.

»Du riechst«, sagte Alys unverblümt. »Du stinkst widerlich, Morach. Lady Catherine wird dich nicht in ihrer Nähe dulden, solange du so stinkst, schlimmer als ein Misthaufen im August.«

»Dann kann sie mich in meine Hütte zurückschicken«, schimpfte Morach, als die Diener mit der großen Wanne und den Kannen mit heißem Wasser die Treppe heraufkamen. »Ich hab nicht darum gebeten, daß irgendein Tölpel von Mann durch meinen Garten reitet und mich entführt, damit ich einer Frau bei der Geburt eines Kindes helfe, das gerade erst gezeugt worden ist.«

»Ach, halt den Mund«, sagte Alys ungeduldig. »Wasch dich, Morach. Von oben bis unten. Und die Haare auch.«

Sie überließ Morach dem dampfenden Bad, und als sie zurückkam, saß Morach in ein Bettlaken gewickelt am Feuer.

»Leute sterben vom Naßwerden«, sagte sie grimmig.

»Vom Dreck auch«, erwiderte Alys. »Zieh das an.«

Sie hatte ein schlichtes grünes Kleid für Morach besorgt, das Kleid einer Arbeiterin, ohne Mieder und Überrock, und als sie angezogen und der Gürtel gebunden und ein halber Meter Stoff zu einem dicken Saum hochgenäht war, sah sie ganz anders aus.

»Wie alt bist du, Morach?« fragte Alys neugierig. Solange sie denken konnte, war Morach für Alys immer gleich alt gewesen. Immer schon mit gebeugtem Rücken, immer schon grau, immer schon faltig, immer schon dreckig.

»Alt genug«, sagte Morach ungnädig. »Ich setz diese verdammte Kappe nicht auf.«

»Dann kämm ich dir wenigstens die Haare«, sagte Alys.

Morach schubste sie weg. »Hör auf, Alys«, sagte sie. »Ich mag vielleicht fern von meinem eigenen Herd sein, aber ändern werde ich mich nicht. Ich will nicht, daß du mich anfaßt, ich will dich nicht anfassen. Ich bin ein Igel, kein Kaninchen. Faß mich nicht an, dann wirst du auch nicht gestochen.«

Alys schrak zurück. »Du wolltest nie, daß ich dich anfasse. Selbst als ich noch ein kleines Mädchen war. Selbst als Baby hättest du mich wahrscheinlich nicht angefaßt, wenn du es nicht gemußt hättest. Ich kann mich nicht erinnern, je auf deinen Knien gesessen zu sein. Ich kann mich nicht erinnern, daß du je meine Hand gehalten hast. Du bist eine kalte Frau, Morach, und hart. Und du hast mich aufgezogen mit dieser ständigen Sehnsucht nach ein bißchen Zärtlichkeit.«

»Aber du hast sie doch gefunden, oder?« fragte Morach ohne eine Spur von Reue. »Du hast doch die Mutter gefunden, die du wolltest?«

»Ja«, mußte Alys zugeben. »Ja, ich habe sie tatsächlich gefunden. Und ich danke Gott, daß ich sie gefunden habe, ehe ich mich aus Dankbarkeit Tom an den Hals geworfen hatte.«

Morach strahlte. »Und wie hast du ihr diese Liebe gedankt?« fragte sie. »Was für eine Tochter warst du denn, Alys?«

Alys drehte ihr aschfahles Gesicht Morach zu. »Nicht!«

»Nicht?« fragte Morach bewußt begriffsstutzig. »Was, nicht? Ich soll wohl nicht sagen, daß dir diese Liebe so viel bedeutet hat, daß du bei der ersten Nase voll Rauch wie eine verbrühte Katze davongestoben bist? Dich nicht daran erinnern, daß du sie mit all deinen Schwestern verbrennen hast lassen, während du schnell nach Hause gerannt bist? Dich nicht daran erinnern, daß du ein Judas bist? Ich bin vielleicht gefühlskalt, aber wenigstens habe ich meine Ehre. Ich habe mich dazu entschlossen, dich zu ernähren und dir ein Dach über dem Kopf zu geben, und ich habe mein Versprechen gehalten. Und ich habe noch mehr als das getan – das zu vergessen dir jetzt in den Kram paßt. Aber ich habe dich auf Knien gewiegt und dir Geschichten erzählt. Ich habe dich beschützt, wie ich es versprochen habe. Ich hab dich all meine

Künste gelehrt. Von Anfang an durftest du immer zuschauen. Es hat immer eine weise Frau im Moor gegeben, und du solltest meine Nachfolgerin werden. Aber du warst zu klug, um weise zu sein. Du mußtest dein eigenes Schicksal finden, also hast du versprochen, deine Mutter und ihren Gott auf ewig zu lieben. Doch beim ersten Anzeichen von Gefahr bist du wie ein Reh geflüchtet. Du bist eine Frau ohne Loyalität, Alys. Bei dir gilt nur, was gerade deinem Zweck dient.«

Alys hatte sich abgewandt und schaute aus dem Fenster, wo die Sonne gerade durch die Schneewolken brach. Morach sah ihre Hände auf der steinernen Fensterbank, sie klammerte sich so fest daran, daß ihre Knöchel weiß glänzten. »Ich bin nicht sehr alt«, sagte sie mit zittriger Stimme. »Ich bin noch nicht einmal siebzehn. Ich würde nicht wieder weglaufen. Ich habe seit dem Brand einiges gelernt.«

»Was gelernt?« fragte Morach.

»Ich habe eingesehen, daß es für mich besser gewesen wäre, mit ihr zu sterben, als mit ihrem Tod auf dem Gewissen weiterzuleben«, sagte Alys. Sie drehte sich zurück zum Zimmer, und Morach sah, daß ihr Gesicht tränenüberströmt war. »Ich dachte, die Hauptsache wäre, daß ich überlebe. Jetzt weiß ich, daß ich meine Flucht zu teuer bezahlen mußte, viel zu teuer. Es wäre besser für mich gewesen, wenn ich an ihrer Seite gestorben wäre.«

Morach nickte. »Weil du jetzt allein bist.«

»Sehr allein«, wiederholte Alys.

»Und immer noch in Gefahr«, bestätigte Morach.

»In Todesgefahr, jeden Tag«, sagte Alys.

»Und tief in Sünde verstrickt«, endete Morach befriedigt.

Alys nickte. »Mir kann nicht vergeben werden. Ich werde nie beichten können. Ich werde nie Buße tun können. Der Himmel ist für mich unerreichbar.«

Morach lachte leise. »Also doch meine Tochter«, sagte sie, als wäre Alys' Verzweiflung eine wunderbare Posse. »Meine Tochter in jeder Hinsicht.«

Alys überlegte kurz und ließ dann langsam ihren Kopf zum Eingeständnis ihrer Niederlage sinken.

Morach nickte. »Du kannst vielleicht immer noch eine weise Frau werden«, sagte sie bedächtig. »Du mußt mit ansehen, wie alles den Bach hinuntergeht. Du mußt mit ansehen, wie dir alles durch die Finger gleitet, ehe du weise genug bist, ohne all das auszukommen.«

Alys schob bockig ihr Kinn vor. »Ich habe Hugo. Ich habe sein Versprechen. Noch bin ich keine arme, alte Hexe im Moor.«

Morach grinste sie an. »Oh, ja«, sagte sie. »Ich habe ja vergessen, daß du Hugo hast. Welche Freude!«

Alys ließ ihre Hände fallen. »Es ist wirklich eine Freude«, sagte sie trotzig.

Morach grinste wieder. »Hab ich das nicht gesagt?« fragte sie. »Nun denn! Wann seh ich sie? Catherine. Wann seh ich sie?«

»Du wirst sie Lady Catherine nennen«, warnte Alys sie. »Wir können jetzt zu ihr gehen. Sie näht in der Galerie. Aber paß auf, was du sagst, Morach. Kein Wort über Magie, sonst sind wir beide verloren. Sie fürchtet mich nicht mehr als Rivalin, aber der Versuchung, mich loszuwerden, würde sie nicht widerstehen, wenn du ihr die Argumente lieferst, wieder ein Gottesurteil von mir zu verlangen.«

Morach nickte. »Ich vergesse nichts. Mich kauft man nicht mit dem Kleid einer Hure. Ich werde schweigen, bis es an mir ist zu reden.«

Alys nickte und öffnete die Tür. Die Frauen saßen am hinteren Ende der Galerie, wo die fahle Wintersonne durch die Schießscharten auf ihre Arbeit schien. Alle starrten zur Tür, als Alys Morach ins Zimmer führte.

»Und überhaupt«, sagte Morach hinter vorgehaltener Hand. »Ich war es schließlich nicht, die Zauberpuppen benutzt hat, nicht wahr, Alys?«

Alys warf Morach einen wütenden Blick zu und trat vor. »Lady Catherine«, sagte sie. »Darf ich Euch meine Verwandte, Morach, vorstellen.«

Lady Catherine hob den Kopf von ihrer Näharbeit. »Ah, die listige Frau«, sagte sie. »Morach von Bowes Moor. Danke, daß du gekommen bist.«

Morach nickte. »Mir braucht Ihr nicht zu danken«, sagte sie.

Lady Catherine lächelte anerkennend über das Kompliment.

»Weil ich nicht aus freien Stücken gekommen bin«, sagte Morach unumwunden. »Sie sind vor meine Hütte geritten und haben mich aus dem Garten gezerrt. Sie sagten, es geschähe auf Euren Befehl. Es steht mir also frei zu gehen, wenn ich will?«

Catherine war etwas entsetzt. »Ich habe nicht ...«, begann sie. »Nun ja ... Aber Morach, die meisten Frauen wären froh, wenn sie ins Schloß kommen, mit meinen Hofdamen leben und gut essen könnten und in einem Bett schlafen.«

Morach grinste unter ihren dichten grauen Haaren. »Ich bin nicht ›die meisten Frauen‹, Mylady«, sagte sie genüßlich. »Ich bin ganz anders als die meisten Frauen. Also wäre ich Euch dankbar, wenn Ihr mir sagen würdet: Kann ich gehen und kommen, wie ich will?«

Alys holte Luft und wollte sie unterbrechen, doch dann zögerte sie. Morach konnte riskieren, was sie wollte, offensichtlich wollte sie mit Lady Catherine feilschen. Sie ließ Morach allein mitten im Zimmer stehen, setzte sich neben Eliza und betrachtete ihre Stickerei.

»Natürlich steht dir das frei«, sagte Lady Catherine. »Aber ich brauche deine Hilfe. Ich habe keine Mutter und keine Familie, die mir raten kann. Jeder sagt mir, du wärst die Erfahrenste im ganzen Land bei der Geburtshilfe und zur Beschwörung von bösen Geistern. Stimmt das?«

»Das mit den bösen Geistern nicht«, sagte Morach frech. »Das ist nur Verleumdung und Giftgeschwätz. Ich verstehe nichts von Flüchen und Zaubersprüchen. Aber ich bin eine Heilerin und kann Kinder schneller als die meisten zur Welt bringen.«

»Wirst du meines zur Welt bringen?« fragte Lady Catherine. »Wenn er im Oktober geboren wird? Versprichst du mir, im Oktober einen gesunden Sohn zur Welt zu bringen?«

Morach grinste. »Wenn Ihr im Januar einen gesunden Sohn empfangen habt, kann ich ihn im Oktober zur Welt bringen. Ansonsten ... wahrscheinlich nicht.«

Lady Catherine beugte sich vor. »Ich bin mir sicher, daß ich einen Sohn empfangen habe. Kannst du das feststellen? Kannst du mir das versichern? Alys hat gesagt, es wäre ein Junge, kannst du das bestätigen, ohne jeden Zweifel? Kannst du feststellen, ob er gesund ist?«

Morach nickte, rührte sich aber nicht von der Stelle. »Ich kann feststellen, ob es ein Mädchen oder ein Junge ist. Und später kann ich sagen, ob es richtig liegt.«

Lady Catherine winkte sie zu sich.

»Wenn ich will«, sagte Morach, ohne sich zu bewegen. »Ich kann das Geschlecht eines Kindes feststellen – wenn ich will.«

Ein Raunen des Entsetzens ging durch den Raum. Ruth schaute kurz zu Alys, um zu sehen, wieviel Angst ihr die Kühnheit ihrer Verwandten machte. Alys' Gesicht zeigte keinerlei Regung. Sie wußte, daß Morach immer gnadenlos mit ihren Kunden feilschte, und Lady Catherines Haß auf Alys konnte kaum noch größer werden.

»Alys, sag deiner Verwandten, sie soll ihre Zunge hüten, sonst lasse ich sie den Hunden vorwerfen«, sagte Lady Catherine warnend.

Alys hob den Kopf von Elizas Stickerei und lächelte Lady Catherine ohne eine Spur von Furcht an. »Ich kann ihr nicht befehlen, Mylady«, sagte sie. »Sie wird sagen und tun, was ihr gefällt. Wenn Ihr sie nicht mögt, solltet Ihr sie nach Hause schikken, es gibt viele weise Frauen im Land. Morach ist nichts Besonderes.«

Bei dieser Spitze zog Morach kurz eine Augenbraue hoch, sagte aber nichts.

Lady Catherine hob irritiert die Schultern. »Was willst du denn?« fragte sie Morach. »Was willst du dafür haben, daß du mir das Geschlecht des Kindes sagst und mich in den Monaten des Wartens pflegst und mir einen Jungen zur Welt bringst?«

»Einen Schilling im Monat«, sagte Morach. Sie zählte ihre Forderungen an den Fingern ab. »Bier und Essen, soviel ich will. Und das Recht, im Schloß aus und ein zu gehen ohne Behinderung und Fragen, Tag und Nacht.«

Lady Catherine mußte wider Willen lachen. »Du bist eine alte Schacherin«, sagte sie. »Ich hoffe, du bringst Kinder genausogut zur Welt, wie du feilscht.«

Morach bedachte sie mit einem bedächtigen, finsteren Lächeln. »Und einen Esel, damit ich zu meiner Hütte reiten kann, sooft ich will«, fügte sie hinzu.

Lady Catherine nickte.

»Sind wir uns einig?« fragte Morach.

»Ja«, bestätigte Catherine.

Morach trat vor, spuckte in die Hand und streckte sie Catherine entgegen. Ruth, die zu ihren Füßen saß, wich zurück, als hätte sie Angst, sich anzustecken, doch Lady Catherine beugte sich zu Alys' Überraschung vor und drückte Morachs Hand.

»Komische alte Frau, deine Verwandte«, flüsterte Eliza.

»Sie ist eine alte Vettel«, sagte Alys, plötzlich unerklärlich irritiert. »Ich wünschte, sie wäre gar nicht gekommen.«

»Mylord hat nach dir gefragt, Alys«, sagte Lady Catherine, ohne sie eines Blickes zu würdigen. »Lord Hugh ist in seinem Gemach. Er hat ein paar Schreibarbeiten für dich.«

Alys erhob sich und machte einen Knicks. Sie sah kurz zu Morach. Die alte Frau war die einzige im Zimmer, die untätig war. Alle, sogar Lady Catherine, hatten eine Handarbeit in den Händen. Sie zwinkerte Alys zu und zog sich einen Hocker näher zum prasselnden Feuer.

»Deine Verwandte wird sich gut bei uns machen«, sagte Lady Catherine. »Ich habe ein paar einfache Näharbeiten, die du machen kannst, Morach.«

Morach lächelte sie an. »Ich nähe nicht, Mylady«, sagte sie freundlich.

Wieder ging ein leises Raunen durch den Raum, doch Lady Catherine schien belustigt. »Willst du untätig herumsitzen, mit leeren Händen? Während wir alle arbeiten?« fragte sie.

Morach nickte. »Ich bin hier, um Euch und das Kind zu beobachten«, sagte sie hochmütig. »Ich muß sehen können – mit meinen Heileraugen. Wenn Ihr irgendeine Näherin braucht« – sie lächelte die fleißigen Frauen freundlich an, »irgendeine Näherin braucht, die Euch eine Kappe näht, die gibt es reichlich. Mich gibt's nur einmal.«

Catherine lachte. Alys lächelte nicht einmal. Sie knickste kurz vor Catherine, dann verließ sie das Zimmer. Erst als sie im runden Turm war und die kleine Wendeltreppe zu Lord Hughs Schlafgemach hinaufstieg, merkte sie, daß ihr der Kiefer weh tat, so fest hatte sie die Zähne zusammengebissen.

Lord Hugh saß an einem Tisch, vor sich ein dicht beschriebenes, aufgerolltes dünnes Papier.

»Alys«, sagte er, als sie eintrat. »Ich brauche dich, um mir das vorzulesen. Es ist so klein geschrieben. Ich kann es nicht sehen.«

»Aus London?« fragte Alys.

Der alte Lord nickte. »Meine Brieftaube hat es mir gebracht«, sagte er. »Kluge kleine Vögel, und das bei diesem schlechten Wetter. Es muß dringend sein, wenn man sie in den Schnee hinausschickt. Was steht drin?«

Der Brief war von einem Informanten Lord Hughs bei Hof. Er war ohne Unterschrift, der Name des Königs, der Königin, Cromwells und der anderen Lords durch Zahlencode ersetzt. Lord Hugh hatte seine eigenen Methoden, dafür zu sorgen, daß der Souverän seinem treuen Vasallen keine Überraschungen bereitete.

Alys überflog den Brief, hob den Kopf und sah Lord Hugh an. »Ernste Neuigkeiten«, sagte sie.

Hugh nickte. »Erzähl.«

»Er sagt, die Königin ist bettlägrig. Sie erwartete ein Kind, einen Jungen, und sie hat ihn verloren«, sagte sie.

»Oh«, sagte Lord Hugh leise. »Das ist schlecht für sie.«

»Sir Edward Seymour soll Mitglied des Kabinetts werden.« Sie warf Lord Hugh einen Blick zu. Er nickte und schaute ins Feuer.

»Die Königin gibt dem Schock über den Sturz Seiner Majestät die Schuld an der Fehlgeburt«, las Alys laut. »Aber es gibt einen, der behauptet, er hätte den König sagen hören, Gott wird ihm mit der Königin keinen Knaben schenken.«

»Das war's dann«, sagte Lord Hugh.

Alys schaute ihn fragend an. »Das war's dann für die Königin«, sagte er leise. »Es wird wieder eine Scheidung geben, vermute ich. Oder sie wird zur Konkubine erklärt, und man wendet sich wieder Rom zu. Er ist Witwer, jetzt, wo Katharina tot ist.«

»Könnte er denn zum Papsttum zurückkehren?« fragte Alys ungläubig.

»Vielleicht«, erwiderte Lord Hugh leise. »Königin Anne wird gehen müssen, daran gibt's keinen Zweifel. Fehlgeburt, Schuld...« Er unterbrach.

»Er könnte den Priestern zurück zur Macht verhelfen?« fragte Alys. Lord Hugh sah Alys an und lachte. »Vielleicht gibt's doch noch ein sicheres Nonnenkloster für dich, Alys. Wie findest du das?«

Alys schüttelte verwirrt den Kopf. »Ich weiß nicht, was ich denken soll. Es kommt so plötzlich!«

Lord Hugh lachte wieder. »Ja«, sagte er. »Du mußt schnell springen, wenn du mit dem Gewissen des Königs Schritt halten willst. Diese Heirat ist jetzt auch gegen den Willen des Himmels, wie es scheint. Und Seymours Stern ist am Aufgehen.«

Er zeigte mit dem Kopf auf eine Ledertasche mit Briefen. »Die sind per Boten gekommen«, sagte er. »Schau sie durch, ob etwas dabei ist, was ich wissen sollte.«

Alys brach das erste Siegel. Das Schreiben war in normalem Englisch abgefaßt und trug ein Datum von Januar.

»Von Eurem Cousin Charles. Er sagt, es wird neue Gesetze gegen Bettelei geben«, las Alys.

Lord Hugh nickte. »Laß das Stück aus«, sagte er. »Du kannst es mir später erzählen.«

»Es ist der kälteste Winter seit Menschengedenken«, las Alys vor. »Die Themse ist zugefroren, so daß die Barken nicht fahren können. Die Bootsmänner leiden sehr, viele verhungern aus Mangel an Arbeit. Einige Boote sind im Eis eingeschlossen und werden langsam zerquetscht. Man überlegt, ob man einen Winterjahrmarkt abhalten sollte.«

Lord Hugh winkte ab. »Lies mir das später vor«, sagte er. »Irgend etwas, was den Norden betrifft? Irgendwelche neuen Steuern?«

Alys schüttelte den Kopf. »Er schreibt über den Unfall des Königs. Ein Sturz beim Turnier.«

»Das hab ich schon gewußt. Sonst noch etwas?«

»Er schlägt vor, daß Ihr schriftlich Euren Anspruch auf die Klosterländereien, die an Euer Gut grenzen, untermauert«, sagte Alys. Sie fühlte, wie ihre Lippen jedes Wort exakt formten, während sie an die breiten, fruchtbaren Felder zu beiden Seiten des Flusses dachte. Mutter Hildebrande war immer vor der Heuernte durch die Wiesen spaziert, hatte den betäubenden Duft der wildwachsenden Blumen, die im Gras wucherten, eingeatmet. An Sommerabenden reichte ihr Parfüm über den Fluß bis in die Gärten und die Zimmer, ja sogar in die Kapelle. Jetzt waren diese Ländereien Kriegsbeute – gegen Höchstgebot zu haben.

»Er schreibt: ›Ihr und Hugo werdet sehr gelobt für die Waren, die Ihr nach Süden geschickt habt, und Euren loyalen Eifer. Jetzt ist der richtige Zeitpunkt, um den König dazu zu bringen, Eure Mühe zu belohnen. Er hat auch ein offenes Ohr für Geldangebote für das Land, Pachtverträge oder Landtausch. Sie sagen, eine Pacht von drei Leben wird sich um ein Vielfaches bezahlt machen.‹«

Der alte Lord nickte. »Pachtverträge auf einundzwanzig Jahre«, sagte er leise. Er schüttelte den Kopf. »Mir würde das reichen. Aber was ist mit Hugo? Sonst noch etwas?«

Alys blätterte weiter. »Preise für Korn, Kohle und Rindfleisch«, sagte sie. »Preise für Pelze und Wein.«

»Sonst noch etwas über den Norden?«

»Nein«, erwiderte Alys. »Aber die Gesetze für Vagabunden werden Eure Ländereien betreffen.«

Sie schwiegen einen Augenblick lang, der alte Lord starrte ins Feuer, als könnte er darin deutlich die nahenden Veränderungen sehen.

»Dieser andere Brief«, sagte er plötzlich. »Übersetz ihn mir. Er ist vom Sekretär des Bischofs, und er schreibt immer in Latein. Lies ihn auf englisch vor.«

Alys nahm das Papier und zog ihren Hocker an den Tisch. In diesem Brief beschrieb der Sekretär des Bischofs die Gründe und

Auslöser für die Annullierung der Ehe von Lady Catherine und Lord Hugo. Alys merkte, wie ihr ganz heiß im Gesicht wurde. Sie sah den alten Lord an, der sie fragend musterte.

»Ich kann das zänkische Weib hinauswerfen. Unfruchtbare Vettel. Sie wegschicken und Hugo befreien.« Ein breites Lächeln wie das seines Sohnes veränderte sein ernstes Gesicht. »Ich hab es geschafft! Ich habe Hugo befreit! Jetzt kriegt er eine dralle neue Frau mit einer fetten neuen Mitgift, und ich werde lange genug leben, um meinen Erben zu sehen.«

Alys' Miene war alles andere als erfreut. »Ihr wißt es also noch nicht?«

»Was denn?« fragte er, und seine Miene verdüsterte sich. »Raus damit, Mädchen. Du bist meine Quelle für Weibergetratsche. Du sollst mir doch alles, was du erfährst, sofort mitteilen.«

»Sie erwartet ein Kind. Das ändert wohl alles.«

Einen Augenblick schien es, als hätte er sie nicht verstanden. Dann strahlte er übers ganze Gesicht. »Ein Kind!« Seine Faust knallte auf den vergessenen, jetzt überflüssigen Brief. »Endlich schwanger!« Er warf den Kopf zurück und lachte. Alys beobachtete ihn mit zusammengebissenen Zähnen.

»Endlich schwanger!« sagte er noch einmal. Dann faßte er sich. »Ist das sicher? Hast du sie untersucht? Das ist doch keine List, oder, Alys? Glaubt sie, sie kann mit einem Trick ihre Haut noch über ein paar Monate retten?«

Alys schüttelte den Kopf. »Sie ist schwanger. Ich habe sie untersucht. Und sie hat meine Verwandte, Morach, holen lassen. Sie soll bis zur Geburt bei uns bleiben. Sie sind sich gerade handelseinig geworden.«

»Junge oder Mädchen?« fragte der alte Mann aufgeregt. »Sag's mir, Alys. Was denkst du? Junge oder Mädchen?«

»Ich glaube, es wird ein Junge«, sagte Alys widerwillig.

»Hat sie es Hugo erzählt?« fragte der alte Lord. »Dieser verfluchte Kerl. Wo ist er?«

»Sie hat es ihm erzählt. Er ist unterwegs, um Wildbret für Euch zu jagen, Mylord. Ich weiß nicht, ob er schon zurück ist.«

»Er ist fort, ohne es mir zu sagen?« fragte der alte Lord, und sein Gesicht verdüsterte sich. »Er schwängert das zänkische Weib und geht, ohne es mir zu sagen?«

Alys schwieg, die Hände im Schoß verschränkt, die Augen niedergeschlagen.

»Ha!« sagte Lord Hugh. »War wohl nicht sehr erfreut, was?«

Alys sagte nichts.

»Sie hat es ihm heute früh erzählt, und er ist sofort danach ausgeritten?« wollte Lord Hugh wissen.

Alys nickte.

»Wutentbrannt, kann ich mir denken. Er hat mit der Annullierung gerechnet. Er wird wissen, daß das jetzt nicht mehr möglich ist.«

Das Feuer knisterte. Der alte Lord grübelte schweigend.

»Die Familie geht vor«, sagte er schließlich. »Die Pflicht geht vor. Er kann sich anderweitig vergnügen – wie er es schon immer getan hat. Aber jetzt, wo seine Frau schwanger ist, ist sie auf ewig seine Frau. Das Kind ist gesund – was meinst du?«

»Dafür ist es jetzt noch zu früh«, sagte Alys. Ihre Lippen waren eisig, und die Worte waren schwer auszusprechen. »Königin Anne selbst könnte Euch sagen, daß viele Kinder noch vor der Geburt sterben. Aber soweit ich es beurteilen kann, ist das Kind gesund.«

»Und es ist ein Knabe?« drängte sie der alte Mann.

Alys nickte.

»Das ist gut!« sagte er. »Sehr gut. Königin Anne hin oder her! So nah waren wir noch nie daran, einen Erben zu kriegen. Sag Catherine, sie soll sich heute abend etwas Hübsches anziehen. Ich werde vor allen auf ihre Gesundheit trinken. Sie kann in mein Gemach kommen, sobald sie angezogen ist. Ich möchte ein Glas mit ihr trinken.«

Alys nickte. »Und ich, Mylord?« fragte sie. »Die anderen Briefe?«

Lord Hugh winkte ab. »Du kannst gehn. Ich brauche dich jetzt nicht.«

Alys erhob sich, machte einen Knicks und ging zur Tür.

»Warte«, sagte er plötzlich.

Alys blieb stehen.

»Wirf diese Briefe vom Bischof ins Feuer«, befahl er. »Wir wollen nicht riskieren, daß Catherine sie sieht. Das würde sie aufregen. Aufregung könnte riskant für sie sein. Verbrenn sie, Alys, jetzt wird es keine Annullierung geben!«

Alys ging zum Tisch und sammelte den dicken Packen Papier ein, schob ihn ins Feuer und sah zu, wie die Seiten schwarz wurden und zerfielen. Sie merkte, daß sie ins Feuer starrte, mit leerem, grimmigem Gesicht.

»Du kannst gehen«, sagte der alte Lord leise.

Alys machte einen Knicks, ging aus dem Raum und schloß leise die Tür hinter sich. David, der Zwerg, kam gerade die Treppe herauf. Sein spitzes kleines Gesicht war voller Neugier.

»Du siehst schlecht aus, Alys«, sagte er. »Bist du krank? Oder ist dein Herz gebrochen? Was hat die alte Frau im Frauengemach zu suchen? Freust du dich nicht, daß deine Verwandte deinen Platz einnimmt?«

Alys wandte sich ab und stieg, ohne zu antworten, die Treppe hinunter.

»Ist es wahr?« rief David ihr nach. »Ist es wahr, was sich die Frauen zuflüstern? Lady Catherine ist in guter Hoffnung, Hugo ist in sie verliebt, und sie steht wieder hoch in der Gunst des alten Lords?«

Alys blieb auf der Treppe stehen und schaute hinauf, ihr blasses Gesicht schimmerte im Dämmerlicht. »Ja«, sagte sie schlicht. »Alle meine Wünsche sind erfüllt worden. Was für ein Segen.«

»Amen«, sagte David mit spöttischer Miene. »Und du bist außer dir vor Freude!«

»Ja«, sagte Alys säuerlich und ging nach unten.

Hugo kam spät von der Jagd zurück und erschien erst am hohen Tisch, als bereits der Fleischgang aufgetragen war. Er entschuldigte sich artig bei seinem Vater und küßte Catherine die Hand. Sie hätten viel Spaß gehabt, erzählte er. Neun Böcke hätten sie erlegt. Sie würden jetzt in der Fleischkammer hängen, und die

Geweihe würde man Lord Hugh zur Begutachtung bringen. Aus den Häuten, gegerbt, parfümiert und weich, würde man eine Wiege machen, eine neue Wiege für den neuen Lord Hugo.

Er schaute kein einziges Mal zu Alys. Sie hatte den Kopf über den Teller gebeugt und aß wenig. Um sie herum schwappte und ebbte das Geschwätz aufgeregter Frauen wie die unruhige See. Morach war auch still – aß sich entschlossen und konzentriert durch alle Gänge.

Nachdem das Nachtmahl beendet war, kamen Hugo und der alte Lord in die Damengemächer, und die Damen sangen für sie. Catherine nähte, während sie sich unterhielten. Ihr Gesicht war rosig, sie trug ein neues cremefarbenes Kleid mit rosa Überrock und einem rosa Mieder. Im Schein der Kerzen sah sie jünger und hübscher aus. Ihr alter spitzer, hungriger Gesichtsausdruck war verschwunden. Alys beobachtete, wie sie unter Hugos Aufmerksamkeit aufblühte, hörte ihr unbefangenes Lachen über die Witze des alten Lords. Sie haßte sie dafür.

»Ich muß ein paar Kräuter bei Mondschein pflücken«, sagte sie leise. »Ich muß Euch bitten, mich zu entschuldigen, Mylords, Mylady.«

Catherines strahlendes Gesicht wandte sich ihr zu. »Natürlich«, sagte sie. »Du kannst gehen.«

Der alte Lord nickte zustimmend. Hugo gab gerade Karten und schaute nicht auf. Alys ging die Treppe hinunter und durchquerte die Halle, schritt zur großen Tür hinaus und in den inneren Burghof, dann wandte sie sich nach rechts und ging weiter zwischen den Gemüse- und Kräuterbeeten.

Es war gut, weg aus diesem heißen Raum zu sein, unter dem eisigen, hohen Himmel. Sie blieb minutenlang im Mondlicht stehen, den Umhang fest um sich gewickelt, die Kapuze über dem Kopf. Dann ging sie langsam zum Ende des Gartens und wieder zurück. Sie plante nichts. Ihr Kopf war leer. Sie war jenseits von Gedanken und Plänen, ja sogar von Zaubersprüchen. Sie gab sich dem großen Schmerz der Einsamkeit, der Enttäuschung und des Verlusts hin. Hugo würde mit Catherine verheiratet bleiben, sie würde einen Sohn haben. Und Alys würde immer die widerwillig tolerierte Heilerin sein, Sekretär und Mitläufer. Er würde eines Tages der Lord sein und Catherine die Burgherrin. Gehaßt von Catherine, verlassen von Hugo, würde sie ihr Dasein von einer kleinen Rente des alten Lords fristen, weil in diesem großen Haushalt ein hungriges Maul mehr keine Rolle spielte.

Sie könnte natürlich heiraten – einen Soldaten oder einen Farmer – und die Burg gegen eine eigene kleine Hütte tauschen. Dort würde sie von Sonnenaufgang bis lange nach Einbruch der Dunkelheit arbeiten, ein Kind nach dem anderen kriegen, jedes Jahr, bis sie irgendwann krank würde und starb.

Alys schüttelte im Weitergehen den Kopf. Die kleine Kate in Bowes Moor hatte ihr nicht genügt, die Abtei war eine Zuflucht gewesen, von der sie geglaubt hatte, sie wäre für die Ewigkeit, die Burg war ein Schritt auf ihrem Weg gewesen, und ihre plötzliche, unerwartete Leidenschaft für Hugo und seine Liebe zu ihr waren ein Geschenk und ein Glück gewesen, das sie nicht erwartet hatte.

Hinter ihr öffnete sich die Tür zur Halle, und Hugo kam heraus.

»Ich kann nicht lange bleiben«, sagte er zur Begrüßung. Er nahm ihre kalten Hände in seine warmen und streichelte sie zärtlich.

»Traure nicht«, sagte er. »Es wird sich alles regeln.«

Alys hob ihr weißes, schmerzvolles Gesicht zu seinem. »Wohl kaum«, sagte sie. »Versuch nicht, mich mit Unsinn zu trösten, Hugo. Ich bin kein Kind.«

Er wich erschrocken zurück. »Alys, bitte«, sagte er. »Wir waren doch beide der Meinung, es wäre hier für dich sicherer, wenn Catherine schwanger ist. Jetzt ist sie zufrieden, ihre Position ist gesichert, und wir beide können zusammensein.«

»Heimlich«, sagte Alys verbittert. »In Türnischen. Hier im Küchengarten im Dunklen, immer auf der Hut vor Beobachtern.«

Hugo zuckte die Achseln. »Wen interessiert das schon«, fragte er. »Ich liebe dich, Alys, und ich begehre dich. Ich habe Catherine gegenüber meine Pflicht erfüllt, sie wird nicht mehr verlangen. Ich besorg dir ein Haus in der Stadt, wenn du es willst, und verbringe dort meine Nächte mit dir. Endlich können wir uns lieben! Ich will dich, Alys, alles andere interessiert mich nicht.«

Alys entzog ihm ihre Hände und steckte sie unter den Mantel. »Ich wollte deine Frau sein«, sagte sie trotzig. »Dein Vater hat heute einen Brief vom Fürstbischof gekriegt, in dem steht, wie eine Annullierung vonstatten geht. Wir hatten sie fast schon los. Ich wollte sie fort haben. Ich wollte mit dir im Gemach der Lady schlafen, nicht in irgendeinem Haus in der Stadt.«

Hugo packte sie an den Schultern und schüttelte sie sanft. »Sachte, meine Alys«, sagte er warnend. »Du hörst dich an wie eine Frau, die auf die Spitze der Leiter springen will. Ich hätte dich aus Liebe genommen, ich will dich in meinem Bett haben. Ich würde mit dir in einem Graben liegen auf den Kräutern hier und jetzt. Willst du mich oder meinen Namen?«

Einen Augenblick lang blieb Alys starr, dann ließ sie sich umarmen. »Dich«, sagte sie. Er drückte sie fest an sich, und die Kälte in ihrem Leib schmolz in einer Woge von Leidenschaft. »Dich«, sagte sie noch einmal.

»Wir werden schon irgendeinen Weg finden«, sagte Hugo mit zärtlicher Stimme. »Hab keine Angst, Alys. Wir werden Möglichkeiten finden, zusammenzusein. Gräme dich nicht.«

Alys, warm und sicher in seinem Umhang, legte ihren Kopf an seine Schulter und sagte: »Wenn sie sterben würde...«

Hugo erstarrte.

»Wenn sie sterben würde...«, sagte Alys noch einmal.

Er schob sie ein Stück weg von sich und musterte ihr Gesicht, ihre unschuldigen blauen Augen. »Es wäre eine Tragödie«, sagte er streng. »Glaube nicht, daß ich diese Möglichkeit, ihr zu entkommen, begrüßen würde, Alys. Mach nicht den Fehler zu glauben, daß ich das gestatten würde. Zugegeben, der Gedanke ist mir nicht fremd. Ich habe mir ihren Tod oft gewünscht. Aber ich würde es nie tun, Alys. Und der Mann oder die Frau, die Catherine Leid zufügt, wäre mein Feind fürs Leben. Ich habe sie gehaßt – aber sie ist meine Frau. Sie ist Lady Catherine von Castleton. Ich bin ihr meinen Schutz schuldig. Ich befehle dir hiermit ausdrücklich, daß du sie so glücklich und gesund bewahrst, wie es in deiner Macht steht. Sie ist eine Frau wie du, Alys. Voller Sehnsucht und Leidenschaft wie du, wie alle. Sie mag vielleicht gierig sein, und sie und ich mögen auf alle möglichen perversen Arten miteinander schlafen. Aber sie ist keine schlechte Frau. Sie hat den Tod nicht verdient. Ich will das nicht einmal denken. Und sie vertraut auf deine Pflege.«

Alys nickte.

»Schwörst du, sie zu schützen?« fragte Hugo.

Alys begegnete seinem durchdringenden Blick. »Ich schwöre es«, sagte sie. Der beißende Geschmack des Meineids erfüllte ihren Mund.

»Ich muß gehen«, sagte Hugo. »Sie warten sicher schon auf mich. Komm morgen in den Stall, Alys, mein Pferd ist krank, du kannst es dir anschauen, und wir können zusammensein.« Er küßte sie hastig sanft auf den Mund, dann wandte er sich ab und war fort. Sie hörte die Tür zuschlagen, als er ins Haus ging und sie allein im Garten ließ.

»Wenn sie sterben würde ...«, sagte Alys leise in den mondbeschienenen Garten der eisigen Nacht. »Wenn sie sterben würde, würde er mich heiraten.«

14

Am nächsten Tag hatte Alys erst mittags Gelegenheit, in den Stall zu entkommen. Lady Catherine klagte über Rückenschmerzen und befahl Alys, sie mit Öl und Essenzen einzureiben. Alys bearbeitete den breiten, massigen Rücken mit wachsender Ungeduld. Lady Catherine lag genüßlich seufzend auf dem Bauch und ließ sie nicht weg. Alys' Hände waren hart und lieblos auf dem Fleisch der Frau, bar jeden Heilzaubers. Sie mußte sich mit Gewalt zusammennehmen, um sie nicht zu zwicken. Nachdem sie mit dem Einreiben fertig war, war Catherines glatter weißer Rücken von roten Streifen überzogen.

»Das war gut, Alys«, sagte sie in einem der raren Momente der Zufriedenheit.

Alys machte einen Knicks, sammelte die Öle in ihren Korb und eilte aus dem Zimmer. Sie warf Morach den Korb zu und rannte zur Treppe, hastete die Steinstufen hinunter, durch die Halle, aus der Küche, zu den Ställen.

Vergeblich. Hugo war gegangen. Der einfältige Knabe, der die Pferde versorgte, grinste sie tumb an.

»Wo ist der junge Lord?« fragte sie barsch. »War er hier?«

»Fort«, sagte der Junge. »Lange fort.«

Alys erschauderte und schnippte die Finger im Schutz ihrer Ärmel, um die Schatten des Aberglaubens zu vertreiben.

»Schon ewig fort«, sagte der Junge noch einmal.

Alys drehte um und ging zur Burg zurück. Der Stall von Hugos Lieblingspferd war leer, er hatte kaum einen Augenblick auf sie gewartet. Schmerz, Ärger und Enttäuschung darüber packten sie. Wenn sie auf ihn gewartet hätte, wäre sie wohl den ganzen Tag sinnlos dort herumgesessen.

Mittags sah sie ihn beim Essen. Er grinste schuldbewußt und

zwinkerte ihr zu, aber sie wechselten kein Wort miteinander. Im sterbenden Licht des Nachmittags nahm er sein Pferd und seine großen Jagdhunde und ritt ins weite Tal hinunter und schnell vorbei am Fluß, der Hochwasser hatte, und sie sah ihn nicht mehr bis zum Abendessen. Alys saß mit den anderen Damen an ihrem kleinen Tisch und beobachtete Hugos Nacken, wo sich sein dunkles Haar kräuselte. Sie stellte sich vor, wie sich das seidige Haar anfassen würde und wie es wäre, seinen Nacken mit einer Hand zu packen. Am liebsten hätte sie ihn gepackt und vor Begierde geschüttelt und auch vor Wut. Die Tafel löste sich schnell auf, und Hugo gesellte sich zu ihnen ins Frauengemach.

»Mein Rücken tut wieder weh«, sagte Catherine mit schwacher Stimme, und Alys beobachtete, wie sie sich auf Hugo stützte und langsam zu ihrem Schlafgemach ging. Alys' scharfem Blick entging nicht, wie Hugo den Arm um die Taille seiner Frau legte, als sich die Tür schloß. Alys wartete darauf, daß er ihr gute Nacht sagen würde und dann wieder herauskäme. Doch die Tür blieb geschlossen. Alys spürte, wie Morachs spöttische schwarze Augen sie angrinsten. Aus Catherines Schlafgemach war nichts zu hören.

»Ja, auf einmal ist er sehr zärtlich«, sagte Eliza kaum verständlich, da sie ein Stück Seidengarn im Mund hatte. »Jetzt, da sie schwanger ist, wird's keine Schläge und Flüche mehr geben.«

Alys schaute wieder zur Tür. Sie blieb geschlossen. »Jetzt muß er sie bei guter Laune halten«, sagte sie widerwillig. »Er muß einen Erben haben, Catherine hat jetzt das Sagen – zumindest in den ersten Monaten.«

Morach räusperte sich und spuckte ins Feuer. »Er mag es«, sagte sie verächtlich. »Sie wird ihm schmecken, wenn sie einen dicken Bauch bekommt. Der Gedanke, daß da ein Baby in ihrem Leib wächst, wird ihm gefallen. Und er wird es mögen, wenn ihre Brüste fester werden und ihr Körper üppiger. Männer sind doch selbst Kinder. Er wird an ihren Brüsten nuckeln und sich auf ihren runden Bauch rollen, als wäre er selbst ein neugeborener Säugling. Jetzt im Moment ist er kein Mann mehr, sondern nur noch ein kleiner Junge mit einem neuen Spielzeug.«

Eliza kicherte. Die Damen nähten schweigend weiter, aber jede verrenkte sich fast den Hals, um zu hören, was im Zimmer nebenan vorging.

Die Tür ging auf. »Mylady ist müde«, sagte Hugo. Er wandte sich an Morach. »Du oder Alys, braut ihr eine Tisane, damit sie einschlafen kann. Sie braucht Ruhe.«

Morach nickte Alys zu. Hugo lächelte sie an, mit seinem offenen, liebevollen Lächeln. »Danke, Alys«, sagte er freundlich. »Du kannst sie hereinbringen, wenn sie fertig ist.« Dann drehte er sich auf dem Absatz um und ging zurück zu seiner Frau.

Als die Tisane fertig war, gab Alys sie Ruth, damit sie sie Catherine brachte. Sie wartete am Feuer, um zu sehen, ob Hugo wieder herauskam. Er tat es nicht. In dieser Nacht, zum ersten Mal in ihrer langen, lieblosen Ehe, blieb er die ganze Nacht im Bett seiner Frau. Zum ersten Mal in ihrem Leben schlief Catherine mit dem Kopf auf der Schulter ihres Mannes.

Alys saß mit den anderen am Kamin und nähte. Als sie zu Bett ging, Morachs warmen massigen Körper neben sich, konnte sie nicht einschlafen. Sie beobachtete, wie das schmale Stück silbrigen Mondlichts von einem Ende der Kammer zum anderen wanderte, während der Mond über den Himmel zog. Alys lag auf dem Rücken, mit offenen Augen, blind, mit leerem Kopf. Sie ließ die Eifersucht von sich Besitz ergreifen wie ein Anfall tödlichen Schüttelfrosts, krank bis ins Herz.

Sogar das Wetter selbst war gegen sie, hielt sie im Schloß gefangen. Es war ein wilder März mit Gewittern, gewaltigen Schneeverwehungen, die die Türen blockierten, durch die Fenster auf der Westseite drangen und Pfützen auf dem Steinboden hinterließen. Der Himmel hing noch tiefer als sonst, und es war jeden Nachmittag dunkel. Die Burg schien in sich selbst zusammenzuschrumpfen, belagert vom Winter.

Alys war keine Minute alleine. Nachts teilte Morach das Bett mit ihr, Lady Catherine befahl ihr oft, in der Damengalerie zu bleiben, und der alte Lord gewöhnte sich an, nachmittags bei ihnen zu sitzen, so daß Alys nicht in sein Gemach im runden Turm fliehen konnte. Hugo ritt jeden Tag aus, drehte immer größere Runden, rastlos wie ein Falke in der Mauser. Sie hörten Geschichten von seinen Abenteuern: von einem Gasthaus, das ein Unterschlupf für Wilderer war, das er niedergebrannt hatte, nachdem er die Frauen und Männer auf das schneeverwehte Moor getrieben hatte, von einer Schlacht mit einigen Bettlern auf der Landstraße, von einem kleinen Aufruhr in einem Hurenhaus mit Mummenschanz und Maskerade und von Wollust auf den Straßen.

»Ein echter Schurke ist das!« sagte der alte Lord stolz, als er von Hugos Gewalttaten hörte.

Alys versuchte nicht, Hugo zu sehen, und er ließ sie auch nicht rufen. Ein tiefer Abgrund des Schweigens hatte sich zwischen ihnen aufgetan. Sie lauerte ihm nicht an der Treppe auf und versuchte auch nicht, seinen Blick zu erhaschen, wenn er bei Catherine und ihren Damen saß. Alys wartete wie das lebendige Wasser unter der gefrorenen Oberfläche des Flusses auf bessere Zeiten. Er war sehr sanft mit Catherine, und sie strahlte vor Zufriedenheit, aß gut, schlief gut und freute sich über ihre Beliebtheit bei ihrem Schwiegervater. Hugo schlief ein- oder zweimal mit ihr, und obwohl die Damen lauschten, war nichts von Schmerzensschreien oder schmerzlicher Wollust zu hören. Dann saß Alys die ganze Nacht neben der Schießscharte und wachte über die weiße Landschaft auf der anderen Seite des Flusses, durchgefroren bis ins Mark von dem eisigen Wind, der vom Hochmoor her blies. Die ganze Nacht starrte sie hinaus in die Schneewüste, mit bleichem Gesicht und den riesigen Augen einer blinden Eule. Am Morgen war Morach entsetzt über ihre eisigen Hände und die dunklen Schatten unter ihren Augen.

Ende März kehrte Hugo von einem Ausritt zurück, fand seinen Vater in der Damengalerie und bat ihn um Erlaubnis, Freunde in Newcastle zu besuchen. Alys erstarrte und hielt den Kopf über ihre Stickerei gebeugt. Catherine war ganz Lächeln und Interesse.

»Natürlich mußt du sie besuchen«, sagte sie zuversichtlich. »Uns wird hier nichts fehlen! Dein Vater wird uns beschützen, und Morach und Alys werden für meine Gesundheit sorgen.«

Hugos Lächeln schloß sie alle ein. »Dann werde ich mit ruhigem Gewissen losreiten und leichten Herzens zurückkehren«, sagte er fröhlich. »Und Ihr und Eure Damen müßt mir eine Liste geben, was ich Euch aus der Stadt mitbringen soll.«

»Ich möchte etwas Seide«, sagte Catherine nach kurzem Überlegen. »Und David wird sicher Tee und Gewürze brauchen.«

»Ich werde wie ein Straßenhändler daherkommen«, sagte Hugo lächelnd. »Alys, kann ich dir irgend etwas mitbringen?«

Alys sah ihn mit teilnahmsloser Miene an. »Nein danke, Mylord«, sagte sie kühl. »Mir fehlt es an nichts.«

Er nickte. Die anderen baten um kleine Nippes, farbige Seidenbänder für ein Gewand, einen Beutel Gewürze. Hugo schrieb gewissenhaft all ihre Bitten auf und steckte die Liste in sein Wams.

»Ich werde bei Tagesanbruch losreiten«, sagte er. »Also werde ich mich gleich von Euch verabschieden.« Er nahm Catherines Hand und küßte sie. »Gehabt Euch wohl, mein Schatz«, sagte er. Die Zärtlichkeit in seiner Stimme war unüberhörbar. »Achtet auf Eure Gesundheit, um meines Sohnes und um Euretwillen.«

Alys erhob sich lautlos und verließ den Raum. Sie blieb kurz vor der Tür stehen und hörte, wie er sich von den anderen verabschiedete, dann ging sie in den Vorraum zwischen den Treppen und dem Eingang zum Rundturm, wo er auf jeden Fall vorbeikommen mußte.

Er kam leichtfüßig, pfeifend die Treppe herunter.

»Alys!« sagte er, als sie ins Licht trat. »Ich bin froh, daß du auf mich gewartet hast.«

Keiner der beiden sagte etwas, während Hugo Alys' versteinertes Gesicht musterte.

»Es tut mir leid«, sagte er ohne Umschweife. »Ich weiß, wie schwer diese Tage für dich waren. Für mich waren sie genauso schwer. Ich habe mitangesehen, wie du blaß und dünn wurdest, Alys, und es hat mich tief getroffen. Ich muß weg, ich muß weg von hier, Alys. Diese Wintertage machen mich krank, und auch diese langen Abende mit den Damen. Ich weiß, wie du leidest, so wie du Catherine ansiehst. Ich weiß, wie weh es dir tun muß.«

Alys wandte sich ab, aber ihre kalte Hand packte die seine.

»Ich muß das durchstehen«, flehte Hugo sie an. »Catherine ist meine Frau, sie trägt meinen Sohn unter dem Herzen. Ich habe keine Wahl, Alys. Und ich kann mich nicht nach dir sehnen und dich suchen und kleine Augenblicke mit dir erhaschen. Ich möchte entweder mit dir zusammen oder ohne dich sein, dieses halbe Leben gelegentlicher Leidenschaft ist schlimmer als nichts.«

Alys nickte widerwillig.

»Ich muß ein paar Meilen Abstand von diesem Ort haben. Ich komme mir völlig zerrissen vor, verstrickt zwischen einer Pflicht und einer anderen. Manchmal würde ich am liebsten davonlaufen.«

»Du solltest dich glücklich schätzen, daß du die Freiheit hast, weglaufen zu können«, bemerkte Alys trocken.

Er lächelte sie an. »Sei nicht so garstig zu mir. Ich gehe fort, um in Ruhe nachzudenken, Alys. Wenn ich zurückkomme, werde ich meinem Vater sagen, daß du und ich ein bißchen Zeit zusammen brauchen. Wir können etwas arrangieren. Wir können einen Ort in der Nähe finden, wo du bequem leben kannst, wo ich mit dir zusammensein kann. Ich gehe fort, um zu überlegen, wie das machbar ist. Warte auf mich.«

Alys drehte ihm ihr blasses, freudloses Gesicht zu. »Ich muß auf dich warten«, sagte sie ungnädig. »Ich weiß nicht, wohin ich sonst gehen soll. Ich liebe dich.«

Er strahlte bei diesen Worten, aber in Alys' Miene war keine Spur von Freude zu sehen. »Anscheinend bin ich auch nur eine Frau wie jede andere«, sagte sie verbittert. »Weder deine Schwüre noch meine Magie haben mich vor diesem Schmerz bewahrt.«

»Mein Schatz ...«, begann er und zog sie enger an sich. Da öffnete sich die Tür über ihnen auf der Treppe, und er ließ ihre Hand los und ging ohne ein weiteres Wort. Alys schaute ihm nach, und ihre Leidenschaft war so heftig, daß sie an Haß grenzte.

In dem langen Monat seiner Abwesenheit schrieb er jede Woche seinem Vater, Alys mußte die gekritzelten Briefe vorlesen. Er schrieb über die Handelsgesellschaft seines Freundes – Van Esselin und Sohn – und ihre Expansionspläne. Er schrieb von Lord Newcastles Sohn und wilden Nächten in den Docks. Er schrieb gut, und der alte Lord und Alys lachten manchmal mitten im Brief, wenn Hugo einen Kampf schilderte, der im Fluß Tyne endete, oder einen Schausteller an der Straßenecke mit einem Tanzbär. Seine Briefe ließen ihn in Alys' Bewußtsein aufleben, und sie sehnte sich danach, die Geschichten aus seinem Mund zu hören und dieses plötzliche Lächeln zu sehen, und wie es sein dunkles Gesicht erhellte. Sie vergaß die Wochen der Sehnsucht und der Suche nach ihm. Sie vergaß den sauren Geschmack abgestandener Begierde und die Leidenschaft, die dem Haß glich und nicht der Liebe. Statt dessen lachte sie mit seinem Vater und dachte – unbewußt –, »wenn er und ich verheiratet wären, dann wäre es immer so.«

Der alte Lord wischte sich dann immer die Tränen ab und bat Alys, den Absatz noch einmal zu lesen, und dann lachte er wieder. »Er ist ein Schuft«, rief er. »Aber es gibt keinen auf der Welt, der ihm widerstehen könnte! Findest du nicht auch, Alys?«

Und Alys, allein im Turmzimmer mit dem Vater des Mannes, den sie liebte, lehnte sich dann im Stuhl zurück und nickte. »Unwiderstehlich«, sagte sie.

Der alte Lord zog sie an einer der Locken, die sich aus ihrer Haube gestohlen hatten. »Bist du immer noch scharf auf ihn?« fragte er.

Alys nickte, drehte sich ihm zu und lächelte. »Ich liebe ihn«, sagte sie. »Und er liebt mich.«

Der alte Lord seufzte mitleidig. »Er muß seinen Erben haben«, sagte er behutsam.

»Ich weiß«, sagte Alys. »Aber wir können uns lieben.«

»Vielleicht«, sagte der alte Lord, der ein Leben von Hurerei, Lieben und Kämpfen hinter sich hatte. »Vielleicht für eine Zeit.«

Catherine bekam ebenfalls Briefe. Er erkundigte sich jede Woche nach ihrer Gesundheit und erzählte ihr kurzweilige Anekdoten aus Newcastle.

»Ich kenne den wahren Hugo«, flüsterte sich Alys immer insgeheim zu, wenn Catherine seine Briefe ihrem Kreis von Hofdamen vorlas. »Ich weiß, was er in jener Nacht wirklich gemacht hat, von der er Catherine erzählt, sie wären segeln gegangen und dann früh zu Bett. Die Wahrheit schreibt er seinem Vater, und er weiß, daß ich seine Briefe lesen würde, seine wahren Briefe. Catherine kennt ihn nicht, nicht so wie ich ihn kenne.«

Alys war in den langen, kalten Tagen von Hugos Abwesenheit glücklicher. Sie konnte nachts schlafen, ihr Schlaf war so fest und tief, daß sie es kaum ertragen konnte, morgens aufzuwachen. Sie träumte, Hugo wäre zu Hause und sie würde Catherines creme- und rosafarbenes Kleid tragen, sie würde an Hugos Arm durch den Garten spazieren, und es wäre Sommer, Hochsommer, und der Himmel würde auf sie beide herunterlachen. Sie träumte, sie würde in Catherines großem Bett schlafen, in Hugos inniger, besitzergreifender Umarmung. Sie träumte, sie würde auf Hugos Handelsschiff mit den hohen Masten segeln, bis an den Rand der Welt segeln, mit Hugo am Steuer, Hugo, der mit ihr lachte, die Augen zusammengekniffen gegen das gleißende Sonnenlicht auf den langen, rollenden Wogen. Sie träumte, sie würde Catherines Platz am hohen Tisch in der großen Halle einnehmen, und Hugo würde ihr den Stuhl zurückziehen, weil sie hochschwanger war. Alle ihr zugewandten Gesichter lächelten. Sie jubelten ihr zu, weil sie den Erben unter ihrem Herzen trug. Und beim Erwachen hörte sie sie rufen: »Lady Alys!«

Catherine war während Hugos Abwesenheit glücklich und sehr beschäftigt. Die Schwangerschaft ließ seine Frau erblühen. Sie war bester Laune und lachte und sang jeden Morgen. Sie hatte Farbe bekommen, und ihre Wangen waren rosig, wenn sie Hugos Briefe las und am Ende angelangt war und sagte: »Da ist noch ein kleiner Absatz, den ich euch nicht vorlesen werde. Der ist ganz allein für mich bestimmt.« Und dann steckte sie den Brief in ihren Beutel und tätschelte ihn, als wolle sie ihn schützen.

Worauf Alys sich immer abwandte. Catherine ließ jedesmal den Brief auf ihrem Kissen ausgebreitet und tat so, als würde sie ihn lesen, wenn Alys ihr die Haare kämmte, eine Aufforderung für Alys, ihn heimlich zu lesen. Alys flüchtete sich in eisige Gleichgültigkeit, sie würde sich nicht dazu herablassen, Catherines Briefe heimlich zu lesen, und außerdem wußte sie, daß Hugo sowieso alles versprechen würde. Liebesgeflüster war ihm ein leichtes.

»Es bedeutet nichts«, sagte sich Alys leise. »Er plant unser gemeinsames Leben, sein Leben mit mir. Und während er plant, hält er sie mit ein paar kleinen Phrasen bei Laune. Ich gönne ihr die paar Worte. Sie sind wie sinnlose Zaubersprüche. Sie bedeuten nichts. Sie bedeuten nichts.«

»Meiner Treu, du siehst vielleicht sauer aus«, sagte Morach fröhlich, als sie eines Abends zu Bett gingen. »Schmachtest du nach dem jungen Lord?«

Alys hob gleichgültig eine dünne Schulter, sprang ins Bett und zog sich die Decke über die Ohren.

»Es tut weh, was?« sagte Morach, »dieser Blödsinn mit der Liebe? Du hättest ihn dir besser für immer vom Leib halten sollen, als ihn zu lieben und dann zu verlieren, ohne ihn je gehabt zu haben. Es wäre besser gewesen, wenn du dein Versprechen, deine Magie aufzugeben, ihm gegenüber vergessen hättest, so wie er sein Versprechen dir gegenüber vergessen hat.«

»Er hat es nicht vergessen«, herrschte Alys sie an. »Du hast ja keine Ahnung, Morach. Ich habe ihn nicht verloren. Er hat mich gebeten, auf ihn zu warten, und ich warte. Wenn er nach Hause kommt, wird alles anders werden. Ich warte auf ihn. Und ich bin glücklich dabei.«

»Das sieht man«, sagte Morach voller Ironie. »Du verlierst deine Schönheit, dein Gesicht ist blaß und abgehärmt. Du wirst jeden Tag dünner. Dein Busen wird immer weniger, und dein Bauch ist flach wie ein Würfelbrett. Wenn du noch lange wartest, wirst du vom Warten ausgelaugt sein.«

Alys legte sich ins Bett und drehte sich zur Wand. »Dämm das Feuer ein, ehe du schlafen gehst«, sagte sie kühl. »Ich werde schlafen.«

Morach und Lady Catherine hatten sich überraschenderweise verbündet. Jeden Tag und jeden Abend klatschten und plapperten sie in der überheizten Galerie. Alys saß so weit wie möglich vom Feuer entfernt und beobachtete die beiden. »Wie zwei alte Vetteln«, murmelte sie vor sich hin.

Morach hatte nicht wie die übrigen Damen Angst vor Catherine, und Catherine, die geborene Tyrannin, amüsierte es, daß sie ihre Meisterin gefunden hatte. Eines Tages bestand Morach darauf, zu ihrer Hütte zu reiten, obwohl der Schnee schwer war und der Himmel verhangen und bedrohlich. Lady Catherine untersagte es. »Du kannst morgen reiten«, sagte sie.

Morach nickte, ging in ihre Kammer und kam mit ihrem Umhang um die Schultern und einem Schal über dem Kopf zurück.

»Ich habe gesagt, du sollst es auf morgen verschieben«, sagte Catherine ungeduldig.

»Ich könnte morgen reiten, und ich könnte übermorgen reiten oder nächste Woche. Aber ich möchte heute«, sagte Morach ungerührt.

Catherine schnippte mit den Fingern. »Es wäre besser, wenn du lernst, Morach, daß in diesem Schloß die Dinge nach meinen Wünschen funktionieren, nicht nach deinen.«

Morach lächelte geheimnisvoll. »Ich nicht, Mylady«, sagte sie. »Ich bin anders.«

»Ich könnte dich trotzdem auspeitschen lassen«, drohte Catherine.

Morach begegnete furchtlos ihrem wütenden Blick. »Das würde ich Euch nicht raten, Mylady«, sagte sie. Dann drehte sie ihr den Rücken zu und verließ die Galerie, als hätte sie die Erlaubnis zu gehen und Catherine hätte ihr Gottes Segen gewünscht.

Alle schwiegen schockiert, und dann begann Catherine lauthals zu lachen. »Meiner Treu, die alte Frau wird am Galgen enden«, sagte sie. Die Damen stimmten in ihr Lachen ein und wechselten ängstliche Blicke. Nur Alys saß schweigend da. Als Morach abends zurückkam, nachdem sie irgendwelche geheimnisvollen Geschäfte erledigt hatte, behandelte Catherine sie, als wäre nichts gewesen.

Eines Tages, Ende März, schickte Hugo Catherine einen Brief, in dem er ihr mitteilte, daß er in wenigen Tagen zu Hause sein würde. Sie errötete vor Freude.

»Hugo kommt nach Hause«, verkündete sie. »Und noch diese Woche! Er hat mir gefehlt.« Sie strich ihr neues Gewand über ihren geschwollenen Brüsten glatt. »Ob er wohl bemerkt, wie ich mich verändert habe? Was meinst du, Alys?«

Alys betrachete die Scheite im Feuer. »Ich denke schon, Mylady«, sagte sie höflich.

»Glaubst du, er wird mich genauso begehren wie vorher?« fragte Catherine. »Erinnerst du dich an die wilden Nächte, als unser Sohn gezeugt wurde? Glaubst du, er ist immer noch wild nach mir?«

Alys wandte ihr ausdrucksloses, unverschämtes Gesicht Catherine zu.

»Vielleicht«, sagte sie. »Aber Ihr solltet Euch vorsehen, Mylady. Es wäre traurig, wenn Eure rauhen Spiele das Kind aus Eurem Leib schütteln.«

Catherine schaute schnell zu Morach. »Das kann doch nicht passieren, oder?« fragte sie in plötzlicher Angst. »Das kann doch nicht passieren?«

Morach schürzte die Lippen. »Kommt drauf an, was Ihr macht«, sagte sie. »Kommt drauf an, wie er's mag.«

Catherine lachte erregt. Sie beugte sich zu Morach und flüsterte ihr ins Ohr. Morach lachte. »Das dürfte dem Baby nicht schaden«, sagte sie sehr laut. »Nicht, wenn es Euch Spaß macht!«

Catherine legte eine Hand aufs Herz und grinste übers ganze Gesicht. Dann steckten die beiden flüsternd die Köpfe zusammen.

Alys packte plötzlich eine unerklärliche Wut auf Morach. »Würdet Ihr mich entschuldigen, Mylady?« sagte sie. »Ich muß Lord Hugh vor dem Essen vorlesen.«

Catherine nickte, ohne aufzuschauen. Morach flüsterte ihr etwas hinter vorgehaltener Hand zu.

Alys machte die Tür hinter sich zu, lehnte sich dagegen und schloß die Augen. Das Gelächter war sogar durch das dicke Holz zu hören. Sie wandte sich erschöpft ab und ging die Treppe hinunter, durch den Vorraum und die Wendeltreppe im Rundturm zu Lord Hughs Gemach hinauf.

Hugo war da. Er saß auf einem Hocker zu Füßen seines Vaters, als Alys eintrat, und sprang auf, um sie zu begrüßen. Alys taumelte, wurde bleich, dann errötete sie.

»Ich dachte, du kommst erst in ein paar Tagen«, sagte sie. »Hugo, o Hugo!«

Er nahm ihre Hand und drückte sie fest, um sie zum Schweigen zu bringen. Der alte Lord sah sich Alys' schmales, hochrotes Gesicht an und dann das strahlende Lächeln seines Sohnes.

»Ich bin früher nach Hause gekommen«, sagte Hugo ruhig. »Ich muß meinem Vater wichtige Pläne unterbreiten, und ich wollte euch alle wiedersehen. Wie geht es meiner Gemahlin? Verläuft die Schwangerschaft ohne Beschwerden?«

»Es geht ihr gut«, sagte Alys. Sie brachte kaum ein Wort heraus, ihre Kehle war wie zugeschnürt, und sie wollte nicht über Catherine sprechen. Sie wollte ihn umarmen, sein Gesicht berühren, die weiche Haut um seine Augen, sein fröhliches Lächeln küssen. Sie wollte seine Arme um sich fühlen wie in jener Nacht, dieser ersten Nacht, und seine Küsse auf ihrem Haar.

»Was ist das für ein Plan, Hugo?« fragte der alte Lord. Er bedeutete Alys, sich hinter seinen Stuhl zu stellen, und sie ging zu ihm und beobachtete Hugos erregtes Gesicht, während er sprach.

»Es geht um Van Esselin«, sagte er. »Er plant, ein Schiff für die längste Reise, die sie je unternommen haben, auszustatten – er will Afrika umrunden, sogar bis Japan segeln. Er hat ein Schiffslogbuch eines holländischen Navigators, das die Route zeigt. Ich habe es gesehen, es ist wahr. Und er will Waren mitnehmen, um unterwegs zu handeln, und mit einer Fracht Gewürze, Seiden und all den kostbaren Gütern zurückkommen. Das ist eine große Chance für uns, Vater. Ich bin vom Erfolg überzeugt.«

»Handel?«

»Das ist keine Feilscherei auf dem Bauernmarkt, Vater«, sagte Hugo hastig. »Das ist ehrenwerter Handel. Ein großes Abenteuer, fast so aufregend wie Krieg, in die weite Ferne, wie ein Kreuzzug. Die Welt verändert sich, Vater, und wir müssen uns mit ihr ändern.«

»Und was, wenn dieses große Schiff untergeht?« fragte der alte Lord zynisch.

Hugo zuckte die Achseln. »Dann haben wir die Wette verloren«, sagte er. »Van Esselin will nur tausend Pfund Unterstützung von uns. Wir können tausend Pfund auf die Gewinne setzen, die das Ganze verspricht.«

»Tausend Pfund?« erwiderte Lord Hugh fassungslos. »Eintausend Pfund?«

»Aber denk doch an den Verdienst, Vater! Wir könnten das Zwanzig-, vielleicht das Fünfzigfache zurückkriegen. Wenn sie Seide und Gewürze mitbringen, können sie nach London segeln und allein mit dem Verkauf am Quai ein Vermögen verdienen. Die Leute sind wild auf Gewürze – denk doch an die Preise, die wir für die Küche bezahlen! So können wir ein Vermögen verdienen und müssen uns nicht damit schinden, unsere Pacht von schneegeschädigten Bauern zu kriegen!«

Lord Hugh schüttelte den Kopf. »Nein«, sagte er bedächtig. »Nicht solange ich hier der Lord bin.«

Hugos Gesicht verdüsterte sich vor Jähzorn. »Würdest du mir bitte erklären, warum?« fragte er mit bebender Stimme.

»Weil wir Lords sind und keine Händler«, sagte Lord Hugh voller Verachtung. »Weil wir nichts über das Meer und den Handel wissen, den dein Freund betreibt. Weil der Reichtum und der Erfolg unserer Familie auf Land begründet ist, auf den Erwerb und Erhalt von Land. Damit schafft man Reichtum, der von Dauer ist, der Rest ist nur Wucher.«

»Das ist eine neue Welt, und alles ist anders geworden«, sagte Hugo voller Leidenschaft. »Van Esselin sagt, wir wissen nicht einmal, was für Länder das Schiff entdecken könnte! Welche Reichtümer es zurückbringen würde! Es gibt Geschichten über Länder, in denen sie Gold und Edelsteine als Spielzeug benützen! Wo sie unsere Waren um jeden Preis haben wollen!«

Der alte Lord schüttelte den Kopf. »Du bist ein junger Mann mit dem Ehrgeiz eines jungen Mannes, Hugo«, sagte er. »Aber ich bin ein alter Mann mit der Liebe eines alten Mannes für geordnete Verhältnisse. Und solange ich am Leben bin, werden wir die Dinge nach den alten Regeln handhaben. Wenn ich tot bin, kannst du machen, was du willst. Aber ich kann mir vorstellen, wenn du selbst einen Sohn hast, wirst du sein Erbe genauso ungern aufs Spiel setzen wie ich jetzt deines.«

Hugo stürmte erbost zur Tür. »Ich habe hier nicht mehr Macht als ein Weib«, brüllte er. »Ich bin zweiunddreißig, Vater, und du behandelst mich wie ein Kind. Ich kann es nicht ertragen. Van Esselin ist ein Jahr jünger als ich und verwaltet die Kompanie seines Vaters. Charles de Veres Vater hat ihm sein eigenes Haus mit Gefolge gegeben. Ihr könnt mich nicht zum Schoßhund machen, Sir, ich warne Euch.«

Lord Hugh nickte. Alys schaute ihn an, in der Erwartung, daß er explodieren würde, aber er blieb reglos, gedankenverloren sitzen.

»Das verstehe ich«, sagte er ruhig. »Erzähl mir, Hugo, wann will Van Esselin das Geld?«

»Nächstes Jahr um diese Zeit«, erwiderte Hugo. In seinem Eifer ging er rasch zu seinem Vater zurück. »Aber er braucht die feste Zusage bis Herbst.«

»Also, ich werde folgendes für dich machen«, sagte der alte Lord. »Wenn Catherine im Oktober ohne Schwierigkeiten einen Sohn zur Welt gebracht hat, besorge ich dir die tausend Pfund. Und es wird dein Geld und das Geld deines Sohnes sein. Ein Geschenk zur Feier seiner Geburt. Du kannst damit machen, was du willst. Du kannst guten Herzens damit Land mit festen Pachteinnahmen kaufen oder es in den Wind und alle Meere mit diesem Abenteuer verstreuen. Wir werden sehen, wie du dich entscheidest, wenn du selbst einen Sohn in Armen hältst, für den du sorgen mußt, eine Generation, die nach dir kommt.«

»Wenn Catherine einen Sohn bekommt, bekomme ich tausend Pfund?« fragte Hugo.

Der alte Lord nickte. »Du hast mein Wort darauf«, sagte er.

Hugo ging rasch zu seinem Vater, fiel auf ein Knie und küßte ihm die Hand. »Dann werde ich mein Vermögen verdienen«, sagte er hocherfreut. »Denn Catherine wird bestimmt einen Jungen zur Welt bringen. Nicht wahr, Alys?«

Alys nickte mühsam.

»Ich werde jetzt zu ihr gehen und schauen, wie es ihr geht«, sagte Hugo hocherfreut. Er verbeugte sich vor seinem Vater, nickte Alys frech zu und schritt aus dem Raum. Alys bewegte sich nicht, als sich die Tür hinter ihm schloß.

Der alte Lord lachte. »Ich werd schon noch Frieden in dieser Burg kriegen«, bemerkte er. »Ich werde mich als Heiratsvermittler etablieren. Warte, bis du siehst, wie er sie jetzt verwöhnen wird, wenn sie für ihn einen Erben, eine Zukunft und tausend Pfund bedeutet!«

Alys verzog ihren starren Mund zu einem Lächeln und nahm das Buch, aus dem sie ihm gerade vorlas.

15

Alys verbrachte den Abend gegenüber Hugo am Kamin der Damengalerie und beobachtete mit teilnahmslosem Gesicht, wie Catherine ihn tadelnd oder im Scherz tätschelte, die Hand auf seine Schulter legte und eine seiner dunklen Locken um ihren Finger wickelte.

Alys wurde angewiesen, Hugo noch etwas Osney-Wein von der Anrichte zu holen. Sie ging auf die Knie, um ihm einzugießen. Er lächelte hinunter zu ihr.

»Geht es dir gut, Alys?« fragte er so leise, daß nur sie ihn hören konnte. »Wenn ich meinem Vater von meinen Taten schrieb, hab ich an dich gedacht und wie du meine Briefe liest. Ich habe auch an dich geschrieben, nicht nur an ihn, weißt du.«

Alys' Hand zitterte etwas, so daß die Karaffe gegen den Rand des Bechers klapperte.

»Wenn ich mit einer Hure geschlafen habe, hab ich an dich gedacht, Alys«, sagte er mit sehr leiser Stimme. »Ich habe mich gefragt, ob du mit mir spielst. Ob du schon die ganze Zeit mit mir spielst, mit meinem Vater und mit meiner Frau. Was für dunkle Spiele treibst du, Alys? Hast du wirklich Spiel und Magie aufgegeben, wie du es versprochen hast?«

Er sah sich rasch um. Keiner beobachtete sie. »Als ich weg bin, war ich halb verrückt nach dir«, flüsterte er. »Wohin ich auch in Newcastle gegangen bin, es hat mir keine Freude gemacht. Ich habe mich immer wieder gefragt, was du davon halten würdest, wie es dir gefallen würde. Und dann war ich wütend auf dich, Alys. Ich glaube, du hast mich doch verhext. Ich glaube, du hast mit mir gespielt, um mir meinen Seelenfrieden zu rauben.«

»Ich beherrsche keine Magie, Mylord«, sagte Alys steif. »Ich habe ein bißchen Erfahrung mit Krankheit, Kräutern und Geburten.« Sie warf ihm heimlich einen Blick zu, dann erhob sie sich mit der Weinkaraffe. »Und mein Seelenfrieden ist auch dahin.«

Hugo lachte mit blitzenden weißen Zähnen hoch zu ihr. »Ich bin bereit, verhext zu werden«, sagte er. »Ich bin bereit, mich in Versuchung führen zu lassen! Aber du mußt bedenken, in welcher Situation ich mich befinde, Alys! Bis Oktober wird mein Leben leer sein – dann wird alles anders. Bis dahin könnten wir beide ein bißchen Spaß haben. Aber im geheimen.«

»Was sagst du da?« unterbrach ihn Catherine. »Was hast du zu Mylord gesagt, Alys? Findet Ihr nicht, daß sie sehr dünn geworden ist, Hugo? Dünn und blaß. Ich fürchte, wir ernähren sie nicht gut genug. Sie war so hübsch, als sie auf die Burg kam, und jetzt ist sie knochig wie eine alte Jungfer an ihrer Spindel!«

Die Damen lachten gehorsam im Chor. Alys begegnete Hugos kurzem Blick mit blanker Wut.

»Bist du krank?« fragte er in normalem Ton, so daß alle es hören konnten.

»Nein«, erwiderte Alys genauso desinteressiert wie er. »Ich habe es nur satt, ständig im Haus sein zu müssen. Mehr nicht.«

»Verlaßt uns jetzt«, unterbrach Catherine. »Eine von euch muß nachschauen, ob mein Bett noch warm ist.« Sie sah Hugo kurz an. »Obwohl es sicher gleich warm genug sein wird, denke ich«, flüsterte sie laut.

Hugo lachte und nahm die Hand, die sie ihm entgegenstreckte. »Auf ins Bett, Mylady«, sagte er mit zärtlicher Stimme. »Ihr müßt Euch ausruhen für die Gesundheit meines Sohnes. Ihr ahnt ja nicht, welches Vermögen ich auf ihn gesetzt habe.«

Alys ging in Catherines Schlafzimmer und prüfte, ob frische Kräuter auf dem Boden und unter den Kissen waren. Dann machte sie einen kleinen Knicks vor den beiden am Feuer, und sie und alle anderen Damen gingen in ihre Zimmer.

»Nicht gerade heiß auf dich in letzter Zeit«, bemerkte Morach, als sie und Alys sich die Kleider auszogen und schnell im Hemd in das kalte Bett sprangen.

»Nein«, erwiderte Alys einsilbig.

»Warum wohl?« bohrte Morach.

»Ich weiß es nicht«, sagte Alys.

»Ich frage mich, warum.« So leicht war Morach nicht abzulenken.

»Der alte Lord hat ihn fest in den Klauen«, sagte Alys. »Er wird Hugo ein Vermögen zukommen lassen, wenn Catherine einen gesunden Sohn zur Welt bringt. Er hat ihm tausend Pfund zur freien Verfügung versprochen.«

Morach pfiff leise durch die Zähne. »Hugo ist also gekauft!« sagte sie. »Dann gibt es keine Zukunft für dich, Alys. Ich habe das Gefühl, dein Zauber mit den Puppen hat besser funktioniert, als du dachtest!«

»Ich hab schon tausendmal versucht, den Bann zu lösen«, sagte Alys.

»Warum?« fragte Morach. »Weil du ihn liebst und ihn jetzt begehrst? Weil du dich so sehr nach ihm sehnst, daß du alles riskieren wirst, um mit ihm zu schlafen? Wenn du ihn so abweisend ansiehst und, ohne dich umzuschauen, an ihm vorbeigehst, betest du dann, daß er sie verstößt und zu dir kommt, so heiß auf dich wie du auf ihn?«

»Ja«, sagte sie mit zusammengebissenen Zähnen. Sie rüttelte den Holzkorb und warf einen Scheit ins Feuer. »Ich verzehre mich nach ihm, ich kann nicht schlafen, ich kann nicht essen, und jetzt schläft er heute nacht wieder mit ihr, und nach dem Kind wird es ein anderes geben und noch eines, und für mich bleiben nur die Knochen von ihrem Teller.«

Morach lachte begeistert auf. »Reich mir meinen Schal«, sagte sie. »Und leg noch ein Scheit drauf. Fast so gut wie bei Gauklern, das Leben in dieser Burg. Du bist verloren, jetzt wo sie schwanger ist, weißt du. Selbst ohne das Geld würde er die Finger nicht von ihr lassen. Jetzt ist er auf den Geschmack gekommen.«

Alys warf Morach ihren Schal zu. »Was willst du damit sagen?« fragte sie. Sie nahm einen Kamm aus ihrer Kleidertruhe und einen Stahlspiegel und begann, sich das Haar zu kämmen. Es war jetzt schulterlang, ein Gewirr von Messing und Gold. Alys zerrte ungeduldig an den Knoten.

»Den Geschmack, meinst du?« fragte Morach. »Oh, Männer

sind wild darauf, daß ihre Frauen ein Kind unter dem Herzen tragen. Männer sehen, wie die Brüste ihrer Frauen voller werden, ihre gerundeten Bäuche. Ihnen gefällt der Beweis ihrer Begierde, selbst wenn sie gerade dabei sind. Zwei Drittel davon sind männliche Eitelkeit und ein Drittel etwas anderes. Etwas Uraltes, Instinktives. Und Hugo hat es schlimm erwischt.«

Alys zerrte gnadenlos an ihrem Haar und wand es zu einem groben Zopf. »Schlimm?« fragte sie.

Morach zog sarkastisch eine Braue hoch. »Bist du sicher, daß du es hören willst?« fragte sie.

Alys nickte.

»Er hat sie heute nachmittag gepackt«, sagte Morach. »Nachdem er bei seinem Vater war. Du warst noch im Gemach des alten Lords. Er ist hier hereingestürmt, hat alle Frauen aus dem Zimmer gescheucht und sie dann wie ein Besessener gevögelt. Wenn das deine Zauberpuppen bewerkstelligt haben, haben sie ihre Arbeit gut gemacht. Er kann die Finger nicht von ihr lassen. Zuerst heute nachmittag und dann heute abend noch einmal.«

Alys war entsetzt. »Wie waren sie zusammen? War er so grob wie immer mit ihr? Er war nie zärtlich zu ihr?«

Morach schüttelte den Kopf. »Diesmal hat er sie nicht gefesselt«, sagte sie. »Aber sonst hat er alles gemacht, was ihm in den Sinn kam. Trotzdem ist er vorsichtig wegen dem Kind, also wollte er nicht auf ihr liegen. Er hat vor Lust wie ein Stier gebrüllt.«

»Hör auf«, sagte Alys plötzlich. »Du bist widerlich, Morach. Woher weißt du das alles? Du lügst.«

»Ich hab zugeschaut«, sagte Morach lächelnd, schlang sich den Schal um die Schultern und steckte sich das Kissen hinter ihren zerzausten Kopf. »Ich mußte es wissen. Natürlich hab ich zugeschaut.«

Alys nickte. Nichts, was Morach tat, überraschte sie.

»Und was ist mit ihr?« fragte Alys. »Warum läßt sie das zu? Jetzt, wo sie schwanger ist? Warum ist sie immer noch so fordernd?«

Morach lachte. »Was soll sie denn fordern? Sie kriegt doch

alles, was eine Frau sich wünschen kann – und mehr als eine anständige Frau haben will. Sie liegt da wie ein weicher rosa Berg und läßt ihn nehmen.«

Alys' Gesicht war eine grimmige Maske. »Er hat gesagt, er würde nicht mehr zu ihr gehn, wenn sie schwanger ist«, sagte sie. »Er hat gesagt, er müßte einen Sohn haben, und dann würde er zu mir kommen. Dann hat er gesagt, er würde nach Newcastle gehen, um zu überlegen, was er tun soll – und daß er sich danach sehnt, mit mir zusammenzuleben, und sie aber trotzdem bei Laune halten muß. Ich warte jetzt schon eine Ewigkeit. So lange schon, Morach! Ich warte und warte auf ihn.«

Morach zeigte keinerlei Mitleid. »Dann geh zu ihm«, sagte sie. »Du kannst nicht gegen Hitzen mit deiner Klosterkälte ankämpfen. Geh zu ihm, und sag ihm, daß du ihn willst und er sie verlassen soll. Verhexe ihn, versprich ihm dunkle Freuden und Leidenschaft. Den absoluten Schmerz. Die absolute Wollust. Es gibt Dinge, die du ihm geben könntest, Dinge, die du tun könntest, von denen er mit seinen kleinen Schlampen nicht einmal geträumt hat. Sag ihm, daß du eine Hexe bist, und wenn er zu dir kommt, könntest du ihm Freuden bereiten, von denen andere Männer nur träumen können. Er ist wie alle – sie sehnen sich nachts nach Hexerei und Sünde. Wenn du ihn haben willst, Alys, dann nimm ihn! Du hast nicht viel Zeit, weißt du.«

»Zeit?« fragte Alys sofort. »Hast du etwas gesehen, Morach?«

»Fort«, Morach wedelte mit den Händen, um Alys zu verscheuchen. »Dir bleibt nicht viel Zeit, in der du jung und schön bist. Die Pest könnte jederzeit kommen und Narben in deinem Gesicht zurücklassen. Du könntest krank werden und deine gute Hautfarbe verlieren und die deiner Augen und Haare. Du wirst jeden Tag dünner von der Leidenschaft, die dich innerlich verzehrt – noch einen Monat, und du bist eine häßliche Jungfer. Wenn du etwas haben willst, solltest du es dir sofort nehmen. Warten ist für dich nur eine harte Prüfung.«

Alys nickte.

»Soll ich es ihm sagen?« fragte Morach. »Ich gehe abends immer als letzte. Ich könnte ihn beiseite nehmen und ihm sagen, daß er hierherkommen kann, wenn er Catherines Gemach verläßt. Und ich werde Wache halten, bis ihr beide fertig seid.«

Alys drehte sich zum Bett und sah die alte Frau an. Ihr Gesicht war mißtrauisch. »Warum?« fragte sie. »Warum würdest du es riskieren, Lady Catherine zu brüskieren – du, die du so hoch in ihrer Gunst stehst, den doppelten Lohn wie alle anderen bekommst, die kommen und gehen kann, wie sie will, ihr offen die Meinung sagt. Warum willst du das alles aufs Spiel setzen?«

Morach lachte. »Es ist ein Spiel, Kind«, sagte sie geduldig. »Es ist nichts anderes als Runen werfen oder Karten lesen oder Kräuter zubereiten. Es ist ein Spiel. Was wird als nächstes passieren? Der ganze Zauber liegt in der Frage: was wird passieren, wenn …? Ich will wissen, was mit dir passiert, wenn Hugo dich nimmt. Es interessiert mich, mehr nicht.«

»Kannst du es denn nicht voraussehen?« fragte Alys. »Warum kannst du nicht in die Zukunft sehen wie früher, Morach?«

Die alte Frau zuckte die Achseln. »Ich sehe, daß du nicht mehr lange Zeit hast, das sollte dir genügen. Wenn ich versuche zu sehen, wird alles dunkel. Ich sehe nur Finsternis und Wasser. Also solltest du besser so handeln, wie es jede Frau tun würde – und zum Teufel mit dem zweiten Gesicht. Soll ich ihm sagen, daß du ihn sehen willst?«

Alys stutzte. »Ja«, sagte sie plötzlich entschlossen. »Jetzt. Hol ihn jetzt von Catherine weg. Ich kann es nicht ertragen, wenn er mit ihr schläft.«

Die alte Frau nickte, glitt aus dem Bett, legte sich den Schal um die Schultern und schlich sich durch die Tür. Alys nahm noch einmal den Spiegel, fuhr sich mit der Hand durch ihr dichtes Haar und sah, wie Farbe in ihre blassen Wangen kam. Auf der anderen Seite der Galerie hörte sie Morachs freches Klopfen an der Tür und wie sie rief: »Lord Hugo! Der alte Lord fragt nach Euch. Er hat gesagt, Ihr sollt sofort kommen!«

Sie hörte Hugos leisen Fluch und seine schnellen Schritte zur Tür. Sie hörte, wie er Catherine zurief, sie solle schlafen, und wie die Tür zum Schlafgemach zuknallte. Er betrat die Galerie.

Alys warf den Spiegel beiseite und ging ihm entgegen.

»Lord Hugh braucht dich nicht. Ich habe Morach geschickt.« Sie stand hoch erhobenen Hauptes da, und ihr Haar umschmeichelte golden ihr Gesicht. Hugo starrte sie an, die dünne Baumwolle ihres Nachthemdes und den hektischen Puls an ihrem Hals unter dem halb geöffneten Gewand.

»Alys«, sagte er leise.

Er sah, wie die Muskeln ihres Halses sich bewegten, als sie schluckte.

»Ich kann es nicht ertragen, wenn du die Nacht bei ihr verbringst. Du hast gesagt, ich soll warten, bis du aus Newcastle zurückkommst, und ich habe gewartet. Ich will, daß du mein Geliebter wirst. Ich habe so lange davon geträumt, daß du zu mir nach Hause kommst.«

Hugos blitzendes Lächeln kam und ging. »Du hast gehört, was mein Vater gesagt hat. Du weißt, wie dringend ich einen Erben brauche. Du weißt, daß meine Zukunft und die meiner Familie vom Erben dieses Schlosses und dieser Ländereien abhängt. Und er hat mir Geld versprochen, Alys. Ich kann Catherine nicht vor den Kopf stoßen, wenn sie das Kind unter dem Herzen trägt, das ich mehr als alles andere auf der Welt brauche!«

»Und was ist mit mir?« brach es aus Alys heraus. »Ich sehe, was Catherine braucht und was sie ja wohl auch kriegt! Und ich sehe, was du brauchst! Aber wo bleibe ich?«

Hugo sah sie an, und sein Lächeln vertiefte die Fältchen um seine Augen. »Du willst mich.« Es war keine Frage.

Alys nickte.

»Ist Morach weg aus deinem Zimmer?« fragte er.

Alys sah ihn nicht an, sie nickte wieder.

»Dann komm«, sagte er, legte seinen Arm um ihre Taille, und sie ließ sich von ihm in ihre Schlafkammer führen, hochheben und aufs Bett legen.

Er zog ihr Gewand hoch, um sie nackt zu sehen, und seufzte leise vor Wonne über ihren Anblick – wie ein Tier, dachte Alys. Sie schloß die Augen und dachte an die Tage und Nächte, in denen sie sich nach ihm gesehnt hatte, nach diesem Augenblick gesehnt hatte.

»Das ist Hugo«, sagte sie sich. »Hugo, von dem ich geträumt und nach dem ich mich gesehnt habe, nach dem ich mich verzehrt habe, wie ich mich noch nie in meinem Leben nach jemandem verzehrt habe.«

Es war keine Hilfe. Sie fühlte sich kalt und ausgedörrt. Sie hatte Angst vor dem Schmerz und seinem Gewicht.

Hugo raffte sein Nachthemd um die Taille hoch. »Wenn du wirklich eine Hexe wärst, dann würdest du mich verzaubern«, sagte er. »In Newcastle gab es viel Gerede über Hexerei. Sie sagen, wenn ein Mann nur ihre Haut berührt, kann keine andere Frau ihn je wieder erregen.«

Alys schüttelte den Kopf. »Ich bin keine Hexe. Du hast gesagt, ich soll all das aufgeben, ich habe deinen Wunsch erfüllt. Ich kann dich nicht verzaubern.« Sie fing an zu frieren, halb nackt wie sie war.

Hugo ließ sich auf sie fallen, und Alys wurde unter seinem Gewicht fast erdrückt. Er hatte scharfgewürztes Fleisch zum Abendessen gegessen, und sein Atem roch streng. Sie warf die Arme um seine breiten Schultern und sagte: »Hugo«, und dachte daran, wie sehr sie sich nach diesem Augenblick gesehnt hatte – daß das einfach sein mußte, was sie wollte, weil sie es sich so lange gewünscht hatte.

»Wenn du eine Hexe wärst«, sagte Hugo und rieb sich sanft an ihr, »welche Wonnen könntest du mir dann bereiten, Alys? Glaubst du, daß Hexen Männer zum Fliegen bringen können? Glaubst du, sie können sie den ganzen Tag und die ganze Nacht scharf machen? Würdest du mir eine Jungfrau nach der anderen heraufbeschwören? Alle naß vor Begierde, alle wild auf mich. Würden sie alle miteinander mit mir und mit den anderen schlafen? Ein riesiges, rollendes Bett von Frauen mit Mündern und Händen und Leibern, die nur meiner Befriedigung dienen?«

Seine Worte hatten ihn so stark erregt, daß er sich aufbäumte, sich auf die Hände stützte und in sie eindrang. Alys schrie auf – ein spitzer Schmerzensschrei – und versuchte, sich ihm zu entwinden. »Nein!«

Hugo lachte, legte seine Hände auf ihre dünnen Schultern und keuchte. »Nimm ihn, Alys! Darauf warst du doch heiß. Danach hast du dich verzehrt! Was hast du denn erwartet! Eine Berührung sanft wie deine geschäftigen kleinen Finger? Das ist es, was ein Mann macht, Alys! Lerne, es zu genießen!«

Mit jedem Wort drang er tiefer in sie ein. Alys versuchte sich loszureißen, weg von seiner gierigen Lüsternheit. »Oh«, sagte Hugo plötzlich und fiel schwerfällig auf sie.

Einige Augenblicke lang blieben sie reglos liegen. Der Schmerz in ihrem Leib wurde etwas leichter, und sie spürte, wie sein Schwanz schlaff wurde und wegglitt. Sie roch ihr eigenes Blut, spürte es auf ihren kalten Schenkeln. Sie fühlte, wie sich die Haut um ihre Augen spannte und kalt wurde von trockenen Tränen. Sie bewegte sich ein bißchen, und Hugo rollte von ihr herunter wie ein Tier, das sich suhlt, und blieb auf dem Rücken liegen, den leeren Blick zur Decke gerichtet.

Alys kroch ein bißchen näher und legte ihren warmen Kopf auf seine Schulter. Sie hörte sein Herz hämmern. Er nahm sie in den Arm und hielt sie fest.

»Es tut weh«, beklagte sie sich wie ein verletztes kleines Kind.

Hugo lachte. »Doch keine Hexe«, sagte er. »Du hast es ganz sicher nicht mit dem Teufel getrieben.«

»Ich hab dir gesagt, daß ich keine Hexe bin«, sagte Alys ungeduldig. »Ich war Jungfrau. Du hast mich entjungfert. Und du hast mir weh getan, Hugo.«

Er nickte, als wäre das nicht sonderlich wichtig. »Beim ersten Mal tut's immer weh«, bemerkte er ungerührt. »Was hast du denn erwartet?«

Alys sagte nichts, aber die Welt ihrer Erwartungen war in bitteren Farben vor ihr ausgebreitet.

Hugo gähnte und setzte sich auf. »Gib mir ein Tuch«, sagte er. »So kann ich nicht zu Catherine zurück.«

Alys stieg aus dem Bett und ging mühsam zur Wäschetruhe. Sie fühlte, wie das Blut warm an ihren Schenkel heruntertropfte. Sie gab ihm ein Stück Leinen. »Zu Catherine zurückgehen?« sagte sie benommen.

»Natürlich«, erwiderte er. Er entfernte mit kurzen, harten Bewegungen die Spuren ihres Bluts, ihren Geruch. Er sah ihr schokkiertes Gesicht und zuckte mit den Achseln.

»Ach komm, Alys«, sagte er ungeduldig. »Du hast meinen Vater gehört, du weißt, was dieses Kind für mich bedeutet. Jede Nacht meines Lebens, bis zur Geburt des Kindes, werde ich in Catherines Bett schlafen. Ich werde sie so zufrieden und heiter wie möglich machen. Ich schulde es meinem Sohn, ich schulde es meinen Vorfahren, und, bei Gott, ich schulde es mir selbst! Ich habe achtzehn Jahre darauf gewartet, einen Sohn zu zeugen! Eine Frau nach der anderen war bei mir unfruchtbar. Und jetzt ist meine Frau, meine rechtmäßige Frau, schwanger, und alle sagen, daß es ein Sohn sein wird. Natürlich werde ich sie hüten, und sie wird alles bekommen, was sie sich wünscht.«

»Ich habe von einem Sohn geträumt, den wir haben würden«, begann Alys. »Du und ich.«

Hugo beugte sich vor und tätschelte ihre weiße Wange. »Wenn du meinen Sohn unter deinem Herzen trägst, wirst du mein Liebling sein«, sagte er achtlos. »Während Catherine meinen Sohn trägt, hat sie das Sagen über mich. Momentan gibt es nur eines auf dieser Welt, was mich von Catherine fernhalten könnte.«

»Und was ist das?« fragte Alys. Ihr Hals schmerzte von der Anstrengung, ihre Wut und ihren Schmerz im Zaum zu halten.

Hugo grinste. »Dein Körper, von dem ich geträumt habe!« sagte er lachend. »Seit ich dich zum ersten Mal gesehen habe, und insbesondere seit sie alle dachten, du wärst eine Hexe, habe ich gedacht, du würdest mich nehmen – wie Hexen angeblich Männer nehmen. Ich dachte, du würdest mich reiten, wie ich mein Pferd reite. Ich dachte, du würdest Tricks kennen, die mich vor Lust nach dir verrückt machen würden.«

Alys schüttelte langsam den Kopf. »Und statt dessen war ich nur eine weitere Jungfrau«, sagte sie leise. »Ein ganz gewöhnliches Mädchen.«

Hugo erhob sich, warf das blutverschmierte Tuch beiseite und nahm Alys in die Arme. »Gewöhnliche Mädchen befriedigen auch«, versuchte er sie zu trösten. »Ein andermal, mein Schatz, wenn ich nicht müde vom Reisen und gesättigt von Catherine bin. Ein andermal wird es besser werden für uns beide.«

Alys nickte. Sein Entschluß war unüberhörbar.

»Aber schick nicht noch einmal Morach nach mir«, warnte er sie. »Catherine wird es sicher rausfinden, und Aufregung könnte dem Kind schaden. Ich werde zu dir kommen, wenn ich sie alleinlassen kann, ohne daß sie es merkt. Ich werde zu dir kommen, wenn sie schläft.«

»In Ecken, in Türnischen. Versteckt, im geheimen.«

Hugo grinste. »So mag ich es. Schnell und gefährlich. Möchtest du nicht so von mir genommen werden, wenn wir zu geil sind, eine passende Gelegenheit abzuwarten?«

Alys wandte sich ab, damit er die Wut und den Haß in ihren Augen nicht sehen konnte. »Wie ein gewöhnliches Mädchen«, sagte sie.

Er legte den Arm um ihre Taille und küßte sie achtlos auf den Kopf. »Ich muß gehen«, sagte er. »Süße Träume.«

Die Tür schloß sich leise hinter ihm. Alys ging erschöpft zum Bett, warf sich auf den Rücken und beobachtete das Flackern des Feuerscheins an der Decke. Sie drehte den Kopf nicht, als die Tür aufging. Sie wußte, daß es nicht Hugo war.

»Närrin«, sagte Morach freundlich. »Ich dachte, du wärst geil auf ihn. Ich hätte dir sagen können, daß es weh tut, wenn du mit einem Mann schläfst, den du haßt.«

Alys drehte langsam den Kopf in den Kissen. »Ich hasse ihn nicht«, sagte sie langsam. »Ich liebe ihn. Ich liebe ihn mehr als das Leben selbst.«

Morach krächzte vor Lachen und schwang sich auf das hohe Bett.

»Du sagst wohl, daß du es tust«, sagte sie fröhlich. »Und du glaubst es auch. Aber dein Körper sagt etwas anderes, Kind. Dein Körper hat die ganze Zeit ›nein‹ gesagt, nicht wahr? Selbst als du versucht hast, dir einzureden, daß du im siebten Himmel bist.«

Alys stützte sich auf einen Ellbogen. »Hilf mir, Morach«, sagte sie. »Es hat weh getan, und es war furchtbar, wie er mich angefaßt hat. Dabei habe ich doch immer schon gezittert, wenn er mich nur angeschaut hat.«

Morach lachte und schob die Decken auf ihre Seite. »Du bist enttäuscht von ihm«, sagte sie. »Und du haßt Catherine. Du bist hin- und hergerissen, und du hörst nicht auf deine Bedürfnisse. Nütze deine Macht, Alys! Suche, was du willst, und nimm es dir. Du bist heute abend dagelegen und hast ihn gebeten, dich zu vergewaltigen. Er will, daß eine Frau ihn verrückt macht – nicht ein weiteres Opfer.«

Alys zog die Decken zu sich zurück und drehte sich mit dem Rücken zu Morach. »Und du hast zugeschaut«, sagte sie erbost.

»Natürlich«, sagte Morach gelassen. »Und eins kann ich dir sagen, er hat mehr Vergnügen mit Catherines wollüstiger Freude als mit dir.«

Alys sagte nichts.

»An deiner Stelle«, sagte Morach nachdenklich zu Alys' steifem Rücken, »hätte ich mir Zeit gelassen und ihm Wein gegeben und selbst ein Glas getrunken. Vielleicht hätte ich ihn betäubt. Ich hätte Erdwurz dafür genommen. Danach träumt ein Mann von Sinnesfreuden, bis er verrückt danach ist und stundenlang steif bleibt ohne Hoffnung auf Erleichterung. Ich hätte ihm schlüpfrige Geschichten erzählt, ich hätte ihn zusehen lassen, wie ich mich selbst berühre. Ich hätte ihm erzählt, ich wäre eine Hexe, und wenn er mich anfassen würde, würde er auf ewig verrückt nach meiner Berührung sein. Und wenn er dann halb erstickt gewesen wäre vor Geilheit, dann hätte ich mich ihm hingegeben. Ich hätte nicht unter ihm gewinselt wie eine geschändete Küchenmagd.«

Alys schloß die Augen und zog den Kopf zwischen die Schultern.

»Aber all das hätte ich erst gemacht, wenn ich mich entschieden hätte, ob ich ihn nun will oder nicht«, sagte Morach in den stillen Raum. »Ich würde mich keinem Mann hingeben, mit dem ich noch eine Rechnung zu begleichen habe. Ich würde keinen Mann nehmen, der mich anlügt, daß sich die Balken biegen. Ich würde nicht zulassen, daß er sich auf mich rollt und sich dann reinigt, als wäre ich Dreck. Ich würde verlangen, daß er sich zwischen mir und seiner Frau entscheidet. Und ich würde meine magischen Kräfte einsetzen, damit er mich wählt.«

Alys drehte sich um und sah Morach an. »Keine Kraft der Welt kann sich gegen einen Erben durchsetzen«, sagte sie verbittert. »Ich kann nur darauf hoffen, daß das Miststück im Kindbett stirbt und der Erbe mit ihr.«

Morach begegnete ihrem Blick. »Und ich bin hier, um dafür zu sorgen, daß sie das nicht tut«, sagte sie gelassen. »Ein feines Netz hast du dir da gesponnen, kleine Alys. Du wünschst dir sicher, wieder in der Abtei zu sein. Da wärst du vor all diesen unbequemen Dingen hier sicher. Sicher bei deiner Mutter in Christi.« Sie hielt inne. »Schade«, sagte sie fröhlich.

Alys hatte sich schon vorher unglücklich gefühlt, aber nach dieser Nacht waren ihre Tage noch härter. Den ganzen April lang war das Wetter gegen sie. Alys dachte schon, die lange Zeit der Finsternis und Kälte würden nie enden.

Sie saß auf der Küchentreppe, die Hände tief in den Ärmeln vergraben, das Gesicht ins dünne gelbe Licht der Wintersonne erhoben. Alle Damen waren im Haus, sie schwätzten und kicherten in der warmen Galerie. Morach sang ihnen zur Unterhaltung ein unflätiges Liedchen vor, Catherine lachte laut und hielt sich mit einer Hand ihren wachsenden Bauch.

Alys hatte sie irritiert verlassen und war in den Garten gelaufen, um Kräuter zu sammeln. Der alte Lord hatte nachts einen Husten, der ihn unruhig und jähzornig machte, und Alys wollte Lavendelblüten, die ihn beruhigen würden. Sie waren verdorrt und erfroren, sie hätten gepflückt werden sollen, als sie noch Saft hatten, frisch und violett und süß im Hochsommer.

»Sie sind vernachlässigt und vergessen worden«, sagte Alys und drehte die dürre Handvoll im Schoß. »O Gott, Hugo.«

Eigentlich hätte Alys gar keine Zeit zum Grübeln haben dürfen, so beschäftigt war sie. Catherine brauchte ständig Gesellschaft, und der alte Lord brauchte einen Tag Krankenpflege, am nächsten Tag fing er sich wieder und beanspruchte ihre Dienste als Schreiberin. Aber all die langen Wochen, in denen der Schnee nicht abtauen wollte, schmollte Alys am Kamin, am Schießschartenfenster oder zitterte in ihrem erfrorenen Garten.

»Was hast du denn, Alys, bist du krank?« fragte der alte Lord.

David, der Zwerg, musterte sie mit seinem boshaften Lächeln. »Ein kranker Doktor? Eine dumme weise Frau? Eine verdorrte Kräutersammlerin?« fragte er. »Was bist du, Alys? Ein Kürbis, in dem vertrocknete Samen klappern?«

Nur Morach verstand es, in dem schattenverhangenen Zimmer, das sie sich nachts teilten, ihren schmutzigen Finger genau auf die Wurzel von Alys' Schmerz zu legen. »Du verzehrst dich nach ihm, stimmt's?« sagte sie ohne Umschweife. »Du stirbst innerlich langsam vor Sehnsucht nach ihm.«

Hugo war so beschäftigt, daß er sie kaum bemerkte. Er schrieb zahllose Briefe nach London, Bristol und Newcastle und fluchte wie ein Soldat über Verzögerungen in der Auslieferung und bei Antwortbriefen. Er überwachte das Einreißen der großen Fundamentsteine der Abtei, und die Männer schleiften sie mit Schlitten über den Schnee und häuften sie dort auf, wo er sein neues Haus plante. »Kein Schloß«, sagte er zu Catherine. »Ein richtiges Haus. Ein Tudor-Haus. Ein Haus für dauerhaften Frieden.«

Er zeichnete Pläne für sein schönes neues Haus. Es sollte Fenster haben, keine Schießscharten. Es sollte Kamine haben und in jedem Zimmer eine Feuerstelle. Er hätte die Männer Fundamente graben lassen, aber keiner konnte auch nur ein Messer in den gefrorenen Boden treiben. Statt dessen machte er Vermessungen, zeichnete alles auf, zeigte es David und diskutierte über Küchen, die Backstube, die notwendige Anzahl von Zimmern und die beste Aussicht. Wenn er dann in die Burg schritt, nachmittags, wenn die Winternacht sich übers Land senkte, flatterten alle Damen auf wie Hühner in der Scheune, wenn der Fuchs sich anschleicht. Hugo ließ seine dunklen, lachenden Augen über alle schweifen und nahm sich dann eine für ein paar Minuten rauher Lust in einer dunklen Türnische. Selten nahm er sich dieselbe zweimal, wie Alys sah. Er tat ihnen nie wissentlich weh oder spielte die verrückten, grausamen Spiele wie mit seiner Frau. Er holte sich seine Befriedigung und schickte sie dann weg.

Und sie liebten ihn dafür. »Er ist ein Schuft!«, »Ganz der alte Lord!«, »Er ist ein echter Mann!« hörte sie sie sagen. Einmal streckte er mit einem fragenden Lächeln die Hand nach Alys aus. Alys hatte einfach durch ihn hindurch geschaut, ihr Gesicht abweisend wie gefrorener Stein, und er hatte kurz gelacht und sich abgewandt. Hugo hatte sie nicht mehr im Blut – es gab zu viele Ablenkungen. Er kam nie in ihre Kammer, wenn Catherine schlief – Alys hatte es auch nie erwartet. Sie hatte ihre Leidenschaft aufs Spiel gesetzt und ihn verloren und ihre Leidenschaft ebenfalls.

Alles, was sie jetzt noch hatte, war die quälende Gewißheit, daß sie ihn brauchte auf einer Ebene, die tiefer ging als bloße Lust. Er aber hatte sie so mühelos verdrängt, daß sie das Gefühl hatte, ihre Macht – über ihn, über sich selbst, über sie alle – würde unaufhaltsam schwinden.

Eines Tages hing der Kristall schwer und reglos da wie ein Bleigewicht, als sie die Hand auf die Brust des alten Lords legte.

»Hast du deine Kräfte verloren, Alys?« fragte er in scharfem Ton, die dunklen Augen weit geöffnet.

Alys begegnete ungerührt seinem Blick. »Ich glaube ja, Mylord«, sagte sie, kalt bis ins Mark. »Ich kann das, was ich begehre, nicht erlangen, und ich kann nicht lernen, es nicht zu begehren. Ich habe keine Lust auf irgend etwas. Jetzt scheint es, daß ich auch keine Fähigkeiten mehr habe.«

»Warum das?« fragte er kurz, er hatte Schwierigkeiten beim Atmen.

»Hugo«, sagte Alys. »Er wollte, daß ich eine gewöhnliche Frau werde, ein Mädchen zum Lieben. Jetzt bin ich so gewöhnlich, daß er mich gar nicht mehr sieht. Ich habe meine Macht aus Liebe zu ihm weggeworfen, und jetzt habe ich weder Macht noch Liebe.«

Das krächzende Lachen des alten Lords endete mit Husten und Keuchen. »Dann hol mir Morach«, sagte er. »Morach soll mich statt deiner pflegen. Catherine vertraut ihr in allem. Sie ist eine große Heilerin, unheimlich, was sie von Kräutern versteht.«

Alys nickte mit verkniffenem Gesicht. »Wie Ihr wünscht«, sagte sie.

Der alte Lord benutzte sie noch immer als Sekretär, aber während seiner Krankheit, während der Fastenzeit gab es nur wenig zu schreiben. Aber dann, an einem Mittwoch nach Ostern, saß Alys am breiten Erkerfenster der Damengalerie und sah ein halbes Dutzend Brieftauben von Süden heranfliegen, die das Schloß entschlossen einmal umkreisten und dann, wie ein Schwarm träger Pfeile, die Taubenschläge auf dem Dach des Rundturms ansteuerten. Das bedeutete dringende Nachrichten aus London. Alys machte rasch einen Knicks vor Catherine und verließ die Damengalerie. Sie traf vor Lord Hughs Zimmer ein, als der Bote gerade mit dem winzigen Stück Papier vom Dach des Turmes herunterkam. Alys folgte ihm in Lord Hughs Zimmer.

»Soll ich vorlesen?« fragte Alys.

Lord Hugh nickte.

Alys rollte das kleine Papier auf. Es war lateinisch geschrieben. »Ich verstehe es nicht«, sagte Alys.

»Lies vor«, sagte Hugo.

»Da steht: *Am Osterdienstag hat der spanische Gesandte eine Einladung zum Essen mit der Königin verweigert. Der König hat die Messe mit ihm gefeiert, und dem Bruder der Königin wurde befohlen, sich ihm anzuschließen.*«

»Ist das alles?«

»Ja«, sagte Alys. »Aber was bedeutet das?«

»Das heißt, daß die kleine Boleyn gestürzt ist«, sagte Lord Hugh ohne eine Spur von Reue. »Gepriesen sei der Herr, daß ich mit den Seymours befreundet bin.«

Er schloß die Augen. Alys beobachtete sein hartes, mitleidloses Gesicht im Schlaf und fragte sich, ob Königin Anne schon wußte, daß sie verloren war.

Nach diesem Tag gab es im Schloß nur wenig Arbeit für sie. Man könne ihr keine komplizierten Muster zum Sticken anvertrauen – es fehle ihr an Konzentration, beklagte sich Catherine. Alys hatte ihr Gespür für Kräuter verloren, und Catherine erschauderte bei der Berührung ihrer kalten Finger. Tag für Tag hatte Alys weniger zu tun. Ihr blieb nur eines: auf Hugo warten und ihn beobachten – und dann sehen, wie er achtlos an ihr vorbeiging.

Sie wurde dünner, und sie begann, immer mehr Wein beim Abendessen zu trinken, während ihr das Essen im Hals steckenblieb. Es war das einzige, was ihr half, und wenn sie schlief, träumte sie lange, wunderbare Träume, in denen Hugo an ihrer Seite war und sein Sohn in ihren Armen lag und sie ein gelbes, mit roter Seide unterfüttertes Kleid mit schneeweißem Pelzbesatz trug.

Der Schnee wurde zu Eisregen und dann zu Regen, der Boden wurde weicher. Ende April ritt der junge Lord jeden Morgen bei Tagesanbruch aus und kam erst in der Abenddämmerung zurück. Sie hatten mit den Fundamenten des neuen Hauses begonnen, und am Tag, an dem sie mit dem Umriß fertig waren, kam er früh nach Hause, schon mittags. Er platzte schlammbesudelt in Catherines Galerie.

»Ihr müßt kommen und es Euch ansehen!« sagte Hugo. »Ihr müßt, Catherine. Ihr sollt die Zimmer sehen, die ich für Euch und unseren Sohn geplant habe. Sie kann doch mitkommen, nicht wahr, Morach? Sie kann den grauen Zelter doch reiten?«

Sein Blick flackerte vorbei an Alys zu der älteren Frau. Alys hielt den Kopf über ihre Arbeit gesenkt, aber sie spürte seine Nähe, wie eine Forelle den Schatten eines Fischers fühlen kann.

»Wenn es ein sehr ruhiges Pferd ist«, erwiderte Morach. »Reiten wird keinem von beiden schaden, aber ein Sturz könnte tödlich sein.«

»Und all deine Hofdamen«, sagte Hugo großzügig. »Alle! Ihr müßt euch doch danach sehnen, ins Freie zu kommen – sitzt hier rum wie fette Habichte in der Mauser! Möchtest du nicht wieder die Luft des Moores einatmen, Alys? Den Wind im Gesicht spüren?«

Catherine lächelte Alys an. »Sie will deinen Vater nicht allein lassen«, sagte sie. »Dauernd ist sie bei ihm oder hat irgend etwas für ihn zu erledigen. Sie kann bleiben. Und Margery und Mistress Allingham auch. Ich werde mit Eliza, Ruth und Morach kommen.«

»Wie Ihr wollt«, sagte Hugo bereitwillig. »Wir reiten morgen hin. Heute werde ich mit Euch nach dem Essen spazierengehen.«

Er bemerkte Alys' gesenkten Kopf. »Ihr gönnt uns doch diese kleine Freude, Alys?« Er wollte wie ein kleines, boshafes Kind ihr Gesicht sehen, einen Blick aus ihren Augen erhaschen.

Sie schaute nicht auf zu ihm. »Natürlich, Mylord«, sagte sie. Ihre Stimme war dünn, aber gefaßt. »Ich hoffe, Ihr und Mylady habt einen angenehmen Tag.«

»Ihr müßt durstig sein, Mylord«, unterbrach Catherine. »Alys, laß Wein für Mylord bringen, ehe du uns verläßt. Du mußt doch zu Lord Hugh, nicht wahr?«

Alys erhob sich.

»Ist mein Vater krank?« fragte Hugo.

»Oh, nein«, beschwichtigte ihn Catherine. »Alys kümmert sich jetzt nicht mehr um seine Gesundheit. Sie hat ihre Kräfte verloren. Ist das nicht merkwürdig? Morach pflegt ihn jetzt. Aber er genießt es, wenn Alys ihm vorliest. Nicht wahr, Alys?«

Alys warf Hugo aus dem Augenwinkel einen Blick zu. »Ja«, sagte sie. »Kann ich jetzt gehen?«

Hugo lächelte, sah sie nachdenklich an und entließ sie dann mit einem kurzen Kopfnicken. Alys ging, den Blick zu Boden gesenkt, mit blassem Gesicht durch die massive Tür und schloß sie leise hinter sich.

»Nicht mehr lange«, sagte Morach und beobachtete, wie Hugos Augen ihr zur Tür folgten. »Nicht mehr lange«, sagte sie mit boshafter Genugtuung.

»Warum?« fragte Catherine ungeduldig.

Morachs Grinsen war nicht zu unterdrücken. »Ich habe gesagt: nicht mehr lange. Ich habe dabei an ein bestimmtes Spiel gedacht.«

16

Nach dem Essen behielt der alte Lord Alys bei sich. Er hatte per Boten einen Brief von seinem Cousin in London erhalten. Der Mann war durch die Schneeverwehungen auf der Great Northern Road nur langsam vorangekommen. Die Nachricht, die er brachte, war eine Woche alt. Aber Klatsch und Gerüchte sind langlebig. Lady Jane Seymour hatte jetzt eigene Gemächer im Palast von Greenwich – genauso prächtig wie die der Königin. Rochford, der Bruder der Königin, sollte den Hosenbandorden nicht bekommen. Die Ehre wurde anderweitig vergeben. Der König hatte den ganzen Abend mit Lady Jane Seymour getanzt. Der König und die Königin sollten gemeinsam das Turnier zum ersten Mal besuchen, aber bei Hof brodelten die Gerüchte über einen Streit zwischen König und Königin, bei dem sie die kleine Prinzessin Elisabeth nackt ausgezogen und ihm unter die Nase gehalten und gefragt hatte, ob er irgendeinen Makel an ihrem drallen kleinen Körper finden könnte. Ein weiteres vollkommenes Kind würde dem ersten folgen, schwor sie. Aber der König hatte sich abgewandt.

Alys las ihm den Brief vor und verbrannte ihn dann auf seinen Wink. Ein weiterer Brief kam vom College of Heralds. Lord Hugh wollte eine Ergänzung seines Wappens, um seinen neuen Enkel zu begrüßen. Für ein solches Gesuch gab es einen Präzedenzfall in Catherines Familie, und das College kabbelte sich um die Rechtmäßigkeit des Anspruchs und den Preis, der für den zusätzlichen Glanz auf Hughs Namen bezahlt werden müßte. Ihre Forderungen quittierte er mit einem Kopfschütteln. »Ich muß vor meinem Ehrgeiz auf der Hut sein«, sagte er. »Schau, wohin die Boleyns mit ihrem Ehrgeiz gekommen sind, Alys. Der sicherste Platz ist die Mitte der Halle. Nicht zu nahe am höchsten Tisch.«

Ein Pachtvertrag aus Bowes war zur Begutachtung vorgelegt worden. Ein Pächter wehrte sich gegen eine Änderung seines Vertrages von gelegentlichen Gebühren zu jährlicher Pacht. Er wollte seine Gebühren in Naturalien bezahlen, aber das Schloß war auf Bargeld aus. Alys las den mittelalterlichen lateinischen Text des Vertrages langsam vor und stolperte immer wieder über die archaischen Worte. Lord Hugh beobachtete die Flammen im Kamin, anfangs konzentriert, doch irgendwann fielen ihm vor Erschöpfung die Augen zu. Alys las ein paar Sätze weiter, dann legte sie das Pergament beiseite und sah ihn an. Er schlief tief und fest.

Sie erhob sich vorsichtig aus dem Stuhl und ging leise zu der Schießscharte in der nach Westen ausgerichteten Wand und schaute hinunter. Unter ihr, auf der gegenüberliegenden Seite des Flusses, sah sie Lady Catherine unbeholfen gehen, in Pelze gewikkelt, eine Hand auf Hugos Arm. Er hatte sich zu ihr gebeugt. Selbst auf die Entfernung erkannte Alys, mit welcher Bewunderung Catherine zu Hugo aufsah.

Der alte Lord döste vor sich hin, das Feuer knisterte im Kamin. Alys beobachtete, wie Hugo Catherine über die schlammigen Stücke des Weges half. In einiger Entfernung folgte Morach, mit einem Korb über dem Arm, und Eliza Herring an ihrer Seite. Die anderen Damen waren anscheinend im Haus geblieben. Den Abschluß bildeten zwei bewaffnete Diener zu Pferd. Hugo ging kein Risiko ein, was die Sicherheit seiner Frau und seines ungeborenen Sohnes betraf.

Alys merkte plötzlich, daß ihre Hände schmerzten, und schaute nach unten. Sie hatte sie zu Fäusten geballt, und ihre Nägel hatten vier tiefrote Sicheln in ihre Handflächen gebohrt. »O Gott, diese Eifersucht ist mein Untergang«, flüsterte sie, war aber außerstande, ihren Beobachtungsposten am Fenster zu verlassen.

Catherine strauchelte auf dem Schlamm, und Hugo fing sie mit einem Arm um ihre Taille auf. Fast konnte Alys ihr Lachen hören, als Hugo sie umarmte, dann hob er ihr Gesicht zu seinem, und sein dunkler Kopf senkte sich zu einem Kuß.

Alys spürte, wie ihre Wangen brannten. Irgendwo aus einem

Winkel ihres Bewußtseins kam die Erinnerung an die Puppe, die sie in den Graben geworfen hatte. Die drei Puppen baumelten, versteckt in ihrem Beutel, an einem Stück Schnur unter der Garderobe, in Erwartung eines günstigen Zeitpunkts, um sie zu vergraben. Alys hatte sie mit derselben disziplinierten Blindheit verdrängt, mit der sie das Nonnenkloster, ihre Mutter und das Feuer verdrängt hatte.

Aber als sie sah, wie Catherine ausrutschte, so nahe an diesem tiefen, eisigen Wasser, dachte sie wieder an die kleine Puppe von Catherine, die sie weit in die grünen Wasser des Grabens hinausgeschleudert hatte und die aufgetaucht war, ihr das Gesicht zugedreht und sie dann angelächelt hatte und durch ihre Macht und Bosheit fast ertränkt hätte.

»Oh, aber jetzt bin ich sicher«, sagte Alys. »Ich bin sicher hier im Haus, während du da draußen bist.«

Sie schaute zurück ins Zimmer. Der alte Lord schnarchte, mit schiefer Kappe, den Kopf zur Seite gelegt. Der warme Schein des Feuers flackerte rot auf den Steinwänden. Der Jagdhund döste vor dem Feuer, nur ab und zu zuckten seine Pfoten im Traum.

»Hier kann mir keiner etwas anhaben«, sagte Alys. Sie schaute aus dem Fenster. »Aber du ...«, flüsterte sie Catherine zu. »Du bist sehr nahe am Wasser. Und der Zauber der Puppen war sehr mächtig. So mächtig, daß dein Mann zu dir gegangen ist und dich mit solcher Leidenschaft geliebt hat, daß er mich ganz vergessen hat. Es war meine Macht, die ihn zu dir getrieben hat. Es war meine Macht, die dich ein Kind hat empfangen lassen. Und deine Puppe, Catherine, war am Ertrinken.«

Alys schwieg einen Augenblick, das beschwörende Flüstern legte sich über den Raum.

»Ich hatte eine Vision von Hugo und mir«, murmelte sie. »Vielleicht bedeutete sie, daß du stirbst, Catherine. Vielleicht wirst du sterben. Vielleicht wirst du jetzt ertrinken.«

Morach, die in geringer Entfernung hinter dem Paar ging, blieb stehen und legte den Kopf zur Seite, als lausche sie einem fernen Geräusch.

»Vielleicht wird es jetzt passieren«, flüsterte Alys. Sie drückte sich an den Fenstersims, preßte ihren ganzen Körper gegen den kalten Stein, zwang ihren Willen durch die Mauern der Burg.

»Vielleicht jetzt, Catherine«, sagte sie. Sie begann zu summen, ganz tief in der Kehle, ein mächtiges, schläfriges Geräusch wie von einem Schwarm giftiger Bienen. »Vielleicht jetzt«, flüsterte sie sehnsüchtig. »Das Wasser ist sehr tief und sehr kalt, Catherine. Die Steine sind sehr spitz. Wenn du jetzt ausrutschst und fällst, wirst du in die Tiefe gerissen, und bis sie dich herausholen, werden deine Lungen und dein Bauch voller eisigem Wasser sein. Du hast mich fast ertränkt. Ich weiß, was das für ein Gefühl ist. Und bald wirst du es auch wissen.«

Morach stand da wie ein Hund, der auf das Jagdhorn lauscht. Dann drehte sie sich blitzschnell zur Burg und starrte sie an, ihr Blick strich über die Schießscharten, als würde sie Alys suchen, fast als hätte sie Alys laut und deutlich gerufen. Sie schaute direkt auf den schmalen Fensterschlitz im großen Turm, hinter dem Alys stand. Einen Augenblick lang starrten sich die beiden Frauen an, und Alys wußte – trotz der Entfernung, trotz der Enge der Schießscharte und der Dunkelheit des Raums –, daß ihr Morach direkt in die Augen sah und ihre Gedanken las. Dann brüllte Morach eine wortlose Warnung und begann auf Catherine zuzulaufen.

Bei diesem Schrei wirbelte Hugo herum und griff nach seinem Schwert. Catherine drehte sich um, rutschte auf dem schlammigen Weg aus, machte einen Schritt rückwärts und stolperte. Ihre Arme ruderten wie die eines hilflosen Kindes. Alys, die alles mit brennenden Augen beobachtete, summte lauter und lauter, tief in der Kehle, und es war, als würde die Macht des Geräusches die kleine Gestalt in ihren voluminösen Pelzen herunterdrücken. Catherine versuchte, wild um sich schlagend, Halt zu finden, und fiel schreiend, mit weit aufgerissenem Mund langsam hintenüber. Dann war es geschehen – Kopf voraus, im hohen Bogen über die Felsen am Rande des Flusses, in den tiefen Teich und weiter in die reißenden Wasser.

Hugo zerrte an seinem Schwert, warf es beiseite, brüllte den Soldaten zu, zu helfen, und sprang hinunter zu den Felsen am Ufer des Flusses, warf sich ins Wasser. Aber Morach war schneller. In

Sekundenschnelle hechtete sie in den tiefen Teich. Sie kam wieder hoch und tauchte erneut.

»Aus dem Weg, Morach«, hauchte Alys durchs Fenster, zitternd vor Wut. »Du bist meine Verwandte, nicht ihre. Laß sie, Morach! Laß sie in Ruhe!«

Morach schüttelte den Kopf, als wolle sie die Stimme in ihrem Ohr abschütteln, und tauchte. Etwas blitzte weiß auf, als ihre Füße eintauchten, und dann ein Gewirr von Farben nassen Stoffes, als sie mit Catherine in den Armen wieder auftauchte. Hugo watete bis zur Taille ins Wasser und packte Catherine. Alys sah, daß sie bewußtlos war, wußte aber, daß die Frau nicht tot war. Es wäre wirklich ein seltener Glücksfall gewesen, wenn sie sich den Hals gebrochen oder ihren Schädel an einem Felsen eingeschlagen hätte.

Hugo raffte Catherine in seine Arme und streckte dann die Hand nach Morach aus. Ein Soldat sprang hinunter und half, die beiden Frauen seinem Kameraden am Ufer weiterzureichen. Alys beobachtete alles mit aschfahlem Gesicht. Sie sah, wie Hugo Catherine hochraffte und stolpernd auf die Pferde zulief. Sie sah, wie Catherine das Sattelhorn mit einer schlaffen Hand ergriff, als man sie aufs Pferd setzte, und Morach hinter einen der Soldaten auf das Roß gehoben wurde. Die kleine Kavalkade verschwand hinter der Rundung des Turms, und Alys vermutete, daß sie die Burg durch eines der Seitentore betreten würden. Jeden Augenblick würde jetzt der Alarm ertönen, Leute würden hin und her rennen, und jeder würde sich um Catherine sorgen und Morach preisen.

Alys bewegte sich steifbeinig vom Fenster weg, zog sich einen Hocker zu Lord Hughs Füßen und schaute in die Flammen des Kamins. Sie erschauderte bei der Erinnerung an das eisige Grün des Grabens. Dann beugte sie sich vor, stützte ihr Kinn auf die Hände und starrte mit leeren, blinden Augen direkt in die rote Glut – und wartete auf den Lärm und das Geschrei.

Beim ersten Schrei aus der großen Halle, der bis in sein Zimmer gellte, schreckte Lord Hugo aus dem Schlaf hoch.

»Was ist das?« fragte er. »Alys! Werden wir angegriffen? Was ist das für ein Lärm?«

»Ich werde nachsehen, Mylord«, sagte Alys rasch.

Sie ging zur Tür, als David hereinkam.

»Kein Grund zur Aufregung, Mylord«, sagte er hastig. »Lady Catherine ist in den Fluß gestürzt, aber Lord Hugo hat sie sicher nach Hause gebracht. Sie wird von ihren Hofdamen zu Bett gebracht. Ihre weise Frau meint, daß dem Kind nichts passiert wäre.«

»Gepriesen sei der Herr«, sagte der alte Lord und bekreuzigte sich. »Sag ihr, ich werde sofort kommen. Alys! Hast du das gehört! Catherine fast ertrunken und der Erbe mit ihr! Großer Gott! Das war knapp!«

»Ich sollte wohl besser zu ihr gehen«, sagte Alys.

»Ja, ja. Geh und schau, wie es ihr geht, und komm gleich wieder zurück. Ich werde sie selbst besuchen, wenn sie es gestattet. Und sag Hugo, er soll zu mir kommen, sobald seine Frau versorgt ist.«

Alys glitt aus dem Zimmer und lief die Treppe zur Damengalerie hinunter. Alles war in heller Aufregung. Diener liefen mit Holzkörben herum, mit Schaffeln voll heißem Wasser, Krügen mit Glühwein und heißem Met. Catherines Hofdamen kreischten Befehle, widerriefen sie sofort, packten Catherines Hände, um sie zu wärmen und zu küssen. Hugo, der Catherine stützte, brüllte ihnen zu, eine Wärmflasche in Catherines Bett zu stecken und das Zimmer zu räumen, damit man sie ausziehen konnte. Morach ignorierte das Durcheinander und hinterließ eine triefende Spur bis zu Alys' Kammer. Sie stutzte, als sie Alys in der Tür sah, und ihre Blicke begegneten sich.

»Du schwimmst wie eine Hexe«, sagte Alys ohne Rücksicht darauf, daß jeder sie hören konnte.

»Und du zauberst wie eine«, erwiderte Morach mit giftiger Stimme.

»Warum hast du dich eingemischt?« fragte Alys leise, so daß ihre Stimme im allgemeinen Geschrei unterging. »Du weißt, was ich getan habe. Warum mischst du dich in meine Arbeit ein?«

Morach zuckte die Achseln. »Das ist ein Tod, den ich keinem wünschen würde«, sagte sie. Sie erschauderte. »Mein Schlimmstes wäre es, durch Wasser zu sterben«, sagte sie. »Ich könnte nicht tatenlos zusehen, wie eine Frau ertrinkt. Schon gar nicht eine junge Frau, eine junge Frau mit Kind, der ich gedient habe. Du bist eine härtere Frau als ich, Alys, wenn du hättest zusehen können, wie sie ertrinkt.«

»Ich habe sie mit all meiner Macht unter Wasser gehalten«, sagte Alys mit zusammengebissenen Zähnen.

»Und ich habe sie herausgezogen«, fauchte Morach. »Es gibt einen Tod, den keine Frau erleiden sollte. Jeder Tod auf der Welt wäre mir lieber, als unter Wasser zur Hölle zu gehen.«

Alys sah sich um. Eliza Herring war in Hörweite, aber sie erteilte schreiend einem Diener Befehle. »Gott sei Dank warst du da«, sagte Alys betont laut.

Morach grinste unter ihren triefenden grauen Haaren. »Danke für deine guten Wünsche.« Sie drängte sich vorbei an Alys in die kleine Kammer und schlug die Tür zu.

Alys drehte sich um und klatschte in die Hände. »Ihr Männer!« sagte sie, und ihre Stimme übertönte klar den Lärm. »Hinaus! Ihr alle! Wir können Lady Catherine nicht zu Bett bringen, solange ihr alle hier seid. Eliza! Schlag ihr Bett auf! Du, Mädchen«, – zu einer vorbeigehenden Magd – »pack die Wärmflaschen in ihr Bett! Und du«, – zu einer anderen – »sorg dafür, daß ein gutes Feuer in ihrem Gemach und in diesem hier brennt.«

Der Raum leerte sich schlagartig. »Aus dem Weg!« sagte Alys bissig zu den Mägden und Catherines Hofdamen, die sich immer noch im Zimmer drängten. Sie nahm Catherines anderen Arm, und sie und Hugo führten die zitternde Frau in ihr Gemach und setzten sie in einen Stuhl neben dem Kamin.

»Holt Handtücher und Laken«, befahl Alys Hugo, ohne ihn anzusehen. Sie zog Catherine ihren durchnäßten Pelz aus und ließ ihn zu Boden fallen. Dann nahm sie ihr die Kopfbedeckung ab, löste ihr das Kleid und zog sie mit ihren harten Händen bis auf die Haut aus.

Hugo reichte ihr die Handtücher, und die beiden rubbelten sie, bis die weiße Haut rosa glänzte und die Gänsehaut verschwunden war. Dann wickelte Alys sie fest in die warmen Leintücher, und Hugo trug sie ins Bett. Alys türmte Decken auf sie und holte die

Wärmflaschen heraus, um sie mit warmer Glut zu füllen, während Hugo ihr heißen Met einflößte. Ihre Zähne klapperten erbärmlich gegen den Becher. Alys, die die Glut aus dem Kamin schaufelte, zog den Kopf zwischen die Schultern.

»Mir ist kalt«, sagte Catherine.

Hugo warf Alys einen verzweifelten Blick zu. Das Zimmer war heiß wie ein Backofen. Alys' Gesicht war puterrot, die Stirn schweißnaß. Der Schlamm auf Hugos Stiefeln war durch die Hitze zu Staub getrocknet, seine nassen Kleider dampften.

»Trinkt noch ein bißchen Met«, sagte Alys, ohne sich umzudrehen. Sie knallte den sengend heißen Deckel der Wärmflasche zu, wickelte sie ein Handtuch und steckte sie Catherine unter die Füße.

»Mir ist so kalt, Alys.« Ihre Stimme war hoch und dünn wie die eines Kindes. »Kannst du mir nicht etwas geben, daß mir warm wird?«

Alys ging zur Kleidertruhe und zog einen von Catherines großen Pelzumhängen mit Kapuze heraus. »Setzt Euch ein bißchen auf«, sagte sie. »Wir legen Euch das wie einen Schal um, und die Kapuze können wir über die nassen Haare ziehen. Euch wird gleich warm sein.«

Gemeinsam richteten sie sie im Bett auf. Alys wandte sich ab, als Catherines Kleid aufsprang und der gerundete Bauch vorlugte. Sie sieht aus wie ein Metkrug, dachte Alys irritiert. Neben der molligen, nackten Frau fühlte Alys sich wie ein Schatten, ein Gespenst der Finsternis. Sie steckte den dichten Pelz um Catherine fest und zog dann die Decken darüber.

»Wärmer?« fragte sie.

Catherine nickte und versuchte zu lächeln, aber ihr Gesicht war immer noch weiß. Hugo hielt ihre kalten Hände in seinen. Er drehte sie um, die Fingernägel waren blau.

»Soll sie zur Ader gelassen werden?« fragte er Alys. »Sollen wir einen Arzt holen lassen, der sie zur Ader läßt?«

Alys schüttelte den Kopf. »Sie braucht all ihr Blut«, sagte sie. »Sie ist doch ein echter Choleriker. Ihr wird schon warm werden.«

»Und das Baby?« fragte er. Er drehte sich etwas vom Bett weg, damit Alys ihn hören konnte, Catherine aber nicht. »Das Baby ist das wichtigste. Wird das Baby keinen Schaden nehmen?«

Alys nickte. Sie hatte einen sauren Geschmack im Mund. Sie wollte Hugo nicht zu nahe kommen, aus Angst, ihr Atem würde faul riechen. »Ich glaube nicht, daß es dem Baby schaden wird. In ein paar Tagen werdet ihr darüber lachen. Ihr alle beide.«

Hugo nickte, aber sein Gesicht war von Sorge gezeichnet. »Bete zu Gott, daß es so ist«, sagte er.

Alys wandte sich ab. »Ich muß zu Eurem Vater gehen«, sagte sie. »Er hat mich geschickt, damit ich berichte, wie es Lady Catherine geht. Soll ich eine der anderen Frauen schicken, damit sie bei ihr wacht?«

Hugo schüttelte den Kopf. »Ich gehe zu ihm«, sagte er. »Und ich komme sofort zurück. Du bleibst hier und paßt auf sie auf. Ich vertraue dir ihre Pflege an. Du weißt, wieviel mir dieses Kind bedeutet. Er wird meine Zukunft sein – und meine Freiheit. Er wird diesen Herbst mein Vermögen begründen, wenn er sicher zur Welt kommt und wir ihn in die Arme seines Großvaters legen können.«

Alys nickte. »Ich weiß«, sagte sie.

Hugo drehte sich zurück zum Bett, in dem Catherine lag, die Arme fest um sich geschlungen, zitternd trotz der Backofenhitze im Raum. »Ich werde meinem Vater berichten, daß du gesund und wohlauf bist«, sagte er. »Alys wird sich inzwischen um dich kümmern, und ich bin gleich wieder zurück.«

Catherine nickte und legte sich in die Kissen zurück. Die Tür schloß sich leise hinter Hugo. Die beiden Frauen waren allein. Es war still im Zimmer. In der Galerie, vor der Tür zum Schlafgemach, warteten aufgeregt Catherines andere Hofdamen um den Kamin. Catherine hatte nicht die Kraft, sie zu rufen, sie konnte nicht einmal den Arm zum Klingelzug ausstrecken. Sie war in Alys' Gewalt, als hätte Alys sie gefesselt und geknebelt und schon das Messer für ihre Kehle gewetzt.

Alys wandte sich von der Tür ab und kam langsam zum Fuß des Bettes. Catherines blaßbraune Augen richteten sich auf sie.

»Ich hatte das Gefühl, jemand hätte mich gestoßen«, sagte sie. Ihr Mund zitterte wie der eines kleinen Kindes, das unvorstellbare Grausamkeit erfahren hatte. »Es war, als hätte mich jemand gestoßen.«

Alys erwiderte mit teilnahmslosem Gesicht ihren Blick.

»Ich habe ein summendes Geräusch gehört – wie Bienen oder wie wenn ein Mensch summt –, und dann hat mich jemand gestoßen, ganz fest gestoßen und mich unter Wasser gedrückt«, sagte sie.

Alys' bildschönes Gesicht war unschuldig, die blauen Augen zuversichtlich.

»Das war Einbildung«, sagte sie mit honigsüßer Stimme. »Ihr habt einen furchtbaren Schreck erlitten. Schwangere Frauen haben diese Ängste, Mylady. Es war niemand in Eurer Nähe, Mylady. Wie hätte denn dann jemand summen und Euch ins Wasser stoßen können?« Sie lachte freundlich.

Catherine steckte Alys aus dem Pelznest eine Hand entgegen.

»Hältst du mir bitte die Hand, Alys?« fragte sie. »Ich habe Angst. Ich habe solche Angst.«

Alys kam ein Stückchen näher. Sie hört jetzt das Summen in ihrem eigenen Kopf, wie ein dösender Bienenstock. Sie wußte, wenn sie auch nur die kleinste Fingerspitze von Catherines weißer, kalter Hand berührte, würde die Versuchung siegen, sie würde das Kissen packen und es auf das verängstigte Gesicht pressen. Das Summen war zu laut, um ihm zu widerstehen.

»Ich bin grausam zu dir gewesen, Alys«, sagte Catherine, ihre Stimme nur ein dünner Faden. »Ich habe dich schlecht behandelt und dich gequält. Ich war eifersüchtig.«

Alys zeigte weiterhin ein ausdrucksloses Gesicht und klammerte sich an das Summen. Lauter und immer lauter schwoll das Geräusch an, während Catherine sie näher zu sich winkte.

»Es tut mir leid, Alys«, sagte Catherine leise. »Bitte verzeih mir, Alys, Hugo hat dich so begehrlich angesehen, daß ich es nicht ertragen konnte. Bitte verzeih mir.«

Das Summen verdrängte jeden Gedanken. Catherine streckte die Hand nach ihr aus. Alys' Hände zitterten vor Lust, sich um den feisten Nacken zu schlingen, bis kein Atemzug mehr von diesem fetten, weißen, verwöhnten Körper ausging.

»Bitte, Alys«, flehte Catherine. »Du weißt nicht, was es heißt, so eifersüchtig zu sein, wie ich es auf dich war. Es hat mich zur Sünde gegen dich verführt. Ich weiß, daß ich dich gereizt und gequält habe. Ich fürchte, ich habe dich zu meinem Feind gemacht. Verzeih mir, Alys. Bitte sag, daß du mir verzeihst.«

Alys kam ein Stückchen näher. Catherines Gesicht war mitleiderregend. Alys merkte, daß sie lächelte, strahlend vor Freude über das, was sie jetzt tun würde. Catherine streckte flehend die Arme nach ihrer Mörderin aus. Alys kam noch einen Schritt näher, streckte ihre eigenen Hände aus...

»Im Namen Unserer Lieben Frau«, sagte Catherine, »sag, daß du mir vergibst.«

Alys blieb stehen, schloß eine Sekunde die Augen und schüttelte den Kopf. Sie holte tief Luft. Das Summen dröhnte einen Augenblick lang wütend in ihrem Kopf und nahm dann langsam ab.

Catherine streckte die Hand nach ihr aus. Alys kam näher und nahm sie zögernd.

»Ich war eifersüchtig«, fuhr Catherine eifrig fort. »Du warst so schön, als du zum ersten Mal auf die Burg gekommen bist, Alys. Und Hugo war so kalt zu mir. Du bist so klug und gebildet, und der alte Lord hat dich gemocht – mich hat er nie wirklich gemocht. Und ich hatte Angst, du würdest sie mir wegnehmen, alle beide. Meinen Gatten und meinen Vormund. Ich hatte Angst, du würdest mir meinen Platz wegnehmen. Dann hätte ich nichts mehr gehabt, Alys.« Sie atmete jetzt heftig, aber ihre Wangen waren immer noch aschfahl. Weiß wie eine Wachspuppe.

Alys hielt Catherines kalte Hand und klammerte sich an ihre Macht. Ihre Hände wurden eisig, kälter als Catherines, kälter als der winterliche Fluß selbst. Alys erschauderte vor Erregung und legte ihre andere Hand über Catherines.

»Ich glaube, ich sterbe«, keuchte Catherine. »Das Zimmer ist plötzlich so dunkel, so furchtbar dunkel, Alys. Halt meine Hand ein wenig fester, ich kann dich kaum sehen.«

Alys drückte sie fester, wie ihr geheißen. Ein hungriges Grinsen verzerrte ihr Gesicht. Sie fühlte, wie die Kälte und die Finsternis aus ihr, durch ihre Hände in Catherines strömte. »Ist Euch kalt?« fragte sie.

Catherine erschauerte. »Ich erfriere, Alys! Ich erfriere!« rief sie. »Und alle Kerzen sind ausgegangen! Und das Feuer ist aus! Warum ist es so kalt? Ich habe das Gefühl, hier ist keiner, der mich liebt. Halt meine Hand fester, Alys! Rede mit mir! Ich habe Angst!«

Alys lachte trocken auf. »Ich bin hier, Lady Catherine«, sagte sie. »Könnt Ihr mich nicht sehen? Das Feuer brennt lichterloh, es ist furchtbar heiß. Könnt Ihr nichts fühlen? Und alle Kerzen sind angezündet – wunderbare, helle Bienenwachskerzen. Der Raum ist taghell. Ist er für Euch ganz dunkel? Ist er endlich ganz dunkel für Euch?«

»Alys!« flehte Catherine sie an. »Halt mich fest, Alys, bitte! Drück mich an dich! Ich hab das Gefühl, das Wasser zieht mich runter. Ich ertrinke, Alys. Ich ertrinke in meinem Bett!«

»Ja«, keuchte Alys triumphierend. »So hast du mich das letzte Mal im Graben erwischt. Du hast mir zugerufen und mich dann hinuntergezogen! Aber diesmal ertränke ich dich! Ich brauche meine Hände nicht um deinen Hals zu legen. Ich brauche nur deine Hand festzuhalten, wie du es wünschst, und du wirst untergehen, Catherine. Du wirst alleine untergehen, und du wirst in deinem Bett ertrinken.«

»Alys!« rief Catherine. Ihre Stimme war nur noch ein dünner Faden. Sie fing an zu würgen, als wäre eine Woge eisigen grünen Wassers in ihren Mund geschwappt.

Alys lachte wieder, ein verrücktes, hemmungsloses Lachen. »Du ertrinkst, Catherine«, sagte sie, erstaunt über ihre eigene Macht. »Morach konnte dich aus dem Fluß ziehen, aber nichts und niemand kann dich jetzt vorm Ertrinken retten! Du gehst unter, Catherine! Du gehst unter! Du ertrinkst in deinem Bett!«

Die Tür klickte hinter ihnen, und Alys wirbelte herum. Es war Hugo. Hinter ihm standen der alte Lord und David. Er schaute verwirrt von einer Frau zur anderen.

»Was ist los?« fragte er.

Alys holte tief Luft. Das helle, heiße Zimmer drehte sich plötzlich wie die Regenbogenfarben in einem pendelnden Kristall. »Sie hat Angst«, sagte sie. Ihre Stimme klang wie aus weiter Ferne. »Und sie klammert sich an mich! Ich habe versucht, die anderen Frauen zu rufen, aber sie haben mich nicht gehört. Und mir ist übel.«

Sie schwankte, und Hugo ging schnell auf sie zu. Alys taumelte ihm entgegen, aber David war es, der sie auffing.

Hugo drehte sich nicht einmal nach ihr um. Er hielt Catherine fest im Arm, und sie schluchzte an seiner Schulter.

17

Catherine war lange Zeit krank, die ganzen schönen Maitage, als die Sonne klar und früh aufging und die Vögel bis zur Abenddämmerung sangen, aber sie beklagte sich nicht. Sie lag ruhig in ihrem Bett, das man zu dem kleinen Fenster hinübertrug, damit sie sich in ihren Kissen aufsetzen und das Leben in der Burg beobachten konnte. Sie wurde schnell müde und hatte es gerne, wenn Alys bei ihr saß und ihr vorlas.

Lord Hugh schickte ihr Bücher und Gedichte und selbst einige Briefe aus London, die von dem Prozeß gegen Königin Anne und ihrer Hinrichtung berichteten. »Durch die Hand eines französischen Schwertkämpfers, der eigens für diesen Zweck ausgebildet und hierhergeholt wurde«, las Alys Catherine vor.

Catherine schüttelte den Kopf. »Ich habe sie nie gemocht. Ich bin nach Königin Katharina benannt, weißt du, Alys. Ich habe immer geglaubt, daß Königin Anne Boleyn stürzen wird. Sie war eine Ehebrecherin, erst mit dem König und dann mit seinen Höflingen. Ich werde nicht um sie trauern. Ihr Aufstieg war unchristlich schnell.«

»Auch nicht schneller als der von Jane Seymour«, sagte Alys ganz logisch. »Sie war bei beiden Hofdame. Und sie wird auch Königin werden. Wenn ein Mann König ist oder sogar nur Herr über sein Schicksal, wird er die Frau wählen, die er will. Und sie kann aufsteigen, wie es ihm gefällt.«

Catherine drehte ihren Kopf auf dem Kissen und lächelte Alys an. »Eine Heirat aus Liebe ist das beste«, sagte sie befriedigt. »Eine Ehe aus Liebe zwischen Gleichgestellten ist das beste.«

Hugo besuchte sie jeden Morgen und blieb bis Mittag bei ihr. Dann aßen sie in ihrem Gemach zu Mittag. Der Tisch in der großen Halle schien seltsam leer ohne sie. Oft war es Alys, die ihnen das Essen servierte. Hugo registrierte ihre Bedienung kaum. Er hatte nur Augen für Catherine, drängte sie, die feinsten Dinge zu essen und ein kleines Glas guten Wein zu trinken, um ihr Blut zu stärken. Es war Catherine, die Alys dankte.

Alys war dünner denn je zuvor. Das Kleid von Meg, der Hure, hing ihr trotz Gürtel tief herunter, und das Mieder, geschnürt, so fest es ging, drückte ihre kleinen Brüste platt, hing aber locker um den Bauch. Ihre Schultern waren knochig wie die einer alten Frau, ihr Schlüsselbein stand kantig hervor. Sie hatte dunkle Schatten um die Augen und Sorgenfalten um den Mund. Ihre kindliche Rundlichkeit war dahin, ihre Wangen hohl und blaß. Die blauen Augen sahen riesig aus, armselig. Sie strahlte Kälte, Einsamkeit und Bedürftigkeit aus.

Alys schnitt ihrem Spiegelbild eine Grimasse. »Solange ich so aussehe, werde ich ihn nicht zurückgewinnen«, sagte sie leise. Sie ging etwas näher an den Spiegel. »Ich werde ihn überhaupt nicht zurückgewinnen«, sagte sie leise. »Er hätte mich lieben können, als ich frisch vom Moor kam, ausgebildet von meiner Mutter Äbtissin und geschickt wie Morach. Damals hätte er mich lieben können und mir auch treu sein können, dann wär das ganze Elend nicht passiert. Jetzt habe ich mich der Magie verschrieben, und etwas frißt an meinem Inneren wie ein gieriges Ungeheuer, so daß meine ganze Kraft versickert und mir nur die Sehnsucht nach ihm bleibt.«

Das Gesicht im Spiegel war verhärmt. Alys hob ihre Hand und spürte die Tränen auf ihrer Wange. »Und meine Magie«, sagte sie leise. »Genug Magie und Sehnsucht, um zu verletzen. Mehr ist mir nicht geblieben. Keine Kraft, um einen Mann dazu zu bringen, mich zu lieben.«

Sie seufzte, so daß die Kerze flackerte und Rauch spuckte. Alys beobachtete, wie sich der schwarze Faden zur buntbemalten Balkendecke schlängelte.

»Ich habe ganz tief gegriffen, um ihn loszuwerden«, murmelte sie leise. »Ich hab all meine Macht dazu eingesetzt, seine Augen von mir abzuwenden. Ich muß noch einmal so tief einsteigen, um ihn zurückzubekommen.«

Die Flamme erbebte, als wolle sie zustimmen.

Alys beugte sich vor. »Soll ich es tun?« fragte sie die kleine gelbe Flamme.

Sie senkte sich erneut. Alys lächelte, und ihr Gesicht strahlte wieder vor Jugend und Lebensfreude.

»Flammengespräche. Eine Flamme als Ratgeber!«

Das Zimmer war totenstill, sie hörte, wie jemand in der Galerie zur Laute griff und ein paar Akkorde anschlug, um sie zu stimmen. Die Akkorde hingen in der Luft, als würde Alys die Zeit selbst anhalten, während sie ihre Entscheidung traf. »Das ist mehr als Schwarze Magie«, sagte sie nachdenklich. »Mehr als ich davon weiß. Mehr als Morach davon weiß.«

Die Kerzenflamme flackerte aufmerksam.

»Ich werde es tun!« sagte Alys plötzlich. »Werde ich dadurch Hugo gewinnen?«

Die Flamme loderte auf, und ein kleiner Funke sprühte aus dem Docht auf. Alys erschrak und klatschte dann die Hände vor den Mund, um nicht laut loszulachen.

»Ich gewinne Hugo!« sagte sie entzückt. »Ich bekomme, was ich will!«

Sie packte den Kerzenleuchter, um aus dem Zimmer zu gehen. Unterm Gehen bauschte sich die Flamme wie eine Girlande, erleuchtete die Wände und Hugos und Catherines großes Bett mit dem Vorhang, so daß sein Schatten wie ein riesiges Tier auf der Pirsch hochsprang. Alys öffnete die Tür zur Galerie und trat in das hell erleuchtete Zimmer und die Musik. In ihrem Halter, unbemerkt, zwinkerte die Kerzenflamme und erlosch.

Die Frauen waren um den Kamin versammelt. Catherine, rund und warm, saß im Stuhl zurückgelehnt mit geschlossenen Augen und lauschte Eliza, die die Laute zupfte. Alys glitt wie ein blaßgoldenes Gespenst durch den Raum mit ihrem erloschenen Kerzenleuchter und ging in ihre Schlafkammer.

Sie schloß die Tür hinter sich, aber Elizas falsches Geklimper verfolgte sie. Sie lehnte sich gegen die Tür, als wolle sie den Raum gegen alle blockieren. Dann zuckte sie mit den Achseln, wie ein Spieler, der nichts mehr zu verlieren hat, ging zur Garderobe und rollte sich die Ärmel auf. Sie rümpfte die Nase ob des Gestanks, griff dann durch das Loch in der Wand und tastete nach der Schnur und dem Beutel mit den Wachspuppen. Der Beutel klebte an der Schloßwand, kotverkrustet. Alys versuchte ihn zu fassen, zu kriegen. Endlich gelang es ihr, eine Ecke zu packen, und sie riß den Beutel von der Wand und ging ins Zimmer.

»Pfui«, sagte sie leise. Sie trug den Beutel zum Kamin und zerrte am Verschluß. Die steife Schnur war hartnäckig, aber endlich brach sie, und die Wachspuppen fielen auf den Boden. Alys hatte vergessen, wie häßlich sie waren. Die kleine Puppe von Catherine mit ihren gespreizten Beinen und ihrem grotesk fetten Bauch, der alte Lord mit seinem gierigen Schnabelgesicht, und Hugo – ihr geliebter Hugo – mit den blind gewischten Augenlidern, den weggeriebenen Ohren, der Mund eine Delle und die Finger klobige Stumpen. Alys erschauderte und warf den Beutel ins Feuer, er zischte, und ein fauliger Kotgestank verpestete das Zimmer. Alys zog einen Hocker heran, legte die drei Puppen auf ihren Schoß und sah sie an.

Hinter ihr öffnete sich ganz leise die Tür, und Morach schlich auf leisen Sohlen zur Tür herein.

»Oh«, sagte sie freundlich. »Ich habe deine Magie sogar gespürt, während ich da draußen über die Nachrichten aus London geklatscht habe. Aber ich hätte nicht gedacht, daß du wieder mit den Puppen anfängst.«

Alys sah sie mit unbewegtem Gesicht an. Sie versuchte nicht einmal, die Monster zu verstecken, die sie aus Morachs kleinen Figuren gemacht hatte.

»Du greifst wieder nach deiner Macht, nicht wahr?« fragte sie Morach.

Alys nickte wortlos.

Alys sagte nichts. Die Puppen in ihrem Schoß schimmerten feucht im Feuerschein, als würden sie wieder zum Leben erwachen nach ihrer langen, kalten Wache außerhalb der Schloßmauern.

»Von Hugo verlassen zu werden hat dich schwer getroffen«, sagte Morach leise. Sie sah Alys nicht an, sondern schaute direkt ins Feuer, als könnte sie dort mehr sehen. »Du hast gesehen, wie er in den Fluß gehechtet ist und Catherine herausgezogen hat. Du hast gesehen, wie er sie warm eingepackt hat und sie dann, so schnell sein Pferd laufen konnte, nach Hause brachte. Du hast gesehen, wie er sie umarmt und geküßt hat, und jetzt siehst du ihn, wie er unaufgefordert jeden Tag an ihrer Seite erscheint und die Nacht in ihrem Bett verbringt. Und sie wächst und strahlt und gedeiht unter seiner Liebe! Du dagegen – arme kleine Seele Alys –, du bist wie ein Schneeglöckchen in irgendeiner schattigen Ecke des Waldes. Du wächst und blühst in schweigsamer Kälte, und dann stirbst du.«

Der Geruch des brennenden Beutels verbreitete in dem Raum eine Vorahnung auf die Hölle.

»Du willst also deine Macht«, sagte Morach. »Du willst dir die Puppen wieder untertan machen, damit sie nach deiner Pfeife tanzen.«

»Forme ihn neu«, sagte Alys plötzlich und reichte Morach die verstümmelte Puppe von Hugo. »Mach ihn wieder ganz. Ich habe ihm befohlen, mich nicht mehr zu sehen, mich nicht mehr zu hören oder zu berühren. Ich habe ihm befohlen, mit Catherine zu schlafen und sie zu schwängern. Befreie ihn von meinen Befehlen. Mach ihn wieder ganz und voller Leidenschaft für mich. Mach ihn zu dem, was er an Weihnachten war, als er mich vom Festmahl wegtrug, um mit mir zu schlafen. Mach ihn, wie er war, als er sie gezwungen hat, klein beizugeben, und falsche Eide geschworen hat, um mich zu schützen. Mach ihn zu dem, was er war, als wir am Feuer saßen – genau in dem Zimmer, in dem sie jetzt sitzt – und er mir erzählt hat, wie sie ihn anwidert und daß er nur mit ihr schläft, um mich zu schützen, und daß sein Körper und seine Seele nur mich begehren.«

Morach saß ganz still da, dann schüttelte sie langsam, fast traurig den Kopf. »Es geht nicht«, sagte sie leise. »Es gibt keinen Zauber, der das kann. Du müßtest die Zeit selbst zurückdrehen. All das, was seither passiert ist, ist passiert, Alys. Das kann nicht rückgängig gemacht werden.«

»Ein Teil davon schon.« Alys ließ nicht locker, ihr Gesicht war verkniffen, die Stimme giftig. »Das Kind kann rückgängig gemacht werden, Morach. Das Kind kann tot zur Welt kommen. Catherine kann sterben. Und selbst wenn er mich dann nicht liebt – wenigstens liebt er sie dann auch nicht. Und wenn sie fort ist und das Kind auch, wird er sich mir wieder zuwenden.«

Morach schüttelte den Kopf. »Ich werde es nicht tun. Nicht einmal für dich, Alys, mein armes Kind.« Sie schüttelte wieder den Kopf. »Ich habe Kinder abgetrieben und Frauen zu Fehlgeburten verholfen«, sagte sie. »Ich habe Vieh krank gemacht und, ja, Menschenleben zerstört. Aber es waren immer Leute, die mir fremd waren oder die ich Grund hatte zu hassen. Oder die Kinder waren ungewollt, und die Frauen wollten sie unbedingt loswerden. Ich könnte nicht das Kind einer Frau verfluchen, mit der ich zusammenlebe, deren Brot ich esse. Ich könnte es nicht tun, Alys.«

Schweigen legte sich über den Raum. Der letzte Rest des brennenden Beutels flackerte auf und zerfiel zu Asche.

»Dann sag mir, wie es geht«, zischte Alys. »Ich kann es ihr antun. Ich hätte sie an jenem Tag ertränkt, wenn du dich nicht eingemischt hättest, Morach. Ich werde jetzt ein Ende mit ihr machen. Und ich warne dich: Misch dich nicht ein.«

Morach schüttelte den Kopf. »Tu's nicht, Alys«, warnte sie. »Ich kann nicht voraussehen, wie es endet, und es bleibt so wenig Zeit ...«

Alys sah sie eindringlich an. »Was hast du gesehen?« fragte sie. »Was heißt, wenig Zeit?«

Morach zuckte mit den Achseln. »Ich kann nichts erkennen«, sagte sie. »Ich sehe einen Hasen und eine Höhle und Kälte und Ertrinken. Und wenig Zeit.«

»Einen Hasen?« fragte Alys. »Einen Märzhasen? Einen Zauberhasen? Einen Hasen, der eine fliehende Hexe ist? Was bedeutet das, Morach? Und eine Höhle? Und einen Tod durch Ertrinken? War das, was Catherine hätte passieren sollen? In einer Höhle ertrinken und hinabgezogen und vom Fluß vergraben werden?«

Morach schüttelte wieder den Kopf. »Ein Hase, eine Höhle, Kälte und Ertrinken und sehr wenig Zeit«, wiederholte sie. »Stell mir keine Fragen, Alys, denn ich werde nichts tun, bis ich meinen

Weg sehen kann. Ich erkenne Gefahr, wenn man mich mit der Nase draufstößt. Ich kenne Angst vor Feuer und Angst vor Wasser. Zwing mich nicht weiterzugehen, wenn ich Gefahr wittere, Alys.«

Angsterfülltes Schweigen legte sich über den Raum. Die Frau saß da, reglos wie ein ertapptes Reh, und wartete darauf, daß das wachsende Gefühl des Entsetzens sich legte. Es dauerte einige Augenblicke, bis eine von ihnen wieder etwas sagte.

»Du mußt etwas tun«, sagte Alys langsam. Sie schaute hinunter zu den Puppen in ihrem Schoß. Und ihr Gesicht strahlte in einer Mischung aus Angst und Triumph.

»Warum?«

»Weil die Puppen zum Leben erwacht sind«, sagte Alys. Sie beugte sich näher und sah, wie ihre kleinen Brustkörbe sich langsam hoben und senkten, im genüßlichen Rhythmus des Atmens. »Sie sind lebendig«, sagte sie. »Wir müssen etwas mit ihnen unternehmen, Morach, sonst werden sie selbst aktiv werden.«

Alys hatte Morach noch nie verängstigt gesehen. Jetzt aber schien die Frau in sich zusammenzusinken, als würde sie frieren oder wäre hungrig. Die langen, harten Jahre auf dem Moor hatten anscheinend doch ihre Spur hinterlassen, und der Glanz und der Wohlstand der Wochen auf der Burg fielen ab, als wären sie nie dagewesen.

Sie hatten die Puppen unter ihrem Kissen versteckt. Nachts spürte Alys, wie sie sich unter ihrem Kopf wanden. Tagsüber fühlte sie, wie ihre Augen sie verfolgten, durch das Kissen, durch die Decke. Sie lebten mit den zwei Frauen, drei monströse kleine Geister, die zum Leben erwacht waren und die jetzt keiner mehr töten konnte.

Sowohl Morach als auch Alys hatten Angst, jemand könnte sehen, wie sich die Bettdecke bewegte und anhob. Sie fürchteten, eine gewissenhafte Magd würde ungebeten hereinkommen, um das Bett aufzuschütteln. Sie fürchteten die neugierigen Blicke Eliza Herrings oder einen Überraschungsbesuch von Pater Stephen. Sie sahen die kleinen Puppen im Geiste so deutlich, daß es für sie unbegreiflich war, daß keiner sonst sie sah, daß keiner ihre Anwesenheit spürte, daß keiner den gelegentlichen kleinen Schrei, gedämpft durch das Kissen, hinter der geschlossenen Tür hörte.

»Was sollen wir mit ihnen machen?« fragte Alys Morach im Morgengrauen des dritten Tages.

Keine von beiden Frauen hatte geschlafen, die kleinen Puppen hatten sich die ganze Nacht unter dem Kissen bewegt. Am Ende hatten sie sich zum Schutz vor der kalten Morgenluft warm eingewickelt, Holz aufs Feuer geworfen und hatten sich dicht aneinander gedrängt, vor den Kamin gehockt und beobachtet, wie die Flammen aufloderten.

»Können wir sie verbrennen?« fragte Alys.

Morach schüttelte den Kopf. »Das wage ich nicht«, sagte sie, »jetzt nicht mehr, wo sie so lebendig sind. Ich weiß nicht, was sie machen würden.« Ihr Gesicht war grau und eingefallen vor Angst und Müdigkeit. »Was, wenn sie aus dem Feuer springen und uns geschmolzen und heiß nachrennen?« fragte sie. »Wenn die Puppen uns nicht selbst verbrennen, dann würde es Lord Hugh wegen Hexerei tun. Ich wünschte bei allen Göttern, ich hätte sie dir nie gegeben.«

Alys zuckte mit den Achseln. »Du hast mir den Zauberspruch beigebracht, der ihnen Macht gibt. Du mußt doch gewußt haben, daß sie uns auf ewig erhalten bleiben.«

Morach schüttelte den Kopf. »Ich habe noch nie gehört, daß so etwas passiert ist. Das warst du, Alys. Es ist deine Macht. Deine Macht und der große Haß, den du ihnen eingeflößt hast.«

Alys ballte die Hände unter der Decke. »Wenn ich schon diese Macht habe, warum bekomme ich dann nicht, was ich will?« fragte sie. »Ich kann so schwere Fehler machen, daß mein Leben in Gefahr ist. Ich kann meine Mutter verraten und all meine Schwestern. Aber die kleine Kunst, einen Mann von einer Frau wegzulocken, beherrsche ich nicht. Ich habe wenig Freude mit meiner Macht, Morach.«

Morach schüttelte den Kopf. »Du bist voller Widersprüche«, sagte sie. »Deshalb kommt und geht deine Macht. Einen nach dem anderen hast du geliebt und verraten. Und jetzt willst du Hugo. Was würdest du denn tun, wenn du ihn hättest?«

Alys schloß für einen Augenblick die Augen. Hinter ihnen, unter den Kissen im Bett, lagen die kleinen Puppen reglos da, als würden auch sie lauschen.

»Ich würde ihn lieben«, sagte sie mit sehnsüchtiger Stimme. »Ich würde ihn zu meiner Liebe machen, zu meinem Geliebten. Ich würde ihn so berauschen, so mit mir betäuben, daß er nie wieder eine andere Frau anschauen würde. Ich würde ihn zu meinem Diener, meinem Sklaven machen. Ich würde ihn verrückt nach mir machen.«

Morach nickte und zog die Decke ein bißchen fester um sich. »Du würdest also auch ihn zerstören«, sagte sie.

Alys zuckte zusammen und wollte widersprechen.

»Nein«, sagte Morach. »Es ist wahr. Wenn du den jungen Lord nimmst und ihn zu deinem Sklaven machst, dann zerstörst du ihn genauso wie die alte Dame, die du verbrennen hast lassen. Du hast eine dunklere Macht, als ich sie je kennengelernt habe, Alys. Ich frage mich, woher du in dieser dunklen Nacht gekommen bist, als ich dich vor meiner Tür gefunden habe.«

Alys schüttelte den Kopf. »Ich will doch nur, was alle anderen Frauen auch haben«, sagte sie. »Den Mann, den ich liebe, ein Dach über dem Kopf, Geborgenheit. Catherine ist überhäuft mit irdischen Gütern. Ich will nicht mehr, als sie hat. Welches Recht hat sie, das ich nicht habe?«

Morach hob ratlos die Schultern. »Vielleicht bekommst du es«, sagte sie. »In deiner wenigen Zeit.«

»Wie wenig?« fragte Alys ängstlich. »Wie lange habe ich noch, Morach?«

Die alte Frau zuckte mit den Achseln, und ihr Gesicht wurde noch grauer. »Ich kann es nicht sehen. Für mich ist alles dunkel geworden. Ich kann nur einen Hasen, eine Höhle und Kälte sehen.« Sie erschauderte. »Kalt wie der Tod«, sagte sie. »Ich lerne auf meine alten Tage noch die Angst kennen.«

Alys schüttelte ungeduldig den Kopf. »Ich habe auch Angst«, sagte sie. »Mit jedem Tag, den die Puppen hier sind, wird die

Gefahr für uns größer. Laß uns entscheiden, was mit ihnen passieren soll. Wir können es nicht wagen, es noch länger hinauszuzögern.«

Morach nickte. »Es gibt da ein Stück geweihten Boden, ein kleines Predigerkreuz auf dem Moor, außerhalb von Bowes«, sagte sie langsam. »Auf der Flußseite gegenüber der Hütte.«

Alys nickte. »Tinker's Cross«, sagte sie.

»Genau«, sagte Morach. »Geweihter Boden. Das ist der richtige Platz für sie. Und das Kreuz liegt in der Nähe einer einsamen Straße. Keiner kommt je dorthin. Wir könnten bei Tagesanbruch hier aufbrechen, mittags dort sein, sie in der heiligen Erde eingraben, sie mit Weihwasser besprengen und bis zum Abendessen wieder hier sein.«

»Wir könnten sagen, wir holen Schößlinge – vom Moor, Heidekraut und Blumen. Ich könnte das Pony nehmen.«

Morach nickte. »Wenn sie erst einmal in geweihter Erde vergraben sind, sind sie in Sicherheit«, sagte sie. »Soll sich doch statt uns deine heilige Muttergottes um sie kümmern.«

Alys senkte die Stimme. »Sie werden uns doch nicht begraben, oder?« fragte sie. »Weißt du noch, was ich dir von der Puppe von Catherine erzählt habe? Sie hat mich in den Graben gezogen, Morach. Sie hat versucht, mich zu ertränken, als ich sie versenken wollte. Die kleinen Puppen werden doch keine Möglichkeit finden, uns aus Rache zu begraben?«

»Nicht in geweihtem Boden«, sagte Morach. »Ich habe sie gemacht, und du hast sie verzaubert. Wenn wir zusammenarbeiten, müssen wir sie beherrschen können. Wenn wir sie bald in heiligem Boden vergraben, bevor sie ihre Kräfte sammeln ...«

Etwas an Alys' Ratlosigkeit ließ sie verstummen. Sie sah sie an, und ihre Augen folgten Alys' starrem Blick. Auf der Bettdecke, außerhalb ihres Verstecks, standen die drei Wachspupen in einer Reihe da, vorgebeugt, als würden sie lauschen. Und während die beiden Frauen sie stumm vor Entsetzen anstarrten, machten die drei einen ungeschickten kleinen Schritt auf sie zu.

Achtzehn

Sie ließen die Ponys satteln, sobald die Knechte wach waren. Lady Catherine hinterließen sie eine Nachricht, und sie vertrauten auf Morachs hartnäckige Selbständigkeit als Entschuldigung für ihren Aufbruch ohne Ankündigung und Genehmigung. Beide waren blaß und still, als sie aus dem Schloßtor trabten. Alys hatte auf einer Seite einen Spaten an den Sattel gebunden, und an der Satteltasche war ein Sack festgezurrt, der sich bauschte und bewegte. Die Ponys waren den ganzen Weg durch die Stadt sehr unruhig, scheuten vor Schatten und warfen ihre Köpfe. Morach klammerte sich ungeschickt fest.

»Sie wissen, was sie tragen«, sagte sie leise.

Nachdem sie die gepflasterten Straßen Castletons hinter sich gelassen hatten und westwärts auf der Landstraße eingebogen waren, wurde es im Sack ruhig, und die Ponys beruhigten sich ebenfalls.

»Es kommt mir vor, als wollten sie uns verraten«, sagte Morach und brachte ihr Pony auf gleiche Höhe mit Alys. Sie flüsterte. »Sie sind von mächtigem Haß erfüllt.«

Alys war leichenblaß, ihre Augen schwarz vor Angst. »Still«, sagte sie. »Hast du Weihwasser?«

»Ich hab's gestohlen«, sagte Morach befriedigt. »Dieser Pater Stephen ist sehr unvorsichtig mit seiner Trickkiste. Er hat sie in seinem Zimmer gelassen, er glaubt, in der Burg wäre sie sicher. Ich hätte auch Meßbrot haben können, aber ich hab mir gedacht, besser nicht.«

»Nein«, sagte Alys. Sie erinnerte sich daran, wie sie die Hostie unversehrt erbrochen hatte.

Die beiden Frauen ritten schweigend weiter. Es war ein nebliger Tag, von kleinen Sonneninseln unterbrochen.

»Wenn der Nebel noch dichter wird, können wir unser Geschäft, ohne Angst, beobachtet zu werden, erledigen«, sagte Morach und zog sich den Schal über den Mund.

»Er wird dichter werden«, sagte Alys im Brustton der Überzeugung. »Ich werde diesen Tag ohne Gefahr überstehen. Ich werde der Bosheit dieser Puppen entrinnen und mit heiler Haut aus dieser Geschichte herauskommen.«

Morach warf ihr einen Blick zu, halb reumütig, halb amüsiert. »Du hast Macht. Dann beschwör Nebel herauf und Sicherheit um jeden Preis.«

Alys nickte halb im Schmerz. »Einen dichten Nebel«, wiederholte sie. »Und meine Sicherheit um jeden Preis, und ... Hugo in meinen Armen, ehe der Tag zu Ende ist.«

Morach schüttelte lachend den Kopf. »Ungeduldiges Luder«, sagte sie grinsend. »Du willst immer alles haben, und immer sofort!«

Der Nebel riß einen Augenblick auf, und die Ponys trabten schneller. Ihre unbeschlagenen Hufe waren im Schlamm kaum zu hören. Zu beiden Seiten des Weges blühten Stechginsterbüsche. Ein Schwarm Kiebitze stieg schreiend aus einer Wiese neben dem Weg auf. Die Frauen waren umschlossen von grauen, dichten Nebelschwaden, aber direkt über ihnen war ein Fleck strahlend blauen Himmels und heller Sonne.

»Merkst du, wie warm die Sonne ist!« sagte Morach begeistert. »Ich liebe die Sonne nach einem kalten Winter. In den letzten Tagen war ich durchgefroren bis ins Mark. Es tut gut, wieder in der Sonne zu sein.«

Alys nickte und schob ihre Kapuze zurück. Ihr Haar ohne Kappe und ohne Haube ringelte sich zu goldbraunen Locken. Sie hatte wieder Farbe bekommen. »Die Burg ist wie ein Gefängnis«, sagte sie verbittert. »Ob Catherine nun sauer oder süß ist, sie zu bedienen ist immer anstrengend.«

»Sobald das Kind geboren ist, bin ich fort«, sagte Morach. »Zurück in meiner Hütte.«

Alys nickte. »Gerade rechtzeitig zum Winter«, bemerkte sie. »Das Kind soll im Oktober kommen.«

Morach grinste. In einem Busch vor ihnen warf sich eine Amsel in die Brust und stieß einen langen, trällernden Ruf aus. Morach erwiderte den Pfiff mit genau denselben Tönen, und die Amsel, teils wütend, teils verwirrt, wiederholte ihr Lied noch lauter.

»Ich weiß«, sagte sie achtlos. »Aber ich würde lieber erfrieren, als noch einen Winter in der Burg zu verbringen.«

»Wirklich?« fragte Alys. »Würdest du das wirklich?«

Morach schaute sich um, und das Lächeln erstarb auf ihrem Gesicht. »Nein«, sagte sie. »Momentan kann ich keine Kälte ertragen. Ich würde alles tun, um nicht frieren und im Dunkeln sitzen zu müssen.«

Alys schien das nicht sonderlich zu berühren. »Du hast einen ganzen Sommer vor dir. Gräm dich nicht.«

Morach schüttelte den Schatten ab, der sie berührt hatte, hielt ihr Gesicht in die Sonne und schloß die Augen. »Und du?« fragte sie. »Wirst du auf Hugo warten? Wenn deine Aufgabe hier erledigt ist? Wirst du Fett ansetzen und lernen zu lächeln, darauf warten, daß er seiner müden Frau und des spuckenden Babys überdrüssig wird? Ich habe gedacht, du hättest genug vom Warten, ich dachte, du wendest dich wieder der Magie zu?«

Alys schaute geradeaus in die Nebelbank, die ihren Weg einhüllte. »Du hast mich und Hugo mit den Runen gesehen, und ich habe geträumt, wir wären zusammen. Ich will ihn, Morach, und wir haben es beide gesehen. Es muß da sein, nur darauf warten, daß es passiert. Sag mir, wie ich ihn kriegen kann.«

Morach wölbte die Lippen und schüttelte den Kopf. »Du hast Macht«, sagte sie. »Und du bist klug, und wenn du nicht liebeskrank bist, bist du genauso schön wie die anderen Mädchen im Land. Warum willst du dich nach Hugo verzehren und warten? Es gibt andere Männer.«

»Ich will ihn«, sagte sie unbeirrbar. »In dem Augenblick, in dem ich ihn erblickte, habe ich entdeckt, was Sehnsucht ist. Ich kam direkt aus dem Nonnenkloster, Morach, und er war der erste Mann in meinem Leben, der mir ebenbürtig war. Ich wollte ihn damals wie einen Vogel, der einen Partner sucht. Nichts konnte mich aufhalten. Nichts konnte ihn aufhalten.«

Morach lachte trocken, räusperte sich und spuckte. »Du hast ihn aufgehalten!« rief sie. »Du allein. Du hast ihn grausam und pervers gemacht, ein Monster seiner eigenen Frau gegenüber. Und jetzt liebt er sie.«

Alys' Augen wurden schmal, ihr Gesicht sah spitz und bösartig aus. »Ich weiß«, sagte sie mit zusammengebissenen Zähnen. »Ich hätte drauf setzen sollen, daß er mich liebt, und die Finger von der Magie lassen sollen. Ich hätte darauf vertrauen sollen, daß er sich um mich kümmert. Aber ich hatte Angst um meine eigene Sicherheit...«

Morach grinste. »Also immer noch dieselbe Geschichte«, sagte sie fröhlich. »Du rennst weg, um deine Haut zu retten, und dann merkst du, daß du das einzige, was du brauchst, verloren hast.«

Alys' Pony bremste und tänzelte seitwärts, als sie plötzlich an den Zügeln riß. »Ja«, sagte sie barsch. Morachs Bemerkung hatte genau ins Schwarze getroffen.

Einen Augenblick lang herrschte Schweigen. »Das beste wäre, du gibst ihn auf«, sagte Morach. »Das ist die andere Lektion, die dich das Leben lehrt. Wenn etwas weg ist – ist es weg. Selbst wenn du es durch deine eigene Dummheit oder Feigheit verloren hast. Du hast deine Mutter Äbtissin verloren, und du hast Hugo verloren. Gib sie beide auf. Laß sie gehen. Die Vergangenheit gehört der Vergangenheit. Such dir eine andere Liebe, und halte sie diesmal fest. Riskiere etwas dafür.«

Alys schüttelte den Kopf. »Ich muß Hugo haben«, sagte sie. »Es gibt zu viele Versprechen zwischen uns beiden. Ich kann ihm einen Sohn schenken, und ich glaube immer noch, daß Catherine das nicht kann. Ich muß die Herrin dieser Burg werden, Morach. Das will ich, und da gehöre ich hin. Ich habe immer und immer wieder davon geträumt. Selbst wenn ich ihn verdreht und verändert habe, selbst wenn ich mich selbst verdreht und verändert habe, ich will die Burg. Ich will die Nummer eins bei Hugo und dem alten Lord sein. Ich möchte den Traum, den ich geträumt habe, selbst wenn ich ihm nicht mehr gewachsen bin.«

Morach sagte nichts, beobachtete nur, wie Alys sich immer weiter verstrickte.

»Wie kann ich es schaffen?« bedrängte sie Alys. »Mein Gott. Morach, liebeskranke Weiber sind doch deine Spezialität. Wie kann ich ihn bekommen, ihn und das Schloß? Da muß es doch Zaubersprüche geben?«

Morach lachte kurz. »Es gibt nichts, das einen Mann dazu bringt, dich zu lieben«, sagte sie. »Das weißt du genausogut wie ich. Es gibt keine Tricks, mit denen man die Liebe heraufbeschwören und halten kann. Das einzige, was die Magie kann, und das einzige, was die Kräuter können, ist, die Lust heraufbeschwören.«

»Lust nützt mir nichts«, sagte Alys ungeduldig. »Scharf genug ist er. Und das auch mit allen anderen. Ich möchte, daß er nur mich begehrt. Nur mich.«

Morach lächelte. »Dann mußt du ihm Wonnen bereiten, die ihm keine andere bieten kann«, sagte sie. »Du mußt ihn vor Sehnsucht um den Verstand bringen. Du mußt ihn die Göttin reiten lassen.«

»Was?« fragte Alys.

Der Nebel lag vor ihnen wie eine graue, nasse Wand. »Das war's dann wohl mit dem Sonnenschein«, sagte Morach und wickelte ihren Schal fester um die Schultern. Dann trabten sie in die Dunkelheit, die sie verschluckte.

»Was soll das heißen, die Göttin reiten?« fragte Alys. Ihre Stimme war leise und gedämpft.

»Gift«, sagte Morach lakonisch. »Es gibt einen Giftpilz, den kleinen grauen – Erdwurz heißt er.«

»Das weiß ich«, unterbrach sie Alys. »Man gibt ihn getrocknet und gestoßen ins Essen, um fiebrige Träume und lüsterne Visionen zu kurieren.«

Morach nickte. »Nimm ihn frisch oder gebacken, damit er süß ist, und er wird ein Fieber auslösen und Wahnträume. Wenn du so wild auf einen Mann bist, daß es dir egal ist, welchen Preis du bezahlen mußt, verabreichst du ihm heimlich Erdwurz, und dann flüsterst du ihm wilde Träume und Visionen zu. Du tanzt nackt für ihn, du legst ihn auf den Rücken, du leckst ihn von Kopf bis Fuß wie eine Hündin einen Welpen. Du machst, was immer dir in den Kopf kommt, um ihm Lust zu bereiten, egal wie.«

Alys atmete heftig. »Und er?«

Morach lachte kurz auf. »Er hat Visionen, er träumt«, sagte sie. »Er kann dich selbst für die Göttin halten, er kann glauben, daß er hoch im Himmel fliegt und seine Lust auf den Sternen befriedigt. Jeden Traum, den du ihm zuflüsterst, wird er für seinen eigenen halten – Wonne oder Nachtmahr. Die Wahl liegt bei dir.«

»Und hinterher?« fragte Alys. »Wenn er befriedigt ist und erwacht?«

Morach kicherte boshaft. »Dann setzt du deine Macht als Frau ein. Da braucht es keine Hexerei. Du schwörst, daß alles, was er geträumt hat, echt war – daß du eine Hexe bist und ihn an die wilden Orte geführt hast, die nur wir kennen. Wenn er Narr genug ist und du frech genug – wird er nie wieder zu einer anderen Frau gehen. Andere Frauen sind danach für ihn Erde, häßlich und gewöhnlich. Du bist Feuer und Wasser und Luft.«

Alys strahlte. »Ich werde ihn bekommen. Damit werde ich ihn fangen. Das ist es, was er von Anfang an von mir wollte.« Sie hielt kurz inne. »Aber der Preis«, sagte sie, mit einem Mal nachdenklich, »was ist der Preis für all das, Morach?«

Morachs Lachen gellte übers Moor. »Du hättest Wucherer werden sollen und nicht eine Hexe, Alys. Du faßt nichts an, ohne den Preis wissen zu wollen. Du setzt nie alles aufs Spiel! Immer vorsichtig, immer auf Selbsterhaltung bedacht.«

»Der Preis«, Alys ließ sich nicht abbringen.

»Tod«, sagte die alte Frau ohne Umschweife. »Tod für den Mann.«

Alys' durchdringenden Blick beantwortete sie mit einem Nikken. »Nicht sofort, aber nach einiger Zeit«, sagte sie. »Ein paar Dosen bewirken nicht viel, aber wenn du ihn jede Woche wieder vergiftest, sagen wir mal, sechs Monate lang, dann kann sein Körper nicht mehr ohne das Zeug leben. Er braucht es, wie andere Männer Nahrung und Wasser brauchen. Dann ist er dein Sklave, dein Hund. Du brauchst nicht mit ihm zu schlafen, außer wenn du willst, er braucht die Traumwelt mit oder ohne dich. Er ist ein Hund, der um Fressen bettelt. Und er lebt so lange, wie ein Hund lebt – fünf, sechs Jahre.«

»Hast du es versucht?« fragte Alys neugierig.

Morachs Lächeln war grimmig. »Ich habe alles schon einmal versucht«, sagte sie kühl.

Alys nickte, und sie ritten schweigend ein Stück weiter, der Fluß wurde immer lauter.

»Hat der Fluß Hochwasser?« fragte Alys. Ihre Stimme war durch das Tuch gedämpft, das sie sich um den Mund gewickelt hatte.

»Noch nicht«, sagte Morach. »Aber er steigt. Wenn es in den Bergen regnet, wird er aus den Höhlen sprudeln und das Tal überschwemmen. Heuer war der Winter naß.«

»Wird die Brücke frei sein?« fragte Alys und versuchte, etwas zu erkennen.

»Wir haben noch ein paar Stunden«, sagte Morach. »Aber wenn in den Bergen ein Gewitter ist, bleibt uns nicht viel Zeit für unser Geschäft, um trockenen Fußes nach Hause zu kommen.«

»Wir haben noch viel zu tun«, sagte Alys. Das Bündel Puppen regte sich, als wollten sie ihr widersprechen.

»Hier entlang«, sagte Morach und bog von der Schlammstraße ab. Die Ponys zögerten vor dem schlammigen abfallenden Pfad. Morach warf einen Blick auf den aufgewühlten Dreck unter ihren Hufen. »Dieser Weg ist vor kurzem benutzt worden«, sagte sie. Sie sah Alys an. »Mehrere Reiter«, sagte sie. »Und Hunde.«

»Hugo«, sagte Alys. »Er muß hier gestern auf der Jagd vorbeigekommen sein. Es spielt keine Rolle, Morach. Heute sind wir ihm weit voraus. Er bleibt normalerweise bis nach dem Essen bei ihr.«

Morach runzelte die Stirn. »Mir wäre lieber, wenn er den ganzen Tag zu Hause bleiben würde.« Sie gab ihrem Pony irritiert die Sporen, und das Tier machte einen Satz nach vorne, schlitterte und rutschte den Weg hinunter. Alys folgte ihr.

»Wir werden fertig sein und auf dem Heimweg, bevor er aufbricht«, erwiderte Alys. »Und es gibt sonst keinen Platz, wo wir hingehen können. Tinker's Cross ist der einzige geweihte Boden in der Nähe. Wir können schlecht im Friedhof graben.«

»Das gefällt mir nicht... Wenn er uns mit einem schlammigen Spaten sieht, selbst wenn wir fertig sind, wird er Fragen stellen.«

»Wir können den Spaten verstecken«, versuchte Alys sie zu beschwichtigen. »Es wird sowieso mindestens genauso schwer sein, ihn zurückzubringen, wie ihn zu stehlen. Wir werden den Spaten, den Sack und die Satteltasche verstecken und mit einem Bündel Heidekraut und Kräutern zurückreiten. Keiner wird Fragen stellen, alle wissen, daß wir für Catherine Gräser vom Moor brauchen. Keiner zweifelt an uns, Morach.«

»Wo verstecken?« fragte Morach trotzig.

Alys zuckte die Achseln. »Das weiß ich nicht! Warum bist du denn so ärgerlich? Gibt es denn nicht genug Höhlen am Flußufer, wo man eine halbe Armee verstecken kann? Wir werden die Sachen in eine Höhle stecken und gut fixieren, damit der Fluß sie nicht wieder herausspülen kann. Das Wasser steigt, erst im Hochsommer wird es wieder so trocken, daß man in die Höhlen gehen kann.«

Morach schüttelte sich und spuckte über die linke Schulter. »Du kannst die Sachen verstecken«, sagte sie. »Ich geh nicht in die Nähe einer Höhle und auch nicht an tiefes Wasser. Schau dich nach einem geeigneten Platz um, wenn wir den Fluß überqueren.«

Alys nickte. »Ich geh zuerst. Die Ponys fürchten sich vielleicht vor der Brücke.«

Sie kamen an die Natursteinbrücke, stromaufwärts von Morachs alter Hütte, unter der der Fluß wie braune Suppe brodelte. Zu beiden Seiten des Flußufers, oft bis zu zwei Meter vom Wasser entfernt, war die Hochwasserlinie zu sehen. Die Ponys senkten ihre Köpfe und schnupperten mißtrauisch an den Felsblöcken unter ihren Hufen, dann stiegen sie vorsichtig über die Steine zur anderen Seite, leichtfüßig wie Ziegen, und lauschten mit gespitzten Ohren dem rauschenden Wasser unter sich.

»Da ist ein guter Platz«, sagte Alys. Die Mündung der Höhle am Uferabhang war ein Stück weiter flußabwärts. Sie glitt aus dem Sattel und warf Morach die Zügel zu. Beide Ponys beugten die Köpfe ins kurze Moorgras. Alys krabbelte den kleinen Abhang hinauf und spähte in die Höhle.

»Die ist sehr tief«, sagte sie, und ihre Stimme hallte. »Ich kann das Ende nicht sehen. Wahrscheinlich geht sie ein paar Meilen in den Berg.«

Sie kam wieder heraus und nahm Morach die Zügel ab.

Morach war sehr aufgeregt. »Hast du gehört, wie das Wasser steigt? Ich hab Angst, daß es früher kommt. Ich möchte nicht auf dieser Seite des Flusses abgeschnitten werden.«

»Ich hab es gehört, aber es war weit weg, ganz unten in der Höhle«, sagte Alys. »Wir werden genug Zeit haben. Komm jetzt.«

Die beiden Ponys kämpften sich den Abhang auf der anderen Seite hinauf, beschleunigten auf trockenem Boden, stolperten auf den sumpfigen Abschnitten. Vor ihnen auf dem Pfad sahen sie Hufabdrücke.

Auf der Spitze des Hügels stand ein Steinhaufen, und das weite, trockene Moor erstreckte sich in alle Richtungen. Morach zog den Schal vom Gesicht und sah sich um.

»So ist es schon besser«, sagte sie. »Tinker's Cross ist hier entlang.«

Sie ritt voraus und spornte ihr Pony an. Alys' Pony trottete hinterher, die Satteltasche klatschte bei jedem Schritt gegen die Seite. Der Dunst hatte sich hier oben im Hochmoor aufgelöst, hing aber noch in den Seiten der Täler. Vor ihnen sah Alys den dünnen Finger eines alten keltischen Kreuzes in den Himmel ragen. Es war umgeben von einem Steinkreis, die Umfriedung des geweihten Bodens. Als Alys das Kreuz erreichte, war Morach bereits abgestiegen und band ihr Pony an einen Stechpalmenbusch.

»Gib mir die Puppen«, sagte sie zu Alys. »Und schaufle ihr Grab.«

Alys band die Satteltasche los und reichte sie Morach ungeöffnet. Morach hockte sich in das nasse Gras und hielt den Beutel im Arm. Sie sang den Puppen ein kleines Lied vor, während Alys die Schaufel von der anderen Seite des Sattels losband.

»Wenn du dich noch an irgendwelche von deinen Gebeten erinnern kannst, solltest du sie aufsagen«, bemerkte sie, ohne aufzuschauen. »Je heiliger wir sie eingraben, desto besser.«

»Ich kann sie noch«, sagte Alys. »Aber ich bin weit entfernt von der Gunst Gottes, Morach, daß ich genauso irgendwelche Kinderreime aufsagen könnte. Du stehst dem Himmel wahrscheinlich näher als ich.«

Morach klang geradezu reumütig. »Ich bestimmt nicht. Ich habe seit zwanzig Jahren keinen Fuß mehr in eine Kirche gesetzt, und nicht mal damals hab ich verstanden, um was es ging. Ich habe meine Wahl getroffen, ich bereue es nicht. Aber ich werde nie wieder mit solchen Schatten arbeiten, wie du es hier gemacht hast. Das beherrsche ich nicht.«

Alys stieß den Spaten tief in den heiligen Boden und drehte ihn, um die Wurzeln der Gräser zu brechen. »Ich bin so weit gegangen, wie man mich getrieben hat«, sagte Alys. »Du hast mir dazu geraten. Du hast gesagt, wenn ich einen Gott verliere, soll ich mir einen anderen suchen.«

»Still«, sagte Morach und sah sich um. Der Beutel in ihrem Schoß regte sich, und sie umklammerte ihn fester. »Sei leise«, sagte sie. »Hier herrschen ältere Kräfte als das Kreuz. Diese Stechpalme ist hier gepflanzt worden, um den Ort zu markieren, bevor das Kreuz errichtet wurde. Die alten magischen Kräfte sind hier noch sehr stark. Weck sie jetzt nicht auf.«

»Du hast damit angefangen«, flüsterte Alys hartnäckig und stieß den Spaten tiefer in die Erde. »Es war meine Entscheidung, ihn anzuwenden, aber es war dein Zauberspruch.«

Morach schaute mit dunklen, glänzenden Augen zu ihr auf. »Wir hatten eine Vereinbarung«, sagte sie.

Alys schwieg. Das Grab für die Puppen war jetzt einen Spaten breit.

»Du hast sie in Auftrag gegeben, du hast die Verantwortung für sie übernommen«, wehrte sich Morach. »Es sind deine Puppen. Ich habe dich gezwungen zu schwören, daß du mir nicht die Schuld an ihnen gibst, was immer sie tun würden.«

Alys sagte nichts und hob eine Schaufel Erde nach der anderen aus dem Loch.

»Ich sollte eigentlich gar nicht hier sein«, sagte Morach gehässig. »Deine Puppen sind deine Kraft, und deine bittere Macht hat sie so lebendig gemacht.«

Alys stützte sich auf den Spatengriff und schob sich mit einer erdigen Hand eine Locke aus dem Gesicht. »Hör schon auf«, sagte sie. »Ist das tief genug?«

Morach beugte sich vor. »Noch ein bißchen«, sagte sie. »Wir wollen doch, daß sie gut schlafen, die süßen kleinen Dinger.«

Alys stieß den Spaten noch einmal tiefer, dann riß sie mit einem Mal den Kopf hoch.

»Was ist denn das?« fragte sie. »Hast du gehört?«

»Was?« fragte Morach schnell.

Der Dunst senkte sich wieder über sie. Alys wich zurück. »Ich dachte, ich hätte etwas gehört«, sagte sie.

»Was gehört?« sagte Morach. »Was hast du gehört, Alys?«

»Pferde«, sagte Alys so leise, daß Morach sie kaum verstehen konnte. »Was sollen wir tun, Morach? Was tun wir, wenn jemand kommt?«

»Ich hab sie gehört!« sagte Morach ängstlich. »Ich hab ein Horn gehört!«

Mit einem Mal ertönte ganz in ihrer Nähe ein Jagdhorn, und dann sprangen zwei große Jagdhunde aus dem Dunst, rasten an Morach vorbei, hätten sie fast umgeworfen und bellten Alys wild an. Alys warf sich zurück, bis der kalte Stein des Kreuzes im Rücken ihr den Weg verstellte. Sie preßte sich dagegen. Die Hunde hatten ein gesträubtes Fell und bellten beängstigend.

»Hugo!« schrie Alys. »Hugo! Rette mich! Ruf deine Hunde zurück! Rette mich!«

Das Horn ertönte noch einmal, noch lauter, und dann löste sich ein großer brauner Hengst aus dem Dunst. Hugo sprang aus dem Sattel, mit der Reitpeitsche in der Hand, und pfiff seine Hunde zurück.

Alys rannte auf ihn zu, und er schloß sie in seine Arme.

»Alys?« sagte er erstaunt.

Die anderen Jäger tauchten aus dem Nebel auf, einer von ihnen nahm die Hunde an die Leine. »Alys, was machst du hier?« Hugo drehte sich um und sah Morach, die sich gerade erhob, mit aschfahlem Gesicht und einem Sack in der Hand, der sich wand und zuckte.

»Was hast du denn da?« zischte er.

Morach hielt den Sack fest und schüttelte den Kopf. Sie schüttelte ihn immer heftiger wie ein debiles Kind, das nicht reden kann.

»Was hast du da?« fragte Hugo grimmig, um seine eigene Angst zu verbergen. »Antworte! Sag mir, was du in diesem Sack hast!«

Morach sagte nichts, aber der Sack hörte mit einem Mal auf, sich zu bewegen. Dann stieß Alys plötzlich einen gellenden Angstschrei aus. Der Sack platzte von unten nach oben auseinander, wie die faulige Haut eines überreifen Pfirsichs. Und aus dem Sack marschierten, wie verkrüppelte Soldaten, die drei Puppen. Der hagere Lord mit seinem Schnabelgesicht, die grotesk schwangere Frauenpuppe und der augenlose, fingerlose, mundlose, ohrlose Hugo.

»Sie hat es getan«, schrie Alys auf der Stelle. »Sie war es! Sie hat sie verhext! Morach hat's getan! Morach!«

Morach starrte Alys fassungslos an, dann machte sie auf dem Absatz kehrt und stürzte sich, die Röcke hochgerafft, in den Nebel und rannte, so schnell sie konnte, wie ein gehetztes Tier in den tiefsten Nebel im Tal.

»Halali!« brüllte Hugo. »Eine Hexe! Eine Hexe!« Er sprang in den Sattel, packte Alys am Arm und riß sie zu sich hoch. Der Jäger ließ die Hunde von der Leine, und sie bellten und drehten sich im Kreis, als könnten sie die Spur nicht finden. Einer zerrte mit weit aufgerissenem Maul an Alys. Hugo versetzte ihm fluchend einen Tritt. »Halali! Halali!« brüllte er noch einmal. »Eine Hexe! Sucht die Hexe! Sucht die Hexe! Sucht!«

Der große Hund bellte wieder und warf sich auf Alys, aber dann blies der Jäger in sein Horn, und die Hunde stürmten davon. Hugos riesiger Hengst drehte sich und galoppierte hinterher. Alys drückte ihr Gesicht gegen Hugos Rücken und klammerte sich schluchzend vor Angst an ihm fest.

Morach war vor ihnen, stolperte bergab, rutschte durch den Schlamm, kroch über die Steine, raffte sich wieder auf und rannte um ihr Leben. Doch die Hunde spürten sie auf. Als Morach das Bellen direkt hinter sich vernahm, wirbelte sie herum, so daß für den Bruchteil einer Sekunde ihr Gesicht zu sehen war, dann fiel sie auf alle viere und verschwand außer Sicht.

»Ein Hase!« rief ein junger Jäger. »Sie wird sich in einen Hasen verwandeln!«

Und wirklich brach ein Hase aus dem Boden, die schwarzgefärbten Ohren glatt zurückgelegt, den Kopf zurückgeworfen, und jagte den Hügel hinunter auf den Fluß zu.

Verrückt kläffend schossen die Hunde der neuen Spur nach. Doch der Hase gewann immer mehr Abstand.

»Sie wird im Kreis rennen!« brüllte Hugo. »Schneidet sie ab! Jagt sie zurück!«

Alys, die sich mit aller Kraft auf dem springenden Pferd festklammerte, schrie in den Wind: »Nein! Nein! Nein!« Doch Hugo konnte sie nicht hören. Der Jäger blies sein Horn, die Hunde kläfften, und der Hase segelte mit riesigen Sätzen über den Boden, die Augen vor Angst weiß umrandet.

»Sie rennt zum Fluß, Sir!« schrie ein Jäger. Sie kamen der Beute immer näher, aber nicht schnell genug. »Sie wird sich in eins der Löcher flüchten, da kriegen wir sie nie raus.«

»Schneller!« schrie Hugo. »Schneidet ihr den Weg ab! Laßt sie nicht zum Flußufer! Treibt sie in den Fluß!«

Die Hunde rasten los, aber der Hase schlug einen Haken und entzog sich ihrem Zugriff. Die Pferde stolperten und schlitterten den steilen Abhang hinunter, die Reiter trieben sie weiter. Der Hase rannte Richtung Steinbrücke, sie konnten deutlich sehen, wie er über die grauen Felsblöcke jagte. Die Hunde, ein paar Längen hinter ihm, wurden auf den Steinen schneller. Dann machte er einen Satz und warf sich nach links, so daß die Hunde ins Leere schnappten, und tauchte in die tiefe Höhle, die Alys vorhin entdeckt hatte. Jaulend vor Wut warfen sich die Hunde gegen die Öffnung.

»Peitscht sie weg! Peitscht sie weg!« brüllte Hugo. »Sie werden sich verklemmen. Sie wird sie hinunterlocken und einfangen.«

Er sprang vom Pferd und drosch mit zischender Peitsche auf sie ein. Die Hunde wichen zurück, knurrend und aus ihren roten Mäulern triefend, dann trabten sie zu ihrem Jäger. Hugo ging zitternd vor Erregung zum Eingang der Höhle und lugte vorsichtig hinein.

»Abgrundtief«, sagte er. »Für ein Tier würde ich ja da runterklettern, aber nicht für eine Hexe, die sich in einen Hasen verwandelt hat.«

»Was sollen wir machen?« fragte der junge Jäger. Instinktiv drehten sich alle zu Alys. Sie klammerte sich an das Sattelhorn, während das Pferd aufgeregt herumtänzelte, und als sie den Kopf hob, war ihr Gesicht tränenverschmiert.

»Wartet«, sagte sie mit zittriger, schriller Stimme. Donner grollte, und es blitzte über den dunklen, hohen Bergen im Westen. Hugo schaute zu Alys auf.

»Warten?« fragte er. »Was meinst du damit? Warten?«

Alys lachte hysterisch. »Der Sturm«, rief sie. Sie schaute nach Westen. Ein paar fette Regentropfen fielen vom Himmel, dann mehr und immer mehr.

»Und?« fragte Hugo.

»Das Wasser steigt«, sagte Alys. Ihre Stimme zitterte, und dann begann sie zu lachen, konnte vor Lachen nicht mehr reden, während ihr Tränen übers Gesicht liefen. »Das Wasser steigt. Während du hier draußen trockenen Fußes wartest, wartet sie da drin. Und horcht.«

Hugo starrte sie mit offenem Mund an. »Und horcht?« wiederholte er.

»Sie hört das Rauschen des steigenden unterirdischen Sees, das Gurgeln all der kleinen Bäche, die auf sie zuströmen, und dann wird sie den Sog der Strömung um ihre Knöchel fühlen. Das Wasser steigt unaufhaltsam. Sie wird versuchen rauszukommen, vielleicht will sie hochklettern, aber ihr Kopf wird das steinerne Dach der Höhle berühren, und das Wasser wird steigen, immer höher und höher, bis es ihr ins Gesicht spritzt und sie sich nirgends mehr verstecken kann.«

Hugo war blaß geworden. »Wir ertränken sie unter der Erde.«

Alys' Gesicht war hohl vor Entsetzen. Ihre Stimme verriet ihre kopflose Verzweiflung. »Schau«, sagte sie und zeigte auf die Hochwasserlinie. Wie ein Band zog sie sich das Flußufer entlang, einen guten Meter über dem Eingang der Höhle. »Da wird nichts mehr rausschwimmen«, sagte Alys und lachte und lachte. »Bewach den Eingang, und der Sturm wird die Arbeit für dich erledigen. Der Regen wird dein Folterknecht sein. Die unterirdischen Ströme des Flusses werden dein Henker sein. Morach ist tot! Gestorben, wie sie befürchtet hat zu sterben!«

19

Eine endlose Minute lang war Totenstille, dann ertönte ein dumpfes Donnergrollen, und ein violettgelber Blitz zeichnete die Umrisse der westlichen Berge. Der Himmel darüber war grünlich gelb, und von Westen rollten schwarze Wolken heran.

Hugo schaute hinauf zu Alys. Ihr Gesicht war vor Spannung häßlich verzerrt. Ihr Herz hämmerte. Sie hatte nur einen Gedanken: Überleben. Wie sollte sie der Anklage wegen Hexerei entkommen?

»Weine nicht«, sagte Hugo. Er zog seinen Lederhandschuh aus und streckte die Hand aus, um ihr die Wange zu streicheln.

»Ich hatte Angst«, sagte Alys. Als seine Hand ihr Gesicht berührte, drehte sie sich, bis seine Handfläche ihre Lippen streifte.

»Angst vor was?« fragte Hugo leise. »Ich würde dir nie weh tun.«

Alys schüttelte den Kopf. »Nein«, sagte sie, »das weiß ich.«

»Vor was hast du dich dann gefürchtet?« fragte Hugo.

»Vor ihr.« Alys zeigte mit dem Kopf auf die Mündung der Höhle. »Sie hatte ein paar Puppen gemacht, sie hat behauptet, sie würden ihren Befehlen gehorchen. Sie hat gesagt, wenn sie die Puppen krank machen würde, würden auch die Menschen krank werden.«

Hugo nickte. »Ich hab sie gesehen. Sie waren widerlich.«

»Du hast sie gesehen«, fragte Alys hastig, »wie Morach den Beutel geöffnet und sie herausgeschüttelt hat? Sie hat mir erzählt, sie würde Herrin der Burg werden und sich deinen Vater, dich und Lady Catherine untertan machen. Mit den Puppen.«

Hugo sah Alys an, und sie merkte, wie die alte, abergläubische Angst über sein Gesicht huschte. »Das ist Unsinn«, sagte er, nicht sehr überzeugend. »Aber du hättest es mir sagen müssen.«

»Wie sollte ich?« erwiderte Alys achselzuckend. »Ich seh dich jetzt nie mehr allein. Dein Vater ist zu alt und zu gebrechlich, um ihn mit so dunklen Ängsten zu schrecken, und Lady Catherine möchte ich nicht beunruhigen, nicht jetzt.«

Hugo nickte. »Aber was wolltet ihr denn hier?« fragte er.

»Sie hatte sich bereit erklärt, die Puppen in geweihtem Boden zu begraben, und der Magie abzuschwören. Aber sie wollte nicht alleine hierher. Sie hat mich gezwungen mitzukommen. Sie hat mich gezwungen, das Loch zu graben. Sie hat nicht gewagt, sich auf den geweihten Boden zu stellen, weil sie eine schwarze Hexe ist – im Bund mit dem Teufel – und ich das nicht bin.«

Hugo nickte. »Du mußt furchtbare Angst gehabt haben.« Er legte seine warme Hand auf die ihre.

Alys strahlte vor Freude über seine Berührung. »Jetzt habe ich vor nichts mehr Angst«, sagte sie. »Und ich habe meine Macht, meine weiße Macht, gute Macht, die dir und dem Dienst an deiner Familie gewidmet ist. Ich habe meine Kraft für euch eingesetzt, um euch alle zu beschützen.«

Hugo stellte einen Fuß in den Bügel und schwang sich hinter Alys in den Sattel. »Kommt«, sagte er über die Schultern zu seinen Männern. »Wir reiten nach Hause. Ich muß mit Mylord und Pater Stephen über die Angelegenheit reden. Alan, du versperrst das Loch mit Steinen, mit den größten Felsbrocken, die du tragen kannst, und wartest hier mit Peter, bis das Wasser steigt und sie zudeckt. Du kannst die Hunde hierbehalten.«

Die Männer nickten. »Bei eurer Liebe zu mir...«, sagte er. »Kein Wort davon zu irgend jemandem. Wenn ihr mir nach Newcastle folgen wollt, auf meine Reisen oder nach London – kein Wort. Wir erzählen allen, daß die Frau in den Fluß gefallen und ertrunken ist.«

Die jungen Männer nickten mit ernsten Mienen.

»Wenn ihr Geschichten erzählt«, warnte Hugo, »wenn ihr klatscht wie alberne Mädchen«, er schaute von einem zum anderen, »dann werde ich euch alle fortjagen, und keiner von euch wird je wieder in einem noblen Haus dienen.«

Die Männer nickten. »Ihr habt mein Wort«, sagten sie, einer

nach dem anderen, als schwörten sie einen Eid. »Ihr habt mein Wort.«

Hugo nickte und schnalzte seinem Pferd zu. Der junge Jäger folgte Hugo. Sie ritten den Moorweg entlang, zurück zu Tinker's Cross. Hugo drückte Alys an sich.

»Du hast mir gefehlt«, sagte er überrascht. »Ich war so mit der Planung dieser Seereise beschäftigt und mit den Farmen, der Burg und dem neuen Haus und habe mich so intensiv um Catherine gekümmert, daß ich vergessen hatte, wie schön es ist, dich zu berühren, Alys.«

Alys nickte. Sie lehnte sich an ihn, spürte seine Wärme, die Leichtigkeit, mit der er sich den Bewegungen des riesigen Pferdes anpaßte.

»Ich habe gesehen, wie still und blaß du geworden bist, und mir nichts dabei gedacht«, sagte Hugo reumütig. »Ich dachte, du bist beleidigt mit mir wegen dieser Nacht. Und ich war wütend auf dich, weil du dich mir ein zweites Mal verweigert hast.« Er senkte den Kopf und drückte sie an seine Wange. »Verzeih mir«, sagte er schlicht. »Ich habe mich nicht so um dich gekümmert, wie ich es hätte tun sollen.«

»Ja, ich bin sehr unglücklich gewesen.«

Hugo drückte sie an sich. »Das ist meine Schuld«, sagte er. »Ich wollte mich von deiner Liebe befreien, von den Versprechen, die ich dir gegeben habe. Es schien alles so –« er verstummte, »ach, ich weiß es nicht! Zu kompliziert. Auf der einen Seite Catherine, halb ertrunken und krank, mein kränklicher Vater, der aber aussieht, als würde er ewig leben; dann mein neues Haus, das ich mehr als alles andere auf dieser Welt will, und mein Vater will mir die Mittel dazu nicht geben, all das hat mich sehr beschäftigt. Und auf der anderen Seite warst da du und hast mich mit deinen großen Augen angesehen wie ein verirrtes Reh. Ich bin egoistisch, Alys, das ist die Wahrheit. Ich wollte einfach nicht noch mehr Ärger.«

Alys drehte den Kopf ein bißchen und lächelte ihn an. »Ich verursache dir keinen Ärger«, sagte sie zuversichtlich. »Ich bin die einzige, die dir helfen kann. Ich bin die einzige, die sich um dich kümmert. Diesen Winter bin ich krank geworden, von der Pflege deines Vaters, der Pflege deiner Frau und durch den Kampf gegen Morach. Wenn ich und meine große weiße Macht nicht gewesen wären, weiß ich nicht, was Morach getan hätte.«

Hugo schüttelte den Kopf. »Das ist eine schlimme Geschichte, Alys.«

»Mit gutem Ende«, sagte Alys streng. »Wir werden nicht mehr daran denken. Ich habe gegen sie gekämpft, und du hast sie getötet, die Sache ist erledigt.«

»Ja, es ist erledigt, und wir werden Stillschweigen bewahren«, sagte Hugo. »Ich will Catherine nicht aufregen, nicht jetzt. Und mein Vater wäre sehr betroffen. Wir werden diese kleinen Puppen Pater Stephen geben. Er wird wissen, was man mit ihnen tun muß. Und wir reden nicht mehr darüber.«

Alys nickte wieder.

»Du hast Glück, daß ich dich gefunden habe«, sagte Hugo. »Jeder andere hätte versucht, zwei Hexen zu fangen, nicht nur die eine.«

Alys schüttelte den Kopf. »Vergiß nicht das Gottesurteil«, sagte sie kühl. »Ich bin keine schwarze Hexe. Ich habe Lady Catherine davon abgeraten, Morach ins Schloß zu bringen. Ich habe sie gewarnt und ihr gesagt, daß ich wohl nur eine Kräuterfrau und Heilerin wäre, daß aber Morach immer schon den Ruf hatte, dunkle Werke zu vollbringen. Ich habe sie gewarnt, und ich habe auch dich gewarnt. Keiner wollte auf mich hören.«

Hugo nickte. »Das ist wahr«, gab er zu. Er schwieg einen Augenblick. »Du mußt eine seltsame Kindheit gehabt haben, Alys, ganz alleine im Moor mit einer Frau wie Morach als Mutter.«

»Sie war nicht meine Mutter«, sagte Alys. Sie hielt inne. »Meine Mutter, meine richtige Mutter, war eine Dame von Adel«, sagte sie. »Sie ist bei einem Feuer ums Leben gekommen.«

Hugo zügelte sein Pferd und schaute auf den Boden. Der Spaten lag da, wo Alys ihn hatte fallen lassen, neben dem kleinen Loch. Der Sack lag auf dem Boden, von oben bis unten aufgeplatzt. Aber von den Wachspuppen keine Spur.

Der Wind ließ das Heidekraut tanzen, und erste riesige Tropfen fielen vom Himmel. Alys zog ihre Kapuze über den Kopf und spürte, wie der Wind an ihrem Umhang zerrte. Nirgendwo auf dem durchweichten Boden waren die kleinen Puppen zu sehen.

Hugo sprang vom Pferd und trat gegen die Heidekrautpolster. »Ich kann sie nicht finden«, sagte er. »He, William! Komm und hilf mir, die Dinger zu suchen.«

»Was suchen, Mylord?« fragte William, sprang vom Pferd und führte es am Zügel zu ihm.

»Die Puppen, die Puppen, die die alte Frau in ihrem Sack hatte«, sagte Hugo ungeduldig. »Du hast sie doch gesehen.«

Der junge Mann schüttelte den Kopf. »Ich habe gar nichts gesehen, Mylord«, sagte er. »Ich habe nur die alte Frau wegrennen sehen, und dann sind die Hunde hinter einem Hasen her und haben ihn gestellt.«

Hugo zögerte, wußte nicht, was er sagen sollte, dann lachte er und schlug ihm auf den Rücken. »Steig auf, wir reiten heim«, sagte er und schwang sich ebenfalls in den Sattel. »Bring die Ponys in die Burg zurück.«

»Willst du denn die Puppen nicht suchen?« fragte Alys mit leiser Stimme.

Hugo hob die Schultern und drehte sein Pferd in Richtung Burg. »Wenn sie aus Seife oder Talg sind, schmelzen sie ohnehin rasch«, sagte er. »Vielleicht sind sie von den Pferden zertrampelt worden. Vielleicht waren sie eine Täuschung wie fast alle Hexerei. Sie sind auf geweihtem Boden – was immer das wert ist –, vergessen wir's.«

Alys zögerte kurz und schaute noch einmal zu der Stechpalme. Da war etwas Weißes an der Wurzel. Sie beugte sich vor, um es besser erkennen zu können.

Hugo packte ihre Taille fester. »Gräm dich nicht – laß uns losreiten, es wird gleich in Strömen regnen.«

Er drehte das Pferd, aber Alys konnte den Blick nicht von den Wurzeln der Stechpalme lassen. Da war eine winzigkleine Wurzel, wie ein Wurm, wie ein kleiner Wachsarm. Sie sah eine winzige verkrüppelte weiße Hand. Sie winkte ihr zu.

»Los!« sagte sie, mit einem Mal ungeduldig.

Hugo riß das Pferd herum, es bäumte sich auf und galoppierte mit weiten Sätzen über das Hochmoor bis zur Furt südlich der Burg.

»Was sollen wir Lady Catherine und deinem Vater erzählen?« fragte Alys, und der Wind riß ihre Worte mit sich.

»Daß Morach in den Fluß gefallen und ertrunken ist. Und wenn das Baby kommt, wirst du es doch zur Welt bringen können, nicht wahr, Alys? Du wirst dich um ihn und Catherine kümmern?«

»Ja«, sagte Alys. »Seit meinem zweiten Lebensjahr war ich bei jeder Geburt dabei, zu der man Morach gerufen hat. Und ich habe selbst schon einige Kinder entbunden. Ich wollte Catherine nicht helfen, solange sie mich gehaßt hat, aber jetzt kann ich es. Ich werde für ihn sorgen, als wäre er mein eigenes Kind.«

Hugo nickte und drückte sie noch fester an sich. »Ich danke dir«, sagte er ganz förmlich.

»Ich werde dich nicht enttäuschen. Ich werde all meine Kräfte darauf verwenden, daß Catherine gesund bleibt. Dein Kind wird geboren werden, und ich werde es gut pflegen. Für dich, Hugo, und für mich. Denn dein Schicksal und deine Freiheit liegen in seiner Hand. Und meine Liebe für dich ist so groß, daß ich möchte, daß du reich und frei bist.«

Hugo nickte, und Alys spürte, daß er lächelte. Sie kuschelte sich in das dicke, weiche Wams und fühlte, wie seine Körperwärme sie durchströmte und sein Arm ihre Taille fester umfaßte.

»Ich habe eine Neuigkeit für dich, die ich mir aufgehoben habe«, sagte sie. Die Lüge floß ihr fast ohne Zögern von den Lippen. »Ich erwarte ein Kind, Hugo«, sagte sie. »Ich werde ein Kind von dir bekommen. Wir haben nur einmal miteinander geschlafen, aber ich habe von dir ein Kind empfangen.«

Hugo schwieg einen Augenblick. »Bist du sicher?« fragte er fassungslos. »Es ist noch ziemlich früh.«

»Es sind schon fast zwei Monate«, verteidigte sich Alys. »Er wird an Weihnachten zur Welt kommen.«

»An Weihnachten!« rief Hugo. »Und du bist sicher, daß es ein Sohn ist?«

»Ja«, sagte Alys im Brustton der Überzeugung. »Der Traum, den ich letztes Jahr beim Weihnachtsfest hatte, war eine wahre Vision. Du und ich, wir werden einen Sohn haben und uns lieben, wie Mann und Frau.«

»Catherine ist meine Frau«, erinnerte er sie. »Und sie trägt meinen Sohn.«

»Aber ich trage auch einen Sohn von dir«, sagte Alys stolz. »Und dein Sohn von mir wird stark und schön sein. Das weiß ich bereits.«

Hugo lachte. »Natürlich«, beschwichtigte er sie. »Meine kluge Alys! Mein schönes Mädchen! Er wird stark und schön und klug sein. Und ich werde dafür sorgen, daß er reich und mächtig wird. Er und sein Halbbruder können Gefährten sein. Wir werden sie zusammen aufziehen.«

Hugo lockerte die Zügel, und das Pferd galoppierte schneller. »Mein Vater wird froh sein«, sagte Hugo sehr laut, um sich in Wind und Regen verständlich zu machen. »Seine Huren hatten ein Heer von Söhnen – aber seine eigene Frau nur diesen einen.«

»Und welche hat ihn am meisten geliebt, und welche hat er am meisten geliebt?« fragte Alys herausfordernd.

Hugos breite Schultern hoben sich. »Das spielt überhaupt keine Rolle«, sagte er abweisend. »Liebe ist nichts für uns. Land, Erben, Vermögen – diese Dinge sind wichtig für Lords, Alys. Die Armen können ihre Lieben und Leidenschaften haben. Uns interessieren gewichtigere Dinge.«

Alys lehnte sich zurück und legte ihren Kopf auf seine Schulter. »Eines Tages wirst du genauso leidenschaftlich lieben wie ein Bauer«, sagte sie leise. »Eines Tages wirst du verrückt nach Liebe sein. Und dafür wirst du dich demütigen.«

Hugo lachte. »Das bezweifle ich.«

Sie ritten schweigend weiter. Alys wog die Schwangerschaftslüge ab, die ihre Sicherheit garantieren sollte, gleichgültig, was irgendeiner in der Burg gegen sie oder gegen Morach vorbrachte. Solange er glaubte, sie würde sein Kind unter dem Herzen tragen, würde er sein Leben opfern, um sie zu schützen. Aber sobald die Lüge ans Licht kam...

Alys schüttelte den Kopf. Mehr als einen Zug konnte sie nicht vorausplanen. Sie mußte auf ihre Träume von sich im Garten in Catherines rosaweißem Kleid vertrauen. Der Regen klatschte ihr ins Gesicht, und grollender Donner kam von den Bergen näher.

Plötzlich sah Alys Morach vor sich, wie sie den Geräuschen des Sturms in der dunklen Höhle lauschte, mit dem Kopf an die steinerne Decke gedrückt, bis zu den Knien im tosenden, rauschenden Wasser. Sie blinzelte. Einen Augenblick lang spürte sie selbst den harten unnachgiebigen Stein in ihrem Nacken. Das Wasser, in dem sie stand, war eiskalt, voller Strudel, ein ständig zunehmender Sturzbach, der unaufhaltsam an ihren Röcken zerrte. Treibholz prallte gegen sie. Sie stolperte und fiel ins Wasser, sprang wieder auf, durchnäßt und zitternd.

Inzwischen war es fast schon zu spät, hinauszukriechen und sich den Männern zu stellen.

Mit blutigen Händen hämmerte sie gegen die Höhlenwand, und dann griff sie plötzlich in einen Hohlraum, wo der Fluß sich einen Weg nach oben peitschte. Wie eine Blinde streckte sie die Arme aus, paddelte durch die rasche Strömung, voller Sehnsucht nach der kalten Berührung mit Luft. Dann streiften ihre Knöchel die Decke der Höhle, die Rettung verhieß.

Es war zu spät. Das schmale Loch, das aus der Höhle führte, war bereits bis oben hin mit rauschendem Wasser gefüllt. Ihr blieb nur noch eine kleine Luftblase, und als sie ihr Gesicht nach oben drehte, um zu atmen, ergoß sich eine weitere Woge in die Höhle. Ihr Kleid war von Wasser getränkt. Die Strömung zerrte und zog an ihr, bis sie den Halt verlor und stürzte. Der Lebenswille schleuderte sie noch einmal nach oben. Mit Gewalt krachte ihr Kopf gegen die Decke. Alys stöhnte.

»Was ist denn los?« Hugos Stimme holte sie zurück in die Gegenwart, zurück zu ihrem gefährlichen Spiel, seinem tröstlichen Arm, der sie sicher umfing. »Hast du etwas gesagt?«

»Nichts«, sagte Alys rasch.

Ein riesiger dunkler Regenvorhang breitete sich über das Tal und verhüllte alle Berge um sie herum. »Der Fluß ist gestiegen«, sagte Hugo zufrieden. »Die Hexe ist ertrunken.« Er schüttelte sich das Wasser aus den Augen und spornte sein Pferd zum Galopp an. »Nichts wie heim«, sagte er.

Natürlich konnte der Klatsch über Morachs plötzliches Verschwinden nicht verhindert werden. Zu viele wußten, daß Alys mit Morach ausgeritten war, und hatten gesehen, wie nur sie mit Hugo zurückkehrte. William hatte nichts gesehen, aber die anderen Jäger waren Zeugen der Geschehnisse und würden nicht ewig schweigen. Aber Catherine durfte nichts von all dem erfahren. Hugo versammelte die Damen in der Galerie, während Catherine vor dem Abendessen schlief, und sagte ihnen, wenn er ein Wort – auch nur ein einziges unangebrachtes Wort – über Morach in Catherines Beisein hörte, würde er die betreffende Frau verprügeln und im Hemd aus dem Schloß jagen.

Die Damen machten große Augen und flüsterten untereinander.

»Sie ist ertrunken«, sagte Hugo ohne Beschönigung. »Ich habe sie mit meinen eigenen Augen in den Fluß fallen und ertrinken sehen. Und derjenige, der das bestreitet, nennt mich einen Lügner.« Seine Hand berührte kurz den Gürtel, an dem sonst sein Schwert hing. »Einen Mann würde ich dafür töten, eine Frau verprügeln. Euer Getratsche untereinander kann ich nicht verbieten« – ein anklagender, düsterer Blick in die Runde –, »das könnte keine Macht der Welt. Aber ein Wort des Mißtrauens oder des Zweifelns vor Lady Catherine, und ihr werdet euch wünschen, stumm zur Welt gekommen zu sein.«

Nur Eliza fand den Mut, etwas zu sagen. »Was ist mit Alys?« fragte sie.

»Alys bleibt bei uns«, sagte Hugo. »Sie ist eine gute Freundin unserer Familie. Sie wird sich jetzt um Lady Catherine kümmern und, wenn er geboren ist, um meinen Sohn. Alles wird so sein, wie es war, bevor Morach auf die Burg kam. Morach könnt ihr vergessen.«

Er wartete kurz, doch keiner wagte, etwas zu sagen, dann lächelte er grimmig, befehlsgewohnt und verließ die Galerie, um seinen Vater zu besuchen.

Alys war ihm zuvorgekommen. Sie saß in der dämmrigen Kammer auf einem Hocker zu Füßen des alten Lord und berichtete die Neuigkeit, bevor Hugo hereinkam.

»Morach ist fort« sagte sie ohne viel Vorreden.

Der alte Lord musterte sie mit scharfem Blick.

Alys nickte. »Sie und ich, wir waren zusammen auf dem Hochmoor. Sie hat böse Zauber mit ein paar Wachspuppen angestiftet, und ich bin mitgegangen, um sie aufzuhalten. Hugo war mit den Hunden auf der Jagd, und sie haben sie gesehen, sie in eine Höhle gejagt und dort ertrinken lassen.«

Der alte Lord sagte nichts, wartete ab.

»Sie war eine Hexe«, sagte Alys barsch. »Es ist gut, daß sie tot ist.«

»Und du nicht«, sagte der alte Lord langsam.

Alys drehte ihm ihr blasses Gesicht zu. »Nein, Mylord«, sagte sie mit sanfter Stimme. »Ich habe mein Gottesurteil überlebt, als Catherine mich haßte und mich so gnadenlos geprüft hat. Ich liebe Euren Sohn, und ich liebe und verehre Euch. Erlaubt mir, in Eurem Haushalt zu bleiben, unter Eurem Schutz. Ich habe mich von Morach und meiner Vergangenheit befreit.«

Der alte Lord seufzte und legte seine Hand auf ihren Arm. »Was ist mit deiner Macht?« fragte er. »Du hast sie verloren, als Morach kam und als Hugo dich nicht lieben wollte.«

Alys grinste ihn an. »Ich habe sie wieder«, sagte sie. »Morach hatte sie mir gestohlen, und sie hatte mir auch meine Gesundheit gestohlen. Sie wußte, daß ich mich zwischen sie und Euch stellen würde. Sie wußte, daß ich Euch und die Euren vor ihren Zauberkräften schützen würde. Sie hat mich krank und schwach gemacht, und sie hatte damit begonnen, ihren Unmut an Euch allen auszulassen. Jetzt, da sie tot ist, habe ich meine Macht wiedergewonnen. Sagt mir, daß ich weiterhin als Euer Vasall unter Eurem Schutz leben darf.«

Der alte Lord lächelte hinab in Alys' strahlendes Gesicht. »Ja«, sagte er leise. »Natürlich. Ich wollte dich an meiner Seite haben, seit ich dich das erste Mal gesehen habe. Stifte keinen Unfrieden zwischen Hugo und Catherine. Ich möchte einen rechtmäßigen

Erben und danach noch einen. Du und Hugo, ihr könnt füreinander sein, was ihr wollt – aber rege meine Schwiegertochter nicht auf, solange sie einen Enkel unter dem Herzen trägt.«

Alys nickte gehorsam, nahm seine streichelnde Hand und küßte sie.

»Ich habe Neuigkeiten für Euch«, sagte sie. »Gute Neuigkeiten.«

Der alte Lord wartete mit hochgezogenen Augenbrauen.

»Ich bin schwanger«, sagte Alys. »Es ist Hugos Kind. Ich bin nicht wie Catherine, schwer zu befriedigen, schwer zu schwängern. Ich erwarte ein Kind von Hugo. Es wird um Weihnachten geboren werden.«

Der alte Lord strahlte. »Das ist gut!« sagte er. »Das ist in der Tat eine gute Nachricht. Und du glaubst, daß es ein Sohn wird, Alys?«

Alys nickte. »Ein Sohn«, sagte sie. »Ein starker, schöner Junge. Ein Enkel für Euch, Mylord. Und ich bin stolz darauf, seine Mutter zu sein.«

Der alte Lord nickte. »Gut, wirklich gut«, sagte er rasch. »Und das heißt, Hugo wird womöglich hierbleiben, bis dein Kind geboren ist. Dank dir und Catherine werde ich ihn hier halten können.«

»Ja«, sagte Alys eifrig. »Catherine könnte ihn nicht zu Hause halten, aber für mich wird er bleiben. Ich werde Hugo für uns beide zu Hause halten, Mylord. Ich möchte genausowenig wie Ihr, daß er nach London geht oder diese Seereise macht.«

Der alte Lord lachte. »Dann verzaubere ihn«, sagte er. »Und halte ihn an deiner Seite.« Er hielt kurz inne und sah sie voller Mitleid an. »Übernimm dich nicht, Alys«, sagte er mit sanfter Stimme. »Du wirst niemals seine Frau werden. Du wirst immer Catherines Hofdame sein. Was immer bei Hof vorgeht – und darüber werde ich schweigen –, wir sind hier einfache Leute. Catherine ist deine Herrin, diene ihr gut. Hugo ist dein Geliebter und auch dein Lord. Ich will nicht abstreiten, daß ich dich gerne mag, Alys, aber solltest du vergessen, was du deinen Gebietern schuldig bist, würde ich dich schon morgen aus der Burg werfen.

Diene Catherine ehrenhaft, und Hugo soll sich mit dir vergnügen, wenn er es wünscht. So habe ich meine Frauen gehalten. Eine Frau für die Erben und ein Weib für das Vergnügen. So sollte es sein.«

Alys hielt den Kopf gesenkt, um ihren Haß zu verbergen.

»Ja, Mylord«, sagte sie unterwürfig.

David packte sie am Arm, als sie auf der schlechtbeleuchteten Treppe an ihm vorbei wollte.

»Ich höre, deine Verwandte ist tot?« sagte er leise.

»Ja«, erwiderte Alys ruhig. Ihre Stimme zitterte nicht, ihre Miene war heiter.

»Ein harter Tod für eine Frau – im kalten Flußwasser zu ertrinken«, sagte David.

Alys begegnete furchtlos seinem Blick. »Ja«, sagte sie.

»Und was passiert jetzt mit dir?« wollte David wissen.

Alys grinste ihm ins Gesicht. »Ich werde mich um Lady Catherine kümmern«, sagte sie. »Ich werde Lord Hugh und seinem Sohn dienen und sie ehren. Was sonst?«

David zog sie etwas näher zu sich herunter, so daß sie sich bücken mußte. »Ich weiß noch, wie du ein wildes Ding im Moor warst«, sagte er. »Ich habe dich nackt gesehen, als du deine Lumpen gegen das Hemd der Hure tauschtest. Ich habe gehört, daß du das Gottesurteil wegen Hexerei bestanden hast. Ich habe gesehen, wie du dich, krank vor Sehnsucht, nach dem jungen Lord verzehrt hast. Jetzt frage ich dich: Was kommt als nächstes?«

Alys entriß ihren Ärmel seinem Zugriff. »Nichts«, sagte sie frech. »Ich werde Lady Catherine dienen und ihr bei der Geburt helfen. Ich werde Lord Hugh gehorchen und seinen Sohn ehren. Mehr ist da nicht.«

Der Zwerg nickte. Sein Lächeln strahlte sie aus der Dunkelheit an. »Ich habe mich wirklich über dich gewundert. Ich dachte, du hättest die Macht, diese Burg auf den Kopf zu stellen. Als du die alte Frau gebracht hast, dachte ich, du würdest jetzt handeln. Ich habe dich beobachtet und mich gefragt, wann du deinen Zug machen würdest. Ich hatte dich als neue Herrin der Burg im Sinn. So nahe wie du dem alten Lord stehst! So mächtig durch deine

Zauberkräfte, daß du Hugos Wildheit bezähmen kannst! Und wenn du ein Kind hättest – wie du es in deinem Traum vorausgesehen hast –, was für eine Frau wärst du dann für ihn!«

Alys holte tief Luft, aber ihr Blick war gelassen auf sein dunkles, wütendes Gesicht gerichtet.

»Was ist schiefgegangen?« fragte der Zwerg neugierig. »Was ist zwischen dir und der alten Hexe schiefgegangen? Du warst doch auf dem besten Weg, nicht wahr? Die alte Hexe genoß Catherines Vertrauen, und sie hätte der Entbindung allein beigewohnt. Was wäre es denn gewesen? Eine Totgeburt? Von der eigenen Nabelschnur erwürgt? Steißgeburt? Rückwärts herausgekommen und im Blut ertrunken?«

Sein Lachen war kurz und grausam.

»Du hattest es eilig, nicht wahr?« sagte er. »Du wolltest Catherine tot und aus dem Weg haben und Hugo ganz für dich allein? Ich habe gesehen, wie du dich verzehrt hast, verblaßt bist, deine Schönheit verloren hast. Es hat dich von innen her aufgefressen wie ein Bauch voller Würmer, nicht wahr, kleine Alys? Also hast du Catherine in den Fluß gezaubert, nicht wahr? Du hast sie ins tiefe Wasser gelockt in ihren schweren Pelzen, damit sie ertrinkt.«

Alys' Gesicht war kreidebleich. »Unsinn«, sagte sie tapfer.

»Und die Alte hat sie herausgezogen«, sagte der Zwerg. »Weißt du was? Die Alte hab ich irgendwie gemocht, deine Mutter.«

»Sie war nicht meine Mutter«, sagte Alys. Ihr ganzes Gesicht war angespannt. »Ich habe nur bei ihr gelebt. Meine echte Mutter ist bei einem Feuer umgekommen.«

»Feuer«, sagte der Zwerg. »Das habe ich noch nicht gehört.«

»Ja«, sagte Alys. In ihrer Stimme schwang tiefe Verzweiflung. »Meine Mutter, meine echte Mutter, ist bei einem Feuer umgekommen. Und seit sie fort ist, ist in meinem Leben alles schiefgegangen.«

Der Zwerg legte den Kopf zur Seite und betrachtete sie wie ein seltenes Exemplar. »Jetzt hast du also eine ans Feuer und die andere ans Wasser verloren«, sagte er nicht sehr mitleidig. »Aber werde ich dich noch Lady Alys nennen? Wird Catherine enden wie deine beiden Mütter? Feuer? Wasser? Erde? Oder Luft? Und was ist mit dir? Wird es die Burg sein oder ein verstecktes Haus in der Stadt – ein Hurenhaus, bis auf den Namen?«

Alys machte wütend einen Schritt auf ihn zu, dann drehte sie sich um und schaute nach oben. Ihr Gesicht funkelte vor Bosheit. »Du *wirst* Lady Alys zu mir sagen«, zischte sie. Der Zwerg wich erschrocken zurück. »Du wirst Lady Alys zu mir sagen – und ich werde dir ›Lebewohl‹ sagen. Denn ich werde Hugos angetrautes Weib. Und du wirst ein Bettler an meinem Tor sein.«

Sie drehte sich um und eilte die Treppe mit wehendem Gewand hinunter, ohne sich umzusehen. David blieb auf der Treppe stehen und lauschte ihren Schritten auf der steinernen Wendeltreppe.

»Das bezweifle ich«, sagte er zu den kalten Steinmauern. »Das bezweifle ich sehr.«

Der Verlust Morachs brach Catherine das Herz. Als sie erfuhr, was geschehen war, klammerte sie sich schluchzend an Alys. Alys nahm sie in den Arm, und sie umschlangen sich wie zwei Waisenkinder.

»Du mußt jetzt bei mir bleiben«, sagte sie. Sie konnte vor Schluchzen kaum reden. »Du hast ihre Kräfte, du warst da, um mir zu helfen, als ich fast ertrunken bin, als ich fast mein Leben verloren habe. Du bist ihre Tochter, ich habe euch beide geliebt. Ach, Alys! Sie wird mir fehlen.«

»Mir wird sie auch fehlen«, sagte Alys. Ihre blauen Augen schwammen vor ungeweinten, überzeugenden Tränen. »Sie hat mich alles gelehrt, was sie wußte, mir all ihre Künste beigebracht. So als hätte sie mir Eure Pflege anvertraut, bevor sie uns verlassen hat.«

Catherine sah voller Vertrauen zu ihr auf. »Glaubst du, sie hat es gewußt?« fragte sie. »Glaubst du, sie hat in ihrer Weisheit die ganze Zeit gewußt, daß sie uns verlassen wird?«

Alys nickte. »Sie hat mir erzählt, sie hätte eine Finsternis gesehen. Ich glaube, sie wußte es. Als sie Euch aus dem Fluß holte, wußte sie wohl schon, daß das seinen Preis fordern würde. Und jetzt hat sie der Fluß geholt.« Catherines Gejammer wurde noch lauter. »Dann ist sie gestorben, um mich zu retten!« rief sie. »Sie hat ihr Leben für mich geopfert!«

Alys glättete mit scheinheiliger Hand Catherines Haar. »Sie hätte es so gewollt. Sie und ich haben mit Freuden dieses Opfer gebracht. Ich habe meine Mutter für Euch verloren, und ich«, ihre Stimme zitterte erbärmlich, »ich werde es nicht bereuen.«

Catherine schluchzte hemmungslos. »Alys, meine Freundin! Meine einzige Freundin!«

Alys wiegte sie sanft hin und her, sah hinunter in das aufgedunsene verheulte Gesicht. »Arme Catherine«, sagte sie. »In welch furchtbarem Zustand Ihr doch seid!«

Alys rief nach den Frauen. Ruth kam sofort.

»Laßt Hugo holen«, befahl sie. »Catherine braucht ihn.«

Er kam sofort und wich erschrocken zurück, als Catherine, heftig schluchzend, mit einem Jammerschrei die Arme nach ihm ausstreckte. Er fiel auf die Knie vor ihrem Stuhl und umarmte sie.

»Still, still«, flüsterte er ihr zärtlich ins Haar. Er schaute Alys an. »Kannst du ihr denn nicht etwas geben? Etwas, das sie beruhigt. Es kann doch nicht gut sein für das Kind, wenn sie sich so aufregt.«

»Sie muß sich selbst beruhigen«, sagte Alys kühl.

Catherine schluchzte laut und klammerte sich fester an Hugo. »Sie hat mich zum Lachen gebracht. Sie hat alles so hingestellt, als wäre es ein Witz. Sie hat mir Sachen über das Leben erzählt, über die ich lachen mußte, bis mir die Tränen kamen. Ich kann nicht glauben, daß sie jetzt nicht hereinkommt und uns ins Gesicht lacht.«

Alys schielte kurz zur Tür. Der Gobelin bauschte sich. Einen Augenblick lang schien es nur zu wahrscheinlich, daß Morach hereinkommen würde, triefend, eisigen Flußtang hinter sich herschleifend, und ihnen mit ihrem blauen, ertrunkenen Mund ins Gesicht lachte.

»Nein«, sagte Hugo hastig. »Das wird sie nicht tun. Sie ist ertrunken. Versuch, es nicht so schwer zu nehmen.« Er wandte sich Alys zu. »Du mußt doch etwas haben, das sie beruhigt.«

»Ich kann ihr ein Destillat der Blume des Sterns von Bethlehem geben«, sagte Alys kühl. Sie ging in ihre Kammer. In der Wäschetruhe waren die kleinen Fläschchen und Puder und Kräuter, die sie und Morach gesammelt hatten. Auf dem Bett lag Morachs weißes Leinennachthemd. Im Luftzug der offenen Tür bauschte es sich kurz auf und hob sich ein Stück vom Bett, als würde es gleich aufstehen und auf sie zugehen. Alys starrte es eindringlich mehrere Minuten an. Die Arme bewegten sich leicht, als wollten sie anklagend auf sie zeigen. Alys lehnte sich gegen die Tür und starrte auf das Hemd, bis es wieder flach und schlaff dalag.

»Hier«, sagte sie, als sie zurück in die Galerie kam.

Hugo nahm das Glas, ohne aufzuschauen, und flößte Catherine den Trank Schluck für Schluck ein, wobei er ihr Gesicht nicht aus den Augen ließ und mit leiser, sanfter Stimme auf sie einredete. Als sie schließlich aufhörte zu schluchzen, sich aufsetzte und das Gesicht mit ihrem Taschentuch abwischte, drehte er sich zu Eliza und sagte: »Du da! Bereite der Lady das Bett! Sie sollte jetzt schlafen!«

Eliza machte einen hastigen Knicks und ging in Catherines Gemach.

»Hast du etwas, was ihr hilft einzuschlafen?« fragte er Alys über die Schulter.

Sie ging noch einmal in das Zimmer, das sie mit Morach geteilt hatte. Ein Scheit auf dem kleinen Feuer war verrutscht, und die Schatten sprangen und tanzten einen Reigen um das Bett. Für einen Moment sah es aus, als säße jemand auf der Truhe am Kopfende des Bettes, mit dem Gesicht zur Tür. Alys lehnte sich gegen die Tür und drückte die Hand fest auf ihr Herz. Dann holte sie die Tropfen aus gequetschten Mohnblumen für Lady Catherine.

Hugo bedankte sich für die Medizin und führte Catherine – mit einem Arm um ihre feiste Taille – von der Galerie in ihr Schlafgemach.

Alys sah ihnen nach, wie Catherines Kopf auf Hugos Schulter fiel, hörte ihre klägliche Stimme und seine sanften Beschwichtigungen. Alys kniff den Mund zusammen und zügelte ihre Wut.

»Hast du denn keine Angst, heute nacht hier allein zu schlafen?« fragte Eliza, nachdem Alys die Tür hinter dem Paar geschlossen hatte.

»Nein«, sagte Alys.

Eliza war entsetzt. »Im Bett einer Toten!« rief sie. »Wo das Kissen noch den Abdruck ihres Kopfes trägt! Ich hätte Angst, daß sie kommt, um sich zu verabschieden! Das machen die nämlich! Sie wird kommen und sich verabschieden, bevor sie ihren Frieden gefunden hat, die arme alte Frau.«

Alys tat die Worte mit einem Achselzucken ab. »Sie war eine arme alte Frau, und jetzt ist sie tot«, sagte sie. »Warum sollte sie nicht in Frieden ruhen?«

Ruth warf ihr einen scharfen Blick zu. »Weil sie im Wasser ist. Wie soll sie am Jüngsten Tag auferstehen, wenn ihr Körper ausgebleicht und durchnäßt ist?«

Alys merkte, wie ihr Gesicht vor Entsetzen zu zittern begann. »Das ist doch Unsinn. Ich hör mir das nicht an. Ich geh ins Bett.«

»Du gehst schlafen?« fragte Mistress Allingham überrascht.

»Natürlich«, erwiderte Alys. »Warum sollte ich nicht schlafen? Ich werde mir mein Nachthemd anziehen, meine Nachthaube zubinden und die ganze, lange Nacht schlafen.«

Sie stapfte hochmütig aus dem Zimmer und schloß die Tür hinter sich. Sie zog sich aus – genau wie sie es gesagt hatte – und band sich ihre Nachthaube zu. Dann zog sie ihren Schemel an den Kamin und warf noch ein Scheit auf das Feuer und zündete eine weitere Kerze an, damit alle Schatten aus dem Raum verbannt waren und es taghell war. Und dann lief sie die ganze Nacht auf und ab und wartete – damit Morach sie nicht überrumpeln konnte, ganz naß und kalt. Morach sollte nicht zu ihr kommen können, eine eisige Hand auf ihre Schulter legen und noch einmal sagen: »Nicht mehr lang, Alys.«

Am nächsten Morgen ließ Alys eine Magd aus der Küche holen, und zusammen mit ihr entfernte sie alle Spuren von Morach aus der Kammer. Die Küchenmagd ging ihr bereitwillig zur Hand – in der Hoffnung, sie würde Kleider oder Wäsche geschenkt bekommen. Zu ihrem Entsetzen über so eine Verschwendung türmte

Alys alles auf einen Haufen und trug es hinunter zum Küchenfenster.

»Ihr werdet doch nicht etwa das Wollkleid verbrennen!« Die Köchin eilte zu ihr und beäugte den kleinen Stapel Kleider. »Und ein Stück gutes Leinen!«

»Das ist alles verlaust«, sagte Alys. »Willst du ein Kleid mit den Flöhen einer Toten? Möchtest du ihre Läuse?«

»Könnte man waschen«, sagte die Köchin und stellte sich zwischen das Feuer und Alys.

Alys' blaue Augen waren verschleiert. »Sie war bei Kranken«, sagte sie. »Glaubst du, du kannst die Pest herauswaschen? Willst du es versuchen?«

»Ach, verbrennt es«, sagt die Köchin irritiert. »Aber Ihr müßt meinen Herd reinigen. Ich koche das Essen für Mylord hier, vergeßt das nicht.«

»Ich habe ein paar Kräuter«, sagte Alys. »Geh zurück.«

Die Köchin zog sich eilends zum Feuer auf der anderen Seite der Küche zurück, wo der Küchenjunge den Spieß drehte, so daß sie Alys weiterhin im Auge hatte. Alys steckte das Bündel ins Feuer.

Einen Moment lang schwelte es vor sich hin. Alys beobachtete es, bis der Saum von Morachs Kleid Feuer fing, aufflackerte und dann in Flammen aufging. Alys zog ein kleines Fläschchen aus ihrer Tasche. »Myrrhe«, sagte sie und goß je einen Tropfen in die vier Ecken des Herdes und drei Tropfen in das Herz des Feuers. »Ruhe in Frieden, Morach«, flüsterte sie so leise, daß sie keiner verstehen konnte. »Du weißt und ich weiß, was für eine Rechnung wir untereinander zu begleichen haben. Du weißt und ich weiß, daß wir uns wieder begegnen werden, und auch, wo. Aber laß mich bis zu diesem Tag meinen Weg gehen. Du hast dein Leben gehabt und deinen Weg gewählt. Laß mir die Freiheit, meinen zu wählen.«

Sie trat einen Schritt zurück und beobachtete die Flammen. Auf der anderen Seite der Küche hielt die Köchin den Atem an und ballte ihre Faust zum Zeichen gegen Hexerei. Alys beachtete sie nicht.

»Du hast für mich wie eine Mutter gesorgt«, sagte sie zum

Feuer. Die Flammen leckten gierig um das Tuch, und das Bündel fiel auseinander und ging in Flammen auf, verschrumpelte dann zu schwarzer Glut. »Das gebe ich jetzt zu. Jetzt ist es zu spät, dir zu danken oder sich mit Freundlichkeiten zu revanchieren«, sagte Alys. »Du hast wie eine Mutter für mich gesorgt, und ich habe dich wie einen Feind verraten. Ich beschwöre jetzt deine Liebe zu mir, deine Mutterliebe. Du hast mir gesagt, mir bliebe nicht viel Zeit. Laß mir diese kleine Zeitspanne. Laß mich mein Leben leben, Morach. Verfolge mich nicht.«

Sie schwieg einen Augenblick, den Kopf zur Seite gelegt, als lausche sie auf eine Antwort. Der dunkle Rauchgeruch der Myrrhe erfüllte die Küche. Der Küchenjunge vermied es krampfhaft, ihr in die Augen zu sehen, und drehte den Spieß immer schneller, bis das Quietschen zu Kreischen wurde.

Alys wartete.

Nichts passierte.

Morach war fort.

Alys drehte sich mit befreitem Lächeln vom Feuer weg und nickte der Köchin zu. »Alles erledigt. Kleider verbrannt, Herd gesäubert«, sagte sie freundlich.

»Was kochst du für das Abendmahl des Lords?«

Die Köchin zeigte ihr das Dutzend gebratene Hühner, die darauf warteten, zu Pastete gestoßen zu werden, die Mandeln, den Reis und den Honig, der dann darunter gemischt werden würde, das Sandelholz, mit dem die Mischung ihre rosa Farbe bekommen würde. »Blanche Mange als Hauptgang«, sagte sie. »Und Allowes – ich habe ein paar gute Stücke Hammel. Etwas Wild. Und Fisch habe ich auch, Heilbutt von der Küste. Möchtet Ihr vielleicht, daß ich für Lady Catherine etwas Besonderes mache?« fragte sie unterwürfig.

Alys überlegte. »Einen schönen, süßen Pudding«, sagte sie. »Die Lady liebt Süßes, und sie braucht all ihre Kraft. Ein paar Cremes, vielleicht Leche Lombarde mit viel Sirup.«

»Sie ist sehr dick und hübsch geworden«, sagte die Köchin voller Bewunderung.

»Ja«, sagte Alys mit zuckersüßer Stimme. »Sie wird jeden Tag fetter. Lord Hugo wird bald keinen Platz mehr in ihrem Bett haben, wenn sie so weitermacht. Schick ein Glas Negus und ein paar Cremes und Kekse in ihr Gemach. Sie ist hungrig, jetzt da sie im fünften Monat ist.«

Die Köchin nickte. »Ja, Alys«, sagte sie.

Alys blieb auf dem Weg zur Tür mit einer hochgezogenen Braue stehen.

Die Köchin zögerte. Alys rührte sich nicht. Es herrschte drükkendes Schweigen, als die Köchin Alys' blauen Augen begegnete und dann wegschaute.

»Ja, Mistress Alys«, sagte sie, obwohl sie Alys nur ungern diesen Titel zugestand. Alys schaute sich langsam in der Küche um, als wolle sie sagen: Wehe, ihr zweifelt meine Autorität an. Keiner sagte ein Wort. Sie nickte dem Küchenjungen zu, und er rannte weg vom Spieß, um ihr die Tür zur Halle zu öffnen. Sie verließ den Raum ohne ein Wort des Dankes.

Die Tür schloß sich, und sie blieb stehen, um zu horchen, falls die Köchin etwas gegen sie sagen sollte, sich über ihren Ehrgeiz beklagte oder schwor, daß sie eine Hexe wäre. Doch sie hörte nur ein hartes Klatschen und das Geschrei des Spießdrehers über die unverdiente Strafe. »Ran an die Arbeit«, sagte die Köchin. »Wir haben nicht den ganzen Tag Zeit!«

Alys lächelte, durchquerte die Halle und ging dann die Treppe zur Damengalerie hinauf.

Catherine ruhte sich vor dem Abendessen in ihrem Zimmer aus. Die Damen, die sich um den Kamin in der Galerie versammelt hatten, genossen die gestohlene freie Stunde. Ruth las ein Pamphlet über die Bedeutung der Messe. Eliza frönte ihren Tagträumen und starrte ins Feuer. Mistress Allingham döste mit verrutschter Haube. Alys nickte allen zu und ging an ihnen vorbei zu ihrer eigenen Kammer.

Die Magd hatte die Spreu wie befohlen vom Boden aufgekehrt und den Besen dagelassen. Alys nahm ihn und kehrte sorgfältig alle Ecken der Kammer aus, dann fegte sie den Staub und die Strohreste in der Mitte des Raumes zusammen. Sie sammelte alles sorgfältig ein und warf es ins Feuer. Danach holte sie sich ein

Stück Stoff und wischte das ganze Zimmer, jede Stelle, die Morach vielleicht berührt hatte. Runde um Runde drehte Alys durch die Kammer, wie eine Spinne, die ihr Netz spinnt. Runde um Runde, bis es keine Stelle mehr im Raum gab, die sie nicht gewischt hatte. Dann faltete sie das Stück Stoff ganz klein zusammen, als wolle sie den Geruch Morachs darin einfangen – und schleuderte es ins Feuer.

Die Magd brachte nörgelnd neue Decken und einen Überwurf für das Bett, und Alys glättete sie über dem einsamen Kissen. Sie schüttelte die Bettvorhänge aus und band sie hoch. Dann trat sie zurück und sah sich mit einem kleinen Lächeln im Raum um.

Als Zimmer für zwei Heilkundige, zwei Hebammen für die Geburt des einzigen Sohnes und Erben, war es großzügig gewesen. Als Zimmer einer einzelnen Frau, die alleine schlief, war es edel. Der Raum war fast so groß wie der von Lady Catherine, das Bett genauso groß, die Vorhänge fast so fein. Es war kälter als Catherines Zimmer – es ging nach Westen über den Fluß, aber luftiger. Alys hatte es vorgezogen, keine frischen Kräuter und Spreu auf den Boden zu streuen, aber das Zimmer roch sauber. Ein klarer Raum, ohne das übliche Durcheinander der Frauen, keine Töpfe mit Schminke, keine Cremes, keine Reste von Süßigkeiten wie in Catherines Zimmer. Alys' Gewänder, Umhänge, Hauben und Wäsche waren in einer Truhe untergebracht, all ihre Kräuter, ihr Mörser, ihr Kristall und ihre Vorräte in der anderen.

Alys zog den einzigen Stuhl ans Fenster, legte ihre Füße auf einen Schemel und schaute in die Flammen.

Die Tür öffnete sich. Eliza Herring schaute ins Zimmer. »Da bist du ja!« sagte sie verlegen.

Alys hob den Kopf und sah Eliza an, sagte aber nichts.

Eliza sah sich um. »Du hast es ausgefegt«, sagte sie überrascht.

Alys nickte.

»Willst du dich denn nicht zu uns setzen?« fragte Eliza. »Es muß dir doch langweilig sein, so alleine.«

»Mir ist nicht langweilig«, sagte Alys kühl.

Eliza trat verlegen von einem Fuß auf den anderen, machte

einen Schritt ins Zimmer und wich dann wieder zurück. »Ich schlafe heute nacht bei dir, wenn du möchtest«, bot sie an. »Du willst doch sicher nicht allein sein. Wir könnten es uns lustig machen. Margery wird nichts dagegen haben, wenn ich umziehe.«

»Nein«, sagte Alys freundlich.

»Wirklich nicht? Ich hab sie gefragt, weil ich mir gedacht habe, daß du Gesellschaft brauchst.«

Alys schüttelte den Kopf.

Eliza zögerte. »Zuviel trauern ist schlecht«, sagte sie wohlmeinend. »Morach war ein widerliches altes Weib, aber sie hat dich geliebt – das hat jeder gesehen. Du solltest nicht zu lange um sie trauern, Alys. Du solltest hier nicht ganz alleine herumsitzen und trauern.«

»Ich trauere nicht«, sagte Alys. »Ich empfinde gar nichts. Weder für sie noch für euch Frauen, noch für Catherine. Verschwende deine Sorge nicht an mich, Eliza. Ich empfinde nichts.«

Eliza blinzelte erschrocken. »Du stehst unter Schock«, versuchte sie, Alys' Kälte zu entschuldigen. »Du brauchst Gesellschaft.«

»Ich brauche keine Gesellschaft, und ich kann nicht dulden, daß du hier schläfst«, sagte Alys. »Hugo möchte hier sicher sehr oft mit mir allein sein. Ich habe das Zimmer für uns beide vorbereitet.«

Elizas Augen wurden groß, ihr Mund formte ein tonloses »O«. »Und was ist mit Mylady?« fragte sie, nachdem sie ihre Stimme wiedergefunden hatte. »Sie mag ja nicht ganz gesund sein, Alys, aber so viel Leben steckt noch in ihr, daß sie dich wieder auf die Straße setzt. Hugo würde sie nie vor den Kopf stoßen, solange sie sein Kind trägt.«

Alys' Lächeln war eiskalt. »Sie wird sich daran gewöhnen«, sagte sie. »Ab jetzt wird alles anders werden.«

Eliza blinzelte wieder. »Nur weil Morach ertrunken ist?« fragte sie.

Alys schüttelte den Kopf. »Es hat nichts mit Morach zu tun. Ich erwarte ein Kind von Hugo. Es wird ein Sohn. Willst du mir sagen, daß er zulassen wird, daß Catherine über mich bestimmt, wenn sie einen Sohn unter dem Herzen trägt und ich auch?«

»Aber ihrer ist rechtmäßig!« protestierte Eliza erschrocken.

»Und wenn schon«, sagte Alys achselzuckend. »Söhne kann man nie genug haben, und Hugo hat keine anderen. Ich bin sicher, daß beide als Erben behandelt werden, bis feststeht, daß die Nachfolge gesichert ist.«

Eliza verschanzte sich hinter der offenen Tür und lugte dahinter hervor. »Ist das Magie?« fragte sie. »Weiße Magie?«

Alys lachte selbstsicher. »Das ist das Wissen sterblicher Frauen«, sagte sie. »Hugo schläft mit mir, seit er aus Newcastle zurückgekommen ist. Nachdem ich jetzt ein Kind von ihm erwarte, möchte ich ein Zimmer für mich allein und vielleicht eine Magd, die mich bedient. Warum sollte Catherine etwas dagegen haben? Es wird ihr gleichgültig sein.«

»Sie hat dir vorher auch das Leben schwergemacht«, warnte Eliza sie.

Alys nickte. »Ja«, sagte sie. »Aber jetzt ist sie krank und immer müde, und ich bin die einzige, die ihre Ängste beruhigen kann. Gleichgültig, was ich mache, sie wird sich an mich klammern. Und ich werde sie liebevoll pflegen.«

Eliza nickte wider Willen bewundernd. »Du bist weit gekommen, Alys.«

»Man nennt mich jetzt Mistress Alys«, sagte Alys. »Würdest du mir eine Wanne und einen Eimer heißes Wasser bringen lassen? Ich werde ein Bad nehmen.«

»Klingle doch selbst!« sagte Eliza erbost.

Alys fuhr aus ihrem Stuhl hoch, packte Eliza bei den Schultern und schüttelte sie mit wutverzerrtem Gesicht. »Ich werde dich nur einmal warnen, Eliza«, sagte sie mit zusammengebissenen Zähnen. »Alles ist jetzt anders hier. Ich bin nicht mehr Alys. Ich trage Lord Hughs Enkel unter dem Herzen, von seinem Sohn, der bei allen anderen Frauen außer mir und seinem Weib unfruchtbar ist. Nur seine Frau steht höher im Rang als ich. Ich kann dich zu meinen Freunden zählen oder zu meinen Feinden. Aber du wirst nicht lange hier leben, wenn wir Feinde sind.«

Elizas Widerstand brach zusammen wie ein Kartenhaus. »Du hast großes Glück«, sagte sie neidisch. »Du bist als Niemand gekommen, und jetzt soll man dich Mistress Alys nennen.«

Alys schüttelte den Kopf. »Ich bin als gelehrte Frau hierhergekommen, eine Heilkundige und Schreiberin des Lords«, sagte sie stolz. »Ich bin die Tochter einer edlen Dame. Ich bin dafür bestimmt. Dazu bestimmt, hier die Herrin zu sein, wie Jane Seymour es für die Krone ist. Und jetzt klingle, damit heißes Wasser gebracht wird. Ich werde ein Bad nehmen.«

Eliza nickte langsam. »Ja, Mistress Alys.«

Zwei Diener trugen das große Faß die Wendeltreppe hinauf in Alys' Zimmer und stellten es neben das Feuer. Eine Küchenmagd kam mit einem Leintuch und legte damit das Bad aus. Zwei Männer brachten riesige Eimer mit kochend heißem Wasser. Sie gossen es hinein und holten noch zwei Eimer. Alys schickte nach einem fünften, der neben dem Faß stehen sollte, mit einer Kelle, damit sie nach Belieben heißes Wasser nachschöpfen konnte. Sie schloß die Tür hinter ihnen und öffnete die Truhe, in der sie die Kräuter aufbewahrte. Sie hatte getrocknetes Geißblatt und Rosenblätter in einem Leinenbeutel, aus dem sie eine Handvoll nahm und ins Wasser streute. Ihr Haar spülte sie mit einer winzigen Flasche Kamillenöl, dann lehnte sie sich im heißen Wasser zurück, legte den Kopf an den Rand des Fasses und zerrieb die Blumenblätter auf ihrem Körper. Ihre Hände kreisten um ihre Brüste, bis die Warzen sich verhärteten und unter ihrer Berührung kribbelten. Ihr nasses Haar schüttelte sie aus, ließ es über den Rand des Fasses fallen und auf dem Boden austropfen.

Als das Wasser langsam abkühlte, erhob sie sich aus dem Bad, wickelte sich in ein warmes Laken und saß in einsamem Schweigen vor ihrem Feuer. Sie schnüffelte an ihrer Haut wie ein wildes Tier. Sie roch nach Wiesenblumen, und ihr blondes Haar duftete nach Honig. Ihr Körper war geschmeidig, schlank und wunderschön, ihr Gesicht grimmig.

»Heute nacht«, murmelte Alys leise. »Heute nacht, Hugo.«

20

Frischgewaschen, parfümiert und geölt, in ein schlichtes, blaues Gewand mit einem blauen Band um die Taille gehüllt, mußte Alys den ganzen langen Tag all ihre Geduld zusammennehmen. Lady Catherine war immer noch so gramgebeugt, daß sie nicht am allgemeinen Abendessen teilnehmen wollte, und Hugo, der auf dem Weg nach unten in der Damengalerie vorbeischaute, erklärte sich bereit, mit ihr auf ihrem Zimmer zu speisen. Somit mußte der alte Lord allein an dem langen hohen Tisch die Mahlzeit zu sich nehmen. Als das Fleisch abserviert wurde, erhob sich Alys vom Damentisch, ging zu ihm, beugte sich über ihn und stellte ihm eine Frage. Die Frauen hörten sein scharfes Lachen und eine leise Antwort an Alys. Dann bedeutete er ihr, sich auf einen Hocker in seiner Nähe zu setzen, und unterhielt sich mit ihr, bis das Mahl beendet war. David beobachtete sie mit funkelnden Augen, während er Kekse, Früchte und Hippocras-Wein servierte.

»Soll Alys nicht mehr bei den Damen sitzen?« fragte er den alten Lord. »Ist sie jetzt Euer Gast, Mylord?«

Der alte Lord grinste. »Ich habe mich gelangweilt«, sagte er streng. »Und es war keiner hier, mit dem ich mich unterhalten konnte. Wenn meine Schwiegertochter ihre Pflicht vernachlässigt, mit mir an einem Tisch zu speisen, und mein Sohn sich wie eine Hofdame in ihrer Kammer versteckt – was soll ich tun? Stumm herumsitzen?«

David nickte zustimmend. »Ich habe nur gefragt, damit ich weiß, wo ich für sie decken soll«, entschuldigte er sich. »Wenn Ihr wünscht, daß sie mit Euch speist, werde ich ihr Zinngeschirr hier aufdecken lassen.«

Der Lord schlug mit der Faust auf den Tisch. »Wenn Catherine nicht da ist, kann Alys doch ihren Teller haben, oder etwa nicht?«

sagte er irritiert. »Wann in meinem Leben hatte ich nicht eine Frau mir gegenübersitzen, wenn ich es wünschte? Und Alys ist die schönste Frau im Schloß. Sie wird bei mir Platz nehmen, wenn Catherine nicht da ist, und sie wird aus einem Glas trinken und von Silbergeschirr essen. Ist das klar?«

David verbeugte sich wortlos. Als er sich aufrichtete, sah er, wie Alys ihn beobachtete, ihre blauen Augen blitzten amüsiert. »Ich danke dir sehr, David«, sagte sie kühl. »Es ist sehr freundlich, daß du dich um mein Wohlergehen bemühst. Ohne dich wäre es nie zu dieser Einladung gekommen.«

Der alte Lord lachte kurz und schnippte seine Finger nach mehr Wein. Alys nahm dem Mundschenk die Karaffe ab und schenkte ihm ein, wobei sie sich so vorbeugte, daß er die einladende Kurve ihrer Brüste besser sehen konnte.

»Hübsche Hure«, sagte der alte Lord lächelnd und kippte das Glas in einem Zug hinunter.

Alys erwiderte ohne jede Scham sein Lächeln.

Nach der Mahlzeit ging sie mit Lord Hugh in sein Gemach, und er diktierte ihr Briefe, bis das Licht zu schwach wurde. Nachdem jetzt Jane Seymours Familie an der Macht war, mußte er seine Verbindungen neu arrangieren, und es gab Gerüchte, daß die Hochzeit so übereilt stattgefunden hatte, weil die Braut schwanger war. Angeblich versuchte sie, den König mit seiner Tochter Mary zu versöhnen. »Wieder eine papistische Prinzessin bei Hof«, sagte Lord Hugo nachdenklich. »Und alles schlittert haltlos herum wie die Decke einer Hure.«

Alys ließ Kerzen und ein Glas Glühwein für den alten Mann bringen.

»Ich bin des Wartens müde«, sagte er offen. »Es läßt sich so lange Zeit, dieses Kind von Catherine. Wann ist deines fällig?«

»Ende November«, sagte Alys. »Wenn wir mit den Vorbereitungen für das Weihnachtsfest beginnen.«

Der alte Lord nickte, er konnte kaum noch die Augen offen halten. »Das wird ein Spaß«, sagte er. »Zumindest für uns. Und was meinst du? Wird Catherine dann bald noch eines bekommen?«

»Sie hat kränkliches Blut«, sagte Alys mit einem verächtlichen Achselzucken. »Aber es besteht kein Grund, daß sie nicht noch mehr Kinder bekommt. Es dauert vielleicht seine Zeit, denn sie ist nicht sonderlich fruchtbar, nicht wahr? Bei dem hier hat es neun Jahre gedauert!«

Der alte Lord rutschte unruhig auf seinem Stuhl herum. »Ich hätte ihn anderweitig verheiraten sollen«, sagte er erbost. »Aber es war so einfach, nachdem ich ihr Vormund war. Aber wenn ich es gewußt hätte, hätte ich sie nie mit Hugo vermählt.«

Alys stellte sich hinter seinen Stuhl und streichelte seine Stirn. Er lehnte sich gegen den harten Stuhlrücken, ihre Berührung beruhigte ihn.

»Grämt Euch nicht«, sagte sie. »Nächstes Jahr um diese Zeit werdet Ihr zwei Enkel haben – ihren und meinen. Nächstes Jahr um diese Zeit werde ich wieder von Hugo schwanger sein.«

»Willst du eine Zucht begründen?« kicherte er mit geschlossenen Augen.

»Ich will hier bleiben«, sagte Alys unumwunden. »Und ich will Hugo. Und ich will Euren Schutz. Gibt es da einen besseren Weg?«

Der alte Lord schüttelte seinen Kopf. »Es gibt keinen besseren«, sagte er. »Solange du meinen Enkel unter dem Herzen trägst, kannst du über mich verfügen. Du weißt, was mir dieses Kind bedeutet.«

Alys nickte.

Der alte Lord blieb eine Weile still sitzen. Behutsam strich Alys mit ihren Fingern über seine Stirn und zeichnete die weichen Falten der alten, runzligen Haut mit den Fingerspitzen nach.

»Ich werde dir Land schenken, Alys«, sagte Lord Hugo und gab sich genüßlich ihren geübten Händen hin. »Wenn dein Sohn geboren ist, werde ich dir etwas Land überschreiben. Eine Frau wie du sollte ein bißchen Wohlstand, ein bißchen Macht haben.«

Alys lächelte und strich unbeirrbar weiter über seine Stirn. »Der Hof neben Morachs alter Hütte würde mir gefallen«, sagte sie ohne zu zögern. »Das ist ein hübscher Platz, und Morach bewirtschaftete dort einige der Felder. Es wäre mir eine Freude, den ganzen Hof zu übernehmen. So werden sie heimzahlen, daß sie Morach beraubt haben.« Sie lachte leise. »Wahre Gerechtigkeit!«

»Mal sehen«, erwiderte Lord Hugh. »David und Hugo sollen sich darum kümmern.«

Alys nickte, verlangsamte die sanfte, kreisende Bewegung ihrer Fingerspitzen und übernahm den Rhythmus seines langsamen Atems. Innerhalb weniger Augenblicke war er eingeschlafen, und sie zog sich einen Hocker vor seinen Stuhl, setzte sich, lehnte sich gegen ihn und beobachtete das Feuer.

Seine Hand streckte sich im Schlaf aus, und er berührte ihren Kopf. Alys entfernte ihre Haube und legte seine Hand auf ihre zerdrückten Locken. So blieben sie lange sitzen. Alys beobachtete das Feuer und genoß die tröstliche Wärme seiner Hand auf ihrem Kopf wie einen Segen. Sie schloß die Augen. Der warme, sichere, saubere Geruch des Raumes und die Berührung einer Hand auf ihrem Kopf gaben ihr das Gefühl von Geborgenheit.

Es dauerte nicht lange, bis Hugo hereingeschritten kam, den Umhang zurückgeworfen und die Kappe schief von seinem Ritt. An der Schwelle stutzte er vor dem Bild, das sich seinen Blicken bot: das vertraute Profil seines Vaters, entspannt im Schlaf, und Alys' junge Schönheit unter seinem Schutz.

»Still«, sagte Alys, erhob sich und zog Hugo aus dem Zimmer. »Er ist müde. Ich habe den ganzen Nachmittag Briefe für ihn geschrieben.«

»Ich bin ausgeritten«, sagte Hugo. »Catherine war nach dem Essen sehr müde.«

»Dann sind nur wir beide wach«, sagte Alys mit einem geheimnisvollen Lächeln. »Nur wir beide wach, und...« Sie hielt inne, und ihr Blick versprach alles. »Nur wir beide wach und... ruhelos«, sagte sie.

Hugo warf ihr einen kurzen, abschätzenden Blick zu. »Wo sind Lady Catherines Hofdamen?« fragte er. »Ruth und Margery habe ich bei Catherine im Schlafgemach gesehen. Wo sind die anderen?«

»Sie sind nach Castleton gegangen«, sagte Alys. »Du könntest in meine Kammer kommen, und es würde dich keiner dabei sehen.«

Hugo nickte. »Geh voraus«, sagte er. »Schau nach, ob Catherine noch schläft, und sorg dafür, daß ihre Tür zu ist.«

Alys nickte und ging hinüber zur Damengalerie. Das Feuer im Kamin war schon fast niedergebrannt. Die Tür zu Catherines Gemach war geschlossen. Alys und Hugo stahlen sich in Alys' Kammer.

Hugo schloß die Tür hinter sich und schob den Riegel vor. »Das ist ja was ganz Neues«, sagte er. »Nach dem ersten Mal dachte ich, es wäre nicht nach deinem Geschmack.«

Alys schüttelte den Kopf, um ihr Haar zu lösen. Sie warf den Kopf zurück und lächelte Hugo zuversichtlich an, wägte seine wachsende Begierde ab.

»Du hast mich als Jungfrau genommen, als gewöhnliches Mädchen«, sagte sie. »So wird es nie wieder sein. Ich habe mich von dir zurückgezogen, um meine Künste zu erlernen. Ich mußte mir Lehrer suchen. Ich mußte einiges erlernen, bevor ich wieder mit dir schlafen konnte.«

»Welche Künste?« fragte Hugo mit leicht zittriger Stimme.

»Du hast von ihnen gehört«, sagte Alys schlicht. »Du hast von ihnen geträumt, du konntest kaum glauben, daß so etwas zwischen einem Mann und einer Frau möglich ist.«

Hugo leckte sich die Lippen. »Ich habe – von Künsten gehört, durch die eine Frau, eine erfahrene Frau, einen Mann verrückt nach ihr machen kann. Und ich habe gehört, wenn man mit einer Hexe schläft, kann sie einen bis an die Grenzen des Himmels bringen – und noch weiter. Und ich habe gehört, daß man überirdische Lust empfinden kann, mehr Lust, als je eine gewöhnliche Frau entlocken kann.« Er lachte verunsichert. »Alles Lug und Trug, nehme ich an?«

Alys schüttelte langsam den Kopf. Ihr Haar schwang weich um ihr Gesicht. Hugo beugte sich zu ihr. »Du riechst nach Honig«, sagte er.

»All diese Dinge kann ich«, versprach Alys. Sie hielt inne, wägte ihre Worte ab. »Wenn du es wagst.«

»Ich wage es«, sagte Hugo hastig. »Ich bin begierig darauf.«

Alys ging lächelnd quer durchs Zimmer. Hugos Blick folgte ihr. Sie öffnete die Truhe mit Kräutern und holte eine Karaffe mit gewürztem Wein und zwei Becher heraus. Er beobachtete, wie sie für beide einen Becher eingoß, sich kurz beiseite drehte – nur den Bruchteil einer Sekunde – und eine kräftige Prise zerstoßene Erdwurz in seinen Becher streute.

»Ich trinke auf deine Wollust«, sagte sie. »Möge sie dir alles bringen, was du dir erträumst.«

Hugo hob den Becher und leerte ihn in drei ungeduldigen Zügen.

»Und deine Wollust, Alys?« fragte er. »Als du das letzte Mal mit mir geschlafen hast, hast du keine Freude daran gehabt.«

Alys zuckte die Achseln. »Ich war eine gewöhnliche Maid«, sagte sie. »Du hast von mir verlangt, daß ich für deine Liebe auf meine Macht verzichte – und das habe ich auch. Aber dann hast du entdeckt – nicht wahr, das hast du –, daß es viele gewöhnliche Maiden in dieser Burg gibt. Aber nur eine Hexe.«

Hugo lachte, wenn auch etwas mühsam. »Eine Hexe«, wiederholte er. Er leckte sich die Lippen. »Ich glaube nicht so recht an Hexerei, Alys. Du hast es mit einem modernen Mann, mit einem Ungläubigen zu tun.«

Alys lächelte in vollem Vertrauen auf Morachs Kräuterkünste. »Ach, Hugo«, sagte sie mit lachendem Unterton. »Du glaubst und glaubst nicht, gerade wie es dir paßt. Aber wenn du draußen auf dem kalten Moor bist und die Nebel dich umfangen und der Fluß steigt, siehst du dunkle Magie und weißt, was Furcht ist. Und wenn du hier bei mir bist, in diesem Raum, wirst du verzaubert sein und deine verborgensten Gelüste kennenlernen.«

»Du hast dich verändert«, sagte er.

Alys nickte. »Ich habe meine Herrin gefunden, die finstere Herrin aller weisen Frauen, und ich habe von ihr gelernt. Ich muß eins mit ihr werden, als wäre ich ihr Geliebter. Und jetzt kenne ich ihre Künste.«

»Wie sind die?« fragte Hugo. »Diese Künste deiner Herrin?«

Alys griff in den Rücken ihres Gewandes und begann langsam,

fast beiläufig, die Bänder zu lösen. Hugo beobachtete schweigend, wie sie es von ihrer Schulter streifte. Darunter war sie nackt. Sie ließ es über ihre Hüfte gleiten und stieg heraus. Hugo stockte der Atem beim Anblick ihres Körpers und wegen der Erkenntnis, daß sie diese Verführung geplant hatte. Sie hatte sich nach dem Bad so gerichtet, daß sie jetzt nackt vor ihm stehen konnte. Er griff nach ihr, aber Alys zeigte auf den Stuhl.

»Setz dich, Hugo«, sagte sie. Sie strahlte in ihrer Blöße.

Hugo ging gehorsam auf den Stuhl zu und stolperte, als er ihn erreicht hatte. Alys beobachtete ihn eindringlich.

»Hast du Schwierigkeiten zu gehen, Hugo?« fragte sie.

Er wollte etwas antworten, bewegte sich langsam weiter.

»Schwer für dich zu gehen oder zu reden oder nach mir zu greifen«, sagte Alys. »Du kannst nur zuschauen.«

Hugo ließ sich mit schlaffen Muskeln, gefesselt von der Droge, in den Stuhl fallen, seine Pupillen waren geweitet und starr auf Alys' weißen Körper mit dem Hügel goldener Haare gerichtet.

»Ich werde dir erzählen, was meine Herrin mir beigebracht hat«, sagte Alys, und ihre Stimme war ein leises, hypnotisches Lied. »Sie hat mich gelehrt zu tanzen, so, daß ein Mann sich vor Begierde nicht bewegen kann.« Alys' Haar fiel verführerisch über ihre Schultern und ihre Brüste, sie streckte sich nach einer Seite, dann zur anderen. Hugo konnte nur gebannt auf die weichen Bewegungen ihres Körpers starren.

»Ich kann mich nicht rühren«, murmelte er.

»Sie hat mich gelehrt, meine Schwestern heraufzubeschwören, damit sie mich berühren«, sagte Alys. Ihre Hände umfingen ihr eigenes Gesicht, legten sich um ihren Hals, streiften über ihre Brüste. Die harten, rosigen Knospen standen unter den Haaren hervor. Alys warf den Kopf zurück, um ihren Hals zu entblößen, umfing ihre Brüste mit den Händen und ging auf Hugo zu. »Ich werde immer Befriedigung haben, Hugo«, flüsterte Alys. »Ich werde immer befriedigt werden, wenn ich nur darum bitte. Meine Schwestern werden mir jederzeit beistehen, wenn ich sie darum bitte. Kannst du sie schon sehen, Hugo? Sie kommen zu uns beiden. Sie kommen, um mich zu befriedigen, und dich auch.«

Sein Mund klaffte sehnsüchtig. Alys stellte sich über ihn und rieb zuerst eine Brust und dann die andere über seinen Mund. Hugo suchte ihre Berührung wie ein Kind die Mutterbrust. Seine Hände klammerten sich um seine Schenkel, aber er konnte sie nicht ausstrecken und Alys umarmen.

»Meine Herrin ist jetzt da«, flüsterte Alys ehrfürchtig. »Sie ist jetzt hier bei mir im Raum. Oh, mein Gott! Siehst du sie, Hugo? Sie ist nackt wie ich, und ihr Haar ist schwarz. Ihre Berührung verbrennt meine Haut, und ihre Küsse wecken meine Sehnsucht nach mehr und immer mehr. Meine Schwestern sind bei ihr, zehn, zwanzig Mädchen, alle nackt. Sie sind alle gekommen, um für dich zu tanzen, Hugo!«

Hugo konnte den Blick nicht von Alys wenden, aber er spürte in jedem Winkel des Raumes die Ansammlung der Frauen. Er spürte ihre Blicke auf sich und die wachsende Hitze ihrer Leiber. Alys ließ ihn nicht aus den Augen und streichelte ihren Bauch, bis hinunter zur vollkommenen Einbuchtung ihres Nabels.

»Kannst du mich fühlen, Hugo?« fragte sie. »Kannst du mich fühlen und all meine Schwestern und meine listige Herrin? Kannst du uns alle sehen, nackt wie wir sind, kannst du die Sterne in unseren Haaren und unserem Lachen sehen?«

Hugo erschauderte, sein ganzer Körper erbebte. »Alys«, sagte er sehnsüchtig.

Alys' Hand strich über ihren Bauch zu dem goldenen Venushügel. »Schau, Hugo«, sage sie. »Bei all deinen bösen, kleinen Spielchen mit Catherine, hat sie sich je stolz vor dich gestellt und sich betrachten lassen?«

Hugo schüttelte wortlos den Kopf.

»Dann schau mich an«, sagte Alys. »Ich schäme mich nicht, ich habe keine Angst. Kein Mann tut mir weh, kein Mann quält mich. Meine Schwestern und ich, wir können uns Wonnen bereiten, die kein Mann je zustande bringt. Aber wir werden dich bei uns dulden, Hugo. Du darfst dich mit uns wälzen, mit uns spielen, uns erregen.« Sie teilte mit beiden Händen das Haar und rieb mit dem Zeigefinger zärtlich über die rosa Öffnung ihres Fleisches.

»Laß mich«, sagte Hugo drängend. »Laß mich, Alys.«

Sie hob ihren Kopf und lächelte ihn spöttisch an. »Du mußt warten«, sagte sie. »Du mußt warten, bis du uns alle sehen kannst. Alle meine Schwestern möchten, daß du sie kostest, alle wollen dich berühren. Wir gieren alle nach deiner Berührung, Hugo, meine Schwestern und ich. Siehst du uns? Siehst du uns jetzt?«

»Ich kann sie sehen«, sagte Hugo. »Und ich kann sie spüren, ich spüre ihre Hände auf meiner Haut.«

Alys kam sofort näher. »Auf deinen Haaren und deinem Gesicht, Hugo«, flüsterte sie. »Fühlst du ihre Lippen auf deinem Gesicht und deinem Hals? Riechst du ihr Parfüm? Hugo? Den Duft ihrer Haare und ihren Schweiß und ihre Feuchte? Sie sind bereit für dich. Sie sehnen sich nach dir. Glaubst du, du kannst uns befriedigen? Glaubst du, du kannst uns alle befriedigen?«

Hugo rollte den Kopf nach hinten und stöhnte. Alys lockte seinen offenen Mund erst mit dem einen Nippel, dann mit dem anderen und schob ihre feuchten Finger in seinen Mund. »Das ist ihr Geschmack«, sagte sie. »Das ist der Geschmack meiner Schwester, der Himmelsgöttin. Magst du sie?«

Hugo saugte wie besessen, seine Stirn war schweißnaß, die dunklen Locken klebten ihm im Gesicht, er kämpfte gegen seine unbefriedigte Lust. »Ja«, sagte er. »Jetzt kann ich sie sehen! Ich sehe ihren weißen Körper und ihr Haar.«

Alys beugte sich vor und rieb ihre Brüste an seinem Gesicht, sie keuchte, als seine Bartstoppeln ihre geschwollenen Knospen streiften.

»Das ist meine Schwester, die Sonnenhexe«, sagte sie. »Fühlst du die Wärme ihrer Haut? Sie ist schamlos, Hugo. Lüsternheit und Befriedigung sind ihr einziges Interesse!«

Hugo stöhnte laut und drückte seinen Kopf gegen Alys' bebende Brüste. »Gib mir deine Lüsternheit der Sonnenhexe«, forderte er. »Ich will deine Schamlosigkeit.«

Alys senkte sich langsam über seinen Schoß, ihr schlanker Schenkel schlang sich um seine Taille. »Sie kommt und setzt sich auf dich«, flüsterte sie. »Die Sternengöttin will deinen Körper zwischen ihren Schenkeln fühlen.«

Die Droge der Erdwurz lähmte Hugo. Er konnte ihr nur seinen

Körper entgegenbäumen, als Alys sich langsam auf ihn hockte und dann wieder zurückzog, sich wieder über ihn senkte und dann ihrer eigenen Lust erlag, ihn mit dem Schenkel umfing und sich an seinem gepolsterten Lendenschutz rieb.

»Ich will ... ich will«, stammelte Hugo. Speichel tropfte aus seinem Mund, die Augen verdrehten sich, bis nur noch das Weiße der Augäpfel zu sehen war.

»Du willst uns alle«, sagte Alys. »Jede einzelne von uns auf jede Art, die du dir erträumen kannst.«

»Ja«, sagte Hugo. »Alys, bitte!«

Alys band den Lendenschurz los, zog seine Hosenklappe zurück, darunter war er nackt. Er stieß nach oben, und sie ließ sich ihm entgegenfallen. Bei ihrer Vereinigung brandete eine riesige Wolke der Wollust durch ihren Körper, und sie klammerte sich an die wattierten Schultern seiner Jacke und gab sich den Wellen der Lust hin.

»Sie ist hier!« schrie sie triumphierend. »Die Herrin aller hat dich in ihrem Bann. Öffne die Augen und schau sie an. Du pflanzt ihr deinen Samen ein, öffne die Augen und schaue die Herrin, derengleichen du nie finden wirst, nie ersetzen, nie verstoßen kannst.«

Hugo, blind vor Rausch, zwang sich, die Augen zu öffnen, und sah sie.

»Herrin ... Mylady ... Alys!« rief er überrascht.

»Ich bin meine eigene Herrin«, rief Alys beglückt von ihrer Macht. »Endlich bin ich meine eigene Herrin.« Sie ließ sich nach vorne fallen, umklammerte seinen Hals und hörte sein Keuchen, als sein Körper erstarrte, in ihr pochte und sich schließlich beruhigte.

Als ihr Schweiß langsam zu trocknen begann, löste sie sich von ihm, zog ihren Umhang um die Schultern und warf eine Handvoll Tannenzapfen ins Feuer. Sie stellte die Karaffe und die Gläser zurück in die Truhe, ließ aber Hugo nicht aus den Augen. Er schlief wie in Trance und träumte von immer extravaganteren Orgien. Ein- oder zweimal bäumten sich seine Hüften auf und stießen ins Leere.

Alys legte noch ein Scheit ins Feuer und streute Kiefernadeln darüber, so daß der ganze Raum harzig süß roch. Dann zog sie sich den Hocker ans Feuer und wartete, daß Hugo aus seinen Träumen erwachte, Träume, in denen die Farben so grell, die Gerüche so würzig, die Berührungen so intim waren, daß sie klarer waren als die Realität selbst. Alys beobachtete, wie der Mann, den sie liebte, sich im Stuhl aufbäumte, seine Hüften im Rausch ins Nichts bog, ihren Namen rief und dann noch einmal. Sie fühlte sich ihm so fern, als würde sie das kalte Flußufer auf dem schneeverwehten Moor entlanggehen und er läge tot und still in seinem Grab.

Er kam sehr langsam wieder zu sich, blinzelnd, sah sich ungläubig um und schüttelte verwirrt den Kopf. Dann sah er Alys. Sie saß gelassen am Kamin, die Haare offen über den entblößten Schultern, den Umhang zurückgeworfen, die nackte Haut in tausend Pfirsichtönen vom Feuerschein gefärbt.

»Alys«, sagte er. »Welche Stunde schlägt es? Und wie lange habe ich geschlafen? Ich hatte einen ungewöhnlichen Traum!«

Alys lächelte geheimnisvoll.

»Es ist fast Zeit zum Abendessen«, sagte sie. »Du hast nicht geschlafen, es war kein Traum. Es war hier, du warst hier, alle waren sie die ganze Zeit lang bei uns.«

Hugo beugte sich vor und packte ihre Hände. »Wirklich?« fragte er. »Es war kein Traum? Sie waren hier, die Schwestern? Und wir waren zusammen, wir alle?«

Alys' kehliges Lachen hallte fröhlich durch den Raum.

»O ja«, flüsterte sie. »Wir waren alle hier, und du hast jede einzelne von uns genossen. Es waren ungeheure Wonnen, nicht wahr, Hugo?«

»Ja«, stimmte Hugo benommen zu. »O ja, mein Gott, Alys. Ich habe von solchen Dingen gehört, aber nie im Traum geglaubt, daß sie wahr werden könnten. Aber nun habe ich sie gesehen! Ich habe sie berührt.«

»Du hast sie berührt«, stimmte Alys lächelnd zu. »Du hast uns alle berührt. Ich hab dir das Erlebnis deines Lebens versprochen. Was hast du erwartet, Hugo? Hurentricks? Oder deine widerwärtigen Grausamkeiten mit Catherine? Ich kann dir deine Träume geben – den Gipfel deiner Träume –, nicht weniger.«

Hugo lehnte sich im Stuhl zurück und schloß erneut die Augen. »Ich fühle mich trunken«, sagte er. »Ich fühle mich, als hätte ich eine Woche lang getrunken und dann ein Jahr lang geträumt.«

Alys hob gelassen die Schultern. »Zeit hat keine Bedeutung, wenn du bei uns allen bist. Und meine Küsse und die Küsse meiner Schwestern sind starker Wein für einen Mann.«

Hugo schlug die Augen auf und sah sie an, mit einem Mal war er sehr wach. »Ist das ein Trick?« fragte er. »Hast du mich durch einen Trick getäuscht? Mit Kräutern oder Giften oder irgendwelchem Zeug? Sag mir die Wahrheit, Alys. Mehr Wonnen, als du mir gegeben hast, will ich im Leben nicht – aber jetzt bin ich wach und will die Wahrheit wissen. Ich bin kein Tölpel vom Land, den man auf dem Jahrmarkt narrt. Es hat keinen Einfluß auf meine Liebe zu dir – also sag es mir. War es der Wein, den du mir gegeben hast? Oder irgendein Trick?«

Alys lachte. »Sag du es mir, Hugo«, sagte sie. »Du warst schon oft betrunken – warst du je trunken so lüstern? Hast du je meine Schwestern gesehen, wenn du betrunken oder nüchtern warst? Bist du je nach einem Rausch mit klarem Kopf erwacht, im Vollbesitz deiner Kräfte?«

Sie setzte alles auf die Macht der Erdwurz.

»Du weißt, was du gesehen hast. Du weißt, was du getan hast! War es eine Frau, oder waren es zwanzig? Hast du die Wonnen einer Frau genossen oder die von zwanzig? War ich es oder ich als Herrin deiner Träume oder all meine bösen, begehrenswerten Schwestern?«

Hugo nickte, lehnte sich zurück und schloß wieder die Augen. »Höchste Magie«, sagte er. »Ihr wart unendlich viele. Und du, Alys, die Herrin aller.«

Alys erhob sich lächelnd von ihrem Hocker und stellte sich vor ihn. »Ich bin die Herrin aller, ich bin im Vollbesitz meiner Macht. Und die Wonnen, die du mit uns erlebt hast, kann ich dir geben, wann immer du willst. Wann immer du darum bittest und ich einverstanden bin.«

Hugos Blick verdüsterte sich von den Resten der Droge und seiner Wollust. »Sie werden wiederkommen?« fragte er.

Alys lächelte. »Wann immer ich sie rufe«, sagte sie. »Meine Schwestern und ich – wir spielen gerne mit dir, Hugo.«

Hugo lächelte. »Alys, meine Geliebte.«

21

Während der ganzen nächsten Woche und der Woche danach war Catherine träge und müde. Morgens war ihr Kissen naß von Schweiß und Tränen. Nachts schlief sie schlecht, träumte von ihrer längst verstorbenen Mutter und ihrem Vater, den man wegen verräterischer Reden gegen den König angezeigt hatte und der dann, während er auf seinen Prozeß wartete, in den kalten Zellen des Gefängnisses von York gestorben war. Tagsüber trauerte sie um Morach, die einzige Freundin, die sie in all den Jahren gefunden hatte. Es war, als würde sie vor Trauer zerfließen.

Catherine, die ihre Damen immer tyrannisiert und ihre Diener immer schikaniert hatte, hörte auf, Befehle zu geben oder Ansprüche zu stellen. Alys hatte nichts zu tun, außer vormittags bis zum Essen bei Catherine zu sitzen und dann wieder nachmittags, während Hugo alleine ausritt. Catherine trank reichlich französischen Rotwein – der, wie Alys ihr versicherte, ihr Blut stärken würde, und aß mittags und abends wie ein trächtiges Schwein mit schamloser Fettsucht. Benommen und schläfrig vom Wein, rülpsend vom üppigen Essen und erschöpft von der Schwangerschaft, die jetzt in den fünften Monat ging, döste Catherine jeden Nachmittag nach dem Essen auf dem Bett und schlief nach dem Abendessen sofort ein. Wenn es Hugo wollte, konnten er und Alys den ganzen Nachmittag und den ganzen Abend zusammensein, während seine Frau döste, und – nachdem sie in trunkenen Schlaf verfallen war – die ganze Nacht.

Hugo wollte tatsächlich. Die Erdwurz entfaltete fast jeden Tag ihren Zauber, und Alys entdeckte, daß er immer kleinere Dosen brauchte, um in seine Wachträume der Leidenschaft zu verfallen. Wenn er dann trüben Auges und mit schlaffen Muskeln wieder erwachte, erzählte er Alys immer, sie wäre seine große Liebe, seine einzige Liebe. Nach einem Monat halluzinatorischer Drogenrauschorgien schien es, als wäre er auf Alys genauso süchtig wie auf die Erdwurz. Sie brauchte keine Träume und Fantasien mehr zu spinnen – ihr Geruch, ihr Geschmack, die Wonnen, die ihr Körper ihm bereiteten, reichten, um ihn in fiebrige Lüsternheit zu versetzen. Alys hatte ihn im Netz seiner eigenen Begierden gefangen, und Hugo machte keinerlei Anstalten, sich zu befreien.

»Du hast ihn an der Angel, was?« fragte der alte Lord eines Morgens, als sie beobachtete, wie Hugo den Hof unter dem Fenster des Rundturmes überquerte.

»Mylord?« fragte sie, ohne sich umzusehen. Hugo zu beobachten erwärmte ihr Herz mit süßem Besitzerstolz. Hugo gehörte jetzt ihr, niemand anderes konnte ihn auch nur reizen. Seine hastigen und achtlosen Überfälle in dunklen Türnischen waren vorbei, alle Frauen im Schloß wußten das. Hugo war besessen von Alys. Die einzige, die nichts davon wußte, war Catherine.

»An der Angel«, wiederholte der alte Lord. »Am Haken, im Kescher und gelandet. Strampelt er sehr im Netz, hübsche Alys? Oder ist er einer von den Steten – ein paar Stöße und alles ist vorbei?«

Alys mußte unwillkürlich kichern. »Still«, sagte sie. »So darf man doch vom jungen Lord nicht reden.«

»Und spricht er viel über London?« fragte der alte Lord. »Will er an den Hof gehen und mich hier allein lassen? Oder von dieser verdammten Seereise?«

Alys' Lächeln war voller Stolz. »Überhaupt nicht«, sagte sie. »Die Seereise hat er noch im Sinn, er ist immer noch wild entschlossen, die tausend Pfund zu bekommen. Aber andere Männer werden das Schiff segeln, er wird die Burg jetzt nicht verlassen. Ich kann ihn hier halten.«

»Halte ihn, bis das Schiff den Hafen verlassen hat, und ich werde mich erkenntlich zeigen«, knurrte der alte Lord. »Kannst du ihn bis nächstes Frühjahr hier halten?«

»Er wird mich nicht verlassen, solange ich sein Kind unter dem Herzen trage«, sagte sie. »Und ich kenne Hugo, wenn er den Sohn sieht, den ich ihm schenken werde, wird er sich nicht losreißen können. Ich werde ihn für Euch halten, Mylord.«

Lord Hugh nickte. »Tu das«, sagte er. »Aber halte ihn nicht von seiner Arbeit auf den Ländereien ab. Er sollte da draußen sein, mit seinen Männern reden. Es gibt Märkte, auf denen die Abgaben, die sie uns schulden, verschwinden. Einige Farmen sind schon Monate mit der Pacht im Hintertreffen, und die Pächter sterben, heiraten, gebären, ändern ihre Verträge, ohne die angemessenen Abgaben zu leisten. In jedem Dorf gibt es Mittelsmänner, die uns Bericht erstatten und uns die Abgaben bezahlen. Jeder von ihnen streicht einen Anteil ein von dem, was uns rechtmäßig zusteht. Bei dem neuen Haus, das Hugo baut, lassen sich die Arbeiter schön Zeit, da möchte ich drauf wetten. Er sollte da draußen sein, unser Recht durchsetzen und nicht fröhliche Flohhatz in deinem Nachthemd spielen, Alys.«

Alys schüttelte den Kopf. »Tagsüber sitzt er bei Catherine. Ich würde mit ihm ausreiten, zwei Paar Augen und Ohren sehen und hören schließlich mehr als nur eines. Aber Catherine hält ihn zu Hause fest. Wenn Ihr Euch beklagt, daß er seine Arbeit auf den Ländereien vernachlässigt, dann solltet Ihr bei Catherine die Schuld suchen.«

Der alte Lord runzelte die Stirn. »Sie kränkelt wohl immer noch, was?« fragte er gereizt. »Was fehlt ihr denn?«

»Sie ist erschöpft«, sagte Alys achselzuckend. »Sie fühlt sich schwach. Sie ißt, um bei Kräften zu bleiben, aber je mehr sie ißt, desto schwerer wird sie, und desto fauler fühlt sie sich. Ihre Kraft verebbt einfach. Vielleicht wird es besser, wenn es wärmer wird. Sie braucht Sonne. Und Morach fehlt ihr immer noch.«

Der alte Lord zog den Kopf zwischen die Schultern wie ein verärgerter Raubvogel. »Die alte Hexe fehlt ihr! Catherine soll sich schämen!«

Alys lächelte sanft. »Seltsam, nicht wahr?« sagte sie. »Fast möchte man meinen, sie trauert um eine Mutter. Und ich, die von Morach aufgezogen wurde, weiß, was sie war, und empfinde nur wenig Trauer.« Sie holte Luft. »Als wäre ich die Dame und nicht sie.«

Der alte Lord hob eine listige Augenbraue. »Nein«, sagte er knapp.

Alys sah ihn an.

»Schlag es dir aus dem Kopf«, riet ihr der alte Lord. »Erfreue dich dessen, was du gewonnen hast, *Mistress* Alys. Höher als jetzt wirst du in dieser Burg nicht aufsteigen. Ich mag dich um mich haben, Hugo ist verrückt nach dir, und sogar Catherine mag dich und braucht dich jetzt, und du trägst meinen Enkel unter deinem Herzen. Aber solltest du versuchen, die natürliche Ordnung umzukrempeln, versuchen, in den Adel aufzusteigen, werde ich dich auf den Misthaufen zurückwerfen. Wir sind hier nicht am Hof des Königs. Hier kannst du dein Glück nicht auf dem Rücken liegend machen.«

Alys' blaue Augen blitzten vor Zorn, aber sie schwieg.

»Hast du mich gehört?« fragte der alte Lord hartnäckig.

»Ich höre Euch«, sagte sie ruhig.

»Und du wirst deinen Ehrgeiz auf deinen Sohn beschränken«, erinnerte sie der alte Lord.

Alys lächelte ihn an. »Euer Wunsch ist mir Befehl, Mylord«, sagte sie freundlich. »Was für ein Kind das sein wird!«

»Ja«, sagte der alte Lord, immer noch gereizt. »Laß Pater Stephen holen, ich möchte, daß er mir vorliest. Er hat mir durch seine Reisen gefehlt.«

»Ich werde lesen«, bot Alys sich an und bewegte sich in Richtung Tisch, wo die Bücher lagen.

»Ich will Pater Stephen«, sagte der alte Lord. »Ich möchte eine Männerstimme hören. Frauen sind da, wo sie hingehören, ganz nett, Alys. Aber man kann ihrer überdrüssig werden.«

»O ja«, stimmte Alys zu. »Das Geplapper in der Galerie geht mir manchmal schrecklich auf die Nerven – nur Klatsch und Unsinn! Und wieviel Lärm diese Frauen machen, die nichts Besseres zu tun haben, als zu essen und fett und faul zu werden. Ich werde Euch Pater Stephen sofort holen und Hugo zu Euch schikken, wenn er nach Hause kommt. Er kann Euch von dem neuen Haus berichten, er reitet heute hin, um mit den Handwerkern zu reden.«

Der alte Lord grinste über die Art und Weise, in der ihm Alys seine Beschwerde im Mund umgedreht hatte.

»Kluge, kleine Hure«, sagte er liebevoll.

Alys erwiderte sein Lächeln, machte einen verführerischen Knicks und huschte aus dem Zimmer.

Catherine war nicht in der Damengalerie, sie lag noch im Bett, obwohl es schon fast Mittag war. Ruth war bei ihr und hielt ihr ein Kleid nach dem anderen hin, doch winkte Catherine bei jedem verdrossen hab.

»Sie passen nicht«, sagte sie. »Dieses Baby wird immer größer und größer. Du hättest sie ändern sollen, und du hättest die Säume herauslassen sollen, Ruth, ich hab's dir gesagt, aber du warst faul und pflichtvergessen.«

Ruth schüttelte den Kopf. »Ich habe sie geändert, Mylady«, sagte sie mit ihrer leisen, verängstigten Stimme. »Ich habe sie geändert, so wie Ihr es mir aufgetragen hattet. Aber das war letzte Woche, Mylady. Anscheinend ist Eure Taille wieder gewachsen.«

Catherine lehnte sich seufzend zurück. »Ich schwelle wie eine Blase«, jammerte sie. »Dieses Baby erschöpft mich.« Sie warf einen Blick auf Alys, die in der Tür stand. »Kannst du mir helfen, Alys?« fragte sie mit kläglicher Stimme. »Ich bin so müde.«

»Eßt Ihr denn gut, habt Ihr Appetit?« fragte Alys, ging zu ihr und legte die Hand auf Catherines Stirn. Ihre Haut war fettig und feucht. Catherine drehte ihr Gesicht zu Alys' Hand.

»Du bist so kühl«, sagte sie. »Deine Hände sind so kühl und riechen so süß. Ich wünschte, ich wäre kühl.«

»Habt Ihr Euren Negus getrunken?« fragte Alys. »Und Eure Kekse gegessen?«

»Ja«, seufzte Catherine. »Aber ich habe keinen Hunger, Alys. Ich will kein Mittagessen.«

»Ihr müßt essen«, unterbrach Eliza Herring. »Ihr müßt bei Kräften bleiben, Mylady.«

Alys nickte. »Sie hat recht, Mylady. Ihr müßt an das Baby denken. Und Eure Gesundheit pflegen. Ihr müßt essen.«

»Meine Beine tun weh«, beklagte sich Catherine.

Alys schlug die Bettdecke zurück. Catherines Knöchel waren geschwollen und rot angelaufen, ihre Waden, ihre Knie, sogar ihre Schenkel waren schwammig vom überschüssigen Fett, und die Haut war weiß und aufgedunsen.

»Ihr müßt Euch bewegen«, sagte Alys. »Ihr solltet jeden Tag spazierengehen, Mylady, an der frischen Luft, oder sogar reiten. Ein sanftes Pferd könnt Ihr ohne weiteres reiten.«

Catherine wandte sich vom Fenster ab, wo sich der blaue Himmel zeigte. »Ich bin müde«, sagte sie. »Und ich habe dir doch gesagt, Alys, daß mir meine Beine weh tun. Was bist du überhaupt für eine Heilerin? Wenn ich dir sage, daß mir die Beine weh tun, sagst du, ich soll spazierengehen! Wenn ich sagen würde, ich wäre blind, würdest du mir dann sagen, ich soll genauer hinschauen?«

Alys lächelte mitfühlend. »Arme Catherine«, sagte sie mit zuckersüßer Stimme.

Ruth erschrak bei dem Gebrauch des Vornamens, aber Catherine strahlte. »Morach hat mich auch immer so genannt«, sagte sie wehmütig. »Und ich kann mich erinnern, daß meine Mutter mich so genannt hat: ›Arme Catherine‹.«

Alys nickte. »Ich weiß. Arme, arme Catherine«, sagte sie liebevoll.

»Ich bin so müde! Ich bin so unglücklich!« platzte es aus Catherine heraus. »Seit Morach tot ist, hab ich das Gefühl, nichts ist mehr der Mühe wert. Es bereitet mir Mühe aufzustehen, es bereitet mir Mühe, mich anzuziehen. Ich wünschte, Morach wäre hier.«

Alys drückte Catherine die Hand und tätschelte sie behutsam. »Ich weiß«, sagte sie. »Ich weiß. Mir fehlt sie auch.«

»Und Hugo schert sich überhaupt nicht darum!« rief Catherine. »Ich hab ihm erzählt, wie sehr sie mir fehlt, und er sagt bloß, sie wäre eine arme alte Frau gewesen und wenn ich die Bauern so nett fände, von denen gäbe es Tausende auf unseren Ländereien. Er versteht es nicht!«

Alys schüttelte den Kopf. »Männer verstehen so etwas nicht«, sagte sie. »Morach war eine sehr weise Frau, eine Frau, die viel gesehen und die Welt verstanden hat. Aber sie hat mir all ihre

Künste beigebracht, Catherine. Und ich werde immer hier sein. Ihren Platz in Eurem Herzen kann ich nicht einnehmen, aber alles, was sie für Euch und Euer Kind hätte tun können, werde ich tun, wenn die Zeit gekommen ist.«

Catherine schniefte und kramte nach ihrem Taschentuch. »Und ich muß doch nicht zum Abendessen aufstehen, oder?« fragte sie. »Ich bin so müde. Ich würde viel lieber hier oben essen.«

Alys schüttelte lächelnd den Kopf. »Nein, natürlich nicht«, sagte sie. »Morgen, wenn Ihr Euch kräftiger fühlt, steht Ihr auf und macht einen kleinen Spaziergang. Ihr müßt nicht zum Essen aufstehen, wenn Ihr nicht wollt. Eure Gesundheit ist viel wichtiger als alles andere.«

»Stimmt es, was sie erzählen, daß du beim alten Lord sitzt?« fragte Catherine. »Wenn ich nicht da bin?«

Alys nickte. »Er hat mich darum gebeten, und ich hielt es für das Beste. Er ist ein launischer Mann. Ich wollte nicht, daß er auf Eure Gesellschaft besteht, auf Eure und der des jungen Lords. Ich wußte, daß Ihr beide hier oben alleine speisen wollt.«

Catherine nickte. »Danke, Alys. Mir ist es viel lieber, hier oben mit Hugo zu essen. Ich bin es leid, ständig hinunter in die Halle gehen zu müssen. Halte den alten Lord bei Laune, damit Hugo und ich immer Zeit für uns haben.«

Alys' Lächeln war geradezu schwesterlich.

Am Nachmittag traf Alys Hugo in der Damengalerie und fragte, ob sie mitkommen könne, sein neues Haus anzuschauen.

»Können wir nicht auf dein Zimmer gehen?« fragte er leise.

Alys schüttelte den Kopf. »Catherines Frauen werden den ganzen Nachmittag hier sein«, sagte sie. »Ihr werdet Euch bis heute abend gedulden müssen, Mylord!«

Hugo schnitt eine Grimasse. »Na schön«, sagte er. »Du kannst den kleinen grauen Muli reiten oder eines der Ponys.«

Alys warf sich einen Umhang über die Schulter. »Was ist mit Catherines Stute?« fragte sie. »Sie ist doch sehr sanft, nicht wahr?«

Hugo zögerte einen Augenblick. »Ja«, sagte er. »Catherine ist seit Monaten nicht geritten, aber einer der Knechte hat sie jeden Tag bewegt.«

»Dann werde ich sie reiten«, sagte Alys.

Hugo zögerte wieder. »Catherine könnte es nicht recht sein«, sagte er.

Alys kam ein bißchen näher, so daß er das Parfüm in ihrem Haar riechen konnte, und hob ihr Gesicht zu seinem. »Es gibt viele Dinge von Catherine, die mir Freude machen«, sagte sie mit samtweicher Stimme. »Viele Dinge.«

Hugo sah sich hastig um. Ruth saß am Kamin und stickte. Als sie seinen Blick bemerkte, beugte sie den Kopf über ihre Arbeit und stickte wie besessen.

»Reiz mich nicht, Alys«, sagte er leise. »Oder ich werde meine Frau beleidigen, indem ich dich zu Boden werfe und auf der Schwelle ihres Schlafzimmers nehme.«

Alys' Augen wurden schmal, und sie lächelte. »Wie es Euch beliebt, Mylord«, flüsterte sie. »Ihr wißt, daß ich Euch begehre. Ich spüre, wie ich nur bei dem Gedanken an Euch feucht werde.«

Hugo fluchte kurz, wandte sich ab und packte seinen Mantel. »Ich werde Mistress Alys das neue Haus zeigen«, sagte er hastig zu Ruth. »Ich muß ein paar Anweisungen für den Baumeister schriftlich niederlegen.«

Ruth erhob sich und knickste, aber mit gesenktem Kopf, als hätte sie Angst, die Wollust in ihren Gesichtern zu sehen.

»Sagt meiner Gemahlin, wenn sie aufwacht, daß ich rechtzeitig zurück sein werde, um mit ihr zu Abend zu essen«, sagte Hugo. »Ich werde Alys vorausschicken, wenn sie mit ihrer Arbeit fertig ist.«

Ruth nickte. »Ja, Mylord«, sagte sie.

Hugo schritt aus dem Zimmer. »Ich werde die Pferde bringen lassen«, sagte er über die Schulter.

»Laßt Catherines Stute satteln«, sagte Alys. »Ich mag das Pony nicht.«

Alys saß ängstlich im Sattel der Stute, die ruhig die Zugbrücke überquerte und dann den kleinen Hügel hinunter in die Stadt schritt. Die Ponys im Stall hatte sie häufig geritten, aber die Gangart des großen Pferdes war anders, rollender, und der Boden schien sehr weit weg. Alys biß die Zähne zusammen und bereute, daß sie aus lauter Eitelkeit darauf bestanden hatte, Catherines Pferd zu reiten.

Die Leute auf beiden Seiten der Straßen blieben stehen, um zu sehen, wer da vorbeiritt, die Frauen knicksten widerwillig, und die Männer zogen ihre Kappen. Hugo grüßte lächelnd nach beiden Seiten, als wären die Respektsbezeugungen williger Tribut. Alys hatte den Blick starr geradeaus gerichtet und ritt mit stolzgeschwellter Brust, als wäre sie zu nobel, sie zu sehen oder zu hören.

An einer Straßenecke stand ein Schubkarren, von dem frischer Fisch verkauft wurde. Alys entdeckte ein Mädchen etwa in ihrem Alter, so um die siebzehn. Sie war barfuß, mit einem braunen Schal über den Schultern und einem schmutzigen grauen Kleid darunter. Ein teiggesichtiges Kleinkind klammerte sich an ihre Röcke, und auf der Hüfte trug sie ein zweites Kind. Ihr Gesicht war von Schwären entstellt, und sie hatte ein blaues Auge. Ihr ungekämmtes, ungewaschenes Haar hing in dicken Rattenschwänzen über ihre Schultern. Sie knickste, als die Herrschaften vorbeiritten. Doch Hugo sah sie nicht einmal an.

Das hätte ich sein können, dachte Alys mit regloser Miene und starr nach vorn gerichtetem Blick. Das hätte ich sein können – verheiratet mit Tom, Sklavin seiner Fäuste und seiner Fleischeslust. Das hätte ich sein können – Morachs Lehrling, immer schmutzig, immer arm. Das hätte ich sein können – kränklich, schwanger, erschöpft. Alles, was ich getan habe, ist besser als das.

Hugo ritt voraus, locker, selbstzufrieden. Sein blauer Mantel flatterte im Wind, passend zu seinen gebauschten Hosen und dem durch die Schlitze sichtbaren Futter seiner blauen Jacke. Seine schwarzen Reitstiefel, aus feinstem Leder angefertigt, waren auf Hochglanz poliert. Der Wert seiner blauen Wildlederhandschuhe mit Goldstickerei hätte mühelos jede Familie in dieser Stadt monatelang ernähren können. Alys betrachtete seinen Rücken, hin- und hergerissen zwischen Begierde und Haß. Er drehte sich im Sattel um. »Und, geht das Pferd gut?« fragte er.

Alys schenkte ihm ihr strahlendstes Lächeln. »O ja«, sagte sie im Brustton der Überzeugung. »Du mußt mir eins kaufen, ganz für mich allein, Hugo. Einen Rotschimmel, der zu deinem paßt.«

Hugo nickte abwesend. »Du hast das neue Haus noch nicht gesehen, nicht wahr?« fragte er.

Alys zögerte kurz, dann ließ sie sich auf den Themawechsel ein. »Nein. Ich habe nur die Pläne gesehen, als du sie gezeichnet hast, und ich hab die Briefe der Männer in London gelesen, die Häuser im neuen Stil entwerfen.«

Hugo nickte. »Es ist ein prachtvolles Haus. Wir haben den Boden tief ausgehoben, so daß wir richtige Kellerräume haben werden. Da werden die Sachen selbst im heißesten Sommer kühl bleiben.«

Alys nickte. Die gepflasterten Straßen der Stadt gingen abrupt in festgestampften Lehm über, eine alte Römerstraße, die nach Norden führte. Auf diesem Boden bewegten sich die Pferde leichter, und Alys gewöhnte sich allmählich an die langen Schritte der Stute.

»Das Haus zeigt nach Süden, wegen der Sonne«, sagte Hugo. »Es ist in H-Form gebaut, mit der Eingangstür direkt in der Mitte. Zur Linken des Eingangs liegt ein Salon für Catherine und ihre Begleitung. Eine große Halle ist nicht vorgesehen, auch kein großer Speisesaal für alle. Es wird nicht mehr mit den Dienern und den Soldaten zusammen gespeist.«

Alys lächelte. »Das wird eine große Umstellung sein.«

Hugo nickte. »Das ist der neue Stil. Außerhalb von London bauen sie überhaupt keine Burgen mehr, nur Häuser, schöne Häuser mit großen, herrlichen Fenstern. Wer will schon ein Heer von Bediensteten – eine Privatarmee? Ich werde die Bauern als Soldaten ausbilden, ich werde immer Männer haben, auf die ich zurückgreifen kann. Aber wir brauchen keine Riesenburg, die zur Belagerung herausfordert! Wir leben in friedlichen Zeiten.«

»Und du sparst Geld«, neckte ihn Alys.

Hugo grinste ohne eine Spur von Reue. »Und das ist doch wirklich nichts Schlechtes«, sagte er. »Mein Vater hält noch an den alten Bräuchen fest, nach denen jeder glaubt, daß die Macht eines Mannes nur an der Anzahl seines Gefolges zu messen ist. Ich ziehe es vor, Lord über fruchtbare Ländereien zu sein. Ich hätte lieber Schiffe auf See. Ich hätte lieber Männer, die gegen Lohn für mich arbeiten – jeden Tag arbeiten – und nicht im Wachzimmer herumhängen für den Fall, daß ich sie in einem Jahr brauche.«

Alys nickte. »Aber Hauspersonal wirst du doch haben«, sagte sie. »Und ein Gefolge auch.«

»O ja«, sagte Hugo. »Ich werde nicht von Catherine verlangen, daß sie selbst die Mahlzeiten zubereitet!«

Alys lächelte. »Nein, ich kann mir nicht vorstellen, daß Catherine für ihren Lebensunterhalt arbeitet«, sagte sie.

»Ich werde Hauspersonal haben und Stallknechte, und Catherine wird ihre Damen behalten, und David wird natürlich bei uns bleiben. Aber die Soldaten können gehen, und auch der Schmied und der Stallmeister und die Bäckerei und das Brauhaus. Wir können unser eigenes Bier brauen und unser eigenes Brot backen, aber wir müssen nicht mehr die ganze Burg durchfüttern.«

Alys nickte. »Dein neues Haus wird nur für dich sein«, sagte sie. »Nur für dich und die Leute, die du an deiner Seite haben willst.«

Hugo nickte. »Ich werde mir die Mitläufer vom Hals schaffen, die nichts für ihren Unterhalt tun, außer untätig herumzusitzen und zu essen.«

Alys lachte fröhlich. »Dann bist du die halbe Damengalerie los!« rief sie. »Denn dort wird mehr untätig herumgesessen und gegessen als irgendwo sonst im Schloß!«

Hugo grinste. »Ich werde sehen, ob Catherine mit ein paar Damen weniger auskommt«, sagte er. »Aber ich möchte sie nicht ihrer Gefährtinnen berauben.«

»Im Augenblick macht ihr nur wenig Freude«, sagte Alys mit abfälligem Schulterzucken. »Sie liegt nur im Bett und seufzt und ißt. Sie ist schon seit Tagen nicht mehr in der Galerie gesessen. Sie steht nur zum Essen mit dir auf. Du weißt nicht, Hugo, wie unbeweglich sie geworden ist.«

Hugo runzelte die Stirn. »Das kann nicht gut sein für das Kind.«

Alys schüttelte den Kopf. »Ich habe sie immer und immer

wieder angefleht, sich zusammenzunehmen, aufzustehen und ein bißchen herumzugehen, selbst wenn es nur bis zur Galerie ist. Das Wetter wird immer besser, sie könnte im Garten sitzen, an der frischen Luft. Aber sie will nicht. Sie ist ständig müde, und sie weint um Morach und um ihre Eltern. Du wirst Geduld mit ihr haben müssen, Hugo. Sie ist schon ziemlich alt für ein erstes Kind. Ihr Körper ist nicht mehr jung und geschmeidig und stark. Und sie hat ein melancholisches Gemüt.«

Ein paar Augenblicke lang herrschte Schweigen.

»Sollen wir galoppieren?« fragte Hugo unvermittelt. »Du kommst doch mit Catherines Pferd zurecht, oder?«

Alys lachte. »Als wäre es mein eigenes. Natürlich können wir galoppieren. Hab ich dir nicht gesagt, daß ich mich vor nichts fürchte, wenn wir zusammen sind?«

Hugo grinste sie an. »Ich habe aber Angst, dir und meinem Sohn könnte etwas passieren«, sagte er.

Alys schüttelte den Kopf. »Der ist in meinem Leib gut geschützt«, sagte sie. »Und ich war in meinem ganzen Leben noch nicht so glücklich wie jetzt. Mit deiner Liebe habe ich alles, was ich mir je gewünscht habe. Ich kann galoppieren! Ich fühle mich, als könnte ich fliegen!«

Hugo gab seinem Jagdpferd leicht die Sporen. Das große Pferd stürmte sofort los. Alys' Stute galoppierte hinterher. Alys klammerte sich verzweifelt an das Sattelhorn und betete, Hugo würde sich nicht umdrehen und sie leichenblaß und verängstigt sehen. Er tat es nicht. Sie galoppierten einige Minuten lang die Straße entlang. Dann zügelte Hugo den Rotschimmel, und die Stute fiel unvermittelt in den Schritt, so daß Alys vornüber auf ihren Hals fiel. Aber sie hielt sich immer noch am Sattel fest, und es gelang ihr, sich wieder hochzuhieven.

»Hier«, sagte er. »Hier wird das Tor stehen. Ich werde eine große Mauer um das Gelände errichten und innen das Land so lassen, wie es ist: Bäume, Sträucher und Gras. Innerhalb der Mauer werden Rehe herumstreifen und vielleicht sogar ein paar Eber, die ich jagen kann. Hier am Tor wird eine Hütte gebaut für den Pförtner. Kein Wachzimmer, keine Soldaten. Und von hier aus wird ein Weg zur Eingangstür gebaut.« Er zeigte nach vorn. Alys sah etwa zwanzig Männer graben und Steine schleppen.

»Wird es aus Ziegeln oder aus Stein gebaut?« fragte Alys.

»Die Hauptpfeiler des Hauses sind aus Stein, aber die Fassade wird aus Backstein sein«, sagte Hugo stolz. »Ihr Farbton ist angenehm warm und hebt sich gegen den Stein ab. Die Backsteine werden hier gebrannt.«

»Und der Stein?« fragte Alys und sah sich unauffällig um. »Aus der Abtei«, sagte Hugo. »Ich habe die Steine hierherbringen lassen. Einige von ihnen sind schön behauen. Den Schiefer von ihrem Dach werde ich auch verwenden und ein paar von den Balken, die nicht verbrannt sind. Wirst du lachen, Alys, wenn du meine Hure unter einem Nonnendach bist?«

Alys spürte, wie ihr eiskalt wurde. Sie wandte sich ab. »Und nicht weit vom Fluß ist es auch!« sagte sie. Ihre Stimme klang etwas gequält, aber Hugo merkte nichts.

»Vielleicht leite ich ihn um und mach ein paar kleine Seen«, sagte er. »Ich liebe das Geräusch von Wasser. Es ist das einzige, was ich vermissen werde, wenn wir die Burg verlassen, das Geräusch von Wasser.«

Alys nickte. »Und du mußt einen hübschen Garten anlegen«, sagte sie. »Ich werde selbst das Anlegen eines Kräutergartens, eines richtigen Blumengartens, eines Obstgartens und einer Voliere beaufsichtigen!«

Hugo lachte. »Ja, das sollst du«, sagte er.

»Und einen Destillationsraum«, sagte Alys. Im Geiste roch sie den sauberen, zarten Geruch des Destillationsraums im Nonnenkloster. »Wir werden einen Medizingarten, einen Kräutergarten und einen Destillationsraum haben, wo ich Medizinen für dich und für mich und für unsere Familien herstellen kann.«

»Du kannst einen Teil der Geräte der Nonnen haben«, sagte Hugo. »Ein Haufen davon ist unbeschädigt weggeschafft worden. Mörser und Meßgläser und solche Sachen. Ein paar gute Gasflaschen auch, mit goldenen Etiketten.«

Alys merkte, wie ihr Mund trocken wurde. Dann nickte sie, warf den Kopf zurück und lachte, ein schrilles, unbekümmertes

Lachen. »Ja«, sagte sie. »Warum nicht! Alles, was die Nonnen besaßen und du ihnen weggenommen hast, können wir gebrauchen. Warum sollte es verschwendet werden? Laß uns alles nehmen, was wir brauchen, bis wir das Haus genauso haben, wie wir es wollen!«

Hugo sprang vom Pferd und breitete die Arme für sie aus. Alys rutschte vom Pferd in seine Umarmung und lehnte sich an ihn. Er drückte sie und sagte: »Alys, ich liebe dich. Ich liebe deine Lust auf Leben. Du würdest einer alten Nonne ihr letztes Hemd rauben, nicht wahr – wenn du es brauchst?«

Alys schaute in sein dunkles, lächelndes Gesicht. »Das würde ich«, sagte sie. Zerstörerischer Übermut packte sie. »Ich habe keine Geduld mit Nonnen, dauernd diese Beichterei und Enthaltsamkeit, um Sünden zu vermeiden. Ich will jetzt leben. Ich will jetzt meine Freude haben und mein Vergnügen. Wenn ich ein verdammter Sünder bin, dann geh ich meiner gerechten Strafe zumindest mit dem Geschmack von allem, was ich wollte, noch warm auf der Zunge, entgegen.«

Hugo lachte mit ihr. »Du mußt hier deinen Zauber spielen lassen«, drängte er sie. »Eines Abends, wenn die Arbeiter weg sind, werden wir hierherkommen, und du kannst deine wilden Schwestern heraufbeschwören, und wir können uns auf den halbfertigen Mauern und dem Boden lieben, die Steine und die Schieferplatten von den Nonnen befreien und das Haus uns und unseren Wonnen weihen!«

»O ja!« sagte Alys mit tonloser Stimme. »Ja.«

22

»Ich wünsche mir ein grünes Kleid«, sagte Alys ganz beiläufig. Sie und Hugo lagen auf dem hohen Bett in ihrer Kammer. Die neuen Wandbehänge paßten farblich genau zu den neuen Vorhängen um das Bett. Ein Feuer aus süß duftenden Kiefernzapfen mit einem Hauch Räucherwerk brannte im Kamin. Der Sommerhimmel draußen war golden verfärbt von der untergehenden Sonne. »Ich möchte ein grünes Kleid für den Sommer«, sagte Alys noch einmal.

Hugo griff sich eine Locke von Alys' Haar. »Du bist ein teures Weib«, sagte er. »Ich habe dir unzählige Meter Stoff für ein Kleid nach dem anderen geschenkt. Und eigentlich hast du nicht das Recht, Seide zu tragen.«

Alys kicherte leise. »Du kannst es mir als Vorzeichen schenken«, sagte sie. »Dein Vater hat mir Land und Geld versprochen, wenn unser Sohn geboren ist. Dann werde ich ein freier Mensch sein.«

»Hat er das?« Hugo lachte überrascht. »Du hast ihn unter der Fuchtel, meine kleine Hexe, nicht wahr? Ich habe noch nie erlebt, daß er Land verschenkt. Nicht einmal Meg, seine Lieblingshure, hat Land von ihm bekommen! Er hat dich ins Herz geschlossen, nicht wahr?«

Alys grinste ihn selbstzufrieden an. »Er liebt mich, als wäre ich seine Tochter«, sagte sie befriedigt. »Und er möchte, daß ich mit ihm ausreite, wenn das letzte Heu eingebracht wird. Und ich möchte ein neues grünes Kleid. Ein Händler hat es mir gestern gezeigt. Es ist reine Seide und wird ein Vermögen kosten. Er hatte an Catherine gedacht, aber sie paßt ja nicht einmal mehr in eine Wagenplane. So hat er es statt dessen mir gezeigt, und ich verzehre mich danach, Hugo.«

Hugo lachte. »Hartnäckiges Weibsstück! Du hast so viele Gewänder wie Catherine – das schwöre ich.«

Alys seufzte und drückte einen Kuß auf seine Schulter. »Nein«, sagte sie. »Catherine hat mehr Kleider als ich. Sie hat all die Gewänder aus den Truhen ihrer Mutter. Und du hast ihr mehr Kleider gekauft, als ich je von dir bekommen habe.«

Hugo schüttelte den Kopf. »Verdammt, wenn ich es mir nur merken könnte, wann«, sagte er. »Aber höchstens eines im Jahr, seit wir verheiratet sind. Aber du, Alys! Du willst jede Woche ein neues Kleid!«

Alys lächelte. »Warum sollte ich nicht so viele Gewänder haben wie Catherine? Du siehst doch wohl lieber mich in einem neuen Kleid als sie, nicht wahr? Und du würdest doch lieber mich ausziehen als sie, nicht wahr?«

Hugo stöhnte. »Wie viele hat sie denn?«

»Zwölf«, sagte Alys.

Hugo rollte sich auf den Bauch. Alys sah, daß er lachte. »Und wie viele hast du, meine kleine Hexe?« fragte er.

»Elf«, erwiderte Alys siegesbewußt. »Und jetzt will ich ein grünes Kleid.«

»Und wirst du dann zufrieden sein?« fragte Hugo.

Alys setzte sich auf, warf ihre Haare zurück und schlängelte sich an seinem Körper entlang, bis sie auf seinem Rücken lag. Sie bog ihre Hüfte leicht nach vorn und drängte sich gegen Hugos warmes Gesäß.

»Möchtest du mich zufrieden? Zufrieden und fett? Fett und müde? Langweilig?« fragte sie. Mit jedem Wort stieß sie ein bißchen fester zu. Hugo stöhnte und schloß die Augen.

»Hexe«, murmelte er leise. »Du würdest einen Toten lüstern machen.«

Alys lachte und schlang ihre Arme um seine Taille. Ihre Hand glitt zwischen seinen Bauch und die zerwühlten Bettlaken. Sie fand sein Glied und griff es. Hugo stöhnte und versuchte sich umzudrehen.

»Nein«, flüsterte ihm Alys ins Ohr. »Ich habe dich in meiner Gewalt, Hugo! Ich werde dich so nehmen!«

Hugo wehrte sich nur einen Augenblick, doch als Alys' Hand ihn noch fester umschloß, grub er sein Gesicht und seinen Körper tiefer ins Bett und fühlte, wie sie sich von hinten gegen ihn drängte, ihre Hand arbeitete, bis er leise stöhnte und reglos liegenblieb. Alys legte ihre Wange an sein schwitzendes Schulterblatt und ruhte sich wie eine lange, nackte Schlange auf seinem Rücken aus.

Hugo schüttelte sich, wie ein Mann, der aus einem heftigen Traum erwacht, und rollte sich herum. »Alys, meine Geliebte«, sagte er.

Sie lächelte ihn an. »Das grüne Gewand«, forderte sie. »Und passende Bänder und Handschuhe.«

Er nahm sie in die Arme. »Tausend Gewänder«, sagte er und küßte ihren Nacken, die Kuhle ihres Schlüsselbeins und ihre zerzauste Haarmähne. »Tausend Gewänder, grüne, silberne, königlich purpurne oder goldene. Was immer du willst.«

Alys lehnte sich zurück und schloß die Augen. Hugo küßte ihre Brüste und kuschelte seinen Kopf an ihren Bauch.

»Du bist immer noch sehr dünn«, sagte er nachdenklich.

Alys schlug die Augen auf und lächelte ihn an. »Ich habe mich schon gefragt, wann du es bemerken wirst«, sagte sie.

Er setzte sich auf. »Was bemerken?« fragte er. »Was soll ich merken?«

Alys streckte sich wie eine Katze. »Nun, daß Catherines Baby sie jeden Tag fetter und fauler macht und mein Baby mich schlank wie eine Jungfrau läßt.«

»Ist es nicht so, daß Frauen verschieden auf die Schwangerschaft reagieren? Aber was soll das, Alys?«

»Ich habe dich angelogen«, sagte Alys kühl. »Ich habe dich und Lord Hugh angelogen. Ich habe gesagt, ich wäre schwanger, als ich es noch gar nicht war.«

Hugo verschluckte sich. »Du hast was getan?«

»Ich habe gelogen«, sagte Alys noch einmal.

Hugo streckte die Hand aus und drehte Alys' Gesicht zu sich. Die Kerben an den Wurzeln seiner Augenbrauen wurden tiefer, sein Mund war grimmig. »Du hast gesagt, du würdest einen Sohn von mir bekommen, und hast mich und meinen Vater angelogen?«

Alys nickte ohne eine Spur von Furcht.

Hugo stieß sie weg und erhob sich aus dem Bett. Er warf seine Jacke um die Schultern und starrte durch die Schießscharte auf den Fluß und die grünen Hügel dahinter.

»Warum?« fragte er, ohne sich umzudrehen.

»Morach war gerade gestorben«, sagte Alys ungerührt. »Ich hatte Angst, du würdest auch mich beschuldigen und wegjagen. Catherine hat mich gehaßt, als wir uns das erste Mal begegneten. Wenn sie gewußt hätte, daß ich deine Geliebte bin, hätte sie sich gegen mich gestellt. Deinem Vater ist nichts wichtiger als ein Sohn, der dein Erbe antreten kann. Ich brauchte etwas, das meine Stellung hier sicherte.«

Hugo drehte sich zurück zu ihr. »Du bist hinterlistig«, sagte er angewidert. »Du hast versucht, mich einzufangen.«

Alys setzte sich auf, zog ihr Hemd über und stieg aus dem Bett. Auf dem Weg zu ihm band sie die Schnüre des weißen Leinengewandes. »Du hast dich selbst eingefangen«, sagte sie. »Deine Leidenschaft für mich hat dir stärkere Fesseln angelegt als jede Lüge.«

Hugo streckte die Hand aus und berührte den Puls an ihrem Halsansatz. Er schlug gleichmäßig unter seinem Finger.

»Du erwartest kein Kind von mir«, sagte er sichtlich enttäuscht.

Alys lächelte ihn an. »Ich erwartete keines, als ich es das erste Mal behauptete«, sagte sie. Ihre blauen Augen blinzelten fröhlich. »Aber jetzt bin ich keine Lügnerin mehr! Ich bin jetzt schwanger, so wie ich es prophezeit habe. Ich weiß es seit kurzem mit Gewißheit, und bald werde ich so rund sein, wie du es dir nur wünschen kannst.«

Hugos grimmige Miene klärte sich.

»Unser Sohn wird im April geboren werden«, sagte Alys voller Zuversicht. »Ich bin glücklich darüber, Hugo. Als wir uns das erste Mal liebten, war es nicht gut. Du kamst von Catherine, und du bist in ihr Bett zurückgegangen. Unser Sohn konnte nur gezeugt werden, wenn du mit Herz und Seele bei mir bist. Und ich wollte nur einen Sohn, der in Leidenschaft empfangen wurde.«

Hugo zog sie an sich. »Und du glaubst, es ist ein Sohn?« fragte er.

Alys nickte. »Ich weiß, daß es ein Sohn ist. Er wird in der Zeit geboren, in der die kräftigsten Lämmer zur Welt kommen. Er wird in deinem prachtvollen neuen Haus geboren werden, wenn du dich beeilst und mir ein schönes Gemach mit getäfelten Wänden und großen, hellen Fenstern baust. Richte mir ein Zimmer ein mit Aussicht auf den Fluß, wo ich den ganzen Tag Sonne habe, und ich werde dir einen Sohn schenken, der das Beste von uns beiden vereint. Deinen Mut und meine Künste. Stell dir einen Lord vor, der mit Zauberkräften spielen kann, Hugo! Er könnte zum einflußreichsten Lord im ganzen Land aufsteigen.«

Hugo drückte sie fester an sich.

Alys lächelte ihn an. »Und die Tochter, die als nächstes kommen wird – überlege, wer ihr Gemahl werden könnte, Hugo! Wie hoch könnte unsere Familie aufsteigen mit unseren edlen Kindern mit Zauberkräften!«

Sie schwiegen einen Augenblick, und Alys beobachtete den Ehrgeiz in Hugos Augen. Er und sein Vater hatten sich nichts sehnlicher als Söhne gewünscht, aber inzwischen hatten die Menschen den Wert schöner Frauen als Schachfiguren des Machtspiels erkannt.

Hugo kehrte in die Gegenwart zurück. »Lüg mich nie wieder an«, sagte er. »Ich mag es nicht, wenn du mich hinters Licht führst. Lüg mich nie wieder an.«

Alys lachte unbekümmert. »Ich verspreche es. Damals mußte ich lügen, aber jetzt bin ich in Sicherheit, jetzt bin ich in deiner Liebe geborgen, nicht wahr?«

Er zog sie an sich und begrub sein Gesicht in ihrem Haar. »Du wirst meine Liebe nicht verlieren, gleichgültig, was du tust.«

»Und ich bin der beste Gefährte deines Vaters und sein vertrautester Freund«, sagte Alys zufrieden. »Und jetzt trage ich seinen Enkel unter meinem Herzen. Es gibt nichts, was mir jetzt gefährlich werden könnte.«

Hugo wiegte sie sanft hin und her, fühlte ihre Leichtigkeit, und seine Zärtlichkeit und Leidenschaft erwachten erneut.

»Nichts kann dir gefährlich werden«, sagte er zärtlich. »Ich bin hier.«

Alys legte ihre Arme um ihn und drückte ihn an sich. Die Brise, die durch das Fenster schwebte, roch nach Heu und Wiesenblumen. Sie schloß die Augen und lächelte. »Jetzt bin ich in Sicherheit«, sagte sie.

»Aber lüge mich nicht an«, sagte Hugo, immer noch etwas beleidigt. »Ich hasse Frauen, die lügen.«

Am nächsten Tag wurde die Heuernte abgeschlossen, und Alys und Hugo ritten hinaus, um den Bauern zuzuschauen. Das halbe Schloß begleitete sie: Köche und Bedienerinnen und Knechte, die Soldaten, ihre Frauen, die jungen Pagen und Mädchen, die nähten, backten, brauten oder spannen. Selbst der alte Lord ließ sich diesen Tag nicht entgehen. Er saß auf einem stämmigen alten Kriegsroß, und David, sehr elegant in einem dunklen Samtanzug, ritt neben ihm. Fast hundert Leute genossen den müßigen Tag außerhalb des Schlosses. Eine lachende, singende Menge drängte sich über die Brücke zur anderen Seite des Flusses, und vorneweg ritten Hugo und Alys, auf ihrem neuen Rotschimmel, in ihrem neuen grünen Kleid.

Sie trug ihr Haar offen, hatte grüne und silbrig glänzende Bänder eingeflochten, was in keiner Weise der Mode der neuen, bescheidenen Königin entsprach. Die Bänder glänzten wie echtes Silber im Sonnenlicht. Sie trug leichte, lederne Reithandschuhe, die mit grünen Bändern verbrämt waren, und neue braune Lederstiefel. Die Rotschimmelstute, die Hugo billig auf dem Markt von Appleby erstanden hatte, war sehr sanft, und Alys ritt sie locker, mit hocherhobenem Haupt, lächelnd, als gehörten ihr die fruchtbaren Felder und die singenden Leute. Als Hugo sich zu ihr beugte und ihr etwas zuflüsterte, lachte sie laut, als wolle sie aller Welt zeigen, daß der junge Lord seine Geheimnisse nur mit ihr teilte.

Catherine war mit Ruth und Margery, einer Handvoll Diener, zwei Köchen und den Wachsoldaten zurückgeblieben. »Sie will nicht mitkommen. Sie wäre zu müde, behauptet sie, sie ist immer zu müde für alles.« Hugo war sichtlich besorgt. »Sie hat noch drei

Monate bis zur Geburt. Wenn sie jetzt schon nur im Bett liegt, wie wird sie dann im Oktober sein?«

Alys hatte gekichert. »Wie ein Heuhaufen«, hatte sie boshaft gesagt. »Laß es gut sein, Hugo! Sie ist müde, sie will sich ausruhen, du kannst sie nicht zwingen mitzukommen. Besuche sie abends, wenn wir wieder zurück sind, und erzähl ihr alles. Du tust ihr keinen Gefallen, wenn du sie aus ihrer Kammer in die heiße Sonne zerrst.«

Sie waren bei der letzten Wiese der Burgländereien angelangt. Das letzte Stück sollte Hugo selbst mähen. Man hatte einen schmalen Streifen Wiese stehen lassen. Die Leute aus dem Schloß verstreuten sich über den Rand des Feldes, die Bedienerinnen und jungen Burschen begannen, Decken auszubreiten und Krüge mit Bier sowie Fleisch und Brot auszupacken. In einer Ecke des Feldes stand ein halbes Dutzend Musikanten, die ihre Instrumente für den Tanz stimmten, ein Geräusch, das wie jaulende Katzen klang. Die arbeitenden Männer und ihre Frauen warteten schon seit Mittag in der prallen Sonne. Sie hatten Zweige geschnitten und sie zu einer Laube gebogen, in der ein Stuhl für den alten Lord bereitstand.

Man half ihm vom Pferd, und er setzte sich in den Schatten, während David geschäftig übers Feld eilte. Seinem scharfen Auge entging nichts, während er die letzten Befehle für das Festmahl gab.

Eine frisch geschärfte Sense stand für Hugo bereit, und der Büttel, der die Heuernte befohlen und beaufsichtigt hatte, stand in seinem besten Anzug bereit, seine Frau neben ihm, um dem jungen Lord die Sense zu reichen. Hugo sprang aus dem Sattel und warf seine Zügel einem Pagen zu. Dann drehte er sich um und half Alys abzusteigen. Hand in Hand gingen sie auf den Farmer und seine Frau zu. Alys sog den süßen, berauschenden Duft der Blumen und der frisch gemähten Wiese ein. Ihr neues grünes Kleid raschelte angenehm über die Stoppeln. Alys drehte ihr Gesicht zur Sonne und schritt daher, als gehörte ihr das Feld.

»Samuel Norton!« sagte Hugo freundlich, als sie näher kamen. Der Büttel zog seinen Hut und machte eine tiefe Verbeugung. Seine Frau sank in einen schwerfälligen Knicks. Als sie hochkam, war sie schneeweiß und vermied es, Alys in die Augen zu sehen.

»Eine gute Ernte!« sagte Hugo freundlich. »Eine prächtige Heuernte ist das dieses Jahr. Die wird die Pferde viele Winternächte lang bei Kräften halten, Norton!«

Der Mann murmelte etwas. Alys trat vor, um hören zu können, was er sagte. Dabei zuckte die Frau unwillkürlich zurück. Alys blieb stehen. »Was ist mit dir?« fragte sie die Frau ohne Umschweife.

Der Farmer errötete und stammelte: »Meiner Frau geht es nicht gut«, sagte er. »Aber sie hat darauf bestanden mitzukommen. Sie wollte Euch sehen, Mylord und Lady Cath...« Er verstummte. »Es geht ihr nicht gut«, sagte er leise.

Die Frau knickste noch einmal und wollte sich rückwärts entfernen.

»Was ist denn mit dir?« fragte Hugo, nicht sonderlich interessiert. »Bist du krank, gute Norton?«

Die Frau war totenbleich, sie öffnete den Mund, um etwas zu sagen, brachte aber keinen Ton heraus. Sie schaute von ihrem Mann zu Hugo. Alys würdigte sie keines Blickes.

»Verzeiht ihr«, sagte Farmer Norton hastig. »Sie ist krank, wißt Ihr, Frauenleid, Frauenlaunen. Lauter Tollheit im Blut. Ihr wißt ja, wie Frauen sind, Mylord. Und sie wollte Lady Catherine sehen. Wir haben nicht erwartet...«

Hugos Fröhlichkeit verflog schlagartig. »Was habt ihr nicht erwartet?« fragte Hugo drohend.

»Nichts, nichts, Mylord«, sagte Farmer Norton ängstlich. »Nichts für ungut. Meine Frau hat ein Geschenk für Lady Catherine – irgendeinen Talisman oder irgendeinen Weibertand. Sie hatte gehofft, sie zu sehen, wollte es ihr geben. Mehr nicht.«

»Ich werde es ihr geben«, sagte Alys mit sehr klarer Stimme. Sie trat vor, die grüne Seide schimmerte im Sonnenlicht. Sie streckte ihre Hand aus. »Gib mir dein Geschenk für Lady Catherine, und ich werde es ihr geben. Ich bin ihre engste Freundin.«

Die arme Norton umklammerte den kleinen Beutel an ihrem Gürtel.

»Nein«, sagte sie plötzlich energisch. »Ich werde es selbst aufs Schloß bringen. Es ist eine Reliquie, ein Gürtel, gesegnet von der heiligen Margaret, die Frauen im Kindbett beisteht, und von der heiligen Felicitas, damit es ein Sohn wird. Es hat mir gute Dienste geleistet, ein halbes dutzendmal. Lady Catherine soll es haben. Ihr sollt es haben, Lord Hugo, für Euren Sohn! Ich werde es selbst zum Schloß bringen und in ihre Hände legen.«

»Gib es mir«, sagte Alys zusehends wütender. »Ich werde es ihr mit deinen Empfehlungen überreichen.«

Sie streckte die Hand nach der Frau aus, doch die einfache Frau zuckte zurück, als wäre Alys ein gefährliches Tier. Ein Zischen ging durch die Frauen und Männer auf dem Feld, wie das einer Katze, die Gefahr wittert.

»Nicht in deine Hände!« Die Frau fand plötzlich ihre Stimme wieder, scharf und schrill. »Es ist eine heilige Reliquie, die aus der Abtei gerettet wurde. Die frommen Frauen haben sie zum Wohl der Frauen aufbewahrt, der verheirateten Frauen! Für Frauen, die die Kinder ihres Gatten im heiligen Stand der Ehe austragen. Für Geburten im Ehebett. Nicht für solche wie dich!«

»Wie kannst du es wagen, mich so verächtlich zu behandeln?« keuchte Alys. Sie griff noch einmal nach dem Beutel.

Jetzt konnte sie ihn deutlicher sehen. Es war ein kleiner Samtbeutel, der in der Mitte schon ganz abgewetzt war durch die Küsse der Frauen, die um eine leichte Geburt gebetet hatten. Sie kannte ihn aus dem Nonnenkloster. Er war in einem goldenen Kästchen neben dem Altar aufbewahrt worden, und wenn eine schwangere Frau in die Kapelle kam, konnte sie einer der Nonnen zuflüstern, daß sie ihn küssen wollte. Keiner war die Bitte je verweigert worden. Alys merkte, wie sie die Goldstickerei auf dem Beutel anstarrte. Sie erinnnerte sich, daß Mutter Hildebrande ihn selbst bestickt hatte. »Meine Mutter«, dachte Alys. Der plötzliche Schmerz machte sie wütend.

»Du bist ja selbst nicht besser als ein Dieb!« sagte Alys. »Das gehört in das Nonnenkloster, nicht auf eine Heuwiese! Gib es mir!«

»Hexe!« fauchte die Frau. Sie machte einen Schritt zurück, damit Alys sie nicht erreichen konnte, und dann sagte sie das Wort noch einmal. »Hexe!« Sie flüsterte es, aber es war so klar und deutlich, als hätte sie es geschrien. Alle Umherstehenden erstarrten.

Alys fühlte die eisige Stille, die sich über das Feld senkte. Nichts bewegte sich, kein Laut war zu vernehmen. Nortons Frau hätte das Wort nicht sagen sollen, und Alys hätte es nicht hören sollen. Die Erntearbeiter, die Dorfbewohner, die Stadtbewohner und die Leute aus dem Schloß sollten dieses Wort nicht im Sinn haben. Es hätte nicht gesagt werden dürfen. Alys wußte nicht, was sie sagen sollte oder wie sie die plötzliche Gefahr bannen sollte.

Hugo trat vor. »Norton?« fragte er leise.

Der Büttel sagte rasch: »Ich bitte um Verzeihung, Mylord«, packte seine Frau am Ellbogen und zerrte sie eilig übers Feld weg. Bei der ersten Frau angelangt, blieb er stehen, schubste sein Weib zu ihr und murmelte ihr schnell ein paar Anweisungen zu. Die beiden beugten ihre Köpfe und verschwanden verängstigt in die Ferne. Norton kam mit hochrotem Kopf zurück.

»Verdammtes Weibergekeife«, sagte er von Mann zu Mann.

Hugos Gesicht war streng. »Du solltest auf der Hut sein, Norton. Eine Frau mit loser Zunge könnte leicht der üblen Nachrede bezichtigt werden. Sie kann nicht einfach mit so ernsten Anschuldigungen um sich werfen. Eine edle Lady sollte sich so etwas nicht anhören müssen.«

Der Mann sagte nichts, schaute nur trotzig drein.

»Ich glaube, Mistress Alys ist dir noch nicht vorgestellt worden«, sagte Hugo mit gefährlich ruhiger Stimme. »Sie ist eine gute Freundin meiner Frau und die Schreiberin meines Vaters. Heute ist sie meine auserwählte Begleitung. Ich werde den Tanz mit ihr eröffnen.«

Norton wurde schamrot bis in die Haarspitzen. Alys' blaue Augen starrten ihn herausfordernd an. Er senkte den Kopf zu einer tiefen Verbeugung.

Alys wartete. Dann reichte sie ihm ihre Hand.

Er nahm sie zögernd und küßte die Luft direkt über ihrer Haut. Sie spürte, wie seine harte, schwielige Hand unter ihrer Berührung erzitterte.

Er richtete sich auf. »Wir sind uns schon einmal begegnet«,

sagte er tapfer. »Ich habe Eure Mutter, die Witwe Morach, gekannt. Ich habe Euch gekannt, als Ihr noch ein Kind wart und in der dreckigen Straße gespielt habt.«

Alys' Blick war gelassen. »Dann weißt du ja, daß sie *nicht* meine Mutter war«, sagte Alys. »Meine wirkliche Mutter war eine Lady. Sie ist bei einem Feuer umgekommen. Morach war meine Amme, meine Ziehmutter. Jetzt ist sie tot, und ich bin da, wo ich hingehöre. Auf der Burg.«

Sie wandte sich Hugo zu. »Ich werde mich zu Lord Hugh setzen«, sagte sie freundlich, »während Ihr Euer Heu mäht. Bringt mir eine Handvoll Heu und Blumen!«

Sie sprach so deutlich, daß jeder hören konnte, daß sie den jungen Lord herumkommandierte wie eine Geliebte ihren Liebhaber; dann drehte sie sich auf dem Absatz um und ging über die weichen Stoppeln der Wiese. Die Augen der Erntearbeiter und der Leute aus dem Schloß folgten jedem Schritt. Das neue Kleid raschelte über das Heu. Grün, die Farbe des Frühlings, des Wachstums... und der Hexerei. Alys wünschte, sie hätte ein Kleid in irgendeiner anderen Farbe angezogen, aber sie schritt hocherhobenen Hauptes über die Wiese und lächelte alle an. Wo immer ihr Blick hinfiel, wandten sich die Leute ab, traten verlegen von einem Fuß auf den anderen. Wie ein junger, gefährlicher Hund, der durch eine Schafherde geht, ging sie über das Feld. Die Leute wichen wie mißtrauische alte Mutterschafe zur Seite, um ihr nicht zu nahe zu kommen.

Aber Alys hörte das sanfte Raunen, leise wie der Wind, der durch das hohe Gras raschelte. »Wo ist Lady Catherine?« rief jemand von hinten, lauter als die anderen. »Wo ist Hugos Gemahlin? Wir wollen die Schloßherrin, nicht die Schloßhure!«

Alys hielt den Kopf hoch erhoben. Ihr Blick streifte über die Gesichter, und sie lächelte unbeirrbar. Es gelang ihr nicht, jemanden beim Reden zu erwischen. Die Gesichter waren hohl und verängstigt. Es gab keinen, den sie Verleumder nennen konnte. Egal, wie schnell ihr Blick von einem trotzigen Gesicht zum nächsten huschte, das Flüstern eilte ihr immer voraus. Kurz vor der Laube wäre sie beinahe gestolpert, wie ein Verbrecher, der Zuflucht sucht. Dann blieb sie stehen, denn der alte Lord und David saßen auf den einzigen beiden Stühlen.

»Ich muß dich um deinen Stuhl bitten, David«, sagte sie ohne Umschweife. »Es war heiß in der Sonne, und ich möchte mich setzen.«

Einen Augenblick, nur den Bruchteil eines Augenblicks, schien es, als würde er sich weigern.

»Laß ihr den Stuhl«, sagte der alte Lord gereizt. »Sie trägt meinen Enkel.«

David erhob sich zögernd und stellte sich hinter den Stuhl des alten Lords.

»Was war denn da los?« fragte der alte Lord.

Alys saß still da, die Hände ruhig im Schoß gefaltet, mit gefaßtem Gesicht. »Bauerntratsch«, sagte sie. »Sie beneiden mich, diejenigen, die Morach und die widerliche kleine Hütte gekannt haben. Sie erfinden Märchen über Hexerei und ängstigen damit höchstens sich selbst. Diese alte, streitsüchtige Norton hat sich in ihren dicken Kopf gesetzt, daß ich den jungen Lord verhext und Catherine verdrängt habe. Sie wollte mich beleidigen.«

Der alte Lord nickte. Hugo hatte seine schwere, vornehme Weste abgelegt. Ein hübsches Mädchen war vorgetreten und hielt sie für ihn. Man hörte Hugos geschmeicheltes Lachen. Norton reichte ihm eine Sense. Hugo krempelte seine weißen Ärmel hoch, spuckte in beide Handflächen und packte sie mit festem Griff. Die Menge jubelte. Hugo war sehr beliebt, da er die Arbeiter an seinem Haus gut bezahlte.

»Seltsam, wie das Wort ›Hexe‹ dich verfolgt«, bemerkte der alte Lord. Er beobachtete Hugos Bewegungen. Das junge Mädchen mit seiner Jacke, Norton und die anderen Erntegehilfen gingen lachend hinter ihm her. Die Stimmung hatte sich gehoben. Die Musiker spielten ein Lied mit hämmerndem Rhythmus, ein junger Bursche sang.

Alys sagte nichts.

»Das Wort ist ein schlechter Halsschmuck. Sieht nicht gut aus. Für dich – aber nicht nur für dich. Auch für Hugo und mich.«

»Das ist doch nur Klatsch und Unsinn«, erwiderte Alys.

»Vielleicht haben sie von dem Gottesurteil gehört?« warf David ein. »Oder von Alys' Prophezeiungen im Traum? Oder vielleicht mißtrauen sie ihrem ungewöhnlichen Wissen – ungewöhnlich für ein Mädchen aus einer Kate? Oder Morachs plötzlichem Tod? Ich habe Gerüchte vernommen, daß sie tatsächlich eine Hexe gewesen sei und ertrank, als sie versuchte zu fliehen.«

Die Sonne auf dem Feld war sehr heiß, aber Alys zitterte in der Laube, als würde sie frieren.

»Ich trage Hugos Kind unter dem Herzen«, sagte sie gelassen. »Ich bin die zweite Frau, die er in seinem Leben geschwängert hat. Wenn Catherine oder ihrem Sohn etwas passieren sollte, dann wäre mein Kind Euer einziger Enkel, Mylord. Ich glaube nicht, daß es unser angemessen ist, wie das einfache Volk über Zauberei, Hexerei und Unsinn zu klatschen. Ich bin Hugos Geliebte und die Mutter seines Kindes. Warum sollten wir uns von einer alten Närrin wie Nortons Weib den Tag verderben lassen?«

Der alte Lord nickte. »Kein Wunder, daß es so eine lange Schwangerschaft sein wird, Alys, nachdem dieses Baby dich vor allen Schwierigkeiten bewahrt. Dreizehn Monate nach meiner Rechnung?«

Alys lächelte. »Er hat es Euch also erzählt«, meinte sie fröhlich. »Ich habe ihn wegen meines Fehlers um Verzeihung gebeten. Ich habe mir so sehr ein Kind von Hugo gewünscht, daß ich die Anzeichen falsch gedeutet habe. Aber jetzt bin ich mir sicher. Ihr werdet meinen Bauch bald wachsen sehen. Aber ich hoffe, nie so sehr wie den von Lady Catherine!«

Der alte Lord lachte. »Füchsin«, sagte er, aber ohne Zorn. »Laß sie in Ruhe. Söhne kann man nie genug haben. Es ist Platz genug für euch beide.«

Hugo war am Ende des Feldes angelangt. Er bückte sich und nahm ein Büschel Gras und die spindeligen, süß duftenden Blumen. Das junge Mädchen lief mit seiner Jacke auf ihn zu und hielt sie ihm, damit er hineinschlüpfen konnte. Er zog sie an, drehte sich um, legte seinen Arm um ihre Schulter, küßte sie herzhaft auf beide Wangen und steckte ihr die Blumen in den Ausschnitt. Das Mädchen lehnte sich an seinen Arm und lächelte. Sie war jung und frisch in ihrem hellblauen Sonntagsstaat mit einem tiefen eckigen Ausschnitt, der ihre weißen, üppigen Brüste betonte.

»Wie mir scheint, habt Ihr Eure Blumen verloren, Mistress Alys«, bemerkte David.

Alys stand auf und lächelte ihn an. »Dann muß Hugo mir eben noch welche pflücken«, sagte sie frech.

Sie wandte sich von beiden ab und schritt lächelnd ins helle Sonnenlicht. Um sie herum breiteten die Leute weiße Tücher auf der gemähten Wiese aus. Die Arbeiter rechten das Gras zusammen, damit Wind und Sonne es trocknen konnten. Krüge mit Bier wurden geöffnet und irdene Becher gefüllt. Alys ging über das Feld auf Hugo zu, den flachen Bauch vorgestreckt, damit er größer aussah, lächelnd im Vertrauen auf ihre Macht über ihn. Als sie näher kam, entwand sich das Mädchen hastig Hugos Arm und wich zurück, ohne Alys anzuschauen, dann lief sie weg.

»Alys«, sagte Hugo ärgerlich.

»Du hast meine Blumen weggeworfen«, sagte Alys. Sie lächelte immer noch.

Hugo bückte sich und griff achtlos nach ein paar Grashalmen und Blumen. »Hier«, sagte er grob. »Nimm die. Ich gehe jetzt den Tanz eröffnen.«

»Mit mir?« fragte Alys.

Hugos Blick war drohend. »Nachdem du einen Sturm entfacht hast, dessen Wogen ich wieder glätten muß, werde ich erst mit dir tanzen und dann mit jedem anderen Mädchen auf dem Feld, bis alle zufrieden sind.«

Alys lächelte unbeirrt. Sie nahm Hugos ausgestreckten Arm, und sie gingen zusammen auf die Musiker zu. Andere Paare reihten sich hinter ihnen ein. Aber sie bewegten sich ohne Freude, als wäre es ihre Pflicht zu tanzen und als wagten sie es nicht, ihren Gehorsam zu verweigern.

Alys trat zurück, drehte sich zu Hugo und wartete auf den Einsatz der Musik. Hinter Hugos Schulter entdeckte sie ein Gesicht, das sie kannte und dessen Anblick sie erstarren ließ.

Es war Tom, und an seinem Arm hing eine Frau mit hartem Gesicht.

Alys' Miene zeigte nicht die geringste Reaktion. Ihre Augen streiften ihn ohne ein Anzeichen des Erkennens, ihr klares Lächeln blieb unverändert – Tom löste sich von Liza und kam auf das Paar zu. Alys' Gesicht war eine Maske der Sorglosigkeit, den Kopf zur Seite geneigt, lauschte sie der Musik und klopfte den Takt mit dem Fuß. Tom, der Ungebetene, kam unaufhaltsam auf sie zu.

»Alys!« sagte er.

Hugo drehte sich um. Tom stand direkt hinter ihm, aber er sah den Lord nicht einmal an, zog nicht seine Kappe. Er ignorierte ihn wie einen Zaunpfosten am Wegrand. Er sah nur Alys, in ihrem grünen Kleid und den grünen und silbrigen Bändern im Haar, atemberaubend schön.

»Alys«, sagte er noch einmal.

Alys sah ihn an, als würde sie ihn erst jetzt bemerken. Sie legte den Kopf zur Seite, als würde sie ein seltenes Exemplar mustern.

»Ja?« sagte sie fragend.

Tom schluckte. »Ich werde dich wegbringen«, stammelte er. »Ich bring dich weg von hier, Alys. Ich hab gehört, was man über dich redet... Hier bist du nicht sicher.«

Alys warf den Kopf zurück und lachte. Es war ein klirrender Ton wie zerbrechendes Glas. Sie schüttelte ihre Haare und lächelte Hugo an.

»Wer ist er?« fragte sie. »Ist er einfältig? Verwechselt er mich mit jemandem?«

Tom wurde aschfahl, als hätte sie ihm ins Gesicht geschlagen. »Alys«, krächzte er heiser. Hugo klopfte ihm mit grimmiger Miene auf die Schulter. »Du störst den Tanz«, sagte er. »Geh schon.«

Tom schien die Berührung nicht zu spüren, seinen Lord nicht zu hören. Er ignorierte Hugos Warnung. Sein Blick war starr auf Alys' strahlendes, unbekümmertes Gesicht gerichtet.

»Ich will dich retten, Alys!« sagte er verzweifelt. »Sie haben dich Hexe genannt – du bist in Gefahr. Ich bring dich weg – weg von hier, koste es, was es wolle!«

Liza stand hinter ihm und sagte in scharfem Befehlston: »Tom!«

»Wer ist das?« fragte Hugo. »Ein Freund von dir?«

Alys' Augen waren klar und unschuldig. »Ich weiß es nicht«, sagte sie desinteressiert. »Ich kenne ihn nicht.«

»Ich bringe dich weg«, sagte Tom noch einmal. »Ich laß dich nicht im Stich. Ich geb meine Farm und meine Frau auf, sogar meine unmündigen Kinder. Ich werde dich retten, Alys. Du brauchst nicht im Schloß zu bleiben, bei diesen leichtlebigen Leuten. Ich bring dich weg. Ich habe ein bißchen Geld gespart. Wir werden irgendwo eine kleine Farm finden, und ich werde dich beschützen. Ich werde dich wie meine Frau behandeln, Alys! Ich werde dir treu sein und dich mit meinem Leben beschützen!« Er verstummte. »Du warst ein braves Mädchen, damals hab ich dich geliebt. Du bist immer noch ein braves Mädchen. Du wirst wieder mein kleiner Schatz werden.«

Sie starrte Tom erstaunt an, doch ihr Blick verriet keine Bewegung. Sie sah durch ihn hindurch, als wäre er ein Mann aus Stroh, ein Mann aus Wasser, als wäre er gar nicht da. Das Lächeln auf ihren Lippen zitterte nicht einmal.

»Du schwafelst, guter Mann«, sagte sie kühl. »Ich kenne dich nicht!«

»Alys!« rief Tom, und dann verstummte er. Er konnte es nicht fassen, daß seine Spielgefährtin, seine Jugendliebe durch ihn hindurchschauen konnte, als hätte er ihr nie etwas bedeutet. Er starrte sie einen Moment lang an, ihr Gesicht zeigte jedoch keinerlei Regung, blieb heiter und unbeteiligt. Dann drehte er sich auf dem Absatz um und lief davon, weg von ihr, von ihrem leeren Lächeln. Er sprang über das Tor am Feldrand und verschwand.

Alys lachte wieder fröhlich und winkte den Musikern zu, die aus dem Takt gekommen waren und langsam verstummten.

»Worauf warten wir? Laßt uns tanzen!« rief sie fröhlich.

23

Catherine schlief, als sie nach Hause kamen. Alys und Hugo gingen leise an ihrer geschlossenen Tür vorbei in Alys' Schlafkammer und gaben Eliza Anweisung, sie zu rufen, sobald Catherine aufwachte. Hugo schritt zur Schießscharte und schaute hinaus. Alys nahm die Bänder aus ihrem Haar und zog ihr Kleid ein Stück über ihre Schultern herunter.

»Mylord?« sagte sie leise.

Hugo schaute sich kurz um. »Jetzt nicht«, sagte er abweisend. »Wer war der junge Mann?«

Alys ignorierte seine Ablehnung. »Ich kenne ihn nicht.«

»Das Mädchen, mit dem ich getanzt habe, die kleine Blonde, hat gesagt, er wäre ein alter Liebhaber von dir. Seine Frau hetzt gegen dich. Sie sagt, du hättest ihm den Frieden gestohlen, und behauptet, du hättest ihn verhext. Er kann weder schlafen noch essen, noch sie lieben.«

Alys lachte. »Ich bestimmt nicht«, sagte sie. »Aber nach dem, was du sagst, muß es wohl Tom von Reedale gewesen sein. Wir waren als Kinder zusammen, aber ich habe ihn seit zehn Jahren nicht mehr gesehen. Er hat ein zänkisches Weib geheiratet. Sie würde jedem die Schuld an ihrer unglücklichen Ehe geben. Das kann man mir nicht vorwerfen.«

»Es sah schlimm aus«, sagte Hugo.

Alys zuckte die Achseln und warf ihr Haar zurück. Hugo wandte sich von ihr ab und schaute wieder aus der Schießscharte. Alys zögerte kurz, dann ging sie auf ihn zu, legte die Arme um seine Taille und drückte sich an seinen Rücken. »Heute nacht«, sagte sie leise, »heute nacht, Hugo, werde ich meine Schwestern zu uns rufen. Meine Schwestern und ich werden heute nacht miteinander spielen. Ich werde sie rufen, und sie werden ihre glatten Körper über mich spreizen und sich auf mich legen und mir endlose, endlose Wonnen bereiten.« Sie spürte seine Erregung an der Spannung seiner Schultern, aber er drehte sich nicht um.

»Und was bleibt für dich, Hugo?« kokettierte Alys. »Nein, nichts bleibt für dich. Keine Berührung, kein Kuß, Hugo! Du wirst wie angekettet daliegen, und du wirst mitansehen, wie sie sich vergraben – mit Fingern, Lippen, Zungen – in mir. Und du wirst mitansehen, wie mein Körper sich unter ihren Liebkosungen windet, und hören, wie ich vor Wonne schreie!«

Hugo seufzte vor Lust und beugte den Kopf nach vorne, so daß er den kühlen Stein des Fenstersturzes berührte.

»Ich werde mich von ihnen fesseln lassen«, sagte Alys nachdenklich. »Du wirst mich auf der Streckbank ihrer Lust sehen. Du wirst sehen, wie ich mich gegen ihre seidenen Knoten stemme und wehre, wenn sie in mich eindringen und mich befriedigen und mich nach Erlösung schreien lassen.«

Hugo seufzte, drehte sich in ihren Armen und drückte sie nahe an sich, berührte ihre nackten Schultern, sog den Duft ihrer Haut und ihrer Haare ein, aber sein Gesicht war immer noch ernst.

»Das war eine unangenehme Szene«, sagte er. »Du mußt vorsichtiger sein.«

Alys schob ihn irritiert von sich. »Ich kann nicht verhindern, daß geklatscht wird«, sagte sie. »Die Leute werden sich an die Veränderungen gewöhnen. Wenn sie unseren Sohn sehen, wenn sie sich daran gewöhnt haben, mich an deiner Seite zu sehen, wenn sie wissen, daß ich immer da bin, die Lady des Schlosses, in jeder Hinsicht, bis auf den Namen.«

Hugo schüttelte den Kopf. »Ich möchte, daß Catherine heute abend in der Halle zu Abend ißt«, sagte er. »Es wird zuviel geredet. Häßliches Gerede von Hexerei und von einer verstoßenen Catherine.«

Alys lächelte ihn unbekümmert an. »Mir ist gleichgültig, was sie sagen. Ich weiß, daß ich dein Kind trage und daß ich gesund und stark bin. Die Leute können sagen, was sie wollen, sie können denken, was sie wollen. Du wirst mich beschützen, dein Vater wird mich beschützen.«

Hugo schüttelte den Kopf. »Es tut uns allen weh«, sagte er schroff. »Du bist eine Närrin, wenn du glaubst, du wärst in Sicherheit, Alys. Jedes Wort, das gegen mich gesagt wird, jedes Flüstern gegen meinen Namen ist eine Bedrohung für den Frieden in diesem Land. Wir leben in Zeiten, in denen sich die Leute wegen der geringsten Kleinigkeit zusammenrotten. Sie haben Angst vor Hexerei. Die Straßen sind voller Vagabunden, die seit der Aufhebung der Klöster kein Dach mehr über dem Kopf haben. Sie schüren die Wut der Leute. Es gibt Veränderungen, die keiner voraussehen konnte. Die Klöster und Abteien sind verschwunden, aber die Leute klammern sich an die alte Religion, an den alten Aberglauben. Ich mag es nicht, wenn schlecht über mich geredet wird. Ich mag es, wenn ein hübsches Mädchen ihren Knicks vor mir macht und nicht wegrennt, sobald du erscheinst, aus Angst, dein Schatten könnte auf sie fallen. Du hast heute auf dem Feld schlecht abgeschnitten, Alys. Man hat dich in der Öffentlichkeit eine Hexe genannt, und du hast es nicht bestritten.«

»Und was ist mit dir?« fragte Alys mit wachsender Wut. »Du bist doch ganz versessen auf meine Zauberkräfte und bettelst mich an, dich zu verzaubern? Du hast mich gebeten, meine Schwestern in dein neues Haus zu rufen, um die Heiligkeit der gestohlenen Steine zu zerstören. Du möchtest alle Freuden, aber kein Leid! Du willst nachts Magie und tagsüber Heiligkeit. Du kannst kein besonderer Mensch sein und dann erwarten, daß deine Leute Segen für deinen Namen erbitten.«

Hugo schüttelte den Kopf. »Du begreifst nicht, was ich meine. Trotz all deines Wissens bist du in dieser Beziehung eine dumme Hure. Warum, glaubst du, wird üble Nachrede gegen den König mit dem Tod bestraft? Nicht, weil er auf seinem Thron nicht sicher ist! Nicht, weil er nicht genug Soldaten hat! Sondern weil im Gerede und in Gerüchten Gefahr liegt. Verrat beginnt mit Flüstern. Und sie flüstern über *dich*.«

Alys trat an ihre Kleidertruhe und holte ihren Kamm heraus. »Über die Besonderen wird immer geredet«, sagte sie mit leiser, wütender Stimme. »Ich war mein Leben lang etwas Besonderes.

Ich war mein Leben lang begünstigt. Die Leute haben mich immer beneidet und sich gefragt, was für Kräfte ich wohl habe. Ich werde es durchstehen. Ich bin der Liebling des Schlosses. Dein Vater behandelt mich wie seine Tochter. Ich bin deine Lady.«

Hugo sagte nichts, schüttelte aber den Kopf.

Alys zog einen Hocker an den Kamin und wandte sich halb von ihm ab. Sie entwirrte ihr dichtes Haar mit den Fingern und fing dann an, sich zu kämmen, Strich für Strich, bis der Kamm ungehindert durchglitt. Hugo, der immer noch wütend war, merkte, daß er das hypnotische Auf und Ab des Kammes durch die seidig goldene Mähne verfolgte. Alys saß auf ihrem Hocker vor dem Kamin, schloß die Augen und summte leise vor sich hin. Hugo lehnte sich mit verschränkten Armen an die Wand und beobachtete sie mit regloser Miene. Obwohl sie die Augen geschlossen hatte, konnte Alys ihn genau verfolgen. Sie beschloß, ihm etwas Wein mit einer Prise Erdwurz zu geben. Es waren schon einige Tage vergangen, seit sie Hugo das letzte Mal in einen Drogenrausch von Irrsinn und Begierde versetzt hatte. Es kribbelte sie in den Fingerspitzen, die Fäden zu ziehen und Hugos Gelüste wieder tanzen zu lassen. Und diesmal würde sie ihn auf allen vieren um eine Berührung betteln lasen. Alys lächelte mit immer noch geschlossenen Augen. Sie konnte nicht zulassen, daß Hugo sie als Hure und Närrin beschimpfte, ohne ihn dafür zu bestrafen.

Ein Klopfen an der Tür ließ sie beide aus dem Netz der Sinnlichkeit hochschrecken. Es war Eliza Herring.

»Mistress Alys! Lady Catherine ist wach und frägt nach Euch.«

Alys zog ihr Kleid wieder über die Schulter und schüttelte die Falten aus dem Rock. Sie strich sich das Haar aus dem Gesicht. »Ich werde Catherine Gesellschaft leisten«, sagte sie verärgert. »Ich werde ihr sagen, daß sie zum Abendessen in der Halle erscheinen muß. Sie bringt uns alle ins Gerede, wenn sie ihre Pflichten vernachlässigt.«

Hugos Gesicht verriet nichts. »Ich finde, es steht dir nicht zu, Lady Catherine an ihre Pflichten zu erinnern«, sagte er leise. »Du kannst ihr sagen, daß ich es verlange. Deine Wünsche sind in dieser Angelegenheit nicht von Bedeutung.«

Alys zögerte, verunsichert von Hugos Gereiztheit. »Heute nacht…«, sagte sie.

Hugo schüttelte den Kopf. »Heute nacht oder wann immer mir danach ist«, sagte er barsch. »Aber das hat keinen Einfluß auf deine Dienste für Lady Catherine. Du solltest sie nicht warten lassen.«

Alys sah ihm ruhig in die Augen. Hugo erwiderte den Blick ohne Furcht und ohne Zuneigung. Alys legte mit zornesrotem Kopf den Kamm beiseite und ging.

Catherine saß im Bett, gestützt auf ihre exquisiten gestickten Kissen. Ihr Gesicht war vom Schlaf gerötet, ihre Augen blutunterlaufen. »Ich war einsam«, sagte sie ohne jede Vorrede.

»Das tut mir leid«, sagte Alys und ließ sich nichts von ihrer Wut anmerken. Das Zimmer war erstickend heiß. Es zeigte nach Osten auf den Hof und wurde nachmittags früh dunkel, obwohl der Sommerhimmel blaß und golden durch das Fenster schimmerte. Catherine hatte das Feuer schüren lassen, und auf dem Tisch brannten Kerzen. Das Zimmer roch säuerlich. Auf der Anrichte stapelten sich Süßspeisenteller und Catherines Cremetöpfe, Salben und Duftwasser, ein umgekippter Becher, dessen Reste die Platte verklebten, und ein leerer Bierkrug.

»Ich hatte einen schlechten Traum«, sagte Catherine. »Ich hab geträumt, Hugo hätte mich verlassen, wäre nach London gereist. An den Hof des Königs.« Ein leiser Schluchzer. »Wie Vater.«

Alys setzte sich auf das Bett und nahm Catherines feuchte Hand. »Trauert nicht«, sagte sie. »Er ist nicht fort. Er wird nirgends hinreisen. Denkt an das Baby. Es ist schlecht für das Baby, wenn Ihr weint. Hugo ist glücklich und zufrieden hier. Er hat keine Reisepläne. Und selbst wenn er es täte, Heinrich ist ein gütiger König. Hugo könnte bei Hof nichts falsch machen.«

Catherine lehnte sich in die Kissen zurück. Ihr Gesicht war gerötet, ein kleines Schweißrinnsal tropfte zwischen ihren riesigen Brüsten in ihr Kleid.

»Mein Rücken tut weh«, jammerte sie. »Er tut wieder weh.«

Alys versuchte, ihre Ungeduld zu kaschieren. »Wart Ihr den ganzen Tag im Bett, Catherine?« fragte sie.

Catherine nickte.

»Wenn Ihr Euch nicht bewegt, werdet Ihr schwerfällig und müde werden, und dann wird Euch natürlich alles weh tun«, sagte Alys. »Ich werde Euch helfen aufzustehen.«

Catherine schüttelte wieder den Kopf. »Ich kann nicht herumgehen«, quengelte sie. »Ich bin lahm. Meine Knöchel tun weh und meine Knie. Meine Beine tun überall weh. Du verstehst das nicht, Alys. Ich bin zu alt und zu müde, um dieses Baby zu tragen und zu gebären.«

Sie schluchzte leise.

Alys beugte sich vor und streichelte Catherines Stirn, strich das braune Haar zurück, das in schlaffen Strähnen an ihrem Gesicht klebte.

»Und wie wär's mit einem Bad?« schlug Alys vor. »Ich könnte Euch ein heißes Bad bereiten lassen, mit einigen Kräutern darin, damit Ihr nicht mehr so müde seid. Ich könnte Euch die Haare waschen, und Ihr könntet Euch zum Abendessen ein hübsches Kleid anziehen. Würde das nicht helfen?«

Catherine legte ihr Gesicht in Alys' Hand. »Ja«, sagte sie, wie ein Kind, das sich einschmeicheln will. »Gerne.«

Alys schickte eine Magd nach unten mit dem Auftrag, die größte Badewanne und die feinsten Leinentücher in Lady Catherines Zimmer zu bringen. Die Laken mußten gelüftet werden, bevor die Lady damit abgetrocknet und eingewickelt wurde. Alys ging in ihre Kammer, um getrocknete Blumen und Verbena-Öl zum Parfümieren des Badewassers und des Zimmers zu holen.

Hugo döste auf Alys' Bett, als sie hereinkam, die Füße mit den staubigen Stiefeln auf der Bettdecke. Er öffnete ein schläfriges Auge, als er sie hörte, fand es aber nicht nötig, sich zu bewegen. »Was machst du denn?« fragte er. »Ist Catherine wohlauf?«

»Sie ist nervös«, erwiderte Alys. »Ich dachte, ein Bad würde sie beruhigen. Sie beklagt sich, daß wir sie den ganzen Tag allein gelassen haben. Sie hat sich heute nicht angezogen. Sie hat sich nicht einmal gewaschen. Ich werde sie baden und ihre Haare waschen und sie dann zum Abendessen ankleiden.«

»Gut«, sage er. Er streckte sich und schloß wieder die Augen.

Der Dreck von seinen Stiefeln war über Alys' ganze neue Decke verschmiert.

Sie zögerte einen Augenblick voll Groll. »Jeder hier im Schloß kann mit seinem Leben machen, was er will, nur ich nicht«, dachte sie. »Hugo kann sich ausruhen und von dem dämlichen blonden Bauernmädchen träumen. Catherine kann ins Bad watscheln. Ich aber muß zwischen den beiden hin und her rennen.« Sie nickte wortlos und brachte die Kräuter und Öle in Catherines Schlafzimmer. Eliza folgte ihr und hielt die Tür auf.

Die große, mit Leinen ausgeschlagene Badewanne stand vor dem Feuer und war bis zum Rand mit dampfendem Wasser gefüllt. Eliza stellte die Kräuter und Öle daneben, und auf Alys' Geheiß half sie Catherine aus dem Bett.

Catherines Beine waren schlimmer geworden. Die Haut um ihre Knie und ihre Knöchel war weiß und geschwollen. Ihr riesiger Bauch ragte vom Rest ihres Körpers ab, mit hervorstehendem Nabel. Ihre Brüste waren gespannt und heiß, blau geädert und aufgedunsen. Die Warzen waren geschwollen, braun und verfärbt. Die Hände waren ebenfalls geschwollen, so daß der Ehering tief in ihren Finger schnitt. Alys nahm ihre Hand.

»Tut das weh?« fragte sie.

Catherine nickte. »Er ist zu eng geworden«, sagte sie. »Es pocht.«

Alys nahm sie bei der Hand und legte eine Hand um Catherines breite Taille, um ihr ins Wasser zu helfen. Catherine sank hinein wie ein gestrandeter Wal, der in die Tiefe zurückkehrt, und seufzte vor Wonne.

»Hol deine Laute«, sagte Alys zu Eliza, »und sing uns vor.«

Catherine lehnte ihren Kopf an den Wannenrand. Alys faltete ein Leinentuch klein zusammen und steckte es unter Catherines massigen weißen Hals. »So«, sagte sie, »so ist es bequemer für Euch.«

Catherine schloß die Augen, aber ihr Mund zitterte. »Ich bin so müde«, sagte sie mit kläglicher Stimme. »So müde.«

Alys nahm eine Handvoll der weichen, wassergetränkten Kräuter und rieb Catherines Schultern mit sanfter, kreisender Bewegung. Catherine streckte genüßlich erst einen Arm und dann den anderen aus, damit Alys ihn waschen und reiben konnte. Sie nahm Catherines Hände, massierte sie mit Öl und zog behutsam an ihrem Ehering. Er saß fest. Der Schmied mußte geholt werden, um ihn abzuschneiden. Hugos Ehering mußte von Catherines Hand geschnitten werden. Alys mußte sich ein Lächeln verkneifen.

Nacheinander nahm sich Alys aller Körperteile an. Die Haut war schwammig, und jede Berührung hinterließ häßliche Flecken. Alys spürte, wie ihre Heilkräfte aufwallten und ihre Finger belebten. Sie spürte Catherines fehlendes Gleichgewicht, etwas Krankes, etwas Giftiges in dem aufgedunsenen Körper.

Die unzufriedene Miene eines einsamen Kindes verschwand aus Catherines Gesicht, als wären Alys' Hände ein Allheilmittel. Ihr Gesicht wurde rosig. Als Eliza mit ihrem Lied am Ende war, summte Catherine den Refrain und wedelte mit der Hand.

»Sing es noch einmal«, bat sie. Eliza zwinkerte Alys frech zu und folgte.

Catherine seufzte vor Wonne.

»Das Wasser wird kalt«, sagte Alys. »Ihr müßt aus der Wanne, Catherine, sonst erkältet Ihr Euch.«

Eliza legte die Laute beiseite und öffnete die Tür für die Magd. Alys hielt das gewärmte Laken hoch und drapierte es von vorne um Catherine, Eliza warf ihr ein gewärmtes Laken über Schultern und Rücken.

»Räumt das weg«, sagte Alys schroff zu der Magd und Eliza.

Sie führte Catherine zum Bett und tupfte ihr Gesicht, Hände und Schultern, bis sie trocken waren, dann kämmte sie ihr feines braunes Haar und breitete es auf den gewärmten Laken aus.

Catherine lag wie eine bemalte Statue da, rosa von der Wärme und lächelnd.

Die Tür hinter Alys öffnete sich, und Hugo kam ins Zimmer. Er ging zum Bett und legte einen Arm um Alys' Taille, damit sie sich nicht entfernen konnte.

»Seid ihr wohlauf, Lady Catherine?« fragte er liebevoll.

Catherine lächelte vor Freude, ihn zu sehen.

»Hugo«, sagte sie. »Ihr wart so lange weg!«

Er nickte. »Ich habe Euch vernachlässigt. Ich habe Euch und das Kind einfach Euch selbst überlassen. Alys hat mir gesagt, daß Ihr Euch nicht genügend bewegt.«

Catherine lächelte Alys an. »Sie pflegt mich sehr gut«, sagte sie.

»Und sie hat wunderbare Hände, nicht wahr, Catherine?« fragte Hugo.

Alys warf schnell einen Blick auf ihn. Er lächelte, und dieses Lächeln verriet einen Hauch von Lüsternheit. Alys versuchte wegzugehen. Hugo griff sie fester um die Taille.

»O ja«, stimmte Catherine zu. »Sie hat mir gerade den Rücken, die Füße und den Kopf massiert. Ihre Berührung ist wie Silber.«

Alys spürte Hugos Begierde durch sein Wams. Sie fühlte, wie sich Gefahr um sie zusammenbraute.

»Ich werde Euch verlassen«, sagte sie. »Ich werde Euch beide verlassen und das Abendessen heraufbringen lassen.«

»Nein«, sagte Hugo, ohne den Blick von Catherines rosigem, entspanntem Gesicht zu wenden. »Ich habe Lust darauf zu sehen, wie du meine Frau mit deinen Ölen massierst, Alys.«

Catherine bekam große Augen, sagte aber nichts.

»Es ist nicht ziemlich ...«, begann Alys.

»Mach es«, sagte Hugo leise. »Du hast doch bisher alles gemacht, worum ich dich gebeten habe. Jetzt wünsche ich das.«

Er hob das Laken, das Catherine bedeckte, und schlug es zur Seite. Catherine, hingerissen von seiner Aufmerksamkeit nach Wochen der Vernachlässigung, lag still da und ließ sich betrachten, bot sich seinen Augen dar, die über ihren aufgedunsenen blassen Körper wanderten.

»Gefalle ich Euch?« fragte sie demütig.

Hugo legte seine Hand auf ihren Berg von Bauch. »Das tut Ihr«, sagte er. »Und das hier gefällt mir am allerbesten.«

Er warf einen Blick auf Alys, die reglos dastand.

»Los, Alys.« Es war ein Befehl.

Alys ging langsam zum Tisch, goß Lavendel- und Mandelöl in ihre Handfläche und rieb dann ihre Hände aneinander, um sie zu wärmen. Sie überlegte fieberhaft, wie sie den beiden entkommen könnte, wie sie aus Catherines Gemach in die Sicherheit der

Damengalerie fliehen könnte, wo die anderen ums Feuer saßen und über die Heuernte plauderten. Sie sah Hugo kurz an, während sie zur anderen Seite des Bettes ging. Seine dunklen Augen strahlten. Er sah aus, als wäre er zu allem fähig. Alys roch den beißenden Geruch von Gefahr wie die Rauchlocke aus einem Funken im Heuhaufen.

Sie begann behutsam, Öl auf Catherines weiße, aufgedunsene Schultern und Arme zu reiben. Catherine hob ihren Kopf, um ihren dicken Hals zu entblößen, schloß die Augen und rührte sich nicht mehr.

Hugo lachte kurz und ging zur Tür. Alys hörte das Klicken des Schlüssels und das Rascheln seines Wamses, als er es abstreifte. Als er wieder auf der anderen Seite des Bettes erschien, hatte er seine Hemdsärmel hochgeschoben und sich auch eine Handvoll Öl in die Hände gegossen.

»Ich werde dich nachahmen, Alys, und deine Künste erlernen«, sagte er. Seine Stimme war wie Seide. Alys hörte die wachsende Begierde im Unterton und vermied es, zu ihm hinüberzuschauen.

Catherines Nippel wurden hart, als sie ihre Schultern und ihren Hals streichelten.

»Ein bißchen tiefer?« schlug Hugo mit lachender Stimme vor.

Alys strich mit sanften, kleinen Bewegungen bis zum Ansatz von Catherines Brüsten hinunter. Hugo ahmte jede ihrer Bewegungen genau nach. Catherine bäumte sich leicht im Bett auf, hob den Bauch, stieß ihre Brüste den Händen entgegen.

Hugo lachte. Seine Handfläche bewegte sich selbstsicher nach unten, und Alys beobachtete, wie ihr Liebhaber die Hand über die gewaltige Brust seiner Frau legte.

»Ich werde Euch jetzt verlassen«, flüsterte sie. Sie starrte wie hypnotisiert auf seine selbstsichere, streichelnde Hand. Catherine seufzte vor Wonne, immer noch mit geschlossenen Augen.

»Los, Alys«, sagte er und grinste die verängstigte Alys boshaft an.

»Los«, sagte er noch einmal.

Sie strich behutsam über die Kurve von Catherines Brust.

»Ich befehle es«, sagte Hugo leise.

Alys ließ die Handfläche über Catherines dicke Brustwarzen gleiten und spürte, wie sie unter ihrer Berührung mit köstlicher Bereitwilligkeit hart wurde. Catherine stöhnte.

»Reib mich«, sagte sie.

»Mach es«, forderte Hugo. Er griff über Catherines Bauch, nahm Alys' andere Hand und legte sie auf Catherines andere Brust. Als Alys sie berührte, begann Catherine zu lächeln. Ihr Gesicht, strahlend vor Freude, war wunderschön im Kerzenlicht. Alys glitt über Catherines heiße Brüste, rieb die Nippel mit der Handfläche, und plötzlich erwachte in ihr die Lust, fester zu drücken. Catherines warme, wogende, frisch gewaschene Haut zu streicheln und zu bearbeiten, sie zu zwicken, zu necken und zu sehen, wie sie sich wand, und ihre Lust zu wecken.

»Ich muß Euch gestehen, Mylady, daß ich mit Alys geschlafen habe«, sagte Hugo leise.

Alys erstarrte vor Schreck, aber Catherine, mit zurückgeworfenem Kopf, die Brüste gegen Alys' Hände drängend, ließ sich nicht von ihrer gierigen Sinnlichkeit ablenken.

»Ich konnte ihr nicht widerstehen«, sagte Hugo. »Sie ist eine köstliche Hure.«

Catherine lachte, ein kehliges, atemloses Lachen. »Du mußt deine Gelüste befriedigen, wo du willst, Hugo«, sagte sie. »Du bist ein Mann. Du bist der Lord. Du sollst alles haben, was du begehrst.«

»Ich gehe«, sagte Alys plötzlich. Sie wandte sich zur Tür, aber Hugo war schneller. Er stellte sich ihr in den Weg, und sie blieb außer sich vor Wut mit funkelnden Augen stehen.

Hugos Grinsen war hemmungslos und boshaft, wie sie es noch nie gesehen hatte.

»Dreh dich um, Alys«, sagte er.

Einen Augenblick lang zögerte sie, und er nahm sie behutsam bei den Schultern und drehte sie zurück zu Catherines gespreizten, wollüstigen Massen auf dem Bett. Catherine öffnete die Augen. Alys erschauderte – teils aus Abscheu, teils aus wachsender, ungewollter Erregung. Sie war von Hugos Wollust gefangen, wie sie ihn so oft eingefangen hatte.

Er schob sie sanft zum Bett zurück. »Berühre sie, Alys«, sagte er leise. »Berühre meine Frau noch einmal. Du kannst sie streicheln – oder sogar zwicken. Ich kann mir vorstellen, daß du sie gerne schlagen würdest. Sie hat nichts dagegen. Sie mag es.«

Er gab ihr einen sanften Schubs, und Alys beugte sich vor und ließ ihre öligen Hände über Catherines dicken Hals, hinunter zu ihren fetten Brüsten gleiten. Catherine stöhnte leise und streckte die Arme nach Alys aus.

Hugos geschickte Hände lösten geschwind die Schnürung von Alys' Gewand. Alys richtete sich auf, um zu protestieren, aber Catherine, immer noch mit geschlossenen Augen, immer noch lächelnd, packte eine von ihren Händen und zog sie zurück auf ihre warme, schwammige Brust.

»Reib mich, Alys«, sagte sie. »Reib mich.«

Hugo kicherte boshaft, packte Alys fester um die Taille und zog die Kordel mit schnellem Ruck aus den Löchern. Das grüne Mieder mit den weiten Ärmeln fiel zu Boden. Hugo schob das weiße Leinenhemd nach unten, so daß Alys' Brüste und Arme nackt waren. Sie versuchte leise zu protestieren.

»Mein Kleid«, erinnerte er sie. »Das neue grüne Kleid. Ich wollte es, wie wir verabredet haben, vor dir ablegen.«

Er löste den Überrock und ließ den teuren Brokat auf den Boden fallen. Dann band er den grünen Seidenunterrock auf, und er fiel in einem Ring um Alys' Füße. Jetzt stand Alys, gefangen von Hugos Arm um ihre Taille und Catherines Händen, die ihre gepackt hatten, über das Bett gebeugt, nur mit ihrem zarten Leinenhemd bekleidet.

»Auf das Bett«, befahl Hugo. Er gab ihr einen sanften Schubs, und als sie sich wehrte, stieß er fester zu. »Ich scherze nicht, Alys«, sagte er. Der drohende Unterton war trotz seiner warmen, leisen Stimme unmißverständlich. »Ihr habt keine andere Wahl, Mistress!« sagte er.

Alys kletterte zögernd zu Catherine ins Bett. Catherine wandte sich ihr zu und lächelte. »Hübsche Alys«, sagte sie mit rauchiger, lüsterner Stimme. »Zieh ihr das Hemd aus, Hugo«, sagte sie. »Zieh sie aus.«

Hugo zog Alys das Hemd mit einer raschen Bewegung über den Kopf, und Catherine griff nach ihr und zog sie zu sich hinunter.

»Ich darf nicht in Euch eindringen«, sagte Hugo zu Catherine. »Es wäre gefährlich für das Baby und schlecht für Eure Milch. Aber ich denke, ich kann Euch ein bißchen Lust verschaffen.«

Catherine lachte, ein entzücktes, verwöhntes Lachen. »Du bringst mir deine Hure?« fragte sie. »Hugo, du bist wirklich lasterhaft! Du bringst mir deine Hure, damit sie mich mit ihren Silberfingern verwöhnt?«

Hugo lachte. »Ich bin ein bißchen lasterhaft«, gab er zu. Die beiden hörten sich an, als würden sie nach einem ausschweifenden, höfischen Ritual flirten. Alys, die nackt und zitternd zwischen ihnen lag, wich zurück, als Catherines warmer, feuchter Leib sich an sie preßte.

»Aber sie würde selbst einen Heiligen in Versuchung führen, nicht wahr, Catherine? Du kannst mir nicht verdenken, daß ich bei Alys der Versuchung erlegen bin.«

Er nahm eine Handvoll von Alys' Haaren und bog ihren Kopf zurück. Er küßte sie, und Alys fühlte, wie seine Zunge schamlos in ihren Mund glitt, während Catherine zuschaute. Trotz ihrer eigenen wachsenden Erregung hörte sie, fassungslos, Catherines leises, erregtes Kichern.

Hugo ließ sie los. »Siehst du, wie ich meine Geheimnisse mit dir teile, Catherine! Du bist meine Lady! Das ist meine Hure.«

Catherine nahm Alys' schlaffe Hand und legte sie wieder auf ihre Brust. »Faß mich an«, sagte sie. »So wie vorhin.«

»Ich werde mich nicht herumkommandieren lassen wie ein Spielzeug«, sagte Alys. Sie versuchte, ihre Macht in ihrer Stimme schwingen zu lassen, aber es gelang ihr nicht. Sie wich vor Catherines gierigen Händen zurück, aber Hugo war hinter ihr auf dem Bett und drückte sie nach vorn. Seine Arme schlangen sich um ihre Taille, und er streichelte ihre Brüste. Alys fühlte die Wärme seiner vertrauten Hände, die sie streichelten, ihre Brüste umfingen, sanft an den Knospen zupften. Catherines Hände waren auf ihrem Bauch, umfaßten und zwickten Alys' schmale Taille.

»Nicht«, hauchte Alys, und es klang wie ein Ja. Sie spürte die wachsende Begierde danach, von beiden genommen zu werden, von beiden nach Lust und Laune mißbraucht zu werden. Als wären sie zwei reiche, verwöhnte Kinder und sie ein neues Spielzeug. Als wäre sie ohne jeden Wert, ein Nichts, das sie necken, mißbrauchen, wegwerfen konnten. Wenn die beiden mit ihr bis zur Zerstörung spielen würden, sie mit ihren gierigen Mündern und tastenden Fingern in Stücke reißen würden, wäre das nur recht. Sie hatte es nicht anders verdient.

»Nicht«, sagte Alys leise. Hugo merkte ihre Zustimmung und lachte. »Kleine Hure«, sagte er liebevoll und drängte sie nach vorn, sein Glied bohrte sich in ihren Rücken. »Alys, ich glaube, du sehnst dich danach zu erfahren, wie tief du sinken kannst.«

Alys beugte sich über Catherines großen Bauch und knabberte an ihren fetten Brüsten, mit der Zungenspitze leckte sie Catherines Brustwarzen. Das Öl war süß und würzig und machte Alys' Zunge pelzig. Sie fühlte sich in einem Alptraum von berauschenden, krankhaften Geschmäckern und verbotenen Empfindungen gefangen.

Catherine erschauderte vor Wonne, als Alys' Zunge sie berührte, und umarmte Alys. Sie packte Alys' Hand und schob sie zwischen ihre Beine. Alys, hin und her gerissen zwischen Ekel und Lust, fühlte Catherines dichtes Schamhaar und dann einen tiefen, schlüpfrigen Abgrund, von Feuchte gefüllt, und merkte, wie ihre eigenen Schenkel klebrig und feucht wurden.

Catherine keuchte. Ihre Hände drückten Alys' Hand immer heftiger gegen ihren Leib. Sie bäumte sich auf und rieb sich stöhnend an Alys' Hand. Alys stöhnte, angewidert und erregt zugleich. Sie war umringt von Catherine und Hugo. Catherine wand sich unter ihr, Hugo bedrängte sie von hinten. Die beiden spielten mit ihr wie zwei boshafte Katzen mit einer Maus. Und gleichzeitig packte Alys die Lust, zwischen den beiden zu sein, sich von Catherines Händen betatschen zu lassen, eine an ihrer Brust und eine entsetzlich, wonnig, zwischen ihren Beinen. Hugo sollte sich gegen ihren Rücken pressen – hart wie ein Speer –, sich zwischen ihren Beinen einen Weg bahnen, hart und schlüpfrig von ihren Säften, und dann spürte sie, wie Hugo sich aufbäumte und in sie eindrang, und im selben Augenblick packte Catherine Alys' Hand, preßte ihr heißes, nasses Fleisch dagegen und stieß sie tief in sich.

Catherine und Hugo stöhnten im Takt, bäumten sich wiederholt gleichzeitig auf, wie geübte Liebende, die gemeinsam zum Höhepunkt kommen. Halb besinnungslos vor Begierde wand und drehte Alys sich hektisch zwischen ihnen, aber Hugo erschlaffte, blieb reglos liegen und zog sich zurück.

Catherine rollte sich weg, ruhig atmend, mit rosigem, entspanntem Gesicht. Hugo ließ sich mit einem tiefen Seufzer in die Kissen fallen. Alys lag unbefriedigt zwischen den beiden in stummer Wut. Ihr Körper war innerlich heiß und wund, und ihre Wollust forderte Erfüllung.

Sie schaute von einem zum anderen; sie lächelten beide gesättigt. Keiner von beiden sah sie an. Die Sorge um Alys' gereizte, unerfüllte Begierde war unwichtig. Catherine zog die Decke etwas enger um sich, ihr Gesicht war entspannt. Sie schlief ein.

Das Feuer knisterte leise, der Geruch von Zitronenverbena schwebte süß im Raum. Die drei – die zwei nackten, schwangeren Frauen und der halbnackte junge Lord – lagen reglos da. Nur der Lord und seine Lady schliefen.

Catherine erschien zum Abendessen unten in der großen Halle, rosig in ihrem rosa und cremefarbenen Kleid, fett wie ein Pudding, die Haare über die Schultern gebreitet, mit unstillbarem Appetit. Sie betrat den Speisesaal an Hugos Arm, und alle Anwesenden taten ihre Freude durch laute Zurufe kund. Alys nahm ihren alten Platz am Frauentisch ein, und ihr grimmiger Blick in die Runde warnte alle, sie nicht wegen ihrer Rückkehr zu verhöhnen.

»Willkommen daheim«, konnte sich Eliza aber trotzdem nicht verkneifen.

Alys begegnete ihrem strahlenden Blick mit eiskaltem Auge. »Es ist mir eine Freude, mit dir, Eliza, und mit euch allen zu Abend zu essen«, sagte sie ruhig. »Aber vergeßt nicht, daß ich Hugos Sohn trage – etwas, für das jede von euch einen Jahreslohn geben würde. Und denkt daran, wenn Catherine sich ins Bett legt, werde ich wieder neben dem alten Lord sitzen. Ich bleibe sein Liebling. Vergeßt nicht, daß ich für jede einzelne von euch Mistress Alys bin. Mein Glücksstern mag vielleicht auf- und untergehen, aber selbst an seinem niedrigsten Punkt ist er noch höher, als ihr euch erträumen könnt.«

Alle Damen starrten auf ihre Teller und aßen schweigend ihre Suppe. Alys war das Schweigen nur recht. Sie beobachtete Hugo. Es schien eine halbe Ewigkeit vergangen zu sein, seit sie hier neben Morach gesessen hatte und Hugos Rücken mit solcher Sehnsucht angestarrt hatte, daß sie glaubte, daran eingehen zu müssen. Jetzt betrachtete sie seine Schultern, seinen Nacken und die Haltung seines Kopfes in stummem Haß.

»Eßt Ihr nicht, Mistress Alys?« fragte Ruth leise.

Alys schaute ihre Schüssel an. Die Brühe war kalt geworden, dicke Fettbrocken schwammen darin herum. Alys nahm einen Schluck Wein, der nach Zinn schmeckte. David hatte dafür gesorgt, daß ihr Platz am Frauentisch mit Zinn gedeckt war, wie bei den anderen. Glas war nur für den obersten Tisch bestimmt, und ihren Platz dort hatte sie verloren.

»Ich habe keinen Hunger«, sagte sie. »Ich werde Hugo bitten, mir später etwas auf mein Zimmer zu schicken.« Sie erhob sich und ging zu Lord Hugh.

»Ich möchte den Tisch verlassen«, sagte sie ihm leise ins Ohr. »Ich habe Schmerzen und mir ist übel. Ich möchte auf mein Zimmer gehen.«

Der Blick, den er auf sie richtete, war durchaus freundlich, aber er lächelte, als könne er direkt in ihr Herz sehen. »Sei nicht neidisch, Füchsin«, sagte er leise. »Du stehst an zweiter Stelle nach Catherine. Das haben wir dir immer gesagt. Geh und setz dich auf deinen Platz und iß und trink aus Zinn. Irgendwann wird sie wieder in ihrem Zimmer bleiben, und du kannst dann hier oben wieder die Herrin spielen. Aber wenn sie sich dazu entschließt, mit uns in der Halle zu essen, wo sie hingehört, nimmst du deinen Platz am Damentisch ein – wo du hingehörst.«

Alys sah hinüber zu Hugo. Er lauschte irgendeinem Scherz, den ihm ein Mann von einem Tisch weiter unten in der Halle zurief. Er warf seinen dunklen Kopf zurück und brüllte vor Lachen.

»Nein«, sagte der alte Lord, der ihren Blick bemerkt hatte. »Gegen meine Entscheidung gibt es keine Einwände. Ich bin hier immer noch der Herr, Alys. Geh und setz dich an deinen Platz, der dir zugewiesen ist.«

Alys setzte ihr süßestes Lächeln auf. »Natürlich, Mylord«, sagte sie. »Ich möchte die fröhliche Stimmung und die lustige Gesellschaft am Damentisch nicht mit meinem Unwohlsein stören. Aber wenn Ihr es wünscht, werde ich mich natürlich zu ihnen setzen.«

Lord Hugh warf einen kurzen Blick auf den Tisch und lachte lauthals über die vier sauertöpfischen Gesichter. Sie verrenkten sich die Hälse, um zu hören, was Alys und der alte Lord zu flüstern hatten.

»Ach, geh deiner Wege«, sagte er leutselig. »Ich werde dir den lustigen Abend mit dieser Meute ersparen. Geh jetzt auf dein Zimmer, aber das nächste Mal mußt du wieder bei den albernen Gänsen sitzen.«

Alys machte einen Knicks und verschwand durch die gobelinverhangene Tür. Sie begegnete Elizas Blick und erinnerte sich an ihr erstes Abendessen im Schloß, als sie ihr gesagt hatte, daß keiner vor dem Lord gehen konnte.

»Ich bin jetzt viel besser dran als damals«, sagte sich Alys grimmig. Sie stieg die Treppe zur Damengalerie hoch, stieß die Tür auf und zog sich einen Stuhl ans Feuer. »Ich habe es jetzt viel besser als damals in Morachs häßlicher Hütte.« Sie warf noch ein Scheit ins Feuer und beobachtete, wie die Funken flogen. »Ich habe sie gezwungen, mich als das zu betrachten, was ich bin«, sagte sie sich trotzig. »Ich bin als Niemand hierhergekommen, und jetzt nennen sie mich Mistress Alys.«

Die Stille des Raums bedrückte sie. »Ich habe sie gezwungen, mich als das zu betrachten, was ich bin«, sagte Alys wieder. Sie schwieg einen Augenblick und sah in die Flammen.

»Sie betrachten mich als seine Hure«, sagte sie leise. »Heute bin ich Hugos Hure geworden. Und jeder weiß es.«

24

Alys war allein im Schlafzimmer, als die anderen zurück in die Galerie kamen. Sie hörte sie reden und lachen. Sie saß an ihrem kleinen Kamin, die Tür fest geschlossen, und hörte, wie sie Karten spielten, während Eliza sang. Dann verstummte das Geplapper allmählich, die Frauen zogen sich eine nach der anderen zurück. Alys horchte auf Hugos Stimme und hörte, wie er einer von ihnen gute Nacht nachrief. Sie saß an ihrem Kamin und wartete.

Er kam nicht.

In den frühen Morgenstunden, als die Finsternis noch undurchdringlich war und der Mond im Westen unterging, wickelte sich Alys in einen Schal und schlich zur Tür. Sie öffnete sie und lugte hinaus. Das Feuer in der Galerie war längst erloschen, die Asche erkaltet. Catherines Tür war geschlossen. Es war nichts zu hören.

Alys blieb einen Augenblick am Kamin stehen und erinnerte sich an den Tag, als sie hier gesessen und sich vor Sehnsucht nach Hugo verzehrt hatte, und wie er aus Catherines Zimmer gekommen war, den Arm um sie gelegt hatte und ihr sagte, daß er sie liebte. Das war lange, lange her. Vor Morachs Tod, bevor ihre abgründigen Zauberkräfte von ihr Besitz ergriffen hatten, bevor sie ihm die Wollüstige vorgespielt hatte und er sie beim Wort genommen hatte.

Sie schlich zu Catherines Tür und drehte vorsichtig die Klinke. Sie öffnete sie einen Spalt und hörte tiefes, gleichmäßiges Atmen. Sie glitt wie ein Geist durch die Tür.

Der Raum war dunkel. Alys blinzelte und versuchte, etwas zu erkennen.

In dem großen, hohen Bett lag Catherine auf dem Rücken, ihr dicker Bauch machte einen Berg aus der Decke. Ein Arm lag ausgestreckt über ihrem Kopf. Im anderen Arm hielt sie den

Mann, der neben ihr lag. Alys kam ein bißchen näher, um besser sehen zu können. Es war Hugo. Er schlief tief und fest, das Gesicht an Catherines Hals vergraben, den Arm besitzergreifend über ihren Leib gelegt. Sie lagen da wie ein glückliches Ehepaar. Wie ein Liebespaar. Alys beobachtete, ohne sich zu bewegen, wie die beiden stetig und friedlich atmeten. Sie sah sie an, als wolle sie den Atem aus ihren Körpern nehmen und sie mit der Gewalt ihrer Eifersucht und ihrer Enttäuschung vernichten. Hugo regte sich im Schlaf und sagte etwas.

Es war nicht Alys' Name.

Catherine lächelte – selbst in der Dunkelheit sah Alys die stille Freude von Catherines verschlafenem Lächeln – und drückte ihn fester an sich.

Leise schloß Alys die Tür hinter sich und schlich durch die leere, kalte Galerie zurück in ihr eigenes Zimmer, schloß die Tür hinter sich, zog ihren Stuhl ans Feuer, wickelte sich in den Schal und wartete auf das Licht.

In der Dämmerung, als der fahle Horizont schon den kommenden Sonnenschein ankündigte, ging Alys und öffnete ihre Truhe. Tief unten steckte Morachs alter Beutel mit Knochen – die Runen.

Alys sah sich um. Ihre Tür war geschlossen, im Schloß regte sich noch keiner. Sie schaute durch das Schießschartenfenster. Im Morgendunst sah sie silbrig den Fluß liegen. Und während sie noch hinunterschaute, hoben sich die Dunstschwaden und bauschten sich auf. Eine von ihnen sah aus wie eine Frau, eine alte Frau mit grauem Haar und einem Schal um die Schultern.

»Nein«, flüsterte Alys, als sie sie erkannte. »Dich habe ich nicht gerufen. Ich werde deine Runen benutzen, denn ich muß meine Zukunft wissen. Aber ich rufe dich nicht. Bleib im Wasser. Bleib außer Sicht. Du und ich, wir werden beide wissen, wann deine Zeit gekommen ist.«

Sie wandte sich vom Fenster ab und setzte sich auf den Teppich vors Feuer. Dann schüttelte sie den Beutel wie ein Spieler seine Würfel und schleuderte sie vor sich auf den Boden. Ohne die Zeichen anzuschauen, griff sie nach sorgfältiger Überlegung drei heraus.

»Meine Zukunft«, sagte sie. »Hugo benutzt mich als seine Hure, und jetzt bin ich nichts mehr hier. Es muß noch mehr für mich geben. Zeigt mir die Zukunft.«

Sie legte die drei Runen vor sich aus und steckte die restlichen wieder in den Beutel.

»Jetzt«, sagte sie.

Die erste, die sie gezogen hatte, lag mit dem Gesicht nach unten. Die Rückseite war ohne Zeichnung, sie drehte sie um. Die Vorderseite war ebenfalls glatt.

»Odin«, sagte sie überrascht. »Nichts. Tod.«

Die zweite war glatt. Sie drehte sie um und dann noch einmal. »Das ist nicht möglich«, flüsterte sie. »Es gibt nur eine glatte Rune. Alle anderen sind markiert.« Sie drehte die dritte um. Sie war auf beiden Seiten glatt, eine Seite so blank wie die andere. Alys blieb absolut reglos sitzen, mit den drei gesichtslosen Runen in der Hand.

Dann hob sie den Kopf und drehte ihn zur Schießscharte. Der Dunst erzitterte über dem Fluß und formte die Gestalt einer ruhenden Frau. »Du hast es gewußt«, flüsterte Alys leise dem Nebel zu. »Du hast es mir gesagt, aber ich habe es nicht gehört. Tod hast du gesagt. Tod in den Runen. Und ich habe dich gefragt, ›wie lange‹, und du wolltest es mir nicht sagen. Jetzt sind deine Runen auch für mich blank.«

Sie kippte den Beutel aus. Die restlichen Knochen purzelten auf den Boden. Jeder war glatt und jungfräulich wie ein alter, polierter Schädel.

Alys erschauderte. Sie sammelte die Runen hastig ein und verstaute den Beutel in der Truhe. Dann kroch sie, fest in ihren Schal gewickelt, ins Bett. Sie konnte vor Zittern nicht einschlafen.

Hugo ritt beim ersten Morgengrauen los. Catherine schlief bis weit in den Vormittag. Die Damen in der Galerie beäugten Alys aus den Augenwinkeln, als sie aus dem Zimmer kam, mit heiterem Gesicht, den roten Mantel um die Schultern geschlungen.

»Ich muß hinauf ins Moor«, sagte sie zu Eliza. »Ich brauch noch ein paar Kräuter für Catherine. Schläft sie noch?«

»Ja«, sagte Eliza. »Wann wirst du wieder zurück sein?«

Alys' Blick war abweisend. »Ich werde rechtzeitig zum Abendessen zu Hause sein«, sagte sie.

»Ich begleite dich bis zum Stall«, sagte Eliza.

Sie und Alys gingen die Trepe hinunter, quer durch die Halle und durch die große Tür in den Garten. Sie passierten das Tor, überquerten die Brücke und gingen dann über die Wiese zu den Stallungen.

»Eine hübsche Stute ist das«, sagte Eliza neidisch, als der Stallbursche Alys' neues Pferd herausführte.

»Ja«, sagte Alys mit verbitterter Befriedigung. »Ja, das ist sie. Sie war teuer.« Sie schnippte die Finger nach dem Stallburschen. »Hol mir etwas zu essen aus der Küche. Ich werde den ganzen Tag draußen auf dem Moor bleiben.« Der Bursche verbeugte sich kurz und lief los.

»Hugo hat die ganze Nacht bei Catherine geschlafen«, sagte Eliza in vertraulichem Unterton, während sie dem Burschen nachschauten, wie er zur Küche lief.

»Ich weiß«, sagte Alys kühl.

»Hat er jetzt genug von dir?« fragte Eliza.

Alys schüttelte den Kopf »Ich trage seinen Sohn unter meinem Herzen. Mein Platz ist gesichert.«

Elizas Blick war geradezu mitleidig. Alys merkte, wie sie deshalb errötete.

»Was ist denn?« fragte sie. »Warum starrst du mich so an?«

»Du wärest sicherer gewesen, wenn du den Soldaten geheiratet hättest, den Lady Catherine für dich ausgesucht hat«, bemerkte Eliza scharfsinnig. »Wenn dich interessiert hätte, wo du bei einem Mann dran bist, wäre er der richtige für dich gewesen. Hugo ist launenhaft wie das Wetter. Jetzt ist er wieder bei Catherine, und als nächstes wird es eine andere Frau sein. Du kannst nicht behaupten, dein Platz wäre gesichert, wenn du auf Hugo vertraust.«

Der Stallbursche kam mit einem kleinen Ledersack in der Hand angerannt. Er band ihn an den Sattel und führte ihr die Stute zu. »Er hat sie doch für mich gekauft, nicht wahr?« Alys deutete auf das Tier. »Und ich habe eine Truhe voller Kleider. Und ich trage seinen Sohn. Das ist doch wohl sicher genug, oder etwa nicht?«

Eliza hob ratlos die Schultern und hielt Alys' Kräutersack, während der Bursche ihr in den Sattel half. »Er ist launisch«, sagte sie noch einmal. »Eine Frau, die als Hure lebt, sollte einen großen Beutel Ersparnisse haben. Du bist sehr hoch aufgestiegen, Alys, aber ich glaube, jetzt fällst du wieder.«

»Für dich immer noch Mistress Alys«, herrschte sie Eliza an. Sie schüttelte die Röcke ihres roten Kleides aus, glättete den reich bestickten Überrock und nahm die Zügel auf. Sie schaute auf Eliza herab, als wäre die ein Bettler und sie selbst eine feine Dame. »Für dich bin ich immer noch Mistress Alys«, sagte sie noch einmal.

Eliza schien das nicht sonderlich zu berühren. »Nicht mehr, glaube ich«, sagte sie. »Ich glaube, dein Stern ist am Untergehen, Alys.«

Alys riß mit grimmigem Gesicht das Pferd herum und trieb es in Richtung Burgtor. Die Soldaten salutierten mit ihren Hellebarden, als sie sie passierte, aber Alys schaute weder nach links noch nach rechts. Sie spornte die Stute an, den kleinen Hügel von Castleton hinunter und dann an den Klippen am Fuß des Burgfelsens vorbei, über den Fluß und hinauf ins Moor. Sie zügelte das Pferd erst, als sie auf der anderen Seite des Flusses waren und es bereits außer Atem war. Grau und majestätisch lag das Schloß von hier im sommerlichen Licht. Alys starrte es an, als wolle sie es verschlingen, das ganze Gebäude hinunterwürgen, mit Lords und Dienern und Mann und Maus, um ihren Hunger zu stillen.

Dann wendete sie das Pferd und machte sich auf den Weg ins Moor.

Sie hatte nicht vorgehabt, zu Morachs Hütte zu reiten, sie war vom Schloß aus nach Westen geritten, zum Moor, ohne nennenswerte Absicht. Der Kräutersack war eine Ausrede gewesen, aber als die Hecken am Straßenrand aufhörten und das Land wilder wurde, sah Alys einen kleinen Buschen Anemonen neben der Straße wachsen und hielt das Pferd an. Sie glitt aus dem Sattel, pflückte die Blumen, wickelte sie in Blätter und ging dann, das Pferd am Zügel hinter sich herführend, durch das Feld auf den Fluß zu und suchte das dichte Wiesengras nach weiteren brauchbaren Kräutern und Blumen ab.

Der Fluß hatte seinen sommerlichen Tiefstand erreicht und wand sich träge zwischen den Felsblöcken dahin, bildete stille, braune Teiche, verschwand durch die Risse im Flußbett und quoll ein paar Meter weiter als schmales Rinnsal wieder hervor. Ein Wasserläufer flog aus dem Teich auf, mit klarem, süßem Lied. Weiter flußabwärts hatte das Wasser sicher Morachs Grab freigegeben, ihr Körper würde jetzt, von Fliegen geplagt, verwesen. Alys schüttelte diesen Gedanken mit einer kleinen Kopfbewegung ab.

Sie ging, das Pferd am Zügel, das Flußufer entlang, und suchte die Böschung nach Kräutern und den unschuldigen Gesichtern der kleinen Wiesenblumen ab. Wilder Thymian duftete süß und berauschend, die Glockenblumen regten sich im Hauch der stetigen Moorbrise. Die kleinen, dunkelgesichtigen Pennine-Veilchen knickten, als sie von Alys' roten Röcken gestreift wurden. Auf den höhergelegenen Wiesen schwankten weiße, zartlila und blaue Wolken von Wiesenschaumkraut an langen Stielen. Alys marschierte, als könnte sie vor der Einsamkeit weglaufen, vor ihren Bedürfnissen, weg von der Liebe ihres Lebens, die bitter geworden war, sobald sie sie verformt hatte, um sie ihren Zwecken gefügig zu machen.

Gefolgt von ihrer kleinen Stute, stapfte Alys dahin und wünschte sich, sie wäre weit weg vom Schloß, weit weg von Hugo, weit weg von ihrem ewigen Ehrgeiz. Alys schritt dahin, hielt Ausschau nach heilkräftigen Kräutern und versuchte vergeblich, sich vorzustellen, wie ihr nächster Schritt aussehen sollte. Gott hatte sie im Stich gelassen, die Magie hatte sie in die Falle gelockt. Alys, trittsicher auf den vertrauten Pfaden, hatte den Faden verloren. Das einzige, was sie noch spürte, war der Drang zu überleben – so heftig und lebendig wie immer, und dahinter der alte Schmerz über den Verlust ihrer Mutter – Mutter Hildebrande –, ihr ständiger Begleiter.

An diesem klaren, sonnenbeschienenen Tag, an dem Lerchen

bis hoch in den Himmel stiegen und Kiebitze riefen und Brachvögel schrien, marschierte Alys allein durch ihre dunkle, einsame Welt.

Sie blieb mit einem Male stehen. Sie war fast bis zu dem tiefen Teich vor Morachs alter Hütte gegangen. Sie legte schützend die Hand über die Augen und schaute gegen die Sonne auf den vertrauten Platz. Nichts hatte sich verändert. Das mit Steinplatten gedeckte Dach sah aus, als würde es jeden Augenblick zusammenstürzen, das eine winzige Fenster war dunkel. Kein Rauch schwebte aus dem Fenster oder der Tür. Alys ging darauf zu und band ihr Pferd an einen Geißblattbusch voller cremig weißer, kränklicher Blüten an der Gartenmauer. Morachs Gemüse sproß zwischen dichtem Unkraut in seinen Beeten. Alys starrte es einen Augenblick lang an, erinnerte sich, wie sie es gepflanzt hatte. Irgendwie war es seltsam, daß Morach tot war, schon lange tot, und ihre Rüben hier weiter wuchsen. Die Vordertür war offen, der kleine Haken hatte nie sonderlich gut gehalten, die leichte Brise ließ sie klappern. Alys nahm an, daß die mutigsten Kinder aus dem Dorf vielleicht die Tür aufgebrochen hatten, um hineinzuschauen, und dann atemlos vor Angst in alle Winde davongelaufen waren. Keines von ihnen hätte es gewagt, näher heranzugehen.

»Ich wage es«, sagte Alys. Aber sie blieb stehen, wartete vor der Tür.

Die Tür quietschte und klapperte. In der Hütte raschelte etwas. Alys dachte, daß vielleicht Ratten in der Hütte wären, die sich an Morachs Samenvorrat gemästet hätten und in den Lumpen ihres Bettes nisteten. Alys wartete an der Türschwelle, fast als würde sie Morachs gereizte Stimme erwarten, die sie mahnte, nicht zu trödeln und hereinzukommen.

Das raschelnde Geräusch in der Hütte war verstummt. Alys zögerte aber noch immer, die Tür aufzustoßen und über die Schwelle zu treten. Da hörte sie deutlich, wie jemand sich bewegte. Jemand bewegte sich in der Hütte. Keine Ratte, es war nicht das Rascheln eines kleinen Tieres. Alys hörte Schritte. Jemand schlurfte langsam und schwerfällig über den Boden.

Alys wich unwillkürlich einen Schritt zurück, ihre Hand tastete nach den Zügeln ihres Pferdes. Die Schritte in der Hütte hielten inne. Alys öffnete den Mund, um etwas zu rufen, brachte aber keinen Ton heraus. Das Pferd senkte den Kopf mit angelegten Ohren, als spüre es Alys' Angst und den unheimlichen, geisterhaften Geruch von Tod aus der Hütte.

Da war plötzlich noch ein Geräusch, ein schleifendes Geräusch, als zerre jemand einen Hocker zum Herd. Alys sah ganz deutlich Morach vor ihrem inneren Auge, triefend naß, blau vor Kälte, die Haut aufgedunsen und schwammig von den Monaten unter Wasser, sah, wie sie aus ihrer Höhle stieg, als der Flußpegel sank, und naß flußaufwärts zu ihrer Hütte stapfte, ihren Schemel vor den kalten Herd zerrte und ihre weißen, wassergetränkten Hände über die nicht vorhandene Glut streckte. Ein modriger Todesgeruch schien aus der Hütte nach draußen zu dringen. Alys stellte sich vor, wie Morachs halbverwester Körper im Gehen zerfiel, sich von ihren Knochen löste, während sie auf Alys wartete. Wie sie in der dunklen Hütte darauf wartete, daß Alys die Tür öffnete.

Alys stöhnte vor Angst. Da drinnen saß Morach und wartete auf sie, und der Augenblick der Abrechnung war gekommen. Wenn Alys sich auf dem Absatz umdrehen und fliehen würde, würde sie sicher schnelle, nasse Tritte von faulenden Füßen hinter sich herlaufen hören, und dann würde sich eine eiskalte Hand auf ihre Schulter legen.

Alys stürzte sich mit einem Angstschrei auf die Tür und riß sie auf. Und sofort wurden ihre schlimmsten Alpträume Wirklichkeit.

Sie hatte sich die Geräusche nicht eingebildet.

Sie hatte sich die Schritte nicht eingebildet.

In der dunklen Hütte sah sie die Gestalt einer Frau, die vor dem Herd saß, die gebeugte Gestalt einer Frau, die in einen Umhang gewickelt war. Als die Tür aufschlug, richtete sie sich langsam auf und drehte sich um.

Alys schrie, und der Schrei erstickte in ihrer Kehle. In der finsteren Hütte konnte sie kein Gesicht sehen. Sie sah nur eine Frau mit Kapuze, die aufstand und näher und immer näher kam, auf sie zu, und über die Schwelle trat, so daß die Sonne ihr voll ins Gesicht schien. Alys schloß die Augen, erwartete den Anblick von gräßlich blauem, aufgedunsenem Fleisch, erwartete den Gestank einer Wasserleiche.

Es war nicht Morach. Die Frau war größer als Morach. Das Gesicht, das sie Alys zudrehte, war weiß, alt und von Schmerz gezeichnet. Halb versteckt unter der Kapuze ihres Mantels war eine dichte Mähne weißer Haare. Ihre Augen waren grau. Die Hände, die sie Alys entgegenstreckte, waren hager und von Altersflecken übersät. Sie zitterten, als wäre sie an Schüttellähmung erkrankt.

»Bitte...«, war alles, was sie sagte. »Bitte...«

»Wer seid Ihr?« fragte Alys verwirrt. »Wer seid Ihr? Was habt Ihr hier zu suchen?«

Die Frau zitterte am ganzen Körper. »Es tut mir leid«, sagte sie unterwürfig. Ihre Stimme war gebrochen vom Alter, aber die Sprache war gesetzt und süß. »Verzeiht mir. Ich dachte, dieses Haus stünde leer. Ich suchte...«

Alys kam näher, ihre Wut belebte sie wie heißer Wein. »Ihr habt kein Recht, hier zu sein!« schrie sie. »Dieses Haus steht nicht leer. Das ist keine Zuflucht für Bettler und Armenhäusler. Ihr müßt gehen.«

Die Frau streckte flehend die Hände aus. »Bitte, Mylady«, begann sie, und dann strahlte sie plötzlich übers ganze Gesicht und rief: »Schwester Ann! Mein Schatz! Meine kleine Schwester Ann! Oh, mein Schatz! Du bist in Sicherheit!«

»Mutter!« Jetzt hatte Alys sie erkannt, blind vor Freude warf sie sich in die Arme von Mutter Hildebrande, als wäre sie nie fortgewesen.

Die beiden Frauen klammerten sich aneinander. »Mutter, o meine Mutter!« Mehr brachte Alys nicht heraus. Die Äbtissin spürte, wie Alys' ganzer Körper vor Schluchzen bebte. »Meine Mutter.«

Mutter Hildebrande ließ sie behutsam los. »Ich muß mich setzen«, entschuldigte sie sich. »Ich bin sehr schwach.« Sie sank auf den Schemel. Alys fiel neben der Äbtissin auf die Knie.

»Wie seid Ihr hierhergekommen?« fragte sie.

Die Frau lächelte. »Ich glaube, Unsere Liebe Frau hat mich zu dir geführt. Ich war sehr lange krank und habe mich bei frommen Leuten auf einer Farm ein Stück außerhalb von Startforth versteckt. Sie haben mir von dieser kleinen Kate erzählt. Hier habe einmal eine alte Frau gelebt, aber sie sei verschollen. Sie dachten, wenn ich hier lebte und Medizinen an die verkaufte, die sie von mir verlangen, wäre ich in Sicherheit. Und schon bald, dachten wir, könnte keiner mehr die eine alte Frau von der anderen unterscheiden.«

»Sie war eine Hexe«, sagte Alys angewidert. »Sie war eine dreckige, alte Hexe. Jeder könnte Euch von ihr unterscheiden.«

Mutter Hildebrande lächelte. »Sie war eine alte Frau mit mehr Wissen, als gut für sie war«, sagte sie. »Und das bin ich auch. Sie war eine Frau, die weit weiser war, als ihre Stellung es gestattete, und das bin ich auch. Sie muß eine Frau gewesen sein, die per Zufall oder mit Absicht zur Gesetzlosen wurde, und das bin ich auch. Ich werde hier leben, versteckt, im Frieden mit meiner Seele, bis sich die Zeiten ändern und ich Gott wieder in der Kirche seiner Wahl anbeten kann.«

Sie lächelte Alys an, als wäre das ein Leben, um das sie jeder beneiden würde, wie es einer weisen Frau vorschweben würde. »Und was ist mit dir?« fragte sie liebevoll. »Ich habe um dich getrauert und jede Nacht meines Lebens, seit ich dich das letzte Mal gesehen habe, für deine unsterbliche Seele gebetet. Und jetzt habe ich dich wieder! Gott ist doch wahrlich gut. Wie ist es dir ergangen, Schwester Ann? Wie bist du dem Feuer entkommen?«

»Ich bin aufgewacht, als das Feuer ausbrach«, log Alys geistesgegenwärtig. »Und ich war auf dem Weg zur Kapelle, um die Glocke zu läuten, als sie mich erwischt haben. Sie haben mich in den Wald geschleppt, um mich zu schänden, aber ich konnte fliehen. Ich bin bis nach Newcastle gezogen, auf der Suche nach einem neuen Nonnenkloster, aber es war nirgends sicher. Als ich zurückkam, um nach Euch oder einer der Schwestern zu suchen, hat Lord Hugh im Schloß von mir erfahren und mich als Schreiber in seine Dienste aufgenommen.«

Mutter Hildebrandes Miene war streng. »Hat er dir befohlen, den Eid zu schwören, mit dem du deine Kirche und deinen Glauben verleugnest?« fragte sie. Ihre Hände zitterten immer noch, und ihr Gesicht war das einer gebrechlichen alten Frau, ihre Stimme dagegen war kräftig und bestimmt.

»Nein! Lord Hugh glaubt an die alten Bräuche. Er hat mich davor beschützt.«

»Und hast du deine Gelübde eingehalten?« fragte die alte Frau. Ihr Blick streifte Alys' prächtiges rotes Kleid, das Kleid von Meg, der Hure.

»O ja«, sagte Alys hastig. Sie drehte Mutter Hildebrande ihr blasses, herzförmiges Gesicht zu. »Ich habe schweigend die Gebetsstunden eingehalten. Ich darf natürlich nicht laut beten, und ich kann mir auch nicht aussuchen, was ich anziehe. Aber ich faste zu den gegebenen Zeiten, und ich habe keinen eigenen Besitz. Ich bin von keinem Mann berührt worden. Ich bin bereit, Euch meinen Gehorsam zu zeigen. All meine wichtigen Gelübde sind ungebrochen.«

Mutter Hildebrande nahm Alys' Gesicht zwischen ihre Hände. »Gut gemacht«, sagte sie leise. »Man hat uns eine harte und erschöpfende Prüfung auferlegt, dir und mir, meine Tochter. Ich habe oft gedacht, daß es für die anderen einfacher war, diejenigen, die in dieser Nacht gestorben sind und heute im Paradies weilen, als für mich, die ich mit einer Welt kämpfe, die Tag für Tag lasterhafter wird. Und es muß für dich furchtbar schwer gewesen sein«, sagte Mutter Hildebrande zärtlich. »Gott sei Dank haben wir uns wieder gefunden. Und jetzt brauchen wir uns nie wieder zu trennen.«

Alys versteckte ihr Gesicht in Mutter Hildebrandes Schoß. Die alte Frau legte ihre Hand auf Alys' Kopf.

»So wunderschönes Haar«, sagte sie liebevoll. »Ich hatte vergessen, Schwester Ann, wie golden dein Haar ist.«

Alys lächelte sie an.

»Ich habe dein Haar seit deiner Kindheit nicht mehr gesehen«, erinnerte sich Mutter Hildebrande. »Als du das erste Mal zu mir kamst aus der Welt der Sünde, mit deinen wunderschönen Locken und deinem blassen Gesicht.« Sie unterbrach kurz. »Du mußt dich vor der Sünde der Eitelkeit hüten«, sagte sie liebevoll. »Jetzt, wo du in die Welt hinausgestoßen wurdest als Frau. Jetzt, wo du ein rotes Kleid trägst, Schwester Ann, und offene Haare.«

»Sie zwingen mich dazu«, warf Alys hastig ein. »Ich habe keine anderen Kleider. Und ich hielt es für richtig, Lord Hugh, der mich beschützt, nicht zu gefährden, indem ich ein schwarzes Kleid trage.«

Mutter Hildebrande schüttelte den Kopf. »Du warst gezwungen, Kompromisse zu machen. Aber jetzt können wir wieder unser eigenes Leben leben. Hier in dieser Hütte werden wir beginnen. Wir werden hier ein neues Nonnenkloster gründen. Für den Augenblick nur wir beide, aber vielleicht kommen später mehr dazu. Wir beide werden unsere Gelübde einhalten und das Leben führen, das uns zugedacht ist. Wir werden ein kleines Licht für die Welt sein.«

»Hier?« fragte Alys mit gerunzelter Stirn.

Mutter Hildebrande lachte, es war ihr altes Lachen, voller Freude. »Warum nicht?« sagte sie. »Hast du gedacht, Unserer Lieben Frau zu dienen, bestünde nur aus vornehmen Kleidern und Silber und Kerzen, Schwester Ann? Du solltest es besser wissen! Die heilige Jungfrau war eine einfache Frau. Sie hat wahrscheinlich in einem Haus gelebt, das nicht viel besser war als das hier! Ihr Mann war Zimmermann. Warum sollten wir mehr wollen als sie?«

Alys versuchte, sich zusammenzunehmen. »Aber, Mutter Hildebrande, wir können nicht hier leben. Im Sommer geht es, aber im Winter ist es schrecklich hart. Wir haben kein Geld, wir haben kein Essen. Die Leute werden über uns reden, und dann werden die Soldaten kommen ...«

Mutter Hildebrande lächelte. »Gott wird für uns sorgen, Schwester Ann. Ich habe immerfort für dich gebetet, und ich habe darum gebetet, noch einmal nach den Ordensregeln leben zu können, und siehe da, meine Gebete sind erhört worden.«

Alys schüttelte den Kopf. »Sie sind *nicht* erhört worden«, sagte sie verzweifelt. »Das ist nicht die Antwort auf Eure Gebete. Ich weiß, wie es hier ist! Es ist dreckig und kalt. Im Garten wächst nichts Genießbares, und im Winter türmt sich der Schnee bis zur Tür. Gott will nicht, daß wir hier bleiben!«

Mutter Hildebrande lachte, und es war wieder ihr altes, zuversichtliches Lachen. »Du scheinst Ihm ja sehr nahe zu stehen, wenn du mit solcher Bestimmtheit reden kannst! Gräm dich nicht so, Schwester Ann. Laß uns nehmen, was Er uns gibt. Er hat uns einander wieder geschenkt und uns dieses Dach über dem Kopf gegeben. Wahrlich, Er ist gnädig!«

»Nein! Das ist unmöglich ...«, bedrängte sie Alys. »Wir müssen weg von hier. Wir müssen nach Frankreich oder Spanien gehen. In England gibt es keinen Platz mehr für uns. Wir fordern das Unglück heraus, wenn wir hier bleiben und versuchen, in unserem Glauben zu leben.«

Die alte Äbtissin schüttelte den Kopf. »Ich habe geschworen, meinen Glauben hier zu leben«, sagte sie mit sanfter Stimme. »Mir wurde befohlen, hier einen Orden zu leiten, hier in England. Keiner hat je gesagt, ich sollte weglaufen, wenn es hart wird.«

»Wir würden doch nicht weglaufen!« rief Alys. »Wir würden uns nur ein anderes Kloster suchen. Wir würden unsere Gelübde befolgen, so leben, wie wir es sollten.«

Die alte Äbtissin lächelte Alys an und schüttelte den Kopf. »Nein«, sagte sie leise. »Gott hat mir dreißig Jahre Wohlstand und Bequemlichkeit geschenkt, ich durfte Ihm in Luxus dienen. Jetzt hat Er mich zum Leid berufen. Wie sollte ich mich Ihm verweigern!«

»Mutter Hildebrande, Ihr könnt hier nicht leben!« rief Alys erbost. »Ihr wißt ja nicht, wie das Leben hier ist. Ihr begreift es nicht. Den Winter hier überlebt Ihr nicht. Das ist töricht!«

Einen Augenblick lang herrschte Schweigen. Dann sagte Mutter Hildebrande sanft, aber bestimmt:

»Ich glaube, daß es der Wille des Herrn ist. Und ich bin durch meine Gelübde gezwungen, Seinen Willen zu erfüllen.« Sie verstummte kurz. »Genau wie du«, schloß sie.

»Aber es ist unmöglich ...«, murmelte Alys widerspenstig.

»Genau wie du«, sagte Mutter Hildebrande etwas langsamer mit warnendem Unterton.

Alys seufzte und sagte nichts.

Es herrschte eine Weile Schweigen zwischen den beiden Frauen. Alys, die noch immer zu Füßen ihrer Mutter kniete, hob den Kopf und sah, daß Hildebrandes Augen mit Tränen gefüllt waren.

»Ich...«, begann sie.

»Wann kannst du zu mir kommen?« fragte Mutter Hildebrande. »Wir könnten sofort ein neues Leben beginnen. Und es gibt vieles, was wir brauchen, das du besorgen kannst.«

Alys' Reue war von kurzer Dauer. »Ich weiß nicht, wann ich kommen kann«, sagte sie. »Mein Leben im Schloß ist so unsicher...« Sie verstummte bei dem Gedanken an Catherine und Hugo und ihr eigenes Kind. »Ich könnte vielleicht nächste Woche kommen«, sagte sie. »Ich könnte nächste Woche für ein paar Tage kommen.«

Mutter Hildebrande schüttelte den Kopf. »Das genügt nicht, Schwester Ann«, sagte sie mit sanfter Stimme. »Du warst viele lange Monate unserem Orden fern, aber davor hast du viele Jahre mit uns gelebt. Du kannst unsere Disziplin nicht so schnell vergessen haben. Du darfst jetzt gehen, aber du mußt morgen wiederkommen, in einem schlichten schwarzen Kleid, und mitbringen, was immer Lord Hugh frohen Herzens gibt. Ansonsten werden wir unsere Nahrung anpflanzen und unser eigenes Tuch weben. Wir werden unsere eigenen Strohlichter machen und unsere Bücher aus der Erinnerung niederschreiben. Wir werden Brot backen und es auf dem Markt verkaufen, wir werden fischen und den Fang verkaufen. Und wir werden einfache Medizinen und Heilmittel herstellen und sie verkaufen oder sie den Bedürftigen schenken.«

Alys hielt die Augen gesenkt, damit Mutter Hildebrande ihre Panik und ihre völlige Ablehnung nicht sehen konnte.

»Es sieht finster aus für unsere Kirche«, sagte Mutter Hildebrande. »Aber so war es auch für St. Paulus selbst oder für St. Cuthbert, als die englische Kirche schon einmal fast zerstört worden wäre. Damals wie jetzt hat der Herr Sein Volk aufgerufen, Ihm in Finsternis und Heimlichkeit und Not zu dienen. Damals wie heute hat sein Glaube triumphiert. Gott hat uns zu einer außergewöhnlichen Mission berufen, Schwester Ann, nur er weiß, wie wichtig unsere Arbeit sein wird.«

Alys sagte nichts. Mutter Hildebrande sah jetzt nicht mehr aus wie eine müde alte Dame. Ihr Gesicht strahlte vor Freude, die Stimme war stark und entschlossen. Sie lächelte Alys an.

»Geh jetzt«, sagte die Äbtissin sanft. »Es muß schon fast Zeit für die Abendandacht sein. Bete, während du zum Schloß zurückreitest, und ich werde hier beten. Du hast doch die täglichen Gebete nicht vergessen, Schwester Ann?«

Alys schüttelte den Kopf. Sie konnte sich an kein einziges Wort erinnern. »Ich weiß sie noch alle«, sagte sie.

Die Äbtissin lächelte. »Sprich sie zu den festgesetzten Stunden«, sagte sie. »Der Herr wird uns vergeben, daß wir nicht auf Knien in Seiner Kapelle sind. Er wird es verstehen. Und morgen, wenn du kommst, wirst du mir deine Sünden beichten.«

Alys nickte stumm.

Die Äbtissin erhob sich von ihrem Schemel. Alys sah, daß sie sich sehr steif bewegte.

»Ich bin ein bißchen müde«, sagte sie, als sie Alys' Blick bemerkte. »Aber sobald ich anfange, im Garten zu arbeiten, werde ich wieder gesund und kräftig.«

Alys nickte und ging aus der Tür. Die Äbtissin blieb an der Schwelle stehen. Alys band das Pferd los, und da erinnerte sie sich an ihren Beutel mit Essen.

»Hier«, sagte sie. »Das ist mein Mittagessen, aber Ihr könnt es haben.«

Das weise alte Gesicht der Äbtissin strahlte. »Siehst du, mein Kind!« sagte sie entzückt, »der Herr sorgt für uns, und er wird immer wieder für uns sorgen. Verlier nicht den Mut, Schwester Ann! Vertrau auf Ihn, und Er wird uns große Freude bringen.«

Alys nickte stumm, stieg auf die Stufe des Schafsgatters und von da aus in den Sattel.

»Das ist ein sehr schönes Pferd«, bemerkte die Äbtissin. »Zu gut für einen Schreiber, hätte ich gedacht.«

»Es ist Lady Catherines Pferd«, sagte Alys hastig. »Sie erwartet ein Kind und kann nicht reiten. Ich darf es reiten, damit es Bewegung bekommt.«

Die Äbtissin nickte bedächtig, und ihr Blick wanderte vom Pferd zu Alys. Einen Augenblick lang lief es Alys eiskalt über den Rücken. Sie war überzeugt, die alte Frau verstand alles, konnte alles sehen. Die Lügen, die Hexerei, die laufenden Wachspuppen, den Mord an Morach und das Bett mit den drei sich windenden, gierigen Leibern. Hugos Gelächter, als er sie seine wollüstige Hure nannte, hallte durch die sonnige Nachmittagsluft.

Mutter Hildebrande sah Alys an, sie lächelte nicht. »Bis morgen«, sagte sie sanft. »Ich glaube, du warst sehr nahe daran, eine sehr schwere Sünde zu begehen. Morgen kannst du mir alles beichten, und mit Gottes Geleit werde ich dir Absolution erteilen.«

»Ich war der Sünde nicht nahe«, hauchte Alys. Sie brachte es fertig, ein ehrliches, klares Lächeln aufzusetzen. »Nicht einmal im entferntesten, Gott sei Lob und Dank!«

Mutter Hildebrande erwiderte ihr Lächeln nicht. Ihr Blick wanderte von dem teuren, eleganten Pferd mit seinem prachtvollen Zaumzeug zu Alys in ihrem roten Gewand mit dem silberbestickten Mieder und ihrem kirschroten Umhang, und die Freude schwand aus ihrem alten Gesicht. Sie wirkte zutiefst betroffen.

»Morgen mittag«, sagte sie streng, drehte sich um und ging in die Hütte.

Alys sah, wie die Tür sich hinter der zerbrechlichen Gestalt schloß, und verweilte noch einen Augenblick. Kein Feuer war zu hören, kein Rauch kam aus dem vergitterten Fenster. Es gab sicher keine trockenen Kienspäne im Haus, vielleicht nur ein oder zwei Strohlichter. Morach hatte womöglich die Zunderbüchse versteckt. Aber selbst wenn sie dagewesen wäre – Mutter Hildebrande hätte nicht gewußt, wie man ein Feuer entzündet.

Alys riß den Kopf der Stute herum. »Los jetzt!« sagte sie verbittert. Sie gab ihr die Hacken in die Seite, das Tier zuckte zusammen und sprang los, so daß Alys fast aus dem Sattel gefallen wäre. »Los jetzt!« sagte sie.

25

Als Alys auf das innere Schloßtor zuritt, kam Eliza die Treppe heruntergestürzt, drängte sich an den Soldaten vorbei und zerrte sie aus dem Sattel.

»Komm sofort mit! Du mußt sofort mitkommen!« sagte sie hektisch. »Catherine hat Schmerzen. Keiner von uns weiß, was zu tun ist! Gott sei Dank bist du wieder da! Sie wollten gerade Soldaten losschicken, um dich zu suchen!«

Alys ließ sich von Eliza über die Zugbrücke zerren, durch die Große Halle und die Treppe zur Frauengalerie hinauf.

Diener liefen mit Tabletts aus und ein. Laken wurden vor dem Feuer gelüftet. Jemand hatte Hugos Jagdhund in das Zimmer gelassen, er knurrte, als er Alys sah. Zwei Lakaien kämpften sich mit der Badewanne die Treppe hoch, zwei weitere folgten ihnen mit Eimern voll heißem Wasser.

»Sie hat gesagt, sie will baden«, sagte Eliza. »Sie wollte wieder von dir gebadet werden, so wie gestern. Dann bekam sie mit einem Mal Schmerzen. Sie ist auf und ab gelaufen, um sie zu lindern. Wir haben sie dazu gebracht, sich hinzulegen. Hugo ist auch gerade erst gekommen, wir hatten schon Angst, ihr wäret zusammen und würdet den ganzen Tag wegbleiben. David ist gerade los, um Lord Hugh zu informieren. Catherine ist in ihrem Schlafzimmer – geh zu ihr, Alys! Geh zu ihr!«

Alys klatschte in die Hände. »Raus hier!« brüllte sie. All ihre Wut, Angst und Enttäuschung machten sich in einem Wutanfall Luft. »Raus hier, ihr nutzlosen Holzköpfe!« schrie sie. Sie packte einen Diener bei den Schultern, drehte ihn um und stieß ihn zur Tür hinaus. Er taumelte zur Treppe und stieß mit einem anderen zusammen, der gerade mit zusätzlichen Laken die Treppe hinaufkam. Alys zerrte einen anderen am Ohr aus dem Zimmer. Eine der

Mägde kicherte hilflos über das Chaos. Alys gab ihr eine schallende Ohrfeige und beobachtete mit boshafter Freude, wie sich ihre Finger rot auf dem Gesicht des Mädchens abzeichneten.

»Und jetzt raus hier!« sagte Alys zu allen. »Ich werde euch rufen, wenn ich eine von euch brauche.«

Alles drängte sich in Panik zur Galerietür, und Alys schritt auf Catherines Schlafzimmer zu.

Hugo stand am Kopfende des Bettes und hielt Catherines Hände. Ruth, Mistress Allingham und Margery standen auf der anderen Seite des Bettes. Ruth schwang ein silbernes Weihrauchgefäß, das Alys als Teil von Hugos Beute aus dem Nonnenkloster erkannte. Die Luft war zum Schneiden dick. Margery tupfte Catherines Stirn mit einem Schwamm ab. Sie warf sich mit geschlossenen Augen auf dem Kissen hin und her. Immer wieder keuchte sie vor Schmerzen, und ihr Körper bäumte sich auf.

»Hör auf damit!« sagte Alys wütend zu Ruth. »Und öffne ein Fenster. Hier stinkt es.«

Hugo hob den Kopf, und seine Sorgenfalten glätteten sich. »Gott sei Dank bist du zurück, Alys«, sagte er. »Keiner wußte, was zu tun ist, und der Arzt in Castleton ist die ganze Woche verreist. Ich war drauf und dran, die weise Frau aus Richmond holen zu lassen.«

»Wann haben die Schmerzen angefangen?« fragte Alys.

Catherine schlug die Augen auf, als sie Alys' Stimme hörte. »Heute morgen«, sagte sie. »Als ich aufgewacht bin.«

Alys nickte wissend, obwohl sie auch nicht mehr wußte. »Ich werde sie untersuchen müssen«, sagte sie. »Ihr wartet besser draußen.«

Hugo beugte sich über Catherines Bett und drückte ihr einen Kuß auf die Stirn. Im Vorbeigehen legte er eine Hand auf Alys' Schulter. »Rette meinen Sohn«, sagte er leise. »Nichts auf der Welt ist wichtiger als das.«

Alys sah ihn nicht einmal an. »Natürlich«, sagte sie schroff.

Hugos Klaps auf ihre Schulter war der eines Mannes für einen vertrauten Kameraden. Alys warf ihm einen giftigen Blick zu, aber er schaute auf Catherine. Er sah sie nicht einmal.

»Gib ihr etwas, das die Schmerzen lindert«, sagte er leise. »Sie ist sehr tapfer. Ich weiche nicht von der Tür. Ich komme, wenn sie mich braucht.«

»Natürlich«, sagte Alys mit leiser Stimme.

Hugo ging als erster aus dem Raum, die Frauen huschten hinterher.

»Soll ich bleiben?« fragte Eliza.

»Was kannst du schon tun?« fragte Alys brutal. »Du hast keine Ahnung. Sag, sie sollen die Truhe mit meinen Sachen aus meiner Kammer bringen.«

Catherine stöhnte wieder, und Alys ging rasch zu ihr.

»Was für eine Art Schmerz ist es?« fragte sie.

»Als ob etwas sich öffnet«, keuchte Catherine. »Sich öffnet und aufreißt. Alys, hilf mir!«

Es klopfte an der Tür. Zwei Lakaien kamen ins Zimmer mit Alys' Truhe voller Kräuter und Öle, stellten sie auf den Boden und verließen dann schnell wieder den Raum. Alys öffnete die Truhe und holte ein Papierpäckchen mit Pulver heraus.

»Auf der rechten Seite oder der linken?« fragte sie.

Catherine stöhnte erneut. »Überall«, sagte sie. »Ich fühl mich ganz komisch, Alys, als wäre ich gar nicht ich. Als hätte mich etwas in seiner Gewalt.«

»Macht den Mund auf«, sagte Alys. Mit einer geschickten Handbewegung kippte sie das Pulver in Catherines Mund und ließ sie an einem Wasserglas nippen, um es hinunterzuspülen. Innerhalb von Sekunden bekam Catherine wieder Farbe und atmete etwas leichter.

»Was kann das nur sein, Alys?« fragte sie. »Da stimmt doch etwas mit dem Kind nicht, nicht wahr?«

»Es kommt vor seiner Zeit«, sagte Alys. »Könnte es sein, daß Ihr Euch mit den Daten geirrt habt, Catherine? Ihr seid gerade erst im siebten Monat. Es dürfte noch nicht kommen.«

Catherine keuchte, als sie wieder ein heftiger Schmerz packte. »Es könnte sein, es könnte sein«, sagte sie. »Aber nicht gleich um zwei oder drei Monate. Da stimmt etwas nicht. Ich fühle es!«

»Was fühlt Ihr?« fragte Alys sie in Panik. Im äußersten Winkel ihres Bewußtseins lauerte der Gedanke, daß Catherines Schwangerschaft möglicherweise falsch verlief. Daß das Kind nicht zur Welt kommen würde oder kein Sohn werden würde. Oder eine Totgeburt. Oder daß Catherine sterben würde...

»Mir ist ganz seltsam«, sagte Catherine. Ihre Stimme klang unwirklich, wie von weit her. »Hilf mir, Alys! Du liebst mich doch, das weiß ich! Hilf mir, Alys! Ich hab das Gefühl, das Kind entgleitet mir, es schmilzt und entgleitet mir!«

Alys schlug die Decken zurück. Auf Catherines feisten aufgedunsenen Beinen traten die Blutadern stark hervor. Alys zog widerwillig Catherines Hemd hoch. Das untere Laken war von einem blassen, cremigen Saft durchtränkt.

»Ist Eure Fruchtblase geplatzt?« fragte Alys.

Catherine schüttelte den Kopf, und ihr Körper krümmte sich erneut vor Schmerz. »Ich weiß es nicht, ich glaube nicht«, sagte sie. »Da war nichts außer diesem Ausfluß.«

»Kein Blut?« fragte Alys.

»Nein«, sagte Catherine. »Alys, du mußt das Baby in mir halten. Ich fühle, wie es schmilzt.«

Alys zog Catherines Hemd herunter und legte eine Hand auf die Rundung ihres Bauches. »Ihr seid albern«, sagte sie streng. »Albern und hysterisch. Kinder schmelzen nicht. Ich sehe, daß Ihr Schmerzen habt, und ich kann Euch helfen, sie zu ertragen. Aber ich kann kein Blut und auch kein Fruchtwasser entdecken. Euer Kind ist noch in Eurem Bauch, und es geht ihm gut. Kinder schmelzen nicht.«

Catherine stützte sich mit den Armen auf. Sie starrte Alys verzweifelt an, die Haare zerzaust, die Augen traten aus den Höhlen. »Ich sage dir, er schmilzt!« schrie sie. »Warum willst du nicht auf mich hören, du Närrin! Warum machst du nicht, was ich dir sage! Mach etwas, damit dem Kind nichts passiert! Er schmilzt! Ich fühle, wie er schmilzt! Er schmilzt in meinem Bauch und gleitet heraus!«

Alys schob Catherine zurück in die Kissen und hielt sie an den Schultern fest. »Still«, sagte sie grob. »Still. Das gibt es nicht, Catherine. Ihr irrt Euch. Ihr plappert unsinniges Zeug!«

Sie legte ihre Hand auf Catherines Bauch und zog sie sofort entsetzt wieder zurück. Catherine stöhnte erneut. »Ich hab's dir gesagt«, schluchzte sie.

Alys legte ihre Hand noch einmal auf den Bauch, sie konnte kaum fassen, was sie da gefühlt hatte. Unter ihrer Handfläche hatte sie deutlich gespürt, wie Catherines Bauch kleiner und flacher wurde. Etwas unter der dicken Schicht Fleisch hatte sich bewegt und geblubbert. Wieder stöhnte Catherine.

»Das Kind kommt raus«, sagte Catherine verzweifelt. Sie stöhnte wie ein verängstigtes Tier, gar nicht mehr wie eine Frau. »Ich kann ihn nicht halten.«

Alys zog Catherines Hemd hoch und schaute noch einmal zwischen die gespreizten Beine der Frau. Die cremig weiße Pfütze hatte sich über das Laken ausgedehnt. Alys würgte.

»Ich weiß nicht, was dieses Zeug ist. Ich weiß nicht, was ich tun soll«, murmelte sie.

Catherine hörte sie nicht einmal. Ihr Körper bäumte sich nach oben, und während ihr Bauch sich zur Decke bog, sah Alys, wie die runde Ausbuchtung sich wie Flußschleim verformte und zerfloß.

»Liegt still«, befahl Alys ratlos. »Liegt still, Catherine, dann passiert nichts.«

Während Catherine stöhnte, sah Alys, wie sich der Muttermund öffnete. Sie erhaschte einen Blick auf ein blasses Körperchen, und einen Augenblick lang regte sich die Hoffnung, das Kind könnte doch noch unbeschadet zur Welt kommen.

»Ich sehe ihn«, sagte sie. »Laßt ihn kommen, Catherine, laßt ihn kommen. Ihr seid bereit, ihn zur Welt zu bringen!«

Catherine preßte nach unten, ihre Bauchmuskeln kämpften darum, das Kind in die Welt zu befördern. Alys steckte ihre kleinen, geschickten Hände in den Muttermund und packte den winzigen Körper. Einen Augenblick lang konnte sie das Baby fühlen, klein, wohlgeformt, sie fühlte seine runden Pobacken und den kleinen Arm mit der geballten Faust. Er lag etwas schief. Alys lächelte trotz ihrer Konzentration und tastete sich nach oben an dem warmen, nassen Körper zum Kopf, um ihn nach draußen zu führen, den Kopf nach vorne zu bringen für seine kleine Reise. Seine Schulter faßte sich rund und glatt an. Alys' behutsame Hände umfaßten seinen gerundeten, harten Schädel und spürten die zarte Form seines Gesichts.

Catherine stöhnte wieder, als ihre Muskeln sich zusammenzogen. Alys entzog ihre Hände dem Zugriff der Muskeln und ließ sie dann wieder hineingleiten, um den kleinen Körper zu drehen und zu führen. Er drehte sich, er lag richtig, Kopf voraus in die Welt. Sie packte die beiden Seiten seines Schädels mit sanftem, festem Griff und zog ihn auf sich zu, aus dem schlüpfrigen, engen Kanal in Catherines Körper.

»Ja«, sagte sie. »Ich hab ihn sicher.«

Alys hatte vergessen, daß das ihre Rivalin war, daß das Hugos Erbe war, der ihre eigene Sicherheit bedrohen würde, ihren eigenen Sohn. Sie war geleitet von dem Wunsch, bei dieser Geburt zu helfen. Sie bewegte sich im unbewußten Rhythmus aller weisen Frauen, die tief in eine Mutter greifen, um ein Baby sicher ans Licht zu bringen. Alys' Puls war eins mit dem Baby, sie bewegte sich mit Catherine, paßte ihre Berührungen und das Ziehen dem Rhythmus der Geburt an. »Er kommt!« hauchte sie aufgeregt. »Er kommt!«

Der kleine Körper drehte sich wieder. Alys griff tief in Catherines Leib, packte den Schädel und die kleine Schulter und zog, stetig, behutsam.

Mit einem widerlichen Ruck durchbrachen ihre Finger die weiche Kruste des Schädels und durchbohrten seinen Körper, weich wie Seife. Ein Arm blieb ihr in der Hand, ein Schwall Flüssigkeit ergoß sich in ihre Hand. Alys schrie vor Entsetzen.

Während sie schrie, preßte Catherine noch einmal, und ein Schwall weißen Schleims explodierte in Alys' Gesicht. Heiße, nasse Klumpen trafen ihren Mund, ihre Lippen, ihre Augen. Er klebte an ihren Händen, ihren Haaren, ihrem Kleid.

»Nein! Nein! Nein!« schrie Alys und wehrte mit beiden Händen das Entsetzen von Catherines Bett ab. »Nein!«

»Es ist Wachs!« schrie Alys starr vor Entsetzen. »Oh, mein Gott, es ist Wachs!«

Sie wich zum Fenster zurück, mit wachsverklebten Händen, verbarg ihr Gesicht, auf dem sich kleine Wachstropfen verhärteten.

»Oh, mein Gott, oh, mein Gott«, sagte sie immer und immer wieder. »Es ist Wachs.«

Catherine stöhnte noch einmal, dann blieb sie reglos liegen.

»Mein Gott! Es ist Wachs!« Alys wiederholte die Worte, bis sie ihre Bedeutung verloren hatten und nur noch Entsetzensschreie waren. »Wachs! Kerzenwachs! Wachs!«

Alys griff in ihr Gesicht, kratzte die trocknenden Tropfen von ihrer Haut ab, erschauerte vor dem Wachs unter ihren Nägeln. Sie kratzte an ihren Händen, den Handflächen. Sie war von Kopf bis Fuß mit dem Zeug verklebt. »Ich werde nie wieder sauber!« schrie sie hysterisch. »Kerzenwachs! Das krieg ich nie wieder weg!«

Catherine lag auf dem Rücken und hörte kein Wort von Alys' irrsinnigem Gewimmer. Ihr Körper hatte seinen Unrat abgestoßen, und sie war erschöpft und leer. Es dauerte lange Minuten, ehe sie sich bewegte, und dann legte sie eine Hand auf ihren Bauch und tätschelte ihn fassungslos. Er hatte seine Form verloren. Er war immer noch fett, fleischig und wabbelig, aber er ragte nicht mehr stolz empor. Das Kind war weg. Sie richtete sich langsam, mühsam in den Kissen auf und schaute hinunter auf die verklebten Laken und auf Alys, die mit dem Rücken an die Wand gelehnt, Haare und Gesicht vom Wachs verklebt, die Augen schwarz vor Entsetzen, hektisch zupfte und zupfte und zupfte – an ihrer Haut, ihrem Haar, ihrem Kleid.

»Was ist das?« hauchte Catherine entsetzt. »Was ist das für ein Zeug? Was ist mit mir passiert?«

Alys schluckte, würgte, schluckte wieder. Sie sah fassungslos ihre grabschenden Hände an und hielt sie mit Mühe still. Sie holte tief Luft. »Ihr habt kein Kind«, krächzte sie schließlich. »Euer Kind ist weg.«

Catherine beugte sich vor und steckte einen Finger in den weißen Schleim. »Das war mein Kind?« fragte sie.

Alys schüttelte den Kopf. »Es war nie ein Kind, jedenfalls keines aus Fleisch und Blut«, sagte sie. »Das ist Wachs aus Eurem

Körper.« Ihre Stimme schnappte über, sie schlug sich die Hand vor den Mund, um den Entsetzensschrei zu ersticken. »Nur Ausfluß«, sagte sie leise. »Kein Baby.«

Catherines Gesicht sah eingefallen aus. »Kein Kind?« fragte sie. »Kein Sohn für Hugo?«

Alys schüttelte den Kopf, wagte nichts zu sagen, aus Angst, ihre Stimme könnte versagen.

Die beiden Frauen starrten sich einen Augenblick lang an, stumm vor diesem Grauen.

»Erzähl es ihm nicht«, sagte Catherine. Ihre Stimme war brüchig, dem Irrsinn nahe. »Erzähl ihm nicht, daß es so war.«

Alys merkte, daß sie wie besessen ihre Hände aneinanderrieb.

»Erzähl keinem, was passiert ist«, flehte Catherine sie inständig an. »Sag ihnen, es war eine Fehlgeburt. Ich will nicht, daß jemand davon erfährt. Keiner darf davon erfahren, von diesem ... diesem Grauen!«

Alys nickte stumm.

»Wenn sie das erfahren ...« Catherine verstummte. Sie musterte Alys' niedergeschlagenes, entsetztes Gesicht. »Wenn sie davon wüßten, würden sie mich verjagen«, sagte sie sehr leise. »Sie würden sagen, ich bin – unnatürlich.«

Alys rang verzweifelt ihre Hände, rieb das Wachs weg. Es klebte zwischen ihren Fingern. Mit schnellen, hektischen Bewegungen kratzte sie an ihren Fingernägeln.

Catherine starrte sie an. »Wie kann denn so etwas passieren?« fragte sie. »Alys? Du hast doch viele Geburten gesehen. Wie kann so etwas nur passieren?«

Alys stutzte. Deutlich sah sie vor ihrem inneren Auge die Wachspuppe von Catherine, mit ihrem runden Wachsbauch, und die kleinen Klumpen Wachs, aus denen sie die Rundung des Bauches geformt hatte. Sie hatte die Wachspuppe von Catherine mit dem riesigen Wachspenis der Puppe Hugos begattet. Sie hatte der Wachspuppe ihren Willen aufgezwungen, ihr gesagt, das Baby müßte ein Abbild seines Vaters werden, seines Wachsvaters. Morachs Warnung, daß sie »manchmal falsch verstehen«, tauchte in ihrem Bewußtsein auf.

»Ich weiß es nicht«, sagte sie. Ihrem Selbsterhaltungstrieb war es gelungen, ihre Angst zu überwinden. »Ihr müßt irgendeine gräßliche Krankheit haben. Euer Körper hat irgendeine Fäulnis in sich. Ihr könnt nicht empfangen und nur Unrat gebären.«

Catherine zuckte nicht einmal zusammen, so sehr hatte sie das Entsetzen gepackt. »Meine Schuld«, sagte sie langsam, wie jemand, der eine Lektion zu lernen versucht, die er außerstande ist zu begreifen. »In mir ist etwas faul.«

»Ja«, sagte Alys ohne Rücksicht auf Catherine.

Sie schwiegen wieder.

»Versteck das«, sagte Catherine. »Es darf keiner wissen.« Sie warf einen Blick auf das Feuer. »Verbrenn es.«

Alys nickte. Catherine schleppte sich aus dem Bett, keuchend vor Anstrengung, und die beiden Frauen zogen das Unterlaken heraus, rissen es entzwei und rissen es dann noch mal durch. Jedes Stück wurde zusammengerollt und in das kleine Feuer gesteckt. Es schwelte düster, und als das Wachs Feuer fing, flackerte und zischte es, brannte mit unheilschwangerer gelber Flamme. Der Rauch roch wie in einer Gerberei.

»Deine Haare«, sagte Catherine mit zitternder Stimme. »Und dein Gesicht.«

Sie zupfte behutsam das Wachs aus Alys' Haaren. Alys rieb sich das Gesicht, um die kleinen weißen Schuppen zu entfernen.

»Dein Kleid«, sagte Catherine.

Alys' rote Ärmel waren bis zum Ellbogen verklebt, das Mieder war mit weißen Tupfen übersät. Sie ließ sich von Catherine das Kleid aufschnüren und zog es aus. Dann holte Alys ein altes Kleid aus einer Truhe, das Catherine seit ihrer Schwangerschaft nicht mehr getragen hatte. Catherine schnürte es ihr schweigend zu. Dann holte Alys ein sauberes Laken, das zum Lüften am Feuer hing, und bezog das Bett.

»Sie werden hereinkommen müssen, um Euch zu sehen«, sagte sie.

Catherine nickte. »Sie werden nach dem Kind fragen«, warnte sie.

Alys nickte. Sie nahm eine Schüssel, goß etwas Wasser hinein, zerriß eine Serviette und band sie in Knoten, dann goß sie eine halbe Tasse Rotwein dazu, den Rest warf sie aufs Bett. Ein tiefroter Fleck breitete sich über das Laken aus. Dann nahm sie das Tischtuch und deckte die Schüssel damit zu. »Keiner wird sich das genau ansehen. Vielleicht kommt Ihr damit durch.«

Catherines Gesicht hatte sich fahl gelblich verfärbt. »Mir ist übel«, sagte sie.

Alys nickte. »Laßt sie kurz herein, dann könnt Ihr Euch ausruhen«, sagte sie, nicht gerade mitleidig. »Glaubt Ihr etwa, mir geht es anders?«

»Alys.« Alys drehte sich um.

»Schwöre, daß du es nie jemandem erzählst. Niemals!« forderte Catherine.

Alys nickte.

»Ganz besonders nicht Hugo«, sagte Catherine. »Schwöre mir, daß du Hugo nie erzählst, daß ich ...« Sie verstummte. »Daß ich ein Monster im Leib hatte.«

Alys' Gesichtszüge verhärteten sich. »Er wird erfahren müssen, daß Ihr keine Kinder bekommen könnt«, sagte sie barsch.

Catherine sah Alys an, als würde sie sie das erste Mal richtig sehen, begriff die Kälte von Alys' grimmigem Gesicht.

»Ja«, sagte sie langsam.

»Ich werde ihm nicht sagen, daß es eine Mißgeburt war«, sagte sie. »Er wird nie erfahren, daß Ihr weiße Lehmklumpen geboren habt. Stinkende Lehmklumpen.«

Catherine senkte die Augen. »Ich schäme mich«, sagte sie kaum verständlich.

Alys' Blick war ohne jedes Mitleid. »Ich werde Euer Geheimnis bewahren«, sagte sie. »Ich werde ihm nichts davon erzählen«. Sie wartete auf Catherines Antwort. Als keine kam, glitt sie zur Tür hinaus.

Hugo wartete direkt vor der Tür, aber bei Alys' Erscheinen hörten alle in der überfüllten Galerie auf zu reden und schauten sie an. Der alte Lord und David gingen sofort auf sie zu. Alys verschränkte die Hände und senkte den Blick.

»Mylord«, sagte sie. »Lord Hugo. Ich bringe sehr traurige Nachricht. Lady Catherine hatte eine Frühgeburt und hat das Kind verloren.«

Erregtes Raunen ging durch den Raum. Hugos Augen brannten sich in Alys' Gesicht, die Miene seines Vaters war düster wie Donner.

»Sie kann Euch empfangen«, sagte Alys zu Hugo. Ihr Blick war von unendlicher Zärtlichkeit. »Es tut mir leid, Hugo. Keiner hätte etwas für Catherine tun können. Sie war von Anfang an kränklich.«

Er drängte sich an ihr vorbei in Catherines Zimmer. Der alte Lord ging zu Alys und packte sie am Ärmel.

»Was hat die Fehlgeburt ausgelöst?« fragte er. »Sie ist gestern zum Abendessen heruntergekommen. Hat sie das überanstrengt?«

Alys beugte sich zu seinem Ohr. »Das Kind wäre verkrüppelt gewesen«, sagte sie. »Es ist besser, daß es tot ist.«

Der alte Lord sah aus, als hätte ihm jemand ins Gesicht geschlagen. »O Gott, nein!« sagte er. »Nein! Ein dreckiger Krüppel von meinem Blut! Und das nach so langen Jahren des Wartens!«

»Kann sie noch ein Kind bekommen?« David drängte sich zu Alys. »Wie ist Eure Meinung, Mistress Alys? Wird Lady Catherine noch einmal empfangen können?«

Alys begegnete seinem Blick. »Ich glaube nicht. Man sollte hierfür vielleicht einen Arzt hinzuziehen. Aber ich bin mir sicher. Sie kann kein normales Kind zur Welt bringen.«

Der alte Lord ließ sich in einen Stuhl fallen, stützte sich mit beiden Händen auf seinen Stock und starrte ins Leere.

»Das ist ein bitterer Schlag, Alys«, sagte er leise. »Ein bitterer Schlag. Catherines Kind ist tot und ihre Chancen auf ein anderes dahin. Alles an einem Nachmittag. Ein bitterer Schlag.«

Catherines Tür öffnete sich, und Hugo kam aus dem Schlafgemach. Seine Miene war steinern, die Falte zwischen den Augenbrauen tief, der Mund grimmig. »Sie wird jetzt ruhen«, sagte er. »Jemand sollte bei ihr bleiben.«

Eliza und Ruth knicksten und huschten in das Zimmer.

»Sie hat gesagt, Ihr könnt sie besuchen, Sir«, sagte Hugo zu seinem Vater. »Sie will Euch um Euren Segen bitten.«

»Verflucht soll er sein, der Segen«, sagte der alte Lord, rappelte sich aus dem Stuhl hoch und schlug mit dem Stock auf den Boden. »Ich will sie nicht sehen. Sie ist unfruchtbar, mein Sohn! Und sie hat mehr Jahre in diesem Schloß gelebt, als ich zählen will. Ich werde sie besuchen, wenn sie fruchtbar ist. Unfruchtbare Weiber braucht keiner! Dreiundzwanzig Bastarde hab ich meines Wissens gezeugt und drei rechtmäßige Kinder, einen Sohn. Meines Wissens habe ich keine unfruchtbare Frau je eines zweiten Blickes gewürdigt, und ich werde es auch in Zukunft nicht.«

Er schnippte mit dem Finger einem Pagen zu, der die Tür öffnete, und stapfte dann darauf zu. Die Menschen in der Galerie machten ihm hastig den Weg frei, voller Angst vor seinem Zorn.

»Du«, sagte er zu Alys. »Komm in mein Gemach. Ich habe zu arbeiten!« Dann, als Alys mit vorgeschobenem Bauch auf ihn zukam, stutzte er. »Nein«, sagte er. »Geh und ruh dich aus. Geh und setz dich und näh oder sing oder so etwas. Aber paß auf dich auf, Alys. David! Such ihr eine Zofe aus, die ihr zur Hand geht. Und sorg dafür, daß sie einen bequemen Stuhl in ihrem Zimmer hat. Sie muß sich ausruhen. Sie muß gesund bleiben. Sie trägt Hugos Kind unter dem Herzen. Und sorg dafür, daß sie kriegt, was sie gerne ißt. Besorg ihr alles, was sie will! Alles, was sie will, soll sie haben!«

David verbeugte sich, sein scharfes Lächeln streifte Alys. »Ja, Mylord«, sagte er.

Der alte Lord nickte. »Behüte sie«, sagte er. »Keine Ausritte mehr, Alys, du mußt im Schutz des Hauses bleiben.« Er sah kurz zu Hugo. »Laß sie nicht so fett werden wie die andere«, sagte er. »Das war das Problem bei der. Halte sie wie eine gute Zuchtstute, gut gefüttert, aber nicht überfressen. Sie wird jeden Abend bei Tisch neben mir sitzen, damit ich sehen kann, was sie ißt.«

Hugo nickte kühl. »Wie Ihr wünscht, Mylord. Ich werde mein Pferd ein bißchen bewegen. Meiner Seele ist übel von diesen Frauengeschichten.«

Der alte Lord nickte. »Verdammt recht hast du«, sagte er

gereizt. »All das Gerede und die Ausgaben und am Ende nur eine unfruchtbare Sau.«

Die beiden verließen das Zimmer. Hugo polterte die Treppe hinunter und schrie nach seinem Pferd. Einer nach dem anderen verließen die Mägde und Diener, die Soldaten und die Pagen das Zimmer, Skandal, Verleumdung und böswillige Gerüchte flüsternd. Alys stand reglos in der Mitte des Raumes. Im Vorbeigehen machten alle einen steifen Knicks oder verbeugten sich vor ihr. Alys kam kein Lächeln über die Lippen, sie quittierte die Ehrfurchtsbezeugungen lediglich mit knappem Kopfnicken. Schließlich blieben Alys und David allein zurück.

»Möchtet Ihr etwas für das heutige Abendessen bestellen, Mistress Alys?« fragte David gespielt unterwürfig.

»Ich will nur das Beste«, sagte Alys schlicht. »Das Beste von allem, gleichgültig, was es gibt. Nur das Allerbeste.«

26

In der Nacht wachte Catherine schreiend auf, und nur Alys konnte sie beruhigen. Sie schwitzte von ihren Alpträumen und hatte Fieber. Alys gab ihr eine kleine Dosis getrockneter Beeren vom Nachtschatten und hielt bei ihr Wache, bis sie eingeschlafen war. Dreimal wachte Catherine von ihren Alpträumen wieder auf – und alle Hofdamen mit ihr. Dreimal erschien eine Zofe und klopfte an Alys' Tür, und dreimal sagte sie, Lady Catherine würde weinen und wollte nur Alys um sich haben. Beim dritten Mal gab Alys ihr eine kräftige Prise Schlafpulver in einem Becher Weinbrand.

Am Morgen war Catherine still und immer noch von den Drogen benommen. Hugo besuchte sie in ihrem Schlafgemach. Sie streckte die Arme nach ihm aus, und Tränen kullerten über ihr fettes Gesicht.

»Ihr seid unrein«, sagte er. »Ich darf Euch nicht berühren. Alys wird Euch helfen.«

»Aber ich dachte, du glaubst nicht an das...«, jammerte Catherine.

Catherine starrte ihn fassungslos an. Keine Spur von Mitleid war in seinem Gesicht zu sehen. Er wich zur Tür zurück, hielt sich von ihr fern, als hätte sie die Pest, machte eine winzige Verbeugung und ging, ohne sie oder Alys noch eines Blickes zu würdigen. Alys trat einen Schritt zurück, um ihn passieren zu lassen, und schloß dann befriedigt die Tür hinter ihm.

Der alte Lord weigerte sich, Catherine zu besuchen, obwohl sie darum bat. Er sagte, er wäre zu beschäftigt. Wenn Catherine ihre Pflichten als Hausherrin wieder erfülle, könne sie ihn jederzeit besuchen. Bis dahin müßte sie auf ihn verzichten, da er keine Heilkünste beherrsche.

»Sie hassen mich, weil das Baby gestorben ist«, flüsterte sie Alys zu. »Sie hassen mich beide, weil das Baby tot ist.«

Alys überredete Catherine zu einem kleinen Frühstück, sich im Bett aufzusetzen und das Haar zu kämmen. Sie gehorchte wie ein ungeschicktes Kind. Unaufhörlich tropfte der wächserne Ausfluß zwischen ihren Beinen heraus, tränkte die Laken, und schwere, ölige Tränen kullerten über ihr Gesicht. Sie schluchzte nicht, sie stöhnte nicht. Sie saß nur still da und tat, was man ihr befahl.

Alys blieb bis zum Mittagessen bei ihr, dann ging sie hinunter in die Große Halle. Ruth und Eliza aßen mit Catherine in ihrem Schlafgemach. Als Alys an ihren Platz zur Linken des alten Lord ging, hörte sie beifälliges Raunen unter den Männern in der Halle. Jetzt war sie die einzige Hoffnung auf einen Erben. Gleichgültig, ob die Frauen im Schloß sie fürchteten und haßten und sie draußen im Schatten des Schlosses Böses über schwarze Magie murmelten und behaupteten, sie hätte den jungen Lord durch Hexerei in den Wahnsinn und die Wollust getrieben: Ein Sohn wog das alles auf. Einer Frau, die Hugo einen Sohn gebar, würde man alles verzeihen.

Der alte Lord kam mit ernster Miene herein, Hugo begleitete ihn. Alys blieb hinter ihrem Stuhl stehen, bis die beiden Platz genommen hatten. Sie sah Hugo nicht an. Sie wußte, daß er so vom Zorn gepackt war, daß er nicht reden konnte. Sie beugte den Kopf und brach ihr Brot. Hugo würde sich schon wieder beruhigen.

»Ich brauche dich heute nachmittag«, sagte der alte Lord. »Du mußt mir ein paar Briefe schreiben. Und du wirst in meinem Gemach bleiben und mir vorlesen.«

Alys neigte den Kopf. »Mit Freuden, Mylord«, sagte sie.

Er grunzte. »Du bist doch nicht müde?« fragte er. »Gut geschlafen?«

»Ich mußte mich heute nacht um Lady Catherine kümmern«, sagte Alys. »Man hat mich dreimal zu ihr gerufen.«

Lord Hugh bedeutete David, den Mundschenk zu schicken. »Trink das«, befahl er Alys barsch. »Nimm einen tiefen Zug. Das gibt dem Baby gutes Blut.« Er überlegte kurz. »Das muß aufhören«, sagte er plötzlich. »Es ist zu ermüdend für dich, hinter diesem unfruchtbaren Weib herzulaufen. Das muß aufhören. Catherine kann sich an einer anderen Schulter ausweinen. Hugo?« Hugo hob den Blick, der starr auf seine geballten Fäuste vor sich auf dem Tisch gerichtet war. Der alte Mann nickte. »Sag Catherine, sie darf Alys nicht stören. Alys kann ihr nicht mehr dienen. Alys darf sich nicht überanstrengen.«

Hugo nickte. »Wie Ihr wünscht, Sir.«

»Ja, ja, du bist grimmig«, sagte der alte Lord verständnisvoll. »Kein Wunder. Neun Jahre warten, und dann wieder nichts. Aber ich sag dir eines, mein Sohn. Unsere Wette gilt immer noch. Wenn Alys dir einen Sohn schenkt, kriegst du immer noch tausend Pfund. Ein Sohn ist genauso gut wie der andere, wenn man keine Wahl hat. Du sollst trotzdem dein Geld haben. Wie findest du das?«

»Ich danke Euch«, sagte Hugo. »Ihr seid wirklich großzügig. Aber ich wollte das Geld haben, um die Reise des Schiffes zu finanzieren. Alys' Kind wird erst im April geboren werden. Bis dahin hat mein Freund andere, willigere Mäzene gefunden.«

Der alte Lord nickte und zerkrümelte nachdenklich sein Brot. »Ich hab ein paar Ideen, die ich später mit dir durchgehen will, Hugo«, sagte er. »Vielleicht treibst du das Geld doch noch rechtzeitig auf. Ich habe da noch ein oder zwei Pläne auf Lager.«

Hugo zwang sich zu einem kalten, trotzigen Lächeln. »Ihr seid ein großer Pläneschmied«, sagte er.

Der alte Lord nickte. »Musik!« sagte er barsch zu David. »Und schickt uns jemanden, der uns zum Lachen bringt. Wir sind krank vor Melancholie, ohne jeden Grund. Eine unfruchtbare Frau ist nur für sich selbst eine Katastrophe. Gebt mir den neuen Wein, den flämischen Wein, und laßt um Gottes willen ein paar Gaukler, Jongleure oder einen Bären aus Castleton holen. Selbst ein Hahnenkampf tut's, wenn sonst nichts aufzutreiben ist! Ich werde nicht um Catherine trauern. Ich habe neue Pläne! Findet jemanden, der mich zum Lachen bringt!«

David nickte und schnippte mit den Fingern nach einem Pagen. Er warf eine Silbermünze in die Luft, und der Junge sprang hoch, schnappte sie sich und rannte aus der Halle, die Hunde kläfften und versuchten, in dem plötzlichen Aufruhr nach seinen Fersen zu schnappen. Ein halbes Dutzend Männer sprang von den Bänken auf, sie holten ihre Instrumente, begannen sie zu stimmen und verfluchten einander vor lauter Eile. Dann fingen sie an zu spielen, und die Serviererinnen standen auf, um einen Reigen zu tanzen, einen alten Dorftanz. Alys, die die Musik aus ihrer Kindheit kannte, klopfte den Takt mit dem Fuß mit.

»Tanz mit ihnen«, sagte der alte Lord. »Nimm die Hofdamen und tanz mit ihnen.«

Alys grinste ihn an und machte Eliza und Margery ein Zeichen. Sie öffneten den Kreis und reihten sich ein. Eines der Mädchen tanzte in der Mitte, und die anderen kreisten um sie, dann suchte sie sich einen Tänzer, und sie führten die anderen paarweise herum. Die Mädchen warfen die Köpfe und produzierten sich für die zuschauenden Männer. Sie stampften im Takt mit der Musik, und wenn sie lange, schwungvolle Schritte im Kreis hüpften, stemmten sie die Hände in die Hüften und schwenkten sie verführerisch. Alys tanzte, mit wehender blonder Mähne, ein Auge auf Hugo gerichtet. Als sie an der Reihe war, in der Mitte zu tanzen, hüpfte sie mit hocherhobenem Haupt, rosigen Wangen und den Bauch stolz vorgestreckt. Wenn er sie ansah, strahlte sie selbstsicher übers ganze Gesicht.

Er grinste, seine düstere Stimmung verflog, die Falte zwischen seinen Augenbrauen verschwand. Mit einem kurzen Wort zu seinem Vater sprang er von der Plattform und durchbrach den Reigen. Als Alys an der Reihe war, einen Tänzer zu wählen, trat er vor, und alle applaudierten. Die anderen Männer aus der Halle folgten Hugos Beispiel, schlossen sich dem Reigen an und tanzten ebenfalls. Die Musik wurde lauter und eindringlicher. Alys, in ihrem grünen Kleid, wirbelte im Banne triumphierender Sinnlichkeit, und Hugo sprang und tanzte um sie herum. Als die Musik endete, fiel sie in seine Arme, er hob sie hoch und sprang mit ihr auf die Plattform.

Catherine, in ihrem Gemach über der Halle, hörte die Musik, das Gelächter, das Beifallsgeschrei für Alys, das fröhliche Stampfen tanzender Füße. Allein in ihrem großen Bett, vor ihrem unberührten Essen, lauschte sie, und dicke Tränen rollten über ihr Gesicht.

Der alte Lord hatte an diesem Nachmittag einen Berg Briefe, die Alys schreiben mußte. Sie saß an dem kleinen Tisch am Fenster, in ihrem grünen Kleid, ihr Haar war von einer grünen französischen Haube bedeckt, und um die Schultern hatte sie einen grünen Schal.

»Du bist wie eine Heuwiese im Frühling«, sagte der alte Lord. »Es ist eine Freude, dich anzuschauen, Alys.«

Sie lächelte nur, sagte nichts.

»Jetzt aber an die Arbeit«, sagte er entschlossen. Er saß aufrecht in seinem Stuhl, eine ausgestreckte Hand ruhte auf seinem Stock. Ohne Alys anzuschauen, ratterte er eine Liste der Männer herunter, die Briefe bekommen sollten. Alys tauchte ihren Gänsekiel in das Tintenfaß und schrieb, so schnell und deutlich sie konnte.

Sie zwang sich, bei der rasenden Geschwindigkeit des Diktats des alten Lords mitzuhalten. Sie zwang sich, sein knapp formuliertes, idiomatisches Englisch in klassisches Latein zu übersetzen. Sie zwang sich, gesenkten Hauptes dazusitzen, die Rolle des treuen Sekretärs zu spielen, des tölpelhaften Schreibers, während Lord Hugh den Beistand seiner Freunde erflehte für die bevorstehende Scheidung seines Sohnes von seiner Frau aufgrund ihrer engen Blutsverwandtschaft.

Sechs Briefe diktierte der alte Lord, dann brach er ab.

»Pater Stephen wird den Brief an den Obersten Gerichtshof schreiben müssen«, sagte er. »Er weiß, wie er formuliert werden muß, wie eingeteilt, all diesen Kram.«

»Wird er es tun?« fragte Alys zweifelnd.

Lord Hugh grinste boshaft. »Er hat keine Wahl, meine Liebe. Er ist mir ausgeliefert. Ich habe ihm ohne Gebühren alle Pfründe meiner Ländereien gegeben. Er ist ein weltoffener Mann, ein ehrgeiziger Mann und ein eifriger Mann der Kirche. Er hat seine Karten auf meinen Hugo gesetzt, die beiden sind aus einem Holz geschnitzt. Hugos Aufstieg wird ihn auch nach oben bringen. Er kennt den Preis – er ist mein Mann bei den Kirchengerichten.«

»Und was wird mit Catherine passieren?« fragte Alys leise.

Lord Hugh zuckte die Achseln. »Das weiß der Himmel«, sagte er achtlos. »Früher wär sie ins Nonnenkloster gegangen. Sie hat keine bedeutsame Familie. Vielleicht könnte ich jemanden finden, der sie heiratet. Ein Witwer, der schon Söhne hat, käme vielleicht in Frage. Sie ist eine ganz ansehnliche Frau, und gut im Bett, sagt Hugo. Ich geb ihr einen Teil ihrer Mitgift zurück. Oder ich könnte ihr einen kleinen Hausstand irgendwo auf meinen Ländereien einrichten. Sie könnte ein paar von ihren Damen und einige Diener mitnehmen.« Er nickte. »Was immer sie will. Sie hat freie Wahl. Wenn sie sich nicht gegen mich stellt, wird sie von mir großzügig behandelt.«

»Weiß Hugo das?« fragte Alys.

Der alte Lord schüttelte den Kopf. »Nein, und von dir soll er es auch nicht erfahren, mein hübsches Fräulein. Ich werde es ihm sagen, wenn ich Antwort erhalten habe. Wenn sie zustimmen, werden wir diesen Plan durchführen. Bring diese Briefe David und sag ihm, sie müssen sofort auf den Weg gebracht werden. Die Boten sollen auf Antwort warten und sofort wieder zurückkommen. Jedem Mann, der schnell wieder zurück ist, gebe ich einen Silberschilling. Und sag den Boten, sie sollen in London weder essen noch trinken. Die Pest zieht wieder durch die Stadt, ich will nicht, daß sie sie einschleppen.

Und dann gehst du und legst dich hin. Ruh dich aus. Wenn Catherine dich ruft, sag ihr, daß ich wünsche, daß du nachmittags ruhst.«

Alys nickte, sammelte die Papiere ein und ging.

Sie hatte Mutter Hildebrande nicht vergessen. Mittags, als Alys ihr Haar glattstrich und in den Spiegel schaute, bevor sie zum Essen nach unten ging, sah sie Mutter Hildebrandes strenges Gesicht im Glas. Sie sah ihre Mutter, wie sie in der Tür der kleinen Hütte stand, die Hand zum Schutz vor der Sonne über die Augen gelegt, wie sie flußabwärts schaute, den Uferpfad am Fluß absuchte und vertrauensselig auf die Tochter wartete, die sie wiedergefunden hatte, überzeugt, daß sie zurückkommen würde, im

Vertrauen auf ihre strenge Erziehung, die Disziplin und – mehr als alles andere – im Vertrauen auf die Liebe, die die zwei Frauen verband. Anfangs würde sie sich wundern – die Novizin Alys war nie zu irgendeiner Unterrichtsstunde zu spät gekommen. Dann würde sie Angst um ihre Tochter bekommen. Dann würde sie langsam in ihre feuchte Hütte zurückgehen, sich an den leeren Herd setzen, die Hände falten und für Alys' Seele beten, da das Mädchen nicht gekommen war, in seinen Pflichten gegenüber Gott versagt hatte, seine Mutter im Stich gelassen hatte, den einzigen Menschen auf dieser Welt, der es liebte.

Als sie dann die Briefe übersetzte, die Künste einsetzte, die Mutter Hildebrande sie gelehrt hatte, war ein Teil von Alys' Gedanken immer noch bei der alten Frau. Die Böschungen des Flußufers waren steil, jetzt da der Fluß seinen sommerlichen Tiefstand hatte – sie würde sich kein Wasser holen können. Wenn das Brot aufgegessen war, würde sie nichts zu essen haben.

Alys übergab David die Briefe und die Anweisungen, wies mit Nachdruck auf die Gefahren der Pest in London hin. Dann ging sie auf ihr eigenes Zimmer, schloß die Tür, streifte die Schuhe ab und legte sich aufs Bett. Sie schaute hinauf in den grüngelben Himmel über ihrem Bett; er war aufwendig, luxuriös, teuer. Sie wußte, wie schon von dem Moment an, in dem sie sich zu Füßen von Mutter Hildebrande auf Morachs feuchtkalten Lehmboden gesetzt hatte, daß sie nie mehr in der kleinen Kate am Fluß leben würde. Alys würde nie wieder die leerbäuchige Not der Armen im Winter erleiden. Nicht, wenn sie ihr Schicksal unter Kontrolle halten konnte.

»Ich kann nicht zurückgehen«, sagte Alys. »Ich werde nicht zurückgehen.«

Sie dachte an ihre Mutter, die Frau, nach der sie sich gesehnt hatte, deren Verlust sie jeden Tag betrauert hatte, und sie entdeckte, daß die tiefe Wunde des Schmerzes verheilt war. Wenn sie jetzt an Mutter Hildebrande dachte, packte sie die Furcht vor Einmischung, machte sie ihr angst. Mutter Hildebrande war nicht mehr länger eine Heilige, um die man trauern konnte. Sie war eine lebendige Bedrohung.

»Sie sollte fortgehen«, sagte Alys leise. »Sie sollte in ein richtiges Nonnenkloster gehen. Ich würde mit ihr gehen, wenn sie nur in ein richtiges Nonnenkloster ginge. Selbst jetzt, da Catherine verstoßen werden wird und jeder Hugo als meinen Geliebten anerkennt und mich als Mutter des Erben, würde ich mit ihr gehen, wenn sie in ein richtiges Nonnenkloster ginge.«

Alys überlegte. Sie dachte an den Frieden und die Freude ihrer Kindheit als Mutter Hildebrandes Liebling. Sie dachte an die ruhigen Unterrichtsstunden, an ihre Freude, daß sie so schnell lernte, die Freude, die Beste zu sein. Sie dachte an den Destillationsraum und den Geruch der Kräuter und Tinkturen. Sie dachte an den Kräutergarten und die geheimnisvollen Blätter der Kräuter, den Geruch von Lavendel, wenn sie ihn zwischen den Händen zerrieb, die samtige Berührung von Salbei, den frischen Geschmack von Minze, wenn sie einen Stiel abbrach und lustvoll hineinbiß.

Alys schüttelte den Kopf. Sie starrte immer noch den Himmel und die Bettvorhänge an, aber sie sah nur das kleine Mädchen mit den blonden Haaren, das sich nach Frieden und Reichtum sehnte und das die Mutter Äbtissin liebte, die ihr beides gegeben hatte.

»Nein«, sagte sie schließlich. »Nein, das würde ich nicht. Ich würde nicht mit ihr gehen, nicht einmal, wenn sie in ein anderes Kloster ginge. Das war das Leben meiner Kindheit, genauso wie Morach das Leben meiner Kindheit war. Ich werde nicht rückwärts an all diese alten Plätze gehen. Ich bin mit beiden fertig. Ich wünschte, sie wären beide tot und verschwunden.«

Die Tür öffnete sich ohne Anklopfen, und Hugo kam herein.

»Du ruhst wie eine Lady, was, Alys!« nuschelte er und hielt sich an der Tür fest. Er war noch in der Großen Halle geblieben, nachdem Alys und sein Vater gegangen waren. Die Musiker hatten immer weiter gespielt, die Weinkrüge waren gekreist. Die Serviererinnen waren aus der Küche gekommen und hatten wild getanzt. Hugo und die Soldaten hatten getrunken, die Damen angeschrien, eine aus dem Kreis gerissen und sie herumgezerrt. Während Alys und der alte Lord gearbeitet hatten, die Zukunft geplant hatten, hatte Hugo in der Halle gespielt. Für Hugo gab es keine Arbeit. Er war ein untätiges Kind.

Alys stützte sich mit einer Hand auf. »Dein Vater hat mir befohlen, mich auszuruhen.«

Hugo stieß sich vom Türstock ab, schloß die Tür, stolperte ins Zimmer und hatte Mühe, seinen Schritt zu kontrollieren.

»O ja«, sagte er bissig. »Du bist ja jetzt seine große Favoritin, Alys, nicht wahr?«

Alys sagte nichts, versuchte Hugos Trunkenheit abzuschätzen und seinen unterdrückten Zorn.

»Gott weiß, warum!« rief er. »Deine verdammte, bauernschlaue, weise Einmischerei hat mich meinen Sohn gekostet! Ihm seinen Enkel gekostet! Wenn wir einen Arzt gehabt hätten, einen anständigen Mann, der diese Sachen studiert und gelesen hat, aus York oder aus London, dann würde Catherine das Kind noch tragen! Und ich würde mein Geld im Herbst bekommen und einen Erben haben.«

Alys schüttelte den Kopf. »Das Kind war krank«, sagte sie. »Sie hätte es nie bis zum Schluß behalten, gleichgültig, wer bei der Geburt dagewesen wäre.«

Hugos dunkle Augen sprühten Feuer. »Weiser Frauen Mumpitz«, sagte er gerade heraus. »Du hast mir geschworen, er wäre gesund. Du hast geschworen, es wäre ein gesunder Junge. Du bist eine Lügnerin und eine Betrügerin. Und alles, was du sagst, ist Lug und Trug.«

Alys schüttelte den Kopf, sagte aber nichts, beobachtete nur, wie seine Wut sich steigerte.

»Zieh dein Kleid aus.«

Alys zögerte.

»Du hast mich gehört«, keifte Hugo. »Zieh dein Kleid aus. *Mein* Kleid, erinnerst du dich? Die Nummer zwölf, die das Dutzend, wie bei Catherine, voll gemacht hat. Das, worum du wie eine Hure gebettelt hast.«

Alys erhob sich und löste die Schnürung des Kleides, streifte es ab, hing es sorgfältig über das Bettende, schlug die kalten Laken beiseite und glitt ins Bett, ohne Hugo eine Sekunde aus den Augen zu lassen.

Hugo band seinen Lendenschutz auf, öffnete die gestrickte

Strumpfhose und zog sie herunter. »Hör mal«, sagte er. »Hat Catherine wegen unseres kleinen Spielchens gestern das Kind verloren?«

Alys schüttelte den Kopf. »Nein«, sagte sie und versuchte, ihre Angst vor Hugos Jähzorn nicht zu zeigen. Seine Triebe, die sie fest in der Hand gehabt hatte, waren ihr entglitten. Er hatte das Mädchen auf der Heuwiese angesehen und sie begehrt. Er hatte Alys ohne ihre Einwilligung genommen und es genossen, sie und Catherine gleichzeitig zu nehmen, als wären sie ein und dasselbe, zwei sklavisch ergebene Weiber. Er hatte Alys gedemütigt, als wäre sie nur eine Hure – ein Spielzeug für Catherine. Er hatte sich aus Alys' Herrschaft befreit, und jetzt konnte er sie mißbrauchen, wie er wollte.

Er stieg aufs Bett und kniete sich über Alys. Sein Atem stank nach Wein und Zwiebeln. Er küßte sie, knetete grob ihre Brüste. Alys spürte, wie ihre Muskeln sich verkrampften und die warme Feuchte zwischen ihren Beinen trocknete und abkühlte.

»Gestern habe ich dich wie eine Hure genommen«, sagte er.

Alys schloß die Augen und legte ihre Arme um seinen Hals, eine lieblose Travestie der Leidenschaft.

»Du hast es genossen«, sagte Hugo. »Alle Frauen sind im Grunde ihres Herzens Huren. Du, Catherine, das blonde Mädchen auf dem Feld. Alles Huren.«

»Ich aber nicht!« sagte Alys bestimmt. »Ich trage dein Kind unterm Herzen, ich bin die einzige Frau, die ein Kind von dir trägt. Und ich kann dich verzaubern, Hugo. Hast du vergessen, wie du dich fühlst, wenn meine Schwestern zu mir kommen?«

Hugo schüttelte den Kopf. »Ich brauche eine Frau, keine intrigante Hexe«, sagte er wütend. »Ich brauche einen rechtmäßigen Erben und nicht einen Bastard von einem Weib ohne Namen und ohne Familie. Ich weiß nicht, wie ich die Kontrolle über mein Leben behalten soll. Ich schau Catherine an und denke, wie wild sie nach mir ist, und schau dich an und denke mir, wie wild ich nach dir war. Und alles hat keinen Wert. Es ist ein einziges Chaos. Alles, was ich brauche, entgleitet mir. Alles, was ich wirklich will, ist verboten. Ich kann nur wahnsinnige Spiele mit dir spielen und einen Sohn mit dir zeugen, der keinem etwas nützen wird und nur meinem Stolz dient.«

»Du könntest dein Leben in die Hand nehmen«, sagte Alys vorsichtig. Hugo war betrunken, leicht reizbar. Alys spürte, wie er vergeblich versuchte, in sie einzudringen. Seine Hand wanderte nach unten, und er tastete gegen Alys' kalte Trockenheit.

»Wenn Catherine fort wäre«, sagte Alys hastig, »und ich einen Sohn hätte, deinen Sohn. Und wenn du, anstatt mich als Hure zu sehen und zu versuchen, mich zur Hure zu erniedrigen, mich so siehst, wie ich bin, eine Frau mit großer Macht. Ich brauche keine Familie im Hintergrund, keinen Namen. Ich brauche kein Vermögen mitzubringen. Meine Künste und meine Macht sind die beste Mitgift, die ein Mann sich wünschen kann. Wir könnten heiraten – genau wie ich es geträumt habe. Und dann wäre dein neues wunderschönes Haus unser Haus und das Haus unseres Sohnes. Und wir könnten in diesem Haus zusammen leben.«

»Und mehr Söhne haben«, sagte Hugo mit trunkener Begeisterung. Er stieß noch einmal in sie. Alys spürte ihn schlaff und feucht an den eng verkrampften Muskeln ihres Körpers. Sie konnte ihn riechen, den dumpfen, klebrigen Geruch seiner Wäsche. Sie biß angewidert die Zähne zusammen.

»Ja«, sagte sie. »Wir könnten mehr Söhne haben. Du wärst der Begründer einer Dynastie. Rechtmäßige Söhne.«

»Mehr Söhne als mein Vater hatte. Mehr Söhne als mein Großvater hatte!« babbelte Hugo. »Ich hab die Nase voll von dem, was sie über mich sagen – daß ich kein Kind zeugen kann. Wir werden heiraten und in das neue Haus einziehen und hundert Söhne haben.«

»Heiraten?« fragte Alys leise, bereit, die Falle zuschnappen zu lassen. Ein Heiratsversprechen war das zwingendste von allen, ein Mann von Ehre konnte das nicht rückgängig machen. »Bittest du mich, dich zu heiraten?«

»Hunderte von Söhnen!« Hugos Stimmung schwang plötzlich in trunkene Fröhlichkeit um. »Hunderte.«

»Sollen wir heiraten?« flüsterte Alys verlockend. »Heiraten und rechtmäßige Söhne haben? Willst du mich heiraten, Hugo?«

Einen Augenblick lang dachte sie, er würde ihr antworten, und dann hätte sie sein Ehrenwort und die Chance, ihn mit seinem eigenen peniblen Ehrenkodex zu erpressen. Aber er seufzte nur, fiel vornüber aufs Gesicht, kuschelte sich in die Kissen und fing an zu schnarchen.

Alys schlängelte sich unter ihm hervor, warf sich eine Decke über die nackten Schultern und zog sich einen Schemel an den Kamin. Sie beobachtete die Flammen. »Odin«, sagte sie, eingedenk der leeren Runen. »Tod der alten Bräuche und Geburt der neuen. Die alten Leben müssen sterben. Die alten kostbaren Lieben müssen Platz machen. Es muß einen Tod geben.«

Ein Scheit bewegte sich und entflammte, das gelbe, flackernde Licht ließ Alys' Gesicht wie in Trance aussehen. »Tod der alten Bräuche«, wiederholte sie, »es muß einen Tod geben.«

Sie blieb einen Augenblick schweigend sitzen.

»Einen Tod«, sagte sie leise. »Nicht meinen Tod oder Hugos, nicht des alten Lords. Aber es muß einen Tod geben. Die alten Loyalitäten müssen geändert werden. Die alten Lieben müssen sterben.«

Eine Weile lang sagte sie nichts mehr, beobachtete nur stumm die Flammen. Alys wußte, daß die Runen einen Tod ankündigten – sie hoffte, sie mit dem symbolischen Tod ihrer alten Liebe und ihrer alten Loyalität besänftigen zu können. Aber tief in ihrem geheimsten Inneren wußte Alys, daß die Runen Blut wollten.

»Nicht mein Blut«, sagte sie leise.

Hugo erwachte mit klarem Kopf und konnte es gar nicht erwarten, zur Jagd loszureiten. Alys half ihm, sein Wams anzuziehen, strich den dicken, wattierten Rücken und die Schultern glatt und zog das prächtige Seidenfutter durch die Schlitze an Ärmeln und Brust. Alys korrigierte ihn nicht, als er meinte, er hätte mit ihr geschlafen. Sie begleitete ihn zur Tür der Damengalerie und sah ihm nach, wie er leichtfüßig die Treppe hinunterrannte, dann nickte sie Eliza zu, die neben dem Feuer saß.

»Bring mir Lady Catherines Schreibpult«, sagte sie und setzte sich auf einen Schemel zu den übrigen Frauen. Mistress Allingham nähte an dem langen Wandbehang, an dem sie alle arbeiteten, seit Alys ins Schloß gekommen war. Catherines Mutter und ihre Frauen hatten ihn begonnen. Alys stellte sich vor, wie sie und ihre Frauen daran weiterarbeiten würden, lange nachdem Catherine das Schloß in Ungnade verlassen hatte. Er war erst zu einem Viertel fertig. Alys zupfte verträumt an den Falten und sah sich die komplizierten bunten Farben des Musters an.

»Wo sind Ruth und Margery?« fragte sie.

»Draußen im Garten«, erwiderte Mistress Allingham. »Lady Catherine schläft, aber sie hat nach dem Essen nach Euch gefragt.«

Alys hob hochmütig den Kopf. »Ich war bei Lord Hugh. Catherine kann mich nicht herumkommandieren.«

Mistress Allingham zog ihre schmalen Augenbrauen hoch, sagte aber nichts. Eliza brachte Catherines elfenbeinernes Schreibpult. Ein Federkiel steckte bereit in einem passenden Tintenfaß. Im Inneren lagen glatte Papierbögen, eine kurze Kerze für Siegelwachs und ein paar Stückchen Band. Alys nahm es befriedigt auf den Schoß.

Sie griff nach dem Gänsekiel und begann zu schreiben.

Ich schicke Euch diese Dinge per Boten, da ich heute nicht, wie geplant, kommen kann.

Lady Catherine ist krank, und ich habe Befehl, sie zu pflegen.

Zu Eurer und meiner Sicherheit werde ich uns nicht in Gefahr bringen, indem ich auf Euch aufmerksam mache und nicht gehorche. Ich werde kommen, sobald ich kann.

Sagt nichts zu dem Boten.

Schickt mir keine Antwort.

Ich werde kommen, sobald ich kann.

Als sie mit Schreiben fertig war, faltete sie das Papier dreimal und gab drei Tropfen Siegelwachs auf den Falz. Das Siegel war eine Miniaturversion von Hugos Familienwappen, das seit Generationen von den Frauen der Familie benutzt wurde. Alys zeichnete ein elegantes »A« unter jedes Siegel und ließ sie dann trocknen.

»Was schreibt Ihr denn da?« fragte Eliza, die ihre Neugier nicht länger im Zaum halten konnte.

»In Morachs alter Hütte ist eine neue weise Frau«, sagte Alys. »Ich weiß nicht, wer sie ist oder woher sie kommt. Aber ich schicke ihr ein paar Sachen. Wenn meine Zeit kommt, brauche ich eine weise Frau, die das Kind zur Welt bringt. Wenn sie geschickt und gutmütig ist, werde ich sie holen lassen.«

»Die in Richmond hat einen guten Ruf«, brachte Mistress Allingham vor.

Alys nickte. »Dann werde ich ihr auch ein Geschenk schicken«, sagte sie. »Gut vorbereitet zu sein ist wichtig.«

»Euch könnte das doch nicht passieren, oder?« Eliza zeigte mit dem Kopf auf Catherines Tür.

Alys schüttelte den Kopf.

»Sie sagen, Hugo hätte eine Schwäche«, steuerte Eliza noch bei. »Daß er eine Frau nicht schwängern kann, und wenn ja, dann das Kind nicht leben wird.«

Mistress Allingham machte ein spitzes Mündchen. »So eine Fehlgeburt wie die hab ich meiner Lebtag noch nicht gesehen«, sagte sie. »Lady Catherine blutet überhaupt nicht.«

Alys senkte ihre Stimme wie die anderen beiden. »Ihre Körpersäfte haben eine Fäulnis«, sagte sie. »Erinnert euch, wie das Kind gezeugt wurde. Sie ist immer entweder zu heiß oder zu kalt. Ich habe getan, was ich konnte, um sie wieder ins Gleichgewicht zu bringen, aber das Kind ist in Hitze und Trockenheit empfangen worden und ging in Feuchtigkeit und Kälte verloren. Keiner kann sie fruchtbar machen. Keiner kann sie läutern.«

»Dann wird er sie verstoßen«, zischte Eliza.

Alys nickte und legte einen Finger auf den Mund.

Die beiden Frauen zwinkerten sich zu.

»Und Ihr schwanger von ihm!« bemerkte Eliza.

Alys lächelte ihr zu, erhob sich und schüttelte die Falten ihres strahlend grünen Kleides aus. »Und du hast gesagt, ich wäre am Absteigen«, erinnerte sie Eliza. »Erst gestern morgen, Eliza, hast du mich mit meinem Abstieg geneckt. Du hast mich Hure genannt.«

Eliza errötete. »Ich bitte Euch um Verzeihung«, sagte sie. »Ich habe Euch Unrecht getan, Alys ... Mistress Alys, ich habe zu offen gesprochen, und ich habe mich geirrt.«

Alys nickte und ging in ihre Kammer, wo sie das alte blaue Kleid aus ihrer Truhe holte, das Kleid, das der alte Lord ihr aus der Hinterlassenschaft seiner Hure Meg geschenkt hatte. Alys schüttelte es aus. Es würde Mutter Hildebrande passen – sie war so winzig und krumm geworden. Aber es war aus guter, dicker Wolle und würde sie warm halten, selbst in dieser feuchten Hütte. Alys legte es zusammen und ging nach unten durch die menschenleere Halle zur Küche.

Hier war alles ruhig. Die Köche und Bediener waren nach Castleton gegangen oder lagen in den Feldern am Fluß, besuchten Freunde oder tranken mit den Soldaten. Der Küchenjunge war da, er döste neben dem Spieß, den er den ganzen Tag gedreht hatte. Eine große, fertiggebratene Rinderkeule steckte am Spieß, ein Rest vom heutigen Mittagessen.

»Wach auf!« sagte Alys hochmütig.

Er war in Sekundenschnelle auf den Beinen und rieb sich die Augen mit einer verschmierten Hand. Als er Alys sah, wich er erschrocken zurück.

Alys lächelte ihn an. »Ich möchte einer weisen Frau auf dem Moor ein paar Nahrungsmittel schicken und ein Kleid«, sagte sie. »Du darfst es für mich hinbringen. Du kannst meine Stute nehmen, sie braucht Bewegung.«

Der Junge blinzelte verstört.

»Nimm einen Korb und tu alles Gute rein, was du findest«, sagte Alys. »Ein großes Stück von der Keule, Brot, Früchte, ein paar Süßigkeiten und einen Krug Wein.«

Der Junge zögerte.

»Mach schon«, sagte Alys. »Ich werde der Köchin sagen, daß ich es befohlen habe.«

Er nickte und ging zu einem der Balken, an dem Dutzende von Körben hingen. Er nahm einen und ging zu der Speisekammer, die an die kühle Außenmauer des Schlosses gebaut war.

Alys sah sich um. Der Boden war mit Kräutern bestreut, aber sie waren alt und vertrocknet und seit Monaten nicht mehr erneuert. Einige Hennen und ein Gockel pickten auf dem Boden herum, die Steinplatten waren mit ihren weißen und moosfarbenen Hinterlassenschaften übersät. Das Feuer auf der anderen Seite des Raumes schwelte um einen riesigen Kiefernstamm. Es würde zum Abendessen entfacht und dann über Nacht eingedämmt werden. An einer Seite der Küchenwand war ein Steinblock mit einem halben Dutzend ausgehöhlter Becken, um Holzkohle zu brennen oder um Saucen aufzukochen und kleine Pfannen zu erhitzen. Rundherum war alles mit einer feinen schwarzen Rußschicht überzogen.

Es waren keine Schlösser an den Schränken. Jeder Lagerraum war offen: der Fleischraum, der Fischraum, das Konditorzimmer. Selbst der Bierkeller war offen. Alys dachte an Hugos Pläne, in ein neues Haus zu ziehen und die überflüssigen hier lebenden Gefolgsleute zu verstoßen, und ihr wurde klar, wie umfangreich seine Einsparungen sein würden.

»Hol einen Krug Wein mit einem Stöpsel«, sagte sie. »Den besten Wein.«

Der Junge kam mit gefülltem Korb aus der Speisekammer: ein halber runder Käse, zwei Laib Brot, ein Stück Fleisch, eine Schüssel mit Frühkirschen, eine dicke Scheibe Schinken, ein Topf Mandelpaste mit Rosinen.

»Da ist ein Topf Bucknade«, bot er ihr an.

Ein Lieblingsgericht von Mutter Hildebrande, aber sie würde weder an Feiertagen noch an den Namenstagen von Heiligen Fleisch essen. Alys konnte sich nicht mehr an den Kirchenkalender erinnern, der ihr einst so vertraut war.

»Nein«, sagte sie. »Gibt es Blanche Mange?«

Blanche Mange war gestampftes Huhn oder Hase, mit Honig gesüßt und mit einer Prise Sandelholz gefärbt, damit es rosa aussah. Weißes Fleisch würde Mutter Hildebrande an einem Fastentag essen, wenn es keinen Fisch gab. Der Junge nickte, ging in die Speisekammer, füllte eine Zinnschüssel und kam dann in die Küche zurück, wo er eine grobe Leinenserviette um die Schüssel band.

Er stellte den Korb auf den Tisch und ging dann in den Weinkeller. Der Wein wurde dort in riesigen Fässern gelagert. Alys hörte, wie er Wein in einen Krug füllte, dann kam der Junge zurück in die Bratenküche, verschloß den Krug und wischte ihn an seinem Hemd ab. Alys nahm ihn, faltete ihn in das Gewand, damit ihm unterwegs nichts passierte, und ging dann voraus in den Stall.

»Sattle meine Stute«, wies Alys den Stallburschen an. »Der Junge muß einen Auftrag für mich erledigen.«

Er sprang auf, nickend und grinsend.

»Und bring ihn durch das Tor«, sagte Alys. »Er befördert diese Sachen in meinem Auftrag.«

»Weißt du, wo die weise Frau von Bowes Moor lebt?« fragte sie den Jungen. »Kennst du die Hütte am Fluß, bevor man zur Steinbrücke kommt?«

Der Junge nickte.

»Bring diese Sachen dorthin«, sagte Alys. Sie zog den Brief heraus und steckte ihn seitlich in den Korb, so daß nichts davon zu sehen war. »Diesen Brief auch. Du darfst ihn keinem Menschen zeigen und ihn auch nicht verlieren. Ich werde es merken, wenn du es tust.«

Der Junge nickte wieder.

Sie hielt kurz inne, um ihn ihre Macht spüren zu lassen. »Du darfst nicht mit ihr sprechen«, sagte sie langsam mit Nachdruck. »Wenn sie dich anspricht, sage nichts. Schüttle nur den Kopf. Sie wird denken, du bist stumm. Du darfst kein einziges Wort zu ihr sagen.«

Der Junge nickte. »Kein einziges Wort«, sagte Alys leise. »Und wandere nicht in der Gegend herum oder iß etwas von den Sachen. Ich werde es erfahren, wenn du weniger ablieferst, als du mitgenommen hast. Ich werde es erfahren, wenn du mir nicht gehorchst und mit ihr redest.«

Er schüttelte den Kopf und schluckte nervös.

Alys lächelte ihn an.

»Wenn du heute nachmittag zurückkommst, werde ich dir einen Sixpence geben«, sagte sie.

Der Junge sah sie an.

»Ja?« fragte Alys.

»Könnte ich statt dessen ein Stück Band von Euch haben?« fragte er. »Oder etwas, was Ihr nicht braucht? Ein altes Kopftuch?«

»Warum?« fragte Alys.

Er schaute verlegen zu Boden. »Um Schläge abzuwehren«, sagte er. »In der Küche erzählen sie, Ihr habt die Macht, alles zu kriegen, was Ihr wollt. Daß Ihr alles tun könnt, was Ihr wollt. Ich hab mir gedacht, wenn ich etwas von Euch habe...«

Alys schüttelte den Kopf. »Ich bin nur eine ganz normale Frau, eine Heilerin mit besonderen Kräften, heiligen Kräften. Nichts, was mir gehört, ist ein Talisman. Ich bin nur eine Heilerin mit heiligen Kräften. Ich mache nichts zu eigenem Nutzen.«

Die Jungen tauschten einen heimlichen, ungläubigen Blick. Alys zog es vor, ihn zu ignorieren.

»Mach, so schnell du kannst. Und laß es mich wissen, wenn du sicher zurück bist.«

27

Allen sorgfältigen Anweisungen von Alys zum Trotz gab Mutter Hildebrande dem Küchenjungen einen Brief mit. Er war mit einem stumpfen Bleistift auf die Rückseite einer Rechnung eines Gasthauses geschrieben. Alys' Mund wurde schmal, als sie ihn sah. Mutter Hildebrande hatte ihn geschrieben, ohne einen Gedanken an ihre Sicherheit zu verschwenden. Die Frau war offensichtlich versessen darauf, zur Märtyrerin zu werden. Sie war so lange der Welt fern gewesen, daß sie nicht ahnte, in welche Gefahr sie auch Alys brachte. Alys gab dem Jungen den versprochenen Sixpence und steckte den Brief in ihren Ärmel. Sie ging in den Kräutergarten, um ihn zu lesen.

Die warme Abendsonne tauchte den ummauerten Garten in goldenes Licht. Die Schloßmauern schützten vor dem Wind. Schläfrige Bienen taumelten von Pflanze zu Pflanze. Alys folgte den schmalen Pfaden, ihr grünes Kleid streifte die Kräuter und wirbelte ihren Duft auf. Vor ihr im Blumengarten saßen Ruth und Margery im Schatten einer Laube. Sie sahen Alys kurz an, sagten aber nichts. Das Backhaus zu Alys' Linker war still und kalt. Der alte, runde Kerkerturm dahinter ragte schweigend in den Himmel. Alys hockte sich auf den Rand eines gemauerten Minzebeetes und ließ die Sonne auf ihr unbedecktes Haupt scheinen. Die violetten Blumen verschwendeten ihren Duft in die reglose Luft. Im Obstgarten hinter dem Blumengarten trällerten die Vögel.

Alys zog den Brief aus ihrem Ärmel und breitete ihn zum Lesen auf den Knien aus.

Liebe Tochter in Christi, hatte Hildebrande begonnen und Alys schon mit den drei ersten Worten zur Verbrecherin abgestempelt. Alys sah sich um. Es war keiner in der Nähe. Sie riß den obersten Teil des Briefes weg, noch bevor sie den Rest durchlas, zerknüllte ihn zwischen den Fingern, grub ihre scharfen Nägel in das Papier und steckte die Fetzen dann in ihren Beutel.

Ich werde mit dir nicht über die Gründe deines Säumens debattieren. Es gibt keine Gründe zu zögern, wenn für uns keine Zweifel über den Willen des Herrn bestehen. Sag Catherine, sie soll frohen Mutes sein und auf Unsere Liebe Frau vertrauen, der ihr Schmerz wohl bekannt ist. Du kannst sie später besuchen und dich um sie kümmern. Ich erwarte dich heute abend.

Hier war eine Lücke, dann wurde die Schrift etwas runder, als würde die Mutter zur Tochter sprechen, nicht die Äbtissin zu einer ungehorsamen Nonne.

Bitte komme sofort, Ann. Ich habe keine Angst um mich, obwohl ich müde bin und kein Feuer machen oder Wasser holen kann. Ich habe Angst um dich. Was machst du nur in diesem Schloß, das deinem Gehorsam im Wege steht?

»Ich hab gewußt, daß sie kein Feuer machen kann«, sagte Alys irritiert. Sie glättete den Brief auf ihrem Schoß. In diesem sonnigen Garten schien Mutter Hildebrande so fern, da draußen auf dem Moor, schmerzgebeugt von Gicht, sich mit dem Feuer abmühend, zu gebrechlich und alt, um einen Eimer Wasser über die steile Flußböschung zur Hütte zu bringen.

Alys zerknüllte das Papier und steckte es in ihren Beutel – sie würde es später verbrennen –, dann streckte sie ihre Beine aus. Das grüne Kleid fiel in eleganten Falten zu Boden. Alys drehte ihr Gesicht der Sonne zu und schloß die Augen.

»Ihr werdet braun werden, Mistress Alys, braun wie ein Bauer«, sagte eine leise Stimme.

Alys schlug die Augen auf. David stand vor ihr, an seiner Seite eine junge Frau von etwa sechzehn. Sie war blond, goldblond, heller als Alys, die Augen strahlender blau. Ihr Körper war wohlgeformt, Alys bemerkte, wie sich das Mieder um die jungen Brüste spannte.

»Das ist Mary«, sagte David und zeigte auf das Mädchen. »Sie soll Eure Zofe sein, wie Lord Hugh es befohlen hat.«

Alys nickte und sah dem Mädchen direkt in die Augen. Das Mädchen erwiderte ihren Blick. Ihr entging nichts, kein Zentimeter von Alys' Gewand, ihr langes goldbraunes Haar, die grüne Kapuze.

»Ist sie schon lange in Diensten?« fragte Alys kühl.

»Ihr ganzes Leben«, erwiderte David prompt. »Sie hat im Haus eines Kaufmanns in Castleton gedient. Sie ist mir aufgefallen, weil sie flink und gescheit ist. Ich dachte, sie würde Euch gefallen. Ich wollte keine von den Küchenschlampen für Euch. Sie sind langsam wie Ochsen und genauso dumm.«

Alys nickte wieder. »Du bist sehr hübsch«, sagte sie zu dem Mädchen. Es klang wie eine Beleidigung. »Wie alt bist du?«

»Sechzehn, Mylady«, erwiderte sie.

»Du nennst sie Mistress Alys«, korrigierte David sie wütend. »Mistress Alys ist nicht die Herrin dieses Schlosses. Sie ist lediglich Lady Catherines Dame.«

Der Blick, den Alys David zuwarf, hätte Glas zerschnitten. »Nachdem sie meine Zofe ist, kann sie mich wohl nennen, wie sie will, solange es mir gefällt.«

Der Zwerg hob resigniert seine Schultern. »Wie Ihr wünscht, Mistress Alys.«

»Bist du verlobt oder verheiratet?« fragte Alys das Mädchen.

»Nein, Mylady«, hauchte sie atemlos. »Ich bin noch Jungfrau.«

Alys warf David einen mißtrauischen Blick zu. Er lächelte ganz unschuldig.

»Du kannst in der Damengalerie warten, bis ich nach dir schicke«, beendete Alys abrupt das Gespräch. Das Mädchen machte einen Knicks und ging.

David blieb. Er riß ein Stück Lavendel ab und roch genüßlich daran, um zu zeigen, wie selbstsicher er war.

»Für ein Bauernmädchen ist sie sehr schön«, bemerkte Alys.

»Ja, in der Tat«, erwiderte er.

»Sie sieht dem Mädchen auf dem Feld sehr ähnlich, das bei der Heuernte Hugos Blumen genommen hat.«

»Ihre Schwester, um ehrlich zu sein«, sagte David. Er schaute mit zusammengekniffenen Augen in den Himmel. »Sieht ihr wirklich sehr ähnlich, wenn ich's recht bedenke«, sagte er nachdenklich.

Alys nickte. »Möchtest du mich durch ein molliges Schätzchen ersetzen, David? Glaubst du, Hugo würde mich wegen einer plötzlichen Laune verstoßen, wenn ich sein Kind erwarte und er mir seit Monaten verfallen ist?«

David machte erstaunte große Augen. »Natürlich nicht, Mistress Alys! Ich habe nur Lord Hughs Befehl gehorcht. Er hat gesagt, Ihr sollt eine eigene Zofe haben, meine Aufgabe war es, eine zu finden. Wenn sie nicht nach Eurem Geschmack ist, kann ich sie wegschicken. Ich werde dem jungen Lord sagen, daß Ihr die Zofe, die ich vorgeschlagen habe, zu hübsch fandet, und werde eine häßliche alte Frau suchen. Kein Problem.«

»Wir brauchen darüber nicht mehr zu reden«, erwiderte Alys hastig. »Ich habe keine Angst, David. Du kannst Hunderte von ihrer Sorte bringen und sie Hugo in den Schoß werfen. Sie werden kein Kind von ihm empfangen. Sie mögen ihn vielleicht amüsieren, aber sie werden nicht am Hohen Tisch sitzen. Glaubst du, der alte Lord würde ein Dorfmädchen mir vorziehen?« Sie lachte spitz, hocherfreut über das wütende Gesicht des kleinen Mannes. »Ich werde das Mädchen anstellen. Sie kann meine Näharbeiten machen und Botengänge erledigen.«

»Hinauf nach Bowes Moor vielleicht?« warf David schnell ein. »Wieder eine weise Frau in Eurer alten Hütte. Wer ist das, Alys? Wieder eine Verwandte, die gar keine ist? Oder Morach, von den Toten auferstanden?«

»Wohl kaum ein Geist!« sagte Alys, die nicht so leicht zu überrumpeln war. »Nein, es ist eine reisende weise Frau, die es sich in den Kopf gesetzt hat, in der Hütte zu bleiben. Ich habe ihr ein paar Lebensmittel und eine Botschaft geschickt, denn im Frühling brauche ich eine weise Frau für meine Niederkunft. Entweder sie oder die von Richmond wird mir helfen müssen.«

»Ich verstehe.« David wandte sich zum Gehen. Alys atmete erleichtert auf. Dieses Verhör hatte sie gut gemeistert.

»Und warum sollte der Küchenjunge so tun, als wäre er stumm?« fragte David. »Warum sollte er nicht mit ihr reden? Kennt sie Geheimisse, die sie vielleicht ausplaudern würde, wenn sie jemand danach fragt?«

Alys' schallendes Gelächter klang heiter wie der Vogelsang aus dem Obstgarten. »Ach, der alberne Kerl!« rief sie. »Ich habe ihm befohlen, sie nicht mit seinem Geplapper zu ermüden und unterwegs nichts von dem Essen zu naschen und auch nicht stehenzubleiben, um mit seinen Freunden zu spielen! Und er denkt gleich, er soll den Stummen spielen. Ich wünschte, ich hätte gesehen, wie er den stummen Tölpel spielte.«

Davids Lächeln war etwas gezwungen. »Der Junge ist ein Narr.« Er nickte Alys kurz zu. Sie sah ihm nach, bis er fort war.

Die Sonne brannte auf ihren Rücken. Alys war heiß, ihre dichten Haare ließen ihren Hals und ihren Kopf glühen. Sie schwitzte. Ihr grünes Kleid war zu eng geschnürt, das Mieder zu steif. Sie ging ins Haus, wo es kühl und schattig war. Auf der Treppe zur Damengalerie drückte Schmerz wie ein ungeheures Gewicht auf ihren Kopf, und die Haut hinter ihren Ohren spannte sich wie Zangen um ihren Schädel.

Mary war in Alys' Schlafkammer, glättete die Decke auf dem Bett und gaffte aus dem Fenster. »Lauter so feine Sachen, Mylady!« rief sie, als Alys hereinkam. »So fein und so hübsch!«

»Lös mir das Geschnür«, sagte Alys und drehte ihr den Rücken zu. Das Mädchen band erst das Mieder und dann das Gewand auf und fing die Kleider auf, als Alys sie fallen ließ. »Ich habe Kopfschmerzen«, sagte Alys. »Schließ die Läden vor dem Fenster, und geh und setz dich in die Galerie. Ich will allein sein. Weck mich eine Stunde vor dem Abendessen.«

»Ich werde Euer Gewand wegräumen«, sagte Mary, nahm das grüne Kleid und ging zu Alys' Truhe mit den Kräutern und Ölen.

»Nicht in die«, sagte Alys barsch. »Ich bin eine Heilerin. Dort bewahre ich all meine Medizinen auf. Diese Truhe darfst du nie öffnen. Du darfst sie nie anfassen. Einige der Tinkturen sind sehr empfindlich, und sie würden verderben, wenn jemand außer mir sie berührt. In der anderen Truhe sind meine Kleider.«

Das Mädchen machte einen Knicks, faltete Alys' Kleid und legte es vorsichtig in die Truhe. Der Deckel knallte zu. »Verzeiht, Mylady.«

Alys legte sich in die Kissen zurück und schloß die Augen.

»Man hat mir befohlen, ich soll Euch sagen, Lady Catherine will Euch sehen«, kam es schüchtern. »Ich hab vergessen, es Euch gleich weiterzugeben.«

»Sagt Ihr, ich habe Kopfschmerzen und ruhe mich aus«, sagte Alys, ohne die Augen zu öffnen. »Ich werde vor dem Abendessen zu ihr kommen.«

Mary knickste noch einmal und verließ das Zimmer. Durch den Zug der offenen Fenster der Galerie knallte die Tür laut zu. Alys zuckte zusammen. Sie hörte, wie Mary mit Eliza sprach.

»Mylady Alys hat sich hingelegt«, sagte sie. »Sie wird Lady Catherine vor dem Abendessen besuchen.«

Alys mußte trotz ihrer Schmerzen lächeln. »Mylady Alys«, sagte sie leise. »Mylady Alys.«

Alys wußte, daß sie zu Mutter Hildebrande mußte. Sie konnte niemandem im Schloß eine Botschaft anvertrauen – David wußte alles, was im Schloß und außerhalb passierte. Sie konnte keine weitere Botschaft schicken, wagte es nicht, jemandem zu vertrauen. Und Hildebrande, die Närrin, war genauso fähig, einen mündlichen Befehl zu schicken wie einen unversiegelten Brief. Sie saß neben dem Lord beim Abendessen und stocherte auf ihrem Teller herum.

»Du ißt nicht, Alys«, sagte er sofort. »Fühlst du dich nicht wohl?«

Alys bemühte sich zu lächeln. »Ein wenig unwohl, Mylord«, sagte sie. »Und mir sind die Pulver ausgegangen, die ich brauche.«

»Jemand wird dir holen, was immer du brauchst«, sagte er. »Sofort, wenn es sein muß. Es ist schlecht für das Baby, wenn die Mutter nicht ißt. Du sollst haben, was immer du willst.«

Alys schüttelte den Kopf. »Ich brauche etwas zerstoßene Borke von einer Ulme«, sagte sie. »Es ist ein seltener Baum. Ich könnte nicht beschreiben, wo man ihn findet, er wächst in einem Hain in der Nähe des Flusses, am Fuß des Moors. Dort muß es ein Dutzend Ulmen geben. Nur ich weiß, welcher sich eignet.«

»Willst du dorthin?« fragte der alte Lord. »Ich geb dir eine Sänfte. Es ist gefährlich für dich zu reiten.«

»Ein Maulesel wäre mir lieb«, sagte Alys. »Da könnte ich nicht runterfallen, und ich würde nur Schritt reiten. Das kann dem Kind und mir nicht schaden. Und ich brauche das Pulver wirklich.«

»Ein paar bewaffnete Männer werden dich begleiten«, beschloß Lod Hugh. »Und deine neue Zofe. David hat gesagt, er hat dir ein hübsches Mädel gebracht, das wild darauf ist, dir zu dienen. Du könntest morgen früh losreiten und mittags wieder zurück sein.«

»Ja«, sagte Alys. »Oder wir könnten uns das Essen mitnehmen. Dann müssen wir uns nicht so beeilen. Ich möchte nicht traben oder galoppieren müssen.«

»Nein, nein«, sagte der alte Lord hastig. »Laß dir ruhig den ganzen Tag Zeit, Alys, solange du dich nicht gefährdest. Vermeide grelles Sonnenlicht und paß auf, daß du dich nicht überanstrengst.«

»Wohlan denn!« sagte Alys freundlich. »Wie Ihr wünscht, Mylord.«

In dieser Nacht kam Hugo weder in die Damengalerie noch in Alys' Kammer. Mary, die neue Magd, schlief auf einem kleinen Bett, das man auf Holzrädern unter dem großen Bett herauszog, in Alys' Kammer. Alys lag im Dunklen und lauschte mit wachsendem Zorn Marys stetem Atem. Um Mitternacht schüttelte sie sie wach und befahl ihr, sich in die Galerie zu legen. »Ich kann nicht schlafen, wenn du im Zimmer bist.«

»Sehr wohl, Mylady«, sagte das Mädchen. Ihr blondes Haar war zerzaust, ihre Wangen rosig. Sie blinzelte Alys verschlafen an, wie eine Eule. Ihr Hemd, das am Hals offen war, zeigte die einladende Schwellung ihrer Brüste.

»Geh«, sagte Alys gereizt. »Ich werde kein Auge zutun, solange ich nicht allein bin.«

»Verzeiht, Mylady«, sagte Mary. Sie schlich sich, so leise es ging, im Dunklen aus dem Zimmer. Sie schloß behutsam Alys' Tür und fiel dann in der Galerie über einen Schemel. Dann wurde es still. Alys drehte sich zur anderen Seite und schlief den Rest der Nacht tief und fest.

Am Morgen befahl sie Mary, ihr Brot und Käse und Bier zu bringen, und aß es allein in ihrem großen Bett. Mary mußte heißes Wasser in einen Krug füllen und ihr bringen und ein Badelaken zum Abtrocknen vor dem Feuer wärmen. Mary ging zur Truhe mit den Gewändern.

»Das braune Gewand«, sagte Alys. »Und das schwarze Schnürleibchen und die schwarze Giebelhaube.«

Nachdem sie fertig angezogen war, betrachtete sich Alys im Handspiegel. Das Mieder preßte ihren Bauch und ihre Brüste zu einem flachen Brett. Hildebrande würde nichts von ihrer Schwangerschaft bemerken. Die altmodische Haube reichte vorne bis tief in die Stirn und verdeckte hinten ihr ganzes Haar. Das Kleid hatte einen warmen Rostton, der Schnitt war elegant – aber das krasse Gegenteil des kirschroten Gewandes von Meg der Hure.

»Kannst du reiten?« fragte sie Mary, als sie die Treppe hinuntergingen.

Mary nickte. »Mein Vater hatte einmal eine kleine Farm«, sagte sie. »Er hat Pferde für den Adel gezüchtet.«

»Hat er sie denn nicht mehr?« fragte Alys.

Mary schüttelte den Kopf. »Es war Land, das dem Kloster gehörte«, sagte sie. »Nachdem das Kloster zerstört war, hat Lord Hugh das Land vom König gekauft. Die Pacht war zu hoch für uns, wir mußten gehen.«

»Was macht dein Vater jetzt?« fragte Alys ohne sonderliches Interesse.

Mary schüttelte den Kopf. »Er hat den Verlust der Farm nicht verkraftet. Es war für ihn der Tod«, sagte sie. »Er hat ein paar Gelegenheitsarbeiten – Schafscheren im Sommer, Heuen. Graben im Winter. Meistens tut er nichts. Sie leben sehr ärmlich.«

»Du kannst mein Pferd reiten«, sagte Alys. »Ich nehm einen Maulesel. Wir können tauschen, sobald wir außer Sichtweite des

Schlosses sind. Lord Hugh macht sich zuviel Sorgen um meine Sicherheit.«

Mary nickte, und der Stallknecht führte die Pferde heraus. Sie stieg locker in den Sattel und schüttelte ihre Röcke. Der Knecht pfiff anerkennend. Mary warf ihre blonden Locken zurück und lächelte ihn an. Alys wurde auf den Rücken des Maulesels gehoben und ließ das Tier im Schritt losgehen.

Zwei bewaffnete Männer schlossen sich ihnen an, als sie das Tor nach Castleton passieren. Einer ging vor ihnen, der andere hinter ihnen.

Wieder stand ein heißer Tag bevor. Alys litt unter dem Gewicht der Haube und schwitzte unter dem Tuch um ihren Hals. Sie warf verstohlen neidische Blicke auf Mary, die locker und selbstsicher im Sattel saß.

»Nicht mehr lang bis zur Ernte«, sagte das Mädchen fröhlich. »Ein gutes Jahr für Getreide. Und es wird ein guter Herbst für Obst, sagt mein Vater.«

»Halt an«, sagte Alys brüsk. »Ich werde jetzt selbst mein Pferd reiten.«

Mary zügelte das Pferd, und die Soldaten halfen den beiden Frauen, ihre Reittiere zu tauschen. Sie ritten schweigend weiter; die Straße stieg höher und immer höher, und die Felder wichen unbestelltem Weideland – das nur für Schafe geeignet war –, und dann waren sie oben im dichten violetten Dunst des offenen Moores. Lerchen stiegen in den Himmel, und über einem Felsen zur Rechten schwebten Bussarde. Noch höher am Himmel war ein kreisender Punkt: ein Adler.

Der Fluß war verschwunden, hatte sich unter der Erde versteckt, als hätte er Geheimnisse, die für den Sonnenschein zu finster wären. Der harte weiße Kalkstein des Flußbettes reflektierte das Sonnenlicht, steinern gleißend. Alys war froh, als sie in den grünen Schatten des Haines ritten.

»Ihr könnt euch hier hinsetzen und zu Mittag essen«, sagte sie zu den dreien. »Ich gehe tiefer in den Wald, um die Borke zu holen. Wartet hier auf mich. Es dauert vielleicht einige Zeit, ich muß den besten Baum finden und die Rinde schneiden. Sucht nicht nach mir, hier kann mir gar nichts passieren, und ich will nicht gestört werden.«

Die beiden Soldaten waren unschlüssig. »Lord Hugh hat gesagt, wir sollen auf Euch aufpassen«, warf einer von ihnen ein.

Alys lächelte ihn an. »Was soll mir denn hier passieren?« fragte sie. »Es ist niemand auf der Straße und auch niemand im Wald. Ich bin hier aufgewachsen, ich kenne die Gegend hier besser als jeder andere. Ich bin hier sicher. Ich werde nicht weit weg sein. Kaum außer Hörweite. Ruht euch hier aus, bis ich wieder zurückkomme.«

Sie ritt die Anhöhe hinunter, das Pferd vermied die Wurzeln auf dem Weg, und als sie außer Sichtweite war, hielt sie an. Sie wartete einige Minuten. Keiner folgte ihr. Alys wandte das Pferd stromaufwärts, wechselte in Trab und dann in Galopp, entlang der grasbewachsenen Böschung des Flusses bis zu Morachs Hütte.

Mutter Hildebrande saß auf der Türschwelle, ihr müdes altes Gesicht hatte sie der Sonne zugewandt, als wolle sie ihre Wärme aufsaugen. Sie öffnete die Augen, als sie den Hufschlag hörte, und richtete sich mit Hilfe des Türstocks auf.

Alys stieg ab, band das Pferd an einen Busch und stieg über die Schafspforte.

»Mutter«, sagte sie. Sie sah sich rasch um. Das offene Moor in der Umgebung der Hütte war kahl und leer. Alys kniete sich vor die Schwelle, und Mutter Hildebrande legte ihre zittrige Hand auf Alys' Kopf und segnete sie.

»Du bist endlich hier, Tochter«, sagte Mutter Hildebrande.

Alys stand auf. Die Augen der alten Frau sahen sehr entschlossen drein.

»Ich kann nicht bleiben«, sagte Alys leise. »Noch nicht. Ich bin hier, um Euch das zu sagen.«

Die alte Frau setzte sich mühsam auf den Schemel neben der Tür, Alys nahm zu ihren Füßen Platz. Mutter Hildebrande sagte nichts. Wartete.

»Es liegt nicht an mir«, verteidigte sich Alys. »Lady Catherine ist krank, dem Tode nahe, und keiner dort kann sie pflegen. Sie hatte eine Fehlgeburt und hat einen schrecklichen weißen Ausfluß. Man raunt, dies sei die Strafe dafür, daß Lord Hugo unser Kloster zerstört hat. Sie brauchen dort eine heilige Frau. Lady Catherine braucht mich, damit ich sie vor der Angst schütze. Keiner weiß, was zu tun ist. Sie hat Todesängste, obwohl sie keinerlei Schuld trifft. Unser gnädiger Herr wollte sicher nicht, daß ich sie im Stich lasse. Und außerdem lassen sie mich nicht fort. Selbst jetzt haben sie mich nur gehen lassen, damit ich ein paar Kräuter und Ulmenborke für sie hole.«

Mutter Hildebrande sagte nichts. Sie saß sehr still da und beobachtete Alys' klares Profil. Sie saß zu ihren Füßen und hatte den Kopf an ihre Knie gelehnt, wie sie es immer getan hatte – und log.

»Der alte Lord ist sehr milde«, versuchte Alys ihr einzureden. »Ihm ist es egal, welchem Glauben man folgt. Aber sein Sohn ist Protestant, ein Ungläubiger. Er war es, der unser Kloster zerstört hat, und jetzt hat er seine Aufmerksamkeit auf jedes religiöse Haus im Umkreis der Burg gerichtet. Sein Vater ist der Sheriff der Grafschaft, aber Hugo folgt den zerstörerischen Wahnvorstellungen des Königs. Er glaubt an nichts, er vertraut auf nichts. Er haßt den wahren Glauben und wirft Gläubige in den Kerker. Wenn er wüßte, daß Ihr hier seid – die Mutter eines Ordens, den er zerstört hat –, würde er Euch quälen, bis Ihr Eurem Glauben abschwört.«

Mutter Hildebrande sah sie unverwandt an. »Ich fürchte ihn nicht«, sagte sie mit sanfter Stimme. »Ich fürchte mich vor nichts.«

»Aber was nützt das?« fragte Alys erbost. »Was nützt es, sich in Gefahr zu begeben, wenn Ihr mit ein bißchen Umsicht, Vorsicht und Abwarten an einen sicheren Ort fliehen könntet? Ist *das* nicht das Werk des Herrn? Sich in Sicherheit bringen, damit man wieder nach Seinen Gesetzen leben kann?«

Mutter Hildebrande schüttelte den Kopf. »Nein, Schwester Ann«, sagte sie. »Die eigene Haut retten ist nicht das Werk des Herrn. Du spricht mit der schmeichelnden Stimme der Welt. Du sprichst von raffinierten Plänen und Gewinnen durch Täuschung. Der Weg, der uns versprochen wurde, ist dies nicht. Wir sollen Ihn in Worten verkünden und Ihn durch unser Leben zeigen. Ich war noch nie geschickt mit Worten, ich war nie eine kluge Frau, aber ich kann eine weise Frau werden. Ich kann Wahrheiten nicht mit Worten verteidigen, aber ich kann sie demonstrieren. Ich kann mein Leben leben und meinen Tod sterben, denn es gibt Dinge, die wichtiger sind, als sich an weltliche Güter zu klammern und den Tod abzuwehren.«

»Es ist nicht weise zu sterben!« rief Alys.

Mutter Hildebrande lachte sanft, und die trockene alte Haut ihres Gesichtes verzog sich zu Tausenden von Lachfältchen. »Dann sind alle Menschen Narren!« sagte sie leise. »Natürlich ist es weise zu sterben, Alys. Jeder wird sterben, die einzige Wahl, die wir haben, ist, ob wir im Glauben sterben. Wo immer und wann immer ich sterbe, ich will in meinem Glauben sterben, und mein Tod wird zeigen, daß das Wichtigste in meinem Leben war, mir den Glauben zu bewahren.«

»Aber ich will leben«, sagte Alys trotzig.

Die alte Frau lächelte. »Oh, ich auch!« sagte sie, und sogar Alys bemerkte die Sehnsucht in ihrer Stimme. »Aber nicht um jeden Preis, meine Tochter. Wir haben beide diese Entscheidung getroffen, als wir unser Gelübde abgelegt haben. Dieses Gelübde ist jetzt schwerer einzuhalten als damals, als du noch ein kleines Mädchen warst und das Kloster das beste Zuhause, das du dir vorstellen konntest. Aber es ist noch immer bindend, und diejenigen, die die Weisheit besitzen, es zu halten, werden die Freude erfahren, daß sie eins mit Gott und Seiner Heiligen Mutter sind.«

Beide schwiegen.

»Geh zurück zu deinen Kameraden«, sagte die alte Frau liebevoll. »Sag ihnen, daß Catherine ohne dich gesund werden muß. Und dann komm hierher zurück. Wenn dein furchtbarer junger Lord dir folgt, werden wir uns ihm entgegenstellen mit dem bißchen Mut, das der Herr uns gibt. Wenn nicht, werden wir hier ein neues Leben beginnen.»

»Ich werde bewacht!« rief Alys. »Ich kann nicht weggehen. Sie werden mich nicht lassen!«

Mutter Hildebrande sah sie an. »Dann bleib hier«, sagte sie schlicht. »Wir können hier auf sie warten und dann ihnen gemeinsam entgegentreten.«

Alys schüttelte den Kopf. »Sie würden sofort kommen und uns beide gefangennehmen«, sagte sie. »Wir hätten gar keine Chance!«

»Keiner kann eine weise Frau gefangennehmen«, sagte Mutter Hildebrande. »Ihr Herz und ihr Verstand gehören nur ihr selbst. Wenn du deine Gelübde befolgst, werden alle Hindernisse auf deinem Weg einstürzen.»

»Ihr wißt ja nicht, was sie mit Euch machen werden«, rief Alys.

Mutter Hildebrande schüttelte lächelnd den Kopf. »Ich weiß genau, was sie mit mir machen werden. Sie werden mich verhören, sie werden mich beknien, meinem Glauben abzuschwören. Habt ihr eine Folterkammer im Schloß?«

»Ich weiß es nicht«, sagte Alys widerwillig. »Ich denke schon... ich weiß es nicht. Ich war noch nie da.«

Mutter Hildebrande lächelte. »Und mich nennt man blind«, sagte sie. »Alys, Lord Hugh hat tatsächlich eine Folterkammer im Schloß von Castleton. Sie befindet sich im Kerkerturm in der östlichen Ecke des inneren Burgfriedens. Du kannst das Dach des Turms vom Marktplatz in Castleton sehen. Es liegt gegenüber von dem Turm, in dem Lord Hugh seine Räume hat. Wenn du das nicht weißt, mußt du wirklich blind sein. Man sagt, es wäre eine Art Keller ohne Eingang und ohne Ausgang, bis auf eine schmale Treppe zur Falltür im Wachzimmer. Sie haben Zangen, um die Finger- und Zehennägel auszureißen, sie haben große Scheren, um Ohren abzuschneiden, Zungen aufzuschlitzen. Sie haben eine kleine Schmiede, um die Brandeisen für die Haut zum Glühen zu bringen, und sie haben eine Streckbank, wo sie deinen Körper strecken, bis alle Gelenke aus ihren Kapseln gesprungen sind und man verkrüppelt ist.»

»Hört auf!« schrie Alys und hielt sich die Ohren zu. »Aufhören!»

»Sie haben eine Presse aus geschnitztem Holz, mit der sie dir die Luft aus dem Körper quetschen und dir die Rippen brechen. Sie haben einen Knebel, der dir den Mund mit scharfen Metallplatten offen hält. Sie haben einen Kragen mit nach innen stehenden Dornen, den sie immer enger machen, bis die Dornen durch deine Haut in deinen Hals eindringen.«

»Ich will das alles nicht hören!« schrie Alys.

Mutter Hildebrande wartete, bis Alys die Hände wieder von den Ohren genommen hatte. »Ich kenne die Gefahren, denen ich mich aussetze«, sagte sie mit sanfter Stimme. »Es wäre doch ein armseliger Glaubensakt, wenn es zufällig geschehen würde, nicht wahr? Ich weiß, was sie mir antun können, wenn sie mich gefangennehmen. Es ist nur gut, wenn ich die Qualen kenne, die mich erwarten könnten. Unser Herr hat gewußt, was Ihn erwartet. Und meine Schmerzen werden nicht größer sein als die einer Kreuzigung. Keine schlimmeren Schmerzen, als Unser Herr sie für uns erlitten hat. Wenn Er mich ruft, wie kann ich mich da verweigern?«

Alys schüttelte stumm den Kopf.

»Ist es Angst, Schwester Ann? Hast du Angst, diesen Weg mit mir zu gehen?« fragte Mutter Hildebrande mitleidig. »Sag mir, wenn das so ist, dann werde ich dir einen anderen, einen sichereren Weg finden.«

Langes Schweigen folgte diesen Worten. Dann schüttelte Alys den Kopf. »Nein, Mutter«, sagte sie langsam. »Ich bin Eure Tochter gewesen von dem Augenblick an, als ich Euch das erste Mal gesehen habe. Wohin Ihr mich führt, habe ich versprochen zu folgen. Wenn es Gottes Wille und Euer Glauben ist, daß wir das riskieren müssen, kann ich mich nicht verweigern.«

Mutter Hildebrande legte sanft, stumm segnend ihre Hand auf Alys' Kopf. »Warum habe ich dann das Gefühl, daß du zögerst?« sagte sie leise. »Ist es der junge Lord, Schwester Ann? Hast du ihn liebgewonnen?«

Alys schüttelte verneinend den Kopf, aber Mutter Hildebrande ließ sie nicht aus den Augen. »Lebst du in Sünde, Ann?« fragte sie sanft. »Hast du einen verheirateten Mann angesehen und seine Gelübde seiner Frau gegenüber vergessen und deine gegenüber Unserem Herrn? Gott verzeih mir, aber als ich dich das erste Mal in dem roten Kleid sah, habe ich gefürchtet, du wärst seine Hure geworden.»

»Das bin ich nicht!« flüsterte Alys.

»Er ist jung und sieht gut aus, und sie sagen, er liebt die Wollust und junge Frauen. Wenn er dich mit Gewalt genommen hat, Ann, oder selbst wenn er dich mit deiner Zustimmung verführt hat, kannst du es mir sagen, und wir werden gemeinsam Buße tun. Du kannst deine Sünde wiedergutmachen. Unsere Liebe Frau ist gnädig, sie wird sich für dich einsetzen.»

»Ich habe nichts getan«, sagte Alys trotzig. Sie sah zu Mutter Hildebrande auf, und einen Augenblick lang sah dic altc Äbtissin das hungrige Kind aus dem Kräutergarten, das schwor, sie hätte keine Verwandten und keinen, dem sie erzählen mußte, daß sie ins Kloster ging.

Die alte Frau wartete noch einen Moment und musterte Alys' klares, offenes Gesicht. »Ich bete, daß es so ist«, sagte sie schließlich. »Geh jetzt, Ann, und sag ihnen, daß du nicht mit ihnen ins Schloß zurückkehren wirst. Gottes Ruf ist wichtiger als der einer Lady.«

Alys erhob sich widerwillig. »Habt Ihr genug zu essen?« fragte sie.

Die Äbtissin lächelte. »Ich habe gestern fürstlich getafelt«, sagte sie. »Es ist noch reichlich da, und wenn das weg ist, wird Unsere Liebe Frau uns wieder im Überfluß schicken. Wir werden hier nicht hungern, Schwester Ann. Wir werden nicht frieren und einsam sein. Ich vertraue auf Ihn. Er wird den Tisch für mich decken, und mein Becher wird überfließen.«

»Ich werde das Feuer anzünden«, sagte Alys.

»Das kannst du tun, wenn du wiederkommst«, sagte die Äbtissin.

»Ich mach es jetzt. Die Hütte muß gelüftet werden. Je eher das Feuer brennt, desto besser.«

Die Äbtissin ließ sie ins Haus gehen, schloß die Augen vor dem Sonnenlicht und murmelte ein Dankgebet, daß Schwester Ann gefunden war, gefunden und Gott wieder zugeführt. Was immer ihre Sünden waren – und es waren sicher viele Sünden zusammengekommen, in den zehn langen gefährlichen Monaten draußen in der Welt –, das Mädchen würde sie beichten und abbüßen. Ihre

Freude, dieses Kind, ihre geliebte Tochter, wiedergefunden zu haben, war unendlich. »Wie der verlorene Sohn«, flüsterte die Äbtissin leise. Hinter den geschlossenen Lidern spürte sie das Prickeln von Tränen. Schwester Ann waren das Feuer und die Schändung erspart geblieben, und sie war nach Hause geführt worden.

»Es brennt«, sagte Alys brüsk und kam mit schmutzigen Händen zurück ins Sonnenlicht. »In ein paar Minuten könnt Ihr noch etwas Holz auflegen. Ein Stück nach dem anderen, es ist feucht.«

Die alte Frau nickte lächelnd. »Ich werde dir den Fluß entlang entgegengehen«, sagte sie. »Der Fluß fließt hier unterirdisch, manchmal hört man ihn, wenn man die Böschung entlanggeht, Ann, hast du das gewußt? Es hat mich an unseren Glauben erinnert – manchmal unterirdisch und manchmal auf der Erde, aber immer fließt er dahin.«

Alys nickte. Sie brachte es nicht fertig, die Höhlen anzusehen, die die Dürre freigelegt hatte, ohne daran zu denken, wie Morachs ertrunkener Körper irgendwo in der Finsternis eines dieser Löcher vor sich hinfaulte. Sie konnte die tiefe, geheime Nässe des Wassers unter den Felsen nicht spüren. Alles, was sie fühlte, war ihre gnadenlose Trockenheit.

»Ich werde nicht lange brauchen«, sagte sie.

28

Alys ritt, ohne sich ein einziges Mal umzusehen, nach Castleton zurück. Mary, die jetzt wieder auf dem Pferd saß, ritt hinter ihr. Die Soldaten, frisch und munter nach ihrer kleinen Rast im Wald, marschierten fröhlich dahin. Der führende Soldat pfiff leise durch die Zähne.

Das schöne Wetter ging wohl dem Ende zu: Ein leichter Dunst lag in Schwaden den Fluß entlang und über den stillen Teichen. Im Westen war die Luft kälter, hinter ihnen sammelten sich lange dicke Wolken.

»Wir sollten uns besser beeilen«, sagte der vordere Soldat über die Schulter. »Es wird regnen, und Ihr habt keinen Umhang.«

Alys nickte, und der Mann fing an, einen Schritt zuzulegen. Der Muli trottete hinter ihm her. Alys beobachtete seine langen, tölpelhaften Ohren und hoppelte mühsam mit. Hinter sich hörte sie den schnellen Tritt ihres Pferdes, das Mary hart am Zügel hatte. Alys schmeckte den Staub der Straße auf ihrer Zunge, fühlte seine steinerne Trockenheit auf ihrer Haut und im Haar. Sie spürte, wie sie eine Dumpfheit umfing, je weiter sie von Hildebrande wegritt.

»Gerade noch rechtzeitig heimgekommen«, sagte der Soldat. Die Wachen am Tor versperrten ihnen den Weg mit gekreuzten Hellebarden, doch dann sahen sie Alys und salutierten. Leises Donnergrollen folgte ihnen auf dem Fuße.

»Da kommt der Regen«, sagte der Soldat. »Ihr habt Glück gehabt, daß Ihr noch trockenen Fußes nach Hause gekommen seid, Mistress Alys.«

Alys nickte und ließ sich im Schutz des Tores von ihm aus dem Sattel heben.

»Leih mir doch jemand einen Umhang«, sagte sie barsch.

Mary legte Alys das Cape eines Soldaten um die Schultern, und

Alys zog es über ihre steife Giebelhaube. Sie duckte sich gegen den peitschenden Regen und rannte dann quer über den Hof durch das zweite Tor.

An der Tür zur großen Halle blieb sie stehen. Ein Blitz erleuchtete die Halle taghell, gefolgt von einem gewaltigen Donnern. Ein Soldat am Feuer sprang vor Schreck auf und bekreuzigte sich. »Der Herr steh uns bei!« sagte er. »Das war direkt über uns.«

»Wo ist der junge Lord?« fragte ihn Alys. »Wo ist Hugo?«

»Bei seinem Vater, Mistress Alys«, erwiderte er. »Ein Bote des Königs ist mit Briefen eingetroffen.«

Alys nickte. Als sie die Treppe zum Turm hinaufstieg, erhellte plötzlich wieder ein Blitz ihren Weg. Alys stolperte und klammerte sich an die Wand, als der Donner das ganze Gebäude erbeben ließ. »Ich werde es tun«, sagte sie mit zusammengebissenen Zähnen.

Ihr Kleid war von dem kurzen Weg durch den Hof völlig durchnäßt worden, und jetzt klebte es schwer an ihren Schenkeln. Es war kalt und naß wie das Gewand einer Ertrunkenen. »Ich werde es tun«, sagte Alys wieder.

Sie erklomm ein weiteres Dutzend Treppen, bis in das runde Wachzimmer unterhalb des Gemachs des alten Lords. Zwei Soldaten saßen beim Würfelspiel. »Ist der junge Lord bei seinem Vater?« fragte Alys.

»Ja, Mistress Alys«, sagte der Jüngere, stand stramm und zog sich die Kappe vom Kopf.

Alys nickte. Der Donner grollte dumpf, als hätte er sich entfernt, um am anderen Turm, dem Kerkerturm, weiterzutoben.

»Der Sturm ist weiter gezogen«, sagte der junge Mann. »Das war vielleicht ein Knall!«

»Er ist noch nicht vorbei«, sagte Alys. Sie ging die nächste Treppe hinauf, unterwegs krallte sie sich in die Steine, als würden ihr die Knie schwach.

Als sie ihre Hand hob, um die Tür des alten Lords zu öffnen, schoß ein scharfer Strahl weißen Lichts durch die Schießscharte bis vor Alys' Füße, und ein wütender Donner erschütterte den steinernen Turm. Alys wich zurück und wäre fast ins Zimmer gefallen.

Hugo, sein Vater und David saßen am Kamin.

»Was für ein Sturm«, sagte der alte Lord. »Bist du naß, Alys? Frierst du?«

»Nein, nein«, sagte sie. Sie hörte, daß ihre Stimme zu schrill, zu ängstlich war. Sie holte Luft und riß sich zusammen. »Ich mußte über den Hof laufen, aber wir haben es vor dem Regen nach Hause geschafft«, sagte sie.

Hugo sah zu ihr auf. »Du solltest die nassen Kleider ablegen«, sagte er. »Mein Vater und ich sind beschäftigt.«

»Dann werde ich Euch nicht stören«, sagte Alys. »Ich bin bereit, für Euch zu schreiben, wann immer Ihr mich braucht, Mylord.«

Lord Hugh nickte.

»Ich dachte nur, ich sollte es Euch erzählen«, sagte Alys. »Die neue weise Frau in Morachs Hütte in Bowes Moor ist sehr seltsam. Ich hab sie im Wald getroffen, als ich die Ulmenrinde geholt habe. Sie hat furchtbar wirres Zeug geredet. Sie hat mir angst gemacht.«

Hugo hob den Kopf. »Hat sie dir etwas getan?« fragte er.

Alys schüttelte den Kopf. »Nein, aber ich möchte sie nicht in meiner Nähe haben, wenn ich niederkomme«, sagte sie. »Ich hatte ihr ein paar Sachen geschickt und dachte, sie könnte mir von Nutzen sein. Aber sie hat so wirres Zeug geredet und so seltsam ausgesehen. Ich mag sie nicht. Ich mag nicht, daß sie in Morachs Hütte ist.«

Der alte Lord beobachtete Alys neugierig. »Sieht dir gar nicht ähnlich, ängstlich zu sein, Alys«, sagte er. »Liegt es an deinem Zustand?«

»Das muß es wohl sein«, sagte Alys. »Aber die alte Frau hat mich mit jemandem verwechselt. Sie hat mich Ann genannt und mich beschworen, bei ihr zu bleiben. Sie hat mir befohlen, in die Hütte zu kommen, und gesagt, ich wäre in Gefahr, wenn ich mich ihr nicht anschließen würde. Sie hat mir angst gemacht.«

»Hat sie dich verhext?« fragte der alte Lord.

»Nein«, sagte Alys streng. »Nichts dergleichen. Ich denke, es war nur meine törichte Einbildung. Ich werfe ihr nichts vor, ich will sie auch nicht anklagen. Aber es ist mir einfach unheimlich, daß sie so nahe bei uns lebt. Und ausgerechnet dort, wo ich meine Pflanzen sammle. Die Hütte der alten Morach gehört jetzt mir. Ich möchte nicht, daß sie in meiner Hütte lebt.«

»Soll sie weg?« fragte der alte Lord Hugo.

Hugo lachte. »Wir werden sie über die Grenze nach Westmorland abschieben«, sagte er. »Dort gibt's reichlich irre alte Weiber, da wird sie gar nicht auffallen.«

Alys legte die Hand auf ihren Bauch. »Ich möchte ihr nichts antun. Ich möchte nicht, daß ihr meinetwegen etwas passiert. Ich möchte, daß du sie behutsam vertreibst, Hugo. Ich bin nur wegen meines Zustands nervös und möchte kein böses Blut in meiner Umgebung.«

»Natürlich«, sagte Hugo. »Ich schick morgen ein halbes Dutzend Männer hin. Sie können sie auf ein Pferd setzen und sie über die Grenze schicken. Du wirst sie nicht mehr sehen. Sie wird dir keinen Ärger machen.«

»Sag ihnen, sie sollen ihr nicht weh tun. Ich habe das Gefühl, es wäre ungut für mich, wenn sie ihr weh tun.«

Hugo nickte. »Ich werde ihnen sagen, daß sie sanft behandelt werden soll. Gräme dich nicht, Alys.«

Sie nickte. »Dann werde ich Euch Euren Geschäften überlassen, meine Lords.« Wieder zuckte ein Blitz durch den Raum, als sie die Hand auf die Tür legte, und über ihnen rollte heftiger Donner.

»Der Sturm wird die Arbeit für dich erledigen und die alte Vettel über die Grenze blasen«, sagte Lord Hugh.

»In die verkehrte Richtung«, sagte Hugo. »Der würde sie nach Yorkshire blasen, und das wünsch ich keinem.«

Der alte Lord lachte, und Alys schloß leise die Tür hinter sich.

Der Sturm ging die ganze Nacht unablässig ums Haus. Catherine kauerte sich bei jedem Donnerschlag noch tiefer in ihr Bett. Ihr Fenster war fest verriegelt, die Vorhänge zugezogen, und trotzdem zeichnete das grelle Licht der Blitze sich gegen die Vorhänge ab, ehe das Donnern die Welt in den Grundfesten erschütterte.

Alys' Wangen glühten, als hätte sie selbst der Blitz gestreift. Beim Abendessen trug sie ein helles, gelbes Gewand, und das Haar hing offen über ihre Schultern. Sie lachte und beugte sich zum alten Lord, lächelte Hugo über ihn hinweg an, nickte den Soldaten an ihrem Tisch an der Rückseite der Halle zu, die ihre Geste mit Gejohle quittierten. Sie trank reichlich von dem dunkelroten Wein, den der alte Lord ihr aufdrängte, und aß mit großem Appetit.

»Die Ulmenrinde hat also deinen Magen beruhigt«, bemerkte der alte Lord wohlwollend. »Das Baby ist bei dir gut aufgehoben, Alys. Keine Hurentricks mit Fehlgeburten, was?«

Alys strahlte ihn an.

»Nein, Mylord. Nicht, wenn meine Künste es verhindern können. Ihr werdet ein strammes Kind auf den Knien wiegen, wenn der Frühling ins Land zieht.«

Hugo nickte. »Darauf trinke ich.«

Ein gleißender Blitz machte die Nacht zum Tage. Eine der Serviererinnen schrie vor Angst und ließ ein Tablett mit Fleisch fallen. Die Hunde, die unter den Tischen lagen, stürmten in die Halle, schnappten sich die Knochen und kauerten sich dann wieder unter die schützenden Tische.

Alys lachte fröhlich.

»Dieser Regen wird den Weizen niederdrücken«, sagte Hugo mit finsterer Miene. »Wir werden einiges verlieren.«

Der alte Lord nickte. »Sommergewitter dauern nie sehr lange«, sagte er voller Optimismus. »Das hier wird sich nachts austoben, und morgen früh wird eine strahlend gelbe Sonne die Weizenfelder wieder trocknen.«

»Wir müssen zum Erntedankfest mit auf die Felder«, meinte Alys.

Ein Page trat vor die Plattform, um dem alten Lord etwas mitzuteilen. Lord Hugh lehnte sich im Stuhl zurück und gab seine Anweisungen. Hugo wandte sich über ihn an Alys.

»Vielleicht solltest du besser zu Hause bleiben«, sagte er. »Das letzte Mal, als du auf den Feldern warst, hat man dich nicht sehr freundlich empfangen.«

Der Blitz sauste wie ein Schwert in die Halle. Alys begegnete Hugos prüfendem Blick mit einem strahlenden Lächeln, das nicht einmal zuckte, als der Donner seine Worte überrollte.

»Mir ist alles egal«, sagte sie mit sehr leiser Stimme. »Erst recht heute nacht, da der Sturm um uns tobt! Komm heute nacht in mein Zimmer, Hugo, und ich werde dich auf einen Ritt in den Sturm führen, den du nie vergessen wirst. In Nächten wie diesen sind meine Schwestern unterwegs, und ich möchte bei ihnen sein. Du hast meine Macht vergessen, Hugo, aber wenn ich meine Hand ausstrecke, gibt es nichts, was mich aufhalten kann. Ich fürchte mich nicht vor diesen Dorfbewohnern mit ihren kleinen Flecken Land, ihrem Schwein im Koben und ihrem Bienenstock. Ich fürchte nichts, was sie sagen, noch fürchte ich irgend etwas, das sie tun. Ich fürchte nichts, Hugo. Komm heute nacht in mein Zimmer und schau dir an, wie man mit dem Sturm spielt.«

Hugos harter, kritischer Blick verschwand, und er atmete heftig. »Alys«, sagte er sehnsüchtig.

»Nach dem Abendessen«, befahl Alys. Sie wandte sich von ihm ab. David stand neben ihr, und der Fleischservierer beugte sein Knie und bot ihr die Silberplatte. »Gib mir reichlich«, rief Alys durch das Grollen des Sturms. »Ich bin hungrig.«

Das Abendessen wurde schnell beendet, der Lärm des Gewitters machte jede Unterhaltung unmöglich, und selbst die wenig Abergläubischen waren nervös und verängstigt. Eine Weile lang ließ der Donner nach, und der Sturm rollte talaufwärts davon. Aber am Eingang des Tales, am großen Wasserfall, drehte er wieder und tobte den Flußlauf entlang, wurde immer schneller, blies den Fluß aus seinem Bett und überflutete die Ufer. Die Frauen wollten nicht in der Galerie sitzen, wo die Fenster im Wind klapperten und das Feuer vom Regen zischte und Funken sprühte. Sie gingen früh zu Bett. Ruth schlief auf einem Feldbett in Catherines Zimmer und hielt ihr die Hand, um die Schrecken der Nacht fernzuhalten. Der Gedanke daran ließ Alys schallend lachen, sie riß ihre Tür für Hugo auf und verriegelte sie dann hinter ihm.

Er hatte sich von ihrer Stimmung anstecken lassen, seine Augen funkelten. Er wartete auf ihre Befehle.

»Trink«, sagte Alys und reichte ihm Wein mit einer kleinen Prise Erdwurz. Sie leerte ihr eigenes Glas. »Und zieh dich aus, Hugo, meine Schwestern nehmen dich nur im Gewand des Himmels.«

Hugo zerrte sich mühsam die Kleider vom Leib, die Erdwurz breitete sich in seinem Körper aus, machte seine Gliedmaßen schwer und unkontrollierbar. Alys sah, wie seine dunklen Augen noch schwärzer wurden, als sich die Pupillen von der Droge weiteten.

»Alys, meine Hexe«, nuschelte er.

»Leg dich aufs Bett«, flüsterte sie. »Sie kommen, meine Schwestern. Beim nächsten Donnergrollen werden sie hier sein. Horche auf sie, Hugo! Wenn der Blitz den Himmel entzweireißt, werden sie aus den Wolken fallen, schreiend und lachend, mit wehendem Haar. Sie kommen. Jetzt!«

Alys stand nackt vor dem Schießschartenfenster mit ausgebreiteten Armen. »Ich kann sie sehen«, sagte sie. »Sie kommen über die Strahlen des Himmels, Hugo! Hierher, meine Schwestern! Hier bin ich! Nehmt mich mit hinaus in den Sturm.«

Wind rauschte durch die Schießscharte. Alys, brennend vor Schuldgefühlen, Leidenschaft, fiebriger Erregung, lachte wie eine Besessene, als der Regen ihren Körper peitschte. »Oh, das ist gut!« sagte sie. Der kalte, harte Regen bohrte sich wie Nadeln in ihre Brustwarzen. »Oh, so gut«, sagte sie.

Sie wandte sich zu Hugo, und jede Vorsicht war mit dem Wind davongestoben. »Gehn wir nach draußen«, sagte sie tollkühn. »Zur Spitze des runden Turms.«

»Draußen«, murmelte Hugo dumpf.

Alys hüllte ihre Blöße in einen dunkelblauen Umhang und legte Hugo eine Decke um die Schultern. Er konnte sich kaum auf den Beinen halten, als sie ihn durch die Galerie und dann die Treppe hinunterführte, quer durch den Vorraum zum runden Turm. Der alte Lord war noch in der Halle, im Wachraum war keiner. Alys und Hugo huschten die schmale Treppe hinauf, vorbei am Gemach des alten Lords, vorbei an Hugos Gemach darüber, weiter hinauf und hinaus auf die Spitze des Turms.

In einer geschützten Ecke standen die Taubenschläge, fest verschlossen, damit den Brieftauben nichts passierte. Alys wollte sie fliegen lassen – die kostbaren Vögel in den unberechenbaren Wind schleudern, damit sie sich verirrten und nie wieder den Weg nach Hause finden würden. Abgesehen von den Taubenschlägen war das Dach leer, der Boden schiefergedeckt und abweisend, ein Turm, der in das Zentrum des Sturms ragte. Die Luft um sie herum heulte, der Wind peitschte so heftig auf sie ein, daß ihnen die Worte aus dem Mund gerissen wurden und das Getöse sie taub machte. Alys ging zur Brüstung und schaute nach unten.

Sie konnte kaum den Ansatz des Turmes sehen, wo er wie eine seltsame Klippe aus dem nackten Felsen des Flusses wuchs. Ein Blitz zuckte über den Himmel, und jetzt sah Alys die Felsen, glänzend und naß reichten sie bis zum Flußbett hinunter. Tief unten toste der Fluß über die Felsen, brach sich in Wellen schwarzen Wassers und weißer Gischt. Alys ließ ihr Cape hinter sich flattern und drehte ihr Gesicht dem prasselnden Regen zu.

»Sie sind hier!« brüllte sie. »Meine Schwestern holen uns zum Spiel im Sturm! Kannst du sie fühlen, Hugo?«

Der Wind hatte Hugo die Decke von den Schultern gerissen und peitschte sie wie ein Banner vor sich her. Der Regen geißelte seinen stämmigen weißen Körper. Hugo warf den Kopf zurück und lachte, während der Wind an ihm zerrte und der Regen über seinen nackten Körper strömte.

Alys drückte sich an ihn, preßte seine Schenkel zwischen ihre Beinen, während sie den Regen auf sich herunterprasseln ließen. Der Blitz blendete sie einen Augenblick lang und stürzte sie dann in Finsternis.

»Fühle meine Schwestern«, drängte ihn Alys. »Wir reiten den Sturm mit ihnen. Schau, wie die Winde uns herumschleudern. Wir sind draußen, gepeitscht vom Sturm, geschlagen vom Blitz. Der Sturm ist unser Geliebter. Sei der Sturm, Hugo! Werde eins mit dem Sturm und nimm uns alle!«

Die Erdwurz verwirrte Hugos Verstand. Sein Körper war eisig

vom Regenwasser und brannte von seiner eigenen Hitze und dem Erdwurzfieber. Er packte Alys brutal, drängte sie gegen die Turmwand und stieß mit Gewalt in sie. Alys, der vollen Wut des Sturms ausgesetzt, lachte gellend.

»Du bist der Sturm, Hugo, du bist der Sturm!« schrie sie. »Liebe mich bis zum Wahnsinn. Ich habe alles für dich weggeworfen. Alles ist für dich verloren!«

Hugo begrub sich in ihr, zog sich zurück, stieß wieder zu. Mit jedem Stoß wurde Alys näher an die Kante der Turmwand gedrängt. Unter ihnen war der Fluß ein Strudel tiefen, dunklen Wassers und windgepeitschter Gischt. Alys sah, wie sie sich der tödlichen Gefahr näherten, und lachte wieder. Sie klammerte ihre Beine um Hugos Taille und warf sich nach hinten gegen die Wand. Hugo, blind für alles außer seiner Fantasie von Hexen und Türmen und magischer Wollust, stieß sich immer wieder gewaltsam in sie.

Ein letzter Stoß warf Alys über die schützende Brüstung ins Nichts. Hugo hatte ihre Hüften gepackt, ihre Beine umschlangen seinen Leib, aber ihr Körper hing zur Hälfte über dem Abgrund. Und dann ließ Alys im Wahn nach Befriedigung und im Wahn auf eine Erlösung von ihren Ängsten und Schuldgefühlen Hugos Schultern los und breitete die Arme aus, streckte sie über den Kopf und griff nach dem Abgrund. Blitze zuckten und erleuchteten Alys' irrsinniges, lachendes Gesicht und Hugos vor Lüsternheit verzerrte Grimasse, als Alys sich Kopf voraus ins Nichts stürzte, nur noch ihre Beine hielten sie an Hugo fest. Sie schrie ihre Lust hinaus, und der Wind riß ihr den Schrei von den Lippen. Sie schlug die Augen auf und sah hinunter. Sie streckte ihre Arme ins Nichts und lachte laut, voller Sehnsucht nach dem endgültigen Grauen des Falls und dann Finsternis.

Dann verkrampfte sich ihr Bauch vor Lust, sie stöhnte, klammerte die Beine fester um seinen Rücken, zwang ihn näher und näher an sich, tiefer und tiefer in sie, rang ihm jedes Quentchen Lust ab. Hugo, der nicht wußte, was er tat, ohne einen Gedanken an ihre Sicherheit, nur noch von seiner Wollust beherrscht, riß sie von der Brüstung zurück und warf sich über sie auf die Steinplatten des Daches. Der Regen strömte auf die beiden naßglänzenden Körper, die sich hin und her rollten, ein Knäuel der Lust. Dann grollte erneut der Donner, und Hugo fiel zurück.

Alys lag mit offenem Mund da und trank den Regen. Ihr Haar war von Regen durchtränkt, Hugo ein totes Gewicht auf ihr. Sie schob ihn beiseite und setzte sich langsam auf. Ihr schwirrte der Kopf vom vielen Wein, der Fleischeslust und nackter Angst. Sie rappelte sich auf und schwankte zur Brüstung. Sie war jetzt nüchtern wie ein Trunkenbold, der beim Anblick der Gefahr, der er sich ausgesetzt hatte, schlagartig nüchtern wird. Sie hielt sich an einem der Türmchen fest und schaute hinunter in den schwindelerregenden Abgrund. Der Fuß des Turmes war nicht zu sehen, es war zu dunkel und zu hoch. Aber sie hörte das Rauschen des Wassers, das sich über den Felsen brach. Als wieder ein Blitz über den Himmel zuckte, sah Alys die Felsen weit, weit unter sich. Alys trat von der Brüstung zurück und wickelte sich in ihren Umhang. Sie erschauerte.

»Das war zu knapp«, sagte sie. »Zu knapp. Zu nah am Abgrund.« Sie schüttelte den Kopf wie jemand, der aus tiefer Trance erwacht. »Die leere Rune, die leere Rune«, flüsterte sie. »Oh, mein Gott! Die leere Rune. Odin.«

Einen Augenblick lang starrte sie nach unten, und dann wanderte ihr Blick hinaus aufs Moor. Der Sturm tobte in Richtung Osten, wenn der Blitz einschlug, sah sie, wie der Regen sich wie eine Wasserwand zum Hochmoor ausbreitete. Der Fluß würde schnell steigen, Morach in ihrer Höhle würde erneut ertrinken. Vielleicht würde der Fluß über die Ufer treten und gierig die kleine Kate und die alte, gichtige Frau verschlingen, sie mit sich fortreißen, ehe die Soldaten kamen.

»Schlaft wohl«, sagte Alys ironisch in die Dunkelheit. »Meine beiden Mütter. Schlaft wohl. Möge der Sturm euch beide mitnehmen, möge der Regen euch beide aus meinem Leben spülen, mögen die Winde euch weit, weit von mir wegblasen.« Sie lachte krächzend über ihren eigenen schwarzen Humor und wandte sich dann langsam Hugo zu.

Er lag da, wo sie ihn gelassen hatte. Seine Haut war kalt und naß. Alys wickelte sich fest in ihr Cape und öffnete dann die Falltür im Boden. In den Taubenschlägen unter dem kleinen, baufälligen Dach beobachteten sie ängstlich ein halbes Dutzend winziger roter Augen. Die Vögel flatterten beunruhigt, als sie vorbeiging. Alys stieg die schmale Steintreppe hinunter und ließ die Falltür wieder zufallen. Sie ging an Hugos Zimmer vorbei und am Gemach des alten Lords. Auf halbem Weg zum Wachzimmer traf sie einen der Soldaten.

»Hol dir einen Kameraden, und dann bringt Lord Hugo nach unten«, befahl sie. »Er ist betrunken und wollte unbedingt aufs Dach, den Sturm beobachten. Sorg dafür, daß seine Diener ihn wärmen und abtrocknen und zu Bett bringen. Er ist sturzbetrunken und kann nicht gehen.«

Der Soldat grinste. »Ja, Lady Alys«, sagte er. Er lief schnell ins Wachzimmer voraus, und Alys hörte dröhnendes Männergelächter. Dann lief sie die Treppe hinauf zur Damengalerie.

Mary wartete neben Alys' Bett, als sie ins Zimmer kam. Ohne Kommentar nahm sie ihr den durchnäßten Umhang ab und wikkelte Alys in ein warmes Laken. Alys war zu müde, um sich mit einem Nachthemd und einer Nachthaube abzumühen. Sie glitt rasch zwischen ihre Laken, warm eingehüllt wie ein Wickelkind.

»Gute Nacht, Mylady«, sagte Mary behutsam und blies die Kerze aus.

In dieser Nacht hatte Alys einen Traum. Er handelte von dem Gewitter und dem strömenden Regen außerhalb des Schlosses; von dem brodelnden Fluß, der die Felsfundamente der Burg umspülte; von der glatten Rune. Er handelte von Morach – dunkel und tief und versteckt in ihrer ertrunkenen Höhle – und von Hildebrande, die im Finstern betete. Das alte Gesicht war tränenüberströmt. Sie betete für das Lamm, das vom Weg abgekommen war, für die Tochter, die zum Verräter geworden war.

Alys träumte, sie wäre auf der Straße von Morachs Hütte nach Castleton. Sie träumte, sie würde auf ihrer Stute reiten. Es war ein schöner Tag, und das Pferd trabte gleichmäßig über die weiße Straße. Alys träumte von den bläulichen Blättern des wilden

Salbeis an der Straßenböschung und hielt ihr Pferd an, um die frischen Blüten zu pflücken.

Die Stute blieb stehen, Alys glitt aus dem Sattel und bückte sich über die Pflanze. Da wich sie erschrocken zurück. Die Böschung waberte von Würmern. Sie schäumte vor weißen Maden, winzig und dünn, die sich in einer Masse der Fäulnis wälzten. Sie fiel gegen die Schulter des Pferdes und sah, daß die Böschung auf der anderen Seite ebenfalls von Würmern wimmelte. Sie war gefangen zwischen zwei Festmählern sich windender, stummer Maden.

Alys wollte in den Sattel springen, aber plötzlich hatte ihr Pferd weder Sattel noch Steigbügel. Sie tastete den Rücken des Pferdes ab. Aber da war nichts, und sie spürte, wie die Madenhügel sich auf sie zubewegten.

Alys schrie, so laut sie konnte, und der Schrei zerriß ihren Schlaf. Sie öffnete die Augen und saß aufrecht im Bett, in Angstschweiß gebadet.

»Mein Gott, oh, mein Gott«, sagte sie in die Dunkelheit.

Im Schloß herrschte Ruhe, das Gewitter war weitergezogen. Draußen war das leise Plätschern von Sommerregen zu hören, und der Himmel war blaß von der aus den Wolken steigenden Sonne.

»Mein Gott«, sagte Alys noch einmal.

Sie drehte das Kissen um, es war schweißnaß. Sie zog die Decken etwas enger um sich. Sie fühlte sich kalt und zittrig, als hätte sie sich gerade erst aus dem Gewitter gerettet.

»Was für ein Traum!« sagte Alys in die Stille. »Ein Albtraum. Und lauter Unsinn. Alles Unsinn.«

Sie schüttelte den Kopf, legte sich wieder auf ihr Kissen und wickelte sich fest in die Decke.

»Unsinn«, sagte sie leise. »Lauter Unsinn.«

Innerhalb von Minuten war sie wieder eingeschlafen, fing sie wieder an zu träumen. Wieder ritt sie auf ihrer hübschen Stute die Straße entlang. Wieder sah sie das Kraut, zügelte ihr Pferd und beugte sich über die blumenübersäte Böschung. Etwas Weißes bewegte sich unter den Blättern.

Alys wich zurück, überzeugt, es wäre irgendein Wurm, vielleicht eine Schlange. Dann sah sie es deutlich.

Eine kleine, weiße Hand.

Alys schrie laut auf, brachte aber nur ein Stöhnen heraus.

Sie mußte mitansehen, wie die kleine Hand den Blättervorhang teilte und die kleine Wachspuppe herausmarschierte. Es war die Puppe von Hugo – die schlimmste von den dreien. Augenlos, ohrenlos, fingerlos, mundlos. Sie watschelte auf ihren kleinen Beinen durch die Böschung hinunter auf die Straße. Dahinter kamen wie zwei winzige Spielzeugsoldaten die anderen beiden. Die Puppe von Lord Hugh, gebeugt und etwas müder, aber sie marschierte entschlossen hinter Hugo drein, und hinter ihm kam Catherine.

Fasziniert beugte sich Alys vom Pferd, um sie besser sehen zu können. Die Puppe von Catherine hatte sich verändert. Der riesige, fette Bauch war weg, abgerissen. Das große Loch an der Stelle, wo der Bauch gewesen war, hatte ausgefranste Ränder. Und mit jedem Schritt, den sie machte, hinterließ die Puppe eine kleine Spur, wie den Schleim einer Schnecke, wie geschmolzenes Wachs, das aus der Wunde tropfte.

»Wohin geht ihr denn?« stöhnte Alys leise.

Catherine und Lord Hugh stutzten beim Klang ihrer Stimme. Aber die kleine Puppe von Hugo konnte sie weder hören noch sehen, noch fühlen, noch mit ihr reden. Sie marschierte weiter wie ein kleines unaufhaltbares Spielzeug.

»Nach Castleton«, flöteten die beiden Püppchen mit ihren hohen, unschuldigen Stimmchen. »Um die Mutter zu suchen, die uns gemacht hat.«

»Ich hab euch begraben!« brüllte Alys sie an. »Ich hab euch in geweihter Erde gelassen. Ich hab euch dort zurückgelassen. Liegt still! Ich befehle es euch!«

»Wir wollen unsere Mutter!« sagten sie mit ihren hohen, hellen Stimmchen. »Wir wollen unsere Mutter, kleine Schwester Ann!«

»Nein!« Alys' Schrei zerstörte ihren Schlaf. Sie hörte, wie die Tür aufschlug, Mary ins Zimmer kam und sie fragte, ob sie krank wäre.

»Nein!« sagte Alys wieder, und der Traum verblaßte, als sie Marys Hand auf ihrem Arm spürte.

Aber sie hörte die Antwort, in drei Meilen Entfernung auf der Straße nach Castleton. »Wir wollen dich, Mutter!« riefen sie freudig. »WIR WOLLEN DICH!«

21

Der Morgen war klar und sonnig, genau wie der alte Lord es prophezeit hatte. Der Sturm hatte den Nebel ertränkt und die Wolken weggeblasen. Als Alys erwachte, trat sie an die Schießscharte und blickte hinaus aufs Moor, wo das weiße Band der Straße sich nach Westen schlängelte. Lange blieb sie so stehen und starrte auf das Moor, als erwarte sie, daß jemand die Straße entlangkäme. Dann drehte sie sich mit einem Achselzucken weg.

»Ich fürchte nichts«, murmelte sie vor sich hin. »Gar nichts. Ich hab es nicht bis hierher geschafft, um Angst vor Träumen zu haben. Ich bin keine Närrin wie Catherine. Ich werde mich vor nichts fürchten.«

Mary klopfte an der Tür und brachte auf einem Tablett ein üppiges Frühstück. Alys legte sich wieder ins Bett und aß mit großem Appetit, während sie Mary ein Kleid nach dem anderen zur Begutachtung aus der Truhe holen ließ.

»Das neue blaue Kleid«, sagte sie schließlich. »Und ich werde mein Haar offen tragen.«

Mary legte das Kleid bereit, goß heißes Wasser aus einem Krug in eine Schüssel und half Alys, das Kleid zu schnüren. Es war aus einem Stück blauer Seide, das sie in Megs Truhe gefunden hatte, und die Schloßnäherinnen hatten es nach der neuesten Mode gearbeitet. Alys lächelte. Das Mieder war kurz, es drückte die Brüste zusammen und wurde hinten geschnürt. Vorne war der Stoff großzügig über dem Bauch zusammengerafft. Selbst Jungfrauen würden in diesem Kleid schwanger aussehen. Alys, deren Bauch durch die Seidenfalten noch größer wirkte, sah darin aus wie eine Königin der Fruchtbarkeit. Sie öffnete die Tür, begrüßte die Damen und ging dann durch die Galerie, um Catherine zu besuchen.

Catherine war noch im Bett. Ihr Frühstückstablett war beiseite geschoben, und sie trank gerade aus einem Bierkrug. Sie setzte ihn ab, als Alys zur Tür hereinkam, und streckte die Arme nach ihr aus. Alys beugte sich über das Bett und ließ Catherine sie umarmen und ihr feuchtes Gesicht an ihren Hals kuscheln.

»Alys«, jammerte Catherine. »Du mußt mir helfen.«

Alys zog ohne Aufforderung einen Stuhl ans Bett und setzte sich. »Und wie, Catherine?« fragte sie freundlich. »Ihr wißt, ich würde alles, was in meiner Macht steht, für Euch tun.«

Catherine schniefte erbärmlich und kramte unter ihrem Kissen nach einem Taschentuch. Sie rieb sich die Augen und die feuchte Nase. »Tag und Nacht muß ich weinen«, schluchzte sie. »Ich weine sogar im Traum.«

Alys senkte den Blick auf ihre Hände, die sie über der blauen Robe gefaltet hielt. Sie waren glatt und weiß wie die einer Dame. Keiner, der sie jetzt sah, würde glauben, daß Alys je etwas Schwereres als eine Nadel gehalten hätte. »Warum weint Ihr denn?« fragte Alys, nicht sonderlich interessiert.

Catherine drückte ihre Handrücken an ihre geröteten Wangen, um sie zu kühlen. »Hugo will mich nicht sehen«, sagte sie traurig. »Er kommt mich nicht besuchen, und er weigert sich, mich anzufassen, weil ich noch nicht kirchlich geläutert bin. Aber Pater Stephen ist nicht da, also kann ich nicht geläutert werden. Hugo weiß das. Er benutzt es als Ausrede, um mich vor den Kopf zu stoßen. Ich weiß es genau.« Sie hielt inne. Ihre Stimme war laut und wütend geworden. Sie holte tief Luft.

»Ich weiß nicht einmal, ob Pater Stephen zu einer kirchlichen Läuterung rät«, sagte sie gereizt. »Wenn er es als Aberglauben abtut und sich weigert, mir die Absolution zu erteilen, wird Hugo mich weiterhin meiden. Was kann ich dagegen tun? Es ist nicht meine Schuld!« Ihre Stimme war wieder hoch und schrill geworden. Sie rang zitternd nach Luft und versuchte, sich zu fassen.

»Der alte Lord will mich nicht sehen«, sagte sie. »Er hat gesagt, er wird mich empfangen. Ich weiß, daß er böse auf mich ist.« Sie zögerte, dann fuhr sie mit leiser Stimme fort. »Ich habe ihn im Verdacht, daß er mich wegschicken will.«

Alys sah kurz zu ihr auf, sagte aber nichts.

»Du mußt es wissen«, sagte Catherine plötzlich energisch. »Du schreibst seine Briefe, er erzählt dir von seinen Angelegenheiten. Will er mich loswerden und die Ehe annullieren lassen?«

»Ja«, sagte Alys ohne Umschweife. »Wenn seine Freunde bei Hof seinen Antrag unterstützen.«

Catherine wurde aschfahl. »Mit welcher Begründung?« flüsterte sie.

»Zu enge Blutsbande«, erwiderte Alys.

»Es gab einen Dispens ...« begann Catherine.

»Vom Papst gekauft«, erwiderte Alys. »Jetzt entscheidet der König über diese Angelegenheiten. Nicht der Papst.«

Catherine starrte Alys stumm an. »Was sagt Hugo dazu?« fragte sie. »Liebt er mich noch? Wird er sich gegen seinen Vater stellen?«

»Hugo weiß nichts davon. Aber ich bezweifle, daß er sich in dieser Sache dem Willen seines Vaters widersetzen wird.«

»Nein«, sagte Catherine kopfschüttelnd. »Das würde er nicht. Er hat mich geheiratet, weil es sein Vater befohlen hat, und er hat mit mir geschlafen, weil er einen Erben brauchte. Jetzt, wo ich ihm keinen Erben mehr schenken kann, braucht mich keiner mehr. Also werden sie mich wegwerfen.«

Alys betrachtete ihre Fingernägel. Sie waren blaßrosa und wohlgeformt, mit durchsichtigen weißen Spitzen und kleinen weißen Halbmonden am Ansatz. Alys betrachtete sie voller Wohlgefallen.

»Ich bin verloren«, sagte Catherine tonlos.

Alys wartete, Catherines Schmerz ließ sie kalt.

»Was werden sie mit mir machen?« fragte Catherine.

»Ihr könntet wieder heiraten«, schlug Alys vor.

Catherines Wangen bekamen wieder ein bißchen Farbe. »Nach Hugo?« fragte sie.

Alys mußte ihr wider Willen recht geben und nickte. »Oder Ihr könntet ein kleines eigenes Haus haben, mit eigenen Dienern auf Euren Ländereien.«

Catherines molliges Gesicht zitterte jämmerlich. »Ich war die

Herrin des Schlosses«, sagte sie. »Die Frau von Lord Hugo. Erwarten sie, daß ich in einer Hütte lebe und Enten züchte?«

Alys lächelte. »Könntet Ihr Euch ihnen widersetzen?«

»Ich würde verlieren«, sagte Catherine prompt. »Nicht einmal Katharina von Aragon konnte sie umstimmen, und sie war von fürstlichem Geblüt. Die Boleyn wurde von ihrem eigenen Onkel für schuldig befunden und zur Hinrichtung geschickt. Da werden sie wohl kaum auf mich hören! Der Rat des Königs hört es nicht gerne, wenn man von männlicher Impotenz oder männlicher Unfruchtbarkeit spricht. Für sie ist es einfacher, der Frau die Schuld zu geben.«

Alys vergewisserte sich mit einem Blick über die Schulter, daß die Tür sicher geschlossen war. »Das ist Verrat«, sagte sie ohne Umschweife.

Catherine begegnete trotzig ihrem Blick. »Das ist mir gleichgültig«, sagte sie. »Sie haben mich wie ein Spielzeug benutzt, und jetzt werfen sie mich auf den Misthaufen. Wenn ich als Verräterin gehenkt werde, würde mich das auch nicht schwerer treffen als dieser Verrat.«

Einige Minuten lang herrschte Schweigen. Alys bemerkte, daß Catherines Tränen versiegt waren. Die alten, harten Züge traten wieder unter der rosigen Molligkeit ihres Gesichtes zutage.

»Mit wem werden sie ihn verheiraten?« fragte Catherine.

Alys unterdrückte ihre Freude und ihre Zuversicht und sagte ganz ruhig: »Lord Hugh hat noch keine Anstalten gemacht.« Sie wartete, daß Catherine es erraten würde; sie wartete auf einen Wutausbruch, einen Eifersuchtsanfall, der Catherine aus dem Schloß treiben würde. Und dann würde sie nie wieder zurückkehren, auf ihrem kleinen Gutshof sitzen, wo nur David sie ab und zu besuchen würde mit unwillkommenen Gaben aus dem Schloß. Verarmt. Allein.

»Sie werden wohl warten, bis die Annullierung rechtskräftig ist«, sagte Catherine. Innerlich mußte Alys über Catherines Einfalt lachen. »Dann werden sie sich nach einem Mädchen umsehen, einem jungen Mädchen, fruchtbar, kräftig und reich. Irgendein adliges kleines Ding, das sich leidenschaftlich in Hugo verlieben wird, genau wie ich. Sie wird ein Leben voller Sehnsüchte und Eifersucht fristen – genau wie ich –, warten und wieder warten auf ein Kind von ihm. Denn er ist es, der keinen Samen hat. Er hat die Fäulnis in sich.«

Alys hielt den Kopf gesenkt, damit Catherine ihr Lächeln nicht sehen konnte. Keine junge adelige Braut wurde in Erwägung gezogen. Es gab keine Kandidatinnenliste. Alys stand Lord Hugh näher als alle anderen im Schloß. Wenn es Heiratspläne für Hugo geben würde, wüßte Alys davon – noch bevor Hugo es erfuhr. Die Annullierung war geplant. Eine zweite Heirat würde nach Lord Hugos Wünschen erfolgen, mit Zustimmung seines Vaters. Alys wußte, wenn Catherine das Schloß verließ, würde sie die neue Lady werden.

Catherine schlug die Bettdecke zurück und ging zum Fenster. Sie zog den Vorhang beiseite und öffnete die Läden. Die Morgensonne strömte ins Zimmer, der Staub von den Spreukräutern tanzte in den Sonnenstrahlen.

»Schau ihn dir an«, sagte sie haßerfüllt. »Fröhlich wie immer.«

Alys stellte sich zu ihr. Im Hof unten hielt Hugo gerade Mary am Arm fest.

»Wer ist sie?« flüsterte Catherine.

»Ein neues Mädchen, meine Zofe. David hat sie in Castleton für mich gefunden«, sagte Alys. Sie merkte, wie ihr die Luft wegblieb, und tief in ihrem Bauch hämmerte ihr Puls vor Eifersucht.

Hugos Lachen hallte durch den Hof. Sie sahen, wie Mary ihr Haar zurückwarf und ihn anlächelte. Aus dem Kerkerturm kam ein Soldat durch die kleine Tür, ging die Außentreppe hinunter und rief Hugo einen kleinen Scherz zu. Die beiden Frauen am Fenster sahen, wie Mary die Schultern hob und lachte.

»So, jetzt kennst du es auch«, sagte Catherine triumphierend. »Jetzt weißt du, wie ich mich gefühlt habe, als sie dich frisch vom Moor hierhergebracht haben und ich gesehen habe, wie Hugo sich jedesmal nach dir umgedreht hat, wenn du durchs Zimmer gegangen bist. Es hieß, du wärst eine meiner Hofdamen, aber ich habe gewußt, daß du zu *ihrem* Vergnügen hier bist, für Hugo und den alten Lord. Es hat mich innerlich umgebracht zu sehen, wie er sich nach dir verzehrt hat. Und jetzt kannst du dir deine Zofe anschauen, ein albernes, dummes Mädchen, und sehen, wie Hugo sich nach ihr verzehrt. Und jedesmal, wenn sie durch den Raum geht, wirst du sehen, wie er sich von dir abwendet und ihr nachschaut.«

Alys lehnte sich gegen den Fenstersims und schaute hinunter, die Steinmauer drückte hart und kalt gegen ihren Leib. Hugo hatte seinen Arm um Marys Taille gelegt und flüsterte ihr etwas ins Ohr. Mary hatte sich in seinen Arm zurückgelehnt, den Hals verführerisch gestreckt, der Ansatz ihrer Brüste quoll aus dem Mieder. Stumm beobachtet von Hugos Frau und Hugos Mätresse senkte Hugo seinen dunklen Kopf und küßte ihren Hals und ihre Brüste. Sie hörten Marys Lachen, und dann schob das Mädchen ihn weg. Sie entfernte sich ein paar Schritte von ihm, als wolle sie sich wehren, dann warf sie ihm einen Blick über die Schulter zu, die Aufforderung zur Jagd. Als er ihr nicht folgte, stemmte sie den Korb in die Taille und ging hüftschwenkend über den Hof. Hugo blieb stehen und schaute ihr genüßlich nach, bis sie außer Sicht war.

»Wie lange, glaubst du, wird sie sich ihm widersetzen?« fragte Catherine. »Einen Monat? Eine Woche? Bis heute abend?« Sie lachte verbittert und lehnte sich an den Bettpfosten. »Ich fand es immer besser, wenn sie schnell nachgaben. Dann langweilt er sich bald. Die größte Qual für mich war es, als er heiß auf dich war. Du hast ihn lange hingehalten. Es war furchtbar, dieses Warten und Warten auf ihn, bis er genug von dir haben und zu mir zurückkommen würde.«

Alys schüttelte den Kopf. Sie begriff nicht, daß Hugo so schamlos im sonnigen Hof flirten konnte, nach dem sturmgepeitschten Wahnsinn der gestrigen Nacht.

»Erst gestern nacht haben wir uns geliebt«, rutschte es ihr heraus. »Wie kann er da heute so eine Schlampe wollen? Wir waren gestern im Wahnsinn vereint. Wie kann er da aufwachen und sie begehren?«

»Er ist von meinem in dein Bett gestiegen, ohne auch nur Luft zu holen«, erwiderte Catherine. »Hugos Seitensprünge passieren in Windeseile. Du solltest das doch am besten wissen.«

Alys nickte. »Aber gestern nacht...«, sagte sie und verstummte. Catherine hatte recht. Sie hätte am besten wissen müssen, wie unberechenbar die Leidenschaft der Männer war. Von frühester Kindheit an hatte sie gehört, wie Morach Mädchen, die Liebestränke haben wollten, warnte, daß diese zwar die Geilheit wecken konnten, aber nicht die Zuneigung. Man konnte jemanden durch Zauberei besessen machen, aber nicht zur Zuneigung zwingen.

»Liebst du ihn?« fragte Catherine neugierig.

»Nein«, erwiderte Alys nachdenklich. »Anfangs ja. Ich war krank vor Liebe zu ihm, ich habe alles – sogar meine Seele – verspielt, um ihn dazu zu bringen, mich zu lieben. Aber seitdem...« Sie seufzte. »Manchmal begehre ich ihn«, sagte sie. »Und ich brauche ihn, um meinen Platz hier zu halten. Ich genieße es, hier die Lady zu sein, ich genieße es, bei ihm und seinem Vater die erste zu sein. Aber ich kann nicht sagen, daß ich ihn zärtlich liebe. Ich habe nur einen Menschen zärtlich geliebt.«

Sie dachte an die alte Frau in der Hütte auf dem Moor, wie sie beim Klang der Hufe in die unschuldige Sonne heraustrat und wie dann die Soldaten sie grob auf ein Pferd packten und sie dann auf dem Markt in Appleby wie einen Sack Mehl herunterstoßen würden. »Und ich glaube, ich habe in meiner Liebe zu ihr versagt«, sagte Alys ohne nähere Erläuterung.

»Morach?« riet Catherine.

»Nicht Morach«, sagte sie. »Aber sie habe ich auch im Stich gelassen.«

Catherine legte einen Arm um Alys' Taille. »Wenn ich gehe, kommst du dann mit mir? Wir könnten zusammenleben, Alys, du könntest deine Heilkünste praktizieren. Wir könnten ein angenehmes Leben führen.« Sie zögerte, musterte Alys aus dem Augenwinkel.

»Ich weiß nicht«, sagte diese, um Zeit zu gewinnen.

»Hier im Schloß bist du verloren, wenn Hugo deiner überdrüssig wird. Wenn der alte Lord stirbt, werden sie dir die Schuld an seinem Tod geben, dich vielleicht der Hexerei anklagen. Hast du dir das schon überlegt, Alys?«

»Ich bin hier sicher«, widersprach Alys. »Hugo mag vielleicht mit einer Zofe flirten, aber ich werde hier noch meinen Platz haben, lange nachdem Mary sich in den Straßen von Castleton als Hure verkauft. Hugo wird meiner nie überdrüssig werden.«

»Jetzt noch nicht. Aber später. Wenn die neue Frau kommt, könnte sie verlangen, daß du weggeschickt wirst. Wenn sie jung, adelig und schön ist, wird Hugo alles tun, um ihr zu Willen zu sein. Sie wird dich demütigen und beleidigen. Sie wird ihre eigenen Hofdamen mitbringen, und du wirst nichts in der Galerie zu suchen haben. Sie werden dich necken und beschimpfen. Sie werden über deine Sprache und sogar über deine Heilkünste lachen. Sie werden dich erniedrigen und demütigen. Ich kann dich davor bewahren, vor der Erniedrigung, wenn die neue Frau kommt. Und ich würde gerne mit dir auf einem Gutshof leben. Weit weg von Hugo, weit weg von seinem Vater.«

Alys spürte ihre Kräfte warm und aalglatt in ihren Fingerspitzen. Sie spürte, wie ihre Macht sie umfing, wie der Mantel des Puppenspielers, wenn er ihn als Hintergrund ausbreitet und seine kleinen Puppen tanzen läßt. »Wenn ich mich bereit erkläre, zu dir zu kommen, sobald Hugos neue Frau da ist, werdet Ihr dann jetzt ohne Streit gehen?« fragte sie. »Der alte Lord hat gesagt, er wird Euch großzügig abfinden, wenn Ihr Euch friedlich in eine Auflösung der Ehe fügt. Ihr könntet alles Geld bekommen, das wir brauchen, wenn Ihr ihm den Gefallen tut.«

Catherine erstarrte. »Ich soll es ihnen leicht machen!« rief sie.

»Leicht für uns«, verbesserte sie Alys. »Nehmt ihr Geld, und dann, wenn Ihr sicher in Eurem eigenen kleinen Gutshof sitzt – werden wir weitersehen.«

Alys ging zu ihr, legte ihre Arme um Catherine und ließ es zu, daß die Frau ihren Kopf auf Alys' abweisende Schulter legte. Dann trat Alys zurück, zog die Decken hoch und machte es Catherine im Bett bequem.

»Ich werde dem Mädchen sagen, sie soll Euer Bett frisch beziehen«, sagte Alys.

Catherine strahlte sie an. »Wie du dich um mich sorgst, Alys!« sagte sie voller Dankbarkeit.

Auf dem Weg zu Lord Hughs Gemach schaute Alys kurz durch die Schießscharten im Turm. Die hochgelegenen Hügel des Moores schimmerten wie violetter Dunst im grellen Sonnenlicht. Die Luft zog klar und frisch durch jede Schießscharte, so daß Alys auf der Wendeltreppe von scharfer Moorluft in die abgestandenen Gerüche der Burg kam. Kein Reisender war auf der Straße zu sehen. Nichts bewegte sich.

Am letzten Fenster atmete sie erleichtert auf, ehe sie das Zimmer des alten Lords betrat.

Er trug einen leichten Sommerrock und saß in seinem Stuhl vor einem kleinen Feuer. Das Zimmer war voller Leute. Hugo war da, und als Alys die Tür öffnete, lachte er gerade über einen Scherz, und sie sah, wie er den Kopf zurückwarf. Sein Gesicht strahlte unbekümmert. Als er ihrer ansichtig wurde, blinzelte er sie an, ging auf sie zu und zog sie in den Raum. Ihre Fingerspitzen berührten sich, und beide spürten ein leichtes Kribbeln in Erinnerung an die letzte Nacht. »Einen schönen guten Tag, meine Alys«, sagte Hugo liebevoll.

Hinter Hugo stand Pater Stephen, noch im Reisemantel, dünner und fanatischer als zuvor. David hielt eine Rolle handgeschriebener Briefe.

»Ah, Alys«, sagte Lord Hugh leutselig. »Herein mit dir, herein. Unser guter Stephen hat wunderbare Neuigkeiten. Er ist zum Archidiakon berufen worden! Du mußt ihm gratulieren.«

»Das tu ich von ganzem Herzen«, sagte Alys. Sie reichte Stephen die Hand. »Ich kann mir keinen besseren Mann für diese Aufgabe vorstellen.«

Stephen beugte sich kurz über ihre Hand. Seine Augen flatterten von ihrem Gesicht zu ihrem Bauch. Er hatte Gerüchte gehört, daß Alys ein Kind von Hugo erwartete. Jetzt sah er den Beweis.

»Ich habe vieles zu erledigen«, sagte der alte Lord. »Stephen, werdet Ihr Euer altes Quartier wieder nehmen? Und heute nach dem Essen mit mir plaudern?«

»Bestimmt, Mylord«, sagte Stephen.

»Dann laßt uns jetzt ausreiten«, sagte Hugo. »Wir können die Hunde mitnehmen und rauf ins Moor reiten, ein bißchen Fleisch holen.«

Stephen grinste. »Immer noch auf der Jagd, Hugo? Irgendeine Beute gibt's wohl immer.«

Der Witz war nicht für dritte gemeint. Beide Männer grinsten wie Schuljungen. »Jetzt wird nicht gepredigt«, sagte Hugo. »Nicht an deinem ersten Tag bei uns!«

Stephen nickte lachend. Sie verließen den Raum. David folgte ihnen gelassen und schloß die Tür hinter sich.

Alys machte es sich am Tisch neben dem Fenster bequem, strich das blaue Kleid glatt, drehte den Kopf und lächelte.

»Du siehst sehr zufrieden aus«, sagte der alte Lord wohlwollend.

»Ich habe mich mit Catherine unterhalten«, sagte Alys. »Ich glaube, ich habe Euch einen guten Dienst erwiesen.«

Er wartete mit hochgezogener Augenbraue.

»Wenn Ihr ihr einen Gutshof von angemessener Größe überschreibt und ihr eine Pension aussetzt, kann ich sie überreden, die Annullierung ohne Einwände zu akzeptieren«, sagte Alys mit ruhiger Stimme. »Sie ist bereit, sofort zu gehen.«

»Jesus steh uns bei!« rief der alteLord. Er richtete sich mit Hilfe seines Stockes auf und ging um seinen Stuhl herum. »Warum? Warum sollte sie Hugo jetzt aufgeben, nachdem sie sich all die Jahre an ihn geklammert hat?«

»Die Fehlgeburt hat sie schwer getroffen, und sie hat heute ununterbrochen geweint. Sie fühlt Euren Zorn und Hugos Ablehnung. Sie möchte Euch eine Freude machen, und sie will weg von hier. Sie weiß, daß sie unfruchtbar ist und gehen muß.«

»Ich dachte immer, wir müßten ihr Hugo mit Gewalt entreißen.«

Alys beugte den Kopf mit einem selbstzufriedenen Lächeln. »Ich habe – versprochen, bei ihr zu leben, falls ich hier weggehe«, sagte Alys.

Der alte Lord nickte. »Und damit war sie zufrieden?«

»Sie glaubt, daß Hugo eine andere Frau von weit her nehmen wird«, sagte Alys. »Sie weiß nicht, daß ich Hugos Kind unter dem Herzen trage. Sie ist eine Närrin. Ihre eigenen Sorgen und Ängste haben sie blind gemacht. Selbst ihre Hofdamen wagen nicht, ihr zu erzählen, daß ich Hugos Kind erwarte. Sie ist so selbstsüchtig, so verstrickt in ihre eigenen Bedürfnisse, daß sie mich gar nicht richtig sieht. Sie begreift nichts. Sie glaubt, ich wäre nur eine vorübergehende Laune, sie erkennt nicht, daß ich Hugos Lady bin.«

Der alte Lord hatte sich abgewandt. Alys konnte sein Gesicht nicht sehen. Aber die starre Haltung seines Rückens warnte sie.

»Du hast geglaubt, du wirst die neue Frau?« fragte er.

Alys merkte, daß sie hektisch atmete. Wieder spürte sie Angst und Wut, wie vorhin, als sie Hugo im Hof flirten sah. Ihr wurde heiß und kalt zugleich.

»Ja«, sagte sie tapfer. »Ich bin vielleicht nicht adelig und bringe auch keine Mitgift. Aber ich bin die einzige Frau, die je ein Kind von ihm empfangen hat und es auch gesund zur Welt bringen wird. Mein Sohn wird Euer einziger Erbe sein. Ihr wißt genausogut wie ich, daß Catherine nicht unfruchtbar ist – Ihr habt sie ja von zahllosen Ärzten untersuchen lassen. Ihr wißt, daß Hugos Samen schwach ist. Wenn Ihr ihm eine andere Frau zuführt, riskiert Ihr wieder eine kinderlose Ehe. Wenn ich im Frühling einen Sohn zur Welt bringe, werdet Ihr es nicht wagen, uns bis dahin nicht verheiratet zu haben, damit das Kind rechtmäßig geboren wird.«

Der alte Lord, der ihr immer noch den Rücken zugewandt hatte, warf den Kopf zurück und lachte schallend, ein grausames, humorloses Lachen. Alys lächelte nervös und wünschte, sie könnte den Spaß verstehen.

»Ich nicht wagen?« fragte er und drehte sich zu ihr. »Du glaubst, ich wage es nicht? Meine hübsche kleine Schlampe, ich wage noch ganz andere Dinge!« Er ging auf sie zu und hielt ihr seine knochige Hand unter die Nase und zählte die Punkte an seinen Fingern ab. »Erstens: Hugo wird keine gemeine Frau von Gott weiß woher heiraten, von Gott weiß was für einer Familie oder Eltern. Zweitens: Ich setze nie auf Äußerlichkeiten.« Er tätschelte ihren Bauch mit dem Handrücken. »Du könntest einen Krüppel da drin haben, wie Catherine. Du könntest ein Mädchen kriegen.« Er redete, als wären ein Krüppel und ein Mädchen gleich widerlich. »Du könntest ein totes Baby zur Welt bringen oder einen verblödeten Jungen.«

Alys legte instinktiv die Hand vor ihren Bauch, als müsse sie ihn vor diesen Worten schützen. Er schob ihre Hände beiseite. »Oder Luft«, sagte er grausam. »Du könntest eine Fehlgeburt haben wie Catherine. Du hast noch fünf Monate vor dir, meine kleine Hure, du glaubst doch nicht, daß ich etwas kaufe, wenn ich nicht sehe, was ich bekomme?«

Alys starrte ihn stumm an, die Hände im Schoß mit den Handflächen nach oben. »Und drittens«, sagte er sehr laut. »Auch für den Fall, daß es ein Sohn ist, gesund und kräftig, wird Hugo dich nicht heiraten, du kleine Närrin. Wir legitimieren den Sohn! Ich adoptiere ihn als meinen Erben. Wir wollen das Kind, wir wollen nicht dich! Wir wollten dich nie, außer für Schreibarbeiten und Hugos Vergnügen!«

Alys' Gesicht war schneeweiß, und ihre Hände zitterten.

»Wie bist du nur darauf gekommen, daß du mich einfangen könntest, du kleine Schlampe? Hast du vergessen, wer ich bin? Du hast anscheinend in dem Augenblick, in dem du farbiges Tuch auf dem Rücken hattest, dein gemeines Blut vergessen. Und ich? Hast du vergessen, wer ich bin? Ich bin Herr aller Ländereien im Umkreis von Hunderten von Meilen. Meine Familie wurde hier von Wilhelm dem Normannenkönig angesiedelt, und ich habe für jeden Morgen, auf dem ich stehe, gekämpft und intrigiert. Du magst dich ja selbst vergessen – Gott weiß, du bist nicht sonderlich beachtenswert! Aber ich? Hast du meine Macht und meinen Stolz vergessen? Hast du vergessen, wer ich bin?«

Alys erhob sich mit unsicheren Knien. »Mir ist übel«, sagte sie und spürte, wie ihr Gesicht zitterte. Sie hatte Schwierigkeiten, die Worte herauszubringen. »Ich werde Euch verlassen, Mylord.«

»Setz dich, setz dich«, sagte Lord Hugh, sein Zorn war sofort verflogen. Er drückte sie in einen Stuhl, stapfte zum Tisch und goß ihr ein Glas Wein ein. Alys nahm es und nippte daran. Er beobachtete, wie sie allmählich wieder Farbe bekam.

»Ich habe dich gewarnt«, sagte er mit sanfter Stimme. »Ich habe dich davor gewarnt, deine Grenzen, Gottes Grenzen zwischen dem Adel und dem Rest, überspringen zu wollen.«

Der Wein hatte Alys beruhigt. »Hugo liebt mich«, sagte sie leise.

Der alte Lord schüttelte den Kopf. »Alys, ich flehe dich an, rede nicht wie eine Närrin. Du gefällst Hugo. Du bist eine hübsche, begehrenswerte Frau. Jeder Mann würde dich wollen. Wenn ich nicht alt und gebrechlich wäre, würde ich dich selbst nehmen. Aber glaube ja nicht, daß jene Dinge aufgrund einer Laune, der Freude an einem Gesicht oder aufgrund einer lustvollen Nacht entschieden werden. Nicht einmal der König verläßt sich dabei auf seine Gelüste. Es ist eine politische Entscheidung, immer. Die Jagd nach Erben, die Jagd nach neuen Verbindungen. Macht schaffen, Macht festigen. Frauen sind nur die Bauern bei diesem Schachspiel. Hugo weiß genausogut wie ich, daß die nächste Heirat uns Vorteil bringen muß. Wir brauchen die Verbindung mit einer aufsteigenden Familie aus dem Südosten – jemand, der dem König nahesteht. Hugo hat recht – der König wird immer mehr zum Herzstück von Macht und Reichtum. Wir brauchen eine Familie, die bei Hof hoch in der Gunst steht.«

Alys setzte ihr Glas ab. »Und habt Ihr schon jemanden im Sinn?« fragte sie verbittert.

»Ich habe drei!« sagte der alte Lord triumphierend. »Die Familie de Bercy, sie haben ein Mädchen mit zwölf, das sie uns überlassen würden, die Beause – das Mädchen ist zu jung, erst neun –, aber wenn sie groß und weit entwickelt ist für ihr Alter, könnte sie in Frage kommen. Und die Mumsetts – die haben ein Mädchen von zwanzig am Hals, dessen Ehevertrag in die Brüche gegangen ist. Sie hat das richtige Alter für Hugo. Ich muß herausfinden, warum ihre Verlobung geplatzt ist, aber sie könnte passen.«

Der Wein breitete sich in Alys' Körper aus wie Verzweiflung. »Das hab ich nicht gewußt«, sagte sie benommen. »Ihr habt mir nie davon erzählt. Ihr habt ihnen nie geschrieben. Ihr habt nie

Briefe von ihnen bekommen. Ich hab es nicht gewußt. Wie habt Ihr diese Arrangements gemacht? Ich hab nie für Euch etwas darüber geschrieben.«

Lord Hugh kicherte. »Glaubst du denn, du hättest alle Briefe gesehen?« fragte er. »Hast du geglaubt, David würde nicht für mich schreiben, in Lateinisch und Englisch und Italienisch und Französisch auch? Hast du gedacht, Hugo schreibt nie für mich? Hast du etwa gedacht, ich würde nicht selbst schreiben, wenn eine Sache sehr, sehr geheim ist, und sie dann mit einer Taube mit eigenen Händen losschicken, damit es keiner weiß, außer mir und einem klugen, stummen Vogel?«

Alys schüttelte den Kopf. »Ich dachte, Ihr würdet allein mir vertrauen«, sagte sie. »Ich dachte, ich würde Eurem Herzen nahestehen.«

Der alte Lord sah sie mitleidig an. »Und dich haben sie weise Frau genannt!« neckte er sie. »Du bist eine Närrin, Alys.«

Sie beugte den Kopf.

»Was wird aus mir werden?« fragte sie.

»Ich werde dich als Sekretär behalten«, bot ihr der alte Lord an. »Es wird immer einen Platz für dich in meiner Großen Halle geben. Du wirst dein Kind die ersten zwei Jahre ernähren. Vorher werde ich ihn dir nicht wegnehmen. Wenn er seine ersten Schritte macht, werde ich ihn adoptieren, und dann kannst du machen, was du willst.«

»Ich kann hier bleiben?« fragte Alys.

»Als seine Amme, wenn du deine Zunge hütest. Solange Hugos neue Frau nichts dagegen hat. Sie wird die Erziehung deines Sohnes übernehmen. Er wird als ihr Kind aufwachsen.«

»Sie bekommt das Schloß und Hugo und den Sohn«, stotterte Alys. »Dieses Mädchen, das Ihr nicht einmal kennt. Sie bekommt Hugo und das Schloß und meinen Sohn, und ich bekomme nichts.«

Lord Hugh nickte. »Ich könnte dich nach Frankreich in ein Nonnenkloster schicken, wenn das Kind von dir entwöhnt ist«, bot er ihr an. »Ich werde dir eine Mitgift und den Namen eines toten Mannes geben. Du könntest als Witwe ins Kloster gehen.«

»Ich habe meinen Glauben verloren«, sagte Alys mit soviel Würde, wie sie noch aufbringen konnte. »In diesem Schloß bin ich Schritt für Schritt der Sünde verfallen und habe den Rest Glauben, den ich noch hatte, verloren. Das Leben, das ich hier geführt habe, hätte einem Heiligen den Glauben geraubt.«

Der alte Lord lachte kurz. »Verzeih mir«, sagte er. »Ich bin nur ein Laie, ich kann solche Dinge nicht beurteilen. Sicherlich hätte das Leben, das du hier gelebt hast, einen Heiligen auf die Probe gestellt. Es wäre ein guter Test für ein Heiligenküken gewesen.«

Alys beugte den Kopf vor seinem Spott.

»Dir bleibt aber immer noch deine letzte Zuflucht«, sagte er lachend.

Alys sah ihn verwirrt an.

»Catherine!« sagte er und platzte vor Lachen. Er ignorierte Alys, die erstarrt am Tisch saß. Schließlich verstummte er und wischte sich die Augen. »Was für eine Zuflucht, meine Kleine!« sagte er. »Aber du hättest es schlimmer treffen können. Schließlich und endlich bist du in einen ärmeren Stand geboren. Auf seine Art ist es ein Triumph für dich. Ich werde dir etwas Land überschreiben, wie ich versprochen habe, und Catherine soll ein angemessenes Gut haben. Es ist besser als nichts, Alys, und du bist ins Nichts geboren worden.«

Alys saß stumm da, die Augen auf den Tisch gerichtet, ihre kalten Hände umklammerten ihren Bauch.

»Jetzt aber an die Arbeit«, sagte Lord Hugh brüsk. »Heute nachmittag halten wir ein Sheriffsgericht in der Großen Halle ab. Ich möchte mir die Fälle ansehen, die vorgebracht werden. Und diese Briefe sind vom Rat des Königs gekommen. Eine Wagenladung neuer Anweisungen – Verfolgung von Ketzern, Hexen, Papisten. Behandlung von Armen, Erhaltung der Straßen und Brükken. Das Training der jungen Männer als Bogenschützen, Verbot der Armbrust. Kontrolle von Ghettos, und der Himmel weiß, was noch alles.« Er warf einen Stapel Papiere vor Alys auf den Tisch. »Sortiere sie in zwei Haufen«, sagte er. »Einen mit denen, die wir heute noch bearbeiten müssen. Und einen mit denen, die warten können.«

Alys beugte den Kopf über die Papiere, glättete sie, stapelte sie wie befohlen. Sie machte keine Pläne und schmiedete keine Ränke, wie sie die Heiratspläne zu ihrem Vorteil nutzen könnte. Ihr Gegner war die Macht und Autorität von Männern. Niederlage war ihre einzige Chance.

30

Alys arbeitete bis zum Mittagessen. Lord Hugh ließ sie seine Antworten auf Routinebriefe entwerfen, dann mußte sie sie vorlesen, er unterschrieb sie und drückte sein Siegel darunter. Einiges behielt er aber für sich zurück: Briefe aus London, die versiegelt und in ein Leinenpaket eingenäht waren. Er schnitt es in seinem Stuhl vor dem Feuer auf und verbrannte jede der geheimen Seiten, nachdem er sie gelesen hatte.

Mittags kam David in das Zimmer. »Das Mittagessen ist bereit, Mylord«, sagte er.

Lord Hugh war in Gedanken versunken gewesen. Er schreckte hoch und reichte Alys seinen Arm. »Komm jetzt, Alys«, sagte er freundlich. »Komm und iß mit mir. Die Arbeit muß doch sehr ermüdend sein für dich, bist du sicher, daß du nicht zu erschöpft bist?«

Alys erhob sich vom Tisch und folgte ihm. Sie sah, daß Davids scharfer Blick ihre Blässe und ihre hängenden Schultern registriert hatte.

»Gehabt Ihr Euch fröhlich, Alys?« fragte er. »Fröhlich, fröhlich?«

Sie schaute ihn an, ohne sich die Mühe zu machen, ihren Haß auf ihn zu verbergen. »Ich danke Euch für Eure Wünsche«, sagte sie. »Ich hoffe, Ihr bekommt sie dreifach zurück.«

Der Zwerg machte ein grimmiges Gesicht. Er ballte die Hand zur Faust, mit dem Daumen zwischen Zeige- und Ringfinger, der alte Schutz gegen Hexerei, dann bekreuzigte er sich mit der Faust und küßte seinen Daumen.

Alys lachte ihn an. »Paßt ja auf, daß Pater Stephen Euch nicht sieht«, sagte sie. »Er würde Euch papistischer Praktiken bezichtigen!«

Der Zwerg murmelte ihr etwas nach, als Alys hocherhobenen Hauptes dem alten Lord die Treppe hinunter in die Große Halle folgte.

Hugo und Stephen waren links und rechts von Lord Hugh plaziert, Stephen zu seiner Rechten, um seine Rückkehr ins Schloß zu würdigen und um die Gunst des alten Lords zu zeigen. Und die Macht der neuen Kirche, dachte Alys verbittert. Alys saß auf Stephens anderer Seite.

Sie sagte nichts. David überwachte den Ablauf der Mahlzeit.

»Geht es Euch gut, Mistress Alys?« fragte Stephen sie höflich.

»Ich danke Euch, ja«, erwiderte Alys. »Ein bißchen erschöpft. Mylord hat mich heute morgen hart arbeiten lassen. Er mußte die Briefe des Königs beantworten, und heute nachmittag tagt das Gericht.«

»Hugo und ich haben die Arbeit des Gerichts noch erschwert«, sagte Stephen. »Wir haben heute eine Hexe gefangen.«

Die Tische um die Hohe Tafel verstummten, alles lauschte angestrengt. Die meisten Leute bekreuzigten sich. Alys merkte, wie es ihr die Kehle zuschnürte.

»Mylord!« rief sie. Sie schaute kurz zu Hugo. »Möge Gott Euch beide schützen!«

»Das ist auch mein Gebet«, sagte Stephen. »Und es ist meine Pflicht, mich und die Diözese des Bischofs vor diesen bösen Kreaturen zu bewahren.« Er sah sich um und erhob die Stimme, so daß alle ihn hören konnten. »Es gibt keinen Schutz gegen Hexerei, außer Fasten, Buße und Gebet«, sagte er. »Es nützt nichts, sich eine andere Hexe zu holen, damit sie einen beschützt. Auf diese Weise gerät man tiefer und tiefer in die Fänge desjenigen, der ihr Meister ist, der über diese Erde schleicht und Seelen sucht. Die Wahre Kirche Englands wird euch schützen, indem sie alle Hexen aufspürt und mit Stumpf und Stiel ausrottet, bis hin zur letzten Wurzel.«

Alles schwieg. Stephen war beeindruckend.

»Ja«, sagte Alys. »Wir müssen alle dankbar sein für Eure Wachsamkeit.«

Er wandte sich zu ihr. »Ich habe die Ungerechtigkeit Eures

Gottesurteiles nicht vergessen«, sagte er so leise, daß keiner außer ihr ihn hören konnte. »Ich bewahre es in meinem Herzen, damit ich nicht vergesse, papistische Praktiken wie das Gottesurteil zu vermeiden und mich in solchen Dingen nur auf mein eigenes Urteil zu verlassen. Ich verhöre – verhöre im Angesicht der Streckbank und dann mit Folter, aber nur wenn es unbedingt notwendig ist –, aber ich werde nie wieder eine Hexe mit einem Gottesurteil prüfen. Es war ein Fehler, daß ich mich an jenem Tag von Lord Hugh und Lady Catherine dazu zwingen ließ. Diesen Fehler habe ich nie wieder gemacht.«

»Aber Ihr foltert?« fragte Alys. Ihre Stimme zitterte ein wenig. Sie nippte an ihrem Wein.

»Nur wo es vorgeschrieben ist, diejenigen, die einer Straftat verdächtig sind«, erwiderte Stephen mit sanfter Stimme. »Das Gesetz ist in diesen Dingen sehr strikt. Zuerst kommt das Verhör, dann wird dem Gefangenen die Streckbank gezeigt, dann wird wieder verhört, und erst danach ist das Verhör unter Folter erlaubt. Wenn ich weiß, daß ich Gottes Werk in dieser gottlosen Welt fortführe und dem Gesetz in dieser gesetzlosen Welt gehorche, dann kann ich meine Pflicht ohne Zorn und bösen Willen erfüllen und brauche nicht zu fürchten, daß ich durch meine eigene Blindheit Fehler begehe.«

Alys streckte ihre Hand wieder nach dem Wein aus. Sie sah, daß sie zitterte. Sie versteckte ihre Hände im Schoß.

»Und wer ist die Hexe, die Ihr heute gefangen habt?« fragte sie.

»Die alte Frau, die Ihr bezichtigt habt«, sagte Stephen. »Die alte Frau, die am Fluß im Moor lebt. Wir waren dort auf der Jagd und begegneten den Soldaten, die sie über die Grenze nach Westmorland bringen sollten – nach Eurem Wunsch.«

»Das muß ein Irrtum sein«, keuchte Alys. »Ich habe sie nie bezichtigt, eine Hexe zu sein. Sie hat mir angst gemacht. Sie hat mich im Wald überrascht. Sie hat mich bei einem anderen Namen genannt. Aber sie war eine harmlose alte Frau. Keine Hexe.« Alys' Puls pochte so heftig in ihrem Kopf, daß sie kaum reden konnte. Und sie war so kurzatmig, daß sie ihre Worte vorsichtig wählen mußte.

Stephen schüttelte den Kopf. »Als wir angehalten haben, um zu sehen, ob die Soldaten sie auch gut behandeln – Soldaten machen gerne Spielchen, wie Ihr wißt –, hat sie gefragt, wer wir seien, und als wir Hugos Namen nannten, hat sie ihn verflucht.«

»Das würde sie nie tun!« rief Alys.

Stephen nickte. »Sie hat ihn Zerstörer des Klosters und heiliger Orte genannt. Sie sagte, er würde ohne Erben sterben, weil er Sünder sei, und die Rache Gottes würde ihn treffen. Sie hat ihn beschworen, Buße zu tun, ehe noch mehr Frauen den Schleim des Teufels gebären würden. Und sie hat ihn angefleht, eine Frau namens Ann gehen zu lassen. Das war das letzte, was sie gesagt hat – laß sie gehen!«

»Das ist furchtbar«, sagte Alys. »Aber doch bloß das verrückte Geschwätz einer irren alten Frau.«

Stephen schüttelte den Kopf. »Mein Bischof hat mich beauftragt, diese Hexen ausfindig zu machen«, sagte er. »In jedem Dorf gibt es eine, Dutzende in jeder Stadt. Wir müssen sie ausmerzen. Die Menschen sind schwach, in schlechten Zeiten laufen sie zu diesen Hexen, anstatt zu fasten und zu beten. Der Teufel ist überall, und wir leben in unruhigen Zeiten. Wir müssen die Hexen bekämpfen.«

Alys rang sich ein zittriges Lachen ab. »Ihr macht mir angst!« protestierte sie.

Stephen unterbrach. »Verzeiht mir«, sagte er. »Das wollte ich nicht. Ich bin so erfüllt von meiner Aufgabe, daß ich Euren Zustand und die Empfindlichkeit Eures Geschlechts vergaß.«

Eine kleine Pause entstand.

»Und diese verrückte alte Frau«, sagte Alys beiläufig. »Werdet Ihr sie nicht laufen lassen? Es würde mir leid tun, wenn meine Beschwerde gegen sie diese Anklage ausgelöst hätte.«

Stephen schüttelte den Kopf. »Ihr begreift den Ernst des Verbrechens nicht«, sagte er. »Wenn sie von ihrem Gott spricht, ist es offensichtlich, daß sie vom Teufel spricht, denn wir wissen, daß Gott niemals Menschen verflucht. Wir entreißen täglich dem Teufel Seelen. Bis jetzt hatte er leichtes Spiel. Die römischen Priester haben die Menschen mit Lügen und Ängsten und Aberglauben und allen möglichen Zaubereien gefüttert. Jetzt tragen wir das Licht Gottes übers Land und schleudern den Teufel – und seine Gefolgsleute wie diese alte Frau – in den glühenden Ofen.«

Das grelle Sonnenlicht, das durch die hohen Ostfenster hereinströmte, blendete Alys, der Raum drehte sich bei Stephens Worten. »Oh, nein!« rief sie, tief betroffen. »Stephen, denkt doch daran, wie es für mich war, als ich das Gottesurteil ablegte. Erinnert Euch an meine Angst! Verschont diese alte Frau, und schickt sie weg, schickt sie nach Schottland! Schickt sie nach Frankreich! Verschont das dumme alte Weib. Sie ist verrückt. Ich hab es gesehen, als wir uns begegnet sind.«

»Woher hat sie dann von Catherines Krankheit gewußt, wenn nicht durch Hexerei?« fragte Stephen. »Nur Ihr und Catherines Damen und Hugo haben davon gewußt. Nicht einmal Lord Hugh wußte, daß sie weißen Schleim geboren hat.«

»Geklatscht wird überall«, sagte Alys hastig. »Sie ist wahrscheinlich eine von diesen gräßlichen alten Frauen, die den ganzen Tag auf der Kaminbank sitzen und tratschen. Ich hab ihr ein Kleid und etwas zu essen geschickt, wahrscheinlich hat sie mit dem Boten geredet. Verbrennt sie nicht, nur weil sie eine dumme, häßliche alte Frau ist, Stephen!«

»Wir werden sie nicht verbrennen«, sagte Stephen.

Alys sah in sein blasses, entschlossenes Gesicht. »Ihr werdet es nicht tun?« fragte sie. »Ich dachte, Ihr hättet gesagt, Ihr würdet sie ins Feuer werfen.«

»Ich wollte damit sagen, sie muß die Flammen der Hölle erdulden, das Feuer des Jenseits«, sagte Stephen.

»Ich habe Euch mißverstanden.« Sie hauchte ein leises Lachen. »Ich bin so erleichtert.« Sie legte eine Hand an ihren Hals und spürte, wie ihr hämmernder Puls sich unter ihren Fingern beruhigte. »Ihr werdet sie nicht verbrennen. Ihr werdet sie nicht verbrennen.«

Alys lachte mit einiger Mühe. »Und ich hab vor Angst gezittert, daß ich eine alte Dame auf den Scheiterhaufen gebracht habe! Ich habe mich um sie geängstigt. Aber Ihr werdet sie nicht verbrennen, selbst wenn sie angeklagt wird. Selbst wenn sie für schuldig befunden wird.«

»Nein«, erwiderte Stephen. »Hexen werden gehenkt.«

Als Alys wieder zur Besinnung kam, lag sie in ihrem Bett, den grünen Himmel, den sie so liebte, über sich, die Vorhänge halb geschlossen, um ihr Gesicht vor der grellen Sonne zu schützen, die durch das Schießschartenfenster hereinfiel. Einen Augenblick lang wußte sie weder welche Zeit noch welcher Tag war. Sie lächelte wie ein Kind vor Freude über die prächtigen Stoffe, die sie umgaben, und streckte sich. Dann hörte sie das leise Knistern des Feuers in ihrem Kamin und spürte die Wärme der untergehenden Sonne. Sie erinnerte sich an das stille Grauen von Stephens Versprechen und Mutter Hildebrande, die heute nachmittag der Hexerei angeklagt werden würde, und sie schrie und setzte sich kerzengerade auf.

Mary war sofort an ihrer Seite. »Mylady«, sagte sie ängstlich. »Mylady.«

»Wieviel Uhr ist es?« fragte Alys ängstlich.

»Das weiß ich nicht«, sagte Mary überrascht. »Fünf Uhr ungefähr. Die Leute verlassen gerade das Gericht. Es ist noch nicht Abendessenszeit.«

»Die Gerichtsverhandlungen sind abgeschlossen?« fragte Alys.

Mary nickte. »Ja, Mylady.« Sie musterte Alys besorgt. »Wollt Ihr mir sagen, was ich Euch holen kann?« fragte sie. »Solltet Ihr nicht etwas aus Eurer Kräutertruhe nehmen? Ihr seid sehr blaß, Mylady. Ihr seid beim Mittagessen in Ohnmacht gefallen, und sie haben Euch hier raufgetragen wie eine Tote. Und die ganze Zeit habt Ihr ganz still dagelegen. Der alte Lord war selbst hier, um nach Euch zu sehen. Habt Ihr denn nichts, was ich Euch holen könnte?«

»Was ist bei den Gerichtsverhandlungen passiert?« fragte Alys.

Mary runzelte die Stirn. »Ich war hier oben bei Euch«, sagte sie, etwas vorwurfsvoll. »Ich hab also nichts hören oder sehen können. Aber Mistress Herring hat mir erzählt, daß sie einen Mann wegen Diebstahls gebrandmarkt haben und Farmer Silter verwarnt wurde, weil er die Grenzsteine versetzt hat. Peter Marwicks Sohn –«

»Und die alte Frau, die wegen Hexerei angeklagt ist?« unterbrach Alys.

»Sie wurde nicht verurteilt«, sagte Mary. »Sie haben sie unter der Folter verhört, aber sie ist keine Hexe. Sie wurde von der Anklage der Hexerei freigesprochen.»

Alys verspürte Erleichterung. »Sie haben sie freigesprochen«, sagte sie und schmeckte Hoffnung, süß wie neue Lust, auf ihrer Zunge.

»Sie haben die Anklage abgeändert«, sagte Mary. »Sie wird jetzt wegen Ketzerei vor Gericht gestellt werden. Morgen wird sie bei der zweiten Sitzung des Gerichts vorgeführt.«

Der Raum schwankte. Alys legte sich mit geschlossenen Augen in die Kissen zurück. Das Kind in ihrem Leib regte sich und schlug um sich, aufgestört von Alys' hämmerndem Puls. Alys fühlte, wie ihre Sünden sie überrollten. Ihr Magen drehte sich vor Angst, ihr Herz flatterte.

»Hol eine Schüssel«, würgte sie. »Ich muß mich übergeben.«

Mary hielt die Schüssel, während Alys einen Strom unverdauter Suppe vom Mittagessen erbrach und dann ihr Frühstück und dann gelbe Galle, bis sie nur noch würgte und nur noch Speichel aus ihrem leeren Magen hochkam.

Mary beförderte die Schüssel in Windeseile aus dem Zimmer und kam mit einem Krug und einer Serviette, die mit kaltem Wasser getränkt war, zurück. Sie wischte Alys' Gesicht und Hals ab. Sie hielt ihr ein Glas Wasser an die Lippen.

»Ist es das Schwitzfieber?« fragte sie Alys ängstlich. »Oder drückt das Kind zu fest gegen Euren Bauch? Der alte Lord sollte Euch nicht soviel arbeiten lassen! Kann ich Euch etwas zu essen holen?«

Alys beugte sich nach vorn. »Hilf mir auf«, sagte sie.

Mary protestierte, aber Alys schlug die Decke zurück und streckte ihr die Hände entgegen. »Hilf mir auf!« sagte sie.

Sie hatten sie in ihrem blauen Kleid aufs Bett gelegt und dann zugedeckt. Das Kleid war verschwitzt und zerdrückt. »Zieh mir das aus«, sagte Alys.

Mary löste die Schnüre, schüttelte das Kleid aus und legte es in die Truhe.

»Ich werde mein grünes Kleid tragen«, sagte Alys.

Unbeteiligt ließ sie sich von Mary anziehen. Ihre Beine zitterten, und Mary half ihr durch die Galerie hinunter in die Große Halle. Die Diener rutschten Tische und Bänke an ihre Plätze zurück, nachdem das Gericht beendet war. Alys ließ sich von Mary zur Tür zum Garten bringen und schickte sie dann weg. Sie trat auf den Hof und ging hinaus in den Garten, um den alten Lord zu suchen. Er saß in der Laube und genoß die Abendsonne. Eliza Herring und Margery saßen bei ihm. Eliza spielte auf der Laute.

Alys blieb kurz stehen und beobachtete die drei. Dann schritt sie über das Gras, ihr grünes Kleid raschelte um ihre Beine, bis sie vor Lord Hugh stand.

»Alys«, sagte er hocherfreut. »Geht es dir schon besser? Du hast uns ganz schön angst gemacht. Eine so tiefe Ohnmacht hab ich noch nie gesehen. Setz dich! Setz dich!«

Er scheuchte Eliza und Margery von der Bank und schickte sie weg. Sie machten einen Knicks und liefen mit zusammengesteckten Köpfen weg. Alys setzte sich neben Lord Hugh in die Sonne.

»Wie süß die Luft duftet«, sagte sie. »Und wie gut der Garten gedeiht.«

»Er ist nicht groß genug«, sagte Lord Hugh. »Meine Frau wollte immer, daß ich einen großen, geometrischen Garten anlege. Aber ich hatte nie die Zeit und das Bedürfnis, Geld für Blumen rauszuwerfen.« Er wedelte irritiert in Richtung der Hennen, die in den Blumenbeeten herumpickten. »Sie würden alles auffressen«, sagte er. »Wo ist der Küchenjunge? Sie sollten nicht hier draußen sein!«

Alys lächelte. »Wie war sie denn, Eure Frau?« fragte sie.

Lord Hugh überlegte. »Oh, gut«, sagte er. »Aus gutem Haus, religiös. Langweilig. Sie hat viel gelesen. Heiligenlegenden, Kirchenbücher, solche Sachen. Sie hatte tiefschwarze Haare – das war das Schönste an ihr. Lange, dichte, schwarze Haare. Hugo hat ihre Haare.«

»Ist sie jung gestorben?« fragte Alys.

Der alte Lord schüttelte den Kopf. »Sie war so um die vierzig oder so – ein gutes Leben für eine Frau. Sie war geschwächt von den vielen Geburten. Und Fehlgeburten. Himmel! Sie muß wohl ein Dutzend gehabt haben. Und am Ende sind davon nur zwei wertlose Töchter und Hugo geblieben.«

Sie schwiegen in kameradschaftlichem Einvernehmen, Lord Hugh lächelte über alte Erinnerungen, Alys saß gefaßt neben ihm.

»Diese alte Frau«, sagte sie ganz beiläufig. »Was ist mit ihr passiert?«

»Die mutmaßliche Hexe?« Hugh kehrte wieder in die Gegenwart zurück. »Sie war gar keine Hexe. Sie haben sie unter Folter verhört, und sie hat nichts gesagt, was man als Hexerei bezeichnen könnte. Selbst Stephen hat das akzeptiert, und der sieht hinter jeder Tür eine Hexe.«

Alys lachte gequält. »Er ist sehr fanatisch«, sagte sie.

Lord Hugh sah sie mit hochgezogener Augenbraue an. »Es lohnt sich«, sagte er. »Jetzt gehört die Kirche dem König. Alle Wege führen an den Hof des Königs, und gleich dahinter liegt Gottes Paradies. Sehr verlockende Aussichten, möchte ich meinen.«

Alys nickte lächelnd.

»Ich weiß nicht, wo das alles enden wird«, sagte er. »Ich werde das Ende bestimmt nicht mehr erleben, soviel ist sicher. Ich hab immer gedacht, sie kehren zu den alten Bräuchen zurück, aber ich wüßte nicht, wie das noch gehen soll. Die Hälfte der Klöster sind zerstört, die Priester haben alle den Eid auf den König geschworen. Trotzdem, es ist Hugos Erbe. Und er ist ganz auf seiten der Neuen. Er wird seinen Weg finden müssen, ich bezweifle nicht, daß er das Geschick dazu hat. So wie Stephen aufsteigt, wird auch Hugo aufsteigen.«

Alys nickte wieder. »Die alte Frau ...«, begann sie.

»Eine Papistin«, sagte der alte Lord. »Der Ketzerei und des Verrats angeklagt. Als sie sie von der Streckbank geholt und mit kaltem Wasser übergossen haben, damit sie wieder reden kann, hat sie sie alle verurteilt und gesagt, sie wäre bereit, für ihren Glauben zu sterben. Wir werden sie morgen vor Gericht stellen. Ich bezweifle, daß sie abschwören wird. Sie ist eine starke Frau.«

»Kann man sie denn nicht laufen lassen?« fragte Alys. »Irgendwohin verschiffen? Sie ist so alt und wird sowieso bald sterben. Sie ist für niemanden gefährlich.«

Lord Hugh schüttelte den Kopf. »Jetzt nicht mehr, wo sie schon einmal verhaftet ist. Sie steht in den Gerichtsbüchern. Stephen weiß von ihr. Sein Bericht geht an den Bischof, meiner an den Rat. Sie kann nicht einfach verschwinden.«

»Es dient doch keinem guten Zweck, wenn Ihr sie hinrichtet«, sagte Alys hartnäckig. »Das Volk könnte Euch vorwerfen, eine alte Frau zu quälen. Es könnte sich gegen Euch stellen.«

Der alte Lord drehte sich zu Alys. »Ich kann nichts mehr daran ändern«, sagte er sanft. »Sie ist angeklagt, und ich werde morgen über sie richten. Stephen wird versuchen, sie umzustimmen und sie verhören. Wenn sie nicht abschwört, muß sie sterben. Das ist keine Laune, Alys. Das ist das Gesetz.«

»Könntet Ihr nicht...«, begann Alys.

Lord Hugh wandte sich zu Alys, und sein Blick war scharf. »Kennst du sie?« fragte er barsch. »Ist sie aus deinem alten Orden? Bittest du für sie?«

Alys begegnete furchtlos seinem Blick. »Nein«, sagte sie. »Ich habe sie nie zuvor gesehen. Sie tut mir nur leid. So eine närrische alte Frau, und jetzt muß sie für ihre Wahnvorstellungen sterben. Es belastet mich, daß meine Beschwerde sie hierhergebracht hat, mehr nicht.«

Hugh beugte sich vor und klatschte in die Hände, um die Hennen zu verjagen. Sie stoben außer Reichweite. Der Hahn flatterte mit seinen Schwingen und sprang ungelenk auf eine flache, kleine Buchsbaumhecke. Er reckte seinen Hals und krähte.

Alys beobachtete den tief smaragdgrünen Schimmer an seinem Hals.

Lord Hugh schüttelte den Kopf. »Es ist nicht deine Schuld«, sagte er. »Wir wären so oder so auf sie aufmerksam geworden.

Und dann hätten wir sie verhaften müssen. Sie ist eine alte Närrin auf der Suche nach einem Heiligenschein. Die hätte nie den leichten Weg gewählt, nie sich der Zeit angepaßt. Sie ist eine närrische alte Märtyrerin. Keine weise Frau wie du, Alys.«

Alys ging langsam ins Schloß. Das rauchige Dämmerlicht der Großen Halle war wohltuend nach dem goldenen Sonnenlicht des Gartens. Sie bewegte sich ohne Zweck und Ziel. Hugo war zu seinem neuen Haus geritten, übte Bogenschießen, ritt gegen die Attrappe im Turnierhof oder vertrieb sich die Zeit mit irgendwelchen anderen Ablenkungen. Alys blieb am Ende der Halle stehen und lehnte sich an den Tisch, wo die altgedienten Soldaten ihr Essen einnahmen. Hugo war wie ein Kind. Das lange Leben und die Macht seines Vaters hatten ihn wie ein fröhliches Kind bleiben lassen – fröhlich, solange alles gut ging, verstockt und trotzig, wenn er seinen Willen nicht bekam. Er würde Mutter Hildebrande nicht retten, wenn Alys ihn darum bat. Es war ihm nicht wichtig genug. Nicht für sie – eine arme alte Frau, die letztes Jahr schon hätte sterben sollen. Nicht für Alys.

Ein paar Männer schliefen ihren mittäglichen Bierrausch in der Halle aus. Alys ging leise an ihnen vorbei. Einer von ihnen drehte sich im Schlaf, sah sie und bekreuzigte sich. Immer noch haftete ihr Aberglauben an. Sie durfte nicht vergessen, daß sie selbst nicht sicher war. Sie legte eine Hand über den Bauch. Ihre einzige Sicherheit war das Kind. Sie machte sich mühsam auf den Weg nach oben in die Damengalerie.

Sie mochte zwar Hugos Sohn unter dem Herzen tragen, aber der alte Lord hatte von Anfang an geplant, ihr das Kind wegzunehmen und es zu adoptieren. Daran hatte Alys nicht gedacht. Sie blieb auf der Treppe stehen, bis sie wieder Luft bekam.

»Ich bin krank«, sagte sie laut.

Wenn sie krank war, würde Lord Hugh sie nicht bedrohen. Wenn sie krank war und in ihrem Bett lag, würde ihr keiner Vorwürfe machen, wenn Mutter Hildebrande sich in den Märtyrertod stürzte, ohne daß Alys ein Wort zu ihrer Entlastung sagte.

»Ich bin krank«, sagte sie, und es klang schon etwas überzeugter. »Sehr krank.«

Sie ging langsam die restlichen Stufen hinauf und öffnete die Tür.

Mary saß am Kamin und stickte etwas Einfaches. Sie legte die Arbeit beiseite, als Alys hereinkam, und machte einen Knicks.

»Lady Catherine hat nach Euch gefragt, Mylady Alys«, sagte sie freundlich. »Soll ich ihr sagen, daß Ihr da seid? Oder wollt Ihr Euch hinlegen?«

Alys sah sie haßerfüllt an. »Ich werde Lady Catherine besuchen«, sagte sie. »Sie hat sich sehr aufgeregt, als sie durchs Fenster dich und ihren Mann flirten sah.«

Mary hielt sich überrascht die Hand vor den Mund.

»Der junge Lord Hugo sucht sich sein Vergnügen, wo es ihm beliebt«, sagte Alys kühl. »Aber biete dich nicht an, Mary. Wenn du Lady Catherine Kummer machst, wird sie dich aus dem Schloß jagen.«

Marys Backen glühten vor Scham. »Es tut mir leid, Mylady«, sagte sie. »Es waren nur einige Worte und Gelächter.«

Alys blickte so sauertöpfisch drein, als hätte sie nie Hugos herausforderndes, fröhliches Lachen gesehen. »Wenn du eine lüsterne Natur bist, solltest du dem jungen Lord besser aus dem Weg gehen«, sagte sie kühl. »Es wäre wirklich sehr schlecht für dich, wenn du seine Frau beleidigst. Du hast mir selbst erzählt, daß dein Vater arm und ohne Arbeit ist. Ich nehme an, es wäre für deine Leute zu Hause sehr schwierig, wenn du ohne deinen Lohn und ohne Hoffnung auf Arbeit nach Hause zurückkommst.«

Mary senkte den Kopf. »Verzeiht, Mylady«, sagte sie unterwürfig. »Es wird nicht mehr passieren.«

Alys nickte und ging in Catherines Zimmer, mit dem süßen Geschmack der Bosheit auf den Lippen.

Catherine war angezogen und saß in einem Stuhl am Fenster und schaute hinaus auf Hof und Garten.

»Wie gut Ihr ausseht, Catherine!« sagte Alys. Ihre Stimme war schrill und hoch. »Fühlt Ihr Euch besser?«

Catherine wandte sich zu Alys, und ihr Gesicht war Kummer.

Die alten harten Züge waren unter der rosigen Molligkeit der Schwangerschaft aufgetaucht.

»Ich hab dich gerade im Garten gesehen«, sagte sie, »mit dem alten Lord.«

Alys nickte mit wachsamer Miene.

»Ich war eine Närrin«, sagte Catherine plötzlich. »Ich habe dein Mädchen zu mir gerufen und sie gefragt, ob du schwanger wärst, und sie hat einen Knicks gemacht und gesagt: ›Ja, Mylady‹, als wüßte es jeder!«

Alys zog sich einen Stuhl heran und setzte sich.

»Ist es von Hugo?« zischte Catherine wütend. »Ist es Hugos Kind? Ich muß blind gewesen sein, daß ich es nicht bemerkt habe. Als du durch den Garten gegangen bist, habe ich gesehen, wie du deinen Bauch nach vorne schiebst. Erwartest du ein Kind, Alys? Hugos Kind?«

Alys nickte. »Ja«, sagte sie gelassen.

Catherine riß den Mund auf und begann lautlos zu weinen. Riesige Tränen kullerten über ihr fahles Gesicht. Sie weinte schamlos, wie ein verletztes Kind, mit offenem Mund. Alys sah den ungesunden weißen Belag auf ihrer Zunge und einen fauligen Zahn.

Catherine rang nach Luft und schluckte ihren Kummer hinunter.

»Wann ist es passiert?« fragte sie.

»Im Juni«, erwiderte Alys. »Ich werde im April niederkommen.«

Catherine nickte und nickte weiter wie eine Puppe. »Es war also alles Lüge«, sagte sie. Sie holte ein Stück Leinen aus dem Ärmel und wischte sich ihr verweintes Gesicht ab. »Du wirst nicht mit mir kommen, das war alles Lüge. Du wirst hier bleiben, mit Hugos Kind, und hoffen, daß du immer höher in seiner Gunst steigst, und in der des alten Lords.«

Alys sagte nichts.

Catherine schluckte. »Und während ich geglaubt habe, daß du mit mir kommen wirst, hast du intrigiert, um mich fortzuschikken, damit du und Hugo es öffentlich treiben könnt. Du hast mich blamiert, Alys. Du hast mich vor dem ganzen Schloß, der ganzen Stadt, dem ganzen Land blamiert. Ich dachte, du wärst meine Freundin. Aber du hast nur mit mir gespielt.«

Alys saß wie versteinert da. Sie merkte, wie Catherines Zorn und Kummer an ihr abprallten.

»Du hast mich verraten. Du bist falsch.« Sie schluchzte. »Hugo spielst du die Hure vor, und beim alten Lord bist du zuckersüß, wie eine Tochter. Mir gaukelst du die falsche Freundin vor, und vor meinen Hofdamen spielst du die Herrin. Du bist durch und durch verlogen, Alys. Du hast keinen Funken Ehre im Leib. Du bist ein Nichts, Alys, ein Nichts!«

Alys nickte, den Blick starr auf den runden Turm ohne Fenster gerichtet. Was Catherine sagte, stimmte wahrscheinlich. Nichts. Was sie wohl jetzt da drüben mit Mutter Hildebrande machten? Alys erhob sich. »Ich fühle mich nicht wohl«, sagte sie. »Ich werde mich vor dem Essen etwas ausruhen.«

Catherine hob flehend ihr Gesicht zu ihrem auf. »Du sagst nichts?« fragte sie. »Du läßt mich einfach hier sitzen. Du verteidigst dich nicht, du versuchst nicht einmal, deine Falschheit zu erklären? Deine Treulosigkeit? Deine Unaufrichtigkeit?«

Alys warf noch einen Blick auf den runden Turm, bevor sie sich zur Tür wandte. »Treulosigkeit?« wiederholte Alys. »Unaufrichtigkeit?« Sie lachte schrill. »Das ist nichts, Catherine! Gar nichts!«

»Aber du hast mir ins Gesicht gelogen!« warf ihr Catherine vor. »Du hast mir versprochen, meine Freundin zu sein.«

Alys zuckte die Achseln. »Ich fühle mich nicht wohl«, sagte sie barsch. »Ich bin zu krank. Ihr werdet Euren Schmerz ertragen müssen, Catherine. Ich kann keine Verantwortung übernehmen. Es übersteigt meine Kräfte.«

Catherine wurde blaß. »Bist du krank, so wie ich es war?« fragte sie. »Verfault das Kind in dir wie meines? Ist das alles, was Hugo zeugen kann? Kerzenwachs?«

Mit einem Mal hatte Alys ihren Traum von der madenwimmelnden Straße und den kleinen Puppen wieder deutlich vor Augen. Sie blinzelte und schüttelte den Kopf, um die Bilder wieder loszuwerden. »Nein«, sagte sie und legte die Hände über den Bauch, als wolle sie das Kind schützen. »Mein Sohn ist gesund und unversehrt«, sagte sie. »Nicht so wie deiner.«

Die Geste – diese schlichte Geste einer Schwangeren – verwandelte Catherines Zorn in Schmerz. »Alys! Ich verzeihe dir! Ich verzeihe dir alles! Die Ränke und die Lügen, die Schande, die du über mich gebracht hast. Deinen Ehebruch mit meinem Mann! Ich verzeihe dir, wenn du mit mir kommst. Sie werden mich aus dem Schloß werfen, ich werde gehen müssen. Komm mit mir, Alys! Wir werden deinen Sohn gemeinsam aufziehen. Es wird mein Kind sein genauso wie deines. Ich werde ihn zu meinem Erben machen, Alys. Erbe des Gutshofes, den sie mir geben werden, und meiner Mitgift, die sie mir zurückgeben werden. Du wirst mit mir reich sein. Bei mir wirst du in Sicherheit sein, und dein Sohn auch!«

Einen Augenblick lang zögerte Alys, wog die Vorteile ab, prüfte ihre Chancen. Dann schüttelte sie den Kopf. »Nein, Catherine«, sagte sie mit frostiger Stimme. »Du hast hier nichts mehr zu sagen, und sie werden dich fortjagen. Hugo wird dich nie wieder berühren. Der alte Lord wird dich nie mehr besuchen. Ich habe mit deinen Wünschen gespielt, um dich dazu zu bringen, ohne Aufruhr zu gehen, und meinem Lord einen Dienst zu erweisen. Ich hatte nie vor, mit dir zu gehen.«

Catherine schlug die Hände vor den Mund. Sie starrte Alys fassungslos an. »Du bist grausam!« sagte sie ungläubig.

Alys' Gesicht war grimmig und erschöpft. »Geh einfach, Catherine«, sagte sie. »Deine Zeit hier ist abgelaufen. Geh einfach.«

Sie schloß die Tür hinter Catherines Protestgeschrei und ging in die Damengalerie. Die anderen Frauen waren aus dem Garten zurückgekehrt und nahmen ihre Hauben ab, kämmten sich das Haar und schimpften über die Hitze. Alys glitt an ihnen vorbei wie ein kalter Schatten.

»Was fehlt Mylady?« sagte Ruth, als sie Catherines Wehklagen und Alys' trotziges Gesicht sah. »Soll ich zu ihr gehen?«

»Sie soll das Schloß verlassen«, sagte Alys brüsk. »Mylord hat es befohlen. Sie soll verstoßen und die Ehe annulliert werden.«

Einen Augenblick lang war alles stumm, dann plapperten alle

gleichzeitig los. Alys warf die Hände in die Luft, um die hysterischen Fragen abzuwehren. »Fragt sie doch selbst! Fragt sie doch selbst! Sie ist nicht mehr Lady Catherine.«

Alys lächelte angesichts der Stille im Raum. Alle schwiegen, voller Angst um ihre eigene Zukunft. Langsam, eine nach der anderen, wandten sie sich ihr zu.

»Ich werde mich vor dem Abendessen waschen«, sagte Alys gelassen. »Eliza, laß mir ein Bad bringen. Margery, befiehl ihnen, Feuer in meinem Schlafzimmer zu machen. Ruth, bitte flick mein blaues Kleid, ich habe neulich den Saum runtergetreten, als ich nach oben ging. Mary –«, sie sah sich um. Das Mädchen stand neben der Kammertür, den Blick zu Boden gerichtet, der Inbegriff der perfekten Zofe. »Leg meine Wäsche bereit, ich werde ein frisches Hemd anziehen.«

Alys beobachtete, wie sie ihre Befehle ausführten. Ihre Damen.

Hinter der Tür weinte Catherine, während sich langsam die Dunkelheit über das Zimmer senkte. Es wurde Zeit zum Abendessen, aber keiner rief sie, und keiner brachte ihr etwas zu essen. Sie lag auf dem Bett, schluchzte. Aus der Halle drangen Geräusche von Essen und Trinken und Lachen herauf. Keiner kam, um ihr Feuer anzuzünden oder ihr Kerzen zu bringen. Sie überließen sie einfach der kühlen Abendluft und der Dunkelheit.

Sie hörte, wie die Frauen aus der Halle nach oben kamen. Sie hörte Alys' schrilles Lachen. Aber keine kam an ihre Tür. Keine kam, um zu sehen, ob sie ihr einen Dienst erweisen könnte.

Die Stille in Catherines Zimmer trübte die Stimmung in der Galerie. Es war noch keine Entscheidung getroffen, aber die Positionen waren schon neu verteilt worden. Hugo fragte nicht nach Catherine, der alte Lord hatte seit ihrer Fehlgeburt nicht mehr von ihr gesprochen. Und jetzt vermieden es sogar Catherines eigene Hofdamen, die ihr seit ihrer Kindheit gedient hatten, ihr ihre Dienste anzubieten. Es war, als wäre sie bereits weit weg gezogen, hinters Moor, dachte Alys, oder ertrunken und begraben. Sie lachte erneut.

»Ich hab heute eine seltsame Geschichte gehört«, sagte Eliza, während sie sich ein Bier eingoß.

Ruth schielte kurz zu Lady Catherines Tür, als hätte sie immer noch Angst vor ihr.

»Erzähl!« sagte Margery. »Aber nicht wieder so etwas Gruseliges. Ich muß heute nacht schlafen.«

»Ich war heute früh auf dem Markt in Castleton, und da hab ich eine Frau getroffen, die ich kenne. Sie verkauft Eier«, sagte Eliza. »Sie war heute morgen aus Bowes über die Moorstraße gekommen.«

Alys schaute von ihrem Becher auf und ließ Eliza nicht mehr aus den Augen.

»Und im Straßenstaub hat sie etwas ganz Eigenartiges gesehen«, sagte Eliza.

Ruth erschauerte und bekreuzigte sich. »Ich will nichts vom Teufel hören«, warnte sie. »Ich hör mir das nicht an.«

»Still«, sagten die anderen. »Geh in deine Kammer, Ruth, wenn du die Geschichte nicht verträgst. Was hat sie im Staub gesehen, Eliza? Los, erzähl weiter.«

»Sie hat kleine Spuren gesehen«, sagte Eliza geheimnisvoll.

Alys spürte, wie ihr eiskalt wurde.

»Spuren?« fragte sie.

Eliza nickte. »Fußspuren. Abdrücke von Reitstiefeln und von einem Paar Schuhe. Als ob eine Frau und zwei Männer die Straße entlang gegangen wären.«

Mary war nicht sonderlich beeindruckt. »Na und weiter?« fragte sie.

»Sie waren winzig«, sagte Eliza. »Winzig kleine Fußspuren, so groß wie Mäusepfoten, hat sie gesagt.«

»Elfenvolk!« rief Mistress Allingham. Sie klatschte in die Hände.

»Hat sie sich was gewünscht? Hat sie einen Wunsch über den Spuren der kleinen Leutchen ausgesprochen?«

»Sie ist den Spuren gefolgt«, fuhr Eliza fort.

Die Frauen schüttelten verwundert die Köpfe. Alys sagte nichts, sie nippte an ihrem Bier.

»Die Fußspuren der kleinen Frau waren verklebt«, sagte Eliza. »Voller Schleim, wie bei einer Schnecke.«

Ruth bekreuzigte sich hastig und stand auf. »Ich will nichts mehr hören. Lauter Unsinn, mit dem man Kinder erschreckt!«

Die übrigen Frauen waren fasziniert. »Und weiter?« fragten sie. »Was ist dann passiert?«

»Sie hat sich gebückt und in der Spur mit einem Stöckchen herumgestochert. Sie wollte sie nicht anfassen.«

Sie schüttelten die Köpfe. Schleim von einem aus dem Volk der Elfen anzufassen konnte alle möglichen Gefahren mit sich bringen.

»Sie hat gesagt, es war...«, flüsterte Eliza. Alle beugten sich näher. »Sie hat gesagt, es war wie Kerzenwachs«, sagte Eliza triumphierend. Sie lehnte sich auf ihrem Hocker zurück und sah sie an. »Eine seltsame Geschichte, was?«

Alys leerte ihren Becher in einem Zug. Sie sah, daß ihre Hände vollkommen ruhig waren. »Wo waren denn diese kleinen Spuren?« fragte sie beiläufig. »Auf welcher Straße? Wo genau waren sie?«

Eliza gab Margery ihren Becher, die ihn mit dem leeren Bierkrug in den Schrank stellte. »Nur eine Meile vor der Brücke«, sagte sie. »Von Bowes Moor in Richtung Castleton, auf dem Weg hierher. Eine furchtbare Geschichte, was? Aber sie hat geschworen, es wäre wahr.«

Alys schüttelte den Kopf. »Winzige Fußspuren!« sagte sie verächtlich. »Kerzenwachs! Ich dachte, du willst uns mit einem zwei Meter großen Geist erschrecken!«

Eliza war erbost. »Aber es ist wahr...«

»Ich bin erschöpft«, sagte Alys. »Hol mir Mary, Eliza, ich werde zu Bett gehen.«

Eliza warf einen Blick auf die geschlossene Tür von Catherines Zimmer. »Soll ich nachschauen, ob alles in Ordnung ist?« fragte sie Alys. Die übrigen Frauen warteten auf Alys' Entscheidung. Alys dachte an die kleinen Puppen, die in dieser Nacht nur eine Meile von ihrer Tür entfernt waren, und lächelte gequält.

»Es ist egal«, sagte sie und lachte schrill, so daß die Frauen sich überrascht ansahen. »Es ist doch alles egal«, sagten sie. »Nach all der Mühe. Alles egal!«

31

Hugo taumelte in Alys' Zimmer, als sie gerade eingedöst war. Alys setzte sich erschrocken im Bett auf.

»Brennt es?« fragte sie verschlafen.

Hugo lachte schallend. Er hatte bis spät in die Nacht in der Halle gezecht und war bester Laune. Er zerrte Alys die Decke weg und schlug ihr auf den Hintern.

»Schon das Neueste gehört?« fragte er. »Meine Ehe wird annulliert. Ich soll ein Mädchen direkt aus der Kinderstube heiraten! Und Stephen bringt nichts Vernünftiges aus der Alten von Bowes Moor raus!«

Alys riß die Decke wieder an sich und zog sie über die Schultern hoch. »Das weiß ich alles schon«, sagte sie grimmig. »Außer von der alten Frau. Was macht ihr mit ihr?«

»Oh, Stephen ist kein Barbar. Sie ist doch eine alte Dame. Er verhört sie und führt theologische Diskussionen mit ihr. So wie sich's anhört, hält sie sich ganz tapfer. Er war übler Stimmung nach dem Abendessen. Er hat mir alles bei einem Krug Hippocras erzählt. Sie haben über Transubstant-transub-trans...« Hugo gab kichernd auf. »Ob's Brot oder Fleisch ist«, sagte er unverblümt.

»Wird er sie gehen lassen?« fragte Alys. Sie setzte sich auf. Hugos Kopf war hochrot. Er knöpfte sein feines Wams auf und warf es in Richtung eines Stuhls. Es fiel zu Boden. Er schnallte seinen Gürtel und den Lendenschurz ab, band seine Hose auf und warf alle Kleidungsstücke auf einen Haufen, dann kam er mit wehendem Hemd ans Bett. »Rutsch rüber, Weib«, sagte er zufrieden. »Ich werde heute nacht hier schlafen.«

»Wird er sie gehen lassen?« fragte Alys wieder. Hugo umarmte ihre Taille und kuschelte seinen Kopf an ihren Bauch.

»Wen, die alte Frau?« fragte er und richtete sich mit zerzaustem Kopf auf. »Ach, frag mich nicht, Alys, du weißt doch, wie Stephen ist. Er will es seinem Gott recht machen, er will es seinem Bischof recht machen, und er will es jeder einfachen Seele recht machen und sich selbst auch noch. Wenn er feststellt, daß sie eine unschuldige alte Frau auf Irrwegen ist, wird er sie überreden, den Eid zu schwören, und sie gehen lassen, und ich werde sie für dich über die Grenzen nach Appleby bringen lassen, und damit hat die Sache ein Ende.«

Alys legte sich zurück und schloß die Augen. »Ein Ende«, sagte sie leise.

»Warum nicht?« fragte Hugo. »Was bedeutet schon eine alte Frau mehr oder weniger? Stephen und ich werden schon nächsten Monat nach London reisen und uns die kleine Braut ansehen. Mein Vater muß schon senil sein. Er hat mir ein Kind von neun Jahren ausgesucht, mit dem ich nur dem Namen nach verlobt werde.« Hugo lachte. »Mir ist es egal!« sagte er und streichelte mit sanfter Hand über ihren Bauch. »Catherine fort, und du mit meinem Kind. Eine neue Frau kann kommen oder warten. Es ist unwichtig. Solange du mir einen Sohn schenkst, den ich zum Erben machen kann, und dann noch einen, bis das ganze Schloß voll ist. Ich habe noch viel Zeit, um Kinder zu bekommen, Alys. Es bleibt noch viel Zeit. Viel Reichtum und Land und Luxus für uns alle.«

Alys ließ sich von ihm im Takt seiner Worte schaukeln und schlang ihre Arme um seinen Rücken. Sie merkte, daß sie lächelte.

»Du ahnst ja nicht, wieviel Ärger ich heute hatte«, sagte sie. »Catherine war hysterisch, dein Vater hat gedroht, mich wegen einer frechen Bemerkung aus dem Schloß zu werfen, ich war krank vor Sorge um die alte Frau, und dann hat Eliza mich noch mit einer furchtbaren Geistergeschichte verängstigt.«

Hugo lachte und griff unter die Decke, um Alys das Hemd auszuziehen. »Mein armer Schatz«, sagte er. »Du hättest mit mir kommen sollen«, sagte er. »Ich sollte nach Cotherstone Manor reiten, aber unterwegs hab ich einen so kapitalen Hirsch gesehen, daß ich ihn jagen mußte. Stundenlang hat er uns an der Nase herumgeführt, und kannst du dir vorstellen, daß ich ihn mit der Armbrust nicht erwischt habe? Ich war nah dran, aber ich hatte Schweiß in den Augen und konnte nichts sehen. Ein glatter Blattschuß, und ich hab nur Nebel gesehen. Schließlich hat William ihn für mich erlegt. Ich war wütend! Du sollst ihn nächste Woche zum Mittagessen bekommen.«

Er nahm sie mit einem sanften Stoß, stöhnend vor Wonne. »Freu dich«, sagte er und bewegte sich behutsam in ihr. »Catherine werden wir schon los, und sie kann tun und lassen, was sie will. Mein Vater hat sich eine neue Heirat in den Kopf gesetzt, und er kann an nichts anderes mehr denken. Deine alte Lady behauptet sich gegen Stephen und braucht weder deine noch meine Hilfe, und diese Gespenster können nur kleine Mädchen erschrecken, Alys, nicht eine weise Frau wie dich.«

Er seufzte, und Alys spürte, wie er sanft und schmeichelnd ihre Brust streichelte. Sie öffnete ihre Schenkel weiter.

»Bist du fröhlich, kleine Alys?« hauchte er. Er bewegte sich jetzt schneller, fordernder, ließ sich von seiner eigenen Lust treiben.

»Es geht mir ganz gut«, sagte Alys. Ihre Gedanken kreisten um die Ängte und Triumphe des Tages, während ihr Körper sich willig Hugo hingab. Sie lächelte und ließ seinem Willen freien Lauf.

»O ja«, sagte Hugo.

Und dann blieben sie beide still liegen.

»Alys! Alys!«

Sie wachte sofort auf. Ein silberner Streifen Mondlicht fiel durch die Schießscharte und legte sich über die grün-gelbe Decke auf dem hohen Bett.

»Was?« fragte sie und bekam selbst Angst, so entsetzt klang seine Stimme.

Hugos Gesicht war schneeweiß. »Heilige Mutter Gottes«, sagte er. »Ein Traum! Ich hatte einen so furchtbaren Traum! Sag mir, daß ich wach bin und alles Unsinn war!«

Die Laken waren naß von seinem Schweiß. Im Mondlicht sah Alys, daß seine Haare auf seinem Gesicht klebten. Seine Augen waren weit aufgerissen, wie die eines Mannes im Fieber.

»Hast du von Puppen geträumt?« fragte Alys ohne nachzudenken. »Von kleinen Puppen, die ins Schloß kommen?«

»Nein«, sagte Hugo. Er streckte die Hände aus. Sie zitterten. »Heilige Mutter Gottes! Ich hab geträumt, meine Finger wären taub. Ich hab geträumt, meine Fingernägel wären weg, wie bei einem Aussätzigen. Ich hatte nur noch gräßliche Stumpen!«

Alys wurde blaß. »Was für ein Traum!«, sagte sie mit zittriger Stimme. »Aber jetzt bist du wach, Hugo, hab keine Angst.«

Er schlang die Arme um sie und begrub sein Gesicht an ihrem Hals. »Meiner Treu, hatte ich Angst!« sagte er. »Meine Fingerspitzen, Alys! Sie waren weggeschmolzen. Geschmolzen wie Wachs!«

Alys lag reglos da, die Arme um ihn geschlungen, und spürte, wie er zitterte. »Still«, sagte sie, als würde sie mit einem kleinen Kind reden. »Still, Hugo, mein Geliebter, mein Schatz, jetzt bist du in Sicherheit.« Nach kurzer Zeit hörte er auf zu zittern und lag wieder ruhig in ihren Armen.

»Mein Gott! Was für ein Schreck!« Er lachte etwas gequält. »Du wirst mich für einen Säugling halten«, sagte er beschämt.

Alys, die wie eine gefallene Statue im Mondlicht dalag, von innerer Kälte erstarrt, schüttelte den Kopf. »Nein«, sagte sie. »Ich habe auch Albträume. Schlaf jetzt, Hugo.«

Er kuschelte sich wie ein Kind an sie, den Kopf an ihrer Schulter, einen Arm um ihren Leib. »Ein gräßlicher Traum!« sagte er leise.

Alys streichelte seine feuchten, verklebten Locken. »Ich hab geschrien wie ein Säugling«, sagte er leise lachend.

Alys drückte ihn noch fester an sich. Bald darauf atmete er ruhig und regelmäßig, seine Ängste fielen von ihm ab. Hugos Arm auf ihrem Bauch war zu schwer. Sie hob seine Hand, um sich von dem Gewicht zu befreien, dann hielt sie inne. Es war zu dunkel, um richtig zu sehen, aber sie streichelte seine Fingerspitzen. Seine Fingernägel waren kurz, ohne Zweifel waren sie kürzer als vorhin. Sie zog seine Hand ins Mondlicht, um besser sehen zu können. Ohne Zweifel waren die Finger abgestumpft und die Nägel oben kürzer und kantiger, so, als hätte man sie weggerieben.

Alys glitt stöhnend vor Angst aus dem Bett, ging zum Feuer, legte einen Kienspan in die rote Glut und zündete eine Kerze an. Sie ging langsam, widerwillig zum Bett und dachte an die kleine Puppe von Hugo, die sie mit solcher Entschlossenheit und Wut geformt hatte, als sie nur eines wollte: von ihm in Ruhe gelassen werden. Sie hatte seinen Mund geglättet und ihm befohlen, sie nicht zu rufen. Sie hatte die Fingerspitzen weggerieben und ihm befohlen, sie nicht zu fühlen. Sie hatte seine Augäpfel zerkratzt und ihm befohlen, sie nicht zu sehen. Und jetzt träumte Hugo, seine Finger würden schmelzen, und er hatte bereits einen Hirsch mit der Armbrust verfehlt.

Sie setzte sich auf das Bett. Sie machte sich nicht die Mühe, das Licht abzudecken. Die Gewißheit, daß es ihn nicht wecken würde, war tief und kalt wie der Tod: Er würde den Schein nicht durch seine geschlossenen Augenlider sehen können. Sie nahm seine Hand und hielt sie so nahe an die Kerze, daß sie klar sehen konnte, was sie zu sehen fürchtete.

Die Spitzen seiner Finger waren stumpf, als hätte man sie abgehackt. Hugos lange, starke Hände waren kürzer, das letzte Glied jedes Fingers unproportioniert abgestumpft. Seine Fingernägel waren kurz, eckig, wie grob weggefeilt, kürzer als die Fingerkuppen, abgeschnitten. Alys erschauderte. Seine Hände sahen aus, als hätte jemand jeden Finger gestutzt.

Sie drehte seine Hand um und sah sie an, als würde sie ihm aus der Hand lesen. Die Spitzen der Finger waren glatt wie die Haut seines schlafenden, lächelnden Gesichtes. Die Zeichnung der Haut war verschwunden. Kein Mal war zu entdecken, nur glatte rosa Haut. Alys stöhnte leise und blieb mit seiner verkrüppelten Hand im Schoß eine Weile sitzen.

Sie beugte sich vor und hielt die Kerze hoch, um seine Ohren sehen zu können. Sie waren bereits winzig, die Ohren eines Kindes. Nur Hugos lange Haare und die Kappen, die er immer trug, hatten verhindert, es eher zu bemerken. Sie schaute seine Lippen an. Das scharfe Profil seiner Oberlippe war verschwommen. Der atttraktive, zum Küssen einladende Schwung seiner Oberlippe und die scharf vorstehende Unterlippe waren geschmolzen. Nur der Schatten der dunklen Bartstoppeln zeigte, wo sein Lippenansatz war. Die Kerze flackerte in Alys' zitternder Hand. Von einem plötzlichen Impuls getrieben, beugte sie sich über ihn und schüttelte ihn sanft.

»Mach deine Augen auf, Hugo«, sagte sie leise. »Mach kurz deine Augen auf!«

Er rollte weg, im Schlaf murmelnd, aber als sie ihn wieder schüttelte, öffneten sich seine Augenlider, obwohl er noch träumte. Alys sah sie sich genau an. Über beiden Pupillen lag ein leichter grauer Schleier.

Alys ließ ihn weiterschlafen und stellte vorsichtig den Kerzenleuchter auf den Tisch neben dem Bett, dann glitt sie neben ihm ins Bett, türmte die Kissen gegen das schwere, geschnitzte Kopfteil und blieb aufrecht sitzen. Sie fror, und ihre Haut war schneeweiß, aber sie machte keine Anstalten, sich die Decke über die Schultern zu ziehen oder sich neben Hugos zufriedene, schläfrige Wärme zu legen. Alys saß aufrecht in ihrem prächtigen Bett, den jungen Lord neben sich, der den Arm liebevoll um sie gelegt hatte, und wartete auf den neuen Tag. Ihr Gesicht war so grimmig und ängstlich, wie das ihrer verratenen Mutter Morach immer gewesen war.

Am Morgen konnte es Hugo kaum erwarten, zur Jagd loszureiten. Stephen hatte ihm eine neues Pferd mitgebracht, und er wollte es ausprobieren. Der Tag war sonnig, und später würde es zu heiß sein für scharfe Ritte. Außerdem mußte er wegen des Gerichts am Nachmittag früh wieder zurücksein. Alys' blasses, übernächtigtes Gesicht bemerkte er kaum.

»Geht's dir gut?« fragte er an der Tür, nur mit seinem Hemd bekleidet. »Bist du gesund, Alys?«

Sie blinzelte ihn an, ihre blauen Augen waren müde und blutunterlaufen von der langen Nachtwache. »Ich hab geträumt«, sagte sie. »Schlimme Träume.«

»Mein Gott, das hab ich auch!« Jetzt erinnerte sich Hugo. »Ich hab geträumt, meine Finger wären weg. Wie bei einem Aussätzigen! Was für ein Greuel!«

Alys versuchte, sein erleichtertes Grinsen zu erwidern, aber sie schaffte es nicht. »Zeig mir deine Finger«, sagte sie. »Zeig sie mir.«

Hugo lachte. »Es war nur ein Traum, mein Schatz! Schau!«

Er kam zurück ins Zimmer und reichte Alys seine rechte Hand. Im hellen Morgenlicht, das durch die Schießscharte fiel, sah sie sich seine Handrücken an. Die Fingernägel waren perfekt, glatt und kräftig, die Finger lang und gut proportioniert.

Alys atmete erleichtert auf und drehte die Hand um. An jedem Finger ein perfekter Wirbel – die Fingerspitzen waren gesund.

»Wir sind beide nicht normal!« rief Hugo. Er bückte sich und gab ihr einen Kuß auf die Wange. »Laß mich gehen, Alys! Ich will auf die Jagd!«

»Sind deine Ohren in Ordnung?« fragte sie, als er zur Tür ging. Er drehte sich um und grinste sie an, sorglos wie ein Kind. »Ja! Ja! Ich bin gesund, und einige Körperteile sind in bester Verfassung! Darf ich jetzt gehen.«

Alys mußte wider Willen lachen, und trotz ihrer Angst wurde ihr leichter ums Herz. »Dann geh«, sagte sie.

Die Tür schlug zu, und er war fort. Alys zog die Decke an sich und glitt an die warme Stelle, wo sein Körper gelegen hatte. Sie drückte sich fest in die Kuhle und versuchte, ihre Ängste zu verdrängen.

»Ich werde nicht daran denken«, sagte sie, als ihr die Augen zufielen. »Ich werde nicht daran denken.«

Catherines Tür stand offen, als die Damen am Morgen in die Galerie kamen. Sie lag ausgestreckt auf dem Bett und erwartete sie.

»Ich werde hier frühstücken!« brüllte sie. »Du, Ruth, bring mir Brot und Bier. Ich möchte etwas Roastbeef oder Wildbret und ein bißchen Ziegenkäse. Ich hab gestern abend gefastet, und jetzt bin ich hungrig. Beeilt euch!«

Eliza grinste Alys frech an. »Sie ist betrunken!« flüsterte sie. »Gütiger Gott, was denn noch alles!«

Alys ging zur Tür. Neben Catherines Bett lag der Krug, den sie im Schrank der Galerie aufbewahrten, er rollte über den Boden und hinterließ eine Spur roter Tropfen.

»Woher habt Ihr den Wein?« fragte Alys.

Catherines Gesicht war gerötet, das Haar zerzaust, und ihre

Augen blitzten triumphierend. »Bin im Morgengrauen in die Halle runter!« sagte sie. »Ich kann mich selbst bedienen, wenn es sein muß, weißt du. Ich bin kein quengeliges Kind, das man schikanieren kann. Ich bin seit Jahren Herrin des Schlosses, Lady Catherine. Ich habe einen Pagen wach getreten, und er hat mir etwas zu essen und Wein gebracht. Seitdem trinke ich.«

Die Damen hinter Alys gackerten vor Entsetzen.

»Im Hemd in die Halle«, sagte Ruth leise. »Du meine Güte!«

Alys verkniff sich ein Lächeln. »Ihr seid betrunken«, sagte sie streng zu Catherine. »Es wäre das beste, wenn Ihr etwas Brot eßt und dann schlaft. Später wird Euch ohnehin sehr übel sein.«

Catherine schüttelte den Kopf und zeigte mit herrischem Finger auf ihr Fenster. »Ich gebe hier die Befehle, Alys. Ich habe noch nicht das Kommando über ein Schwein und eine Kuh am Rande des Moors. Man hat mich noch nicht zu deinen und zu dessen Gunsten, was du in deinem Bauch trägst, in Schande fortgejagt! Geh und hol mir Wein. Clary hätt ich gern – das ist ein guter Wein für tagsüber. Und ich möchte Bier zu meinem Frühstück. Und dann laß mir ein Bad bringen. Ich werde baden. Und ich werde heute in der Halle speisen.«

Alys hörte, wie Eliza ihr Kichern mit vorgehaltener Hand unterdrückte. Sie drehte sich um. »Sie ist unmöglich«, sagte sie zu den Damen. »Eine von euch muß bei ihr bleiben. Wir müssen ihr gehorchen. Sie wird ohnehin bald vom Trinken in Ohnmacht fallen.«

»Mein Frühstück!« herrschte Catherine sie an, mit der Autorität der sehr Betrunkenen. »Sofort, Mädel!«

Seit vielen Monaten hatte Alys keiner mehr »Mädel« genannt. Alys nickte Catherine mit ironischem Grinsen zu. »Sofort«, sagte sie gespielt unterwürfig. Sie schloß die schwere, geschnitzte Tür und deutete auf Ruth und dann auf Mary.

»Du holst ihr Frühstück, was immer sie wollte. Es spielt keine Rolle, sie wird es ohnehin gleich wieder erbrechen. Und du, Mary, gehst in die Küche und sagst ihnen, sie sollen das Wasser für ihr Bad heiß machen.«

Die beiden nickten. Alys ließ die übrigen hinunter zum Frühstück und wartete im Vorraum, bis David und der alte Lord die Treppe vom runden Turm herunterkamen.

»Guten Morgen, Alys«, sagte der alte Lord.

Alys trat vor und küßte ihm die Hand.

David öffnete den beiden die Tür, und sie traten gemeinsam in die Halle.

Das Frühstück wurde im Schloß ohne große Zeremonie eingenommen. Man hielt sich nicht lange damit auf, denn es gab in den frühen Morgenstunden viel zu viel zu tun. Hugo war längst unterwegs – mit Stephen auf der Jagd. Die meisten Soldaten hatten schon im Morgengrauen gegessen und waren auf ihren Posten. Alys saß neben dem Lord und aß sein bestes Brot mit ihm, dazu trank sie eine Tasse heißes Wasser mit etwas Kamille.

»Was ist das für ein Gebräu?« fragte der alte Lord.

»Kamille«, antwortete Alys. »Das macht ruhig.«

Der Lord lachte kurz. »Ruhig ist es im Grab«, sagte er. »Panik ist mir allemal lieber. Da merk ich wenigstens, daß ich noch lebe.«

»Dann hättet Ihr als Frau geboren werden müssen«, sagte Alys.

Er lachte schallend. »Gott bewahre«, sagte er. »Welche Panik mußt du denn erdulden, kleine Alys?«

»Catherine«, sagte Alys. »Sie hat sich gestern Wein besorgt und trinkt heute morgen immer noch. Sie hat vor, zum Mittagessen herunterzukommen, im besten Sonntagsstaat, um Eure Gunst wiederzugewinnen.«

Der alte Lord schlug mit der flachen Hand auf den Tisch und brüllte vor Lachen. Die Männer, die an einem der nahegelegenen Tische frühstückten, hoben lachend die Köpfe, und einer rief: »Wir wollen mitlachen, Mylord!«

Lord Hugh liefen vor Lachen die Tränen übers Gesicht, er schüttelte den Kopf. »Weibergezänk! Weibergezänk!« rief er zurück. Alle Männer lachten und nickten.

»Also!« sagte er, als er wieder Luft bekam. »Wann darf ich mit dieser Verführung rechnen?«

Alys nagte an der Innenseite ihrer Lippe, um nicht zu zeigen, wie wütend sie war, und nippte ihren Tee. »Sie wird zum Mittagessen kommen, wenn sie niemand daran hindert, und sie wird sich und Euch blamieren«, sagte sie. »Wenn sie sich hier übergibt, wird es wohl nicht so lustig sein. Wir können sie nicht oben festhalten. Wir können den Dienern befehlen, ihr keinen Wein mehr zu geben. Sie wird ihren Willen durchsetzen, außer Ihr verbietet es.«

Lord Hugh lachte immer noch. »Mein Gott, Alys, schikanier mich nicht mit diesen Hühnerstalldramen«, sagte er leutselig. »Gib ihr Wein und einen Tropfen von deinen Schlafkräutern in den Becher. Laß sie ein paar Stunden schlafen, und wenn sie nüchtern aufwacht und ihr sehr übel ist, wird sie ihre Lektion gelernt haben. Ich werde die Papiere in ein paar Tagen fertig haben, dann kann sie sie unterschreiben und das Schloß für immer verlassen.«

»In ein paar Tagen?« wiederholte Alys.

Lord Hugh nickte. »Jawohl. Damit du Bier zum Frühstück trinken kannst, meine Liebe, und nicht ein paar Handvoll Gras.« Er lachte wieder. »Beruhigung. O Gott.«

Alys lächelte mühsam. »Hugo erzählte mir, Ihr hättet Euch für das junge Mädchen als Braut entschieden. Die Kleine, die erst neun ist?«

Lord Hugh nickte. »Die beste Wahl. Ich war hin und her gerissen. Ich hätte gern eine schnelle Hochzeit, Schwangerschaft und Geburt gesehen, aber die Familie des Mädchens sind genau die Leute, die wir als Verwandte brauchen. Ihre Mutter hat vierzehn Kinder geboren, zehn von ihnen Söhne. Alles noch bevor sie fünfundzwanzig war.«

»In der Tat, eine sehr glückliche Frau«, sagte Alys sarkastisch.

Lord Hugh hörte das nicht. »Das Mädchen wird hierherkommen, dann können wir sie erziehen, wie wir wollen«, sagte er. »Wenn du nett zu ihr bist, Alys, kannst du bleiben und ihr dienen. Sie ist nicht dumm. Sie hat seit ihrem Geburtstag als Zofe im Howard Haushalt und bei Hof gedient. Mit zwölf müßte sie soweit sein, denke ich. Vielleicht erleb ich ihren Sohn doch noch.«

»Und meinen Sohn?« drängte Alys.

»Er wird mir gehören, sobald er auf der Welt ist«, sagte der alte Lord. »Gräm dich nicht, Alys. Wenn er ein starkes, hübsches Kind ist, wird er mein Erbe, und du kannst bleiben, solange sie es erlaubt und wir es wünschen. Du kannst wirklich zufrieden sein mit dem, was du erreicht hast. Dein Glück folgt dir wie ein Schatten, nicht wahr?«

»Wie ein Schatten«, stimmte Alys zu. Ihre Stimme war leise und ruhig, Lord Hugh konnte sie kaum verstehen. »Mein Glück folgt mir wie ein Schatten?« sagte sie nachdenklich.

Er schob seinen Teller beiseite, und ein Page kam mit einer Silberschüssel und einem Krug Wasser, damit er sich die Hände waschen konnte. Ein weiterer kam mit besticktem Leinen, und er trocknete sich die Hände.

»Wir essen heute früh zu Mittag«, erinnerte er Alys. »Die restlichen Fälle müssen heute nachmittag verhandelt werden. Ich werde heute vormittag ruhen. Sie erschöpfen mich, all diese gestohlenen Schweine und verlorenen Bienenstöcke. Und außerdem ändert sich das Gesetz mit jedem neuen Boten. Früher war es besser, da hab ich einfach gemacht, was ich wollte.«

»Was ist mit der alten Frau?« fragte Alys.

Lord Hugh drehte sich auf dem Weg zur Tür noch einmal um. »Ich weiß es nicht«, sagte er. »Pater Stephen hat wieder mit ihr geredet, gestern nach dem Abendessen. Und heute früh ist er mit Hugo ausgeritten. Vielleicht wird sie nicht vor Gericht gestellt. Es ist Pater Stephens Entscheidung.« Er grinste. »Sie hat ihn ganz schön ins Schwitzen gebracht. Sie ist genauso belesen wie er, und als er sie auf lateinisch bezichtigt hat, hat sie sich griechisch verteidigt, und er hatte große Mühe, ihr zu folgen. Wahrscheinlich wird sie bei der Verhandlung hebräisch sprechen, wegen der Reinheit der Sprache.«

»Könnte er sie freilassen?« fragte Alys.

Der alte Lord hob ratlos die Schultern. »Vielleicht«, sagte er. Seine Augen begannen boshaft zu blinzeln. »Möchtest du für sie sprechen?« fragte er. »Ihre Bildung und deine Schnelligkeit wären eine beachtenswerte Verteidigung, Alys. Soll ich Stephen sagen, du wirst für sie sprechen? Ist es dein Wunsch, vor uns alle hinzutreten und eine Papistin und Verräterin zu verteidigen, gleichgültig, wie hoch der Preis ist?« Seine dunklen Augen musterten ihr Gesicht, sein Lächeln war grausam.

Alys beugte den Kopf. »Nein, nein«, sagte sie hastig. »Nein, sie bedeutet mir nichts. Pater Stephen soll sie richten. Ich darf da nicht mit hineingezogen werden. Ich bin zu beschäftigt, und ich muß mich schonen. Ich kann mir das nicht auch noch aufhalsen.«

Lord Hugh grinste boshaft. »Natürlich, Alys«, sagte er, »überlaß das uns Männern. Ich werd's dich wissen lassen, wenn wir Kamille brauchen.«

Er rauschte mit wehendem Mantel zur Tür hinaus. Alys hörte ihn auf der Treppe zum runden Turm lachen. Sie trank ihre Tasse Kamillentee schweigend aus.

Als sie in die Galerie kam, sang Catherine hinter ihrer Schlafzimmertür. Schon von ferne war sie zu hören. Eliza konnte sich vor Lachen kaum halten, als sie die Tür öffneten und Catherine in ihrem alten Stuhl vor dem Kaminfeuer sitzen sahen, einen Krug Bier in der einen und einen Becher in der anderen Hand.

Sie strahlte, als sie sie sah. »Meine Dienerinnen!« sagte sie. »Meine Gefährtinnen!«

»Du mußt dich hinlegen«, sagte Alys und ging auf sie zu. »Dir wird übel werden von all dem Trinken, Catherine.«

Catherine wedelte mit dem Krug.

»Robin ging auf Freiersfüßen
Wohl in den grünen Wald.
Da kam sein Schätzchen Marion . . .«

»Das ist doch nicht zu fassen«, sagte Alys mit zusammengebissenen Zähnen.

»Ich will jetzt mein Bad!« befahl Catherine plötzlich.

Alys sah kurz zu Mary. »Sie sind unterwegs damit«, sagte sie und knickste. »Aber sie wollte Eure Kräuter und Öle dafür haben, Mylady.«

»Wie das letzte Mal«, sagte Catherine mit trunkener Begeisterung. »Als du mich in Parfümblumen gebadet und mit Ölen eingerieben hast und Hugo gekommen ist und uns beide genommen hat.« Ein Raunen ging durch die Reihe der Frauen. »Und es war so schön, Alys. So will ich es haben.«

Alys warf den Damen einen warnenden Blick zu. Eliza war puterrot von unterdrücktem Lachen. Ruth dagegen war schneeweiß vor Entsetzen, bekreuzigte sich hastig.

»Hol das Bad«, sagte Alys zu Mary. »Sie kriegt ihre Kräuter.«

Die Frauen standen schweigend herum. Alys holte Minzöl aus ihrer Kräutertruhe, in der Hoffnung, daß es den Wein aus Catherines trunkenem Blut schwitzen würde. Catherine gaffte mit offenem Mund in den Kamin und beobachtete die neugierigen Blicke der Diener, die das heiße Wasser brachten, nicht.

»Er wird zu mir zurückkehren«, sagte Catherine plötzlich. »Er kann mich haben, und er kann Alys haben. Welcher Mann könnte da widerstehen? Ich hab meine Mitgiftländereien, und Alys ist schwanger. Ich werde das Kind annehmen. Welcher Mann könnte mehr wollen?«

Alys packte Catherine unter dem Ellbogen und bedeutete Margery, sie von der anderen Seite zu stützen. »Still, Catherine«, sagte sie warnend, als sie auf das Gemach zustolperten, in dem das duftende Bad vor dem prasselnden Feuer dampfte. »Still, du blamierst dich mit diesem Gerede.«

»Ich werde dich akzeptieren«, sagte Catherine zu Alys. »Ich werde dich wie eine Schwester lieben, und wir können zusammen leben. Warum nicht? Wir sind die Fürsten. Wir können leben, wie es uns paßt. Und Hugo wäre mit uns beiden glücklich.«

»Still«, sagte Alys noch einmal. Ihr Verstand arbeitete fieberhaft. Hugo könnte vielleicht wirklich ein Leben akzeptieren, das Catherines Mitgift, die Alys' Kinder erben würden, finanzierte. Die dynastischen Ambitionen mit der jungen Braut waren die seines Vaters – immer waren es die Pläne und Ränke seines Vaters gewesen.

»Es ist zu spät«, sagte Alys nachdenklich. »Der alte Lord hat sich entschieden.«

Catherine war immer noch völlig betrunken. Sie stolperte, als Mary ihr Hemd aufband und es ihr über den Kopf zog. Drei Frauen waren nötig, um sie sicher in ihr Bad zu manövrieren. Sie setzte sich auf den niedrigen Schemel und lehnte den Kopf an die leinenbedeckte Seite.

»Du könntest ihn abhalten«, sagte sie. Sie nuschelte kaum verständlich, und die Augen fielen ihr langsam zu. »Du könntest ihn überreden. Da ist meine Mitgift und dein Kind. Er will diese Sachen.«

Alys rollte sich die Ärmel hoch und rubbelte grob Catherines Schultern und ihren dreckigen Hals.

»Mehr heißes Wasser«, sagte Catherine. »Ich werde im Bad liegenbleiben und mehr Wein trinken.«

Eliza kicherte, aber ein scharfer Blick von Alys jagte sie aus dem Zimmer.

»Gebt ihr mehr heißes Wasser und verdünnten Wein«, befahl Alys. »Ich gehe in mein Zimmer. Es ist zu heiß für mich hier drin.« Sie drehte sich zu Catherine. »Nach dem Bad mußt du dich hinlegen und schlafen«, sagte sie streng. »Wenn du dich ausgeruht hast, kannst du dein rosa Kleid anziehen. Ich werde dich rechtzeitig zum Essen wecken lassen, aber jetzt mußt du schlafen.«

Catherine wurde schon schläfrig. Alys drehte sich um und verließ schnell den Raum.

Allein in ihrer Kammer trat Alys zum Fenster und schaute hinaus. Wo die kleinen Puppen jetzt wohl waren? Ob sie immer noch ermattet auf das Schloß zugingen, ob sie immer noch eine kleine Schleimspur Kerzenwachs hinterließen, wo ihre winzigen Füße hingetreten waren. Sie würden auf der staubigen Straße nur langsam vorankommen, müßten immer wieder zur Seite springen, um sich vor Wagenrädern und dem gefährlichen Trappeln von Hufen in Sicherheit bringen. Die Puppe des alten Lords würde hinken, die Puppe der Frau mit der Fehlgeburt eine Schleimspur ziehen, und die Puppe von Hugo würde blind dahinstolpern, mit ausgestreckten, gefühllosen Stumpen von Händen.

Alys erschauderte in der warmen Luft, die durch die Schießscharte blies, sie fror, als wäre sie in einer feuchten Höhle mit steigendem Flutwasser gefangen. Schaudernd trat sie vom Fenster zurück, legte sich auf ihr Bett und starrte nach oben in die prächtige, grün-goldene Stickerei des Himmels über ihrem Kopf.

Sie mußte weggedöst sein und schreckte vom lauten Hämmern an ihrer Tür und einem plötzlichen schrillen Angstschrei auf, dem

Lärm eiliger Schritte. Jemand rief entsetzt ihren Namen. Alys war aus dem Bett gesprungen und hatte die Tür aufgerissen, ehe sie richtig wach war.

»Brennt es?« fragte sie ängstlich. Sie taumelte und lehnte sich an die Tür. »Was ist denn passiert?«

»Lady Catherine!« sagte Eliza. Sie packte Alys bei den Schultern und schüttelte sie wach. »Es ist Lady Catherine. Sie ist ertrunken! Ihr müßt sofort kommen!«

Alys stolperte, aber Eliza zerrte sie gnadenlos weiter. Alys, immer noch schlaftrunken, erwartete eine triefend nasse Morach, das weiße Haar vom Flußwasser verklebt, strahlend vor Stolz, die sagte: »Ich habe sie gerettet!«

»Sie ist nicht ertrunken«, sagte Alys benommen. »Morach hat sie rausgezogen.«

»Wacht auf!« sagte Eliza und stieß Alys grob auf Catherines Tür zu. Ein Haufen Leute drängte sich in der Galerie, Soldaten und Bedienstete, alle rannten kopflos herum und schrien Anweisungen.

»Wärmt sie!«

»Holt Pater Stephen!«

»Legt sie ins Bett!«

»Gebt ihr Whisky!«

»Verbrennt Pferdehaar!«

Alys kämpfte sich mit Hilfe von Eliza in Catherines Zimmer durch und wich entsetzt zurück, als ihr Blick auf die Wanne fiel.

Catherine war blau. Ihr starres, leeres Gesicht und ihr ganzer schlaffer Körper waren blau gefärbt. Blaue Fingernägel, blaue Füße, blaue Lippen, bläulich weißes Gesicht.

Jemand hatte versucht, sie aus dem Wasser zu hieven, und sie dann wieder hineinrutschen lassen, ihr Kopf baumelte wie der einer Stoffpuppe über dem Wannenrand, eine gräßliche Parodie der sinnlichen Catherine, die nach Wein und mehr Wasser gebrüllt hatte.

»Wie ist das passiert?« fragte Alys. Ihre Stimme war noch heiser vom Schlafen. Sie räusperte sich.

»Wir haben sie allein gelassen«, sagte Eliza. Alys hörte den

Kummer und das Schuldbewußtsein trotz des barschen Tons. »Sie wollte allein sein, und wir haben die Tür zugemacht und sie allein gelassen. Gott weiß, was in ihrem Kopf vorgegangen ist. Ich hab gewußt, daß sie betrunken ist. Aber sie war weinerlich und schläfrig. Sie hat uns befohlen, das Zimmer zu verlassen. Da haben wir sie allein gelassen.«

»Ist sie gefallen?«

»Das hätte ich gehört«, sagte Ruth bissig. Ihr Gesicht war fast so blaß wie das gräßliche weiße von Catherine. »Ich habe gehorcht, ob sie ruft. Wenn sie gefallen wäre, hätte ich es gehört. Ich hab nichts gehört. Nichts.« Sie verstummte und wandte sich schluchzend ab. »Nichts«, sagte sie.

»Sie war betrunken«, sagte Mistress Allingham. »Ich glaube, sie ist einfach ins Wasser gerutscht und konnte sich nicht mehr rausziehen.«

»Könnt Ihr denn nichts tun?« fragte Eliza. »Eine Ader öffnen, sie zur Ader lassen! Irgend etwas!«

Alys schüttelte den Kopf. »Nichts«, sagte sie langsam. »In Catherine fließt kein Blut mehr. Sie ist tot.«

Sie wich zurück. »Schließt die Tür. Schafft diese Leute hier raus«, sagte sie. »Holt jemanden, der ihre Blöße bedeckt und sie aus dem Bad hebt. Der alte Lord muß verständigt werden, und Hugo. Sie sollten sie nicht so sehen.«

Die Menge in der Galerie setzte sich in Bewegung, um Alys' Befehle auszuführen.

»Ich werde es dem alten Lord mitteilen«, sagte Alys mit dumpfer Stimme.

Ruth stieß einen hohen, spitzen Schrei aus und rannte in ihr Zimmer. Eliza schickte sich an, ihr zu folgen. »Seltsam«, sagte sie, blieb stehen und sah Alys an. »Daß sie vor dem Ertrinken im Fluß, in dem Eisschollen schwammen, bewahrt wurde und dann im Bad ertrinkt.«

Alys schüttelte den Kopf und schloß halb die Augen. »Es ist ein Albtraum«, sagte sie, und sie meinte es auch. »Ein Albtraum.«

32

Catherines kalter, aufgedunsener Leichnam wurde bekleidet und in der kleinen Kapelle neben dem Pförtnerhaus im äußeren Grabenring aufgebahrt, mit einem Kerzenleuchter am Kopfende und einem zu ihren Füßen. Pater Stephen gab Anordnung, für ihre Seele zu beten, aber es gab keine Nonnen und Mönche, die die Totenwache für Lady Catherine halten würden. All das war vorbei, und keiner wußte mehr, wie man die Lady des Schlosses betrauern sollte.

Pater Stephen sagte vier Soldaten die Gebete, die gesprochen werden sollten, und sie hielten die Totenwache, als müßten sie nach einem Feind Ausschau halten. Gut war das nicht. Jeder wußte, daß es nicht gut war, jetzt da keine Mönche und Nonnen mehr da waren, die für die Seele einer Frau beteten, die in schwerer Sünde gestorben war. Ruth blieb bei dem provisorischen Sarg, hielt ihn mit einer Hand fest, ließ ihren Rosenkranz durch die Finger gleiten und sprach die Gebete, die sie als Kind gelernt hatte. Sie war nicht zu bewegen, ihren Platz zu verlassen.

Die anderen Frauen versuchten, sie zur Galerie zu zerren, und Eliza stellte sich vor sie, um sie zu verstecken, als Pater Stephen in die Kapelle kam. Er zog die Augenbrauen hoch, als er das Murmeln lateinischer Gebete hörte und das Klicken der Rosenkranzperlen, aber ein Blick auf Ruths gepeinigtes, aschfahles Gesicht hielt ihn davon ab, sie zu unterbrechen.

»Was ist das?« fragte er Alys mit seiner scharfen, vorwurfsvollen Stimme. »Ist die Frau etwa Papistin? Ich habe gewußt, daß sie fromm ist, aber ich habe nie geahnt, daß sie einen Rosenkranz und die alten Gebete betet. Sie hat doch den Eid geschworen, nicht wahr? Sie weiß, daß der König das Oberhaupt der Kirche von England ist?«

Alys nickte. »Vergeßt nicht den Schock. Sie hat Lady Catherine geliebt. Wenn sie sich davon erholt hat, wird sie sich wieder benehmen, wie es sich ziemt.«

»Und die anderen?« fragte er. Alys hörte seine wachsende Erregung. »Sind sie auch in römische Ketzerei verstrickt? Begreifen sie die Natur der wahren Kirche nicht?«

»Nein, nein«, sagte Alys hastig. »Wir sind alle gute Christen.«

»Nehmt ihr den Rosenkranz weg«, sagte Pater Stephen.

»Ist es eine Sünde?« fragte Alys verwirrt. »Ich dachte, das wäre erlaubt?«

»Einige behaupten, es könnte nicht schaden, aber ich und mein Bischof, wir betrachten es als Götzendienst, und der ist genauso gefährlich wie jeder falsche Gott«, sagte Stephen voller Inbrunst. »Es ist ein Tor zur Sünde, wenn nicht gar eine Sünde an sich. Nehmt ihn ihr weg.«

Alys zögerte. »Es ist ihr eigener«, sagte sie. »Sie benutzt ihn nur, um ihre Gebete abzuzählen.«

»Nehmt ihn«, sagte Stephen streng. »Ich kann es nicht dulden – nicht einmal wenn es der Trauer für Lady Catherine dient. Es ist eine Pforte zu Sünde und Verwirrung.«

Alys wartete, bis er die Kapelle verlassen hatte, und klopfte dann Ruth auf die Schulter. »Gib ihn mir«, sagte sie schroff und zeigte auf den Rosenkranz. »Du wirst uns noch alle zum Glaubensverhör bei Pater Stephen bringen. Du bist eine Närrin, ihn so offen zu zeigen. Gib ihn mir oder versteck ihn, so daß man ihn nicht finden kann.«

Ruths weißes Gesicht war von Trauer verzerrt. »Es ist alles, was ich noch für sie tun kann!« schluchzte sie. »Alles, was ich noch tun kann. Sie hat mich mit ihrem Gerede angewidert, aber ich hab sie ertrinken lassen. Sie ist in Sünde gestorben, ich muß für ihre Seele beten. Ich muß Kerzen für sie anzünden und eine Messe für sie lesen lassen. Sie ist in tiefer Sünde gestorben, ich muß ihre Seele retten, wenn ich kann.«

»Kein Mensch glaubt mehr an dieses Zeug«, sagte Alys verbissen. Ruths ausgestreckte Hand auf dem Sarg mit dem Rosenkranz, den sie so fest umklammerte, hatte etwas unglaublich

Rührendes. »Pater Stephen sagt, daß nichts davon wahr ist.« Alys erinnerte sich an das Dämmerlicht in der Kapelle und die langen Nächte der Totenwache nach dem Tod einer Nonne. Die beruhigenden Melodien der Totenmesse und der heilige Duft des Weihrauchs. Das Kerzenlicht und Mutter Hildebrandes heiteres Gesicht in der Gewißheit eines ewigen Lebens.

Alys packte den Rosenkranz und versuchte, ihn aus Ruths Hand zu ziehen. »Keiner glaubt mehr daran«, sagte sie brutal. »Bete stumm, oder du bringst uns alle in Gefahr!«

Ruth ließ nicht locker. »Ich werde für Mylady beten, wie es sich geziemt! Ich halte ihr die Treue! Ich gebe ihr, was ihr zusteht!«

Alys zog, bis die Schnur in ihre Handfläche einschnitt. Dann riß der Rosenkranz mit einem plötzlichen Ruck, und die Perlen fielen einzeln auf den Steinboden der Kapelle, hüpften und tanzten in alle Richtungen und rollten unter die Bänke. Die anderen stöhnten entsetzt, Ruth stieß einen Schrei aus, fiel auf die Knie und versuchte, sie einzusammeln.

»Oh, mein Gott«, sagte Alys verzweifelt.

Sie verließ mit der Schnur, den restlichen Perlen und dem baumelnden Kreuz die Kapelle, ehe Ruth protestieren konnte. Ihre Schritte hallten durch den Raum, und ihr Kleid raschelte an den Bänken. Alys schritt hocherhobenen Hauptes dahin, und ihre Finger umklammerten den zerrissenen Rosenkranz so fest, daß die Schnur eine rote Schwiele eingegraben hatte, als sie vor dem Eingang der Kapelle stehenblieb und sich das kleine Holzkreuz ansah. Ihr kam es vor, als wäre ein ganzes Leben verstrichen, seit sie selbst die Perlen durch ihre Finger hatte gleiten lassen, die Gebete gesprochen und das kleine Kreuz geküßt. Jetzt entriß sie sie einer betenden Frau, um sie einem Mann zu überreichen, der ein Feind des Glaubens ihrer Kindheit war und der Inquisitor ihrer Mutter. Alys' Gesicht spiegelte ihre Hoffnungslosigkeit wider, als sie den Rosenkranz einem der Soldaten am Tor reichte.

»Bring das zu Pater Stephen«, sagte sie. »Sag ihm, hier gibt es keine Ketzerei! Ich habe der betenden Frau den Rosenkranz weggenommen.«

Er nickte und wandte sich ab.

»Er wird beim alten Lord sein«, sagte Alys.

Der Mann schüttelte den Kopf. »Er ist in den Kerkerturm gegangen«, sagte er. »Er hat mir gesagt, daß ich ihn dort finden kann. Er will nochmal die alte Frau verhören, die heute nachmittag vor Gericht gestellt wird, und versuchen, sie zu übereden, daß sie ihren Irrtum bereut.«

Alys wurde noch blasser und mußte leicht schwanken. »Ja«, sagte sie. »Durch den Schock über den Tod von Mylady hatte ich das vergessen. Soll die alte Frau immer noch vor Gericht gestellt werden? Wird die Verhandlung nicht vertagt, wegen der Trauer um Lady Catherine?«

Der Mann schüttelte den Kopf. »Es sind zu viele Leute deswegen in die Stadt gekommen. Es kann nicht verschoben werden«, sagte er. »Der alte Lord sagt, es findet statt. Pater Stephen glaubt, er kann die alte Frau zur Vernunft bringen, so Gott will.«

Alys nickte und wandte sich ab. »Bitte, lieber Gott«, murmelte sie leise. Die Worte waren ohne Bedeutung. Sie hatte ihnen ihre Bedeutung geraubt, jeden Tag seit jener Nacht, als das flackernde Licht des brennenden Klosters sie geweckt hatte. »Bitte, lieber Gott«, sagte Alys, wohl wissend, daß sie keinen Gott mehr hatte, auf den sie vertrauen konnte. Wohl wissend, daß die Götter, denen sie jetzt diente, schrecklich schnell und zuverlässig reagierten – aber daß nichts sie befriedigen konnte.

In der Damengalerie mußten sie sich gegenseitig mit dunklen Kleidungsstücken aushelfen, dunklen Ärmeln, dunklen Unterröcken und dunklen Hauben. Alys ging an Catherines Kleidertruhe und fand ein dunkelgrünes, fast schwarzes Kleid. Sie trug es mit einem schwarzen Unterrock und einer hohen, altmodischen Giebelhaube. Beim Schließen der Truhe fiel ihr Blick auf Catherines rosa-weißes Kleid, mit dem Catherine Hugo wiedergewinnen wollte, das Gewand, mit dem Alys im Traum durch den Garten gegangen war, am Arm des jungen Lords. Alys ließ den Deckel der Truhe mit einem Knall zufallen.

Pater Stephen sprach ein Gebet für Catherines Seele, ehe er das Tischgebet betete. Er betete in Englisch. Alys lauschte der seltsamen, zwanglosen Unterhaltung zwischen Pater Stephen und seinem Gott. Es klang nicht, als würde er Catherines Seele vor der Hölle bewahren. Alys hielt den Kopf gesenkt und sagte mit den übrigen »Amen«.

Sie hatte es vorgezogen, zum Mittagessen am Tisch der Frauen zu sitzen, hinter den Lords. Sie wollte nicht am Hohen Tisch sitzen, zwischen dem alten Lord und Pater Stephen. Sie wollte nicht Catherines Platz einnehmen, solange Catherine blau und eisig in der kleinen Kapelle lag. Sie wollte dem alten Lord nicht ins Gesicht schauen und in seinem verstellten, lächelnden Gesicht sehen, wie er überlegte, was für einen Vorteil diese unvorhergesehene Wende bringen könnte. Sie wollte Hugos sorglose Freude über seine Freiheit nicht sehen.

Die Frauen schwiegen während des Essens. Man reichte Brühe und ein halbes Dutzend Fleischgerichte und Salate. Keiner aß sehr viel. Alys beobachtete von ihrem alten Platz aus Hugos Hinterkopf und Rücken und sah, daß er nach seinem Morgenritt kräftig zulangte. Er hatte Catherine nicht gesehen, halb aus ihrem Bad hängend, mit ihren blauen Lippen. Er war noch nicht in die Kapelle gegangen, um für ihre Seele zu beten. Er hatte sich nicht einmal umgezogen, trug immer noch ein rotes, geschlitztes Wams, unter dem sein weißes Hemd hervorspitzte, ein schweres rotes Cape um die Schultern und rote Hosen mit schwarzen Reitstiefeln. Als einer der Servierer in der Mitte der Halle seinen Teller fallen ließ, lachte Hugo, ohne eine Spur von Trauer.

Der alte Lord lächelte stillvergnügt vor sich hin. Hugo war jetzt Witwer, die Ländereien aus Catherines Mitgift gehörten ihm, ohne Einschränkung. Die Heirat mit der Neunjährigen war praktisch arrangiert, aber mit Catherines Vermögen und Hugo als Witwer ließen sich die Bedingungen sicher noch verbessern.

Die Pagen stellten Hippocras-Wein, Früchte und Waffeln auf den Tisch. Alys nahm ein kleines Glas Hippocras und spürte, wie der süße Wein sie durch und durch wärmte.

»Irgendwie scheint es mir unrecht, hier zu essen und zu trinken, wo Mylady gerade erst gestorben ist«, sagte Eliza.

Alys schien das nicht sonderlich zu interessieren. »Du kannst mit Ruth Totenwache halten, wenn du willst. Aber im Schloß wird getan, was Mylord befiehlt.«

Eliza nickte. »Wie Ihr meint«, sagte sie und wandte den Blick von Alys' kaltem Gesicht.

Lord Hugh schaute sich um. »Alys«, sagte er streng.

Alys erhob sich, stellte sich hinter seinen Stuhl und beugte sich vor.

»Pater Stephen ist mit den Vorbereitungen für Catherines Beerdigung und dem Verhör der alten Frau beschäftigt, also wirst du mein Schreiber bei den Verhandlungen sein. Komm in einer Stunde in mein Gemach, dann können wir die Papiere vorbereiten. Die Verhandlungen beginnen um zwei Uhr – hier.«

»Ich werde nicht wissen, was ich schreiben soll«, antwortete Alys widerwillig. »Könnte Euch David da nicht besser dienen? Oder selbst Lord Hugo?«

»Ich werde dir sagen, was du schreiben mußt«, erwiderte Lord Hugh streng. »Es geht der Reihe nach. Wir haben ein Buch, in dem die Anklage und das Urteil eingetragen werden. Jeder Narr könnte das. Komm vor zwei in mein Zimmer.«

»Ja, Mylord«, sagte Alys resigniert.

»Du kannst jetzt gehen«, sagte er. Er warf einen raschen Blick auf ihr blasses Gesicht. »Du bist doch nicht krank, oder? Das Kind ist wohlauf? Catherines Tod hat dich doch nicht zu sehr beunruhigt oder dem Kind geschadet?«

»Nein«, sagte Alys kühl. Sie überlegte, ob sie sich krank stellen sollte, um damit den Verhandlungen aus dem Weg zu gehen, aber sie wußte, daß sie nicht noch einmal in ihrem Zimmer auf den Ausgang warten könnte. Marys Bericht über Mutter Hildebrandes Hexenprozeß war so sparsam gewesen, daß es eigentlich schlimmer war, als gar nichts zu wissen. Alys wollte sich an den Frauentisch im hinteren Teil der Großen Halle setzen, mit gesenktem Haupt, und aufschreiben, was Lord Hugh befahl. Dann würde sie zumindest alles hören, was gesagt wurde.

»Ich bin gesund genug, dabei zu sein«, sagte Alys. »Es ist mein Wunsch, Euch zu dienen.«

Lord Hugh nickte. Er sah, wie weiß Alys' Gesicht war, die

Spannung, die sich in den dunklen Schatten unter ihren Augen und ihrem grimmigen Mund zeigte. »Hinterher ruhst du dich aus«, sagte er barsch. »Du siehst furchtbar aus.«

»Danke, Mylord«, sagte Alys ruhig. »Das werde ich.«

Die Halle war restlos überfüllt. Die Leute hatten schon seit Mittag an den Schloßtoren gewartet. Sobald das Essen beendet war, hatte man die Tische gegen die Wand geschoben, das Feuer, das seit Alys' erstem Tag im Schloß brannte, war gelöscht worden und die Asche weggefegt, so daß die Leute auf der gesamten Fläche des Raumes sitzen konnten. Die Bänke und Stühle waren in konzentrischen Kreisen um den Hohen Tisch angeordnet. Die Menschen saßen dicht gedrängt. Im hinteren Teil der Halle standen noch mehr wackelige Bänke, auf denen die Leute balancierten, vornübergebeugt, um besser sehen zu können.

Alys saß bei den Damen, hinter dem Hohen Tisch, so nah es ging an der Wand. Das schöne Wetter von gestern war dahin, die Sonne in Nebel gehüllt. Die Halle war dunkel, obwohl es erst zwei Uhr nachmittags war. Alys lehnte sich zurück. Vor ihr lagen das Buch, in dem Lord Hughs vierteljährliches Gericht festgehalten wurde, zwei Federn und ein Tintenfaß. Die anderen Frauen saßen Alys am Tisch gegenüber, mit Blick auf die Hohe Tafel, und versuchten, Alys genug Platz zum Schreiben zu lassen.

Die Tür hinter dem Wandbehang öffnete sich, und Lord Hughs Trompeter, auf seinem Platz hoch oben in der Sängergalerie am hinteren Ende der Halle, blies eine kurze Fanfare. Alle in der Halle erhoben sich. Eine Bank kippte um und krachte nach hinten, jemandem auf die Zehen, der laut fluchte. Lord Hugh schritt in die Halle, angetan mit seiner besten Robe mit dem pelzverbrämten Kragen, und nahm seinen Platz an der Hohen Tafel ein. Hinter ihm kam Hugo und setzte sich zu seiner Rechten, seinem angestammtem Platz beim Essen.

»Führt den Angeklagten vor«, sagte Lord Hugh mit gesetzter Stimme.

Der Mann wartete bereits. Er trat vor: »John Timms, Mylord«, sagte er mit gebührendem Respekt.

Lord Hugh sah sich um. »Alys!«, sagte er irritiert. »Ich weiß nicht, was du da hinten zu suchen hast. Bring dein Buch hierher, damit ich die Eintragungen sehen kann.«

Alys zögerte. »Ich würde lieber ...«, begann sie.

»Komm hierher«, sagte Lord Hugh barsch. »Wir haben nicht den ganzen Tag Zeit. Je eher das hier erledigt ist, desto eher kriegen wir diesen Pöbel wieder aus dem Schloß und zurück an ihre Arbeit.«

Alys nahm das Buch und ging zu Catherines Platz zur Linken des alten Lords. Eliza folgte ihr mit dem Tintenfaß und den Federn. Alys setzte sich und beugte sich tief über das Buch. Sie hoffte, daß sie in ihrem dunklen Kleid und der großen schwarzen Giebelhaube als niederer, unwichtiger Schreiberling übersehen wurde.

»Schreib John Timms«, sagte Lord Hugh und zeigte mit dem Finger auf eine Spalte.

Alys schrieb gehorsam. Es gab eine lange Reihe von Namen, dann die Spalte für den Beruf und das Alter, dahinter Platz für die Anklage und das Urteil. Die meisten Urteile lauteten auf schuldig. Lord Hugh war nicht der Mann, der im Zweifelsfalle Milde walten ließ.

»Hat versäumt, das Bogenschießen zu üben«, las Lord Hugh von einem zerknüllten Stück Papier aus einem Stapel auf dem Tisch vor.

John Timms nickte. »Schuldig«, sagte er. »Es tut mir leid. Das Geschäft ging sehr schlecht, und ich hab keine Zeit gehabt, und mein Sohn und die Lehrlinge auch nicht.«

Lord Hugh fixierte ihn mit grimmigem Blick. »Und wenn ich keine Zeit habe, uns eine Horde Soldaten und die Schotten vom Leib zu halten, wenn die Franzosen uns den Krieg erklären oder die verdammten Spanier es sich in den Kopf setzen, bei uns vorbeizuschauen – was dann?« fragte er. »Strafe: drei Schilling. Und daß mir das nicht wieder vorkommt.«

Alys kritzelte hastig.

Der nächste Fall war ein gestohlenes Schwein. Die Angeklagte Elizabeth Shore behauptete, das Schwein hätte in ihrem Hof herumgestreunt und das Hühnerfutter gefressen. Somit wäre es den ganzen Sommer von ihr umsonst gefüttert worden. Der Ankläger behauptete, sie hätte es in den Hof gelockt. Lord Hugh ließ sie ein paar Minuten lang streiten, dann schlug er auf den Tisch und befahl ihnen, das Schwein gemeinsam zu mästen, zu schlachten und dann zu teilen: drei Viertel des Schweines an den Eigentümer und eine Keule und etwas Lunge für die Angeklagte.

Als nächstes kam ein Mann, dem vorgeworfen wurde, daß er die Straße nicht instand gehalten hätte, dann ein Dieb, eine Frau, die der üblen Nachrede angeklagt war, ein Kaufmann, der angeblich minderwertige Waren verkauft hatte, ein Mann, der wegen Überfalls angeklagt wurde. Alys schrieb die Namen und die Anklagen auf, und die Leute kamen und gingen, schnell und gelegentlich auch gerecht von Lord Hugh abgeurteilt.

»War das alles?« fragte er, als der Fluß plötzlich ins Stocken geriet.

Ein Offizier trat vor den Tisch. »Das waren die gewöhnlichen Fälle, Mylord«, sagte er. »Ich habe noch nicht erfahren, ob Pater Stephen die alte Frau von Bowes Moor anklagen will.«

Alys schaute von ihrer Seite hoch.

»Schickt jemand zu ihm«, sagte Lord Hugh irritiert. »Wenn er sich nicht sicher ist, kann die alte Frau freigelassen werden. Ich möchte nicht, daß sie aufgrund irgendwelcher theologischen Spitzfindigkeiten verfolgt wird.«

Alys beugte den Kopf wieder über die Seite. Das Papier schien plötzlich sehr weiß, die Buchstaben sehr schwarz und spindelig. Sie schluckte an ihrer Hoffnung und preßte die Lippen zusammen, damit sie sich nicht in stummem Gebet bewegten, zu welchem Gott auch immer, Hauptsache, er erhörte sie.

Hildebrande würde vielleicht freigelassen werden. Wenn man sie aus dem Schloß nach Castleton schickte, wäre es ein leichtes, ihr Geld und Kleidung zu schicken und sie auf den Weg zu bringen. Nach Süden vielleicht, oder sogar nach Osten an die Küste und weiter nach Frankreich. Inzwischen hatte sie sicher gemerkt, welcher Gefahr sie sich aussetzte. Sie war sicher verängstigt, redete Alys sich ein, vielleicht ein wenig grob behandelt worden. Es war ihr sicher eine Warnung gewesen, daß die Welt sich verändert hatte und daß jetzt kein Platz mehr war für die Frömmigkeit und Ergebenheit vor der alten Religion. Alys zupfte an der Feder ihres Gänsekiels. Hildebrande hatte sicher erfahren, daß die alten Zeiten endgültig vorbei waren. Vielleicht war sie jetzt dazu bereit, ihr Leben in Ruhe zu beschließen, irgendwo auf einer kleinen Farm. Alys könnte möglicherweise Leute finden, die sie aufnehmen und gut behandeln würden.

Alys hob den Kopf, sie hörte die Wachen vor den Doppeltüren der Großen Halle rufen. Pater Stephen kam herein, gemessenen Schrittes und mit ernster Miene, mit einem Buch unter dem Arm.

Alys spürte, wie ihr Puls schneller wurde. Sie musterte Stephens Gesicht. Sicherlich war er so langsam und nachdenklich, weil er berichten mußte, daß es keinen Fall zu verhandeln gäbe. Es war ihm nicht gelungen, Mutter Hildebrande zu belasten. Ihre Bildung und ihr flinker alter Geist waren zu viel für ihn gewesen. Vielleicht hatte sie seinen Reformierungsdrang erschüttert. Alys verkniff sich ein kleines Lächeln.

»Bitte laßt die alte Frau vorführen, damit sie sich rechtfertigt«, sagte Stephen. Er schob Alys das Buch über den Tisch und bedeutete ihr, es zu öffnen. »Hier ist die Anklage.«

Benommen öffnete Alys das Buch an der Stelle, die mit einem schwarzen Band markiert war. Der alte Lord beugte sich vor, um besser zu sehen. Pater Stephen ging zum Ende der Plattform, stieg die Treppe hoch und setzte sich auf einen Schemel neben Alys am Ende des Tisches.

Alys schaute sich die Gerichtsprotokolle des Bischofs in dem schweren schwarzen Folianten an. Da waren Reihen über Reihen von Namen, die wegen aller möglichen Verbrechen angeklagt waren, von Ehebruch bis Ketzerei. Wo immer in einer Zeile »Ketzerei« stand, las sie in derselben Zeile »Schuldig«, und dann »Verbrannt«.

»Verbrannt«, flüsterte Alys fassungslos.

»Weißt du, wie du das schreiben mußt?« flüsterte Stephen ermunternd. »Und dieses andere Papier, die Rolle, ist ein Protokoll dessen, was heute nachmittag hier gesagt wird. Ich werde dir zunicken, wenn ich möchte, daß du etwas notierst. Du kannst englisch schreiben, wir können es später in gutes Latein übertragen.«

»Macht Platz für die alte Frau von Bowes Moor«, sagte Lord Hugh ungeduldig. Er deutete auf die Leute in der Mitte der Halle. »Laßt sie doch endlich durch, verflixt nochmal«, sagte er wütend. »Wir können doch nicht den ganzen Tag damit vertrödeln.«

Alys beugte sich zu Lord Hugh. »Ich will das nicht machen«, flehte sie ihn an. »Ich muß Euch bitten, mich zu entschuldigen.«

Er warf einen Blick auf ihr weißes Gesicht. »Nicht jetzt, nicht jetzt«, sagte er. »Bringen wir das hinter uns. Eine ekelhafte Angelegenheit. Gefällt mir gar nicht.«

»Bitte!« zischte Alys.

Lord Hugh schüttelte den Kopf, er hörte gar nicht hin. »Mach deine Arbeit, Alys«, sagte er barsch. »Das ist der letzte Fall. Ich bin selbst erschöpft.«

Alys beugte den Kopf über das Buch und schrieb mit großer Sorgfalt das Datum. Sie registrierte den Aufruhr in der Halle, die Soldaten, die langsam hereinkamen, nicht im Takt wie sonst marschierten, humpelnde Schritte hinderten sie daran.

»Gebt ihr einen Schemel«, sagte Lord Hugh ungeduldig. »Gebt ihr einen Stuhl, die alte Frau kann nicht stehen. Und gebt ihr einen Becher Wein.«

Alys hielt den Kopf gesenkt. Sie hatte den irrsinnigen Gedanken, daß sie, wenn sie den Kopf nicht hob, die Augen nicht hob, auch nicht sehen könnte, wie Mutter Hildebrande auf einem Schemel in der Mitte der Halle saß, umringt von gaffenden Leuten. Wenn sie den Kopf gesenkt hielt und nicht schaute, dann würde nicht Mutter Hildebrande da sitzen. Jemand anderes würde da sitzen. Ein anderer Mensch.

»Dein Name?« Stephen erhob sich. Alys schaute nicht hoch.

»Hildebrande vom Kloster Egglestone.« Die Stimme war anders, krächzend, als hätte die Sprecherin einen aufgekratzten Hals. Sie war tief und heiser. Und auch die Sprache war anders. Diese alte Frau konnte nicht deutlich sprechen, konnte keine Worte formulieren, lispelte ihre »s« und verschluckte Worte. Alys schrieb »Hildebrande« in die Spalte für den Namen des Angeklagten und redete sich ein, daß es gar nicht Mutter Hildebrande sein konnte, da es nicht ihre klare Stimme und ihre reine Sprache war – sie konnte es einfach nicht sein.

»Nicht diesen papistischen Scheinnamen, sondern deinen richtigen Namen«, sagte Stephen.

»Er klingt wütend«, dachte Alys und hielt den Kopf über das Buch gesenkt. »Er sollte nicht wütend sein auf diese alte Dame mit dem wunden Hals, was immer sie auch getan hat.«

»Mein richtiger Name ist Hildebrande«, sagte die krächzende Stimme und rang nach Luft: »Von der Abtei Egglestone.«

»Schreib: Weigert sich, richtigen Namen zu nennen«, sagte Stephen zu Alys. Sie malte mühsam eine Klammer unter den bereits geschriebenen Namen, dann schrieb sie: »Weigert sich, richtigen Namen zu nennen«. Sie nickte zufrieden. Es war nicht die Stimme ihrer Mutter, Hildebrande war nicht ihr Name. Es war jemand ganz anderes. Über ihrem Kopf gingen die Frage weiter.

»Du warst Nonne in der Abtei?« fragte Stephen.

»Das war ich.«

»Du warst in jener Nacht anwesend, als die Abtei wegen Ketzerei, papistischer Praktiken, grober Unziemlichkeiten und Blasphemie inspiziert und geschlossen wurde?«

Ein Raunen ging durch die Zuschauer. Alys wußte nicht, ob es moralische Entrüstung über die Nonnen oder Haß gegen Stephen war. Sie schaute nicht auf, um sich Klarheit zu verschaffen.

Lange Minuten verstrichen, bis eine Antwort kam.

»Ich war da, als die Abtei niedergebrannt wurde«, sagte die Stimme. »Es gab keine Inspektion, es gab keine Unziemlichkeiten. Es war Brandstiftung. Ein verbrecherischer Überfall.«

Aufgeregtes Gemurmel war aus der Menge zu hören. Der alte Lord schlug den Griff seines Ebenholzstockes auf den Tisch und schrie: »Ruhe!«

»Das ist eine Lüge«, sagte Stephen. »Es gab eine rechtmäßige Inspektion eines faulen Nestes widernatürlicher Praktiken. Ihr seid ausgeräuchert worden wie Vipern, jawohl.«

Schweigen.

»Und wohin bist du gegangen, als du vor der Gerechtigkeit und Gnade geflohen bist?« fragte Stephen. »Wo warst du die letzten elf Monate?«

»Diese Frage werde ich nicht beantworten«, sagte die heisere Stimme gelassen.

»Diese Frage ist dir bereits unter der Folter gestellt worden«, warnte Stephen. »Du kannst noch einmal verhört werden.«

Alys schaute nicht hoch. Die Halle war sehr still.

»Ich weiß«, sagte die Stimme mit dem Hauch eines Seufzers. »Ich bin bereit, dort unten zu sterben.«

Ein leises, zorniges Raunen ging durch die Menge. Alys, die sich hinter ihrem Arm versteckt hatte, lugte hervor. Sie konnte die ersten zwei Reihen Männer sehen. Es waren Hugos eigene Soldaten, aber sie rutschten unruhig auf ihren Bänken hin und her.

»Schreib auf: Deckt Mitverschwörer«, sagte Stephen zu Alys. Alys schrieb die Worte auf die Rolle Papier.

Stephen änderte jetzt seine Taktik. »Gab es noch andere, die in dieser Nacht vor der Gerechtigkeit geflohen sind?« fragte Stephen. »Die sich versteckt haben, so wie du dich versteckt hast? Die sich mit dir zusammentun wollten?«

Schweigen.

»Wer ist Ann?« fragte Stephen leise. Alys' Kopf schnellte hoch, ehe sie es verhindern konnte, und dann sah sie sie.

Hildebrande saß zusammengesunken auf dem Stuhl. Ihre Finger umklammerten ihre Knie, als müsse sie Sehnen und Knochen zusammenhalten. Das alte blaue Kleid, das Alys ihr gegeben hatte, war blutverschmiert und verdreckt. Am Saum war ein großer, dunkler Fleck – sie hatte sich in ihrer Agonie besudelt. Die Schultern waren schief, eine Seite höher, wo man sie aus dem Gelenk gezerrt und nicht wieder eingerenkt hatte. Die Füße waren nackt. Auf der blassen alten Haut ihrer Füße waren tiefviolette und blutrote Male, perfekte Abbilder der Knoten, mit denen man sie auf die Streckbank gebunden hatte. Ihre Handgelenke waren schwarz, wo die Schnur ihre Arme über den Kopf gezogen hatte. Ihre dünnen Zehen waren blutverschmiert. Sie hatten ihr die Zehennägel ausgerissen. Die Fingernägel waren auch weg. Die

Hände krümmten sich wie alte, blutige Klauen, klammerten sich an ihren eigenen Körper, als wollten sie ihn zusammenhalten, ihren Glauben festhalten.

Alys' plötzliche Bewegung ließ Mutter Hildebrande in ihre Richtung schauen.

Ihre Blicke begegneten sich.

Sie erkannte Alys sofort. Ihr blutverschmierter Mund öffnete sich zu einem grausigen Lächeln. Alys sah die tiefen, dunklen Male des Metallknebels auf ihren Wangen, und dann, als das gräßliche Lächeln sich ausbreitete, sah sie, daß man ihr die Zähne aus dem Kiefer gerissen hatte, einige waren gebrochene Stumpen, die anderen nur noch blutgefüllte Löcher. Alys sah das Lächeln und wußte, daß Hildebrandes Rache ein leichtes Spiel war. Hildebrande würde nicht alleine leiden. Sie würde nicht allein verbrennen.

Alys sah sie stumm an. Sie sagte nichts. Ihre Augen flehten nicht, sie faltete ihre weichen Hände nicht zu der stummen Bitte um Vergebung. Sie wartete auf das Grauen der Bloßstellung als Komplizin und geflüchtete Nonne durch Hildebrande. Die Beweise lagen auf der Hand. Sie trug Alys' Gewand, in der Hütte war Essen aus dem Schloß. Alys wartete auf die Anklage und Hildebrandes Rache für den Schmerz ihrer Enttäuschung und den Schmerz der Streckbank und der Folter.

Hildebrandes Augen in den schwarzen, gequälten Höhlen zuckten nicht einmal. »Es gab niemanden, der sich mit mir verschworen hat«, sagte sie mit klarer Stimme. »Ich war allein. Die ganze Zeit. Allein.«

»Wer ist Ann?« fragte Stephen wieder.

Mutter Hildebrande lächelte Alys direkt ins Gesicht, ihr altes Gesicht war eine gräßliche, zahnlose Maske.

»Die heilige Anna«, log sie, ohne zu zögern. »Ich habe die heilige Anna angerufen.«

Alys senkte den Kopf und schrieb blindlings weiter, ein Wort nach dem anderen.

Der alte Lord beugte sich vor und zupfte Stephen an seiner Robe. »Bringt es zu Ende«, sagte er. »Dieser Pöbel gefällt mir nicht.«

Stephen nickte, richtete sich auf und begann zu schreien: »Ich fordere, daß du vor diesem Gericht deiner irregeleiteten Treue zum Papst abschwörst und deine Loyalität gegenüber dem König, seiner Majestät Heinrich dem Achten, und deinen Glauben an seine Heilige Kirche von England beschwörst.«

»Das kann ich nicht tun«, erwiderte die erschöpfte Stimme.

»Ich warne dich: Wenn du jetzt nicht abschwörst, wirst du der Ketzerei gegen die Heilige Kirche von England für schuldig befunden, und du wirst für deine Sünden auf dem Scheiterhaufen verbrannt werden und in alle Ewigkeit die Qualen der Hölle erdulden müssen.«

»Ich bewahre meinen Glauben«, sagte Hildebrande ruhig. »Ich erwarte mein Kreuz.«

Pater Stephen schaute fragend zu Lord Hugh. »Soll ich mit ihr um ihre Seele ringen?« fragte er.

»Sie sieht aus, als hätte sie schon genug gerungen«, sagte der alte Lord bissig. »Ich werde sie verurteilen, soll ich?«

Pater Stephen nickte und setzte sich.

Lord Hugh schlug mit seinem Stock auf den Tisch. »Dieses Gericht befindet dich des Verrats an Seiner Majestät Heinrich dem Achten schuldig und der Ketzerei an seiner Heiligen Kirche von England«, sagte er hastig. »Morgen bei Tagesanbruch wirst du von hier zum Hinrichtungsplatz gebracht, wo du für deine Verbrechen auf dem Scheiterhaufen verbrannt wirst.«

Alys schrieb blind, sah nichts, hörte nichts, beobachtete, wie die Feder auf dem Papier auf- und abglitt. Sie spürte Mutter Hildebrandes Blick, sie fühlte, wie die alte Frau versuchte, sie dazu zu bringen, den Kopf zu heben, einen Blick mit ihr zu tauschen. Sie spürte den Wunsch von Mutter Hildebrande, ihr noch einmal ins Antlitz zu schauen, ohne Täuschung, ohne Heuchelei, jeder von ihnen wissend, was der andere wirklich war – klar und offen wie damals, als Alys noch das kleine Kind im Garten war und Hildebrande die Tochter sah, die sie niemals haben würde.

Alys wußte, daß Hildebrande auf einen kurzen Blick von ihr wartete. Einen ehrlichen Austausch von Reue, Verzeihen, Erlösung.

Einen Abschied.

Alys hielt den Kopf gesenkt, bis sie hörte, wie man die alte Frau hinaustrug. Sie wollte sie nicht anschauen. Es gab keinen Abschied.

In meinem Traum roch ich den stinkenden Odem einer vorbeiziehenden Hexe, zog die glatten, gestickten Laken über meinen Kopf und flüsterte: »Heilige Maria, Mutter Gottes, bete für uns«, um mich vor meinem Traum zu schützen, vor einem Nachtmahr des Grauens. Dann hörte ich Schreie und das beängstigende Knistern hungriger Flammen. Ich schreckte mit hämmerndem Herzen aus dem Schlaf, setzte mich in meinem Bett auf und sah mich ängstlich in den weißgetünchten Wänden meiner Kammer um.

Die Wände waren scharlachrot gefärbt, vom unsteten Licht sich spiegelnder Flammen, und ich hörte das tiefe, erregte Murmeln einer wartenden Menschenmenge. Ich hatte zu lange geschlafen in meinem Kummer und meiner Verwirrung – ich hatte zu lange geschlafen, und sie hatten die Reisigbündel um ihre Füße geschichtet und auch schon angezündet. Ich raffte meinen Umhang und rannte durch die offene Tür meines Zimmers, hinaus in die Damengalerie, wo das Licht hell durch das bunte Glas des Erkerfensters schien und der Rauch durch die offene Scheibe strömte, vor der die Frauen versammelt waren. Eliza Herring wandte sich mir zu, eine Seite ihres Gesichts glühte im Widerschein des Feuers draußen, und sagte: »Wir haben Euch gerufen, aber Ihr habt so fest geschlafen. Kommt schnell, Lady Alys, es brennt schon lichterloh.«

Ich gab keine Antwort, sondern rannte zur Tür, die Wendeltreppe hinunter und hinaus in den Hof.

Sie hatten ihren Scheiterhaufen in der eckigen, mit Steinen gefüllten Grube vor dem Kerkerturm errichtet und kleine Stücke trockener Kienspäne und Holzreisig am Fuß des Haufens aufgestapelt, damit er oben stark und hell brennen würde.

Vor dem Feuer standen Soldaten und Bedienstete sowie Lord Hugh, Stephen und die Priester – und mein Hugo. Die Stadtbewohner wurden zurückgehalten, aus Angst vor ihrem Zorn. Hugo drehte sich um und sah mich in der Tür stehen, mit offenen, wehenden Haaren und Augen, die von Angst getrübt waren. Er streckte die Hand nach mir aus, wollte auf mich zugehen, aber ich war zu schnell für ihn.

Ich rannte über den Hof auf das Feuer zu, auf die Flammen, und ich sah im Hitzeflimmern das weiße, gequälte Gesicht von Mutter Hildebrande. Der Wind blies von Westen, ein sauberer Wind, der nach Regen roch. Er hielt die Flammen von mir fern. Ich krabbelte wie ein Kind, das auf einen Felsen klettert, über den breiten Rand von Kienspänen über das Reisig zum Mittelpfosten und packte ihren dünnen, gemarterten Körper an den Knien, dann fand ich Halt, zog mich hoch und packte sie um die Taille.

Ihre Hände waren an den Rücken gefesselt, sie konnte mich nicht umarmen. Aber sie wandte mir ihr Gesicht zu, und ihre wunden Augen waren voller Liebe. Sie sagte nichts, sie schwieg, friedvoll, wie das stille Auge eines Sturms, während die Flammen nach uns gierten wie die Zungen hungriger Schlangen. Ich würgte in dem Rauch, und mir schwindelte vor Hitze und Angst.

Tief in meinem Leib strampelte und kämpfte mein Baby, als könnte es auch die Hitze spüren, als wollte es auch um jeden Preis am Leben bleiben. Ich schaute durch den wabernden Rauchschleier und sah Hugos weißes, von Panik verzerrtes Gesicht mir zugewandt, und ich versuchte meine Lippen zu zwingen, »Leb wohl« zu sagen, aber ich wußte, daß er mich nicht richtig sehen konnte. Sein Augenlicht war zu matt, wurde ständig schwächer. Er konnte nicht sehen, wie ich ihm Lebewohl sagte.

Ich klammerte mich fest an ihre Taille und versuchte mich zu zwingen stillzustehen, wie eine Frau mit heiligem Mut. Vergeblich. Die Bündel trockenen Holzes unter meinen Füßen rutschten, die Flammen leckten jetzt von unten herauf. Ich trat von einem Fuß auf den anderen, wie bei einem närrischen Tanz, und versuchte vergeblich, meine bloßen Füße vor dem Schmerz des Brennens zu bewahren.

»Alys! Spring!« brüllte Hugo. Er schlug mit seinem Mantel auf die Flammen ein. Stephen stand hinter ihm, schrie nach Wasser, um die Flammen zu löschen. »Spring runter!« kreischte Hugo.

Der alte Lord stand hinter ihm, die Arme nach mir ausgestreckt. »Komm runter, Alys!« schrie er mir zu. »Komm runter!«

Dann stürzte sich Hugo an seinem Vater vorbei in die Flammen, und Stephen und ein paar andere Männer zerrten ihn weg. Ich sah, wie sie mit ihm rangen, während ich von einem Fuß auf den anderen hüpfte und die Hitze mich zischend umfing, wie der Atem eines Drachens. Durch den Hitzedunst sah ich, wie Hugo mich anstarrte, sein Mund meinen Namen rief, und ich sah in seinen Augen die Angst, mich zu verlieren. Und dann wußte ich – vielleicht das erste Mal –, daß er mich geliebt hatte. Und daß ich für eine kleine Weile – Gott weiß, daß es nur eine kleine, kleine Weile war – auch ihn geliebt hatte.

Ich wandte mich von ihm ab, weg vom Schloß, weg von ihnen allen. Ich legte meinen Kopf auf ihre hagere Schulter und umarmte ihren Leib fester. Die Flammen hatten sich am hinteren Teil des Pfostens hochgefressen, und die versengte Schnur, die ihre Hand band, riß plötzlich entzwei. Ihre gebrochene, geschundene Hand streichelte mein Haar, umfaßte segnend meinen Kopf. Und trotz der Pein meiner schmorenden Füße und der Hitze des Rauchs in meiner Kehle und dem unaufhörlichen, ohnmächtigen Hämmern der Angst in meinem ganzen Körper, hatte ich endlich meinen Frieden gefunden – Frieden. Endlich wußte ich, wohin ich gehörte. Ich hatte, zu guter Letzt, eine Liebe gefunden, die ich nicht verraten konnte.

Meine letzte bewußte Erinnerung, mächtiger selbst als meine ständige Angst vor Feuer, waren ihre Arme, die mich umfingen, und ihre Stimme. Sie sagte:

»Meine Tochter!«